García Márquez:
Historia de un deicidio

略萨谈马尔克斯
弑神者的历史

Mario Vargas Llosa
〔秘〕马里奥·巴尔加斯·略萨 著

侯健 译

人民文学出版社
PEOPLE'S LITERATURE PUBLISHING HOUSE

著作权合同登记号　图字 01-2022-4449

GARCÍA MÁRQUEZ: HISTORIA DE UN DEICIDIO
by Mario Vargas Llosa

Copyright © MARIO VARGAS LLOSA，1971
Simplified Chinese edition copyright © Shanghai 99 Readers' Culture Co., Ltd. 2024
All rights reserved.

图书在版编目(CIP)数据

略萨谈马尔克斯：弑神者的历史 ／（秘）马里奥·巴尔加斯·略萨著；侯健译. -- 北京：人民文学出版社，2024(2024.12 重印). -- ISBN 978-7-02-018900-7
Ⅰ．I775.06
中国国家版本馆 CIP 数据核字第 20249N0T11 号

责任编辑　李　娜　周　展
封面设计　钱　珺

出版发行　人民文学出版社
社　　址　北京市朝内大街 166 号
邮政编码　100705

印　　刷　山东临沂新华印刷物流集团有限责任公司
经　　销　全国新华书店等

字　　数　469 千字
开　　本　720 毫米×1000 毫米　1/16
印　　张　37.25
版　　次　2024 年 9 月北京第 1 版
印　　次　2024 年 12 月第 2 次印刷

书　　号　978-7-02-018900-7
定　　价　128 元

如有印装质量问题，请与本社图书销售中心调换。电话：010 - 65233595

献给克里斯蒂娜及何塞·埃米利奥·帕切科

"……圆，圆；无数的圆，同心圆，偏心圆；回旋飞舞，弧线交错纵横，却又形态一致，混乱的交叉线条让人想到混沌的宇宙，那是试图表现不可思议之物的疯狂艺术的象征。"

——约瑟夫·康拉德，《间谍》

目 录

- 1 第一部 真实的现实
  - 3 第一章 作为轶事的现实
  - 63 第二章 小说家及其魔鬼

- 169 第二部 虚构的现实
  - 171 第一章 病态的史前史（早期短篇小说）
  - 185 第二章 马孔多：贵族视角（《伊莎贝尔在马孔多观雨时的独白》及《枯枝败叶》）
  - 241 第三章 "村镇"：乐观的理想主义（《没有人给他写信的上校》）
  - 287 第四章 大众视角（《格兰德大妈的葬礼》）
    - 288 一、《礼拜二午睡时刻》：相对价值
    - 296 二、《平常的一天》：肉体苦痛与政治暴力
    - 300 三、《咱们镇上没有小偷》：族群与虚构现实
    - 312 四、《巴尔塔萨午后奇遇》或边缘状况
    - 319 五、《蒙铁尔的寡妇》：政治腐败与幻想逃遁
    - 325 六、《周六后的一天》与马孔多的历史
    - 331 七、《纸做的玫瑰花》：目盲与心明
    - 336 八、《格兰德大妈的葬礼》：夸张与神话视野

- 355　第五章　静谧的革命（《恶时辰》）
  - 359　一、客观现实
  - 369　二、虚构现实
- 386　第六章　海边小镇：自由的虚构（《逝去时光的海洋》）
- 404　第七章　全景现实，全景小说（《百年孤独》）
  - 405　一、全景主题
  - 456　二、全景形式
  - 489　三、叙事策略
- 529　第八章　虚构的霸权（四个短篇小说与一部电影脚本）

550　致谢
551　作者原注
569　参考书目

| 第一部 |

真实的现实

第一章 作为轶事的现实

报务员和美丽的姑娘

20世纪20年代初，一个名叫加夫列尔·埃利西奥·加西亚的小伙子离开了他的故乡哥伦比亚玻利瓦尔省的辛塞镇，准备到卡塔赫纳上大学。他成功入学，可是学习时光并没有持续太久。由于缺乏经济来源，他很快就被迫退学，专心谋生了。那些年里，哥伦比亚大西洋沿岸地区正处于"香蕉热"的鼎盛期，国内外四面八方的各色人等都拥入位于香蕉产区的城镇中去，想要捞一桶金。加夫列尔·埃利西奥在那片区域的核心位置谋得了一份差事：在阿拉卡塔卡任电报报务员。加夫列尔·埃利西奥没能在这个城镇里实现他可能有过的发财梦，却在那儿遇见了爱情。到那儿后不久，他就爱上了阿拉卡塔卡那位出名美丽的姑娘。她叫路易莎·圣地亚加·马尔克斯·伊瓜朗，她出身那些自许多年前就移居至此的大家族之一，那些家族里的人在那些年里只能怒意满满地看着大批外乡人由于"香蕉热"而侵入此地，他们还轻蔑地给那些人起了个别称——"枯枝败叶"。路易莎的父母——尼古拉斯·马尔克斯·伊瓜朗上校和特兰基莉娜·伊瓜朗·科特斯——是表兄妹，他们共同组建起了在当地众望族中也算得上最显赫的家族。在世纪初的内战中，她的父亲在自由派将领拉斐尔·乌里韦·乌里韦的带领下立下卓越战功，而由于他们的努力，阿拉卡塔卡成了一座带有自由派色彩的城镇。

路易莎并非对报务员没有心动；不过上校和他的妻子坚决反对这段感情。一个"枯枝败叶"式的人物，还是个私生子，竟然妄想娶他们的女儿，他们甚至将此视作丑闻。尽管老人们极力反对，这对情侣还是坚持偷偷幽会，于是堂尼古拉斯和堂娜特兰基莉娜只好在省内亲朋好友的家中来回转移路易莎，他们希望空间上的距离能使路易莎忘掉那个外乡人。后来他们才知道，路易莎在每个村镇都能收到加夫列尔·埃利西奥发送的信息，因为那些地方的报务员全都在帮助他，他们还会把路易莎的回信传递到位于阿拉卡塔卡的爱人手中。上校和堂娜特兰基莉娜勃然大怒，于是他们耍了些手段把加夫列尔·埃利西奥调到里奥阿查去了。可是姑娘的态度依然坚决，而且当时两人的浪漫爱情故事已经传播开来，家人和朋友都试着劝服马尔克斯·伊瓜朗一家，想让他们同意两个年轻人的婚事。她的父母最后终于被说动了，但是他们要求这对新人住到远离阿拉卡塔卡的地方去。于是加夫列尔·埃利西奥和路易莎于1927年搬去了里奥阿查。在得知自己的女儿怀孕的消息后，堂尼古拉斯和堂娜特兰基莉娜的怒火也就烟消云散了。他们想着自己的第一个外孙子就要出生了，于是让路易莎返回阿拉卡塔卡，好把孩子生在那里。路易莎在1928年3月6日诞下了那个男婴，他们给他取名为加夫列尔·何塞。路易莎和她的丈夫返回里奥阿查时把男孩留在了阿拉卡塔卡，由外祖父母负责抚养他。美丽的姑娘和报务员子嗣繁多：他们一共生下了七个儿子和五个女儿（其中一位女孩后来出家了）。他们先是在里奥阿查住了一阵子，后来又搬去了巴兰基亚，加夫列尔·埃利西奥在那里开了家药房，后来又在苏克雷（辛塞镇的邻镇）开了另一家，最后全家都搬到卡塔赫纳，直到现在依然住在那里。

香蕉业繁荣时期

把哥伦比亚破坏得满目疮痍的"千日战争"（1899—1902年）结束后，尼古拉斯·马尔克斯上校和他的妻子一起来到了阿拉卡塔卡，当时它还是座人口稀少的小村镇，它位于玛格达莱纳省，被海洋和大山夹在中间，时而酷暑难耐，时而暴雨连绵。不过不久之后，在20世纪第一个十年中，具体是在拉斐尔·雷耶斯将军政府时期（1904—1910年），哥伦比亚大西洋沿岸地区突然热闹了起来，这得益于人们在整个玛格达莱纳盆地开展的香蕉种植业务。所谓的"香蕉热"把成千上万外乡人吸引至此；联合果品公司也在此地安营扎寨，从此开始了对这片土地的榨取。1908年，当地一万一千名香蕉农工中就有三千人是为联合果品公司工作的[1]。

大片香蕉林的出现使得阿拉卡塔卡一下子繁荣起来，多年以后，回忆起那段光辉岁月，很多人都还会说"堕落的女人们光着身子给达官贵人跳昆比亚舞，而这些人则为她们在烛台上不断点燃一百比索面额的钞票，把它们当蜡烛来照明"[2]。集体的想象——尤其是"热带地区"人们的集体想象——总是倾向于美化过去的历史，将之固定在某些画面中，有趣的是，这种记忆还会在不同地区之间流传起来。比如，在秘鲁亚马孙雨林区，人们也是通过那些关于挥霍和享乐的逸闻来记忆橡胶的"黄金时代"的，我本人就曾亲耳听说过在"橡胶热"时期，富有的橡胶业主在纵情享乐时会用钞票点燃古巴雪茄。从作家创作根源的角度来看，探究那些奇闻轶事是否属实、调查其中有几分真或几分假并无太大意义。更重要的是搞清楚那些事情是如何发生的，要调查它们是如何被保存在集体记忆之中的，还有作家是如何接受那些轶事并认可（或重构）它们的。在提到阿拉卡塔卡的繁荣时，加西亚·马尔克斯是这么说的：

> 来自各个地区的人都跟着香蕉公司一起到达那个城镇，这是件很奇怪的事情，因为有一段时期，在哥伦比亚大西洋沿岸的那个小镇里，你能听到各种各样的语言。人们无法彼此理解；也就是说，他们是为了繁荣而来的，也因繁荣而互相理解，通过点燃钞票看昆比亚舞来互相理解。跳昆比亚舞时手里一般要拿着支蜡烛，可是那些搞香蕉种植的短工和长工就以钞票来代替蜡烛，这实际是因为，一个香蕉种植短

工一个月可以赚二百比索，而镇长和法官的月薪只有六十比索。所以当地是没有王法的，因为官员都可以被买通，香蕉公司随便给他们点钱，或者甚至只要跟他们握握手，就能摇身一变成为在各个方面掌控正义和权力的人。[3]

1928 年罢工

在那些年里，哥伦比亚大西洋沿岸地区发生的事情也在拉丁美洲其他地方上演：美国资本在这片大陆上四处扩张，在很多地区取代了英国资本，而且在几乎未受任何抵制的情况下就获得了经济上的霸权地位，还摧毁了一些刚刚显露苗头的当地资本（如秘鲁北部沿海地区的大庄园经济），在另外一些情况下，也会吸纳当地资本作为自己的附庸。至于在大西洋沿岸香蕉产区发生的事，在其他那些出产甘蔗、棉花、咖啡、石油和金属矿石的地方都曾发生过。美国的经济入侵没有遇到什么抵抗，甚至很多时候还会受到欢迎，因为它创造出了一片虚假繁荣的景象：创造了新的工作岗位，给的工钱比起农民从封建庄园主手中拿到的可怜报酬要更多，而且还营造出一种假象，似乎它正助力那些地方取得进步、迈向现代化。这种对当地自然资源的掠夺给拉丁美洲各国的民族经济套上了枷锁，阻碍了这些国家发展民族工业，使它们沦为原料输出国。金钱贿赂和武力强迫造成的政治腐败进一步促使那些国家的政府成为美国的傀儡，协助保全美国的利益。那些政府划出专属用地，压制工会组织的种种努力以及工人为争取自身权益而发起的行动，这几乎使得民众对美国势力给当地带来的危害一无所知。后来，那段帝国主义侵略时期甚至被当作幸福的日子铭记，阿拉卡塔卡发生的事情就是一例。

20 世纪 20 年代，工会运动开始在拉丁美洲发展壮大，那个时期，在这整片大陆上发生了无数次社会冲突和工人斗争。墨西哥革命对这一现象的出现造成的影响是巨大的。很多工会组织都成立于20年代，不仅成为工人运动的核心领导力量，也促使一批无政府-工会政党、社会主义政党和马克思主义政党出现。比起拉丁美洲其他国家，这一进程在哥伦比亚出现得要更晚一些。第一场重要罢工出现在加西亚·马尔克斯出生的那一年，它实际上对整个香蕉产区都产生了巨大影响。同年，在哥伦比亚举办了第三届全国工人代表大会，会议结束后成立了革命社会党。被军方残暴镇压的1928年罢工深深印刻在那一整片地区所有人的记忆里。下达镇压令的是该省的军方和警方首脑卡洛斯·科尔特斯·巴尔加斯将军，他把罢工人士称为"暴徒"，下令军队进行清剿。大屠杀发生在谢纳加火车站，罢工人士在那里受到了机枪扫射，死了很多人。后来有人说死亡人数达数百人或数千人。[4] 屠杀地点对面有一间屋子，当时住着一个名叫阿尔瓦罗·塞佩达·萨穆迪奥的四岁小男孩，后来他成了加西亚·马尔克斯的亲密好友，他在自己创作的小说《大房子》[5]中回忆了那次血腥事件。香蕉产区里所有村镇的居民都像记得身边事一样铭记那场屠杀，包括阿拉卡塔卡的居民在内。加西亚·马尔克斯是这样描述那一事件的：

  一时之间所有人都觉醒了，有了行会的意识。工人们开始要求享有更多的基本保障，因为当地的医疗机构不管他们患的是什么病，一律只给他们吃一粒蓝色小药丸。他们让工人排好队，然后由一个护士把蓝色小药丸塞进他们嘴里……后来这种事情越来越普遍，也越来越荒唐了，连小朋友们都在诊所前排起了队，护士照样会给他们的嘴里塞蓝色小药丸，孩子们再把药丸取出来，带回家用它们拼彩票号码取乐。后来人们终于要求改善医疗条件了，还要求在工地上建厕所，因为当时每五十个人才有一间共用的简易茅房，而且直到每年圣诞节才会更换……不止如此：香蕉公司的货轮停靠在圣玛尔塔港，满载香蕉驶去新奥尔良，却总是空船回程。香蕉公司不知道该如何补贴回程的航费。他们的对策很简单：载着商品回来，摆上属于公司商店的货架，那些商店里最后就只卖他们自己的船带回来的商品了。工人们要求公司用现金支付工钱，他们不想要公司商店的购物代金券。于是他们搞了场罢工，一切都停摆了，可政府不但没有解决问题，反而派了军队过去。他们把工人集中在火车站，大家都觉得肯定会来一个部长级别的人物解决问题，可没想到军人把火车站包围了起来，给他们五分钟离开，停止罢工。最后没人离开，于是屠杀开始了。[6]

这些话不仅揭示了《百年孤独》中那个重要情节的历史根源，还让我们对作家本人的个性有了进一步的了解：他更擅长记忆那些现实中发生的光怪陆离的事件。例如"蓝色小药丸"，再如"简易茅房"，尽管其中必然有夸张的成分，可这些细节丝毫没有减弱那场社会事件所承载的道德及政治内涵。恰恰相反：细节所包含的非同寻常的特征和残酷的喜剧效果让人对事件更加记忆犹新。[7]

第一次世界大战结束时，"香蕉热"早已开始降温。在接下来的几年里，香蕉种植在其他地区的扩张和国际市场上低廉的香蕉价格进一步加速了这一进程，哥伦比亚香蕉产区也开始衰败。繁荣时期与世界其他地区建立起的联系也随之中断，大批耕地荒废了，对于当地的许多人而言，很快他们面临的处境就只有逃离或失业。经济崩溃、居民迁徙、热带城镇缓慢而压抑的消亡同样出现在阿拉卡塔卡。当加西亚·马尔克斯开始学会爬行、走路和讲话时，天堂和地狱就都只属于过去的阿拉卡塔卡了；彼时，该地只剩下满目疮痍，生活凄凉又乏味。不过，那段消逝的历史依然被鲜活地保存在当地居民的记忆中，也许已经成了他们抵抗空虚生活的最佳武器。当然，居民们用想象丰富、重组了真实的历史，他们的回忆里自然充满矛盾。比如，在提到谢纳加火车站屠杀事件时，他们给出的版本就各不相同：

> 我给你说，那件事……我是在事情发生十年之后才听说的，在我询问此事时，有的人说确有其事，还有的人说绝无此事。有些人说："我当时就在现场，我确定没有任何人被杀；人们和平地撤走了，绝对没有发生任何暴力事件。"而另一些人则说有，有人被打死，而且他们也说那是他们亲眼所见；有人说他有个叔叔就死在那里，还有很多人也有类似的说法。其实拉丁美洲就是这样，只要上面的人示意，一场造成了三千人死亡的血案就被遗忘了……[8]

由于再没什么更加美好的事情，因此阿拉卡塔卡人就靠那些神话、幻想、孤独和回忆过活。在加西亚·马尔克斯几乎所有的文学作品中都能看到这些事物的影子，自他童年时起，它们就成了他的精神食粮。他出生时，阿拉卡塔卡人已经在靠着回忆生活了，而他的虚构文学作品也将依赖着他对阿拉卡塔卡的回忆而存在。

大屋与外祖父母

在阿拉卡塔卡附近有一个叫作马孔多的香蕉园[9]。后来，这个名字成为《百年孤独》中那片虚构之地的名字，小说中的故事自始至终都发生在那里。加西亚·马尔克斯的童年时期充满了奇异又奇妙的事情；也可以这样说，童年的美妙经历成了他最宝贵且持久的记忆。他人生中的前八年是和外祖父母一起度过的，他后来经常说对他影响最大的正是外祖父母。他五岁或六岁时才认识了自己的妈妈，而且彼时妈妈已经又给他生了几个弟弟妹妹了。《百年孤独》的读者们在面对书中相同的人名时往往会有些不知所措；几年前，当发现作家的一个弟弟也叫加夫列尔时，我也相当吃惊。他是这样解释此事的:"你瞧,因为我是十二个兄弟姐妹中的老大,而我十二岁时就离家外出了,一直到上了大学才回来。我弟弟出生后,我妈妈说:'好吧,咱们搞丢了第一个加夫列尔,但是我想留一个加夫列尔在家里……'"[10]

外祖父住在一座恐怖的大屋里,里面到处是幽魂亡灵,作家说那座大屋就是小说《枯枝败叶》里上校家的原型,当然它很可能也是作家虚构世界中众多宅子的参考范例:格兰德大妈的住处、阿西斯家的宅子和布恩迪亚家的宅院都包括在内。加西亚·马尔克斯本想给他尝试创作的第一本小说起名叫《大屋》。他是这样回忆自己童年的住处的:

> 每个角落里都有幽灵,都有往事,晚上六点一过,人们就不能在屋子里随意走动了。那是布满恐怖之物的神奇天地,你甚至能经常听到某种窸窸窣窣的低语声。[11]

> 那座宅子里有一间空屋,佩特拉姨妈就死在里面。还有另一间空屋,那里是拉萨洛舅舅故去之处。所以一到晚上,大家就不能在屋子里乱走了,因为那时候家里的幽灵会比活人还多。每到晚上六点,大人们就会让我坐到一个角落,然后对我说:"不要离开这里,你乱走的话,佩特拉姨妈就会从她的房间里出来了,或者也可能是拉萨洛舅舅。"我就那么一直坐着……在我的第一部小说《枯枝败叶》里有一个角色,是个七岁的小男孩,他在整部小说里一直坐在一把小椅子上。现在我意识到那个小男孩就有点我本人的影子,同样是坐在小椅子上,也同样生活在一座让人恐惧的屋子里。[12]

家族里的生者和那些亡者一样与众不同。家里总是挤满客人,因为除了朋友,堂尼古拉斯的私生子们也会在路过该镇时到这里落脚。他们都是上校战时风流的产物，因此年纪也都一样大，堂娜特兰基莉娜待他们视如己出。加西亚·马尔克斯记得外祖母每天早晨都会这样吩咐女佣："准备好肉和鱼，因为咱们永远也猜不到突然来访的客人会想吃什么。"[13] 他还有一个姨妈，也是个古怪的人：

> 我还记得另一件事，能很好地说明那座大屋里的氛围。我有个姨妈……她是个很有活力的女人，整天在家里忙东忙西。有一天她突然坐下开始织寿衣，于是我问她："你为什么要织寿衣呢？""孩子，因为我就快死了呀。"她回答道。结果一织完寿衣，她真的就死了。人们就给她穿上她亲手织的寿衣。很怪的女人。她还是另一件怪事的主角：她正在走廊上绣花，这时来了个小姑娘，小姑娘手里拿着一颗奇怪的鸡蛋，那颗蛋上鼓起来一块。我不知道为什么我们家会成为整个镇子的人询问奇怪事务如何解决的场所。每当发生了什么大家搞不明白的事时，人们就会来我们家咨询，而这位女士，也就是我的姨妈，也总能给他们答案。让我痴迷的是她解决那些问题时的平静姿态。她转头望向那个拿着鸡蛋的姑娘，姑娘对她说道："您瞧，为什么这颗蛋会鼓起一块来呢？"她盯着那个姑娘，答道："啊，那是因为这是蛇怪生的蛋。到院子里生堆火吧。"人们把火生了起来，很自然地把蛋丢进去烧了。我认为正是那种平静姿态给了我创作《百年孤独》时要用到的最关键的东西，我在那本小说里讲述那些稀奇古怪、耸人听闻的故事时，用到的正是这位姨妈让人们在院子里焚烧蛇怪蛋时的淡然口吻，我到现在也不知道蛇怪到底长什么样子。[14]

外祖母当时年纪在五十岁上下，皮肤白皙，眼睛是蓝色的，还依然很美丽，很爱相信各样的流言蜚语，加西亚·马尔克斯从她那里听到了许多传说、寓言和当地人用幻想编织的关于那段繁荣时期的奇妙谎言。每当外孙提出问题时，那位夫人都会以长长的故事来应答，而且那些故事里必然有鬼魂出场。堂娜特兰基莉娜就像"女强人"的典型范例，像一位中世纪女领主又或是家中的女皇，她精力充沛，擅长料理家务，子女成群，各种知识都懂一些，身处困境也无所畏惧，坚毅严格地安排着那个大家族的日常生活，她既是这个家族的领头羊，又是各成员间的黏合剂。她不仅激发了加西亚·马尔克斯的文学才能，还是反复出现在作家笔下的众多女性角色的模板。堂娜特兰基莉娜在苏克雷去世时又瞎又疯，和乌尔苏拉·伊瓜朗·德布恩迪亚[①]一样，当时加西亚·马尔克斯正在锡帕基拉上学。[15]

但是对加西亚·马尔克斯起到更重大影响的人还是他的外祖父，"他是对我的人生影响最大的人"，他曾这样说道。[16]堂尼古拉斯·马尔克斯至少是两场内战的幸存者，他一直站在自由党人一边奋勇杀敌。纵观20世纪拉丁美洲各国的共和国时期历史，内战和独裁始终是纠缠不去的顽疾。不过可能在其他国家没有像哥伦比亚这样连场爆发军阀、地方豪强、不同政党参与的混战，而且这些战争规模庞大、影响深远。如果不算18世纪的公社社民起义和其他一些规模不大的起义和动乱，那么和共和国时期的历史相比，哥伦比亚在殖民时期几个世纪中倒是享受到了相对的安宁。第一场内战爆发时，独立还仍未成为现实：战斗双方是通哈议会的联邦党军队和由安东尼奥·纳里尼奥领导的中央集权军，后者于1813年1月9日取得了战争的胜利。从那时起直到现在，哥伦比亚遭受了不下三十次革命的摧残，这里所说的革命不是意识形态意义上的，而是单纯的军事意义上的。和拉丁美洲其他国家一样，中央集权制或联邦制的组织形式是导致保守党和自由党在19世纪大部分时间里争斗不休的根源或导火索，也造成了保守党信

[①]《百年孤独》中的重要角色。——本书脚注均为译者注

奉教权主义和专制制度，而自由党则反对教权主义，推崇议会制度——尽管在大多数情况下，不同的意识形态只不过是某些人掩饰自己的贪欲和野心的工具罢了。不过，没有任何一次自由党人的起义取得胜利。和委内瑞拉的情况不同，在哥伦比亚内部冲突中占上风的一向都是保守党人的政治理念和主张。"千日战争"就始于自由党人反抗信奉"民族主义"的保守党人曼努埃尔·圣克莱门特腐朽统治的斗争，此君于次年被"历史性的"保守党人何塞·曼努埃尔·马罗金赶下了台。圣克莱门特腐败、残暴、治国无方的政权终于在1900年7月31日画上了句号，然而在马罗金的执政时期，专权和不公问题依然存在。"千日战争"造成了前所未有的重大伤亡——据统计共有十万人丧生——最后使这个国家陷入落后贫穷的困境。起义者在战争刚开始时（在佩拉隆索和特兰等地）取得了几次胜利，但保守党人逐渐掌控了局势。革命首先在桑坦德省爆发，不过政府很快就在全国范围内掌握了主动，只有加勒比海沿岸地区，以及特别是巴拿马①例外，那些地方在整个战争期间都是自由党人的根据地。1902年11月21日，自由党人接受和平协议（实际上是投降了）之时，巴拿马也依然处于他们的掌控中。阿拉卡塔卡所处的位置邻近"千日战争"的战场，所以当地许多居民踊跃参战，加西亚·马尔克斯的外祖父也是其中之一。这位老兵的回忆使得他的外孙听到了许多那场战争中最激动人心、英雄主义和凄惨哀伤的故事，这些材料后来也成了加西亚·马尔克斯创作马孔多的故事的依据，例如奥雷里亚诺·布恩迪亚上校发动并失败的那三十二场内战。外祖父穷其一生都在等待着应当颁发给当年参战战士的"参军奖"，他总是说这是法律许诺赋予他的东西。在堂尼古拉斯去世后，堂娜特兰基莉娜继续等待着那笔虚无缥缈的抚恤金。加西亚·马尔克斯曾回忆起他那双目失明的外祖

---

① 当时巴拿马属于哥伦比亚掌控。

母说过的这样一句话:"我希望在我死后,你们能领到那笔钱。"

另一方面,堂尼古拉斯也是在阿拉卡塔卡居住时间最长的居民之一,他见证了香蕉热时期当地迎来的黄金时代。在这对外祖父和外孙之间存在的不只是亲情,还有种同谋关系。加西亚·马尔克斯曾这样动情地回忆道:

> 曾经有一次,他不得不杀死一个男人,当时他还很年轻。他住在一个村子里,似乎有个人让他觉得很烦,甚至还挑衅他,但他一直没过多理睬那人,直到忍无可忍之时,他就简简单单地一枪结果了那个人的性命。好像当时全村人都支持他的做法,甚至死者的兄弟之一晚上自愿睡在我外祖父的屋门前,好拦阻家里前来寻仇的人。可是外祖父后来难以忍受潜伏在村子里的威胁,于是去了另一个地方,不是搬去另一个村子,而是和全家人一起远远离开、建立起了另一个村镇。[17]

在《百年孤独》里,马孔多的建立也源自类似的事件。家族的创建者何塞·阿卡迪奥·布恩迪亚[①]杀死了普鲁登肖·阿基拉尔,死者的亡灵一直纠缠着他,直到何塞·阿卡迪奥和二十一名同伴一起翻山越岭、建立起马孔多为止:

> 没错,他走了,建立了一座村镇,我对外祖父印象最深的就是他经常对我说的这句话:"你可体会不到一个死人能有多么烦人。"还有另一件事也是我永远都不会忘记的,我认为那件事对我成为作家影响很大,有一天晚上,外祖父带我到马戏团去,我们看到了单峰驼,回

[①] 本书出现的加西亚·马尔克斯作品中的人名,部分与目前通行中译本相比有改动,如《百年孤独》中译本中的姓氏"阿尔卡蒂奥",中译者范晔在译本出版后曾表示译为"阿卡迪奥"更佳。本书译名按此翻译,其他情况不再一一说明。

到家后,他翻开词典,对我说:"这是单峰驼,这是单峰驼和大象之间的区别,这里则是单峰驼和骆驼之间的区别。"总之,他借机给我上了一节动物学课程。也因此我养成了用词典的习惯。[18]

外祖父瞎了一只眼睛,他总是会不知疲惫地谈起"千日战争"时期自己的长官、自由党领袖乌里韦·乌里韦。堂尼古拉斯和乌里韦是加西亚·马尔克斯虚构世界中一系列人物——上校们——的模板。加西亚·马尔克斯八岁时,外祖父去世了。"在那之后我就再也没经历过什么有趣的事情了。"[19]他坚持这样说道。从他心中诸多魔鬼[①]的角度来看,和其他同样夸大其词的说法相比,这一表述已经显得相当克制了。

波哥大与锡帕基拉的寄宿学校

实际上,在加西亚·马尔克斯经历过的诸多事件中,对他的文学之路起到最重要作用的就是离开阿拉卡塔卡:如果待在那里,他可能永远都成不了作家。1936年,他的父母搬去了苏克雷,他们把他送去巴兰基亚上学。再晚些时候,他又得到奖学金去锡帕基拉上学去了。离开村镇,了解其他地方的情况,尤其是首都的情况,这些经历对加西亚·马尔克斯而言谈不上喜悦,甚至可以说是充满痛苦:

> 第一次来到波哥大时,我还是个小伙子。我离开阿拉卡塔卡,拿着奖学金到锡帕基拉国立学校上学。我经历了可怕的河流水路之旅,然后又坐着火车翻山越岭,在抵达火车站后,我有了和首都的第一次接触:那是个极度遥远的地方,真可以说是另一个世界了。由于学生大多

---

① 指萦绕作家心头、催生出作家创作欲的种种因素,巴尔加斯·略萨习惯将写作比喻为"驱魔"。

是从遥远的外地前来的,所以都得指派一个学监进行照应,我拉着学监的手前行,还害怕自己会因为肺病死在那里,因为海岸区的人都说他们那边的人都忍受不了波哥大的严寒。可是,无论怎样,裹得十分严实的我还是和学监一起坐上了车,开始观察下午六点钟时的这座沉闷灰暗的城市。我看到了成千上万套着斗篷的人,还不时看到载着人的有轨电车驶过,但是没听到巴兰基亚人的那种喧闹声。当我从位于第七街下方希门内斯大道上的内务部门前经过时,我看见所有穿着考究的年轻小伙子都是一身黑衣,戴着圆礼帽,打着伞站在那里,还都留着小胡子,说实话,那时候我终于没忍住哭了起来,而且一连哭了好几个小时。从那时起波哥大对我而言就意味着学习适应和悲伤难过。那些穿着考究的小伙子看着有些阴郁,整座城市的氛围让我感到窒息,尽管后来我不得不在那里居住了好几年。不过在那段时间里,我要么待在宿舍里,要么去学校,要么就在报社,除此之外我就再也不了解其他地方了,我也只熟悉这三个场景之间的路线;我没爬过蒙塞拉特山,也没参观过玻利瓦尔的故居,我甚至不知道烈士公园在哪里。[20]

"大城市"并没有让这个从乡下来的孩子感到心旷神怡:反倒让他感到挫败和忧伤。他把这里和自己的故乡相比,和海岸区相比,那边的人们健谈、天性奔放,而波哥大则"沉闷灰暗""令人窒息",那些小伙子更是"冰冷又保守",他说从那时开始,那座城市之于他就仅仅意味着"学习适应和悲伤难过"了。他也把这副形象的波哥大写进了他的虚构世界之中。[21] 1968年8月,加西亚·马尔克斯和我同游波哥大,我们一起在那里待了几天。旅程开始前,我们还身处加拉加斯时,他就先给他的波哥大朋友们打了几通神秘的电话;后来我们才发现,他是在跟他们密谋要把我们的行程排得满满当当的,这样何塞·米格尔·奥维多和我就没机会近距离观察那座城市了,我们只能坐在他们安排的从一处飞速驶向另一处的汽车上走马观花。他坚持用一种反沙文主义的腔调说波哥大"是世界上最丑陋的城市"。

他对锡帕基拉的寄宿学校的回忆也充满阴暗色调。阿拉卡塔卡就像一处伤口,时间非但没有使它愈合,反倒让它炎症更甚了,加西亚·马尔克斯的思乡之情越来越浓了,这位少年又被迫怀着这种乡愁开始打量周围全新的世界,波哥大也好,锡帕基拉也罢,然而结果总是让他失望:

> 后来他们把我送去了锡帕基拉的学校,我的几年中学时光就是在那里度过的。锡帕基拉也是座寒冷的城市,那里房子顶上的瓦片大多破旧不堪,我上的是一所很大的寄宿学校,大概有两百或三百个孩子住在里面……每周六和周日可以外出,但我几乎不会离开宿舍,因为我不想去面对校外的那种悲伤氛围和寒冷天气。在那些年里,我几乎把所有的空闲时间都用来阅读儒勒·凡尔纳和埃米利奥·萨尔加里的书了。也因此,感谢上帝,我连盐矿大教堂也没去见识过。[22]

在类似于被监禁的数年里,那位少年并未妥协,加西亚·马尔克斯把那时的经历转变成了他的虚构世界中最核心的主题之一:孤独。而且,很可能在哥伦比亚安第斯山区一带几年的生活经历——他在的回忆里认为自己对波哥大和锡帕基拉的敌视态度与这些城市的"严寒天气"有关——赋予家乡热带炎热的气候以具有决定意义的重要价值,而这也变成了加西亚·马尔克斯脑海中阿拉卡塔卡形象的最典型特征之一。这一特征经过叙事加工,进入作家的虚构世界之中,正如沃尔科宁所指出的那样,炎热气候是加西亚·马尔克斯作品中随处可见的因素,正如恐惧在福克纳作品中的地位一样[23]。因此,在那些岁月里,阿拉卡塔卡始终鲜活地存在于加西亚·马尔克斯的记忆中:是它阻碍了作家感受幸福,让作家难以融入新生活，迫使他对新生活产生了主观敌意，却一直心心念念着自己童年的那方天地，那片已经失去的天堂。地理空间以及时间上的距离使加西亚·马尔克斯在潜意识中把自己对阿拉卡塔卡的记忆理想化了，这未尝不是一种补偿。在锡帕基拉寄宿学校生活期间，和其他许多同学一样，加西亚·马尔克斯也将写下一些"石头与天空"[①]式的诗句，这是流行于20世纪40年代至50年代哥伦比亚的带有革新性质的诗歌运动中所用的术语。

大学

1946年结束中学学业后，加西亚·马尔克斯来到了苏克雷，他的父母和弟弟妹妹们就居住在那里。就像每年假期时所做的那样，这次他也选择了乘船在玛格达莱纳河上航行；这些旅行后来为他创作《百年孤独》中梅梅·布恩迪亚和她的母亲在伤害了毛里西奥·巴比洛尼亚之后所做的那次旅行提供了必需的参考范例（第250—251页）[②]。他于1947年回到波哥大，进了大学。和所有拉丁美洲作家一样，或者说只有个别例外，他学的也是法律专业，同样和几乎所有拉丁美洲作家一样，他也很快就对自己的专业失去了兴趣。卡米洛·托雷斯是他在国立大学法律系里的同学，此人后来成了牧师，在多年之后死在了战场上。此外，他在1947年结识了后来成为他的密友小团体中一员的普利尼奥·阿普莱约·门多萨，这些密友对他的人生始终起着重要的影响。"阿普莱约·门多萨是个典型的沿海地区青年，他的打扮像个古巴人，喜欢穿衬衫、打领带，与当时波哥大街头的潮流格格不入。"加西亚·马尔克斯这样回忆道。作为法律系学生的加西亚·马尔克斯显得有些死气沉沉：

[①] 对西班牙诗人胡安·拉蒙·希梅内斯的诗集《石头与天空》中诗歌的模仿性创作。
[②] 本书中，此类括注为作者本人根据加西亚·马尔克斯作品的西班牙语版所做的页码索引，其参考版本详见书末《参考书目》。

18

中学毕业后，我在国立大学法律系完成了注册，我本来要念五年，可是我到最后也没毕业，因为那个专业让我无聊到想死……我当时住在弗洛里安街上的宿舍里，要是我没搞错的话，现在那里已经属于第八街了，尽管我没什么收入，可我还是奢侈地付了比其他住宿生更多的住宿费，因为我要求在我的每顿早餐里加一个鸡蛋。我觉得我可能是住在那里的人里唯一一个早餐有鸡蛋吃的人。对我而言，通过民法学考试要比通过刑法学考试更费劲，不过其实无论是什么法我都懒得学。我也留了小胡子，但是还没有歪着戴领带，后来我变成了闹事专家，我们利用商业法的上课时间跑到系部的走廊里胡踢乱踹。[24]

他只在波哥大的大学里上了一年学，也就是1947年，同样是在那一年里，他写出了第一篇短篇小说。据他自己所言，那则短篇是他以搞体育运动的速度写出来的。《观察家报》文学副刊的主编、绰号"尤利西斯"的评论家和小说家爱德华多·萨拉梅亚·博尔达在之前发表过一篇文章，声称哥伦比亚年轻一代作家全都资质平平：

于是我对和我同一代的同伴们生出了同仇敌忾的感觉，我的回应方式就是写一篇短篇，我想堵上爱德华多·萨拉梅亚·博尔达的嘴，当然他也是我的朋友，或者说至少后来他成了我的好友。我坐下来，把故事写好，寄给了《观察家报》，接下来的那个周日当我打开报纸时，我受到了第二次惊吓，报纸里有一整版的版面印的都是我的那篇小说，上面还有一条爱德华多·萨拉梅亚·博尔达加的注释，他承认自己犯了错，因为很明显"哥伦比亚文学界的一位天才随着这篇故事横空出世了"，或者类似的话吧。这次我真的急了，我对自己说："我这是陷入了怎样的麻烦之中啊！现在我要怎么做才能改善爱德华多·萨拉梅亚·博尔达对我的印象呢？"我的应对之策是：继续写下去。[25]

实际上，他的文学志向的根源绝不可能单纯出自此处。那篇小说（《第三次忍受》）是1947年至1952年间《观察家报》上刊登的他创作的十篇短篇小说之一，它们组成了他的虚构世界的史前史，并且都没有被收录到他后来的短篇小说集里[①]。在那个时期，加西亚·马尔克斯从未见过"尤利西斯"，后者也从未回复过他的信件：他只是不断发表着加西亚·马尔克斯的小说，然后再通过邮局给他打去一百五十比索的报酬。

"波哥大事件"与暴力

1948年4月9日，前波哥大市长、前自由党政府教育部长、共和国总统候选人豪尔赫·埃利塞尔·盖坦在波哥大市中心街头遭枪击身亡。他是个热情又富有魅力的演说家，他的演说家生涯始于为1928年香蕉工人罢工事件所做的辩护。他代表着自由党人士中最活跃的那股力量，而且获得了广泛的民众支持，但是尽管如此，他仍然不幸遇害，而且他的死引发了一场极大规模的暴力冲突，也就是有名的"波哥大事件"。这场冲突表明，与其说盖坦遇刺事件是唯一诱因，倒不如说它把在多年暗暗发酵的社会及政治紧张局势暴露了出来，成为引发爆炸的火星。盖坦遇刺的真相从未得到揭露；依然有人对杀人凶手是不是罗阿·西耶拉持怀疑态度，那个家伙的过去鲜有人知，看上去似乎有精神问题，在罪案发生后旋即被愤怒的民众杀死了。有些人坚持认为是保守党内最反动的人士一手策划的，因为盖坦日益激进的主张让他们感到害怕。不管怎么说，对于波哥大（那些天里在

---

① 本书创作于1971年，故有此表述。这个短篇小说后被收录于《蓝狗的眼睛》中。

该城还在举办第九届泛美大会）而言，刺杀事件的直接后果就是连续三日的恐怖：城市的一部分陷入火海，据统计在那三天里共有两千到三千人丧生。紧接着出现的就是在哥伦比亚政坛两大传统阵营之间爆发内战的新苗头，这场内战后来逐渐由个别地方蔓延到全国，从一个村镇到另一个村镇，从一个家庭到另一个家庭，它以一种疯癫跳跃的节奏传播，在某些地区甚至诱发了小型的末日场面，后来又突然平息下去，然后在另一个地区以更迅猛的姿态出现，直到让半个国家鲜血淋漓为止。根据赫尔曼·古斯曼、奥兰多·法尔斯·博尔达、爱德华多·乌马尼亚·鲁纳[26]等几位先生提供的令人冷汗直冒的数据，在1949年至1962年间，"暴力行为"造成了二十到三十万人死亡，几乎摧毁了托利马省全境。自1948年起，"暴力"就成为哥伦比亚社会和政治生活的主旋律，无论是私人生活还是公共生活，都被印上了不可磨灭的"暴力"印记。因此，近二十年来的叙事文学也一直以该事件为描写对象，这也为该事件持续提供了不同的视角，乃至于这类作品被统称为"暴力文学"[27]。

卡塔赫纳与巴兰基亚

加西亚·马尔克斯也不例外：和其他哥伦比亚作家一样，"暴力"也在他的作品中占据了显要位置。但是就他的情况来看，"暴力"是以一种极为特殊的方式呈现出来的，这一点我们将在后面详谈。在"波哥大事件"持续期间，位于弗洛里安街上的宿舍被烧了，作家的朋友普利尼奥·阿普莱约称众人不得不极力劝阻加西亚·马尔克斯，"说服他不要冲进火海去抢救一篇短篇故事的手稿"[28]。波哥大的大学受动乱影响停了课，于是加西亚·马尔克斯启程前往卡塔赫纳，因为他的家人在之前已经从苏克雷迁居到此。他在那里的大学重新注册，继续学法律，与此同时他还找了一份记者的工作，之后许多年都靠这个行当谋生。他开始在新创办的日报《宇宙报》工作,他什么都做。[29] 他在卡塔赫纳待了两年半,一面心不在焉地上着法律课程,一面给《宇宙报》撰稿,还给《观察家报》寄短篇故事,就这样一直到 1950 年,那一年发生了两件改变他人生走向的事情。第一件发生在到巴兰基亚旅行期间,经人介绍,他在开心咖啡馆结识了三个小伙子,当时三人正和一位老人坐在一起。那三人分别是给《先驱报》撰稿的阿方索·富恩马约尔、已经发表过数篇短篇小说的阿尔瓦罗·塞佩达·萨穆迪奥和《国民报》的记者赫尔曼·巴尔加斯。那位老人则是加泰罗尼亚的共和派人士拉蒙·文耶斯,他曾当过书商、女校教师,似乎是那几个人里面的领头者。他们四人都已经读过加西亚·马尔克斯写的短篇小说了,因此十分热情地招呼了他。他也跟那几个人相见恨晚。在他们认识的那天晚上,阿尔瓦罗·塞佩达就把加西亚·马尔克斯带去了自己堆满书籍的家里,他一面向作家展示着自己的藏书,一面说道:"这些书全都可以借给你看!""他们整天埋头于全世界作家的小说里,"加西亚·马尔克斯说道,"他们的文学素养很高。"而阿方索·富恩马约尔则更是其中的佼佼者。加西亚·马尔克斯立刻感觉自己融入这个朋友圈了("他们是我这辈子结交的第一群朋友,也是最后一群",加西亚·马尔克斯用《百年孤独》纪念了几人间的友谊)。他对这份友谊看重到如下地步:他决定辞去在《宇宙报》的工作,中断在法律系的学业,搬到巴兰基亚去住。第二件事是他陪母亲一起回阿拉卡塔卡去卖堂尼古拉斯的那幢大房子:直面童年对于他最终成为作家有着决定性的意义。

《枯枝败叶》

在巴兰基亚,富恩马约尔给加西亚·马尔克斯在《先驱报》找了份工作,作家在那里开设了一个每日专栏,名叫《长颈鹿》,内容都与当地的人物和事件相关,每篇文章报社付三比索的报酬。这些微薄的收入迫使加西亚·马尔克斯过着拮据得甚至有些可笑的生活：他住在一栋名为"摩天大楼"的四层楼房中的简陋房间里，那里除了是住宅，还是一家妓院，所以他的邻居都是些妓女和妓院雇工，他最后和那些人都交上了朋友。他每天都和新朋友们在"开心咖啡馆"和"世界书店"聚会，同时如饥似渴地阅读现代小说家们的作品。在那之前他已经创作了一些有点抽象且过分雕琢的短篇小说，但和母亲去过阿拉卡塔卡后，他的文学事业发生了翻天覆地的变化。在巴兰基亚"摩天大楼"顶层的陋室里，他第一次尝试把那些与他童年生活和阿拉卡塔卡相关的所有"魔鬼"都融入一部长篇小说之中。他本打算给那本小说起名为《家》，不过在数年后书出版时，书名变成了《枯枝败叶》。赫尔曼·巴尔加斯回忆加西亚·马尔克斯创作那本小说时的生活环境：

  加西亚·马尔克斯生活在巴兰基亚的最初几年里曾十分努力地创作《家》，那时候大概是20世纪50年代初。他习惯穿涤纶长裤和五颜六色的条纹衬衫。加西亚·马尔克斯要么端坐在《先驱报》编辑部的办公桌前，要么就坐在"摩天大楼"住所中的木床上，那是个奇怪的四层妓院，连电梯也没有。他每天都要给巴兰基亚那份日报上的《长颈鹿》专栏写文章，报社则在每天下午给他发放可怜的报酬，那些钱甚至连他吃个半饱、支付"摩天大楼"的房租和杂费都不够。在那栋楼里，他的房间在最顶层，而且那里还经常会变成妓女和妓院雇工闲聊的地方，他们很喜欢和这个年轻租客聊天，还会请他给他们一些建议，他们发现他每次都是半夜或天亮才回来，喜欢读威廉·福克纳和弗吉尼亚·伍尔夫写的奇怪的书，而且来找他的朋友有许多都开着新式轿车，他们的尊贵形象和这家卑微的妓院很不相称。他们从未搞清楚那位奇怪的租客是什么人、是干什么工作的。但妓女们确实对他非常友善，甚至还有些尊敬，有时她们还会邀请他来分享她们亲手准备的简单食物，或是请他用六孔竖笛吹几首民歌给她们听。[30]

在1951年写完这部小说后，加西亚·马尔克斯感觉无比失落：这不是他想写的那种作品，写作成果的质量要低于预期。他原来的计划是要写一本囊括了马孔多完整历史的故事，而这部作品只展现了那个世界的一幅粗略画面。在写出《百年孤独》之前，每写完一部作品，同样的挫败感就会涌上心头，这也是他不太情愿出版那几部作品的原因。它们都是在写成许久之后才得以出版的。在写完《枯枝败叶》的短短几个月后，洛萨达出版社的一位代理人把这部作品手稿连同卡巴列罗·卡尔德隆的《背身基督》一起寄回了阿根廷。出版社拒绝了加西亚·马尔克斯的小说，还附上一封由评论家吉列尔莫·德托雷写的信，"他在信里说我没有写作天赋，还建议我最好去干点别的"。[31]

第一本书带来的挫败和情感失落并没对加西亚·马尔克斯产生过多影响，因为尽管他在巴兰基亚的日子过得十分拮据，不过倒也乐得自在。尤其是他和赫尔曼·巴尔加斯、阿尔瓦罗·塞佩达以及阿方索·富恩马约尔之间的深情厚谊更令他感到快活。阿方索·富恩马约尔是这群朋友们中最年长的，也是这群人中的精神导师，是他发现了那些他们热情阅读的外国作家：福克纳、海明威、伍尔夫、卡夫卡和乔伊斯。他们经常一起去"哥伦比亚"咖啡馆，和拉蒙·文耶斯聚到一起，这位老人性情古怪但知识渊博，他们中有人还记得，在那些聚会中，他们经常"大声讨论各种奇思异想的主题，全然不顾他们谈话的内容和其他顾客的那些俗不可耐的陈词滥调相比显得格格不入"[32]。后来加西亚·马尔克斯经常会在记者面前表示自己写作的目的"只是为了让朋友们更喜欢我"[33]，说这句话时，他心里想的肯定就是这群朋友，当然还要加上普利尼奥·阿普莱约·门多萨和诗人阿尔瓦罗·穆蒂斯，后者是他在一年前的卡塔赫纳结识的。这种深情厚谊并不只是通过共同阅读和思考讨论建立起来的。他们还经常一起消遣，例如时不时地到"黑美人欧菲米娅"那里去，她是巴兰基亚头号妓院的传奇明星，当地流传着关于她的各种传说，毫无疑问这个人物也对马孔多神话的构建做出了贡献。另一方面，加西亚·马尔克斯还经常小心翼翼地晃荡在当地一家药房的周围；药房主人的女儿名叫梅塞德斯·巴尔查，她还是个小女孩时，他就在苏克雷见过她，如今她已出落成带点异域风情（她有埃及血统）的漂亮姑娘了，加西亚·马尔克斯经常在朋友们面前提起她，而这些朋友们则给她起了个绰号——"神圣的鳄鱼"。

《观察家报》的记者

1954年，阿尔瓦罗·穆蒂斯说服加西亚·马尔克斯回到了波哥大，他为后者在《观察家报》谋了份差事：撰写影评和社论。实际上，当他后来回忆起自己的记者生涯时，最令他动情的还是他写的那些报道：

> 后来我到《观察家报》当了记者。那是我唯一想再做的职业。最让我耿耿于怀的事情就是我后来不再当记者了，而最令我痛苦的则是奇金基拉集体中毒事件①发生时我不在哥伦比亚：我本可以义务深入报道那则新闻的。而且我们当时还很喜欢"创造"新闻……在人们想要把乔科省拆分划归给邻近两省的时期，我们收到一个名叫普里莫·格雷罗的驻基夫多②记者发来的电报，他提到当地爆发了一场前所未有的大游行。第二天、第三天……我们接连收到了同样的信息，于是我

---

① 指1967年11月25日发生在哥伦比亚奇金基拉市的群体中毒事件。当天早上，该地区的许多孩子在吃过早餐前往学校的路上突发抽搐，紧急送医后仍有近百名儿童死亡，后经调查，认为有农药意外落入面粉中，孩子吃过毒面粉制成的面包后中毒。
② 系乔科省首府。

决定亲赴基夫多,看看那战斗中的城市成了什么样子。那天烈日当空,我费尽周折才来到那个没人愿去的地方,那是个荒芜沉闷的城镇,街上尘土飞扬,周围的一切似乎都被烤变形了。最后我终于来到普里莫·格雷罗的落脚处,当时是闷热难耐的下午三点,这位仁兄正躺在吊床上悠闲地午睡呢。

他是个健壮的黑人。他对我解释说在基夫多什么事也没发生,但他依然觉得发几份电报渲染下示威游行的事是正确的举动。可我花了整整两天才到那儿,而且摄影师也不甘心空手而回,于是我们在取得普里莫·格雷罗的同意后,专门组织了一场小型的示威游行活动:人们敲锣、打鼓、鸣笛。两天后,新闻发出来了,第四天从首都又来了一大群记者和摄影师,他们也想见识下如潮的示威人群。我不得不对他们解释说这个村子里的可怜人们还在酣睡呢,但我们可以为他们再搞一场新的、更大规模的游行,乔科省就是这样得救的。

还有一次,我们手头没什么报道资源了,于是我们就编了个直升机在特昆达马瀑布迫降的新闻。这种大胆行为其实特别愚蠢;我们找了架执行过上千次起飞和降落任务的直升机,这次只不过是把场景移到了瀑布上而已。我们设计得很好,我把摄影师安排在了机舱里,我自己则站在公路边,因为我很害怕机毁人亡,结果最后竟然拍出了第一张有名的特昆达马瀑布航拍照。后来我又针对船员贝拉斯科的经历写出了连续报道。[34]

上述引文表明,对加西亚·马尔克斯来说,新闻报道绝不仅仅是用来谋生的手段,他是带着热情甚至是激情当记者的。他同时也表明了新闻报道工作为何如此吸引他:真正让他感兴趣的不是报道文章,而是记者为求写出好的报道而在背后做出的种种努力，如果找不到好的素材，那就去创造它。正是新闻报道工作中的冒险因素使他对这份工作充满热情，因为这刚好和他的性格相吻合：他喜欢就非同寻常的人物和事件展开想象，也喜欢把现实生活看作无数奇闻轶事的集合。新闻工作成为他这种心理最适宜的表现方式，而新闻工作反过来又强化了他这种性格。有必要提一下海明威身上的类似情况。海明威最早的文学探索也源自新闻报道，这份职业不仅帮他积累了许多经验——对海明威而言记者工作中的冒险因素也是最重要的——也从技术层面上训练了他，使他培养出自己独特的文风。《堪萨斯城之星》报社曾对撰稿人提过如下知名的要求，所有为海明威写传记的人也都记得它："尽量用短句。最初几段要短。用有活力的英文写作，行文要流畅。语言要积极，忌消极。"[35] 这些话完全可以用来概括加西亚·马尔克斯的《没有人给他写信的上校》、《格兰德大妈的葬礼》（与这部短篇小说集同名的故事除外[①]）和《恶时辰》这三部小说里精炼又明快的风格。

《一个海难幸存者的故事》

加西亚·马尔克斯写出了几篇在哥伦比亚引发强烈反响的报道；其中最有名的就是关于船员贝拉斯科的系列报道[36]。1955 年 2 月，哥伦比亚海军卡尔达斯号驱逐舰上的八名船员在加勒比海海域落水。几天后，其中一名遇难者出现在了一处海滩上，当时他已经离死不远了，他乘坐一只木筏、不吃不喝在海上漂流了十天。此人名叫路易斯·亚历杭德罗·贝拉斯科，当时二十岁，记忆力很好，还富有幽默感。加西亚·马尔克斯和他一起用十四篇文章详细回顾了发生的事件。结果那组文章成了一篇流畅又引人入

[①] 此处指《格兰德大妈的葬礼》这篇故事。本书的中译本未使用《格兰德大妈的葬礼》这一篇作为书名，而是用了另一篇的标题《礼拜二午睡时刻》。

胜的冒险故事，加西亚·马尔克斯在其中展现出大师级的掌控力，以及虚构文学的一切技巧：客观性、连贯的情节、灵活穿插各种戏剧性冲突、设置悬念、融入幽默元素。记录以第一人称独白的形式展开，贝拉斯科以极为冷静的口吻事无巨细地缓缓讲述卡尔达斯号驱逐舰自亚拉巴马州的莫比尔起航后发生的所有事件。驱逐舰曾在莫比尔修整了八个月，贝拉斯科还在那里留下了一个叫玛丽的情人，几个礼拜后，可能是由于他展现出的勇气和魅力，他摇身一变成了国家英雄。撰写那一系列文章最难的莫过于贝拉斯科在木筏上的空虚无趣的十天了，因为既不能重复，又不能写得过于恐怖。加西亚·马尔克斯的叙事者天赋帮他克服了这一困难，他懂得如何巧妙组织手头的材料，也明白该如何安排故事的各个情节。对贝拉斯科在海上度过的每一天的描写都有不同的聚焦事件：第一天，写船员在安的列斯群岛夜幕降临后的恐惧心理；第二天，写几架飞机从他头顶飞过却没发现他，还有几条鲨鱼每到下午五点就会准时现身；第三天，写船员在木筏上陷入幻觉，仿佛看到童年时的朋友；第四天，写捕猎海鸥；第五天，写船员在绝望中吞食鞋子、腰带和衬衫碎片，等等……一切描写都真实可信、打动人心，而且从来都没有刻意渲染悲伤气氛或试图蛊惑人心，在加西亚·马尔克斯高超的语言技巧下，尽管那些文字基本都是记录性的，却显得自然而流畅，这表明它的作者不仅有当记者的天赋，更有当作家的才华。这些文章引发了难以预料的政治后果：贝拉斯科的证词证实在卡尔达斯号驱逐舰的甲板上曾装载了一批走私货物，正是由于这些货物的存在，才导致驱逐舰在起锚启航后发生了那场悲剧性事故，官方版本提出的"风暴诱因说"不攻自破了。罗哈斯·皮尼利亚独裁政权"采取了一系列激烈的报复措施，并最终在几个月后查封了《观察家报》"[37]。

尽管为《观察家报》工作占据了他大部分时间，可加西亚·马尔克斯依旧坚持写短篇小说，只不过大部分都没写完，或被他扔进了垃圾桶。可在1955年初，其中一则故事却在波哥大获得了作家及艺术家协会主办的征文比赛奖项。那篇故事是《周六后的一天》，和那本仍未写成的小说一样，这篇故事也发生在马孔多，后来被收入短篇小说集《格兰德大妈的葬礼》之中。当加西亚·马尔克斯在巴兰基亚写《枯枝败叶》时，他发现书中一章可以被写成独立的故事，于是他就把那一章的内容从小说里剔除出来。短篇小说《伊莎贝尔在马孔多观雨时的独白》于1955年发表在了《神话》杂志，那份杂志是诗人豪尔赫·盖坦·杜兰在同年创办的[38]。后来，同样的事也发生在《没有人给他写信的上校》一书，此书是从他的第二本小说中脱胎而出的。最后值得一提的是，几乎在同一时期，他的那本已写成四年的小说终于付梓问世了：

> 五年之后，我当时已经在报社工作了，编辑过几本书的萨穆埃尔·利斯曼·鲍乌姆来到我的办公室，他问我能不能把一本小说的手稿给他，还说有人告诉他说那份手稿就在我办公的地方。我打开写字桌的抽屉，把放在里面的小说原稿交给了他。短短几周之后，希帕出版社就给我打来了电话，对我说书已经出版了，编辑却不见了，必须由我来掏钱。因此我只得约上几个书商一起去了希帕出版社，说服他们每人买上五本或是十本，我就这样东拼西凑地付了那笔钱。[39]

那本书只在小范围里流通，而且相关的书评很少。

加西亚·马尔克斯当记者的那些年头，正处于社会学家所谓的哥伦比亚"第一次暴力浪潮"时期。几乎在全国境内，尤其是内陆省份，凶案、伏击、报复性行为和游击队活动每天造成的伤亡人数都在持续上升。尽管波哥大竭力保持生活正常的假象，可实际上内陆各地村庄和庄稼被毁无数，许多家族惨遭灭门，还时常出现虐待事件，而这些情况的出现都源自政治仇恨。[40] 多年之后，卡米洛·托雷斯是这样解释那段残酷时期的：

> 穷人不明白富人的政治逻辑，但他们清楚地感到了心中的怒火，他们吃不饱饭又上不了学，拖着病恹恹的身子，没有房屋，没有土地，也没有工作，自由党穷人把种种怨恨发泄到保守党穷人身上，保守党穷人也将怒火宣泄到自由党穷人身上。可那些真正应该对穷人悲惨状况负责的政治寡头，却欢天喜地地像隔着围栏看斗牛般看热闹，他们继续发财，也继续领导着这个国家。[41]

这些经历都以间接而有力的方式体现在加西亚·马尔克斯接下来的几部作品中。它们发生在一个压抑的村镇里，高压政策让许多人深受其苦，在村镇中还有一股地下政治势力，村镇外还有人们看不到的游击战争。加西亚·马尔克斯在锡帕基拉的国立学校学习时曾遇到好几位信奉马克思主义的老师，因而他懵懵模糊地接受了一点政治启蒙。1955年，加西亚·马尔克斯在出版《枯枝败叶》之后，当时还是非法政党的共产党联系上了他，因而他加入了一个党支部。党组织把通过地下工作获取的情报交给他，而他把它们用到了自己的记者工作中。在短暂的党内生活里，他所做的几乎全都是些政治和思想上的讨论。他的同志们认为《枯枝败叶》中体现出的"艺术"风格对于描述哥伦比亚现实中的那些最紧迫的问题来说是不合适的。尽管加西亚·马尔克斯从未陷入社会现实主义那些枯燥乏味的概念中，不过那些同志的观点显然对他几个月后开始的第二部长篇的叙事语言起到了一些影响。

欧洲与匿名帖的故事

同样是在1955年，7月，加西亚·马尔克斯第一次离开自己的祖国。关于船员贝拉斯科的系列文章以及走私丑闻使他受到了政府方面的敌视，于是《观察家报》决定把他派去日内瓦报道四国首脑会议。按照原计划，那趟旅程持续的时间将会很短暂，加西亚·马尔克斯对他身居巴兰基亚的未婚妻梅塞德斯也是这样说的。但事情后来的走向出乎所有人的预料，等到他再次回到哥伦比亚时，已经是四年之后了。他先是在瑞士待了一个礼拜，关于四国首脑会议的报道任务结束后，报社给他拍来一封电报："你快去罗马，教皇可能要升天了。"可是他刚到意大利，庇护十二世就痊愈了，于是《观察家报》决定把他留在欧洲，担任驻欧洲记者。他的工作着实让人羡慕：工资很高（月薪三百美元），还有大把的空闲。长久以来对电影的喜爱促使他注册了"电影实验中心"的课程，他在那里学了几个月怎么当导演。也是在那里，他结识了另一位密友：电影工作者吉列尔莫·安古洛。年末时，他决定搬去巴黎。在抵达法国短短几天之后他就收到消息：罗哈斯·皮尼利亚独裁政府查封了《观察家报》，他失业了。报社给他寄去了购买回程机票的钱，但是由于那阵子他已经开始写新书了，于是他决定留在法国。他住在拉丁区里的居雅斯街上破旧的"佛兰德"旅店顶层上，在拿到路费后，他第一次可以不必想着赚钱果腹了，他每天都写，满怀激情，从天黑一直写到天亮。他的朋友普利尼奥·阿普莱约那阵子刚好也在巴黎，他在一篇美妙的文章里描述了加西亚·马尔克斯酝酿《没有人给他写信的上校》的经过。[42]

　　1955年圣诞节前几天，刚到巴黎的加西亚·马尔克斯约上普利尼奥一起到学院街上的"巴黎高脚杯"酒吧喝酒，他对普利尼奥说他已经决定要把"匿名帖的故事"写出来了，那件事发生在苏克雷，也就是他度过童年时期几年岁月的那个玻利瓦尔省遥远的河边小镇。那个被他在《恶时辰》[43]里夸张地描写的事件是这样的：从某日开始，镇中房屋的墙壁上突然出现一些匿名帖，这些没有署名的检举或诽谤的帖子引发了各种各样的冲突和矛盾，甚至造成了流血事件，更导致许多曾经的邻居搬离了该镇（其中就包括梅塞德斯一家）。在佛兰德旅店开始写作的第一个夜晚，加西亚·马尔克斯就连写了十页纸，他这才明白他想写的故事不是一篇短篇小说能容下的，于是决定把它写成长篇。1956年最初几个月里，他一直专心创作那部后来叫《恶时辰》的作品。他总是在晚上用他当记者时的便携式打字机写作，上面的按键逐渐损坏了。一天，那台机器终于用不成了，修理师一看到它的模样就说："先生，您是怎么把它折磨成这副样子的？"

关于匿名帖的故事越写越长，还分出了许多远离主线的小故事。尤其是其中一个人物，最开始是被设计成次要角色，后来却开始展现出旺盛的生命力，他在书中的地位也越来越重要：那是位年老的上校，参加过内战的老兵，他一直在无休止地等待退休金，也始终在悲惨的生活里竭力保持尊严，此外，他还从自己遇害身亡的儿子手里继承了一只斗鸡。"上校和斗鸡的故事从那本小说里自己跑了出来"，加西亚·马尔克斯这样对普利尼奥说道。这个故事的来源是一幅画面：加西亚·马尔克斯在巴兰基亚海鲜市场对面看见过许多次一个靠着栏杆的男人，他好像在等待着什么。[44] 这个谜一样的人帮他构思了一个人物：一位无休止地等待着什么的老人。后来，画面自然而然和作家童年的遥远记忆结合起来，于是外祖父的形象冒了出来。那位等待着什么的老人应该是个上校，在内战中幸存，等待着官方对他参军作战的认可和嘉奖。之所以创造一只斗鸡出来，实际上也与作家的故乡有紧密联系：在哥伦比亚的加勒比海沿岸，就和其他加勒比海沿岸地区一样，斗鸡比赛是很受民众欢迎的运动。在"波哥大事件"过后，哥伦比亚"第一次暴力浪潮"使得这项运动笼罩上镇压和盲目的政治仇恨的阴影，斗鸡和上校的故事就是以此为背景。还有另外一个素材：加西亚·马尔克斯本人在花光回程款后面临着吃不饱饭的难题。他每天都会带着收到好消息的希望下楼等信：故事中的老上校也总是会带着同样的焦虑准点来到邮局。作家愈发被上校和斗鸡这两个角色吸引，于是决定把他们从讲匿名帖的那部小说中抽离出来，1956年年中，他用一条彩色领带把小说手稿捆好，塞进手提箱里，转而全身心投入描写上校和斗鸡的故事。他怀着同样的激情创作，一遍又一遍改写《没有人给他写信的上校》，最后总共改写了十一遍，最终完稿时已经是1957年1月了。他写出了一部精炼的大师级作品，可是他不仅没有察觉到这一点，反而又感受到写完《枯枝败叶》之后的那种挫败感。他把小说手稿保存好，又回头写那部关于匿名帖的小说去了。

物质匮乏的困境日益严重，从那时起直到他回到拉丁美洲，他一直过着贫穷困苦、充满冒险又十分有趣的生活，在巴黎生活的许多拉丁美洲人过的都是这样的日子。1968年，加西亚·马尔克斯在法国发表的一篇文章里是这样回忆那段艰难的巴黎岁月的：

> 我没有工作函，所以没法找工作，也没有哪个熟人可以给我提供工作，而且我也不会法语。有时我会捡几个废瓶子换钱，还有时候我会"收旧报纸"，我就这样过日子。我在整整三年里都靠这种奇迹存活。这给我带来了巨大的苦涩和痛楚。我身边有许多拉丁美洲人也是这样维生的。我们发现人们买牛排时，肉铺老板总是会附赠一块炖汤用的骨头。所以我们这些人总是会跑去借骨头，煮完汤后再把骨头还回去。我觉得无论是肉店老板、面包店老板还是店里的服务员都很粗鲁无礼。现在他们倒是和善起来了。可能因为当时我买块牛排还必须要走那块骨头，而现在一买就是一公斤肉的缘故吧。我不知道他们态度上的差异是不是源自于此，还是说法国人真的变了。在那个时期，我住在居雅斯街上一家名叫"佛兰德"的旅店里。旅店老板是拉克鲁瓦先生和夫人。我一分钱都不剩的时候，我把自己的情况告诉了他们，我说我付不了房钱了，他们允许我到阁楼上去住。我本来想着那种状况会持续一两个月，但实际上我一整年都没钱付房租给他们。第二年我付了十二万旧法郎，那对当时的我们而言可是笔大钱。现在我到了

巴黎的第一件事就是去佛兰德旅店问候拉克鲁瓦夫妇。可是那里的人告诉我说没人知道他们去哪了。上周我到马里奥·巴尔加斯·略萨住的威特酒店去找他,一进酒店我就遇见了酒店老板,他们恰好就是拉克鲁瓦夫妇。让人颇为诧异的是,马里奥在1960年时的处境和我如出一辙,他们也对他说了同样的话,让他搬去阁楼上住,他也很长时间都无法支付房租。正是由于拉克鲁瓦夫妇的慷慨,我才写出了《没有人给他写信的上校》,而马里奥则写出了《城市与狗》。巴黎没有变,变的是我。现在我想找工作的话就肯定能找到。可是如果我没有经历过那三年苦日子,我可能也就不会成为作家了。在这里我懂得了没有谁是会被饿死的,任谁都能在桥下睡觉过夜。[45]

我还很清晰地记得加西亚·马尔克斯走进威特酒店、认出慷慨的拉克鲁瓦夫人后露出的那副惊恐的表情。她也还记得他:"啊,这不是住在八楼的记者加西亚·马尔克斯先生嘛!"

1956年年末,在写完《没有人给他写信的上校》不久后,加西亚·马尔克斯离开了佛兰德旅店,搬去了达萨大街上的一间"用人房"。原因是有位西班牙姑娘住在那里,他和她有一段短暂的、转瞬即逝的暧昧关系,后来两个人成了很好的朋友,友谊一直持续到今天。他在达萨大街上继续创作那本关于匿名帖的小说,一直写到1957年年中,普利尼奥·阿普莱约那时回到了巴黎,两位朋友决定一起到社会主义国家去看一看。

关于社会主义的报道

他们俩结伴到东德去了一趟,费了番周折,在游历东德的两周时间里去了柏林、莱比锡和魏玛。此后他们回到了巴黎,不久之后又去了更东边的国家。由医生、小说家曼努埃尔·萨帕塔·奥利维亚带领的哥伦比亚

"德里亚·萨帕塔"民间音乐团刚刚抵达法国，音乐团受到邀请，将要出席在1957年8月在莫斯科举办的青年节。普利尼奥和加西亚·马尔克斯以音乐团成员的身份搞到了苏联签证。他们先是乘坐人挤人的火车去了布拉格，全程都站在厕所门口，在捷克首都盘桓几日之后他们又继续搭乘火车踏上了前往莫斯科的旅途。他们在莫斯科和斯大林格勒待了十八天，后来加西亚·马尔克斯经布达佩斯中转回到了巴黎。他就自己在社会主义世界的旅行写了十篇很长的文章，发表在了委内瑞拉的《精华》杂志和哥伦比亚的《万花筒》杂志上[46]。这组文章展现了作者作为记者的清晰头脑：搜集信息，运用智慧和流畅的风格，再加上高超的叙事技巧。这组报道最主要的目的不是发表政治观点，而是提供信息。加西亚·马尔克斯让自己和他的所见所闻拉开了距离，以此增加文字的客观性，不过他在那些社会主义国家的见闻也时常会迫使他发表一些个人看法。他对每个国家的看法都有差异。其中最激烈的批评是针对东德的，他发现那里的人吃得很好，食物价格也便宜，但是过着千篇一律的生活。那里的色调是灰色的，一切都让他感到丑陋："那里的人早餐吃的就是欧洲其他国家的人们午餐吃的东西，而且价格更加低廉。但是那里的人苦闷又消沉，总是无精打采地吞食着大肉和煎蛋。"（报道一）人们的悲伤情绪和那座城市压抑的建筑布局（可能是社会现实主义的顶峰之作），尤其是柏林的那条大街（报道二），让他十分难受。在游历了德意志民主共和国后，他得出的结论简直不能更糟了："我们完全不能理解，为什么东德人民掌握了政权、生产资料、商业、金融和交通，却还是一个悲伤的民族，甚至是我见过的最悲伤的民族。"（报道二）

在到达捷克斯洛伐克后，他对社会主义的印象就大为改观了；他发现那里的人们对政府非常满意，而且他也感受到了一种更加开放的氛围："我连一个对自己的命运感到不满的捷克人都没遇到过。学生们也没有对当局那些毫无必要的对文学和外国媒体的控制、对出境的严格管控表现出太多不满"（报道四）；"那是唯一一个人民没有受到紧张情绪折磨的社会主义国家，人们也没有表现出受到秘密警察监控的样子，不管那是真的还是装出来的"（报道五）。整个系列的报道到处都是类似的不同观点，有的是认同，有的则是批评，这不仅体现了作者意识形态上的独立性和作为记者的真诚直率，更重要的是表现了他在和社会主义进行接触后产生的一种朦胧又矛盾的印象。这些报道中的某些评论还反映了作者对位于大西洋沿岸故乡的思念。例如，刚来到捷克斯洛伐克时，他写道："我惊讶地发现在欧洲发生的某些事情像极了那些在哥伦比亚的村镇中发生的事情，那个冷清又炎热的车站里，只有一个男人在摆满各色瓶子的冷饮小推车前酣睡，这副场景不禁令我想起了圣玛尔塔香蕉产区的那些布满灰尘的火车站。那里放的唱片更加深了我的这一印象：洛斯潘乔斯重奏团的博莱罗舞曲、曼波舞曲和墨西哥科里多舞曲。其中博莱罗舞曲《佩尔菲迪亚》循环播放。在我到达的短短几分钟后，他们还播放了拉斐尔·埃斯卡洛纳演唱的《米格尔·卡纳莱斯》，我并不熟悉那首歌。"（报道四）

那些报道不仅是带有政治和社会意义的报告，还记录了许多趣事，甚至可以看作一系列行文流畅的旅行随笔。在布拉格，一条小巷启发他写了一个精彩绝伦的段落，可能这也是第一次启发他在多年后写下马孔多炼金术士的种种故事情节的经历："那儿有条小街——炼金术士街——真可称得上是当地为数不多的博物馆式场地。是时间把它塑造成了那副样子。18世纪时，那里到处都是些售卖奇妙发明的小商店。炼金术士们在店铺后面焚烧眼睫毛，想要借此找到魔法石和永生药。那些张大嘴巴等待奇迹的天真顾客——如果永生药被摆上货架，他们肯定会砸锅卖铁来买——最终也是张大了嘴巴死去的。后来炼金术士们也都死了。他们的魔法秘术也随之灰飞烟灭，它们可能只能算是科学写下的动人诗篇。现在那些小商店都已经关门了。没人试过要为了吸引游客而让它们重新开张。那些门店上到处都是蝙蝠和蜘蛛，这也印证了它们经历过的无数岁月，每年都有人用黄色和蓝色的劣质涂料随意把它们粉刷一遍，因此从外面看上去那些建筑还挺新，只不过不是现在人们认为的那种'新'，而更符合17世纪的人对'新'的理解。那里既没有门牌，又查不到什么相关资料。来客不禁要问捷克人：'这是什么玩意？'而捷克人则再自然不过地回答他们，让提问的人觉得他们仿佛回到了17世纪：'那是条炼金术士街。'"（报道五）这位观察者似乎突然又变成了入梦者，于是在他的报道中出现了许多虚实难辨的成分，例如一到华沙，加西亚·马尔克斯就觉察到那里似乎经历了一场《圣经》里的大洪水，马孔多也曾被类似的洪水淹没："那里的一切都非常干燥，但出于我也不知是什么的原因，我感觉华沙似乎在之前经历过连年大雨的冲刷。"（报道五）这些纯靠想象编织的话语有时没有太多含义，有时则能缓和某场事件所携带的紧张氛围，有时这种写法又可以帮助记者展现他想要表达的东西。下面这个关于苏联人民慷慨性情的事件（毫无疑问是虚构的）就是一例："我在乌克兰一个火车站结识了一位德国代表，他极力夸赞了一辆俄国自行车。那时在苏联，自行车还是稀缺又昂贵的物件。受到夸赞的那辆自行车的主人是位姑娘，她对那位德国人说她要把自行车送给他。他拒绝了。当火车开动时，那位姑娘在众人的帮助下把自行车扔到了车厢里，不承想却刚好砸破了德国代表的脑袋。于是在莫斯科出现了后来尽人皆知的有趣场景，与当时的节日氛围很搭配：一个头缠绷带的德国人骑着自行车游荡在那座城市里。"（报道七）针对货币兑换难和社会主义国家间入境难的问题所出现的令人绝望的官僚主义做派，加西亚·马尔克斯并没有写长文批判，而是采取了相同的方法创作了一则小故事：在访问波兰结束后，他手头还剩下两百兹罗提①，但是他不能把这些钱带出波兰，他必须在边境

---

① 波兰货币单位。

把钱花掉，于是他买了两百盒小盒香烟，还把其中二十盒卖给了边境守卫，以此支付波兰所谓的"出口关税"。可是几分钟后，那剩下的一百八十盒香烟就在捷克斯洛伐克被没收了，因为他没钱支付该国的"进口关税"。（报道六）

加西亚·马尔克斯来到波兰时，那里正处于"解冻时期"，也正是哥穆尔卡掌权的鼎盛时期。波兰人民极度贫穷的生活处境给他留下了很深的印象，同样让他难忘的还有他们面对物质匮乏困境时仍保持尊严的态度。他还发现政府的自由化倾向愈发明显了："自从哥穆尔卡上台以来，这个国家开始享有言论自由……""波兰人民可以表达对政府的不满，这种自由令人吃惊……"（报道六）苏联给他留下最深印象的是广袤的土地和多样的民族、语言、人种和景色，此外还有"一种强烈的戏剧性对比：在这样广袤的国家里，劳动人民却只能居住在狭小的房间里，每年只能买两件衣服。可是与此同时，他们又都在为苏联火箭到达月球而心满意足"（报道十）。这是苏联最突出的特点之一，也不乏反映这一特点的案例和轶事：科学技术的先进和日常生活的贫穷落后形成了鲜明对比。尽管加西亚·马尔克斯在系列报道中保持客观的语气，同时也可以不做直接评论，然而在关于苏联的几篇报道中还是明显流露出作者对该国政治的失望，尤其在提到苏联孤立于他国之外的情况时更是如此，这种与世隔绝的状况让人们信息滞后，甚至闹出了许多大笑话（关于这种状况，作者还记录了另一件趣事：莫斯科人的收音机里只能收到莫斯科广播电台的信号），政府对文艺界的管控还"制造出一种土气又虚伪的氛围"（报道九），弥漫在整个莫斯科城中。也许正是在这场游历中，加西亚·马尔克斯的灵魂深处涌出了那个魔鬼，多年之后，正是那个魔鬼驱动他生出了写一部关于独裁者的小说的愿望，这种联系并非是绝无可能的。

1957年10月，加西亚·马尔克斯去了伦敦，他想要学会说英语。他只在英国待了两个月，而且因为他觉得冷得要命，那段时间都是在南肯星顿的酒店房间里度过的，他把一些逐渐积累下来的灵感写成了几篇短篇小说，它们也是那部写匿名帖的长篇小说衍生出来的产物。十二月中旬，普利尼奥·阿普莱约·门多萨从委内瑞拉发来消息，说自己在委内瑞拉《时刻》杂志当了领导，准备聘任他做撰稿人，而且他飞往加拉加斯的机票钱也由杂志社出。于是他又用一条彩色领带把新的手稿捆了起来，收拾好了行囊。

加拉加斯：炸弹与故事

加西亚·马尔克斯是在圣诞节前夕抵达加拉加斯的，住进了圣贝纳尔迪诺区的一间公寓。他对委内瑞拉的记忆是愉快的，不过也含有紧张的情绪："对于那边的朋友们，我总是怀有一种特殊的情感……尽管我始终觉得加拉加斯是一座末日般的、不真实的、非人性的城市，而且在我1958年第一次来这里时，我遇上了飞机轰炸，去年第二次来时，又是一场地震迎接了我。"[47]确实如此，他到达委内瑞拉后恰好见证了佩雷斯·希门内斯独裁政权倒台的过程。当时他在《时刻》杂志工作了还不到一周时间，一天早上，在普利尼奥的住处，两人正准备一起去沙滩，然后就听到了可怕的巨响：机枪扫射声、炮火声和战斗机贴地飞行的声音。马拉凯的驻军已经起义了，人们正在策划从元旦那天起对总统府发起进攻。从那天起到同月21日，也就是佩雷斯·希门内斯政府垮台的日子，加拉加斯始终被各种袭击的阴影笼罩着，此外还有无数示威游行和警察的无差别镇压，还得加上许多异想天开的谣言。加西亚·马尔克斯的朋友们回忆说他们正是在那段极度紧张的日子里第一次听到作家提起自己写关于独裁的小说的计划。他说他是在米拉弗洛雷斯宫前，和几位记者等待佩雷斯·希门内斯继任者讨论会结果时萌生的想法，那时他突然看到一个胳膊下夹着冲锋枪、脚蹬满是污泥的靴子的官员逃命一般奔出前厅。他的工作是紧盯后续发生的所有政治事件：流亡者归来、民众对独裁时期施暴者的愤怒追责、由不合法转为合法的众多政党领袖召开的媒体见面会。但是他对奇闻轶事的兴趣没有丝毫减弱：他在《时刻》杂志上的一篇报道写的就是总统府内一名管家，那人曾为多个总统和独裁者服务。

1958年3月，他到巴兰基亚去做了一趟闪电旅行，为的是迎娶梅塞德斯，这位姑娘从几乎三年前开始就一直带着乌尔苏拉般的耐心等待着他。在经过波哥大时，他把《没有人给他写信的上校》的手稿交给了赫尔曼·巴尔加斯，后者又把它转交给了豪尔赫·盖坦·杜兰，过了一阵子，盖坦就把那本小说刊登在了《神话》杂志上。[48]

加西亚·马尔克斯为《时刻》杂志工作了将近半年时间，在那个时期，那份杂志变成了加拉加斯最受欢迎的出版物。1958年从报刊媒体的角度来看，对于委内瑞拉是个非同寻常的年份，是独裁政府垮台后人民群众群情激昂的一年，也是政治风波不断的一年，仅仅在那一年时间里政府就平定了三次军事政变。杂志工作占据了他的大部分时间，他每天都忙于写报道、纪事文章和评论文章。他结识了"玛瑙"团体的一众年轻诗人及画家（其中包括萨尔瓦多·加门迪亚），不过总的来看，那个时期他们之间的友谊还仅限于报刊媒体圈。

尽管为了生计疲于奔波，但加西亚·马尔克斯并没有停止文学创作。他只在周末搞创作，在委内瑞拉完成了短篇小说集《格兰德大妈的葬礼》，其中一些故事是他在伦敦就已经动笔了的。第一篇是《礼拜二午睡时刻》，这篇故事被他用来参加加拉加斯《国民报》举办的年度短篇小说竞赛，不过连提名也没获得。其余几篇故事是：《平常的一天》《咱们镇上没有小偷》《巴尔塔萨午后奇遇》《蒙铁尔的寡妇》《纸做的玫瑰花》。《格兰德大妈的葬礼》是他在1959年年底写完的，当时他住在波哥大。按照他的习惯，他没有去操心这些故事的出版事宜；所有这些故事都被他丢到行李箱底去和那本"匿名帖小说"做伴去了。

古巴革命，新闻媒体与政治

1958年年中时，加西亚·马尔克斯中止了在《时刻》杂志的工作。之前，时任美国副总统理查德·尼克松访问加拉加斯，并引发了多场骚乱——他的座驾遭受了石块攻击，他本人也受到示威者的唾骂，甚至险些遭到人身攻击——为此，杂志老板拉米雷斯·麦克格雷格尔写了一封道歉信，准备作为社论发表在《时刻》杂志上。普利尼奥和加西亚·马尔克斯决定在发表道歉信时加上作者署名，以示自己与老板的意见分歧，老板本人因此受到猛烈抨击。最终结果就是他俩和其他几位编辑都被辞退。加西亚·马尔克斯后来去了卡普里莱斯电视台旗下的《委内瑞拉画报》工作，那份杂志专门刊登丑闻八卦，人们甚至会叫它"委内瑞拉色情画报"。与此同时，他也继续不定期地给《精华》杂志写稿子。

加西亚·马尔克斯并不担心他工作的这份新杂志的爱曝八卦的臭名，因为到那时为止，报刊媒体的工作一方面是他的谋生手段，另一方面也被他视为某种体育运动，可以帮他接触那些日常生活中最新鲜有趣的事。但是1958年底在拉丁美洲发生了一件大事，彻底改变了他对新闻业那种自娱自乐的功利态度——古巴革命。12月的最后几天，富尔亨西奥·巴蒂斯塔独裁政权垮台，菲德尔·卡斯特罗和他的大胡子战友们进驻岛中被解放的城市。古巴游击战士们的胜利让拉丁美洲历史进入一个新阶段；菲德尔的胜利立刻在整个大陆引发了广泛支持，尤其是在学生和知识分子群体中。加西亚·马尔克斯也是其中之一。和许多与他同时代的拉丁美洲作家一样，古巴革命至少也使他在一段时间里成了积极支持左翼政治的人。

1959年1月，为了反驳美国和拉丁美洲敌对媒体阵营对古巴枪毙反革命分子一事的抨击，菲德尔·卡斯特罗组织了"真相行动"，邀请来自全世界的记者和观察员观摩对索萨·布兰科的审讯，加西亚·马尔克斯也以记者身份赶赴哈瓦那，参与了庭审旁听，他的座位离被告席很近。当此人被判处死刑时，他和其他许多记者在重新考虑判决结果的请愿书上签了名。他在哈瓦那停留的四天里，朋友们又听他提起了写一部独裁者小说的计划。在对索萨·布兰科审讯过程中曝光出来的巴蒂斯塔独裁政权的恐怖行径，重新唤醒了加西亚·马尔克斯在佩雷斯·希门内斯政府执政末期生出的写作欲望。尽管古巴枪毙战争犯的做法让他感到有些痛苦，可是回到加拉加斯后的他更坚定了对古巴革命政府的支持，尤其对古巴那种英勇的、救世主般的氛围感到激动和向往。不仅如此，在回来之后，他还下定决心要以某种方式把这种支持转化为具体行动。

机会很快就来了。因为发现国际媒体在报道古巴革命时经常会歪曲，古巴革命政府于是创建了一家通讯社：拉丁美洲通讯社（简称拉美社）。该社领头人是切·格瓦拉的老友、阿根廷记者豪尔赫·里卡多·马塞蒂。马塞蒂提议由普利尼奥·阿普莱约·门多萨和加西亚·马尔克斯在哥伦比亚开一家拉美社分社，两人欣然接受。1959年2月，加西亚·马尔克斯返回波哥大，立刻以政治记者身份开始活动。他的工作并不简单，不仅要有无限的耐心，还得有高超的外交技巧。他承担着双重任务：向哈瓦那发送有关哥伦比亚局势的最新消息，同时还要促使哥伦比亚媒体转发拉美社的报道，可是哥伦比亚的大多数媒体已经日益对古巴政府的激进措施感到警惕了。加西亚·马尔克斯和普利尼奥执着地工作。他们尽可能在保证政治原则基础上，让拉美社的报道更加客观灵活，有时还会动用私交去说服报纸、杂志和电台的主编。1959年的大部分时间里，他们能让拉美社的稿子进入当地的报刊和电台，从某种程度上抵御了美国媒体对古巴的敌对报道。

同年年中时，《时代报》上刊登了《礼拜二午睡时刻》，还配了一幅博特罗画的插图。同年，在一次书展上，《枯枝败叶》的第二版也与读者见面了，作者删除了一个简短的情节，还做了几处修改[49]。8月24日，加西亚·马尔克斯的长子在波哥大降生，他们给他取名罗德里戈，为他洗礼的是卡米洛·托雷斯。

政治报道要比加西亚·马尔克斯之前做的媒体工作更耗精力，但哪怕如此也没让他抛弃他的文学。在波哥大定居不久，他就写完了《格兰德大妈的葬礼》，后来他又翻出那本"匿名帖小说"的手稿开始修订。在修改时发生了这样一个故事：后来，他在波哥大重读了小说手稿，开始删改原来的人物和情节，默默地如工匠般绞尽脑汁，最终做出一个重大决定——之前那五百页必须全部销毁，书得重写。他制定了详尽的写作计划。先把故事情节重组，然后每天写一章；他标记好每个人物应该在哪个场景出场；剔除多余的形容词；抹去他第一本小说中十分明显的福克纳式影响，转而使用他从海明威那里学来的极简文风。下决定后，他用三个月的时间来重写那本从四年前就开始写的小说。

他的朋友们始终无法理解为什么那样一本已经写完而且看上去写得很不错的小说会被回炉重造，他们也不明白为什么那本书一直连个名字都没有。既然没有书名，大家就只好叫它"大部头"。

那本书被它的作者塞进了行李箱，与它为伴的还有一件带有闪电状条纹、像美国卡通人物穿的难看西装，加西亚·马尔克斯走到哪儿都穿着它，就像在纪念他未能实现的导演梦。[50]

1960年9月，豪尔赫·里卡多·马塞蒂把加西亚·马尔克斯召回哈瓦那，在那里为拉美社工作到了年底。古巴的局势已经和他第一次古巴之旅时完全不同了。古巴革命不仅使得政府官员更新换代，还想在全国范围内推行社会和经济结构的深度改革，而且愈发表现出社会主义特征，美国政府一发现苗头，对古巴的敌意就全面上升。在古巴岛，保守派人士甚至和寻求变革但反对共产主义的人联合起来对抗革命政府。他们为此施行了一系列反革命的颠覆行动和恐怖主义行动。另一方面，在政权内部也出现了某些紧张态势：后来被卡斯特罗大为抨击的阿尼巴·埃斯卡兰特及其集团的"宗派主义政策"已初露端倪。共产党的老党员们由埃斯卡兰特领头，逐渐占据了各个权力机构，排挤"七·二六运动"和其他支持卡斯特罗团体的人员。这场斗争也蔓延到了拉美社，马塞蒂的领导地位受到了威胁。加西亚·马尔克斯在这一过程中一直忧心忡忡；与此同时，他依旧和报社同僚们以超人般的节奏工作着：

> 1960年年中，我回到了哈瓦那；我在那里工作了六个月，我要告诉你我了解到的情况：我去了"退休医生"大楼的六楼，那里就像微缩版的拉兰巴区①，"印度支那"商店就在角落；我又搭乘位于另一条街上的电梯，上了阿罗尔多·沃尔住过的二十一楼。啊！我还去了离那里一个半街区远的马拉卡斯餐厅，我们在那儿吃了饭。我们没日没夜地干活，每分钟。我对马塞蒂说："如果革命政府垮台，那一定是因为用电过度。"[51]

就在加西亚·马尔克斯停留哈瓦那期间，拉美社的高层决定任命他为驻纽约代表。

不久后，首版《没有人给他写信的上校》面世了，此书是加西亚·马尔克斯于几个月前前往巴兰基亚时计划出版的：

---

① 位于哈瓦那城北部的繁华区域。

两年后，我躺在巴兰基亚的普拉多酒店泳池边……我对一个侍者说请他往波哥大打个电话，因为我得问我太太要点钱。安蒂奥基亚的编辑阿尔贝托·阿吉雷也在场——我不记得他为什么会在那里了，但他确实在场——他对我说不应该薅我太太的羊毛，倒不如他给我五百比索，我把发表在《神话》杂志上的那篇小说交给他。我就这样把那个故事的版权以五百比索的价格出让给他了，我们的协定至今仍然有效。[52]

纽约

加西亚·马尔克斯和梅塞德斯、罗德里戈一起于1961年初抵达纽约，以副主编的身份赴拉美社工作。工作紧张又充满危险；拉美社的工作人员是流亡团体持续施加威胁的对象，由于不得拥有武器，为防受到侵害，他们每人都在办公桌里藏了几根铁棍。这种气氛在接下来几个月里愈演愈烈，并在四月达到了顶峰，当时歇斯底里的反卡斯特罗阵营在美国媒体上把持了主流的声音。此后对峙局面进一步恶化：4月16日，菲德尔·卡斯特罗宣布古巴革命是一场社会主义革命。两天后，美国中央情报局精心策划的行动拉开了序幕：美国飞机轰炸了古巴机场，与此同时，一群由曾在佛罗里达和中美洲军事基地接受训练的古巴流亡者组成的队伍在猪湾登陆。一周后，入侵被击退，侵略者要么战死，要么成了阶下囚，所有武器都被革命政府缴获。在古巴，人们欣喜若狂，欢庆"帝国主义在美洲大陆的第一次溃败"。

在接下来几周里，尽管大多群众没有觉察到，日后被斥为"宗教主义"的行动却已经在古巴岛内蔓延：由阿尼巴·埃斯卡兰特领头的老共产党人用阴谋诡计和官僚手段把没有完全屈服于他们的人调离了管理部门和国有企业的要职，要是有人胆敢抗议，就被以反革命罪论处。拉美社也是那个斯大林主义团体的眼中钉之一，因此马塞蒂的处境愈发危急了：在埃斯卡兰特的施压下，他不得不同意那些之前因能力不足而被辞退的员工重新回到拉美社工作。由于对这些钩心斗角的事感到不满，加西亚·马尔克斯给马塞蒂写信说他准备"在那些人以反革命分子的名义把我一脚踢开"之前先行辞职，但是后来，面对入侵古巴岛的紧急情况，他又收回了辞呈。1961年5月，普利尼奥·阿普莱约·门多萨当时正在哈瓦那，马塞蒂给他分析了当时的局势，也把自己准备从拉美社离职的想法告诉了他。几周后，普利尼奥和加西亚·马尔克斯也在纽约宣布辞职，他们坚定地和马塞蒂站在了一起。马塞蒂在离开拉美社后志愿加入了古巴起义军，几年后，他在阿根廷筹建游击队时不幸身亡。

在动身前往美国之前，加西亚·马尔克斯在哥伦比亚收到了来自他的朋友、诗人阿尔瓦罗·穆蒂斯的一封信，诗人当时正被关在墨西哥的监狱里，他请好友给他点"可读的东西"。加西亚·马尔克斯打开了他的那个永不离身的行李箱，把自己在加拉加斯和波哥大写的短篇小说寄给了他。几个月后，他在纽约得到了一个坏消息：穆蒂斯把手稿借给了墨西哥女记者埃莱娜·波尼亚托夫斯卡，后者把它们搞丢了。加西亚·马尔克斯没时间发愁，因为还有更亟待解决的问题等着他。他刚刚没了工作，身上的美元也不多了。他决定回哥伦比亚。普利尼奥先一步返回了波哥大，还许诺给他往新奥尔良汇点钱。于是加西亚·马尔克斯一家乘坐"灰猎犬"长途汽车到了那里。此外，他还借机实现了一个长久以来的愿望：看一看福克纳笔下的美国南部的样子：

> 他们在公路上走了二十天，用变质的牛奶和汉堡果腹，在亚特兰大见识到了美国粗野的一面（"酒店不愿意接纳我们入住，因为他们认为我们是墨西哥人"），在另一个南方小镇，他读到一块告示牌，上面写着"墨西哥人与狗不得入内"。在哥伦比亚驻新奥尔良领事馆里有

一百二十美元正等待着他们，那里还有老广场的餐厅等具有国际声誉的饭店，在里面吃上一顿肯定能补偿他们前些天里受的苦。"我们点了一大份夏多布里昂牛排，"加西亚·马尔克斯回忆道，"但是他们给我们端上来的牛排上面还放了个浸过糖水的桃子。我对这种搭配感到恼火，于是要求和厨师谈谈，我操着我能掌握的最地道的巴黎土话提了七次同样的要求……可都是白费力：原来那个看着像法国人的厨师同样是个固执的美国南方人。"[53]

墨西哥：电影编剧

他们在新奥尔良改变了主意，决定继续沿陆路前往墨西哥，加西亚·马尔克斯想要在那里当个电影编剧。尽管在墨西哥有几位老朋友在帮助他（尤其是阿尔瓦罗·穆蒂斯），但在那里度过的最初几个月还是十分艰辛。他正是在各路媒体铺天盖地报道海明威死讯的那天到达墨西哥城的，同一天晚上他就写了一篇感人肺腑的纪念文章[54]。他花了几个星期都没找到工作，还欠了不少钱，他在那个时期写了一篇短篇小说，题目是《逝去时光的海洋》，这篇小说为他前一个阶段的作家生涯画上了句号。[55]等到他再次着手写虚构文学作品时，已经是几年后了。当他发现自己很难在电影界开拓出一片天地后，他就又回到了新闻媒体行业。古斯塔沃·阿拉特里斯特不久前买下了两家发行量巨大的杂志：《事件》和《家庭》，他正在为两份杂志物色负责人。加西亚·马尔克斯自告奋勇地表示自己愿意领导那两份杂志，不过条件是他一个字都不会发表在上面。他为那两份杂志当了两年负责人，可是他的办公室里连一台打字机都没有。他的工作就是为杂志设计版面，用各种消息把它们填满。《家庭》是面向女性读者的杂志，登的都是感情建议、菜谱和情爱小说，而《事件》专登夺人眼球的罪案和爆料。

1962年4月16日，加西亚·马尔克斯和梅塞德斯的二儿子贡萨洛在墨西哥出生。1963年9月，他辞去了杂志社的工作，到智威汤逊广告公司工作，几乎就在同一时期他与卡洛斯·富恩特斯合作，开始创作他的第一部电影剧本《金鸡》，剧本根据胡安·鲁尔福的短篇小说改编。次年，电影由罗贝托·加瓦尔东导演拍成了电影。从那时起，加西亚·马尔克斯写了许多与电影相关的东西，不过就剧本来看，他很少有独立写完的时候；他做得更多的是润色和重写别人的剧本。1964年，他写了《死亡时刻》，剧本后来发表在了《艺术杂志》[56]上。1965年，该剧本被阿图罗·里普斯坦拍成了电影。

《死亡时刻》

乍看上去这是个稀松平常的故事，无非就是墨西哥电影常拍的"骑手加手枪"那一套，电影里出现了大量死人、决斗和骑马的场景（歌曲倒是不多），还能让人联想到许多西部片和冒险小说的经典桥段。复仇、荣誉和悲剧性命运是这部电影的突出主题。胡安·萨亚戈刚刚被释放出狱，他因为在一次决斗中杀死了对手，在监狱里被关了十八年。那位被一枪击中心脏的死者名叫劳尔·特鲁埃巴，是个狂妄自大的人，胡安在一次赛马比赛中赢过他，他因此记恨在心，一直伺机报复。服刑期满后，胡安·萨亚戈回到了他小小的故乡，在入狱前，他在那里有个名叫玛利亚娜的未婚妻，后来她结了婚，现在成了带着个六岁小男孩的寡妇。胡安·萨亚戈一进村子就得知特鲁埃巴的两个儿子胡里安和佩德罗发誓要杀死他以报父仇。当地人认出胡安后纷纷建议他离乡躲避特鲁埃巴一家人的复仇，但是他拒绝了。他说，人家犯的罪已经受过法律制裁了，他自己的内心已经平静了，他是怀着与特鲁埃巴家和睦相处的想法回来的。得知他回乡的消息，特鲁埃巴一家就出门寻仇了。兄弟俩坚持认为自己的父亲是被下黑手打死的。大哥胡里安冷酷又固执，不计代价，一心一意要为父报仇。小弟佩德罗则没那么强硬，要感性得多。佩德罗有个未婚妻，叫索尼娅，她和她当医生的父亲一起劝告佩德罗停止复仇、宽恕胡安。此外，医生还告诉佩德罗说他的父亲是个喜怒无常、爱寻衅滋事的人，曾不断羞辱和挑衅胡安·萨亚戈，直到胡安忍无可忍与之决斗。虽然胡安最终杀死了他，但两人是在平等的条件下决斗的。与此同时，胡里安没能迫使胡安同意决斗，于是他开始像他父亲一样不断挑衅胡安：冲他扔动物尸体，把马横在街上拦他去路，在别人面前辱骂他。但是胡安始终保持镇定，不为所动；他又见到了玛利亚娜，他发现他们还爱着对方；他开始修葺房屋，还与邻居兼好友卡希尔多重逢了，卡希尔多之前从马上摔了下来，把两条腿都摔断了，如今成了只能躺在床上的残疾大汉，无聊时就靠射击水果和玩俄罗斯轮盘赌消磨时光。佩德罗和胡安在墓地不期而遇，两人之间达成了和解，甚至萌发了友谊：那个小伙子很佩服胡安高超的骑术。就在看上去一切都要归于平静之时，风波再起。胡里安推倒了胡安的房子，把他堵在酒窖里，冲他周围射击，就连胡安也不禁大惊失色。胡安最终接受和胡里安决斗，而且就在他之前和劳尔·特鲁埃巴决斗的同一地点。在决斗中，胡里安中弹身亡。此时佩德罗恰好赶到，他因兄长之死而悲痛欲绝，于是向胡安发起挑战。胡安拒绝和他决斗，最终佩德罗从背后开了黑枪，杀死了胡安。

  这个故事直白又血腥，不过可信度不高（要注意这个故事不是用来读的，是要被拍成电影的，而我在这里只是单纯评论剧本），故事中的人物从性情角度看都太过于典型了。胡里安身上的那种复仇欲望的人工雕琢痕迹太过明显，过于直接且冰冷了，显得他很一根筋，毕竟他的父亲和胡安决斗的时候他还是个什么都不懂的孩子，而且在他生活的环境里，抡枪决斗本就是司空见惯的事情；此外，那种不可抗拒的命运也显得十分牵强，似乎在父亲身上发生过的事情也必然要在儿子身上再发生一次，无论是两人死亡时的状态（穿着同款坎肩，死在同一地点，被同一个男人所杀），还是决斗的起因（两人都同样以行为及言语挑衅了胡安·萨亚戈）都是如此。不过这其中也蕴含着某些有趣的话题，因为从这些可以安排的巧合之中可以发现加西亚·马尔克斯最常用的一个技巧：重复或循环，一种循环式的人生认知视角。它们在他最早的短篇小说中就有所体现，最终在《百年孤独》中达到了创造性和文学性上的巅峰。这里出现的预先设定的、强加的或者总而言之是"非真实的"东西，在他的最新一部长篇小说中[①]都变成了组成那片虚构现实和历史的基本特点，也是众多"添加材料"中最基本的添加成分之一。这种技巧使作家的虚构世界显得更具原创性和感染力。除了未来创作的重要技巧——重复——初现苗头，在剧本《死亡时刻》的那些典型化的人物和循规蹈矩的情节中，我们还能看到加西亚·马尔克斯虚构世界中的许多独有的东西。其中有的曾在作家之前的虚构小说里出现过，也有的会在将来出现。不过在此处对它们进行简单罗列还是有必要的，这可以证明哪怕是这部作品中某些次要的桥段也有着共同的源头：就像加西亚·马尔克斯的外祖父或马孔多的建立者何塞·阿卡迪奥·布恩迪亚一样，胡安·萨亚戈也杀了人，而且这一行为也对他的人生起到了决定性影响。萨亚戈有一次对佩德罗·特鲁埃巴说了堂尼古拉斯曾经常带着苦涩对加西亚·马尔克斯说的那句话："你可体会不到一个死人能有多烦人！"佩德罗的未婚妻索尼娅是个年轻的药剂师，是镇上的药店老板的女儿，加西亚·马尔克斯当年在巴兰基亚的未婚妻也是如此，《百年孤独》中马孔多的那位梅塞德斯也是一样。故事发生的那个村子位于墨西哥，但它周边的地理风貌和作家笔下虚构世界中的其他村子十分相似：位于热带，荒漠将之隔绝开来，毒辣的太阳终日烤炙着那里（"每天灰尘都更多，每天温度都

[①] 此处指《百年孤独》。在本书所分析的加西亚·马尔克斯作品中，《百年孤独》是最新一本长篇小说。

更高",理发匠咒骂道)。有位"经历了这个村子里发生的一切坏事"的人物有句简短的台词,他坚称自己唯一忍受不了的就是"孤独"。尽管整个故事展现的都是客观现实,又由于过于追求典型而显得有些漫画化或"不真实",可是有一个人物却兼具幻想与现实的双重色彩——卡希尔多,那个痴迷武器的残疾大汉,他在八年的时间里每天都要玩两次俄罗斯轮盘赌("唯一的效果就是让我越来越胖了"),却始终没有脑袋开花。他的身上已经展示了那种可被称为"马孔多式"的过度滑稽和夸张的效果。

　　写完《死亡时刻》后,加西亚·马尔克斯还写了另一个剧本:《佩茜,我的爱》,尽管未能立即被搬上荧幕,后来却也最终被曼努埃尔·米歇尔拍成了电影。1965 年,阿尔贝托·伊萨克(墨西哥奥运会纪录片的导演)把《咱们镇上没有小偷》改编成了电影,影片在洛迦诺国际电影节获得首映。同年,加西亚·马尔克斯又写了名为《H.O.》的剧本,后由阿图罗·里普斯坦执导,成了包含上下两部电影的《危险游戏》的其中一部影片(另一部影片是路易斯·阿尔科利萨编写并执导的《消遣》)。后来,他又参与了《佩德罗·巴拉莫》的电影剧本改编工作,当时的情况是这样的:"最后,在卡洛斯·富恩特斯和卡洛斯·维洛连续三年不间断地改编胡安·鲁尔福的小说《佩德罗·巴拉莫》之后,我以鲁尔福的代言人的身份参与了进去。我们设计了一种全新的结构,以抛弃'闪回'为前提,然后模仿小说原文的处理方式,让人物们不断从现实徘徊到过去;可是那部电影最终成了墨西哥电影史上最大的灾难之一。"[57] 最后,制片人安东尼奥·马图克和加西亚·马尔克斯签了约,想让他跟路易斯·阿尔科利萨合写三个剧本,但是那三个剧本最终没有任何一个被拍成电影。在一次接受访谈时,加西亚·马尔克斯曾表示,在自己所有写过的剧本中,他只会"抢救"出他和阿尔科利萨一起写的两个剧本。[58]

电影与文学

加西亚·马尔克斯作为电影工作者的经历对他的文学事业到底产生了怎样的影响？在 1967 年回答这个问题时，他这样说道：

> 要为电影写作，你必须保持极度的谦卑。这是它和文学创作最大的不同。小说家面对打字机时是自由的，甚至是至高无上的，然而电影编剧只是那项复杂事业中的一个零件，而且经常受到与自己意志不符的利益的驱动……
>
> 我常听人说编剧的工作会让我作为小说家的未来处于危机之中。我之前在报社或广告公司工作时也听过同样的话，可是从他们那样对我说开始，到现在我已经写出五本书了。事实上，作家是不会被任何东西杀死的——哪怕是饥饿也不行——一个作家如果写不出东西来，那么原因很简单：他根本就算不上是个作家。
>
> 为电影写作不仅没有毁掉我的小说家生涯，反倒拓宽了我的视野。为电影工作的经历让我有机会反思两种表达形式的差异。现在我的想法已经和原来大不相同了，如今的我确信小说的可能性是无穷无尽的。[59]

一年半以后，在接受采访时，他更加坚定地解释了在他看来电影艺术对他的文学作品产生的影响："我始终认为由于具有震撼人心的视觉效果，电影是最完美的表达媒介。所有我在《百年孤独》之前写的书都因为过分追求精确而显得有些死板。我刻意对人物和场景进行视觉化加工，对话和行动的衔接转瞬即逝，甚至对视角和取景的选择着了魔。做电影不仅使我了解了什么是能做的，但更多让我意识到什么是不能做的；我觉得和其他叙事要素比起来，电影的画面感更加突出，这无疑是好事，但也有局限性，对我而言这算得上是个巨大发现，因为直到那时我才意识到小说的可能性是无限的。"[60] 加西亚·马尔克斯对他《百年孤独》之前的作品中的视觉因素的分析似乎不完全适用于他的第一部长篇《枯枝败叶》，他认为对这一形式特点的追求是种缺点，还认为这种技巧只来自电影。这种看法也不够准确。实际上，无论是在报社的工作经历，还是除电影剧本之外的阅读，都对那种视觉效果的追求产生了影响，而且后来我们也都明白了，它与独创性无关（哪怕那种技巧有所欠缺，也不意味着独创性就有所缺失）。《百年孤独》之所以比他之前的作品更加成功，绝不是因为在那本小说里有更多"客观的视觉角度"，其中有许多更加复杂的原因。但是上面的引文起码证明了加西亚·马尔克斯对各种叙事技巧的运用是心知肚明的，也证明了那些被他在各种采访中习惯随心所欲说不靠谱的话所误导，进而相信他是个"靠直觉写作的"作家的评论家们是大错特错了。

《格兰德大妈的葬礼》和《恶时辰》

加西亚·马尔克斯来到墨西哥时，埃莱娜·波尼亚托夫斯卡已经找到了那些失落的短篇小说手稿，还把它们归还给了阿尔瓦罗·穆蒂斯。后者把这些故事推荐给了韦拉克鲁斯大学出版社，出版社也同意出版它们。加西亚·马尔克斯由于拥有作家版权而收到了一张一千墨西哥比索的支票。那本书在 1962 年 4 月出版时的书名是《格兰德大妈的葬礼》，印量两千册，几年后才全部售完。[61]

一年前刚抵达墨西哥时，加西亚·马尔克斯再次修改了那个关于匿名帖的故事，还给它起了一个很大胆的书名——《这个狗屎一样的村镇》。不久之后，在吉列尔莫·安古洛的建议下，他把手稿寄了出去，参加由埃索公司在波哥大举办、哥伦比亚语言学院赞助的文学竞赛。在获奖后，语言学院主席菲利克斯·雷斯特雷波神父由于对小说中某些不雅的用词感到不快，竟做出了一个出人意料的举动：他请求哥伦比亚驻墨西哥大使卡洛斯·阿兰戈·维雷斯与《恶时辰》——最初的书名已经被这个新书名取代了——的作者取得联系，请他删掉或替换掉两个最让人难以容忍的词汇（"安全套"和"手淫"）。在对话过程中，加西亚·马尔克斯表现出一派学识渊博的样子，他接受改变其中一个单词（"我只同意删掉一个词，就由您来挑选吧，大使先生"）。《恶时辰》就这样获得了埃索文学奖。不过我依然对自己用那堆用领带捆起来的手稿换回三千美元的做法感到遗憾。我觉得那笔钱就像抢来的，所以用它来填饱肚子的话我肯定会更加不安，于是我用它买了辆车。"[62]

这部小说冒险般的经历仍未结束。埃索文学奖的评奖机构为了让赛事结束得更加圆满，便把这部获奖作品寄到了西班牙，想在那里印刷。马德里的路易斯·佩雷斯印刷厂的校对员在未咨询原作者的情况下，擅自用"正确的西班牙语"修改了小说。他们删掉了拉丁美洲西班牙语的词汇，把它们替换成了带有马德里味儿的西班牙语单词，甚至把他们认为晦涩难懂的词句都改掉了，似乎这样还嫌不够，还搞了许多印刷错误出来。一拿到《恶时辰》的样书，加西亚·马尔克斯就发现自己的原书被糟蹋了。他给波哥大《观察家报》写了封信，声明自己拒绝承认这个版本，后来在此书于墨西哥出版第二版时，他还在里面加上了这样一段话："《恶时辰》最早于1962年出版，某校对员打着维护语言纯洁性的旗号，自作主张地篡改了原稿中的一些表达及原书风格。在这一版本中，作者只得维护自己'独断专行'的意志，将那些'不够纯正'的表达和风格还原如初。因此，这才称得上是第一版《恶时辰》。"[63] 尽管上述短篇小说集及《恶时辰》配得上种种赞誉，但这两本书都未能畅销。

沉默与自我批评

从1961年7月到8月间写成《逝去时光的海洋》到1965年，这段时间对于加西亚·马尔克斯而言是文学创作的沉默期。在那几年里，他没有尝试过任何新的文学创作，阿尔瓦罗·穆蒂斯记得自己听他说过无数次这样的话："我再也不会写小说了。"是不是那个时期为谋生计而做的工作消磨了他的创作意志？从之前我们引用过的材料来看，他并不是这样想的。我倒不如他这么坚定。电影编剧和广告写手——后来他又从智威汤逊跳槽去了斯坦顿广告公司——的工作不仅占据了他大量的时间，还迫使他屈从于制片商和广告商，压抑自己的语言才华和想象力，而这些恰恰是实现文学理想的基本工具；这种境况削弱了他的文学志向，这是有可能的。不过也还有另一种可能：他的文学志向陷入了危机，他在那些年里一直做着自我批评。一直以来，他都有唯一且宏大的文学理想，可是到那时为止，他的所有作品——一些零散的故事、两部长篇小说、一本短篇小说集——都让他感觉是"失败之作"，和他最初的雄心壮志相比，那些文字显得很浅薄、分量不足。加西亚·马尔克斯在那些年里对自己进行的严厉自我批评没有让他放弃文学，而是促使他反思自己一直以来使用的那种"写实性的""客观的"语言。那几年沉默的结果是：他做出了一个根本性的决定，他要彻底改变自己的写作风格。埃米尔·罗德里格斯·莫内加尔是那一过程的见证者："我就是在那个时期结识加西亚·马尔克斯的。当时大概是1964年1月，我在墨西哥学院教一门课程。那时的他是个饱受折磨的人，是最美妙地狱——文学歉收地狱——里的居民。跟他谈论他以前的作品，比如夸赞《没有人给他写信的上校》，对他而言就像被迫遭受宗教裁判最残酷的刑罚。因为那些作品，即便已经被优秀的读者接受并引领读者注意到了马孔多那片无名之地，在他看来也算不得什么。我想说的是，他并没有全盘否定之前的作品，不过要考虑到他当时的处境：他对表现他那部非凡之作的方法已经探索了多年，却始终无果，于是连之前那些短篇和长篇小说中的美妙之处、优秀之处，似乎都变成了不好的东西。他觉得自己不能再继续那样写东西了，他觉得那已经是条死路了。"[64]

在我的这本书中，读者将会看到在加西亚·马尔克斯早期的四本书与《百年孤独》之间实际上并不存在一种彻底的决裂。只要仔细观察作者建构虚构现实的过程，就会发现那种现实是由一本小说到另一本小说、由一个故事到另一个故事逐渐搭建起来的，《百年孤独》所呈现出的虚构世界只不过是让作者从许久之前就开始的创作过程更加完满罢了。那么回过头来看，重要的是分析在之前作品带来的"失败感"和想做出彻底改变的意愿面前，加西亚·马尔克斯是怎样做出重大决定并疯狂付诸实践以完成那种巨大蜕变的。

"奇迹"发生在 1965 年 1 月，事情是这样的：

> 直到 1965 年的一天，当时他正开着奥佩尔牌轿车沿公路从墨西哥城驶往阿卡普尔科，突然，那部遥远的长篇小说、那部他从青年时代起就一直在努力书写的长篇小说浮现在他的眼前："小说的构思完全成熟了，我甚至当场就能背出小说的第一章，逐字逐句地背，让打字员帮我打出来。"由于没有打字员在场，他立刻回到家，和梅塞德斯略做商议，旋即钻进无窗的写作间"黑帮窝点"中，把自己锁了起来。当他再次彻底走出"黑帮窝点"时，不止过去了六个月，而是过去了十八个月。他的手上拿着《百年孤独》的原稿（总共有一千三百页稿纸，全是在那段时间里写成的，他每天工作八小时，要是算上被他丢弃的稿子的话，稿纸页数得翻两到三倍）；梅塞德斯手里也拿着东西，她拿的是十二万墨西哥比索（合一万美元）的账单。[65]

《百年孤独》

"黑帮窝点"是加西亚·马尔克斯位于圣安赫尔区住所里的写作间，他在创作那部小说的一年半时间里一直把自己关在里面，还要求梅塞德斯无论发生什么事都不要打扰他（尤其是经济方面的问题）。他的两个儿子也只能在晚上见到他，因为只有那时他才会出来。他烟抽得太猛，而且每天都要在打字机前连续工作八到十个小时，所以显得异常憔悴，尽管有时在如此长的工作里他只能写完一段话。"黑帮窝点"是他的"家中之家"，一块自给自足的飞地，里面摆着一张长沙发，还带有小浴室和小花园。墙上挂着一幅画，写出《没有人给他写信的上校》的英雄的妻子一直坚持要卖掉它。一群朋友每天晚上都会前来"探视病人"：阿尔瓦罗·穆蒂斯、玛利亚·路易莎·埃利奥和霍米·加西亚·阿斯科特（后来作者把这部小说献给了他们）。写完《百年孤独》的前三章后，加西亚·马尔克斯把它们寄给了卡洛斯·富恩特斯，后者当时正身处欧洲，他对书稿大加赞赏，立刻写了篇有点浮夸的评论文章："我刚刚读完《百年孤独》的头七十五页。绝对是非凡之作……所有'虚构'都和'真实'和谐交织在一起，梦幻与史实也完美融合，再加上传说、谎言、夸张、神话……马孔多变成了一片世界性的土地，建立村镇和繁衍生息的场景就像《圣经》里的描写一样，这是个关于人类起源和命运的故事，里面的人都在用梦境和欲望保护自己，或毁灭自己。"[66] 短短几个月后，小说的片段就开始发表在不同的杂志上（波哥大的《回声》，巴黎的《新大陆》，墨西哥的《对话》，利马的《阿马鲁》），立刻引发了广泛的好评，大家一致认为这本书将会获得巨大成功。1966 年初，加西亚·马尔克斯收到布宜诺斯艾利斯南美出版社的来信，提议重印他的作品；他把正在创作的小说交给了他们，于是《百年孤独》就在 1967 年 6 月出版了。这本书果然大获成功：首版在几天内就告售罄，第二版、第三版以及接下来几版的情况也差不多。在三年半的时间里，这本小说几乎卖出了五十万册，以致他之前的作品在西班牙语国家重版时也获得了极高的印量。而评论界也几乎毫无例外地极力赞扬这部小说，它的名声很快突破了语言的限制，传到了外国出版商的耳朵里，于是他们也开始竞购起这本书来。在短短几个月里，加西亚·马尔克斯就签下了十八种语言的翻译合同[67]，就连最早的几版外语版本也取得了众多成就：基安恰诺文学奖，1969，意大利；最佳外国图书奖，1969，法国；被美国文学评论家们选为1970年"十二本年度图书"之一。胡里奥·科塔萨尔是《百年孤独》最早的读者之一，他是这样说的：

> 加夫列尔·加西亚·马尔克斯近年再次证明他无与伦比的创作才华之中蕴含着惊人的想象力，而这种力量已经不可阻挡地影响了南美小说的发展，把它从乏味呆板的叙事状态之中拯救了出来。只有这样，从马孔多这片得天独厚又纷繁复杂的土地出发，我们才能真正踏上瓜纳哈尼[①]。而罗德里戈·德特里亚纳[②]的喊声也才能从温和的神话中迸发出来，来定义我们真正的土地和我们真正的人民。

巨大的成功使加西亚·马尔克斯本人都不敢相信，甚至感到有些恍惚。几个月前他还对一位记者说自己可能得花很多年才能把债还清，就是他在"黑帮窝点"写作的那一年半里梅塞德斯借的债，结果现在，随着这部小说的出版，曾经梦寐以求却又遥不可及的事情竟然成真了：当一个全职作家。他决定到巴塞罗那定居，到那里创作他的下一本小说，那将是本独裁小说，题目都已经起好了：《族长的秋天》。但是在去欧洲之前，他答应在南美洲参加两项活动：出席1967年7月底在加拉加斯举办的第八届伊比利亚美洲文学国际研讨会和罗慕洛·加列戈斯文学奖颁奖仪式，以及担任"头版"小说奖的评委，该奖项将在同年于布宜诺斯艾利斯颁奖。梅塞德斯和他们的两个孩子先回到了巴兰基亚，而他则于8月1日启程前往加拉加斯，因

[①] 圣萨尔瓦多岛古名。系1492年哥伦布最早踏上的新大陆的土地。
[②] 哥伦布舰队中最早看到新大陆陆地的船员。

为文学研讨会由于地震延迟了——7月29日发生的那场地震重创了委内瑞拉首都，造成大量人员伤亡。

名声与幽默

我们是在他抵达加拉加斯机场的那个晚上认识的；我从伦敦来，他从墨西哥去，我们俩的航班几乎同时落地。在那之前，我们给彼此写过几封信，甚至曾生出合写一本小说的想法——一本关于1931年在哥伦比亚和秘鲁之间爆发的悲喜交加的战争的小说。不过要说见面，那还是第一次。我还记得那天晚上第一次见他的场景：他刚刚惊魂未定地从飞机上下来（他极度惧怕坐飞机），一大群记者和摄影师围了上去，让他感到很不自在。我们成了朋友，在研讨会的那两周里一直待在一起，与此同时，加拉加斯也庄严地掩埋了地震的死者、清理了震后废墟。《百年孤独》当时获得的巨大成功使他成了名人，可他依然随心所欲地取乐：在研讨会期间，他穿的大花衬衫让博学的教授们目瞪口呆；在接受采访时，他像佩特拉姨妈一样板着脸，对记者们说他的小说都是他夫人写的，但署名的是他，因为那些书写得都很糟糕，梅塞德斯不想承担责任；在一档电视节目中，在被问及罗慕洛·加列戈斯是不是个伟大的小说家时，他想了想，回答道："在《卡纳伊马》中有一段对公鸡的描写，写得很不错。"[68] 但是在那些游戏背后，其实隐藏的是他对自己明星般身份的厌烦。同时隐藏着的还有一个内向的加西亚·马尔克斯，对他而言，在公众面前、对着麦克风讲话是一种折磨。8月7日，他不得不参加加拉加斯作家协会组织的名为"小说家及其评论者"的活动，他要做十五分钟的演讲，来谈论自己的作品。我俩坐在一起，在轮到他之前，他身上散发出的无尽的紧张感甚至把我也传染了：他面色苍白，手上不停冒汗，还一直拼命地抽烟。他是坐着发言的，刚开始语速很慢，我们所有人都为他担心，不过他最终讲了个精彩的故事，引得所有人都鼓掌叫好。[69]

他身上有一个最令我着迷的特点：他可以把任何事情都绘声绘色地描述出来。经过他的回忆和加工，所有事情都能变成引人入胜的趣事。无论是政治观点还是文学见解，对人物、事件或国家的评价，乃至于计划和展望：所有这些都可以变成故事，或是通过故事的形式被他表达出来。他的智慧、素养和直觉具有独特而具体的个人印记，这些特征既是反理性主义的，也是极端反抽象主义的。一旦和他有了接触，你的生活里就会充斥着种种奇闻轶事。

加西亚·马尔克斯同时也很擅长各种大胆自由的想象，在他身上，夸张不是用来扭曲现实的，而是审视现实的工具。我们一起搭乘从梅里达飞往加拉加斯的航班，大风把飞机吹得摇摇晃晃（由于他对飞机的恐惧，再加上我也有同样的问题，紧张感就更甚了），使得那次旅行带上了些许恐怖的色彩。注意，我说的是些许：可是几个礼拜后，我在报纸上读到他的采访文章，他说我在那次旅程中异常惊恐，不断大叫着背诵鲁文·达里奥的诗，想以此抵抗暴风雨的侵袭。几个月后，在另几次采访中，他又说那场暴风雨让外面变得像世界末日一般，飞机开始下坠，而我抓着他的衣领问道："现在咱们就要死了，你说实话吧，你觉得《神圣的地区》（卡洛斯·富恩特斯刚出版的小说）到底写得怎么样？"后来，他在多封信中对我提起那次梅里达到加拉加斯的旅行，他说我俩一直在吓唬彼此。

我们从加拉加斯去了波哥大——在之前几年，他有过几次从墨西哥到哥伦比亚去的经历——在那里不断有媒体想见他，在街头也经常有人找他签名，这都使他确信那本书在他的祖国的受欢迎程度和在委内瑞拉并无二致。后来，由于受到国立工程大学的邀请，他又去了死气沉沉的利马，他在那里回答了许多关于他人生和作品的问题，他的那些回答后来以小册子的形式出版了。[70] 哪怕是在利马，他的到来也引起了学界和知识分子圈的极大反响。再后来,他先是在布宜诺斯艾利斯待了几天,因为他要参加"头版"小说奖的颁奖仪式,然后他返回了哥伦比亚,在那里和家人会合,最后一起搬去了巴塞罗那,他们从1967年10月开始在那里定居下来。此后他又做过许多次旅行——去过法国、意大利、德国、捷克斯洛伐克和英国——写了些短篇小说以及一个长电影剧本:《纯真的埃伦蒂拉和她残忍的祖母令人难以置信的悲惨故事》,如今那本独裁小说也有了不错的进展。他本来想的是搬到西班牙后就不会有人认识他了,他就可以安心写作了。然而现实与他的设想并不一致:

> 每天都有两三个编辑和一堆记者打电话来,我夫人接电话时,每次都只能说我不在家。如果这种事还能和荣耀扯上边,那么其他的事就都是些臭狗屎了。(算了,最好还是别把我刚说的话登出来了,因为要是把这可笑的事写出来就更荒唐了。)可事实就是如此。你连谁是你真正的朋友都分不清了。
>
> 就以此为开头吧:告诉大家我不再准备接受更多采访了,就此打住了。我搬到巴塞罗那住是因为我想着这里不会有人认识我,但情况还是一样。刚开始我还对自己说,上电视、上电台就算了,但是报刊的话还可以,因为报刊记者都算得上是我同行。但现在不行了。报刊也不行了。因为记者一来,我们就会一起喝到凌晨两点,喝到酩酊大醉,等到报道出来,上面又会写着许多我没说过的话。而且我也懒得去纠正。从两年前开始,所有发表出来的所谓我的发声全都没有什么价值。烦人的事情还是一样:我在两个小时里说的东西他们会缩减到半张纸上,那么我还有什么必要继续去说呢?除此之外,作家的职责本就不是发声,而是讲故事。想了解我的想法的话,去读我写的书就好了。《百年孤独》三百五十页的内容里全都是我的想法,所有记者想

要的材料都在里面。不止如此，除了记者们的穷追猛打，现在还有另一拨人不停地联系我：编辑们。前不久来了位编辑，问我夫人要我的私人信件，还有个姑娘生出了个奇思妙想，让我回答她两百五十个问题，因为她想出一本叫《两百五十问加西亚·马尔克斯》的书。我把她带去楼下的咖啡厅，对她解释说如果我回答了两百五十个问题，那本书就变成我写的了，当然，钱最后都跑到了出版商的口袋里。她同意我的想法，认为我说得很有道理，还说她要去和出版商打一架，因为她也是被他们剥削的人。但那还不算完：昨天来了位编辑，想让我给切·格瓦拉在马埃斯特腊山区写的日记写一篇序言，我说我很愿意写，不过我需要八年时间，因为我想把那篇文章写得精彩一些。

有些家伙的想法很离谱。我这里有封信，是个西班牙编辑写给我的，他说他愿意送我一套位于马略卡岛的帕尔马的别墅，我想在那里待多久都行，一切费用由他全包，作为交换，我得把下一本小说的版权给他。我在回信中对他说他可能找错人了，因为我不是妓女。这事还让我想起了一位纽约老太太，她也给我写了封信，夸赞了我的作品，信的最后说，如果我愿意的话，她可以给我寄一张她的全身裸体照片。梅塞德斯怒火冲天，把那封信撕了。现在我要非常严肃地向您表个态：我会平静又和善地对出版商们说一句"×你妈×"。[71]

第二章　小说家及其魔鬼

添加的要素

写小说是一种针对现实、上帝，或者针对作为上帝创造物的现实的抗争行为，是一种修改、篡改和废止真实现实的尝试。小说家们希望用自己创造出的虚构世界取而代之。这是种异见式的行为：小说家不接受现实生活，不认可世界已有的样子（或者是人们认为它已有的样子），进而创造虚幻的生活和文字的世界。这种文学志向的根源就在于小说家对现实的不满足，因而每部小说的创作都是一种隐秘的弑神行为，一种对现实的象征性谋杀。

这种抵抗行为的诱因，或者说小说家志向的根源，是十分复杂的，但归根到底都与他们和这个世界的恶劣关系有关。可能因为父母们曾对他过于殷勤或过于严厉，也可能因为他很早或很晚才发现或根本就没有发现性爱的奥秘，还可能因为现实生活对他太好或太糟了，他的能量过剩或过少，他太慷慨抑或太自私，总之那个男人或那个女人必定在某个时刻发现了这样的情况：自己无法接受他或她所处的时代或社会、他或她所属的阶级或家庭所定义的人生现实，无法承认自己和这个世界之间存在着分歧。他的反应就是抛开现实、脱离现实，而目的则是重塑现实，用语言把它变成另一种样子，同时去反映它并否定它。

所有的小说家都是反叛者，但并非所有的反叛者都是小说家。为什么呢？和其他反叛者不同，小说家不清楚自己为什么要反叛，他们往往意识不到自己和现实对立的根源在哪里：他们是盲目的反叛者。魔鬼式的疯癫推动着他们走向反叛：取代上帝、重构现实。这种反叛最极端的特点就是把现实生活中最阴暗的一面刻画出来。小说家就是为此而写作的：对现实抗议，同时不断寻觅和探索那促使他站到现实对立面去的神秘原因。小说家的作品同时具有两种特征：重新塑造现实，见证作者对这个世界的不满。这两种元素混杂交织着出现在他们的作品中，一曰客观，一曰主观：与之敌对的现实以及造成这种敌意出现的原因；现实生活以及作家想要替换、补充和修改的虚构生活。整本小说都是文字化的证言，它代表着一个世界，不过小说家已经往那个世界里添加了某些东西：他的感情、愁思和评判。这种添加的要素就是使小说成为创造性作品而非信息报告的关键，也是我们所说的小说家的"原创精神"之所在。

主题与魔鬼

要想找到一位小说家志向的根源、与现实产生隔阂的经历，以及二者最终决裂的时刻，并不是一件易事，可正是这些使他变成了盲目激进的反抗者，让他有了弑神的意愿，进而在未来将他变成上帝的替代者。说它不容易是因为在大多数情况中，造成决裂的并非只是单一的事件或某个瞬间发生的悲剧，那是个缓慢、渐进的过程，是一系列负面的现实生活经历的复杂集合导致的结果。总而言之，要想调查清楚小说家志向的本源，就得对他的人生经历和文学作品进行细致的研究：秘密就藏在这二者交汇的地方。小说家"为何而写"和他"要写什么"，这两者是紧密联系在一起的：他生活中的"魔鬼"就是他作品的"主题"。那些"魔鬼"——事件、人物、梦境、神话、存在或缺席、生存或死亡等——都让小说家和现实生活成为仇敌，它们就像在他的记忆中点起了火，不断炙烤他的灵魂，进而变成他用以重构现实的素材。他要把它们抓出来，再像驱魔一样把它们赶走。他的武器就是文字和想象力，对文学理想的实践从它们中诞生并获得滋养，它们在那些故事里以真身露面或是经过一番乔装打扮，无所不在或是隐藏身形，总之会一而再，再而三地出现，化身成一个又一个"主题"。（人们在日常生活中惯用的话语往往是充满智慧的：一个"有故事"的人总是会被形容成"有话题的人"或是"身上带着话题的人"。）叙事文学创作的过程也就是把那些"魔鬼"转化为"主题"的过程，在这一过程中，作家借助语言的力量，将主观化为客观，把个人经历转变为大众化的经历。

根据罗兰·巴特的说法，小说家写出来的故事都是围绕同一主题或其变种展开的。这种观点也许不见得适用于解读托尔斯泰、狄更斯或巴尔扎克的作品，但用以理解卡夫卡或陀思妥耶夫斯基的文学创作倒很合适，因为似乎他们所有的作品都出自同一固定理念。加西亚·马尔克斯也是一样：有一种核心意图贯穿于他的作品之中，他为之着魔，总想写它，那是他唯一的野心，哪怕选取的视角不同、使用的技巧各异，他的作品仍一直在或多或少地渐渐深化那个主题。这种特点使他的短篇小说和某些长篇小说可以被当作某个从很久之前就生出的宏大创作意图的故事片段或零散描写来阅读。在这一背景下，每一部作品就都有了非凡的意义。这种为同一部作品服务的想法意味着作者想要创作出一个封闭的现实、一个自给自足的世界，而加西亚·马尔克斯最主要的创作灵感就来自自己的童年生活。他的童年、他的家庭、阿拉卡塔卡对他文学志向的奠定具有决定性意义：正是这些"魔鬼"成为他最主要的灵感源泉，其他的经历则是用来丰富和打磨它们，却永远也无法替代它们。他对哈斯[①]说的话有夸张的成分，他说他"所有写出来的东西都来源于八岁以前听到或了解到的事情"，而自从他的外祖父去世以来，他"就再也没经历过什么有趣的事了"[72]。与此相反，在说下面这句话时，他却丝毫都没有夸大其词："要是脱离个人经历的话，我连一篇小说也写不出来。"[73] 没有哪个作家能脱离自身经验去搞创作；哪怕是在最天马行空的虚构故事里也一定会隐藏着某个"魔鬼"。加西亚·马尔

[①] 指《我们的作家》一书的作者路易斯·哈斯。

克斯身上所有的"魔鬼"几乎都来自阿拉卡塔卡：这是为什么呢？正是那些经历决定了他的文学志向，他与现实生活之间的冲突也源自那里：

加西亚·马尔克斯（GM）：你瞧，我从十六岁就开始写《百年孤独》了……

巴尔加斯·略萨（VLL）：为什么不先谈谈你最早的那几本书呢？从第一本开始。

GM：因为第一本就是《百年孤独》……当时我开始写它，突然我发现它对当时的我而言是个过于沉重的"包袱"。我当时就想坐下来把我现在写下的故事都讲出来……

VLL：你的意思是，你在那个年纪就已经想写马孔多的故事了？

GM：不仅如此，我当时已经写出一段来了，就是现在这个版本的《百年孤独》的第一段。但是我发现我应付不了那个"包袱"。连我自己都不相信我正在讲述的故事，我也发现真正的困难是纯粹技术和语言层面的，正是这些因素决定了文字的可信度。于是我搁置了那本书，写了其他四本。我写作时遇到的最大困难，总是寻找那种可以让我笔下的文字变得可信的语气和腔调。[74]

加西亚·马尔克斯把自己的前四本书总结为创作《百年孤独》这部非凡作品的准备性练习，这自然有失偏颇。可是它也有一定的价值：它解释了为何作者会对自己之前几部作品感到失望，乃至于在完成后就把它们丢到箱子里去。因为他觉得那些作品没有达到他想要的效果，在那些作品中，"魔鬼"的分量超过了"主题"，只有《百年孤独》让他心满意足。但是他说得很清楚：他在十六岁时就已经开始写《百年孤独》了，那时候他已经很清楚自己想要什么，而直到现在为止，他之前创作的所有作品全都是为了实现这个理想:"如果一个想法不能在许多年后依然令我着迷,我也就不会再对它感兴趣了。要是像我最新的这本小说一样,一个想法纠缠我十七年之久,那么我除了把它写出来,也就别无他法了。这么多年来我一直想着它,我能随心所欲地讲述那个故事,就好像它是我研读过的某本书一样。"75

在十六岁前,究竟哪些事使加西亚·马尔克斯坚定地想当作家?离开阿拉卡塔卡到锡帕基拉的寄宿学校去,过了几年孤独又痛苦的生活,这无疑是其中之一,它使得这个男孩和现实的关系开始恶化,在他心中萌生了抗拒现实和替换现实的意愿。他最早的几个短篇——1947年到1952年间发表在《观察家报》上的那些故事——正是这种新生意志的体现。但最终使他坚定下来、指引他走向正途的事并非离开阿拉卡塔卡,而是重返。它曾是个神奇的世界,他带着对那里的美好回忆远赴波哥大,数年间不断在心里重温在那里度过的岁月,阿拉卡塔卡就是他的乡愁、他的回忆,而那次重返使这一切都裂成了碎片:现实毁掉了它。他的复仇就是摧毁现实,再用自己的语言重构,就从他童年记忆的残垣断壁里,来重塑那一切。

与现实决裂

好吧,那时发生了一件事,只是现在我才意识到那可能对我的作家生涯起到了决定性影响。我们,我是指我们家所有人,搬离了阿拉卡塔卡,我八岁或十岁时就住在那里。我们搬到别的地方去了,等我十五岁,我妈妈要回阿拉卡塔卡把我们提过的那个满是亡灵的宅子卖掉,我就找到她,自然而然地对她说,"我陪你去。"我们去了阿拉卡塔卡,我发现那里一切如旧,却又略有不同。这是种比较诗意的说法。也就是说,我从家中窗子往外看,体验到了我们每个人都曾有过的那种感觉：那些在我们的记忆中宽大的街道变小了，街边的景物也不像想象中那样高大了；房子都没变，但是时间和贫穷侵蚀了它们。透过窗户往屋里看，家具也还是以前那些，但实际上它们的年龄也长了十五岁。那是个尘土飞扬、炎热异常的村子；我们去的时候又是大中午，到处都是土味儿。为了建水渠，人们要先挖个蓄水池出来，但是大家只能在晚上工作，因为工具在白天会被烤得烫手。妈妈和我在村子里走过时，就像走在一个幽灵村落中一样：街上连一个人都没有；我确信妈妈看到时间给那个村子带来的影响时的难过心情和我一样。我们来到街角的一家小药房，里面有个缝衣服的女人；我妈妈走进去对她说："大嫂，最近好吗？"她抬起头，她们拥抱，然后一起哭了半小时。她俩什么话也没说，就那样哭了半小时。就是在那时，我生出了写个故事的想法，我想讲述那里发生的所有往事。[76]

"我生出了写个故事的想法"，或者用"需要"和"诱惑"这样的词来形容会更恰当。小说家是不能理智选择自己的意愿的：一个人迫切接近那一意愿，而这一过程又充满神秘色彩，比起理智的决定，起作用的更多是本能和潜意识。不过无论如何，最大的驱动力源自某种负面记忆或挫败情绪。那个青年就站在那里，多年后又回到那个实际上他从未远离的地方，他无法相信自己看到的一切：面前的村子与他记忆中完全不同，后者鲜活，前者死气沉沉，成了"幽灵村"。房屋破败不堪，一切都更加沧桑了。但是除此之外，最触动他的是村子里已经没什么人了：波哥大和锡帕基拉的"悲伤感"曾令他难以忍受，他经常把那些满是"穿着考究的阴郁小伙子"的城市和"他的"那个繁华热闹的村子比较。可是这次他回到阿拉卡塔卡后竟发现"街上连一个人都没有"，而且"我绝对确信妈妈看到时间给那个村子带来的影响时的难过心情和我一样"。他难过，但事实上不仅是为他的村子感到难过，也是为他自己感到难过。他的痛苦尽管是自私的，却也是真挚的：他感觉自己被现实欺骗了，遭到了背叛，被耍了。他最深沉的情感换来的只是不忠：他固执地投入所有情感、在记忆中保存下来的阿拉卡塔卡，那个让他在寄宿学校里觉得自己格格不入的阿拉卡塔卡，此时失去了魔力。真的是时间摧毁了这个村子吗？还是说随着时间的流逝，自己的记忆出了问题？这都不重要了：那个年轻人，面对现实强加给他的粗暴惩罚，觉得自己最珍视、最怀念的东西——童年生活——被夺走了。一个他无法再视而不见的"魔鬼"在他心里扎了根，它将一直待在那里，挑唆他，直到他感觉无论如何也得把它驱走，并且把它囚禁在一本书的书名当中为止，那个魔鬼就叫"孤独"。[77]

还得再过许多年，他还要经历许多考验，然后可能性才会出现：志向的起源只是一个出发点，那对他的作家生涯来说不是不祥征兆，当然也不会决定结果的成败。它只意味着一种可能，当然，它打开了一个空间，此后，理智、固执、能量乃至疯狂会慢慢充满那个空间，它们有可能带来成功，也有可能导致失败。但是现在，在这一刻，他只能面对眼前与他的记忆和梦境不符的残酷现实：他会牺牲虚构的现实，默默接受真实的现实吗？那个年轻人不愿抛弃自己的幻想：可能有些疯狂，但他更愿意牺牲的是真实的现实。带着满腔的复仇怒火和从心底生出的失望情绪，他起身反抗了："就是在那时，我生出了写个故事的想法，我想讲述那里发生的所有往事。"那个如今已经不复如初的村子，将来还会再次变回原来的模样；现实刚刚玷污了他记忆中的阿拉卡塔卡；而他则决定要竭尽全力去羞辱现实，以记忆为参照，用想象创造另一种现实，以取代真实的现实，不过那个世界注定从一出生起就将染上可怕的失望和孤独的色彩。从那一刻起，加西亚·马尔克斯全力以赴，通过弑神式的书写，来展现奥雷里亚诺和乌尔苏拉在他们生命中的某一刻的发现："让一个人着魔的那些念头是可以战胜死亡的"(第346页),成为取代上帝之人,一旦有了这种想法,有朝一日扭转今时今日的败局、击垮真实的现实也就成为可能。有一天,他也会像胡安·卡洛斯·奥内蒂《无名氏之墓》中的叙事者一样说道:"写完之后我才感觉平静了下来,我确信我已经获得了从这种使命中能得到的最大褒奖:我接受了挑战,至少已经扭转了日常生活里无数溃败中的一场战局,我赢了。"[78]

在这一特殊事例中,意愿一旦确立,其坚定性就会在各个层面体现出来:它像怪癖一般从原始创伤的经验和与现实的决裂中汲取营养,它们一次又一次给它提供材料,供它塑造那片虚构的现实,而它们本身也成为加西亚·马尔克斯所有虚构作品中的重要元素。实际上,他对现实的抵抗源自面对自己的童年记忆被无情摧残时生出的根本性否定情绪,他不愿意接受一个满目疮痍、孤独的阿拉卡塔卡,因为那与他的记忆相差太远:作家就是靠记忆为生的,在从那天开始的那场战斗中,那些记忆就是他最有力的武器。它们是他最重要的"魔鬼",是激励他创作的东西,是他虚构故事的模板,是他最常涉及的"主题"。后来在接受采访时,他笑眯眯地说,"所有到那时为止写出来的东西都源于八岁前听到或了解到的事情",这句谎话之中也隐藏着某些真实。他开玩笑似的重复说"我写东西只是为了让我的朋友们更喜欢我",可实际上连这句话也是真的:他只是在发现孤独的那一天才真正"决定"写作的。[79]

不是作家选择主题,而是主题选择作家。加西亚·马尔克斯没有自主决定对阿拉卡塔卡的记忆创作小说。事实刚好相反,是他在阿拉卡塔卡的经历选择了作家加西亚·马尔克斯。人无法选择他的"魔鬼":他们经历某些事情,其中有些事会让他们如鲠在喉,令他们发疯般地否定,想要替换掉它。那些成为他志向之源的"事情"将来也会成为他实现那一志向的材料、刺激物和力量源泉。当然了,无论是加西亚·马尔克斯还是其他任何一个作家,都不能单纯把他们文学志向归因于某个单一事件:随着事件的推移,其他的经历会不断补充、修改和替换最初的事件。不过就加西亚·马尔克斯来说,从他的作品出发,在不否定其他经历的重要性的前提下,可以确定那次回到阿拉卡塔卡的经历,就是他文学创作的最大动力。

从"边缘"状态到"边缘"主题

没有哪个小说家能摆脱"顿悟"时刻,与现实决裂的那一刻会完全压在替代上帝的实践上面。没有哪种圣水可以洗净那极端高傲的罪孽,背负着那种罪孽的小说家注定会在某个特定时刻发动全面反叛:他要弑杀现实。实现文学抱负只能缓解症状,而不是根治之法。在层出不穷的文学创作中,替代上帝的潜意识总是隐藏其中:因此每本小说都注定是失败之作,每篇短篇故事都会让它的作者感到失望。但他总是能够从那种系统性的挫败中获取新的力量,进而再次尝试,然后再次失败,接着继续写作,不断追逐那永难获得的胜利。他的志向是种持续性的幻象,可正是有了这种幻象,他才能生存下去。

追根溯源,这种志向只是一种尝试,或者在最糟糕的情况下,只是一种创造:拥有这种志向的人会不自觉把自己和他人区分开。我所说的"他人"是指那些部分或全部屈从于现实的人,而且那种人总会声称自己生活在"边缘"。这种差别是真实存在的吗?做出那样表态的人真的会由于心理或社会原因而无法像他人那样接受现实吗?还是说他们只是单纯不想那么做罢了?他们是真的深受其害,还是说只是故作姿态?不过一旦真的开始把志向转化为实践,这些疑问就会得到解答:那种实践会把控诉现实的人变成边缘人,变成上帝的替代者。这种边缘状态既是那种志向的因,也是它的果,实践的表现形式多样且复杂,有时难以捉摸,几乎无法确定,有时又显而易见。"边缘"状态,即那种弑神行为中隐藏着的最大的"魔鬼",

掌控着所有的幻想，促使虚构的现实在与真实的现实的不断对抗中接连出现。从某个特定时刻开始，当社会、经济和文化条件发展成熟，使反抗成为可能，小说家的志向就会浮现出来。"边缘"主题贯穿整个叙事文学的历史，是它的名片和标志；在那一主题中隐藏着对抗现实的反叛战争，小说家通过它将自己与现实的对立，并将注定边缘化的命运展现出来。当然了，那一主题的表现形式不止一种："被流放""被厌恶""与众不同"这些主题频繁出现在虚构文学作品中绝非偶然，从阿玛迪斯、帕西法尔或亚瑟王这样的骑士英雄，到乔·克里斯玛斯、神秘的 K 或奥雷里亚诺·布恩迪亚上校，再加上伏脱冷、包法利夫人、于连·索雷尔或达达尼昂。在某些时代里，例如中世纪或浪漫主义盛行的时期，"边缘"主题表现在那些非同寻常的人物身上；而在其他时代中，例如在二战后，则体现在反英雄的人物身上。且在很多情况下，该主题不是以人物形象的方式表达出来，而是更为灵活地通过叙事技巧展现出来，例如将距离拉远，叙事口吻平静化，独特的时间设计（普鲁斯特的作品就是很好的例子），或者是对现实的重新建构，例如乔伊斯或穆齐尔的作品，再或者是用新颖的节奏感来描写生活，就像弗吉尼亚·伍尔夫所做的那样，又或者干脆就用"边缘"式的语言创作，福克纳和吉马良斯·罗萨就是这样。在许多情况中，在利用虚构作品展现"边缘"主题之后，很多小说家最终能够发现促使其文学志向生成的经历到底是什么。

关键画面

正如前文所言，对于加西亚·马尔克斯来说，这种决定性经历并非出现在他十五岁时，而是出现在他二十一岁或二十二岁。当时他已经写过一些练笔式的短篇小说，那些故事大多有些病态，可是在受到重返阿拉卡塔卡之旅的影响后，他的行文风格和创作重点都发生了变化：他就是在那些日子里开始创作第一部长篇小说《枯枝败叶》的。从它开始，直到最近的一部，他的所有作品都常会出现能够代表那个可怕瞬间的场景。

《格兰德大妈的葬礼》中的第一则故事《礼拜二午睡时刻》，是作者于1958年在加拉加斯创作的，故事源自一段童年记忆，他曾在许多访谈中提及此事："我一直认为《礼拜二午睡时刻》是我写得最好的短篇小说，它源自两个穿黑衣服的女人的形象，她们一个是成年女人，另一个则是小女孩，连打的雨伞都是黑色的，她们迎着烈日在荒无人烟的村子里前行。"这是他在1968年时的描述[80]，而在那之前三年，他还对哈斯说过类似的话："有一天一个成熟女人和一个年轻女子拿着一束花来到村里，很快就出现了流言：'那个小偷的妈妈来了。'"哈斯记录道："最让他（加西亚·马尔克斯）难忘的是那个女人的高贵气质和她在满是敌意的环境中所表现出的坚毅。"[81]那幅画面就和《枯枝败叶》那意味深长的结尾一样，偏静态的一幕却引导着整篇故事的走向：某人——在《枯枝败叶》中是陪着棺材的上校，在那篇短篇小说里则是小偷的母亲——迎向充满敌意的人群，还要穿越不幸城镇的中心街道。显而易见，这幅画面的来源就是加西亚·马尔克斯陪同母亲返回阿拉卡塔卡的经历："妈妈和我在村子里走过时，就像走在一个幽灵村落中一样：街上连一个人都没有……"和阿拉卡塔卡的重逢带来的失落感使他下定决心要把那种现实的过去"写下来"。哪一种现实呢？因为那时的阿拉卡塔卡已经不再是不可分割的了，它分化成了两种现实，即加西亚·马尔克斯记忆中的、把他带回阿拉卡塔卡的经过美化后的现实，以及展现在他眼前的悲剧性的现实。他将要同时讲述这两种现实，不过会把它们融为一体。他和母亲感受到的那种孤独和空虚化身成了《枯枝败叶》和《礼拜二午睡时刻》中的诸多画面，再加上他在那一刻体会到的另一种东西——敌意。禁闭的窗户此时变成了充满恨意的目光，空无一人的街道上如今也满是紧握拳头、一脸怒意的居民。冲突的瞬间与真实的现实交织而成的画面被创作者构建出来，同时又更坚定了他不服从现实的决心。

在加西亚·马尔克斯的作品中继续沿着那一关键场景重构的线索寻觅，我们会发现"边缘"主题在他的虚构世界中有一个重要的表现形式。在他几乎所有的虚构作品中，每当这一场景出现——某个个体人物面对敌视他的集体或从那样的集体中脱离——叙事者就会放弃中立立场，（而且总是相当机敏地）站到个体一边。在《礼拜二午睡时刻》中，叙事者对故事中女子的同情态度是很明显的。"我一直认为《礼拜二午睡时刻》是我写得最好的短篇小说。"加西亚·马尔克斯是这样对图兰说的。而且据哈斯说："对于加西亚·马尔克斯而言，《礼拜二午睡时刻》是《格兰德大妈的葬礼》收录的所有故事中与他本人距离最近的。"这种亲近性并没有直接体现在这则故事所描述的客观现实之中，在这则故事里，现实是背景、物体和行动。它只是被内化进了短短一瞬间之中，而且是由一个次要人物表现出来的，从故事整体的角度来看，这种突然的立场转变是很不起眼的。加西亚·马尔克斯说这则故事和他本人"距离最近"，这到底是什么意思呢？所谓"距离最近"，实际上是因为它直接触及作为作家的加西亚·马尔克斯心中最隐秘的东西，那也是这位创作者最重要的经验，是使他生出要创造新的现实来替代旧的现实的意愿的东西。正是这种主观的原因使得他认为那是他"写得最好的短篇小说"。

同样的画面以不同面孔出现在《咱们镇上没有小偷》里，即那个被指控犯下实际上是达马索所犯的偷盗罪的黑人被带去码头的场景：

> 他是从广场中央过来的，双手背在身后，手腕被绳子绑着，一个警察拽着绳子，另外两个荷枪的警察跟在旁边，黑人没穿衬衫，他下唇咧开，一边的眉毛肿着，像个拳击手。他消极但庄重，躲避着众人的目光。大部分人都聚集在台球厅门口，打算看一看这出戏里的两个

主角。台球厅老板看见黑人走过来,沉默不语地摇了摇头。其余人带着看热闹的心情望着黑人。[82]

这是个似曾相识的场景:一个落魄者"消极但庄重"地穿过了村镇中心,周围是聚集过来看热闹的人群。这一耐人寻味的描写明显表达出了叙事者对村民的批判。叙事者就这样通过那个边缘角色表明了自己的立场,这种处理方式细腻又明了。我们还可以把《没有人给他写信的上校》结尾部分的一个情节与这些画面联系起来:上校带着那只斗鸡在镇子里走着,路上的人冲他鼓掌。这里的人物并非受害者,而是刚好相反,如英雄般接受欢呼。他的反应是什么呢?没有激情,没有感谢。他根本就没有投身于那种崇拜,他觉得"害怕"和"走神"。叙事者在这里还加了句更精确的描写:"回家的路从未如此漫长。"上校刚到家,就怒气冲冲地把几个看热闹的小孩赶到了街上,还威胁说要拿皮带打他们[83]。不过差异只存在于表面,因为组成这些画面的基本要素是一致的:集体与个体、围观者、人与人之间的隔阂。在上文提到的那篇短篇小说中,叙事者表现出的温和态度并未在这位受到喝彩的上校身上体现出来,作者在他身上倾注的更多是"疼痛感"。那幅关键画面的又一变体出现在《周六后的一天》中,这则故事中的"受害者"是安东尼奥·伊萨贝尔神父,他习惯每天在午睡时刻在空无一人的街道上朝着火车站的方向散步。就在所有人都在房子里躲避酷暑的时候,这位眼前时常出现幻觉的神父孤身一人走在村子里,就像个幽灵似的:他在一次散步时"看到"了"流浪的犹太人"[84]。更加符合关键画面的结构特点的是《百年孤独》中奥雷里亚诺·布恩迪亚上校来到马孔多时的场景:他既是胜利者又是失败者,总觉得在他和走在街头的其他居民之间有一道无形的藩篱:

他俨然一副乞丐模样，衣衫褴褛，须发乱成一团，还赤着脚。他走在滚烫的地面上却浑不在意，双手捆在背后，绳索的另一头系在一位军官骑着的战马颈上。在他身旁，是同样蓬头垢面的赫里内勒多·马尔克斯上校。他俩并未现出悲伤，面对那些百般谩骂士兵的人群反倒有些困惑。"（第109—110页）[1]

而"当喧嚣的人群拦住去路"时，上校"一直沉浸在自己的思绪中，惊讶于短短一年间镇子就衰老如斯"[2]（第111页）。他后来还向自己的母亲坦陈他"觉得这一切都已发生过"[85]。他在经过马孔多的场景中表现出的边缘感后来还在另一个场景中得到了强化：他的副官们用粉笔在他周围画了个直径三米的圆圈，没人靠近它（第145页）。至于《族长的秋天》，加西亚·马尔克斯本人曾这样表示："至于我现在正在写的这部小说，在很多年里我脑海中关于它的唯一画面就是一个老人在废弃宫殿的大厅里漫步的场景，而且那里已经住满动物了。"[86] 在这里，空无一人、充满敌意的村镇变成了"废弃宫殿"；作为"与众不同的人"的孤独感是通过那些匪夷所思的同伴来体现的——动物。这里的动物与上文提到的紧握拳头、满脸怒火、爱看热闹、热情过头的群众并无区别。

抢掠现实

如果说并非由小说家来选择主题，而是主题选择小说家，那么我们也许可以得出一个有些让人失落的结论：小说家并非是自由的。小说家的确不是自由的，可是也没有哪个人能够自由选择要做的美梦或是噩梦，这个道理是一样的。寻根溯源的话，这位试图替代上帝的小说家是现实生活中

---

[1] 引自《百年孤独》中文版，范晔译，南海出版公司，2011年第1版，第109页。
[2] 同上，第111页。

某些负面经历的奴隶，他从那些经历中获得了写作的志向，而且这种志向会在不断的实践活动中慢慢得到强化。不过在这一过程中，在把心中执念转化为故事的行动中，上帝的替代者夺回了自由，并且可以毫无限制地在自由的世界里翱翔。这个奴隶能够完全自由地运用各种形式——语言形式、虚构故事的布局——正是这些行动将决定他作为上帝替代者的事业是成功还是失败。由于不必对作品涉及的主题负责，他可以完全让自己从束缚中摆脱出来，坚持自己的想法，展现自己的才华，努力使自己摆脱那些"魔鬼"，利用文字和虚构故事来将之实体化，对于他而言，这就是真正的驱魔。换一种说法，虚构世界是真实的还是虚假的完全取决于它的形式，取决于作者对书写方式和结构布局的精心设计，而非取决于故事的主题。有鉴于此，作为作家的上帝的替代者是平庸还是出众，完全是由自己决定的。

"要是脱离个人经历的话，我连一个故事也写不出来。"这句话揭露了一个让人伤感的事实：上帝的替代者不止是在象征层面上"谋杀"现实的人，更是在现实层面上"偷窃"的人。为了能替代现实，需要先抢掠现实；既然已经下定决心了结现实，那么就只得一条路走到底了。这样看来，在搭建虚构世界的原材料这个层面上，他甚至连创造者都算不上：他只是在把无尽的现实生活据为己有，把它变成可为之所用的东西。这种无限制的"开采"是为弑神大业服务的，从中浮现出了一些面孔、一些举动、一些想法，它们赋予他独特的想象力，使他区别于他人，他可以组合它们、组织它们、命名它们，以此建立起"他的"现实。而且恰恰是在这种犯罪性质的举动过后，也就是在赋予那些抢掠来的东西名字和秩序以后，（如果上帝的替代者成功了，）它们就不再是赃物了，它们拥有了不同的生命和特性。在这种情况中，形式同样起到了决定性作用，它促使虚构的现实与作为它的母体的真实现实分离开来，进而构建一个拥有主权的实体。不过还有一种可能是，这种虚构现实没能成功构建，那么它就只是一个纯粹的复制品，只是借来的现实。正是对那些原材料的使用方式决定了上帝的替代者是抄袭者还是创造者。

叙事文学的根源何在？那些决定和滋养作家文学志向的"魔鬼"，可能是对上帝替代者产生巨大影响的经历，可能是他所处的社会或时代的特征，也可能是现实生活中的某些间接经验，我们往往可以在神话、艺术或文学中找到它们。所有的虚构作品都是由此三者融合而成的，只不过剂量不同罢了，这一点很重要，因为个人、历史或文化的"魔鬼"所占的比重取决于虚构现实的特性。显然，在像阿莱霍·卡彭铁尔这样的作家的文学创作过程中，"历史"经验要远比个人经验更重要，对博尔赫斯来说，"文化"魔鬼自然比"历史"魔鬼更重要（"我读得很多，经历得却很少"，博尔赫斯这样说并非无的放矢），至于奥内蒂的作品，"个人"魔鬼则比历史和文化更具决定意义。而在加西亚·马尔克斯这里，三种经验达成了某种平衡，他的作品同时受到这三种经验的滋养：他经历过的事情，他生活的世界中的集体经验，以及他从阅读中获得的东西。

把加西亚·马尔克斯的虚构世界中的所有人物和场景与他的个人经历一一对应，来证明"要是脱离个人经历的话，我连一个故事也写不出来"是真实的，这是一项繁杂又无意义的工作，而且根本就不可能做到。为了这项调查，必须依靠作家本人的证词，可那往往是不可信的。所谓小说家不能选择他们自己的"魔鬼"，实际上想表达的意思是在文学创作的第一阶段——在大量现实材料和那些用以构建虚构世界的其他材料中筛选——作家本人有意识地干预起到的是次要作用，而主导那种抢掠行为的主要是潜意识或本能。只有到了第二阶段，也就是为那些材料精心设计展现形式的时候，理性和智慧才会承担最主要的创造性工作。文学创作不仅意味着创造，也需要转换，还需要把最主观化的东西融入客观现实层面。上帝替代者所声称的那些自己的虚构作品中对真实现实的模仿是很可疑的，就和有人宣称自己魂牵梦绕地想着某些事情一样不足信。不过在加西亚·马尔克斯来看，这种难度要低了不少，因为他十分清楚自己创作的故事的根源在哪里。

在他用于创作的数不胜数的个人经历中，我们至少可以挑出那些不断重复的场景和主题来看一看。

地点，大屋

正是在陪同母亲重返阿拉卡塔卡的过程中，他最终选定了"他的"小说发生地的名字：马孔多。小时候，他曾经去过几次叫这个名字的农场，但此后就再没想过它。在那趟旅途中，他从火车车窗上看到了农场的招牌，"那个名字引起了他的注意"。后来，他在阿拉卡塔卡突然经历了那个具有决定性意义的事件。由此开始，那个名字就变成了另一件令他着魔的事情，这应该是因为农场在地理位置和情感上都与阿拉卡拉卡十分接近。[87] 马孔多是他的两部长篇小说和四篇短篇小说的故事发生的地点，而且随着他的虚构世界不断发展，马孔多也渐渐吸收了另外两个重要地点的特点：那个无名的地方，有时就被简单地称作"村镇"，《没有人给他写信的上校》《恶时辰》以及四篇短篇小说的故事就发生在那里，还有海边的某个地点，那是《逝去时光的海洋》和其他一些故事的发生地。"村镇"的原型是与加西亚·马尔克斯的童年生活密切相关的另一个地方：苏克雷，他上小学时经常会去那里度假，至于那个与海洋相关的地点，尽管同样没有名字，但应该和阿拉卡塔卡附近一个很小的渔村有重要的联系：达萨赫拉。马孔多、"村镇"和那个海边的地方并未完全和它们的原型保持一致，不过它们之间的差异与那三个地点在现实生活中的差异别无二致。

路易沙·圣地亚加那次到阿拉卡塔卡去是为了卖掉他父母家的老宅。上校和特兰基莉娜夫人已经去世了，加西亚·马尔克斯一家也没有再回到阿拉卡塔卡定居的打算,因此那个宅子就成了他们的负担。可它正是那座"令人惊异""满是幽灵"的房子,加西亚·马尔克斯就是在那里度过童年的。阿拉卡塔卡在他面前化为碎片,同时,他最美好的回忆以及他家的老宅都切断了和他的联系:因此"大屋"会变成同阿拉卡塔卡一样分量的"魔鬼"也就不足为怪了。他的虚构世界里将满是各色房屋,它们在故事中占据着十分重要的地位。在那次旅程之后,他写出了第一本小说,他准备给它起名为《大屋》,上文也曾提到过,他曾在许多不同场合表示《枯枝败叶》里的屋子就是以他外祖父母的老宅为原型的。[88] 他的虚构作品中还有其他许多重要的房屋是以此为参照的:《伊莎贝尔在马孔多观雨时的独白》中的房屋、格兰德大妈的住所(后来蒙铁尔一家住了进去)、阿西斯一家的房子、蕾蓓卡在孤独中逐渐失去生命力的房子。不过其中最重要的还得属布恩迪亚一家的大宅子,这个"魔鬼"在那里展现出了它的所有力量。在《百年孤独》中,乌尔苏拉·伊瓜朗吩咐女佣准备好鱼和肉,因为"永远也猜不到突然来访的客人会想吃些什么"(第198页),这正是加西亚·马尔克斯观察到的他外祖母的做法。阿拉卡塔卡最光鲜的人家总是会迎来来自各个阶层的客人,堂娜特兰基莉娜和堂尼古拉斯也总是乐意为他们提供住处和食物。这些外乡来客中有许多都是他们的亲戚。堂尼古拉斯在战争期间留下了无数的风流债,于是经常有他的私生子来拜访他。这些非合法婚生的亲人丝毫不会遭受与其他家人不同的待遇,因此阿拉卡塔卡的那座大屋就和格兰德大妈或布恩迪亚一家那高贵的住所一样,会时常如《圣经》中的部落一样聚集着各色人等。加西亚·马尔克斯的那些私生子舅舅启发他写出了奥雷里亚诺·布恩迪亚上校在战争期间生下十七个儿子的桥段,而且他还坚称"这个数字与真实情况十分接近"。

自然环境

加西亚·马尔克斯的文字世界有股内在的活力，从一篇虚构作品到另一篇虚构作品，这片天地会不断自我更新，其中只有少数要素是保持不变的；而另一些，占大多数的那些，是在不断变化的。那些静止不变的要素中就包括自然环境：从《伊莎贝尔在马孔多观雨时的独白》到最近的短篇小说，自然环境保持着严格的忠实性。它的特点就是短暂但令人难忘。体验那种环境的大多是像阿拉卡塔卡这样的热带城镇中的居民：广场上总是种满巴旦杏仁树，房子顶上总会有石鸻鸟等长腿鸟类飞过，而且根据民间信仰，那些鸟类的叫声预示着有人就要死去。空气中总是弥漫着尘土，它们会慢慢把事物遮蔽。有两种典型的热带气候现象充斥加西亚·马尔克斯的虚构世界：炎热和暴雨。从《伊莎贝尔在马孔多观雨时的独白》中的大雨到《百年孤独》中的暴雨，加西亚·马尔克斯作品中出现了无数水灾场面，我们甚至可以说《没有人给他写信的上校》的整个故事都是在雨中发生的。无论是在"城镇"还是在马孔多，雨季都是十月份，这与哥伦比亚大西洋沿岸地区的实际情况相符。在前面提到波哥大和锡帕基拉时，我们已经了解加西亚·马尔克斯因为那些地方的"寒冷"而感到失落，那里的气候和他故乡的"炎热"是完全不同的。多年之后他还将表示"他可以在任何不寒冷、无噪声的地方写作"[89]。在他的虚构世界里永远都没有寒冷，有的总是炎热。这种气候特点是种强有力的存在，沃尔科宁曾指出它的作用：

在这方面，那些语句的最大特点就是在不知不觉中把读者引入死寂般单调的氛围中："炎热是从十二点开始的"，"整座镇子都被热气笼罩"，"有的房子里实在是太热了，大家不得不到院子里去吃午饭"，"周一是在炎热无雨的状况中降临的"，"到了下午，太阳依然在炙烤着这里"或"早早就开始炙烤这里了"……我在这里只是列了少数几个例子,都是我偶然搜集的,不过它们都源自同一个体系,它会一点点塑造出热带居民的形象以及他们与众不同的性格特点。总而言之,加西亚·马尔克斯的叙事艺术深受其对气候情况的观察的滋养,通过炎热、潮湿、润泽和氤氲的物事表现出来,成为他的虚构世界的永恒要素,填补了各个人物之间的空白,使他们生活在同一的气候条件中,并以此将他们联系起来,也让他的故事多了一种特别的紧张度,能吸引我们兴致勃勃地从开头读到结尾。[90]

沃尔科宁写的这些分析仅针对加西亚·马尔克斯的短篇小说,但实际上也可以用来评价他的所有叙事文学作品;所谓的"对气候情况的观察"其实就是那种被我称作"魔鬼"的执念的绝佳例子。尽管自然环境在他的虚构世界中是不变的要素之一,但并不意味着那三个重要场景毫无区别:炎热和暴雨确实存在于所有那三个场景中,不过差别依然存在。举个例子,那个在海边的地点就既没出现过巴旦杏仁树,也没出现过石鸻鸟。

人物

对真实现实的抢掠在他笔下的人物身上体现得更加明显:无论在实际生活中偶然出现过的人,还是与之交往密切的人,都可以成为创作虚构人物的灵感来源。我们已经讨论过几个人物了:《枯枝败叶》里在尸体面前一动不动的小男孩的创作灵感就来自加西亚·马尔克斯童年的一段经历;阿玛兰塔·乌尔苏拉织寿衣的举动模仿自他在阿拉卡塔卡的一位姨妈。至于俏姑娘雷梅黛丝升天的桥段则源自于此:"对这事的解释很简单,而且比大家想象得更无趣。曾经的确有位姑娘做过同样的事。她也跟一个男人跑了,家人不愿意面对这桩丑事,他们带着同样冷漠的表情说他们看到她在院子里收床单，后来就飞到天上去了……事实是那个姑娘跟一个男人跑了，这种事每天都会发生，没什么好感到惊讶的。"[91] 这位上帝替代者对生活的观察可以细致入微到极点，他从生活中抢掠姓名、面容、品德、缺陷、心理、思想、环境和话语：《枯枝败叶》中对伊莎贝尔的描写（第 12 页）与加西亚·马尔克斯第一次见到的路易莎·圣地亚加的形象相符，那时他还只有四岁或五岁；梅塞德斯出现在了《百年孤独》中，而且干的还是她在巴兰基亚做的事情——"药剂师"（第 315 页）；同一部小说中的乌尔苏拉梦到自己生了两个儿子，分别叫罗德里戈和贡萨洛（第 321 页），与加西亚·马尔克斯的两个儿子同名；《没有人给他写信的上校》中的那些总是凑在一起的年轻人以及马孔多最后几年里出现的奥雷里亚诺·布恩迪亚的朋友们都是加西亚·马尔克斯在巴兰基亚交的三个朋友的化身：阿尔瓦罗（·塞佩达）、阿方索（·富恩马约尔）和赫尔曼（·巴尔加斯）；贪吃的"母象"的姓和萨加斯图梅神父一样，这位巴斯克神父是加西亚·马尔克斯的老师；乌尔苏拉·伊瓜朗长寿、眼瞎、半疯，都是堂娜特兰基莉娜某些特点的夸张表现……至于那个出现在布恩迪亚上校军营中的、像老虎和幻影一样的战士，他的原型在这里：

读过我的书的人会发现奥雷里亚诺·布恩迪亚上校的助手马尔伯勒公爵在哥伦比亚内战中打了败仗。事实是，在我小时候，我们这些小孩都会唱这样一首歌：《曼布鲁去打仗了》，不是吗？我问外祖母曼布鲁是谁，他去打的是什么仗，外祖母显然毫无头绪，但她还是说那个人是和我外祖父一起打的仗……后来我才发现曼布鲁就是马尔伯勒公爵，但我还是觉得外祖母的版本更好，于是我就那样把他写进了书里。[92]

被借鉴来创作虚构人物最多的真实人物是尼古拉斯·马尔克斯·伊瓜朗上校，我们已经提到他是加西亚·马尔克斯笔下一大类人物——上校们——的原型。对外祖父的回忆，对他的悲惨过去及伟岸人格的回忆，成了最能激励加西亚·马尔克斯的"魔鬼"之一。他的虚构作品中的所有上校都不同程度地在外观、心理以及经历上体现了阿拉卡塔卡那位上校的特点。《枯枝败叶》中正直的上校在"战争结束后"来到马孔多定居，这和真实上校的经历一致，而且随着时间的推移，两人都因为老资历和参战背景受到当地人的尊敬。小说中的那个人物瞧不上"枯枝败叶"，也就是外乡人，堂尼古拉斯也持同样的态度，加西亚·马尔克斯的父亲就曾饱受其苦。那个人物还有肢体残疾：他是个跛子。堂尼古拉斯则是独眼龙，就像堂马克西莫·戈麦斯一样，此人是《逝去时光的海洋》里战争的幸存者。《枯枝败叶》中的另一位上校奥雷里亚诺·布恩迪亚当时是大西洋军区的长官，堂尼古拉斯在乌里韦·乌里韦[93]的手下效命时就担任该职务，或者至少上校曾这样对自己的外孙说过多次。《没有人给他写信的上校》中的老英雄是在里奥阿查长大的（那里是堂尼古拉斯的故乡），而且当时正值战争期间，这一点也与堂尼古拉斯的经历一致。两人都见证了《尼兰迪亚协定》的签署，他们所在的军队都是投降一方，而且两人都深信自己很快就会收到国家发放的抚恤金。他们都很失落：和小说中的上校一样，堂尼古拉斯上校终其一生都在等待着那份虚无缥缈的抚恤金。不过要说最能体现堂尼古拉斯影响的，还得算是《百年孤独》中布恩迪亚家族里的人物。加西亚·马尔克斯本人就曾表示，最初创作那本小说的想法源自一个固定的形象：堂尼古拉斯拉着他的手走在街上，要带他去看马戏团表演。那幅画面在小说里变成了年幼的奥雷里亚诺·布恩迪亚拉着他父亲的手去见识冰块。布恩迪亚一家来自里奥阿查，那里是堂尼古拉斯和堂娜特兰基莉娜的故乡。他们是表兄妹，小说中的乌尔苏拉·伊瓜朗和何塞·阿卡迪奥·布恩迪亚也是一样（伊瓜朗这个姓氏在小说里和现实中都很常见），布恩迪亚家族第一个长着猪尾巴的小孩子的父母也是表兄妹。何塞·阿卡迪奥·布恩迪亚也是因此离开山区到马孔多定居的，也是出于同样的原因，他杀死了普鲁登肖·阿基拉尔；堂尼古拉斯杀死的那个男人也拥有同样的姓氏，他也因此移居到了阿拉卡塔卡。堂尼古拉斯很喜欢翻看字典，他对词语的意思很痴迷；而布恩迪亚家族一直都在苦苦寻觅破译一本神秘词典的方法（梅尔基亚德斯的手稿）。

这样的例子我可以无休止地举下去，但是这样做自然没什么意义：这里我仅列出一些具有代表性的例子，它们也可以被用来佐证实现文学志向的第一个步骤：抢掠真实的现实。或者换个说法，真实的现实可以化为叙事素材，当然其中要经过某些重要经历的推动，那些经历正是滋养作家文学志向的"魔鬼"。不管怎么说，突出那些主题或人物背后隐藏的"魔鬼"仅仅有轶闻式的作用：重要的是研究真实的现实是以何种形式转换成虚构的现实的。抢掠现实并非是重点，而只是个出发点，但它可以让上帝替代者从他犯下的"偷盗罪"中脱身出来。这里重要的是评价过程：就和厉害的大盗一样，天才小说家会使他的赃物流入市场时与他"偷盗"时的样子截然不同。

历史"魔鬼"

不过那些决定了作家与真实的现实之间彻底决裂并成为其弑神志向之源的事件也可能具有广泛的社会性，会对许多人都有重要影响，而小说家只是其中的一员，只不过这种影响对小说家起的作用更加特殊罢了。弑神者和与他同阶级或同群体、同国籍或同族群的人分享的那些"魔鬼"会和我们称为"个体魔鬼"的东西有所差异。（当然了，我们目前谈论的始终是实现文学志向的第一阶段，也就是志向的源泉，而非它产出的成果。因为上帝替代者在重建现实时，只有使他的虚构世界——个体、历史和文化的"魔鬼"的文字变体——具有普世的"历史"特点、让所有人接受并解读之后，他才算是真正成功了。只有成功的弑神者才能做到这一点；而失败的弑神者则会把历史和文化"魔鬼"——那些具有普遍性的经验——转化为个体的"主题"或"思想"，这就使它们对其他人来说失去了价值。）小说家志向的源泉不一定是某种个体的创伤，其实也可能是具有普遍性的创伤，在他的心里诱发盲目而又深邃的情感，直至达到极端，必须做出回应——否定现实，替代现实。小说家通过抢掠现实来滋养他的志向，这不仅局限于转化那些他住过的房子、认识的人的长相、在他身上发生的事情；那些对集体产生重要影响的事情也可以供他使用：战争、疫病、罢工、政治斗争、征服或溃败、社会或文化或宗教方面的冲突等，这些普遍经验组成了人类集体的"历史财富"。当然了，没有哪个小说家是单纯依靠"个体"或"历史"魔鬼来写作的，他们必然把二者融会贯通、糅为一体。

在很多情况下，个体经验和历史经验是很难区分开的："历史魔鬼"是通过"个体魔鬼"进入上帝替代者的生活的。加西亚·马尔克斯就是很好的例子：历史事件影响了他的人生和文学志向，同时那些在他童年生活中起到重要作用的人成为他笔下的人物原型，而他们又是那些历史事件的亲历者或受害者，这些事件甚至影响了他的家庭和故乡的命运，当然也影响了他个人的命运。

村镇的建立及其社会结构

堂尼古拉斯和堂娜特兰基莉娜在阿拉卡塔卡的社会地位保证加西亚·马尔克斯度过了愉快的童年，可是也造成了他父母的困境——艰难结婚，后来又不得不搬到遥远的地方生活。不过加西亚·马尔克斯也从这种家庭生活中汲取了许多创作养分。他通过那种家庭冲突了解到那个社会的严密结构。堂尼古拉斯在阿拉卡塔卡的社会体系中得以占据高位的原因是什么？与其说是因为有钱，倒不如说是由于其他两个社会性原因：他在村镇里的老资历，以及他曾和乌里韦·乌里韦将军一起在"千日战争"中并肩作战。由于那种"老资历"，使得堂尼古拉斯瞧不起"枯枝败叶"们，因此反对自己的女儿嫁给那个外来的报务员。堂尼古拉斯真的是阿拉卡塔卡的建立者之一吗？外祖父在外孙面前曾多次确认此事，然而没有任何文件能证明这座村镇是在那场"伟大战争"结束后才出现的。它很可能早就存在了，只不过一直默默无闻罢了，只有在堂尼古拉斯一家和其他受战争之害而远离故土的家庭来到这里之后，阿拉卡塔卡才迎来了第二次生命[94]。由于这座村镇正是从那些年月开始繁荣发展起来的——香蕉热开始于1904年——所以那些搬来的家庭就自认为是当地的建立者了。他们进而构建了一套当地的贵族阶层体系，堂尼古拉斯就因为这种"老资历"和他参战的经历而在当地受人尊敬，获得了不少特权。这种"贵族体系"究竟是由许多家庭一起创建的，还是说只是某一个家庭的杰作？真实情况引人生疑，就连加西亚·马尔克斯本人也没有说清楚。不过可以确定的是，在搭建虚构现实的不同阶段里，我们都能发现对那种社会组成结构的近乎完整的借鉴，马尔克斯·伊瓜朗家族在阿拉卡塔卡的那种社会结构中享有崇高的地位。《枯枝败叶》中的那位上校也处于社会金字塔中的核心位置，因为他"德高望重"，是马孔多的"创立者"，而且他也参加过那场"伟大战争"，也因此获得了上校军衔；这种社会地位使得他瞧不上"枯枝败叶"们。加西亚·马尔克斯第二部小说《没有人给他写信的上校》中的英雄人物，在经济层面上极速坠落——那部小说里占据社会"核心"地位的是个有钱人堂萨瓦斯——但这并不影响他的社会地位，他依然受到当地人的尊重，人们把他当作上层人物来对待。人们为什么会有这种态度呢？也是因为上校参加过战争以及他的老资历（他是为了躲避"枯枝败叶"潮和香蕉热而逃到那个"村子"里的)。在短篇集《格兰德大妈的葬礼》的各篇里,有许多人物能在社会上层占有一席之地,也并非出于经济原因,而是因为他们的资历老,同时他们还直接或间接和战争有关联:例如寡妇蕾蓓卡或安东尼奥·伊萨贝尔神父。只有格兰德大妈是个例外,她处于社会金字塔的顶端,既因为她的"贵族"身份,也因为经济方面的状况。在《恶时辰》里有个相似的例子,但是层次相对低得多:阿西斯一家。在《百年孤独》中,布恩迪亚一家又一次复刻了马尔克斯·伊瓜朗一家的地位:他们是马孔多的"贵族",因为是他们建立了那个村子,也是他们参与了村子里最主要的历史事件。

重建加西亚·马尔克斯童年时期阿拉卡塔卡的社会景象并非难事。在由他的外祖父母占据的社会金字塔的顶层和"枯枝败叶"们(追随香蕉热而来的外乡人)所处的社会底层之间,还存在着中间阶层。加夫列尔·埃利西奥就在其中:报务员、药剂师、公共服务人员以及手艺人组成了中间阶层,而那也正是作为自由派资深成员的堂尼古拉斯能施加最大影响力的人群。和这个社会阶层看似相近但其实差别巨大、形成了"封闭团体"的人群是外国商人,尤其是从叙利亚和黎巴嫩来的商人。他们在香蕉热时期前来定居该地,时至今日大西洋沿岸各村镇也依然有他们的身影。他们组成了一个孤立的社会团体,不过也慢慢融入了当地中间阶层之中。当地人会直接叫他们"叙利亚人"或"突厥",这种情况并非只在哥伦比亚存在,而是在南美洲大部分地区都存在。更多的人民属于低等阶层:工人和农民,还有些干着"不体面"工作的人,例如用人或流动摊贩,拾破烂的人以及酒吧服务员。同属低等阶层的还有另外一些隐秘群体:流浪汉、流氓、小偷、妓女、疯子和半疯的人。在社会边缘,许多技师和工程师被困在庄园或营地里,他们大多是外国人,来这里做的都是与香蕉有关的工作。很容易猜想到,这些匆匆而过的外国人和阿拉卡塔卡当地社会完全缺乏接触。

在接下来的几章里，我们会看到那个虚构村子——马孔多、"村镇"或沿海村落——的社会是如何反映不同群体之间的关系的，这些群体有何相似及不同之处，有哪些思想、神话和习惯能将它们区分开。而且那种阶级结构并非一成不变的，是随着时间逐渐变化的。它是怎样做到这一点的？真实现实中的社会结构和虚构现实中的社会结构是几乎完全匹配的，然而哪怕如此，由于二者有根本性的差异，所以加西亚·马尔克斯的虚构现实中的社会结构还是显得十分与众不同。

内战

香蕉区发生过的最重要的历史事件包括：在当地经济发展最迅猛时期之前发生的内战，那些内战以"千日战争"为终结；香蕉热，大约开始于1904年，彼时联合果品公司进驻该地，玛格达莱纳河流域果园遍布，到处都是外来人员；当地的衰落是随着第一次世界大战结束而开始的，在接下来的几年里日益加剧，随着国际市场上香蕉价格走低，当地许多香蕉园惨遭废弃，越来越多的人逃离该地；1928年香蕉工人大罢工最终演变成了谢纳加大屠杀。这些历史事件都在加西亚·马尔克斯的虚构世界中有所反映，进而成了其中的核心事件。与社会结构及村镇建立等情况不同，在这种情况下并不需要十分严格地对事件原型保持忠实；此处，"魔鬼"们开始投入复杂的转换过程中，它们采用一种自由的方式来处理"主题"和"思想"，涉及的细节经常与事实相去甚远（例如年份），而且每部虚构作品中的情况都不相同。不过在故事主线层面上，那些在真实现实中发生的历史事件成了虚构现实中的历史基础。我们还应该注意到，那些事件与马尔克斯家族的命运有着十分紧密的联系。堂尼古拉斯总是和内战联系在一起，他是内战的亲历者；香蕉热最鼎盛的时期也是堂尼古拉斯和堂娜特兰基莉娜在阿拉卡塔卡的社会地位最高的时候，香蕉热也是促使报务员加夫列尔·埃利西奥来到当地的原因；对香蕉工人的屠杀事件发生在加西亚·马尔克斯出生的那年，他在童年时期曾无数次听人提起过它；当地的衰落也与他的父母搬离的时间相吻合，这也预示着整个家族的没落：堂尼古拉斯之死，加西亚·马尔克斯本人离开阿拉卡塔卡，堂娜特兰基莉娜的衰老。"历史魔鬼"又一次和"个体魔鬼"混在了一起。

在《百年孤独》之前的小说里，加西亚·马尔克斯一直把内战设置成故事背景，它是作家笔下虚构社会的基础，却总是表现得模糊不清。对于马孔多、"村镇"、海边村落而言，塑造它们的是作家的童年记忆。他重塑了对外祖父、朋友们和亲人们的印象：那是一片多姿多彩的、史诗般的天地，迷人、遥远又模糊。内战对那个虚构社会的命运产生了决定性影响，在那个社会里出现了经历过内战的人，同时他们（想想那个目瞪口呆地听着那位老战士讲述战争往事的六岁、七岁、八岁的小男孩吧）还代表着一系列生动、多彩、不连贯的轶事，完全不可能把它们按顺序组织起来。直到《百年孤独》，虚构现实中的那些战争才有了神秘的色彩：没人知道发生过多少场战争，每场战争持续了多久，对战的都是哪些人，他们在利益和意识形态方面的追求又是什么。在历史研究中，这种虚无感是不可饶恕的，不过到了虚构世界里这就变成了优势：笼罩在那些被突然且短暂提及的战争周围的迷雾赋予了书中故事一种传奇性的维度。

内战出现在了他几乎所有的虚构作品中。在《枯枝败叶》里有四个人物参加过内战（上校，奥雷里亚诺·布恩迪亚，"小狗"以及有极大参战可能的那位大夫），书里说马孔多就是那些"躲避战争"的家族建立起来的。《没有人给他写信的上校》的故事本身就源自内战：书中的那位英雄人物是马孔多的"守护者"，在布恩迪亚上校的军队里服役过，还见证了《尼兰迪亚协定》的签署，正是那份协定规定了战败者享有的权利。这份未履行的承诺使得那位英雄的老年生活变得困苦不堪。在《格兰德大妈的葬礼》这部短篇小说集中有三则故事与内战相关。在第一则中,只是略微提及"奥雷里亚诺·布恩迪亚上校经历的时光"(《礼拜二午睡时刻》),不过在《周六后的一天》里,人们说安东尼奥·伊萨贝尔神父"早在1885年那场战争爆发前很久就被埋在村里了"(第94页),而这场战争也有现实原型:1885年自由党内的激进派发起了针对"独立"自由派人士拉斐尔·努涅斯第二总统任期的武装暴动。战争持续了数月之久,努涅斯在卡纳尔将军领导的保守派军队的协助下取得了胜利(1885年8月)。乌里韦·乌里韦当时是起义军中荣誉旅的指挥官,曾取得了基耶布拉洛马战役的胜利。不久之后他镇压了军营中的一场哗变,射杀了一名不服从他命令的士兵;然后他把武器扔掉,双手抱在胸前,面对他手下的士兵说道:"如果有谁想给你们的同伴报仇的话就来吧,我在这儿等着。"[95] 至于格兰德大妈,有人说"她坚称自己肯定能活过一百岁,就像她外祖母那样,那位老太太曾在1875年战争期间以庄园的厨房为掩护,抵挡过奥雷里亚诺·布恩迪亚上校手下的巡逻队。只是在同年的四月,格兰德大妈才明白,上帝并没有赐予她在公开冲突中亲手消灭那些拥护联邦制的共济会成员的特权"(第134页)。哥伦比亚在1875年时没有发生过内战,但是在次年爆发了两场。第一场恰恰爆发于加勒比海沿岸地区,领头人是军事部长、海军统帅圣多明各·维拉将军,结果起义被圣地亚哥·佩雷斯总统镇压,内战迅速平息了。之后,自由党人阿基莱奥·帕拉登上大位的那场选举刚刚结束,保守党人就宣布发动宗教战争。那场残酷的战争持续了十一个月(从1876年7月到1877年6月),最后以叛乱者的投降而告终。拉斐尔·乌里韦·乌里韦就是在这场战争中第一次开枪作战的,他是奥雷里亚诺·布恩迪亚上校的另一人物原型:当时他十七岁,是布加第二军团指挥官的一号副手,在钱科战役(8月31日)中伤了一条腿。他那时已经拥护联邦制了,但不是"共济会成员",只是在1880年获得律师执照后,他才被波哥大共济会接纳[96]。在《恶时辰》中出现了一些可能引起读者迷惑的东西：内战似乎从空间和时间两方面趋向虚构世界了，故事发生在两股暴力的敌对势力休战的间歇期。在之前的虚构故事里，战争通常在时间和空间上都表现得很遥远。《恶时辰》中的这场内战反映的"历史魔鬼"与19世纪的多场内战都不一样："暴力"是在盖坦遇刺后集中爆发出来的。不过，《恶时辰》中对"经典"内战也有提及，主要表现在回忆布恩迪亚上校经过"村镇"的事件时：那时"他正在前往马孔多进行停战协议谈判的途中"[97]。在短篇小说《逝去时光的海洋》里，老马克西莫·戈麦斯"在两场内战中活了下来，只不过在第三场内战中丢掉了一只眼睛"（第5页）。就像前面提到的例子一样，这个故事里也影射了那位与内战相关的神秘人物——马尔伯勒公爵——的情况。

内战到了《百年孤独》里才不再只是作为背景出现。这本书借助内战构建了虚构现实的核心线索之一，同时也在那片天地中给内战找到了恰当的位置，尽管这些与作者起初的创作布局有些矛盾。关于布恩迪亚上校参加三十二场起义的章节重现了19世纪的拉丁美洲和哥伦比亚的历史：自由派和保守派之间持续不断爆发内战。当然了，书中的内容只是一种文学创造：弑神行为意味着用最大的自由来结构和重组原材料，使之与虚构现实中的其他要素结合在一起，赋予它一种独有的说服力。与此同时，恰恰是因为在加工原材料时无所顾忌，才导致作家笔下的成果往往能给历史现实增加一种深刻的真实性。这是我在任何一本关于"千日战争"的著作中都没看到过的：以下层人民和普通大众的视角去描写那些冲突，他们在战争中很可能都是枪炮下的牺牲者，可他们又不明白或者从未搞懂过那些战争的意义，官方说法超出了他们的理解能力，因为那些说法本身就很抽象含糊，因为真正知道因为什么、为了什么要发起战争的只是一小部分人，而且他们中的大多数通常是不会亲自上战场的。于是在那数不清的悲惨时日中，下层人民不断经历种种阴暗的悲剧，他们为了一面蓝色或红色的旗帜而去杀人或被杀，那些战争中自然也不乏英雄人物和英雄事迹，不过在《百年孤独》中被作者赋予超凡生命力的往往更是那些悲惨事件、人们的迷茫以及愚蠢的暴行，尽管有时小说的描写与事实不符，但可能那种超凡生命力也恰恰来源于此。在一则关于阿尔瓦罗·塞佩达所写的《大房子》一书的评论中，加西亚·马尔克斯写道：

> 《大房子》是一部基于真实历史事件创作的小说：大西洋沿岸地区的香蕉工人罢工事件，那次罢工最终演变成了军方针对罢工者的屠杀……不过，在这本书里不止有一个死者，唯一出场的士兵记得自己在黑暗中杀死了一个拿着刀的男人，他的军装上溅的不是血，"而是屎"……尽管这种写故事的方式会让历史学家觉得武断，却给我们这些想学习怎么让作品富有诗意的人上了很好的一课。塞佩达·萨穆迪奥并没有回避现实，也没有模糊化那些严重的政治问题、社会问题和人道问题，而是用一种类似炼金术士的净化术的方式把事件中最具神话性的场景展现给了我们，它超越了道德、正义和人类短暂记忆的束缚。[98]

这些评语也可以用来评价加西亚·马尔克斯本人的作品。

另一方面，尽管有不少史实错误，但是与史实相近的地方也不少。在虚构的现实里，就像在它的原型中那样，敌对双方——自由派和保守派——所代表的东西是一致的：教权主义与反教权主义，中央集权制与联邦制，军人政府与文人政府。战争的结果也与事实相近：双方互有胜负，最终胜利的则是保守党一方。在真实的现实中，"经典的"内战是以双方签订协约而告终的。乌里韦·乌里韦将军于1902年10月24日向保守党将军胡安·B.托巴尔投降，双方签署的《尼兰迪亚协定》给加勒比海沿岸的战争画上了句号，但是真正结束内战的是1902年11月21日《威斯康星协定》（得名于双方签约时所乘的美国舰船）的签署，签约双方是自由党将军本哈明·埃雷拉和时任部长职务的尼古拉斯·佩尔多莫将军[99]。在虚构的现实中只出现了《尼兰迪亚协定》，因为作者的外祖父是那次历史事件的亲历者，它签署于乌里韦·乌里韦将军生日当天，在《百年孤独》中，签署协定则和布恩迪亚上校的生日联系到了一起（"停战的那个周二天气雾蒙蒙的，还下着雨……'你就是在像今天这样的日子里来到这个世界的'，乌尔苏拉对他说道"）（第153页）。协约是在尼兰迪亚庄园签署的，根据那位见证者所言，双方签约时用的桌子"摆在庄园里的房屋中，还铺了桌布，周围散落着新鲜的香蕉叶"。仪式结束后，拉科图雷将军"用剑尖在双方签约的桌子下方的地面上画了个十字，表示那里应该是栽下和平之树的地方"[100]。在《百年孤独》里，双方签署协定时，树已经存在了（"签约仪式在……一棵巨大的木棉树的树荫中进行"）（第154页）。《尼兰迪亚协定》承认革命者应当享有的权利，许诺在和平时期为他们的生活提供保障。政府释放了战犯和政治犯，交出武器的革命者们都获得了赦免，还取得了护照，可以离开该国；政府还保证不在将来对他们进行追责，也不会因为他们曾参与战事而审判他们[101]。协定中没有写入承认战败者军衔以及为他们提供抚恤金的条目，不过这些条目出现在了《没有人给他写信的上校》和《百年孤独》之中。

可以看出，堂尼古拉斯是虚构的现实中的上校们的原型，也是奥雷里亚诺·布恩迪亚上校的原型。在这个例子里，"历史魔鬼"也与"个体魔鬼"融合在了一起。堂尼古拉斯曾和"千日战争"中伟大的历史人物拉斐尔·乌里韦·乌里韦一起并肩作战，关于后者的名字和英雄故事，加西亚·马尔克斯至少从外祖父那里听过了上千次。乌里韦·乌里韦将军也是上校们的原型，而且至少在一个例子中是作者精心安排的。在《百年孤独》

之前，奥雷里亚诺·布恩迪亚上校还只是个普通的角色，曾经在一些故事中出场；只是在这本小说里我们才终于得到了近距离接触他的机会，他的面孔才清晰起来。加西亚·马尔克斯在描写奥雷里亚诺·布恩迪亚上校的外貌时参照了那位在波哥大街头被人用斧子刺杀身亡的自由党要员①的形象。巧合之处还不止这些：在《百年孤独》（第 129 页及之后数页）中，奥雷里亚诺·布恩迪亚上校和保守党将军何塞·拉克尔·蒙卡达的奇妙友谊直接参照了乌里韦·乌里韦将军在"千日战争"中与保守党将军佩德罗·内尔·奥斯皮纳建立起的友情。1900 年 11 月，在不得不把军队从克罗萨尔撤出时，乌里韦·乌里韦给内尔·奥斯皮纳写了那封有名的信件："尊敬的佩德罗·内尔：出于战略考虑，我把克罗萨尔让给你，我同时给你留下的还有这里的狂热、饥饿和令人反感的景色……"在信的最后写着："如果你收到关于卡洛丽娜和你们的孩子们的好消息，我也会很高兴的。你能和他们取得联系，这是很幸福的事！在战事进行的这十四个月里我只收到了三次家里的消息。你的同僚和朋友：拉斐尔·乌里韦·乌里韦。"[102] 在《百年孤独》中，当提及蒙卡达将军时，作者写道：

> 曾有一次，他出于战略考虑被迫放弃一座据点让奥雷里亚诺·布恩迪亚上校的军队占领，同时留下了两封信。其中一封很长，他在信中邀请对手共同努力促使战争更人道。另一封写给他身陷自由派占领区的妻子，他请求将信送给她……（第 130 页）②

现实生活中"无处不在的"战争到了小说里体现在了布恩迪亚上校的"无处不在"。我在这里截取一段历史学家描写自由派军队无处不在局面

---

① 指拉斐尔·乌里韦·乌里韦。
② 《百年孤独》中文版，第 130 页。

的文字：

> 战争在托利马谷地打响，接着是玻利瓦尔大平原，然后是太平洋沿岸，再接下来是加勒比海沿岸。革命军没有露面，可是马克·阿利斯特和布利多的队伍在昆迪纳马卡，乌里韦·乌里韦的士兵在克罗萨尔，图兰的队伍在里奥阿查，马林和瓦隆的队伍在托利马，他们以迅雷不及掩耳之势击溃了三万到四万政府军，政府一方的军队被那种漫无目的的游击战搞得疲惫不堪，产生了厌战情绪，这种局面一直让革命军也吃惊不已。[103]

在《百年孤独》中则是这样描写的：

> 奥雷里亚诺·布恩迪亚无所不在的神话由此而生。相互矛盾的消息同时传来，说他在比亚努埃瓦获胜，说他在瓜卡马亚尔被击败，说他被莫蒂隆印第安人生吃，说他死在大泽区的一个小镇，说他又在乌鲁米达起义。（第116页）[①]

自由派的将军中有一位有着外国名字：马克·阿利斯特。在那部小说里有两位有外国名字的将军：马尔伯勒公爵和格雷戈里奥·斯蒂文森。和为了"结束那狗屎一样的战争"而决定发动一场新的战争的布恩迪亚上校一样（"说这话的时候，他没有想到结束一场战争要比发动它艰难得多。他花了将近一年时间以血腥手段强迫政府同意对起义军有利的和平条件，又用了一年时间说服自己党派的人接受这些条件"）（第149页）[②]，在库拉萨奥

---

① 《百年孤独》中文版，第116页，译文有改动。
② 同上，第151页。

避难的乌里韦·乌里韦将军回到哥伦比亚，"手持武器"来寻求和平，就和为他立传的一位传记作家说的那样：

> 乌里韦坚决认为革命已经完全失败了，再继续坚持进行无用的战争是没有意义的，寻求和平才是正途。矛盾的是，他是手持武器去寻求和平的，因为无条件投降就意味着亡党。结束战争的前提必须是签署和平协定，来保障战败者的权益……[104]

和布恩迪亚家族一样，乌里韦·乌里韦将军无论是从父亲家还是母亲家的角度来看都来自乱伦家族（"在他的家族里，有血缘关系的亲人之间通婚是很常见的"，圣塔这样说道）[105]，就像他的名字所体现的那样，将军本人的父母就是表兄妹，这和奥雷里亚诺·布恩迪亚上校的情况也一样。

香蕉热和香蕉公司

如果说内战以三种层次展现在虚构的现实中，那么作者从现实中提取的第二个历史事件——"香蕉热"——就更算得上是马孔多独有的东西。作者在这里采取了绝对忠实的态度：连续的战争使得战火在整个哥伦比亚蔓延开来，与此不同的是，香蕉热只出现在大西洋沿岸地区，具体而言就是玛格达莱纳河流域地区。在虚构的现实里，这一"历史魔鬼"是马孔多特有的，而马孔多的原型就是阿拉卡塔卡。我们已经说过，原型是玻利瓦尔省苏克雷的"村镇"所在地区并没有经历过"香蕉热"。这种情况也被移植到了虚构的现实中：在"村镇"里没有出现过香蕉产业，也没提到过香蕉公司。在海边的那个地点，与香蕉工人相关的就只有赫伯特先生，他在某日突然神秘地现身并定居下来，后来围绕着他发生了一系列与希望和财富相关的事情，直到他又突然消失不见为止，就和他带来的物质财富转眼就烟消云散一样，香蕉公司在马孔多的作用也是如此，这一点后来在《枯枝败叶》中有所体现，又在《百年孤独》中得到了进一步描写。

《枯枝败叶》十分可靠地描写了香蕉热这一"历史魔鬼"及其在该地区造成的影响，这场历史事件成了决定那个虚构社会命运走向的关键因素。作者采用了一种片段式和影射式的隐晦写法，在小说中描绘马孔多经济及社会时再现了"香蕉热"和联合果品公司的到来对玛格达莱纳地区的影响，也写到了在香蕉危机爆发后该地区面临的经济衰退和道德沦丧。在下面评论《枯枝败叶》时我会更加详细地分析这一点。在这里只需指出"历史魔鬼"和"个体魔鬼"又一次融合到了一起：香蕉公司的到来，香蕉热及其带来的大批外来移民，再加上这一切烟消云散后给马孔多造成的物质和精神的影响，全都以社会和心理的视角被写进了《枯枝败叶》，这种视角也与马尔克斯·伊瓜朗一家的亲身感受相匹配。

《没有人给他写信的上校》的故事发生在"村镇"中，香蕉在那里还只存在于遥远的记忆中：上校记得在多年之前，香蕉热及其带来的"枯枝败叶"们来到马孔多时，他就被迫离开那里了。在短篇小说集《格兰德大妈的葬礼》中，这一历史魔鬼只在提及马孔多时才现身，而且大多是一带而过：《礼拜二午睡时刻》让我们第一次接近种植园和在香蕉公司工作的技工们生活的营地（第13页）；在《周六后的一天》中有个展现马孔多富饶程度的有趣场景，许多有一百四十节装满水果的车厢的火车驶过那里（第102页）；在《格兰德大妈的葬礼》中，香蕉和外国香蕉公司被另一件很有拉丁美洲典型特色的历史产物——封建主义——取代了。不过那则故事的灵魂——对那位封建女族长的深刻描绘——就在于对那个"历史魔鬼"的模糊记忆：格兰德大妈在马孔多的辉煌时刻和阿拉卡塔卡的香蕉热时期有高度的相似性。在故事同样发生在"村镇"里的《恶时辰》中，这个"历史魔鬼"没有现身，不过就像我们之前提到的那样，它在《逝去时光的海洋》

里又借助神奇的赫伯特先生出现了。

不过和内战一样，在《百年孤独》中，这个"历史魔鬼"与马孔多的命运有极其紧密的联系：书中对香蕉热的描绘甚至比对内战的描写还要细致，它展现了外国经济势力参与香蕉热的过程，以及它给该地区带去的短暂但耀眼的繁荣：马孔多满是"无尽的阴凉的香蕉种植园"，在那里能看到"美国人住的白色房屋"，那些房子带有"一尘不染、清新凉爽的花园"，花园里还有"穿着短裤和蓝色条纹衫、在檐廊里打牌的女人们"（第250页）。外国人和马孔多居民的关系实际上也就是从远方来到拉丁美洲的油井、矿场和庄园的外国技师以及管理者与当地原住民的关系：每个群体都独立生活，由于盲目的紧张关系而与他人隔绝。他们有时会彼此嫉妒，有时是互相猜疑。无论在《百年孤独》还是在《枯枝败叶》里，关于马孔多衰败的解释都是自相矛盾的，差别就在于前者多了些魔幻的色彩。

在真实的现实中，1928年香蕉工人罢工与香蕉产业和香蕉公司具有不可分割的关系，这最终造成了谢纳加屠杀事件的发生。这一事件在虚构的现实中也有所体现：屠杀事件第一次在加西亚·马尔克斯的虚构世界中出现是在《周六后的一天》里，后来又作为马孔多历史上最重要的事件之一而被写入了《百年孤独》（第250页及其后数页）。对于该事件的描写也披着一层魔幻的色彩，不过对事件原型的忠实也有所体现，例如加西亚·马尔克斯在他的小说里逐字逐句引用了一份历史文件：卡洛斯·科尔特斯·巴尔加斯将军和他的书记员恩里克·加西亚·伊萨查少校签发的省军政主席四号令，他们将罢工者称为"一伙不法分子"，还授权军队开枪射击他们（第258页）。

暴力

加西亚·马尔克斯通过家人和村民的记忆了解的关于阿拉卡塔卡的事情，我们可以称之为他的"童年历史魔鬼"。这里还应当再提一件，它与现在的加西亚·马尔克斯也密切相关，或者说所有同代的哥伦比亚人都是它的见证者和受害者：从1948年4月9日①开始纠缠那个国家的"暴力"。"暴力"这个历史魔鬼是那些发生在"村镇"的故事的主题，而在马孔多和海边某地的故事中则罕见踪影。到了创作《百年孤独》的时候，尽管村子的名字叫马孔多，可实际上它回溯式地吸收了"村镇"和海边某地的故事。《没有人给他写信的上校》《平常的一天》《蒙铁尔的寡妇》《恶时辰》中的"暴力"历史魔鬼又都被剔除了。这种对虚构的现实中的事件来源的严格区分并非随意为之：就和香蕉产业及香蕉公司的"历史魔鬼"只滋养马孔多的故事一样，那种区分也是立足于原型地点的真实历史的不同特点的：苏克雷和阿拉卡塔卡。"暴力"血腥的浪潮并未真正席卷哥伦比亚全境，而且受害地区所呈现出的特点也并不完全一致。"暴力"肆虐的核心地区是科利马和安蒂奥基亚，其他地区只是偶尔受到波及，另外一些地区则未受损害（尽管严格来讲，"暴力"事件在政治和经济上对哥伦比亚全国各地都产生了影响）。那么好了，苏克雷（"村镇"的原型）所在的玻利瓦尔省正处于"暴力"事件频发的核心，省内多地发生过屠杀、镇压和抢掠事件，而阿拉卡塔卡所在的玛格达莱纳省则是哥伦比亚境内少数未受那场灾难影响的地区之一。赫尔曼·古斯曼、奥兰多·法尔斯·博尔达和爱德华多·乌马尼亚·鲁纳的著作[106]中附的"暴力"事件分布图对此有着清楚的展示：玻利瓦尔省处于深色区域中，上面布满标记，表示的是曾发生过罪行、武装冲突和报复性行为的地点，而玛格达莱纳省则位于白色区域。在这里，作者（尽管可能出于无意识）对真实现实的忠实态度决定了针对虚构现实中的"暴力"历史主题出现情况的严格限定。

我们来看一些可用来分析与该主题相关的描写和它们的原型之间关系

---

① 哥伦比亚总统候选人豪尔赫·埃利塞尔·盖坦遇刺之日。

的例子。"暴力"主题通过肉体、政治和道德三个方面来得到体现。从肉体方面来看，它意味着在1902年后被埋葬的内战的幽灵又死灰复燃了：田野中的游击战、城市内的恐怖主义、镇压行动、酷刑折磨和政治犯罪、社会生活中强盗行径肆虐。从政治方面来看，"暴力"行为造成了独裁政权的出现：罗哈斯·皮尼利亚政权剥夺言论自由，迫害反对他的政党；宪法被肆意践踏，人民的人身安全得不到保障，戒严成了常事；军人进入政府管理层，直接参与政治和司法活动。从道德方面来看，"暴力"意味着腐败的制度化：制度成了独裁统治的工具，保障的是大权在握之人的权益，地下交易和敲诈勒索难以避免，最肮脏的行径不断上演。一位自由派领袖这样写道："也许这才是'四月九日事件'的真正作用：金钱成为这个国家政治斗争中的决定性因素。"[107] 这些现象都被转化成了"村镇"的社会、政治和历史生活的独有特点，政治腐败是个例外，它还出现在了《枯枝败叶》里的马孔多。在《没有人给他写信的上校》里，肉体、政治和道德的"暴力"成了故事的背景，缺了这个背景的话，无论是"村镇"的氛围，许多人物的境地（例如靠压迫和腐败发了财的堂萨瓦斯），还是其儿子奥古斯丁因为散发地下传单而死的主人公的悲剧，都会变得不可理解。这种背景也隐藏在《平常的一天》中，它为整篇故事的叙事发展奠定了基调，也让我们看到了"暴力"甚至能够腐蚀专业性的行动。它也帮助我们理解了《蒙铁尔的寡妇》中堂切佩·蒙铁尔为何会有那样的命运。但是要说"暴力"魔鬼在虚构现实中存在感最强烈的例子，还得算是《恶时辰》，它细致又深刻地描写了在这股历史潮流的裹挟下，整个"村镇"的人是怎样生活的。我们已经提过，《恶时辰》最初的创作灵感来自加西亚·马尔克斯听到的一件与苏克雷相关的事，在那里，突然出现的匿名帖引发了各种各样的事件。这则真实的或虚构的轶事——一个"个体魔鬼"——在拉丁美洲算不上是什么新鲜事，尤其对哥伦比亚而言更是如此：夹杂在这种经历过的（听过的）

经验中的还有一个"历史魔鬼"。在独立战争进行的过程中以及爆发之前，匿名帖都是重要的政治武器。举个在18世纪末索科罗起义期间发生的事件为例："圣塔菲每天早晨都会出现新的匿名帖。上面写的都是些侮辱性的话，还夹杂着对巡视官员和堂弗朗西斯科·莫雷诺-埃斯坎东的威胁言辞。匿名帖里说人民起义就是为了反抗他们的。当局竭力试图查明写匿名帖的人到底是谁，但最终无功而返。"[108] 阿尔辛聂加斯还举了同时期其他受困于匿名帖的城市的例子：阿雷基帕和卡塔赫纳[109]。《恶时辰》的创作基础可以看作个人经历和历史事件的融合：在小说里，匿名帖主要是用来描写整个村镇的人被"暴力"侵袭的现状。

在加西亚·马尔克斯那些以"暴力"这一历史魔鬼作为主要灵感来源的作品中，其写作特点会更具"信息性"，"艺术性"则会相应降低，结构也会最大限度地简化。社会和政治主题尽管在那些作品中也是基本要素，却被奇异地从行动的第一层次边缘化了，只是以另一种隐晦的方式来展现："暴力"的遥远而微小的后果似乎才是塑造故事的原材料，而造就"暴力"的那些主要原因却总是被婉转地影射，有时甚至被隐而不谈。我们谈过，加西亚·马尔克斯常会把作为故事来源的社会和政治事件以"隐藏材料"的形式加以表达。他很了解这个"历史魔鬼"，也十分清楚战胜它、把它变成有用的故事原材料很有难度。关于这一点，他曾写过一篇文章：《关于哥伦比亚暴力小说的二三事》[110]。那是篇有争议的文章，它试图回答两个问题。第一个问题是哥伦比亚作家经常会被问到的："他什么时候会写有关暴力的东西？……在十年里，哥伦比亚有三十万人死于暴力，小说家们对此视而不见是很不正确的。"第二个问题则是他自己提出来的：为什么所有关于暴力的小说写得都很烂？在回答第一个问题时，虽然他选用的词句不同，但实际上他也是在试着解释我在这一章节中提出的看法：作家不能因为"道德"或"政治"原因去"选择"自己要写的主题，是那些主题"选择"

了他们；也就是说，作家只能从深刻的个人经验出发去进行创作："我知道有些作家很嫉妒他的某些朋友能如此轻易地用文学的方式把自己的政治思想表达出来，但是我也清楚他们眼馋的不是那些人写出来的作品。也许比起诚实地记录我们的政治立场，更有勇气的做法是作家能把自认为有能力写好的、亲身经历过的事情诚实地讲述出来，尽管我们得往里面增加些虚构的色彩。"假如暴力对一位作家来说并不是一个"魔鬼"、并不曾为作家带来一场有决定性意义的经历，而人们还要这位作家去"写关于暴力的小说"，那就等于怂恿他背弃自己的信念、让他去当糟糕的作家。作家是无法"创造"他要写的主题的：他们只能从真实的现实中去"剽窃"它们，因为那些经历在他们的灵魂深处扎了根，使他们着了魔，只能通过写作来"祛除"它们。看到下面这些话从几年后写出那本最具想象力的小说的作家嘴里说出来，会让人感觉十分有趣："没有哪场幻想中的冒险会比日常生活中最微不足道的小事更具有文学价值"，"（小说家们）写出的东西和'创造'几乎没什么关系"。

　　至于第二个问题，他回答说很多作家虽然没"亲历"过暴力，却不断被迫接近它，因为"他们在报纸上看关于暴力的事，或听别人讲那些事，再或者是幻想着听别人读马拉帕尔特写的东西"。当然了，这种看法是有待商榷的：因为他本人就在许多"历史魔鬼"的基础上写出了不少优秀的虚构作品，而那些"历史魔鬼"也只不过是他"听别人讲述的"。能够深刻"亲历"的并不仅限于亲眼所见的事情，听到或读到的事情也可包含在内。重要的不是在场，而是参与，无论是直接参与还是间接参与，只要能发自内心地融入那段经验里去，使其成为能有效利用的材料即可。然而加西亚·马尔克斯认为，只是经历过暴力还不够，还得有"足够的文学才能，来把那些经历转化成文学材料"。我们已经提到过了：决定创作者的成与败的不是"主题"，而是"形式"。作为暴力事件的"见证者"的小说家之所以失败，是因为"他们的面前摆着一部伟大的小说，可是他们既不冷静又无耐心，甚至不愿意花上必须的时间去学习如何创作它"。这些关于暴力的小说在形式方面的缺陷是什么呢？加西亚·马尔克斯的回答显然有些武断："可能那些想要展示暴力的作家们犯的最大的错误就是——没有经验也好，过于贪婪也罢——想抓着叶子来拔萝卜。"在暴力面前，那些作家迷失在了对以下事物的描写之中："斩首、阉割、强奸、被破坏的性器官和被拉出身体的肠子"，却忘了"小说的核心不在死人身上……而在那些躲在某处直冒冷汗的活人的身上"。所以正确的做法并非刻画和描写暴力本身，而是要写它引发的后果，写那些罪案引发的"恐怖的氛围"。加西亚·马尔克斯举了个例子——加缪的《鼠疫》，为他的文章增色不少。和《鼠疫》一样，加西亚·马尔克斯在他自己的小说里也尽量避免描写有些滑稽的集体性的悲痛，而总是克制地去写等待着在第二天成为受害者的那些"直冒冷汗"的活人，"在哥伦比亚还没被写出来的那部可怕小说"应该以"加缪的那本语气平静的小说为范本"。我说他在那篇文章中的观点有些武断的原因是，我们不应该死板地判定一种叙事技巧的优点和不足。用加西亚·马尔克斯倡议的方法去写，也可能写出糟糕的关于暴力的小说，相反，我们也不能说，用直接描写社会和政治暴力的方式就写不出伟大的虚构作品来（马尔罗的小说不就是很好的反例吗?）。不过就加西亚·马尔克斯的观点来看，他本人是个很好的佐证：当时的他已经利用这个"历史魔鬼"写出了《没有人给他写信的上校》《恶时辰》，还正在用其创作《平常的一天》及《蒙铁尔的寡妇》等短篇小说。在这些虚构作品中，作者利用间接描写暴力的方法——象征性的平静氛围、因果倒置、声东击西——有效地取得了那些沉迷于描写尸体的作家没有取得的成绩：他成功地将哥伦比亚从1948年开始的那些可怕经历转换成了有感染力的文学主题。

文化魔鬼

许多评论家认为自己的职责就像猎巫人一样：要在分析的文本中调查（揭露?）作者受到了哪些其他作家的影响。这种侦探行为的目的是"衡量"作家的原创性。这种比较性评论的逻辑是：一个作家受其他作家影响越小，其原创性就越高；换句话说，原创性高的作家的作品更立足于体验过的现实上，而不依赖阅读得来的现实，个体魔鬼和历史魔鬼对他们的影响要比文化魔鬼更大。在那些猎巫人看来，拿有血有肉的真实人物作为原型来创作的作家的原创性更强，而若是以某个文学人物为范本来创作就叫抄袭。猎巫人往往认为，别人写的东西是不能作为其他作家的创作灵感的，而别人的生活则可以。事实上，作家的原创性严格说来是一个"形式"问题，和他用以创作的素材、主题或灵感没什么关系；它只取决于作家对待那些材料的方式、写作的方式及其赋予那些不可避免地来自现实（个体、历史或文化）的素材的结构形式。无论刺激作家创作的是他的私人经历，还是某些历史事件，又或者是他读过的书，这些都毫不重要，而且这归根到底不是什么文体问题，而是心理问题。创作的第一步，即对原材料的选择，总是（也只能是）一种"抄袭"或"掠夺"。《情感教育》中，阿尔努夫人怡静的外貌正来自现实生活中那位受人尊敬的施莱辛格夫人，从道德的角度来看，这次"抄袭"不可谓不严重。在构思那部充满施虐与受虐的乌托邦小说《1984》时，乔治·奥威尔参考了俄国作家叶夫根尼·扎米亚京的《我们》（他阅读的是法语版）。由于不能选择自己的"魔鬼"，小说家往往会忽略它们；但是他们对赋予那些创作原材料以何种形式却心如明镜，尤其在选择哪些文字来描写时更是如此。正是这一过程决定了虚构作品与其原型之间能拉开多远的距离，或者说决定了它的原创性的程度；从这一层面来看，福楼拜胜利了，而奥威尔则遭到了相对的失败。无论胜利还是失败，都是文学层面的，它们都建立在同样的"失德"行为的基础上：掠夺真实的现实来搭建虚构的现实。

对这一文学影响理论可能提出的一种异议是：我们应当承认作家能够把来自文学的人物、场景和象征物转换为其创作的原材料，而这不会影响他的作品的原创性。可如果他的"文化魔鬼"不是主题，而是形式方面的，难道这样也不算是糟糕的模仿吗？如果说叙事文学作品的原创性仅仅取决于风格和技巧，那么要是某位弑神者从另一位作家那里借鉴了创作风格及技巧的话，这还算不得是抄袭吗？我们首先应该做出的回答是：在评论分析时，虚构文学作品的"素材"和"形式"是可以区分开来的，可二者在实践中是不可分割的（尽管这种说法乍看上去像自相矛盾）。虚构文学作品的"素材"是文字以及故事的组织顺序：写法变了，或者素材安排顺序变了，那个故事就会变成"另一个"故事。而且故事传递给我们的情感，无论是喜爱还是憎恶，也都是由"形式"决定的。因此，把"叙事素材"和特定的"形式"割裂开来去看是没有意义的，认为某种"形式"——风格或叙事顺序——可以独立于"素材"之外是很荒唐的。一部虚构文学作品的成功之处恰恰在于创作者在其中找到了命名和组织构成故事的各要素的方式，而那也是唯一有能力赋予素材以真实性和生命力、使它成为"现实"的方式。用基督教对人类生命的看法来说，在一部成功的虚构文学作品中，"素材"和"形式"就像灵与肉一样完美契合。当然也有一种可能，某位作家能够灵活运用另一位作家的语言风格和创作习惯，而且这种事情也确实经常发生，不过在这种情况下，原创性就严格取决于最终的创作成果了：如果在他的作品里，别人的"形式"能够让他的故事产生必需的说服力，让它成为某种鲜活的现实，那么那些"形式"就不再是"别人的"，而是属于他的"素材"了，因为它使"素材"有了灵魂，因而"素材"再也无法和那种语言及叙事顺序割裂开来，否则它们就会失去生命力。因此，文学的原创性不是起点，而是终点。

从另一方面来看，由于虚构具有反映及抗拒现实的天性，所以它与促使它诞生、又被它所抗拒的现实原型同样复杂。无论是素材还是形式，构成虚构世界的因素都是多种多样的，在以某种文字结构将之组织起来后，它们就会失去原先的特点，化身为那片虚构天地的组成部分。我们已经看到，加西亚·马尔克斯身上的"个体魔鬼"和"历史魔鬼"是如何联系到一起的，这种联系还使它们对彼此起到了一定的修改作用（内战这个"历史魔鬼"被堂尼古拉斯上校代表的"个体魔鬼"主观化了，后者还将他的个人经历讲给了加西亚·马尔克斯，使外孙永远将外祖父的形象和某些特定的环境以及时期联系到一起），给它们增添了许多在孤立之时不曾有的新特点（由于堂尼古拉斯参加过签署《尼兰迪亚协定》的事件，因此该协定在加西亚·马尔克斯的虚构世界里成了内战结束的唯一标志，《威斯康星协定》则被完全删除了）。然后我们又看到，这些由于彼此联系而发生改变的魔鬼，在融入虚构现实之时，或者说在化身为"形式"之时，依旧在不断改变。如果认为这也存在某种十足的原创性，那么这种想法不亚于乌托邦思想："形式"的原创性本身就是不纯粹的，是大量借用和掠夺的结果，"主题"的原创性也是一样。在涉及"主题"时，弑神者无法逃避现实对他的影响，而在创作实践时，他也无法摆脱叙事"形式"，此外他还无法逃避的是另一种早就在他体内存在的现实：他所使用的语言以及文学传统。因此，他的原创性不在于竭力避免在主题和形式方面受到影响，而在于如何利用它们，让它们不再只起到"影响"作用。在文学领域里，目的有时会改变方法，而原创性的作用恰恰相反。

福克纳

在分析加西亚·马尔克斯身上的"文化魔鬼"时，我想通过一些具体的案例来展示这位上帝的替代者的文化经验是如何像个体及历史经验一样起作用的。

要谈"影响",第一个要提到的必然是福克纳,不仅因为这位伟大的美国作家和哥伦比亚的暴力及阿拉卡塔卡的老宅一样,是加西亚·马尔克斯利用最多的"魔鬼",也因为我们要首先确定那种"影响"的界限,因而要选择在评论界看来被他"借鉴"最多、同时也是"拙劣模仿"得最多的作家(他在最初曾以此为傲,不过后来出于恼怒,又对此矢口否认)。

甚至早在加西亚·马尔克斯立下文学志向之前,阅读福克纳的重要影响就已经在他的体内扎根了:其文学志向的根源也与此有关,是那些阅读帮助他下定了当作家的决心。"我是在阅读福克纳时明白我应该写作的",他在1967年时曾这样对施肖说道,而在一年前他也对哈斯说过类似的话[111]。弑神意志的诞生本身并非是不可逆的,也绝不是不可复制的:准确说来,在那些意志坚定的作家的案例中,总会出现一系列事件,造成他们与现实的决裂,以至于他们想要替换掉现实。而在那些最终放弃了的作家身上,我们也总能看到那些想法被"超越"的时刻,他们都在人生中的某个时间点上放弃了抵抗。一个小说家如果不再写作,就意味着两件事:要么是他内心深处的极端反叛意志消失了,因为他和现实和解了,因为他重新适应了舒适的生活,要么就是他不再想当那种"盲目"的反抗者了,他清楚地意识到自己为何对现实世界心存不满,于是决定放弃用海市蜃楼般的文字来耗损现实,转而投入更具体的实践中去。继续写作的弑神者都是些没能解决促成其志向生成的基本问题的人,这对他们而言可能是好事,也可能是坏事:他们无法压抑极端的盲目反叛的冲动。在他们身上,与现实生活的决裂会不断上演,尽管那些决裂各有不同,却都是接连获得的各种经历造成的结果,对文学志向的实践只能缓解弑神者根深蒂固的不满足情绪,却无法根除它,那种情绪总会归来,而且总是比之前更加浓烈,就像美酒之于嗜酒者、毒品之于瘾君子一样。因此与其把文学当作一种事业,不如把它看作某种恶习：就像嗜酒者饮酒、瘾君子吸毒一样，写作是弑神者的"生存方式"。

胳膊下夹着福克纳作品的加西亚·马尔克斯坐着大巴车在美国南部诸州的旅行，对他来说无异于一次对文学之路起点的朝圣。通过阅读，他从福克纳伟大的弑神行为中学到了如何给替代上帝的志向加上具体的形式，他本就在文学创作方面有远大抱负，如今更受到了启发，领悟了自己应该从哪几条线索入手去搭建自己的虚构世界。福克纳的作品在加西亚·马尔克斯身上产生的巨大影响更多体现在文学创作之路的整体规划方面，而非某些主题或形式方面的细节。后者自然也是存在的，不过和前者相比没有那么重要罢了。我所提到的规划是：创造出一个自我封闭的现实，而且要穷尽一切可能去完善那种现实。那个用文字建立的现实必须是自给自足的，而且不仅是在形式方面——所有成功的文学作品都能做到这一点，在"主题"方面也是一样。一旦那片天地被建造好，之后的每一部新的作品都应该能融入其中，或者更好的情况是消解于其中，成为整体的一分子。在那个整体中，每个组成部分都能够相互影响、相互修正，随着规模逐渐扩大，那个世界也将不断变化，发展的趋势也并非要一路向前，有时也可以转头回顾。加西亚·马尔克斯和福克纳一样，都拥有全景式的创作意识（在这方面，说福克纳和巴尔扎克有一致性也并无不可）。这样看来，福克纳不愧是加西亚·马尔克斯最主要的"文化魔鬼"之一。不过尽管在创作意识上如此接近，可是两人的创作成果最终有着很大的不同。

不过从另一个角度来看，加西亚·马尔克斯通过阅读福克纳找到了实现替代上帝野心的方式也并非偶然。"文化魔鬼"在此处的出现也与个体及历史魔鬼有密切的关系。约克纳帕塔法之旅还给加西亚·马尔克斯提供了一种范例，不仅解释了福克纳的文学世界为何伟大，也让他认识到福克纳用文字来创造另一种现实时所依赖的主观"魔鬼"与自己的情况十分相似。

加西亚·马尔克斯对福克纳的尊崇也意味着某种发现：他在约克纳帕塔法系列故事中发现的与其说是马孔多，不如说是阿拉卡塔卡。他在福克纳的虚构作品中看到了一个隐逸的、不合时代潮流的世界，内战的伟业及灾难笼罩着那里，住在那里的都是失败者，他们回忆着早已不复存在的辉煌时光，然后在那儿逐渐崩坏、衰竭；他看到了一个被宗教狂热、肉体暴力和道德、社会和政治腐败掌控的世界，那是一片乡村世界，是在曾经富饶的广漠地带上零星分布的小村镇，如今却已成了衰落的象征。此外——不难想象他的困惑和喜悦——他仿佛还"看到了"那些童年魔鬼被用文字描绘了出来，"看到了"阿拉卡塔卡的故事、神话和幽灵被转换成了虚构故事。甚至福克纳世界里恶劣的自然环境也让他想到了自己那地狱般炎热的故乡，约克纳帕塔法县里那些离奇古怪甚至是智力有缺陷的人必然也让他回想起了童年时期身边那些和鬼魂交谈的人、相信蛇怪蛋存在的人、坚信有位姑娘飞上天的人和给自己织寿衣的人[112]。彼时的加西亚·马尔克斯刚确立自己的文学志向，在这些印象的影响下，他自然会规划一条类似的创作道路。那个文化魔鬼帮助他确立创作方向，而那时仍作为某种执念存在的个体魔鬼和历史魔鬼则进一步雕琢那种野心。我们不能说加西亚·马尔克斯的文学世界和福克纳的一模一样，但两者之间确实存在某些相似之处，马孔多欠约克纳帕塔法的最大的债，或者说是他欠福克纳的最大的债，并不是在叙事技巧层面上的，而是在创作规划方面。加西亚·马尔克斯的作品自始至终都试图讲述同一个故事。在他的虚构现实世界中，场景、人物、象征在每个故事里都发挥着不同的作用，同时衍生出新的意义和特点，逐渐让那片天地变得清晰，因此每一则新的短篇故事和每一部新的长篇小说都意味着某种完善和补充，是对之前的虚构故事的修正，反过来说，之前的故事也会修正后来的故事。这种"素材上"的统一性在十九世纪文坛有极佳的范例：《人间喜剧》，它的先驱是中世纪的骑士冒险故事，这些故事对

《人间喜剧》的影响很像福克纳对加西亚·马尔克斯产生的巨大影响，它是一种在创作规划层面上的激励和典范。

当然了，这并不意味着这个文化魔鬼完全没有在主题和形式方面对加西亚·马尔克斯产生影响："评论家乐此不疲地坚持论证福克纳对我的影响，他们甚至在一段时间里把我本人都说服了。我阅读福克纳完全出自偶然，当时我已经出版了第一本小说《枯枝败叶》。我开始阅读他的原因就在于想搞清楚为什么评论家要说我受到了他的影响。"[113] 可能是加西亚·马尔克斯的记忆出现了偏差，但更可能的情况是，他是在故意戏弄采访他的记者：根据赫尔曼·巴尔加斯和普利尼奥·阿普莱约所言，加西亚·马尔克斯是在1950年到1954年之间发现福克纳的，当时他住在巴兰基亚，正是写《枯枝败叶》的时候[114]。总而言之，这个文化魔鬼毫无疑问对他的第一部小说产生了影响。这种影响是有益的，而非破坏性的：这位弑神者有足够的天赋，使他不仅不被福克纳牵着走，而且能按照自己的意志创作。

《枯枝败叶》甚至是加西亚·马尔克斯唯一一部文字受到这位"文化魔鬼"影响的作品。仅在《枯枝败叶》简短的介绍中，就出现了和全书其他部分独白式语言的风格完全不同的描述性文字：

> 人类的"枯枝败叶"以排山倒海之势把商店、医院、游艺厅、发电厂的垃圾席卷到这里。垃圾里有独身女郎，也有男子汉。男人们把骡子拴在旅店的木桩上，随身携带的行礼不过是一只木箱或一卷衣服。没过几个月，他们就成家立业，拥有了两个情妇，还混上个军衔。正因为他们比战争来晚了一步，才得以把这些东西捞到手。[115]

这些句子拐弯抹角，就像被酷刑折磨的人一样，跌倒，在新的力量的支撑下重生，然后跪下，再站起来；列举、重复、环形的句子结构、诱人的节奏感；语气庄严，如同《圣经》中的神谕或预言；忧郁的音乐性、深藏的绝望感、不祥的预兆……它们的参照模板毫无疑问是福克纳笔下的结构布局。但这种情况仅出现在《枯枝败叶》短短两页的引言部分；三个人物独白时所用的语言要更加克制，主观性更弱，福克纳的影响只是偶尔显现：某个少见的形容词，某个不起眼的句子的语气，或是某个瞬间的悲剧色彩。在加西亚·马尔克斯其他的作品中，福克纳式的语言几乎难觅踪迹，甚至连遥远而模糊的影响也算不上。

这个魔鬼被利用得最有效的方面，是《枯枝败叶》的素材及结构。故事整体的结构布局与《我弥留之际》十分相似，两个故事都发生在葬礼前夕，而且都围绕着一口棺材和一具尸体展开。它们的叙事时间都聚焦于守灵时刻，而且守灵都并不平静，虽说原因各不相同（在《枯枝败叶》中，守灵行为让诸多静态的角色挤在同一间屋子里，而《我弥留之际》中的人物都是动态的，在道路和村镇中行进）。两个故事的结构也很相似：叙事者并不是全知全能的，而是由给死者守灵的同一批角色充当叙事者，他们的思想活动构成了故事的主要内容。而且这些"陪伴着死者的人物-叙事者"都来自同一个家族。这种多空间视角叙述的写法是福克纳很擅长的，甚至有些评论家认为是他的首创；实际上这种写法几乎和小说本身一样古老（只需要把《塞莱斯蒂娜》当成小说来读，我们就能在那部伟大的中世纪作品中发现和《我弥留之际》及《枯枝败叶》相似的结构：在那部作品中负责为读者推动故事发展的也是人物-叙事者，是他们发出的声音和心里想的事情）。《枯枝败叶》的人物有些特点也与福克纳虚构世界中的人物特点相似。自杀的大夫已经自我封闭许多年了，因此就像《献给艾米丽的一朵玫瑰花》中的那位女英雄一样，他的内心世界也始终是个谜。不过二人作品中被认为最具相似性的角色还得算是马孔多的神父"小狗"和《八月之光》里那位有名的牧师海托华。"小狗"曾在成为神职人员之前参加过内战,并获得了上校军衔,还经常在教堂布道时口出惊人之语。海托华在周日布道时,除了谈论与宗教相关的话题,还总是提到作为南部同盟军骑兵的祖父战死沙场的事迹。宗教被癫狂侵袭是在福克纳的作品中经常出现的主题,这一主题几乎在加西亚·马尔克斯的所有作品中都能见到,他笔下的神父们总是荒诞又古怪。《枯枝败叶》中马孔多的环境与约克纳帕塔法县也极为相似,不仅因为它们都位于偏僻的乡村,那里等级分明,往昔繁华,今朝衰败,都受到内战的波及,也因为那里的居民们都生活在类似的压抑氛围之中。两个故事中的社会似乎都没有未来,人们的目光总是盯着过去:过去压抑的社会难以发展,过去也因而成了理解现时发生之事的关键所在。折磨人的历史氛围和心理氛围在两个虚构世界中都化身成了折磨人的叙事结构,叙事材料从来都不按正常的时间顺序展现给读者,读者看到的是发生在不同事件的片段,它们发生在过去不同的时刻,读者不能靠文本中的文字把它们拼凑起来,能做到这一点的只有读者的记忆。这种时间视角的混乱性是和空间视角的混乱性交织在一起的:故事内容从来都不客观地传递给读者,都要经过某个中间人,而那个中间人会主观地加工、篡改甚至编造它。和福克纳用文字编织出的现实世界一样,在《枯枝败叶》中,精确的时间顺序(年、月、日)对故事发展而言具有重要作用,有时比较明晰,有时却象征性地难以辨识(因此创造出了某种谜团,让读者有了某种期待)。

只不过,单纯割裂地描述这个"文化魔鬼"在《枯枝败叶》中的体现,很容易给读者造成这部小说是福克纳小说模仿品的印象。在下文具体分析这部作品时,我会澄清这种误解:"福克纳因素"只是被作者加以利用了,却并不具有决定性意义,对全书没有起到重大影响,甚至有另一个"文化魔鬼"——在我即将提及的佩德罗·拉斯特拉的书中就提到了这一点——虽说不太起眼,却起到了更重要的作用。总而言之,我并不认可沃尔科宁的相关评述，在一篇关于加西亚·马尔克斯的短篇小说的评论作品中（那篇文章的其他部分非常精彩），他坚称"在这位哥伦比亚作家和福克纳的作品中，我们发现风格和形式上的相似性并不如主题上的相近性那样明显，前者正是我们在做类似比较时需要找到的最重要的东西"[116]。我们已经论证过，加西亚·马尔克斯的第一部小说的素材和形式方面确实与福克纳的作品有一定的相似性。至于这个文化魔鬼在《没有人给他写信的上校》和《格兰德大妈的葬礼》中的体现，沃尔科宁的论述十分准确，因此有必要将他的文字转引此处：

> 位于考卡河下游的那个村镇不管叫马孔多还是叫其他什么名字，它都是加西亚·马尔克斯笔下大部分故事发生的地点，它时常会让我们想起美国南部约克纳帕塔法县的那种废弃感和忧伤的氛围。两地的居民都是类似小村居民形象的浓缩，是对复杂现实的理想化加典型化的重塑，若是允许我使用一个充满矛盾的词汇，我想称其为"具体的抽象"。和福克纳的作品一样，在加西亚·马尔克斯的作品里，相似的事物和特点总是会重复出现，哪怕是许多不起眼的事物也是如此：例如广场上的巴旦杏仁树就总是覆着一层灰蒙蒙的尘土，再如某些角色身上的相似特征，如《巴尔塔萨午后奇遇》和《蒙铁尔的寡妇》中的那位富翁何塞·蒙铁尔，就像从同一个筐子里拿出的鸡蛋，和《没有人给他写信的上校》中的那位患糖尿病、脾气糟糕、粗心大意的胖子堂萨瓦斯十分相似。
>
> 同样地，这位拉丁美洲作家笔下也出现了战争中的英雄、失败事业中的斗士，他是个传奇，又像个幽灵，和福克纳笔下的约翰·萨托里斯上校唯一的不同就是：这个人物的名字叫奥雷里亚诺·布恩迪亚。还不能忽略麦卡斯林这一如《圣经》中族长似的、神话般的古老形象，

他阴险又放荡，使得家族里满是合法的以及私生的子嗣，成了始终困扰整个家族的问题。与之对应的是女族长"格兰德大妈"这个人物。我们的现代文学中充满弱不禁风的形象，而他们这些角色在有血有肉的同时，却又像坚不可摧的巨石一样强悍。

最后，和约克纳帕塔法之于福克纳一样，马孔多对加西亚·马尔克斯而言也就像世界的中心一般，这不是因为他们在情感上把那些地方理想化了……而只是单纯因为他们遵从了自己敏锐的直觉，走向"永久逃亡道路上的避风港"，他们的叙事宇宙里的所有星系都会围绕着那个点衍生出来。[117]

一个魔鬼往往会吸引其他魔鬼到来，通过复杂的"炼金术"来锻造出某个叙事主题，这是个充满混合与杂糅的过程（而且非理性的因素往往会大于理性因素），因此我们在其后的结果中不可能衡量出创造、"造假"与"剽窃"所占的精确比重。我们已经分析过奥雷里亚诺·布恩迪亚上校这个人物了，能够看到他的身上有堂尼古拉斯和乌里韦·乌里韦将军等真实人物的影子。而根据沃尔科宁以上的分析，我们会发现那个人物身上还有另一个文化魔鬼式的原型：约翰·萨托里斯上校。我们可以回溯一下奥雷里亚诺·布恩迪亚的"血缘谱系"、浪漫主义小说中的典型人物：艾凡赫、达达尼昂、"驼背骑士"拉加代尔；骑士小说中的英雄；儿童故事中的战士；爱国故事中的典范。格兰德大妈也是一样，除了麦卡斯林和堂娜特兰基莉娜，我们还可以罗列出一系列为塑造这一角色而参考过的补充式的原型人物。

沃尔科宁对《没有人给他写信的上校》和《格兰德大妈的葬礼》的评论也基本是准确的，这两部作品与福克纳作品的相似之处很大程度上是体现在主题方面的。不过还是应当细化一下沃尔科宁的观点：在《周六后的一天》(写于《枯枝败叶》之后不久)里还依然有福克纳的模糊影响，这种影响既体现在风格方面，也体现在结构方面。从风格上看，这篇故事比那本短篇小说集里（除了同题篇）的其他故事更紧凑、更主观化；在结构上，作者设立了一个轮转式的中心，其他情节则围绕着它展开。在《恶时辰》中，福克纳的虚构现实中最主要因素之一——"中间人"——消失了。在"中间人"要素影响下的叙事者就如同一面扭曲的屏幕，大小故事都在其上浮现，让那些故事变得更主观化，在时间上也更无序，还蒙上了一层具有象征意义的模糊感。《恶时辰》中的现实视野则是客观化的，叙事者想要隐去身形，时间结构是线性的，在叙事现实中占主要地位的是社会和政治层面的东西，这在福克纳的作品中是不曾出现的。但是在《百年孤独》里，那个魔鬼又重现了：既体现在作品的野心里（它要穷尽马孔多的一切故事，就像福克纳的小说想要"全景式"地展现他的那个虚构世界一样），也体现在叙事材料应用的不同方面，尤其是家庭要素。血缘的联系、某种血统在时间长河中的最终命运，这是福克纳最常写的主题之一，萨托里斯家族或斯诺普斯家族的故事可以在一部接一部作品中出现。按照罗德里格斯·莫内加尔的解读，萨托里斯家族和布恩迪亚家族有一种"补偿"关系[118]。不过这种平行性不止体现在两个世界中都存在的大家族上，还体现在那种混乱不清的特点上，再加上两个世界中都反复出现的乱伦主题（乱伦主题在福克纳的作品中经常出现，而在《百年孤独》中更是十分重要），使那种氛围更加恶化了。《百年孤独》中不断出现的性爱因素也有福克纳作品的影子，这倒不是因为性在二人的虚构世界中都起着无比重要的作用，而是因为性在《百年孤独》中的那种不同寻常的悲剧性特点：加西亚·马尔克斯作品中不断出现的通奸者无法让人不想起福克纳笔下的那些性堕落者。与此相似的还有宗教主题：宗教在二人的虚构世界里和性一样，也总是以一种极端且不寻常的方式被呈现，而且同样和性相似的是，宗教也被描写得越来越不正常。在福克纳的作品中，宗教的这种异常性很多时候会通过性虐待、自虐和癫狂而达到高潮，而在加西亚·马尔克斯这里，宗教则成了战争、奇迹和最极端的疯狂举动的诱因。《百年孤独》中的马孔多就像约克纳帕塔法一样，在那里不存在自由：难以揣测的厄运笼罩在村镇、家族和个人的头顶，这又有点经典悲剧的影子。书写"他们"的历史的既不是社会也不是人类；他们只是在遭遇历史。他们的命运早就被写下了，永远也不会改变。如果说奥雷里亚诺·布恩迪亚上校和萨托里斯上校的相似性在之前的虚构作品中已经有所体现，那么在《百年孤独》里就更得到了加强：两人都是似乎受到诅咒的家族的重要人物，都在内战中战败，也都随着时间的推移逐渐多了一层神话般的色彩。

海明威

在福克纳之后，我们自然应该谈到海明威，正如加西亚·马尔克斯对路易斯·哈斯的调侃之语所表述的那样，这第二个魔鬼是被他用来抵御第一个魔鬼的[119]。要谈论作为文化魔鬼的海明威对加西亚·马尔克斯的影响，就得从《没有人给他写信的上校》开始。这种影响在《枯枝败叶》里是不存在的，相反，在之后的三本书里都存在，虽然不是以同样的方式展现出来的，但其对于加西亚·马尔克斯虚构世界的搭建的重要性不亚于福克纳对《枯枝败叶》的影响。这种影响并不是在主题方面的，而是在形式方面，无论风格还是叙事技巧都包含在内。和福克纳相比，加西亚·马尔克斯对这个"魔鬼"的利用显然更加刻意，这一点从《关于哥伦比亚暴力小说的二三事》就可以看出来。加西亚·马尔克斯在那篇文章里除了讲暴力小说作家们的失败归咎于耸人听闻的主题和修辞，还以海明威为例抨击了他们。"我们这个时代另一位伟大作家——海明威——曾经向一位记者解释过他的创作理念，他试图讲清楚他是怎样写《老人与海》的。为了写好那个勇敢的渔夫，作家和渔民一起住了半辈子；为了钓上大鱼来，他本人就曾钓过无数条鱼，他曾在许多年里学习了许多知识，就是为了写好他的创作生涯中最简单的那个故事。'文学作品'——海明威是这样说的——'就像冰山一样：我们所能看到的漂浮于水面的巨大冰山之所以坚不可摧，是因为在水下还隐藏着它八分之七的体积'。"[120] 一年后，在纪念海明威离世的文章里，加西亚·马尔克斯又一次提到了"冰山理论"，他认为那是"对海明威作品的最佳定义"；"海明威的重要性就在于令其作品飘浮起来的隐藏智慧，在于那些直接又简单的结构，有时也展现在那些戏剧性冲突上。海明威只讲述他亲眼所见的事情、感知过的事情、经历过的事情，那些是他唯一能够相信的事情。"[121] 上述引文解释了加西亚·马尔克斯的三部作品在哪些方面欠下了海明威的债：在那些事件上，在只依靠直接和深入的个人经历进行写作的决定上；在相对化的语言上，在极度的精简严谨的行文上；在叙事技巧上，在"隐藏材料法"的持续运用上，在具有象征意义的省略上。除了《格兰德大妈的葬礼》和受影响较弱的《周六后的一天》，那三本书中其他所有的故事都是基于上述准则写成的（在《百年孤独》中，海明威的影响完全消失不见了）。

在这个例子里，"文化魔鬼"也是和个体魔鬼及历史魔鬼一起发挥作用的，很难明确地划分出三者造成的影响之间的界限。1948年的"波哥大事件"和哥伦比亚的暴力时期成为加西亚·马尔克斯作品的决定性素材只是从他的第二本书开始的，而且在接下来的两本书里扮演了主要的角色。在这几部虚构作品中——《没有人给他写信的上校》《格兰德大妈的葬礼》中的几则短篇故事和《恶时辰》——那个历史魔鬼的出现带来了两个结果。在叙事素材方面：政治素材和社会素材凌驾到了虚构现实的其他层次之上。在"形式"方面："信息化"的语言替代了主观的、"艺术的"风格。总而言之，作为在加西亚·马尔克斯身上常见的"魔鬼"的海明威出现在了那三部作品之中。这两位弑神者不可避免地相遇在某个特定时刻，也使得个体魔鬼、历史魔鬼和创作意图等因素相互交融。当加西亚·马尔克斯开始写那个"关于匿名帖的故事"时——他从中分离出了《没有人给他写信的上校》的故事——他凭直觉感到他的世界发生了根深蒂固的变化：他要从主观转向客观，从充满回忆和反思的内部世界转向以行动和观察为主的外部世界，从心理转向历史。因为，和《枯枝败叶》不同，那些魔鬼——他想要回忆同时去除的经历——如今在催促着他写作，它们是客观的、外在的、历史的，是社会不公、政治压迫、政治腐败、悲惨贫穷、饥饿等，正是它们诱发了连年的革命和战争。偶遇就在这里出现了：海明威的虚构现实基本都是客观的、外在的、历史的。他的虚构世界里充满了人的行动，现实世界中其他所有的经验都是通过个体的行动展现出来的。那个世界的推动力是政治暴力（《有钱人和没钱人》《丧钟为谁而鸣》）、战争（《永别了，武器》）、危机和冒险，在那里，生活通常是个体持续不断展现其抵抗和挑战的能力以及勇气的舞台。作为上帝的替代者的海明威之所以伟大，正因为他找到了一种"方法"来搭建那个虚构的世界，让它具有十足的说服力。而另一位弑神者立刻将这种"方法"用到了《没有人给他写信的上校》《格兰德大妈的葬礼》中的几则故事和《恶时辰》中。在加西亚·马尔克斯那里，那种方法将变成一种"文化魔鬼"。

那么，那种方法到底指的是什么？它是一种掌握语言的方法，也是一种最大限度驱除主观性的风格。和福克纳相反，它要求一种绝对的透明度：用词简练；精确描述事物；语句充满逻辑性；对话写实；文字呈现出视觉效果；隐去作家的存在，把叙事的工作交给材料本身，让读者感觉自己是直接接触那些材料的，似乎它们根本没有经过文字雕琢。（当然了，运用好这种"信息化"的语言所下的功夫不比运用那些伟大的巴洛克语言要少。海明威的"清晰"和福克纳的"晦涩"同样具有极高的艺术价值。）被反复提及的一点是：要用好这种费力的、数学般精确的写法，记者经历给海明威提供了很大的助力。加西亚·马尔克斯也有类似的经历：这又是二人的共同点，同时还可以帮助我们区分二者之间的关系是"影响"还是"巧合"。总而言之，《没有人给他写信的上校》《恶时辰》《格兰德大妈的葬礼》中的大部分故事所用的语言与海明威在他最客观化的虚构作品中所使用的语言拥有相同的特点。

在结构把控方面，海明威的方法从总体来看也与福克纳截然相反，他通过遮掩叙事者的方式给自己的虚构世界增添了客观性。那些故事似乎不是用文字写成的，也不像被什么人讲述出来的：它们是自给自足、自我生成的。从空间的角度来看，这就意味着剔除了人物-叙事者，占主导地位的是全知视角的叙事者，它无所不在，遍布虚构现实中的各个角落：这是以单数第三人称的视角体现的。叙事者的缺席从不会发生改变，它不会在故事发展的过程中突然出现。故事各要素都是"客观的"，事物自行发展，由人物来亲身经历，从不会由书中人物之外的其他声音来解读。从时间的角度来看，故事大多以线性推进为主，事件被描述的顺序与其发生的次序相符。和时间一样，从现实层面上来看，叙事者和叙述之事也是契合的：在客观层面上描述的同样是在客观层面上发生的事情。实际上，在加西亚·马尔克斯的那个社会及政治因素凌驾于其他因素之上的虚构现实里采用的也是上述这样的结构。不过，难道用客观的语言和中立的叙事视角来创作就是海明威的独门绝技吗？我们在此处自然也可以罗列许多有类似倾向的弑神者的名字，其中只需要提到那位最杰出、对"适当的词句"有怪癖式追求、坚持让叙事者"隐身"的作家即可——福楼拜。

小说家的才华很多时候是通过他擅长的叙事风格及技巧而展现的，而且往往是在一种紧张又无意识的创造、转换和"掠夺"的过程中出现的。福克纳"多重视角叙事"的手法就是如此，海明威的"隐藏材料法"也是一样。后者的"冰山理论"实际上正是他娴熟运用的写作手法的表现,而这也确实给他带来了卓越的成就。《杀手》的故事就是一个极佳的范例:故事中最主要的信息完全被隐藏起来了。杀手们杀死了那个人吗?是谁派他们去杀他的?为什么受害者不逃走,而是等待着那些杀手呢?真正完成故事的人是读者,靠的是他们的想象和意愿,那些未写明的空隙正是我们说的"隐藏材料"。这种手法可以通过倒置或省略的方式加以运用。在第一个问题上,实际上材料只是被隐藏了一段时间,最主要的作用就是激发读者的兴趣,让读者感到不安,进而产生某种有积极意义的困惑。这也是在加西亚·马尔克斯的作品中经常被用到的技巧。而省略式的"隐藏材料"——例如《杀手》,再如《太阳照常升起》中杰克失去性能力的状况——也在加西亚·马尔克斯的那三部作品中被反复使用。以《礼拜二午睡时刻》为例:故事就在最重要的事件即将发生时戛然而止了。小偷的母亲和妹妹准备穿过村子,聚集在街头的人会对她们做些什么呢?她们会有怎样的遭遇呢?《恶时辰》中构建故事的核心线索也是以省略式隐藏材料来表现的。读者到最后也不知道匿名帖到底是谁搞出来的,哪怕这个真相似乎会推动小说的其他线索走向高潮。实际上《枯枝败叶》里也有类似的例子,也可以用"冰山理论"来解读。故事的核心是送葬,尽管邻居们都反对,可上校坚持要陪同尸体穿过整个村子。在他身上又会发生些什么事情呢?就在我们以为要看到谜底的时候,小说结束了。这显然也和《恶时辰》中匿名帖的源头一样,和《礼拜二午睡时刻》中将要穿越村子的女人和小女孩的命运一样,和《没有人给他写信的上校》中上校和斗鸡的命运一样(上校最后会把鸡卖掉吗?那只斗鸡会在比赛中获胜吗?),都是省略式隐藏材料的写法,只不过在这种写法被运用到《枯枝败叶》中时,这个文化魔鬼还不存在罢了。我们还有个例子可以解释那两部作品之间存在的联系究竟是"巧合"还是"影响"。加西亚·马尔克斯曾经多次表示,"一切秘密都藏在如何写出第一个句子里",这种经验、怪癖或写作方式也与海明威有相似之处:后者也多次做过类似的表述,这一点在《流动的盛宴》中可以得到印证。在《百年孤独》中,虚构现实经历了改头换面,社会和政治层面的东西(或者说得更宽泛一些,客观现实维度的东西)不再占据最主要的层次,在此之后这个魔鬼就消失了。这并不是说虚构现实变成了完全不同的东西,因为我们提过,加西亚·马尔克斯所有的作品相互间都存在着组织结构上的联系。不过海明威的"影响"不再明显了,尽管《百年孤独》的语言也很清晰明快(然而不再"客观"了),或者说叙事素材很多时候依然通过"隐藏材料法"得到展现。

索福克勒斯

加西亚·马尔克斯似乎对自己通过阅读福克纳和海明威而获得的裨益多少是清楚的;至于其他"典范"带来的影响,他可能就没有那么清晰的自觉。我想他和一位经典作家之间的关系就是这样,那位作家对《枯枝败叶》的创作产生了非常重要的影响,关于这一点,佩德罗·拉斯特拉有过精彩的分析,那位作家就是索福克勒斯[122]。当然了,加西亚·马尔克斯本人曾多次表达对索福克勒斯的推崇,甚至宣称是自己最喜爱的作家之一[123]。索福克勒斯是少数与加西亚·马尔克斯某部虚构作品的"主旨"有直接联系的作家(《周六后的一天》),也是唯一一个被他在题词中引用的作家。但是在拉斯特拉之前,还没人从《枯枝败叶》的题词所引用的《安提戈涅》的角度入手去研究。拉斯特拉分析了"索福克勒斯悲剧中经过精心安排的场景"与加西亚·马尔克斯小说的平行性,甚至认为《枯枝败叶》是对一个希腊神话的戏仿,就像T.S.艾略特在《鸡尾酒会》中以现代的方式重现了欧里庇得斯的《阿尔刻提斯》一样。区别就在于,艾略特是刻意为之,而加西亚·马尔克斯并非有意如此:是那个"魔鬼"让他在无意识中这样去写的。有必要把拉斯特拉的论文进行一番总结,这样我们能够更好地分析文化魔鬼是如何"影响"叙事素材,而同时又不损害作品的原创性的。拉斯特拉比较了《枯枝败叶》和索福克勒斯悲剧的一些最核心的主旨:

一、做出某种承诺,履行这一承诺会带来戏剧化的或糟糕的结果:在《俄狄浦斯在克罗诺斯》中,波吕涅克斯从安提戈涅那里获得了承诺,后者会让他在死后体面地下葬,而这个承诺也成为《安提戈涅》故事的根源;在《枯枝败叶》里,大夫在自杀的三年之前从上校那里获得了承诺,后者说等到他死后自己会负责把他下葬("我只希望在我咽气的那天,您能往我身上盖一层薄土,免得秃鹫把我给吃了。"①);尽管全村人一致决定不让他入土,可上校还是执意要埋葬他,这个承诺也就成为那整部小说故事的根源。

二、判决:在《安提戈涅》里,克瑞翁决定让侵犯故土的波吕涅克斯曝尸荒野,成为野狗和猛禽的食物,同时给波吕涅克斯的兄弟厄忒俄克勒斯举行了盛大的葬礼;在《枯枝败叶》中,马孔多人也发誓不让大夫入土为安("让大夫在这栋房子里腐烂发臭吧。"②),起因同样是众人认为大夫背叛了那座城镇:他拒绝在选举之夜治疗伤者。对波吕涅克斯和大夫的审判实际上是同一回事(都是让他们死后不能入土),而做出这一审判的依据也别无二致:背叛"城镇"。

三、人物的态度:(1)安提戈涅和上校坚毅的性格:两人为了履行埋葬波吕涅克斯和大夫的誓言,不惜直面整个城镇人民的怒火;(2)波吕涅克斯和厄忒俄克勒斯的处境和大夫与"小狗"的处境一致;前面两位是兄弟;后面两位本可以成为兄弟(他们是同一天来到马孔多的,外表也很相

---

① 引自《枯枝败叶》中文版,刘习良、笋季英译,南海出版公司,2013年第1版,第136—137页。
② 《枯枝败叶》中文版,第21页。

似，两人在唯一一次见面时都生出了一种奇异的似曾相识之感）；和厄忒俄克勒斯与波吕涅克斯一样，在面对城镇居民时，他们都选择了不同的道路："小狗"融入了城镇里，对当地居民做到了真正的精神掌控，死后被风光大葬，厄忒俄克勒斯也是如此；大夫则站到了居民的对立面上，和他们渐行渐远，甚至引起了他们对他的仇恨，因此他才受到了判决；（3）在那部悲剧中，伊斯墨涅持有两种态度：最初，她害怕，她不敢帮助安提戈涅履行承诺；后来，她参与了安提戈涅的行动，做好了接受惩罚的准备；伊斯墨涅的第一种态度在小说中的代表是上校的妻子阿黛莱达，她拒绝陪伴自己的丈夫一起履行诺言，而第二种态度的代表是上校的女儿伊莎贝尔，她和自己的父亲一起给死者守灵。

四、尸体带着所有物下葬：和古时候的做法一样，上校把大夫生前拥有的所有物品都放进了他的棺材里。

五、自杀的方式：自缢在古典时代被认为是可耻的自杀方式，只有"道德败坏之人"才会那样自杀，而在小说中，大夫正是选择以这种方式结束了自己的生命。

六、与那部古希腊悲剧一样，《枯枝败叶》里的事件都是为了证明"摆脱不掉的厄运的存在"，以及"要为深深的罪责进行赎罪"（"因为就在三个月前，他倒霉的一生又开始了新的一章"[①]，上校想道）。

文化魔鬼从来就不排外。在《枯枝败叶》里我们已经看到了：福克纳在素材和形式方面都扮演了极为重要的角色。还需要指出，几乎所有的评论家，从马尔罗开始，都强调过古希腊悲剧对福克纳作品的"影响"。对作家创作灵感来源的探究不可避免地会把我们拖向遥远的时代，使我们发现所谓的原创性不仅和纯粹的创造相关，也与选择和融合有关。而且我们也

[①]《枯枝败叶》中文版，第108页。

应该承认，想要在每部作品中都划分出纯粹的创造和选择及融合的界限只是一种幻想。除《枯枝败叶》以外，在加西亚·马尔克斯的其他任何一部作品中都难以找到古典神话产生如此巨大影响的例子，但我们不能因此就断言其他作品与这个文化魔鬼毫无关系：生活中的"厄运"几乎出现在所有以马孔多为背景的故事中，哪怕是发生在那个"村镇"里的最具历史性的故事也是如此。从某种形式上来看，正是文字世界中的这两个极端要素使得自由与需要的辩证关系得以和谐存在下去。

弗吉尼亚·伍尔夫

弗吉尼亚·伍尔夫是加西亚·马尔克斯经常提及的、他本人十分喜爱的作家之一。我们能说她是又一个文化魔鬼吗？她的作品使他热情澎湃，但这说明不了任何问题：一个作家有可能让另一个作家喜欢，但没有在后者的创作生涯中留下印迹，相反，阅读某部作品可能使一个作家生气或感到无趣，但那次阅读也许不经意地刺激了他，以至于成为他创作的素材。首先应当搞清楚的是，有哪些作家对加西亚·马尔克斯创造虚构现实起到了影响。弗吉尼亚·伍尔夫的作品并不构成宏大体系，那些作品组成了许多差异明显的世界。在她创作的九部长篇小说里，前三部从文体学和主题的角度来看属于英国传统小说：通过常规的心理描写来"刻画"人物，"描绘"那些大多比较庸俗的环境，严格遵循线性时间规律和写实主义空间视角写作。彼时弗吉尼亚·伍尔夫关注的是历史性的东西，那几部作品只能被视作她后来作品的先驱。她后来的作品才是真正意义上的革命性之作，她在其中运用了诸多新的叙事技巧，描述人物的内心世界，而且她后期作品中的时间和空间结构十分精微。同时，她还极为擅长描写生活中经常出现又转瞬即逝的经验。她创作于第二阶段的小说包括《达洛维夫人》《到灯塔去》《海浪》等，它们都极好地捕捉并展现了那些"瞬间"（转瞬即逝却又意义非凡的时刻，它们给予人类命运以意义和秩序，也是人类生活的诠释和动力源泉)，正是这些作品使得弗吉尼亚·伍尔夫对现代小说产生了重要影响。在第二阶段的小说中，《奥兰多》是与众不同的：一种耀眼的想象力游戏，一种天才的隐喻。通过一则不可能发生的故事，作者讽刺了神话、风俗和英国历史与文学中经常出现的诸多形象。加西亚·马尔克斯自1950年在巴兰基亚开始充满激情地阅读的正是这些属于第二阶段的小说，其中有两部是他经常记起的：

> 毫无预兆地，当加西亚·马尔克斯（完美地）驾驶着他的那辆近乎纯白色的欧宝汽车，沿墨西哥城周围整齐的公路迷宫行驶时，他摸了摸胡子，想到了另一个给他带来影响的人：弗吉尼亚·伍尔夫。当他想到如今她可能正遭受半遗忘状态时，不禁又挑了挑眉毛；在记起奥兰多变成女人时，在回想起《达洛维夫人》中的那种伴着忧郁的讽刺性幽默时，他明白了那位在鲜花和抨击中逐渐变得疯狂的英国女士可能已经将她超凡的文体学方面的才华注入了自己那固执的头脑中。[124]

为了撰写这篇论文，我刚刚读了（有些书是重读）弗吉尼亚·伍尔夫的小说，我确信她的作品对加西亚·马尔克斯的影响比较小，而且从未影响他的叙事语言：很难找出比加西亚·马尔克斯和弗吉尼亚·伍尔夫的写作风格差异更大的情况了（伍尔夫可能是我了解的唯一一个，或许可以再加上柯莱特，其作品风格可被以"女性的"这一形容词修饰的作家）。只有在《达洛维夫人》和《奥兰多》里，才能隐约看到那些能与加西亚·马尔克斯产生关联的东西，不过也非常少。弗吉尼亚·伍尔夫打破传统形式的小说《达洛维夫人》[125]中的故事完全是通过主人公、她周围的人或在某个时刻在公园或街道上与她相遇的人的心理视角（回忆、联想、印象）描写出来的。那些流动的意识，那些不断思考的头脑，种种不断离题的想法，在时间和空间中来来往往，晦涩迷离，可正是通过它们，叙事空间视角才逐渐完满起来，继而建立起了那个虚构现实的首要层次。人物的外在行动是次要的，读者只是通过书中人物的不同意识交织而成的那面感官幕布才能了解它们。当然了，《枯枝败叶》也是这样，它的故事是由交织在一起的众多独白而叙述的：在这部作品中，外部现实（行动、风景）也是借由心理幕布而呈现的。从主观视角出发、运用内心独白的方式去讲故事，也许是上述两部作品唯一的相似之处了。至于其他方面，二者则大不相同：《达洛维夫人》讲的实际上并不是"一个故事"，它展现了"生活中的一个片段"，它醉心细节，沉浸在细枝末节的小事上，因为它的目的是表现人物的心理，而《枯枝败叶》希望讲述一个具体的故事。弗吉尼亚·伍尔夫喜欢使用意识流的手法，她在《达洛维夫人》一书中第一次娴熟地使用这种技巧（她在《雅各的房间》中就做过尝试，但结果并不成功），后来又在《到灯塔去》和《海浪》中完善了这个技巧，至此她的创作生涯也基本宣告结束了。在加西亚·马尔克斯笔下，内心独白只是一种手段，而且也不像弗吉尼亚·伍尔夫那样用它来"再现"持续流动的心理意识：在他的作品中，内心独白是有逻辑的，是有叙事作用的，而且通常展现出的都是人物想"说"的东西，而并不仅限于他们所"想"的东西。从另一方面来看，在那之后，一直到《百年孤独》，加西亚·马尔克斯都没再使用那种技巧，而且在《百年孤独》中也只是浅尝辄止罢了——费尔南达面对奥雷里亚诺第二时的独白（第274—275页），而且与其说是"内心"独白，不如说是"间接"独白。这种细微的巧合无足轻重，因为在《枯枝败叶》之前已经有大概二十本小说是用独白的手法把故事串联起来的了，而且哪怕是在这方面，与之联系更多的恐怕也得算是《我弥留之际》。弗吉尼亚·伍尔夫的狂热读者尼丽塔·比恩托斯·加斯东则在《枯枝败叶》和那本英国文学名著之间看到了某种刻意的巧合，但是我只能通过记忆引述她的话，因为我是在一场大学中的对谈活动上听到她的那番分析的。加西亚·马尔克斯的长篇小说处女作中，三个想要捕捉为大夫守灵的角色的生命中那个辉煌而又艰难的时刻，那一刻的时间似乎静止了。在人物们行动的几个小时里，时间似乎完全没有向前流动。那些人物因感到不安，威胁时刻存在，他们沉默、惶恐、受困，被迫去想着自己和面前的人们，他们经历的那个时刻是无比真实的，似乎往日时光凝聚成的光束照亮了那一刻，甚至光束中还有来自未来的光芒，他们就这样寻获了生存的价值。那部小说的弑神意图本来也可能是揭露伍尔夫式的"那个时刻"，那种生活中转瞬即逝、难以捕捉的时刻。

不过，在《奥兰多》中也可以找到某些对创作《百年孤独》阶段的加西亚·马尔克斯产生影响的东西。罗德里格斯·莫内加尔就指出了二者之间的某些共有要素："接受超自然事物时的平静态度"，"坚信存在着其他与现实平行的维度"，而且两部作品在对待时间方面"都享有和对待空间或物质、记忆或遗忘、偶然性或天使的存在（及不存在）相类似的自由"；"时间在这些作品中也同样是魔幻的，年表式的顺序丝毫不起作用……那是种绝对自由的时间，是虚构世界的时间"[126]。这些分析十分准确，然而这些特点都来自幻想小说的叙事传统，因此从这个意义上来看，《百年孤独》似乎又多了这样一条创作灵感来源的谱系。还可以举出不少与这种平行性相关的例子，但首先要把两部书中在材料和形式上的相似性区分开来。两本书都描述了一系列充满幻想色彩的事件，其发生在可信的历史时间之中，开始于某个遥远的时期（殖民时期、伊丽莎白时代），而结束在现代。真实发生过的历史事件与虚构事件结合到了一起，在两本小说中起主要作用的要素都是事件（每时每刻都有新的事件发生）、异域性和怪异性。降临马孔多的巨大灾难——失眠症、失忆症和洪水——到了《奥兰多》那里则是

"大霜冻"，而且两者都采用了中性甚至带幽默色彩的描写手法：

> 在诺里奇，一位身强力壮的年轻农妇路过，旁人看到凛冽的寒风在街角处袭击了她，瞬间她就化为齑粉，像一阵尘灰般被吹上房顶。这期间，无数牛羊死去。人的尸体冻得硬邦邦的，无法与床单分离。常常会看到整整一群猪冻僵在路上，动也不能动。田野中遍布活活冻死的牧羊人、农妇、马群和赶鸟的小男孩。有的人手放在鼻子上，有的人瓶子举到唇边，还有的人举着石头，正要掷向一码外树篱上的乌鸦。而那乌鸦也像一只标本。这次霜冻异常严酷，接着发生了石化现象。不少人推测，德比郡的一些地区之所以岩石剧增，不是由于岩浆喷发，因为并没有发生过这种喷发，而是由于一些倒霉的行路人凝固了，实际上他们就在原地变成了石头。教会对此帮不上多少忙，虽然有些土地拥有者把这些遗体尊为圣物，但多数地区宁可用它们作地标、羊瘙痒的柱子，如果形状适合，还拿来做牛的饮水槽。时至今日，它们大多仍被派作这种用场。[127]

在经历过"大霜冻"后，解冻的过程又是一场充满魔幻色彩的灾难。两本书中的某些奇特描写颇有几分相似之处。例如吉卜赛人不仅在马孔多的故事中占据了重要地位，在《奥兰多》里也有整整一个章节的描写（第三章），彼时刚刚变成女人的主人公为避难而逃到了一群吉卜赛人中，和他们一起生活、行动了一段时间，这一点和何塞·阿卡迪奥·布恩迪亚的行为很像。在两本书中都有一些似曾相识的文学角色出现（在《百年孤独》中是卡彭铁尔、富恩特斯和科塔萨尔笔下的人物，在《奥兰多》中则是莎士比亚、马洛、本·琼森、托马斯·布朗和约翰·多恩笔下的人物），此外还有魔幻色彩的"外在表现"，它也标志着时间的流逝：奥兰多在每个不同时期的外貌都不相同，而马孔多的风貌在每个历史时期也大不一样。从形式的角度来看，大多数写法层面的比较都是没有价值的（上文中引用的关于"大霜冻"的段落是个例外），诞生在结构层面的比较还是可行的。两本书中常用的将"客观现实"转换为"虚构现实"的技巧之一就是夸张。有时是从量的层面对某个"客观现实"之物进行夸大（局势、人数、事物），直到引发"质的飞跃"，使它成为"虚构现实"：例如有人被冻僵是"客观现实"，可是遍布被冻得"石化"之人就成了"虚构现实"；如果某个男人长着一根巨大得异乎寻常的阳物，这算是"客观现实"，可要是像何塞·阿卡迪奥·布恩迪亚那样长着那么大的阳物，甚至人们可以在上面"用不同语言"做刺青，那就是"虚构现实"了。不过这些相似之处并非特别显著，甚至可以说二者的不同点要比相同点更加重要。有一种要素，从根本上把两个虚构世界区分了开来：性（"这个可恶的话题"，《奥兰多》的作者曾这样写道）。在弗吉尼亚·伍尔夫的这本小说里，性总是单纯的、属于他者的，而在马孔多，性却是一种炽热的存在。不过两部小说的最大不同还在于：《百年孤独》要远比《奥兰多》更具野心，也更成功，后者大概只能算是一场出色的游戏罢了。

《伟大的蒲隆图·蒲隆达死了》

　　一部作品能够变成影响一个作家的"魔鬼"，往往是出于极为主观的原因，这不见得与作品的艺术成就有多大关系，但通常与作家的心理密切相关。对作家而言，一篇写得平庸的故事有时可以成为极佳的素材，因为那些突兀的故事、拙劣的技巧、乏味的行文，可能因为各种原因突然帮到他，让他联想到某些面孔、名字、场景，成为某种"材料"，让他拨云见日，又或者启发他发现真正与那些材料相匹配的形式"应该"是什么样的。对于作家来说，阅读那篇平庸的故事所获得的助益甚至比阅读塞万提斯还要多。

1952年，在阿根廷流亡时，哥伦比亚作家豪尔赫·萨拉梅亚发表了《伟大的蒲隆图·蒲隆达死了》[128]，这是一首散文体诗歌，或者说是诗歌体小说。它与《格兰德大妈的葬礼》有密切的联系，值得在这里做一些比较。两则故事的出发点很相近：以巴洛克式的文风，夸张、贬低式的语言，描述族长式的考迪罗的葬礼，在前者那里是蒲隆图·蒲隆达，而在加西亚·马尔克斯那里是一位女族长格兰德大妈：两人都是浮夸世界的浮夸主人，尽管萨拉梅亚笔下的人物要更荒唐可笑一些。在两部作品中都能发现通过文学作品进行政治讽刺的意图：他们揭露的是典型的南美独裁者的形象，专制又奇特，嗜血又荒诞，穿着华丽，喜欢搞马戏表演般的仪式，欣赏的东西喧嚣而空洞，身边满是马屁精（不过讽刺意图在萨拉梅亚笔下更加明显）。葬礼成了两部作品中最核心的行动（简单来说，两部作品都在展现某种节日式的狂欢），这二者之间甚至有某些细节上的相似性：蒲隆图·蒲隆达的世界中那位"戴利齿面具的老虎骑士"很像马尔伯勒公爵，后者带着"老虎般的尖牙利齿和皮肤"出现在了格兰德大妈的遗体身边（公爵也出现在了《枯枝败叶》中，《枯枝败叶》的出版时间在《伟大的蒲隆图·蒲隆达死了》之前，因此如果非要刨根问底的话，借鉴参考的先后顺序也就明白了）。两场葬礼都是以夸张荒诞的语言写成的，就像一场演讲或祝词，而且都透着瘆人的幽默感。不过差异也是存在的：萨拉梅亚的语言更加"诗意"，加西亚·马尔克斯的语言"叙事性"更强，前者重评论，后者重讲述。萨拉梅亚的风格更刻意，更有书卷气；加西亚·马尔克斯的风格则更松散自然，不循规蹈矩。根据阿尔弗雷多·伊利亚特的研究，加西亚·马尔克斯"接受并令人赞叹地将蒲隆图·蒲隆达的影响化为己用了"[129]。这位评论家所说的"影响"显然是一种师傅和学徒的关系，前者提供灵感，后者加以利用；"影响"神化了先人，贬低了后来者。可事实恰好相反：典范服务于弑神者，弑神者并不为典范服务，当两个或更多作家就同一题材或同一形式进行创作时，决定他们层次的并不是作品出版时间的先后，而是作品本身的丰富程度：也许《月桂树已砍尽》是乔伊斯所用的内心独白写法的典范，但真正将这种技巧发扬光大的是《尤利西斯》，它也把那个"本源"变成了单纯的"先兆"。不知是有意还是无心，很可能加西亚·马尔克斯在创作那则短篇小说时是对萨拉梅亚的文字留有印象的，他也确实使用了后者已经用过的材料和形式。不过同样的话也可以用来评价萨拉梅亚的作品和米格尔·安赫尔·阿斯图里亚斯的《总统先生》（一部关于讽刺漫画人物般的野蛮独裁者的荒诞史诗）的关系，或者是《总统先生》和巴列-因克兰的《暴君班德拉斯》之间的关系，我们还可以继续追根溯源，一直清算到经典独裁小说的源头上去。1949 年时，萨拉梅亚本人写了另一部小说，可以被视为蒲隆图·蒲隆达故事的先驱——《元首变形记》。在加西亚·马尔克斯的那篇小说里，"文化魔鬼"也和某些历史经验有紧密的联系：故事是 1960 年他在哥伦比亚写成的，那时一位讽刺漫画人物般的暴君刚刚倒台（佩雷斯·希门内斯），加西亚·马尔克斯是那场政治事件的见证者，当年他还去了一趟古巴，我们已经提到过这两个事件使他生出了创作一部独裁小说的想法。我们也曾提到过，《格兰德大妈的葬礼》不能算是《百年孤独》的先驱，准确地说，它应该是《族长的秋天》的先驱。

同样的主题，同样的计划，相近的风格，可是两部作品的质量并不相同。差别就出在两个故事的结构上：在加西亚·马尔克斯的小说里，事件和语言在故事的内部组织中找到了契合点，而在萨拉梅亚的故事里，尽管文风大胆吸睛，在当时也算得上具有创新精神，然而最终成了夸张修辞的牺牲品。他的失败不仅发生在现实层面，也发生在非现实层面（也就是说，故事失去了活力）。《伟大的蒲隆图·蒲隆达死了》过度荒诞的文风是其作者的虚构世界的一大客观特点，是那位诗人-叙事者意志的体现，读者只能选择接受或拒绝。那种叙事声音在某些时刻似乎具有说服力，可到了另一些时刻，人工雕琢的痕迹就过于明显了。在《格兰德大妈的葬礼》中，那种典型的拉丁式的荒诞语言并不是以虚构世界的客观特点出现的，它只起到诠释的作用，是用来使（客观）现实扭曲变形的，使之变成另一种现实，即传奇式的或神话式的现实，有时那种语言就像一面哈哈镜，只不过读者透过它看到的是扭曲的故事。这种模棱两可的特性使得加西亚·马尔克斯的故事更具说服力；他的叙事策略允许过度的修辞能够得到自我修正，使它免于成为没有生命力的生硬模仿，让它能自圆其说，进而被读者接受。

拉伯雷

那种夸张的文风先是出现在了《格兰德大妈的葬礼》中，后来又在《百年孤独》中再现了（表征并不相同），于是评论家们在谈论加西亚·马尔克斯时总是把他当作拉伯雷式的作家。创作出了高康大和庞大固埃的那位喜欢冷嘲热讽、嬉笑怒骂的作家会是加西亚·马尔克斯虚构世界的又一"典范"吗？加西亚·马尔克斯第一次让这个魔鬼留下蛛丝马迹是在《百年孤独》的最后几页中："整个市镇如此死气沉沉、与世隔绝，当加夫列尔赢了大奖，带着两套换洗衣服、一双鞋和一套拉伯雷全集要去巴黎的时候，不得不向司机挥手致意才让火车停下将他接上。"（第340页）[①]1967年6月时，他承认了这层关系，当时他对一位记者说他是带着爱意阅读拉伯雷的："……他说他为《巨人传》而着迷（那种夸张的想象力，衡量事物时用的单位都是里和吨，在巨人身边，女性的繁殖力都增强了，那些生物成长得太快了，不知不觉间就会把新衣服撑爆）"[130]。可是到了同年9月，也许和在福克纳的例子里发生的情况一样，加西亚·马尔克斯大概厌烦了评论家们总是提及那种"影响"，于是他在面对这个话题时显得更加沉默了：

[①]《百年孤独》中文版，第348页。

"我认为拉伯雷的影响没有体现在我的作品中，而是体现在了拉丁美洲的现实里；拉丁美洲的现实完全是拉伯雷式的。"[131] 到了 1969 年 1 月时，他已经拒绝承认拉伯雷的影响了，甚至还嘲笑那些认为拉伯雷是他写作的典范之一的人："还有一个评论家发现了一些蛛丝马迹，他因此而欢呼雀跃，我指的是我小说里的一个人物：加夫列尔，人们都觉得那个人物的原型就是我本人。那个评论家说道，这正是加西亚·马尔克斯承认自己受到拉伯雷影响的铁证，这也就解释了奥雷里亚诺第二的那些荒淫行为和暴食举动，以及何塞·阿卡迪奥夸张的阳物大小，就是被刺青的那玩意，甚至解释了所有人物身上都带有的夸张气息和小说异乎寻常的整体风格。读这些话可真是把我逗乐了，因为实际上加夫列尔带去巴黎的书本应是丹尼尔·笛福的《瘟疫年纪事》：我耍了个心眼，在最后时刻把书名改了，为的就是给评论家们下个套。"[132]

那位评论家真正犯的错误是说全书的"整体风格"异乎寻常；至于其他方面，他并没有错得太多。拉伯雷的那种夸张、恐怖、自由的语言和《百年孤独》毫无联系，后者实际上是精确和秩序的典范，哪怕是在处理关于暴行的材料时，小说也保持着谨慎和克制。至于"异乎寻常"，这确实是拉伯雷的作品和加西亚·马尔克斯的作品的共性之一（尤其是《百年孤独》时期的加西亚·马尔克斯）[133]，不过"异乎寻常"的更多的是在叙事材料和某些叙事技巧方面。最明显的相似之处是两个虚构世界的环境，那种独特的背景体现在《百年孤独》的马孔多上，以及拉伯雷的第二部作品《巨人传》上。两个虚构世界都是完满而又不可能成真的，是最极端的现实和最放肆的非现实融合的产物（也就是说，客观现实和虚构现实交融到了一起，难以分割）：历史的现实和虚构的现实，日常的现实和虚幻的现实，体验的现实和编造的现实。在马孔多和"高康大的王国"里，神迹、奇迹、最奇幻的事件都可以自然而然地发生，同时，它们又深深地植根于客观现实之中，村庄、警官、战争、事件，甚至人名都有可能被我们找到原型。一位研究拉伯雷的评论家这样写道："小说中充满带有象征意义的冒险，但是不会使我们远离客观现实。大地的重量压制了叙事者肆意虚构的意愿。这是一部纯净的小说，它代表着一个梦想化为了现实。"[134] 这条引文也适用于评价《百年孤独》。在这两个例子里，"大地的重量"不仅意味着真实现实中的事件、人物和环境被嫁接到了虚构现实之上，也意味着两部小说中故事背景地的地理、历史和文化原型都是狭小却真实的乡村，那里是微缩版的现实世界，尽管在文学加工的过程中会将之扩大、润色，增加许多内容进去，但在故事的内核中，它依然真实，依然代表着那片土地。马孔多的原型是阿拉卡塔卡，而拉伯雷作品中的原型是都兰-普瓦图地区。哪怕马孔多换了名字，这些原型是不会变的。"高康大的王国几乎就是希农城附近几个村镇的样子，只不过比起人们很熟悉的乡村小镇来，那里更容易让人联想到遥远的乌托邦。"[135]

  这些真实现实中的乡村小镇是如何成为文学创作的原材料，进而变成神奇的"文学名镇"的呢？肯定存在许多加工步骤，但最主要的就是"巨大发育"。这是古老的叙事技巧"变化"或"质的飞跃"（从量的角度改变某物，直到引起"质的飞跃"）的特殊用法，我们在分析《奥兰多》时就曾提到。实际上它被认为是一种"拉伯雷式的技巧"，这是有一定道理的，倒不是因为拉伯雷发明了它，而是因为拉伯雷十分擅长使用它。高康大和庞大固埃的世界中，虚构性要比真实性更多，不止是因为其中包含了许多超自然生物以及一些"从本质上看"不真实的事件，而是因为从具有这种特点的人物和事件占比上来看是这样。客观现实被"抬升"到了一个极端的位置，变成了虚构现实。这也是《百年孤独》中的马孔多经历过的过程。关于两部作品相似性的例子还能找出更多：这种通过"无节制"的量的堆积，最终把客观现实转变成虚构现实的手法，拉伯雷是有选择地使用的，只涉及客观现实中的某些方面，至于其他事物，在进入虚构现实时，则依旧保持着在真实现实中的分量。《百年孤独》也是如此。而且在两个世界里，得到夸张处理的事物也很一致：人物外貌、自然现象、暴力行为。同时，肉体激情和排泄繁殖就如同在萨德侯爵的虚构世界中一般，可以引发痛苦，又或是像在萨克-马索克的虚构世界中那样，会让人受罪，再或者是如同在博尔赫斯的虚构世界中一般，会引导人们思考。让我们看看何塞·阿卡迪奥的阳物，相关内容我们在上文中已经提及："在节日般的狂热气氛中，他在柜台上展示了自己那令人难以置信的阳物，上面红蓝两色纵横交错，覆满多种语言的刺青。"（第84页）① 还有它对蕾蓓卡·布恩迪亚产生的影响："她得努力支撑着才不至于死在当场。她感谢上帝让自己拥有生命，随即失去神志，沉浸在由无法承受的痛苦生出的不可思议的快感中，扑腾挣扎于吊床这热气腾腾的泥沼间，喷出的血液被泥沼像吸墨纸一般吸收了。"（第85—86页）② 何塞·阿卡迪奥似乎正是来自《巨人传》第一章中描绘的有"天然的挖土机"的族群："有的人在我们称之为'天然的挖土机'的这个部位增长了，那个东西变得又长又粗壮，坚挺得像骄傲的孔雀。据说，以前那东西就是这样，当腰带使用，可缠腰五六圈。一旦这个东西快活起来，又扯风鼓帆，好像个个持着梭镖，赶着上靶场呢。"[136] 何塞·阿卡迪奥曾靠自己的力量打败了五个斗士，还能抬起十一个男人才刚能拖得动的柜台，这也让人联想到格兰古西、高康大和庞大固埃（尽管最后这位离真正的巨人相去甚远）。惊人的进食能力也是两部作品中人物的共有特点：在马孔多，何塞·阿卡迪奥的早餐能吃"十六个生鸡蛋"，他、奥雷里亚诺第二和"母象"卡米拉·萨迦丝杜梅是整部书里最拉伯雷式的人物。奥雷里亚诺第二和佩特拉·科特斯搞的盛宴和狂欢活动——他们的交

---

① 《百年孤独》中文版，第80页。
② 《百年孤独》中文版，第82页。

媾竟然提高了动物的繁殖能力——造成了真正的种族灭绝:"那么多的猪、牛、鸡在无休无止的宴席中被屠宰,院中泥土在无数鲜血的浇灌下变得淤软乌黑。那里成了永久垃圾场,骨骸内脏遍地,残羹剩饭成堆,人们不得不一直燃放炸药吓走秃鹫,以免它啄出宾客的眼珠来。"(第219页)①这些,再加上奥雷里亚诺第二和"母象"打赌时提及的宴席,一共持续了四十八个小时,他们(几乎)成了高康大的传人,后者"正常时每餐"要吃掉一万七千九百一十三头牛。表面看上去两者之间的联系可算十分密切了,可哪怕如此,差异性还是更加重要:比起拉伯雷来,加西亚·马尔克斯在《百年孤独》中运用"夸张"手法时十分克制,此外对性爱和感官的夸大在高康大及庞大固埃的世界里是持续出现的主要因素,而在马孔多虽说也很引人注意,但只是偶尔出现,而且比起其他因素来,它的象征意义也没有更强。幽默因素也是一样,它也在两个虚构世界中扮演着不同的角色,通常来说会披上恐怖、残暴、讽刺以及罪孽的外衣,但是在拉伯雷笔下,这一因素表现得更直接和生猛,又或者说更加"健康",而在《百年孤独》里,由于沾染上了孤独和挫败的气息,似乎连幽默都成了一种厄运。不过,在两部作品中,有时幽默元素会以相似的"顽皮"样貌出现:在马孔多的最后岁月里,作者让一个与他同名(加夫列尔)的角色出现在了那个虚构世界中,拉伯雷也是一样,只不过后者是让人物以其笔名阿尔科弗里巴斯出现在了虚构世界里,来近距离观察某个巨人的嘴巴。在某些具体的事件上,也能找到某些相似之处。和第一位何塞·阿卡迪奥·布恩迪亚一样,庞大固埃发现并建立了第一座乌托邦殖民地;至于与宗教相关的战争,我们则总会想起布恩迪亚上校以及自由派和保守派之间的冲突。保守派人士看待自由派人士就像基督徒看待穆斯林,都觉得对方不可信。

---

① 《百年孤独》中文版,第224页。

《百年孤独》是被作者精心雕琢出来的文学现实，围绕着早已设计好的混乱命运和不断循环出现的事件构建了一幅全景画，其中的组成部分都是缺一不可的。从叙事的角度来看，拉伯雷的世界缺乏组织性和联系性（当然了，这并不影响他作品的质量）：他讲述的是一系列故事、轶事、插图般的画面，大多没有延续性，显得像杂糅在一起的，不构成和谐的整体，就像短篇小说集一样，各个故事独立于整体而存在，而且哪怕很多部分被删掉也不会影响全书。这种结构上的差异在两部作品的众多差异中占主导地位（在拉伯雷的作品中，文化因素是很重要的，而《百年孤独》更重视历史-社会因素，两部作品展现各自时代特点的方式各不相同），这种结构差异也使得两个现实的异大于同。不过，两者还有一个共通之处：事件的繁衍性。在两个世界里，事件总是一件接一件地出现，而叙事者本人似乎被这种急促的叙事结构淹没了。拉伯雷作品中的这种事件高速切换的特点是否直接影响到了《百年孤独》呢？如密林般的文学传统再次横列在了我们眼前。如果说那种极度的"夸张"可以算是拉伯雷的"首创"，那么所有的评论家都一致认为他那些层出不穷的事件描写师承于中世纪叙事史诗：骑士小说。

骑士小说

和用其他语言写作的作家相比，这种传统带来的影响在西班牙语作家身上体现得无疑更加明显，而且更鲜活有生命力，这是因为，虽然骑士小说在西班牙出现的时间要晚于在德国、英国和法国，而且只是从这些国家的骑士文学中脱胎出来的一个变体，可是骑士小说在西班牙出现了许多变化，内容更加丰富了，流传度也非常广，在这些方面其他国家是无法相比的。骑士小说"应该"能够蓬勃发展下去，可事实刚好相反。这一传统戛然而止了，原因涉及宗教、历史和文化等，在这里我们不便展开。大概从《堂吉诃德》开始（评论家们依然乐此不疲地宣称这部作品"在嬉笑中杀死了"骑士小说），西班牙语叙事文学出现了转向，开始走上压抑幻想的道路，转而愈发重视客观现实，甚至有许多文学史家因为其研究重点是从"黄金世纪"[①]开始的，进而宣称西班牙小说"一向严格"地遵循现实主义的创作标准。也许可以以此来总结文艺复兴时期及之后西班牙小说的特点，但不能把丰富而多样的前塞万提斯时期的小说包含在内，尤其是骑士小说。这些小说并非"非现实"的——它们是"现实"的，但是比起文艺复兴理想主义看待现实的标准来，它们对现实的定义要更宽泛、更复杂。在《骑士西法尔》和《阿玛迪斯·德高拉》中的现实就把客观现实和虚构现实融合成一个不可分割的整体，有血有肉的人类、幻想和梦境中的生物、历史人物、神话传说中的圣灵、理智和癫狂、可能性与不可能性都在其中和谐共存。换句话说，这样两个现实同时出现在了骑士小说中：人类客观经历的现实（他们的行动、思想和情绪）和他们主观体验的现实，也就是独立存在的那个世界，它是由人们的信仰、噩梦和幻想造就的极端产物。这种全景式的"文学现实"用文字模糊了客观存在和幻想产物之间的界限，这也正是《百年孤独》的重要特点之一。布恩迪亚家族的故事就和阿玛迪斯的故事、蒂朗的故事一样，同时在不同的现实层面上展开：个体与集体、传说与历史、社会与心理、日常与神话、客观与主观。用西班牙语写作的小说家们早就学会了雕琢幻想，也学会了在现实世界中开辟出一片区域用来专门供养他们的想象，以此成为弑神者。在叙事文学领域遭受了数个世纪的鄙夷后，《百年孤独》成为骑士小说意想不到的救赎者，在用我们的语言写作的小说家里，终于又出现了一位拥有像中世纪的上帝替代者们一样野心的人：他想与"所有"类型的现实进行斗争，把人们实际经历的

[①] 即 16—17 世纪。

和想象的现实全都装进作品中。二者的相似性还在于，虚构的现实无论是在《百年孤独》中还是在骑士小说里都不具有排外性：在虚构文学这一独特的"现实维度"中，它和其他的人类经验是和谐共生的。全景现实概念的产生、创作出全景小说的野心的形成也与这种和谐共生的状态有密切的联系。

  在二者身上，实现宏大的计划的方式就是借助适当的叙事技巧，而这也成为虚构现实中最根本的特点之一——事件的丰富性。这种现实是动态的，事件层出不穷，而且似乎一直在加速出现，进而交叉、分解、消失、重现，经历变化或维持原状，以难以分割的方式交织在一起，建立起疯狂、有时甚至让人摸不着头脑的时间结构，一种让人无法破译的时间谱系。在这些虚构作品中，事件无时无刻不在发生，它们是"表面"的小说：事件凌驾于思想和情感之上、使它们变得透明。在骑士小说这样的冒险类文学中，史诗性是其固有特点：战争、政府、发现、建立城市和王国，这些是骑士英雄们必须经历的丰功伟绩。和布恩迪亚家族的人一样，阿玛迪斯们、梅林们、弗洛里塞们踏足未知的土地，穿越危险的密林，无休止地四处征战，建立村镇，立下让人难以置信的功绩。布恩迪亚上校发动过三十二场武装起义，和十七个不同的女人生了十七个儿子，他逃过十四次暗杀、七十三次伏击和一次枪决，在一次毒杀行动中幸存下来，当时敌人投的马钱子碱足以毒死一匹马，最后寿终正寝，他的一生像极了骑士小说中的主人公。在《百年孤独》和骑士小说中，英雄都不是以个体的形式出现的，而是某个拥有特殊血统的群体的一员或建立者：在布恩迪亚家族中，奥雷里亚诺们一个又一个地出现，何塞·阿卡迪奥们也是一个又一个地出现，像镜子般照出那些满是阿玛迪斯们和梅林们的谱系迷宫，那里的人们继承的不仅是名字，还有美德和缺点，甚至很难区分到底谁是谁。伴随着男女英雄出现的还有一类人，他们是骑士小说中不可或缺的角色，是一群生活在真实现实中某个神秘空间中的人——魔法师。和全能的梅林或"未知魔女"乌尔甘达一样，《百年孤独》中的梅尔基亚德斯也一直在"展现"奇迹。他忽而出现，忽而消失，掌握最隐秘的技法，甚至有能力起死回生。而且连那种隐秘且神秘之物——正是它们激起了宗教裁判所对骑士小说的怒火——也出现在了《百年孤独》中，即布恩迪亚家族中不断有人沉迷于破译梅尔基亚德斯留下的神秘羊皮卷。我们还可以从叙事技巧的角度进行比较和分析，塞万提斯就曾模仿骑士小说的典型写法虚构了希德·哈梅特·贝内恩赫利。几乎所有的骑士小说作者都会利用"铅板"之类的物件来隐藏叙事者，好像他们创作的小说真的是在异国他乡现世的手稿，或者仿佛他们的任务真的只是把某些神秘人士（隐士、巫师、圣徒）教给他们的文本破译出来。在《百年孤独》的最后我们发现，叙事者刚刚讲完的也是一段早就被某个先知写在羊皮卷上的隐秘历史。

在《百年孤独》出版后，我曾发表一篇文章，提到过那部小说和骑士小说之间令人惊讶的关联性[137]，后来加西亚·马尔克斯也承认了这一点。不过我们也指出过，不应当对他在接受采访时说的话太过当真，因为他总是喜欢跟记者开玩笑。在1968年5月的一次采访中[138]，他曾提到自己阅读西班牙文学的经历，包括未署名的诗歌、《小癞子》、骑士小说，然后又补充了一句："我这辈子最大的惊喜是马里奥·巴尔加斯·略萨给我的……他指出……在《百年孤独》和《阿玛迪斯·德高拉》之间存在着某些相似性。事实上，我确实是怀着巨大的激情阅读那部小说的。"在那之前一年，他也曾谈及阿玛迪斯的影响，当时他曾明确表示在他的那部小说和骑士小说之间最主要的共通之处就是"叙事自由"："……我最喜爱的作品之一，而且是我至今依然在反复阅读、同时让我满怀敬意的小说，就是《阿玛迪斯·德高拉》……你肯定还记得，我们之前也曾经聊起过，在骑士小说里，只要故事需要，骑士的头可以被砍下无数次。在第三章里有一场大战，人们需要把骑士的头砍下来，于是就给砍下来了，等到第四章里骑士再次出现时，头又长了出来，如果需要的话，他的头完全可以在另一场战斗中再掉下来。随着骑士小说的终结，这种叙事自由也就结束了，我们可以在骑士小说里看到无数让人瞠目结舌的事情，这一点就和今时今日的拉丁美洲一样。"[139] 在给图兰列举他最喜爱的图书时，加西亚·马尔克斯也提到了《阿玛迪斯·德高拉》[140]。尽管如此，我依然不确定他对《阿玛迪斯·德高拉》的喜爱是不是真的，甚至不确定他有没有完整地读过它：我太了解加西亚·马尔克斯了，因此我很清楚，他完全可能只是为了让某个朋友开心而表达对某本书的推崇[141]。我有此疑惑，是基于两个原因。第一个原因是：我没能找到任何他在《百年孤独》出版之前发表的与骑士小说相关的言论，相反，在他给一位密友的私人信件中（这远比他在接受采访时说的话更值得采信），他是这样谈论自己的文化魔鬼的："我认为对我写小说产生重要影响的是：从技巧的角度来看，弗吉尼亚·伍尔夫、威廉·福克纳、弗兰茨·卡夫卡和欧内斯特·海明威。从文学的角度来看，《一千零一夜》，那是我七岁时读的第一本书；索福克勒斯以及我的外祖父母。"[142] 第二个原因是：哪怕时至今日，想要阅读骑士小说也还是意味着要面临巨大的困难（十年之前的情况更糟）：很难想象加西亚·马尔克斯走遍大大小小的图书馆去寻找"西班牙作家作品选"或"西班牙语经典文学"或是其他更容易找到的丛书中的《阿玛迪斯·德高拉》的样子，更不用说投入更大的精力和耐心去寻找阿吉拉尔出版社的版本了。我的想法是，如果说他是在小时候或少年时期阅读《阿玛迪斯·德高拉》，那么他读的很可能是安赫尔·罗森布拉特用现代西班牙语改写过的版本（出版于1940年），或者也可能是那个时期在拉丁美洲流通的儿童版小说缩略本。甚至有可能他根本没有读过《阿玛迪斯·德高拉》。可这并不影响他的作品和骑士小说之间存在相似性。骑士史诗的传统可以通过其他途径到达他那里：通过大仲马、沃尔特·司各特、萨尔加里的作品，通过"狐狸"和"郊狼"的冒险故事[①]，通过电视剧集，通过"西部片"，通过冒险故事画册。在谈及这个文化魔鬼时我一直在避免只局限于某一部具体的小说，因为我想要突出的一点是：在这个事例中，相似性并不仅存在于两部具体的作品中，而是存在于《百年孤独》和骑士小说这一题材中。尽管存在着素材和形式上的差异，可是对现实的定义、叙事技巧、层出不穷的事件，这些都是众多骑士小说所共有的特点。骑士小说和《百年孤独》的共通之处还有更多：例如对"全景式现实"的定义以及用"全景描写"般的文字来刻画那种现实的意愿就很类似，然而其他的都是不同点。尤其是在素材方面：在骑士小说盛行和《百年孤独》出版之间的几个世纪里，"全景式现实"的概念发生过彻头彻尾的变化。在我们这个时代，无论是对客观现实还是对虚构现实的定义都与15世纪大不一样了。随着时间的推移，变化的不仅是历史和地理方面的东西。随着科学的进步，有所拓展或缩减的概念也不仅是客观现实，虚构现实的概念也发生了变化：和人类一样，每个时代的妖魔鬼怪也各不相同。因此就创作素材而言，《百年孤独》和任何一部骑士小说都差异巨大。形式上也是同理：虚构写作和虚构故事的结构也随着真实现实的改变而不断变化，因为它必须"真实"地"反映（或否定）"真实现实。至于层出不穷的事件——加西亚·马尔克斯的虚构现实的这一特点是从《百年孤独》开始出现的——也与个体魔鬼有密切的联系：他所看到的景色景观、经历或听说的奇闻轶事，使加西亚·马尔克斯在成为伟大的作家前先成了伟大的记者。在《百年孤独》前，对层出不穷的事件的追求一直被作家压抑着，直到创作那部作品时，那压抑已久的想法才一股脑迸发了出来。

[①] 均为西班牙语国家的虚构英雄人物，前者在我国的习惯译名为"佐罗"。

《一千零一夜》

很可能西班牙的骑士传统和史诗精神是通过另一本让童年加西亚·马尔克斯大呼过瘾的书传递到他那里的——《一千零一夜》。在上文引用过的信里，他曾提到《一千零一夜》是他七岁时读的第一本书，这也证明了他没有读过全译本（布拉斯科·伊巴涅斯从马尔德吕斯医生的法译本转译而来），而是读的某部儿童改编本。施肖认为他的文学生涯可能就是从阅读那些故事开始的："也许他的文学生涯的起点就是听外祖母讲故事和读《一千零一夜》，就像《百年孤独》里的奥雷里亚诺第二惊奇地问乌尔苏拉的问题一样：'这些可都是真的？她回答说是，多年之前吉卜赛人就曾给马孔多带来神灯和飞毯。'"[143] 他阅读那些故事的环境和背景有着双重的重要性：首先，他把那些故事和外祖母讲的故事联系到了一起，而那是他的个体魔鬼之一，于是我们又有了一个文化魔鬼和个体魔鬼交融到一起的例子；其次，阿拉卡塔卡老宅的环境，围绕着那里生出的迷信说法和鬼怪传说，都对那个小男孩产生了影响，让他迷恋上了那些东西，这自然也是受到了家庭氛围的影响，于是他自然而然地认为那些阿拉伯故事是真实现实的一种延续，这里所谓的真实现实也已蒙上了虚构的色彩。多年之后，他将尝试把拉丁美洲的现实和那种虚幻、奇幻的特质联系到一起：

> 我认为自己是个现实主义作家，尤其是《百年孤独》，它的现实主义色彩更浓，因为我认为在拉丁美洲没什么事是不可能发生的，所以万物皆现实。作家往往很难把在拉丁美洲发生的真实事件转述出来，那些事情一旦写进书里就显得不真实了，这实际上是个技巧问题。我们这些拉丁美洲作家一直没有发现，我们的祖母和外祖母讲的故事就是那么奇幻的，而我们这些听故事的小孩子都深信不疑，我们相信那些不可思议的事情、相信《一千零一夜》里描述的事情都是真的，不

是吗？我们从小就生活在满是奇幻色彩的环境中，可作家们总想把周围发生的事情变成平淡无奇的事情讲给我们听。[144]

要说所有人都有类似的体验未免言过其实，但拉丁美洲的历史始终笼罩在奇幻的色彩中，这一点是无可争议的（也许其他大洲的历史也是如此），而且这也不意味着拉丁美洲的现实就是"虚构的"。上面的引文对于考察加西亚·马尔克斯的"历史魔鬼"是极为重要的：与他的外祖父参加过的多场内战相关的故事和关于富裕时期的阿拉卡塔卡的故事被他接触到时，都已经蒙上了一层"非现实"的色彩，因为给他讲故事的那位老妇人是个把奇迹看得像水和面包一样平常的人，而当地的集体记忆也早就掺进了想象之物，那片区域里的居民都是如此，再加上现时的他还会在脑海中为自己的过往经历增加更多神奇的色彩。在阿拉卡塔卡居民的集体记忆中，那段富裕时期的往事就像《一千零一夜》的故事一样神奇且真实；就这样，那个村镇的"历史"让那些虚构故事般的奇闻轶事有了真实性，然后它们又反过来让那个小男孩打心眼里觉得村镇的历史就应该是奇幻的。再一次，文化魔鬼的周围出现了个体魔鬼和历史魔鬼的身影。在某个特定时刻，加西亚·马尔克斯将会把阿拉卡塔卡的"历史"转化成虚构故事，而他讲述那个虚构故事的方式也将类似于他听别人给他讲述家族故事或历史故事的方式。正是那些童年时期的"历史魔鬼"和这个文化魔鬼联系到了一起：在他更晚些时候受到那些"历史魔鬼"（例如"暴力"）的影响而创作的虚构故事中，那些阿拉伯故事的影响已经不见了。

《一千零一夜》对《百年孤独》的创作有何贡献？有许多贡献都是我在分析骑士小说的影响时已经提到的：客观现实和虚构现实交融的全景式现实的概念；层出不穷的事件使虚构中有连续不断的故事出现；创作

的自由不会轻视客观现实的逻辑，也不会彻底用时间可自由伸展缩放的虚构现实的逻辑来取代它。不过在那些杰出的阿拉伯故事中也有一些独有的特点是骑士小说所没有的（或者说几乎没有），它们也出现在了《百年孤独》中。首先是幽默：在骑士小说中，奇迹都是严肃的，甚至通常和戏剧性冲突或悲剧性情节联系在一起。甚至在唯一一本幽默元素占据重要地位的骑士小说《骑士蒂朗》里，该元素也不是和奇思妙想有关联，而是用来描写肉体情爱的。在《百年孤独》里，奇迹或魔幻之事就像山鲁佐德讲述的故事一样，总是俏皮有趣，带着轻盈诙谐。再就是在虚构事物和日常琐碎的事物的结合上：骑士小说中的虚构"事物"是恶龙、仙女、精灵、巨人。当然了，《一千零一夜》里也不乏这些超自然生物，但同时也有对日常事物的奇幻变形：地毯、灯、瓶子、钥匙、箱子、衣服等。在《百年孤独》里，这大概是作家创造虚构现实时运用得最完美的技巧了：他把无尽的想象力注入那些最常见不过的事物中。只需要回忆一下第一章出现的那些"奇迹"就足够了：冰块、假牙、指南针、望远镜、地毯、磁石。再一点就是情感：除了《骑士蒂朗》，其他骑士小说都是清教徒式的；在《一千零一夜》里，平衡真实现实和虚构现实的重要砝码之一就是对本能的描写，尤其是对性的描写，马孔多的故事也是如此。如果加西亚·马尔克斯是在小时候阅读那些阿拉伯故事，那么这一要素肯定已经被删除了；可能在后来他又阅读了完整版，或者凭直觉补全了缺失的部分，并用到了构建自己的虚构世界的过程中。有的评论家从"异国情调"的角度指出了《百年孤独》和《一千零一夜》的联系，他们提出不同的种族、信仰、民族和地理风貌是《百年孤独》中常见的因素，这很可能是那些阿拉伯故事的回响，因为那些故事不仅描绘了阿拉伯世界，还涉及基督教世界、印度、日本和中国。那些评论家们没有注意到的是安的列斯群岛地区的特殊情况，在世界的这个角落里，从数个世纪之前开始，所有的文化、宗教与种族就都汇聚了起来。在哥伦比亚的加勒比海沿岸地区,"香蕉热"把来自世界各地的人都吸引了过来。在马孔多,吉卜赛人、叙利亚人、印第安人、欧洲人、美国人和谐共存,而某些对"异国风情"的影射还有可能直接来自加西亚·马尔克斯本人的亲身经历,不见得是来自他的阅读感悟(也可能二者兼有)。

博尔赫斯

不过,恰恰是在那两个世界交汇的地方——幻想之物及其衍生品——也潜伏着两者的诸多差异。因为《百年孤独》并不像《一千零一夜》那样频繁将诙谐、感性及日常化等因素加到虚构情节上。和客观现实一样,马孔多的虚构现实也具有许多各不相同的层次。在《百年孤独》中有一条虚构脉络,它并不像其他脉络一样肆意任性、活力四射,而是具有一种从豪尔赫·路易斯·博尔赫斯那里继承而来的抽象色彩。雷纳尔多·阿雷纳斯对这一"魔鬼"在那部小说中的体现有着深刻的理解:"那部小说中的某些语句显然受到了博尔赫斯的影响,是那位伟大的阿根廷诗人特有的表达方式:'在雾气弥漫的隧道间,在注定被遗忘的时光中,在幻灭的迷宫里,他一度迷失方向。他穿过一片黄色荒原,在那里的回声重复着人的所思所想,焦虑引出预示未来的蜃景。'还有些梦的画面毫无疑问也是博尔赫斯式的:'他梦见自己走进一幢空空的房子,墙壁雪白,还因为自己是第一个走进这房子的人而深感不安。在梦中,他记起前一夜以及近年来无数个夜晚,自己都做过同样的梦,知道醒来时就会遗忘,因为这个不断重复的梦只能在梦中想起。'"[145]博尔赫斯的影响不仅体现在文字层面,在主题层面也同样有所表现,在上面两段《百年孤独》的引文中,到处都透着博尔赫斯式的精雕细琢的痕迹,冷峻而大胆,同样的分析也可以用在马孔多村民患上失眠症的场景上,当时人们"在这种清醒的梦幻中,他们不仅能看到自己梦中的形象,还能看到别人梦见的景象"(第45页)①。在小说里还有另一个场景,博尔赫斯的影子体现得更为明显,这次确实是表现在写作层面上的,我指的是布恩迪亚上校在死前观看马戏团游行时的场景:"他看见一个女人穿得金光闪闪,骑在大象的脖子上。他看见哀伤的单峰驼。他看见打扮成荷兰姑娘的熊用炒勺和菜锅敲出音乐节奏。他看见小丑在游行队尾表演杂耍。最后当队伍全部走过,街上只剩下空荡荡一片、空中满是飞蚁、几个好奇的人还在茫然观望时,他又一次看见了自己那可悲的孤独的脸……"(第229页)②这种快节奏的罗列不禁让人想起《阿莱夫》中的那些精彩的罗列:"我看到浩瀚的海洋、黎明和黄昏,看到美洲的人群、一座黑金字塔中心一张银光闪闪的蜘蛛网,看到一个残破的迷宫(那是伦敦),看到无数眼睛像照镜子似的近看着我……"③

即便如此,我们也不该自欺欺人:博尔赫斯在《百年孤独》中的现身也是转瞬即逝的。这种现身要比其他文化魔鬼更加明显,不是因为其在那部小说中的重要性,而是因为博尔赫斯的"主题"和"形式"过于独特了。博尔赫斯的精巧迷宫、完美诡辩、神学游戏、形而上学陷阱、绝对中性的智慧世界和马孔多世界中过度的本能及天生的暴力之间差异明显,这一点甚至没有特别指出的必要,读者自然可以判断。博尔赫斯和《百年孤独》的联系中很有趣的一点是:它证明了"魔鬼"不仅在上帝替代者有意为之的时候才能发挥作用,也会在气质、信念和情感方面对后者产生影响。加西亚·马尔克斯对博尔赫斯有种远距离的崇拜,但同时也伴随着抵触情绪:"博尔赫斯吸引我的一点是:他是我以前和现在读得最多的作家之一,但可能也是其中我最不喜欢的一个。我读博尔赫斯,看中的就是他超凡的驾

---

① 《百年孤独》中文版,第39页。
② 同上,第234页。
③ 引自《阿莱夫》中文版,王永年译,浙江文艺出版社,2008年版,第146页。

驭文字的能力；他是在教我们写作，或者说，教我们如何磨尖笔锋去把要写的东西写出来。从那个角度看他无疑是典范。我认为写作对于博尔赫斯而言是纯粹的脑力劳动，是一种单纯的遁世方式……就我个人而言，我并不喜欢那种文学。我认为所有伟大的文学都应该建立在具体的现实的基础之上。"[146]

丹尼尔·笛福：《瘟疫年纪事》

我们已经提到，加西亚·马尔克斯戏言《百年孤独》中的加夫列尔带到巴黎去的不是拉伯雷的作品，而是丹尼尔·笛福的《瘟疫年纪事》。他在其他一些场合也提过这本书，而且总是带着夸赞的口吻："我重读了一本很难说清楚和我有什么关系的书，但我就是读了它，而且还重读了它，并且依然读得心潮澎湃。我说的是丹尼尔·笛福的《瘟疫年纪事》。我不知道那本书里有什么吸引我的东西，但它确实让我着迷。"[147] "着迷"这个词用在这里是十分准确的。有必要解释一下"那本书里"到底隐藏着什么东西，因为利用这个特殊的例子，我们可以证明一本书是怎样变成文化魔鬼进而起到个体魔鬼和历史魔鬼的影响的，也可以分析它是怎样和其他文化魔鬼联系到一起的，又是如何以一种精细的方式帮助加西亚·马尔克斯构建他的虚构世界的。必须强调的是，在这个例子中，"魔鬼"并不是某位作家全部的作品，而只是他的一部具体的作品。让加西亚·马尔克斯读得心潮澎湃的作品既不是《鲁滨孙漂流记》，也不是《摩尔·弗兰德斯》，而是《瘟疫年纪事》。那本书到底有何神奇之处，能让他如此充满激情？和福克纳的例子一样，在这里必须先澄清一点：对一部文学作品的激情萌发于对隐藏其中的"魔鬼"的认同。加西亚·马尔克斯发现（当然不是刻意寻找，而是预感到）其中蕴藏着某些与他本人相关的经验，而且那些经验对他确立文学志向具有决定性的意义，尽管所谓的志向在当时也许还只是模糊的方向。那部作品能令他着迷，是因为他在里面看到自己体内的某些"魔鬼"被具象化，成了象征、故事情节及场景。

　　有必要简短地回忆一下笛福是在怎样的背景下写成了那本书，而那本书又是讲什么的。1665 年，笛福只有五岁，一场瘟疫（历史学家们管它叫"大瘟疫"）席卷伦敦：数万人死于瘟疫，那座城市在几周的时间里陷入极致的恐怖之中，饥饿、抢掠、罪行、隔绝、恐惧、失序，再加上前面提到的死亡。五十六年后，到了 1721 年，瘟疫的阴影重新笼罩欧洲，这次遭殃的是法国南部，许多城市惨遭灭城。英国政府和其他欧洲政府一样，采取了诸多措施来阻止疫情进入英国。政府下令封港，禁止一切从地中海而来的船只靠岸。这一禁令激起了商人和工业家的怒火，他们挑动大众舆论对抗政府，指责政府的做法是在摧毁国家的经济。乔治一世的部长们则努力试图警示民众瘟疫蔓延的威胁。丹尼尔·笛福就是在那个时候出版《瘟疫年纪事》的。就像有些人坚信的那样，很可能笛福写那本书是因为受到了政府的委托（那时的他在秘密为政府做事），但哪怕事实并非如此，那部作品也因其内容而为政府的警示工作提供了巨大的帮助。它宣传了瘟疫的危险：在作品中，读者们仿佛亲身经历了伦敦受"黑死病"侵害时那阴森恐怖的生活氛围。这本书取得巨大成功的部分原因是它唤醒了人们对 1665 年瘟疫这个"历史魔鬼"的集体记忆，让人们对当时在欧洲大陆流行的疫病心生恐惧，另外还有部分原因是它的新闻纪实式的写作风格，它以档案式的笔法把"大瘟疫"时期的发生的事情记录了下来，让无比恐怖的主题与人们的日常生活联系到了一起，因而赋予了它无与伦比的真实性。如同纪实文学（笛福被称为"现代新闻业之父"）一般，那本书无比细致地刻画了那场如《圣经》故事般的"历史"灾难，把它描绘得像天神的惩罚或魔鬼的降灾，从肉体和精神两方面摧毁了当时的人们。如果说笛福在描写瘟疫造成的危害时保持着客观的立场，那么随着内容的深入，对瘟疫本身的描写则带上了明显的象征性。瘟疫不断蔓延，残忍地感染所有生灵，我们才渐渐发现瘟疫代表着恶、罪孽和撒旦。它同时还象征着个体的无力和历史的残酷。民族和人民不能"决定"自己的命运：他们只能忍受它。他们的"历史"是英雄主义或怯懦胆小的历史，是镇定或疯狂的历史，个体或集体就那样面对不可避免地"降临"到他们头上的事情，例如瘟疫。也许从现在回望更能理解为什么笛福这本书可以让加西亚·马尔克斯感到如此震撼：和《瘟疫年纪事》中的伦敦居民一样，《枯枝败叶》和《百年孤独》里的马孔多居民以及《恶时辰》的"村镇"居民也在经历着自然灾变或神的惩罚，那种超凡的力量碾压了他们所有人。《枯枝败叶》里是这样描绘香蕉公司的建立的："蓦地，香蕉公司好似一阵旋风刮到这里，在小镇中心扎下根来。尾随其后的是'枯枝败叶'，一堆由其他地方的人类渣滓和物质垃圾组成的杂乱、喧嚣的'枯枝败叶'……"（第9页）[①] 这些植物学词汇和充满各种自然现象的画面并非凭空写就的：历史事件就像刮风和落叶一样，是自发形成、不可避免的事情，是由内而生的，也是人力无法掌控的，人类根本不能插手干预。因此，外乡人到达马孔多被描绘得像瘟疫或自然灾害一样："'枯枝败叶'冷酷无情。'枯枝败叶'臭气熏天，既有皮肤分泌出的汗臭，又有隐蔽的死亡的气味。在不到一年的时间里，它就把此前多次浩劫余下的瓦砾通通抛到镇上，并使乱七八糟的垃圾堆满街头。"（第9页）[②] 对瘟疫杰出的"历史性"重现并不是这本书成为加西亚·马尔克斯的"历史魔鬼"的原因，真正的原因是叙事者把瘟疫变成该书内容的方式：他把瘟疫变成了混合着恶、令人绝望的历史和人类的悲剧性命运的复杂象征物。也许此时能更好地理解加西亚·马尔克斯对索福克勒斯的热情从何而来了，他对福克纳的崇拜也得到了更好的解释。几乎在加西亚·马尔克斯的所有作品

---

① 《枯枝败叶》中文版，第1页。
② 《枯枝败叶》中文版，第1页。

中都有对突然降临到人们头上的"疫病"或"灾祸"的描写：在《伊莎贝尔在马孔多观雨时的独白》中，一场连下四天的大雨马上就要把整座城市淹没了；在《枯枝败叶》里，香蕉公司的来去就代表着马孔多的兴衰；《周六后的一天》里下的雨都是鸟的尸体；《恶时辰》里是匿名帖；《逝去时光的海洋》里是神秘的玫瑰花香，它随着赫伯特先生的到来和离去而出现及消散；《百年孤独》里则是失眠症和失忆症，还有下了四年的大雨以及最后把马孔多抹去的飓风。这些都是集体的灾祸或疫病。除此之外，还有一些祸事只影响到某些家庭或某个个体，可它们也像"黑死病"或地震那样突如其来、避无可避、骇人听闻。加西亚·马尔克斯和笛福的那部作品之间的共通点就在于叙事材料中的某个具体要素里隐藏的自然象征，例如"瘟疫"这个影响了人类历史命运的祸事。

如果要寻找这个文化魔鬼更深的根，也许需要注意到，加西亚·马尔克斯来自这个星球上最特殊的一个地区，那里满是各种自然灾害：暴雨、飓风、龙卷风等，气候也很极端。那里的历史似乎总是和"灾祸"联系在一起的。因此我们也可以用个体魔鬼来解释那个文化魔鬼：他童年时期周围的环境和气候。事实上，还存在着一个更容易让人接受的解释。阿拉卡塔卡和那整片地区的历史在某种意义上来说都带着灾难性特点。从玛格达莱纳省普通人的视角来看待那一切，事情就更好理解了："香蕉热"给那里带去了繁荣——外来移民、种植园、新奇的娱乐方式、大量流通的金钱——然后，随着香蕉价格在国际市场的持续下跌，土地被荒废了，外来人都走了，只剩下空荡和孤寂。这一切都是那么让人费解，又是那么奇幻，1665年的瘟疫给伦敦人带去的感觉也是这样。随着时间的推移，阿拉卡塔卡历史的灾难性理应深入了群体的记忆中。这种对历史的感知融入家人讲述的故事和轶事中，也成了加西亚·马尔克斯希望通过他的虚构世界展现的东西。也许正是这样的感觉让他在阅读笛福的那部作品时心生触动——

就和读索福克勒斯的悲剧以及福克纳的小说时一样——那是一种认同感。历史魔鬼决定了文化魔鬼，不过这一次，在我们在之前的例子里已经提到过的对话式的进程中，历史魔鬼在某些经常出现的主题中表现得异常明显。我们甚至可以举出一些具体的例子来，例如漂浮死尸的画面。伊莎贝尔在夜晚醒来，喊道："气味。是死人漂浮在街道上的气味。"[148]笛福的作品中出现的类似画面是："有时能看到尸体随着河水涨潮而上下浮动。"[149]

不过影响加西亚·马尔克斯最多的还有另一个历史魔鬼，受那个历史魔鬼影响的不仅是他生活的那片区域，而是整个哥伦比亚，它是困扰那个国家的真正的瘟疫：暴力，从1948年开始盛行的暴力。只需要阅读一下关于哥伦比亚那段历史时期的文学作品就能理解我的意思了，哪怕是最严格的马克思主义式的作品，或者说想用逻辑理智地分析暴力的那些作品，也不可避免地会涉及屠杀和类似《圣经》里写到的那些动乱，使得作品披上了末日般的色彩。甚至在那些政治领袖写的散文或文论里，暴力也已经变成了一种自我生成的现象，有了自己的维度，就像地质灾害一般："自由派对保守派发起了第一场流血袭击，或者反过来，袭击是保守派发动的，后面的进程就开始自动发展了；紧接着出现的就是复仇的欲望，然后是一连串的暴力行为，再后来一切都不可收拾了。"[150]下面是一位自由派领袖描述暴力的话："人们在暴力犯罪面前已经麻木了。有时暴徒会把一个家族的人全部杀掉，老人和小孩也不放过；那种复仇行为让人联想到黑手党的做派；还有许多其他愚蠢的残忍暴行，例如把受害者剥皮，再用无比野蛮的方式砍杀他们；许多年过八旬的神父被杀，凶手只是为了抢夺教堂里的财物；手枪和匕首很容易搞到；在首都街头，光天化日之下就会有劫案发生；城市和农村都不安全。情况就是这样。"[151]就像笛福书中描绘的伦敦城一样，哥伦比亚人民仿佛生活在所多玛和蛾摩拉那样的地方；和"瘟疫"一样，"暴力"解除了对人性中阴暗面的限制，把它变成了恶。甚至在古斯曼先生、法尔斯·博尔达和乌马尼亚·鲁纳那令人钦佩的研究中——那可能是科学解释暴力的最严肃的资料了——有时也会把暴力的成因总结为压抑到集体之上的某种超人的力量："憎恨击垮了和谐相处的根基，私人关系、家庭和社会的纽带都遭到了充满恶意的对待：不满、反感、厌恶、憎恨、敌意、仇视、哀怨、轻蔑、嫌恶、厌烦、凶杀、暗害、屠杀、虐待、虐杀。道德准则遭到漠视，原始本能占据了上风，进而带来了无序，直到发展成疯狂、混乱和毁灭。"[152] 当然了，这些都并非夸大其词：在短短几年内就有超过三十万人丧生，要是算上伤者的话，这个数字显然会更大，许多住宅区变得空无一人了，而这一切都发生在一个没有爆发战争的国家，无怪受害者和见证者会不自觉地把暴力和古老的神话、恐怖的宗教传说联系在一起，他们的想法和一座面对毁灭性疫病的十八世纪城市的居民一样，他们觉得暴力是由超自然的毁灭力量造成的。哥伦比亚人的这种根深蒂固的想法也影响了加西亚·马尔克斯的许多作品，尤其是其中的故事和人物的思想，而这也解释了《瘟疫年纪事》成为他的又一个文化魔鬼的原因。

加缪：《鼠疫》

上面的分析也同样可以用来解释加缪的《鼠疫》成为加西亚·马尔克斯的文化魔鬼的原因。这部小说的结构、情节、对鼠疫如何一步一步侵蚀整座城市的描写、某些象征等，使它成为在他脑海中挥之不去的又一部作品。哈斯在《鼠疫》中找到了加西亚·马尔克斯的虚构世界中频繁出现的疫病的模板：

加西亚·马尔克斯讲述马孔多故事的方式就像在记录中世纪的诸多灾祸。《枯枝败叶》中的祸事，《没有人给他写信的上校》中的道德危机等。恶继续在《格兰德大妈的葬礼》中蔓延。如果说落在寡妇蕾蓓卡窗户上的鸟的尸体让我们想起加缪的《鼠疫》，那么按照加西亚·马尔克斯本人的说法，这是因为"那是我一直想写的书"。疫病是一种象征，它代表日渐停滞的国家的固有价值的彻底破灭，这种象征在《恶时辰》中被强有力地展现了出来。[153]

事实上，早在加缪之前，模板就出现了——丹尼尔·笛福，而且加缪本人也曾参照这一模板来创作自己的小说。他们的这种联系并非偶然，也是历史魔鬼、个体魔鬼和文化魔鬼互相接近，并在某个时刻交融的结果。再后来，这些作家也会按照自己的文学规划走上不同的道路。在加缪的那部小说——其风格也如日记般"纪实"——里，鼠疫有十分具体的象征作用，加缪本人就对此有过强调：那些占领奥兰的棕褐色生物是在腐败与死亡中来到那座城市的，这个事件影射了纳粹占领和隔离氛围，以及法国在被那些穿着同样颜色衣服的人的控制下所感受到的恐惧与不安。这是对社会和历史的象征。加西亚·马尔克斯作品中的疫病一向也有同样的作用。不过要说这些在叙事主题方面只是一种巧合的话，那么这个魔鬼对加西亚·马尔克斯的虚构世界的建构做出的真正贡献在于形式方面，尤其是在处理恐怖因素时的简洁方式。这也是加缪的《鼠疫》和笛福的《瘟疫年纪事》的最大差别：后者擅于用清亮的声音正面攻击他选择的主题；加缪的方式则更加克制和婉转。笛福描写末日，加缪暗示末日；笛福展示末日，加缪让读者感知末日。加缪更擅长使用隐藏材料法（用省略的方式来叙事），而笛福则掌握了"变化"或"质的飞跃"。在《百年孤独》之前的作品中，加西亚·马尔克斯都是按加缪的方式来描写疫病的。而且他绝对是刻意为之：如果说对"主题"的选择是整个创作过程中最非理智的方面，那么将主题以语言文字的形式展现出来，并赋予其合理的秩序，这就是那个过程中最精彩的部分了。加西亚·马尔克斯认为"可能那些想要展示暴力的作家犯

155

的最大的错误就是——出于没有经验也好、过于贪婪也罢——想抓着叶子来拔萝卜",还认为"对暴行的细致描写……并不一定是写暴力小说的正确方式。暴力小说的核心应该是引发那些罪行的恐怖氛围"。针对那些在写暴力小说方面失败的作家,他举了加缪作为正面的例子:

> 读过描写中世纪瘟疫的纪实性文字的人就会明白加缪在类似描写时有多么克制了。只需要想想热那亚的患者就行了,他们亲手挖出自己的墓坑,然后在墓坑边慢慢把身上的东西扔进去,直到最后他们死于疫病,其他的病人再用木棍把他们的尸体也捅进墓坑里。只要想想那些将死之人拼命给自己在土地上强占位置的样子,就知道加缪有足够的素材让我们寒毛直竖两个晚上。但是也许作家的任务并不是让读者寒毛直竖。[154]

后来他还举了海明威的"冰山理论"的例子,进而补充道:

> 《鼠疫》里也有类似的东西。老鼠跑出来死在街上,看门人的黑色呕吐物和流脓的淋巴结……故事刚开始出现的是这些东西,同时奥兰的居民正在被鼠疫消灭,只不过加缪没在那里写他们。加缪和我们那些写暴力小说的小说家不同,他懂得应该怎么写小说,他很清楚在夜晚装满尸体、疾驰而过的列车不应该是情节的重点,重点是那些活着的人……毫无疑问,加缪本人没有亲眼见过鼠疫蔓延的景象,但是他很清楚德占时期在巴黎一边听着远处纳粹开枪射杀抵抗者的声音,一边偷偷躲藏起来写地下传播的那些东西时的自己有多么恐惧。那个时刻,作为作家的加缪与身处鼠疫蔓延的无尽夜晚的奥兰居民的感受是一样的,与哥伦比亚饱受暴力活动之害的人们的感受也是一样的。要

说作为至今还没有在哥伦比亚出现的优秀"恐怖"小说的模板的话，恐怕没有哪本书比加缪的那本语气平静的小说更合适了。[155]

从上面的引文就能看出，加西亚·马尔克斯对"疫病"主题是很着迷的。而且还给他提供了一种政治-社会象征的范例（他认为这是《鼠疫》中潜藏的要素），他觉得加缪的暗喻式写法是处理恐怖元素的最佳文学手段，哥伦比亚的暴力问题也应该通过这种手段转化为小说。显而易见，他其实是在阐述他自己的文学理念：他向同胞作家们提议的事情正是他在之前数月或数年中一直在实践的东西。例如他在1960年时在加拉加斯写的文章。再如那本用杂色领带捆着扔在行李箱里的"写匿名帖的小说"的初稿，暴力这个历史魔鬼已经深入故事发生的村镇之内，他用克制的暗示手法去描写恐怖元素，这是加缪的那本书给他留下深刻印象的东西。

我们还可以无止境地继续罗列下去：一旦开始解读某位上帝替代者的文化魔鬼，我们就会发现杂乱无序的线索接二连三地出现，每个文化魔鬼又会引出另一个魔鬼来，然后下一个再接着引出又一个，如此反复。所谓的虚构的"典范"层出不穷，我们仿佛进入了一个只有入口没有出口的迷宫。"每个作家都会创造自己的先驱"，博尔赫斯如是说。对于一位创作者的"先驱"的研究最后会变成对整个世界文化的探究。个体魔鬼和历史魔鬼的研究也是如此。若要给所有滋养着某部虚构作品之根的经验做数学式的编目，人们最终在不知不觉间做成的是对人类整体经验的汇编，因为所有的经验都是彼此联系的，总之，要想考察某个全景式的书写过程，就只有把那些经验全部放在一起，它们才会有意义。"历史魔鬼"也是一样：作家的写作志向可能产生于某些特定的历史事件。我们自然可以探查那些不可避免地（或者可以避免地）对作家写作产生影响的历史事件，可最终会发现我们实际上在探查的是完整的世界历史。只是把加西亚·马尔克斯本人承认过的和评论家指出过的对他产生影响的文化魔鬼罗列出来,就已经是个大工程了[156]:卡夫卡、康拉德、梅尔维尔、《圣经》、卡彭铁尔、格雷厄姆·格林、巴尔扎克[157]、大地主义小说、冒险小说、仙女故事,以及我们在上文中分析过的文学典范。有位英国评论家认为,《百年孤独》"最明显的比较对象是荷马的《奥德赛》",并认为两个虚构世界具有相似的"故事性":

> 《百年孤独》的基本单位是轶事,而且作者有时表现得挥霍无度,似乎要在一页纸上把可用来创作好几本书的素材全都用完;不过就和人们总觉得《奥德赛》是部很短的作品一样,读者在读完加西亚·马尔克斯先生的那部长达四百二十二页的作品时也会感觉还有很多可以写的东西。[158]

他认为两者共有的特点是"奇妙性和日常性的融合",这是《百年孤独》取得成功的"真正秘诀","《奥德赛》也是一样"。他还补充道:"有些好作家可以创造奇迹故事,还有的擅长对日常生活细致描写,但只有最伟大的作家才能完美地把两者结合到一起";"布恩迪亚一家是小地方的人家,奥德赛和佩涅洛佩也是一样,不过他们同时也都是神话般的人物,他们就有人的形态,又像某种纪念性的景观,就像亨利·摩尔的雕塑一样"。也许更有趣的是把《百年孤独》和康拉德的《诺斯托罗莫》作比较,后者的故事发生在虚构的科斯塔瓦纳共和国沿海省份萨拉科,那里就和马孔多一样,有着如加勒比海地区般的海岸。相似的不仅是热带氛围,连杂居的人群也很相似:印第安人和从世界各地前去淘金的外来人混居在一起。在马孔多是香蕉(那是一切利益和腐败、政治疯狂和政治暴力的源头),在萨拉科则是银矿。在两部作品中,发现和开发那些财富的都是"外国佬"(一部是美国人，另一部则是英国人）。两本小说的叙事节奏都很快，各个事件就像相互竞争一样层出不穷，人物的多样、激情和慷慨就如炎热气候一样毫无节制。在两部作品中，国家都被内战搞得破败不堪，而且内战不仅是灾难性的，还很荒诞离奇。我们自然可以说两部作品之间存在着相似性（当然了，差异性要更大），只不过那种相似性实际上也是互为补充的：它们以相对的角度为一种相似的现实提供了观察视角。那片遥远的、欠发达的热带土地既是马孔多又是萨拉科，那里的气候和人群是如此相似，连过去的历史也似曾相识（康拉德在《诺斯托罗莫》中大量又无序地使用了许多拉丁美洲的历史素材），《百年孤独》是从印第安视角进行描写的，某日他们突然发现许多操另一门语言、持不同思想的外来人定居了下来，他们之间的关系一直是遥远又艰难的。《诺斯托罗莫》则站在"外来人"的社会制高点上观察和解读那个世界：在马孔多，那个遥远又有点神秘的世界是那些美国人建立的香蕉园，在萨拉科则是原住民的世界。布朗先生到了康拉德笔下就变成了查尔斯·高尔德，他、他的助手、他手下的监工在小说里占据着十分重要的地位，评价和展示那个现实的正是这些人，而在马孔多，肩负这一任务的则是布恩迪亚上校和乌尔苏拉·伊瓜朗。

  总而言之，探究影响一个作家的所有文化魔鬼是一件既无穷无尽又没有意义的工作。所谓的"来源"只是为了展示文学志向是如何转变为实践的，是为了了解作家是如何通过融合、掠夺、修改和创造来逐渐建构虚构现实的。那些"来源"无法解释虚构现实的任何方面。恰好相反，如果那些实践工作卓有成效，那么虚构的最终成果就是无数不同材料的总和，而它的价值只有它自己能体现出来，也只有通过全面考察它那全景式的参照模板才能探究出来，我指的是真实的现实。如果最终未能成功，那么那些"来源"也不是失败的原因：一部作品成功与否不在于作家选择了哪些材料去创作，而在于他们创作的方式。有本书对此进行过详尽的描述：《上都之路：对虚构路径的研究》，作者是约翰·利文斯顿·洛斯。这部作品分析了柯尔律治为创作两首诗歌（《古舟子咏》和《忽必烈汗》）而对诸多材料进行选择和加工的极度复杂的过程，对具体创作过程感兴趣的读者自然要把那本书找来读读，因为它就是一个不可替代的"来源"。这里有必要复述一下洛斯针对文学来源的表述：

> "来源什么也证明不了"，威廉·詹姆斯在谈论一个很不一样的问题时曾这样平静地说道；在我们分析的案例里，来源证明不了任何东西。它只能帮助解决一个问题：那位天才的创作者把那些没有活力的材料加工成了什么样子？对于很多人来说，创作的原材料和作家组织它们的方式让他们有很深的兴趣；不过决定一部作品成败的是结构，创作过程和灵感来源都是辅助物，不过只有把这些都考虑在内，才能完全理解结构的作用。[159]

西里尔·康诺利把这种汲取文化现实的行为称作"无意识剽窃"："作家们会把必需的想法或词句据为己有，为的是更好地利用它们，我管这种天性叫'无意识剽窃'。"[160]

"来源什么也证明不了。"洛斯在他的作品中分析了许多游记、学术著作和科学作品，这些书有无数读者，但其中只有一人写出了《古舟子咏》。数不清的人在记忆里保存着福克纳、海明威、《一千零一夜》、笛福、博尔赫斯、加缪、康拉德、弗吉尼亚·伍尔夫的影响，可也只有一个人写出了《百年孤独》。对一部虚构作品的来源的揭示首先永远都是不完整的，再者也永远都是相对的，它可以帮助我们了解作品的创作过程，却不必用来解释同一部作品。它可以满足人们的好奇心，却绝不是解密的关键。一部作品是伟大还是低劣只能看它本身是否具有说服力，这取决于它的形式，还取决于它和真实现实的关系，毕竟每个虚构现实都既代表真实现实，又同时是对它的否定。

一个野蛮的创造者

不过对于一部虚构作品而言，解释清楚影响作家的"魔鬼们"有助于澄清某些事情，或者说暗示某些东西。从这个角度来看，我们需要轻微改动一下洛斯教授的观点。文化来源并不是毫无用处的：在个体经验和历史经验的影响下（当然是以一种十分宽泛的、有弹性的方式），文化来源会慢慢帮助弑神者找到合适的叙事方式，帮助他们架构场景、环境和人物，确定想法和象征之物。正是个体经验和历史经验促使柯尔律治——《上都之路》已经证明了这一点——下意识地选择了他的"文化魔鬼"，他是在他所从属的语言传统和文化传统中找到它们的。他迷恋异域风情，那个时代的氛围就是如此，而他在这方面表现得比其他人更甚，也因此积累了丰富的素材。柯尔律治只需要到布里斯托图书馆去就行了：英国的旅人们已经走遍了这个星球上的大小水域，他们的记录、记忆和幻想已经填满了那里的书架。那些亲历过一段历史和一种文化的眼睛、头脑和舌头让那些遥远的世界来到了他的身前。哪怕是（这种情况很罕见）好奇心指引着他去反复翻看那些外国作者的时候，例如耶稣会修士何塞·德阿科斯塔或法国人贝尼奥斯基男爵，他可以用他的母语阅读他们的作品，因为那些书都已经有了译本，还被一些英国作家加了注解、做了介绍，也就是说，它们已经成为英国传统的一部分了。当他用他的母语阅读那些经典作品的时候，从某种意义上来说，希腊文化在来到他身边时也已经经过了他的传统的洗礼：过滤、解读、修订，这些工作是在几个世纪的时间里在剑桥和牛津的教会大堂里完成的，而柯尔律治也是在那里了解和爱上自己国家的传统的。和他的个体魔鬼与历史魔鬼一样，他的文化魔鬼是他所处的生活环境和时代背景强加给他的，因为当时的文学本身就与历史和个人生活有着紧密的联系。

加西亚·马尔克斯也是如此吗？可以说恰恰相反。童年生活给了他丰富的个人和历史经验，但是在文学的层面上几乎使他处于无依无靠的境地：他必须在全世界的所有文化中进行"奇妙的航行"，才能找到文学上的"魔鬼"。法国、英国、美国、希腊、中世纪的西班牙……这些都是航行的停靠港，但无疑还可以列举其他许多出来。和柯尔律治不同，加西亚·马尔克斯是靠自己完成任务的。没人——或者说几乎没人——帮他简化那些工作：挑选、引入不同的文化传统，再把它们和他自己的传统相融合，理由很简单，因为属于他个人的传统当时还并不存在。也就是说，他本人的文化传统还如此碎片化、如此稚嫩、如此质朴，以至于他没有将"外来"的思想、神话和象征同化为对现实的独到理解，成为其自身历史的产物：当时的他只是简单地接受了它们而已。挑选、引入和融合的任务只能由他自己来完成。依靠个体魔鬼和历史魔鬼，他创造出了属于他的文化传统。混乱的灵感来源、混杂的难解之事和融合的零散片段就是从那时开始出现的。在谈及创作暴力小说的小说家时，加西亚·马尔克斯曾这样写道："在哥伦比亚没有什么可以继承的传统，他们得靠自己，而一种文学传统是不可能在二十四小时内就被创造出来的。"[161]

这恰好就是我们分析过的、那些文化魔鬼[162]可以"证明"的东西：也许他和柯尔律治的区别就在于，从他们用以创作的文化因素来看，柯尔律治来自"文明"国家，而加西亚·马尔克斯来自"野蛮"国家。在一开始，前者相比后者的优势就在于，它自有的现实层次与个体经验和历史经验相结合，可以给作家逐渐提供所需的文化工具，把各个层面的经验转化为文学经验。同样地，他的个人生活、集体生活和他的国家的文化生活也会在他身上起到某种调节作用，那种看不到的压力会把作家的文学志趣引到特定的方向上去。如果那种传统可以被用作文学事业的起点，将会对其发展起到极大的助力作用，可以革新他的世界中的意识形态、神话和语言的结构，使它们具有生命力；或是相反，如果背负它的作家并没有打破文化传统必需的素质（精力、耐心、执着），那它也可能变成沉重的负担，会使作家成为毫无创新精神的重复者。就这一点来说，从属于"文明"世界又变成了巨大的劣势：自有的文化传统过于强势，可能扼杀原创性，让作家丢掉野心，减弱或直接扼杀弑神者的反抗现实的壮志。丰富的文学传统会用一些过去已经建立的形式来忽略和抑止那种反抗，而作家可能在那些形式中变得机械化、丧失个人特点。对于"野蛮"的上帝替代者而言，在一开始，文化传统的缺失只会带来困难。他必须"自我创造"，靠自己的力量行事，要自行选择有用的文学和思想材料，而这一过程既辛苦又艰难，他每走一步都要面临迷失的风险。自有传统的缺失使得"野蛮"的作家别无他法，只好自认是世界文化的主人。对许多作家来说，那种无尽的可能性会使他们变得滑稽可笑，也就是说把他们变成被淹没在多样的思想和形式中的小丑和口技演员，他们无法将其与滋养自己文学志向的个体经验及历史经验结合起来，那些文化传统也就无法变成他们的创作材料。因此，在有些虚构作品中，书写方式、结构和事件是并列的成分，各有各的寓意，形成一种抽象的混杂体。它们提供的不是一种融合的视角，而是多重视角，彼此在虚构作品中分散存在。"野蛮"的弑神者要冒风险——就像马孔多的居民一样——他们每时每刻都会遇到火烧眉毛的情况。他们带着具有活力和广泛认可度的传统做支撑，他们的虚构作品有可能显得像智识雕琢的虚假产物，似乎处处都透着错误，又或者会显得与整个时代格格不入。如果说坚实的文化传统的重量可能压得"文明"的作家成为模仿者，那么贫瘠平庸的传统则可能培养一些不加润色的即兴之作，它们中可能透着愚蠢的傲慢气息——往往是"半文化"的典型产物，此外它们还可能表现得极度缺乏艺术性，或是乡土气息过浓。

但劣势也可能转变成优势，缺点也可能成为优点。文化传统的缺失既意味着空白，也意味着绝对的自由。不仅是因为孤儿式的"野蛮"作家能够自如地从世界上所有的文化中选择材料（"文明"的作家不能这么做，其从属的文化传统会阻碍他面对其他传统），更因为他有亚当般的身份，他是开路人，是创作的主宰，他为实现自己的野心而寻找各种刺激：放纵、激情、天真、无畏。丰富的传统是一股削弱作家野心的力量：如莎士比亚、歌德、塞万提斯这样的权威对于英国、德国和西班牙作家来说总会使他们集中不了注意力、削弱他们的能量。"野蛮"的作家没什么可失去的，他的背后没有让他感到渺小、腼腆、羞怯的权威，有的只是一大片空白。欧洲作家在创作时，首先要面对辉煌过去的时刻，战胜低人一等的心态。而"野蛮"的作家在回头看去时，反倒会生出一种复杂的优越感来，甚至能出于这种肆无忌惮的态度而对某些过往作品的失败之处夸夸其谈。不过，突然之间，在某些例子中，由于他的激情和能量，那些"野蛮"的作家中的某一位会蹿升到很高的位置上去，因为他本就没有传统力量的束缚，他会建立起一个文字世界来，而那个世界能够匹配、激励他开始创作的看似不可能实现的野心。于是博尔赫斯出现了，聂鲁达出现了：对于他们而言，"野蛮"就意味着肥沃多产，就像"文明"之于艾略特、普鲁斯特或托马斯·曼的意义一样。

绦虫

作家的志向由何而来？滋养他的究竟是什么东西？这两个问题是理解上帝替代者的"史前史"的关键；当那种志向转化为实践时，他的历史才算真正开始。当然了，与真实现实决裂的最初想法有必要早于实践活动而出现；文学志向的"来源"是随着实践活动的展开而不断革新和丰富的，它与作家的生命轨迹平行，只有当弑神者死去或停止写作时才会停息。不过显而易见，在创作每一部虚构作品时，作家的经历和文学加工方法之间保持一定距离（情感上的距离、时间上的距离）都是必要的。这种距离可以让小说家保持必不可少的冷静，进而毫无顾虑、绝对自由地加工原材料。

如果在志向形成的第一阶段，理智因素的作用还是次要的，那么相反的是，它的作用在第二阶段就是决定性的了，成败都取决于上帝替代者实践其志向的方式。胜利或失败不取决于志向的本源或来源，而取决于实践。失败的人是自己选择了失败；而成功的人必定坚定地想要成功。如果说在这种志向中天生就隐藏着某种无节制的野心——用文字展现现实，既反映它，又否定它——那么弑神者的胜利就只能归功于他对实现志向的全身心投入程度，至少应该像滋养他的野心一般"无节制"才行。为了一个如此自私又疯狂的目的（与上帝为敌）而把人类的全部现实经验当作采石场去对待的人，只能通过类似的绝对自私和绝对疯狂来达到目的。那种志向会牺牲掉他的整个人生来达成目的；弑神者除了牺牲整个人生来实现志向，就别无他法。它使他成了最自由的人，因为它授权他把现实当作战利品，同时也把他变成了最受束缚的奴隶，因为它要求他拥有绝对的恒心。对于弑神者而言，写作不只是一种生活方式：它是唯一一种生活方式。他不是为了生活才写作的，而是为了写作才生活的："现在，可以确定的是写作是要服从一种急迫的志向的，有志当作家的人必须不断写作，只有这样才能抵御头痛和消化不良。"[163] 没有人天生就是作家，作家都是"学"出来的："学会阅读，学会写作，尤其要明白一件事：写作是一种排外的志向，其他所有事情都只能退居次席：作家唯一想做的事情就只是写作。"[164] 同时做许多别的事情无助于志向的实现，反倒会结巴增加难度："一个人要是想当作家，其他的事就都变成了障碍，如果不得不去做其他事，他肯定十分难受。我不同意以前的人们常说的观点：作家就该艰苦工作，就该过悲惨的生活，这样才能写得更好。我认为只有一个作家的经济问题和生活问题得到了完美解决、他和他爱人的身体都很不错，他才能写得更好，而且好很多，只要问题在他能解决的范围内，他就能写得更好。艰苦的经济条件不会有任何帮助，因为作家只想去写作，而能专心写作的最好情况就是其他所有问题都得到了妥善解决。"[165] 事实上，只有物质方面的问题得到解决，作家才能更好地"做奴隶"、全身心地投入文学事业。文学志向就像绦虫一样，成了他身体的一部分，靠他体内的营养存活，随他一起成长。他越是供养它、照料它，它就越强势和专制。创作者的极度自私就体现在这里：为了实现文学志向，他对所有事物都表现出掌控欲，在这方面，他不愿意做出任何让步。失败的弑神者总是不够自私的，他们不能把满足绦虫的需求摆到其他事情之前，或者他们慷慨地把时间和精力投入其他事业中去，再或者他们只是缺乏信念，任由其他的欲望或利益把文学志向挤到了次要的位置上去。20世纪30年代的许多拉美作家的情况就是如此：

> 他们大多只在周末写作，或是在闲暇时才写作，我不知道写作对他们而言有多大的重要性。文学是他们的第二职业。他们是在疲惫的状态下写作的，也就是说，他们要先忙完了别的事情才写作，等到他们开始搞文学时已经疲惫不堪了。你很清楚一个疲惫的人是写不出好东西的……作家应该把最惬意的、最好的时光都用来写作，应该全身心地投入文学创作，因为那才是最重要的事情。[166]

正是这些信念，或者说由这些信念支撑而成的行动使加西亚·马尔克斯成为作家。他最好的几本书都是在他把所有的时间和激情都投入写作中的那几个时期写成的：写《没有人给他写信的上校》时，他把自己关在佛兰德旅店的阁楼上，写《百年孤独》时，他把自己封闭在了"黑帮窝点"

里，全靠梅塞德斯四处举债来维持日常开销。这种极端的束缚和极端的自由结合在一起的状态是写《枯枝败叶》时的他和写《百年孤独》时的他的最大不同，前者是开启他文学生涯的严肃小说，后者则是这位弑神者的巅峰之作。

还有另一些值得一提的事情：

我每天都写作，周末也不休息，每天从早晨九点写到下午三点，我把自己关在暖和的房间里，因为我写作时最受不了的就是噪声和寒冷。如果我写的是短篇小说，那么只要每天能完成一行我就心满意足了。如果是长篇小说，我就尽量努力写完一页。一般来说，故事会越写越流畅，写作效率也就越高。因此长篇小说要比短篇小说好写：只需要开一次头就行了，而每个短篇小说的开头部分都是最费劲的，和长篇小说的开头一样费劲。有时候我本可以写得更多些，但是我知道自己只有休息好了，第二天才能写得更好。

我从来不做笔记，只是每天都做工作记录，因为我的经验告诉我，人们在做笔记时心里想的通常就只是那些笔记，而不是整部作品。我从来不会中断写作超过一个星期，哪怕是再糟糕的状况也不行，因为间隔太久的话我就得再次从头开始工作了。在完成一项写作任务的期间——《百年孤独》花了我十八个月——无论白天黑夜，我没有哪怕一分钟想的是别的事情。我会和我最亲密的朋友、最亲近的家人聊我在写的东西，但是我一行都不会读给他们听，我也不允许他们自己读它，碰我的手稿也不行，因为我这人讲迷信，我觉得如果那样的话我就会永远失去我正在写的东西了。

在写作的过程中我会吸掉四十支香烟，一天中剩下的时间我就用来慢慢解毒。那些医生说我是在慢性自杀，可我找不到哪种让人激情澎湃的工作是不牺牲就能胜任的。我习惯穿着机械工的工作服写作，首先是因为我觉得那样更舒服，再就是因为我写不下去的时候会起身思考，拿着螺丝刀拆卸和组装门锁或是电器，再或者是把门刷成欢快的颜色。

我直接用打字机写作，我只用食指打字，色带必须是黑色的，丝绸或是尼龙的都行，不过纸必须是信纸大小、三十六毫克的白纸。每次只要有一处错误，哪怕是因为机器的问题，我也会把纸换掉，然后重新打一份。我刚刚写完了一篇十页纸篇幅的短篇小说，为了写它我用掉了七百张纸，但这是个极端的例子，因为写这个故事时我经常会中断很长时间。

起床之后，我做的第一件事是用黑笔手改前一天写好的稿子，然后誊写出来。我会在全文写完后再做些整体修改，然后慢慢用打字机打一遍出来。我从来都不给我写的东西留副本，所以这样一点一点工作的好处就是，如果哪天我把稿子在什么地方搞丢了，我也能在一天之内把它重写出来。我一向习惯十分谨慎地把样书检查一遍，在出版《百年孤独》时，编辑允许我做任何想做的修改，但我最后只改了两个单词。我还没读过正式出版的版本。实际上，在最后一次满意地检查完手稿后，我就不再对那本书感兴趣了，而且我很少读关于它们的评论文章。[167]

| 第二部 |

虚构的现实

"生活即形式。"

——约瑟夫·康拉德,《在西方的目光下》

"如果天父是通过命名来创造万物的,
那么艺术家重新创造它们的方式
就是取走它们的名字,再赋予它们新的名称。"

——马塞尔·普鲁斯特

第一章　病态的史前史
（早期短篇小说）

加西亚·马尔克斯曾多次提及他刚开始写作时发生的一件事，那时大概是1947年，他还是法律系的学生，还热衷于阅读卡夫卡的作品："我一直面临着主题方面的问题：不断被迫寻觅自己能写的短篇故事。"[168] 这句话是解读他最早写的十余篇短篇小说的关键，那些故事写于1947年至1952年间，它们构成了他的文学史前史。这是一种非常典型的态度：刚开始写作的年轻人认为，原创性等于拒绝由自己个人经验或生活环境提供的创作素材。为了不"照搬现实"，他选择压抑自己的个体魔鬼和历史魔鬼，强迫自己去写那些让他觉得如化学成分般精纯的主题，它们无法在真实现实中得到验证，而且它们与他的情感几乎没有或者完全没有关联。文化魔鬼会慢慢地滋养作家，特别是他的创作过程。就这样，在毫无察觉的情况下，那个年轻人坠入了他希望避开的陷阱：那些文字虽然既不反映他的生活，也不展现他的世界，但都是他阅读的完美见证者。人们很难从那些早期故事中预见那位未来的创作者。那看上去并不像他实现志向的最初阶段，它们跳出了某些他力求避免的创作趋势，但后来正是这些趋势指引他搭建了虚构的现实，从《枯枝败叶》到《幽灵船的最后一次航行》。那些故事还存在着一个十分让人吃惊的特点，使它们与他之后的作品显得十分不同：理智。那是个古板的世界，到处都是文学式的拟声和模仿，故事本身也显得冷峻而缺乏幽默感，有的故事显露了卡夫卡留下的毁灭式影响，另一些毁灭式影响则是福克纳留下的。事实是，彼时的加西亚·马尔克斯还没有完全投入文学事业，它仍处于萌芽阶段。他已经成了反抗者，这一点毫无疑问，但还不是彻底的反抗者。蜕变要在他和母亲一起重返阿拉卡塔卡、发现那个帮助他生活并理解现实的世界已然崩塌之后才会出现。从那时起，他才真正决定要用手中的笔来对那里进行拯救（驱魔）。这一点是十分清楚的：尽管他不记得具体的日期了，但仍清楚地知道和母亲一起重返阿拉卡塔卡的事件[169]发生在除《石鸻鸟之夜》之外的所有故事都写成之后。那段经历坚定了他萌芽中的文学志向，让他找到了想要创作的素材，也让那位用创作来服务于自己对卡夫卡和福克纳的阅读的读者发生了转变。从那之后，那些阅读经历成了为他服务的东西，帮助他更好地搭建属于他自己的虚构世界。

尽管那些故事的文学价值不高，但它们是探究那个青年人在20世纪40年代末的情感和文化生活的有趣资料，彼时的他远离自己钟爱的热带氛围，想要当律师，却接二连三地通过阅读发现了伟大的现代小说家。他写了十个故事，却从未结集成书①；他给它们起的标题几乎全都像个谜：《第三次忍受》《埃娃在猫身体里面》《突巴耳加音炼星记》《死神的另一根肋骨》《镜子的对话》《三个梦游者的苦痛》《蓝狗的眼睛》《纳沃》《有人弄乱了这些玫瑰》《石鸻鸟之夜》[170]。前面五篇于1947年到1948年年中写于波哥大，其他的则在卡塔赫纳和巴兰基亚写完。

这些故事里几乎都出现了死亡这个重要主题：有时是叙事者从死者的角度来描述生活中发生的事情，有时从生的角度来讲述死，有时是在死亡中再多次经历死亡。作者在其中大部分故事中都希望让故事背景脱离时间和空间的限制，转而存在于某个抽象的现实中。所有故事的叙事者都是用主观视角或内心视角来讲故事的：无论生的世界还是死的世界都是通过意识来展现的，而在展现那些世界的同时，意识本身也被呈现了出来。哪怕是在《三个梦游者的苦痛》和《纳沃》这样有客观现实事件出现的故事里，

---

① 在本书出版（1971年）后的1974年，这些故事以《蓝狗的眼睛》为题结集出版。

客观性也从未现身。除了这两个故事，其他故事描绘的都是虚构现实，从神话层面到传说层面都有（例如《石鸻鸟之夜》就受到了一个大众信仰的启发），甚至还有纯奇幻的故事。那个虚构现实的组成物主要是心理层面的：奇怪的感觉、异常的情感和不可能实现的想法要比行动更加重要，而且那些故事中描写的行动实际上非常少。故事中讲述的都是人物感到或想到的事情，却几乎从不描写他们做了什么。噩梦和病态的氛围萦绕在这些故事的周围，因而梦境和精神分裂也是它们的重要主题。在《死神的另一根肋骨》和《镜子的对话》中第一次出现了"生灵会重复出现在这个世界上"的观点，从中隐约可见《百年孤独》中循环出现的人名、命运和性格的痕迹。最晚发表的那篇故事中出现了一个具体的信息，可以帮助我们把它和那个虚构现实的"历史"联系起来：那些石鸻鸟属于《枯枝败叶》里的世界。可能也正因为如此，那十篇故事里唯一在《百年孤独》中有所重现的就是《石鸻鸟之夜》（第333页）。在它之前的故事《有人弄乱了这些玫瑰》中，就像潜意识中对作者"抽象化"写作的不满情绪略微露头一般，出现了两条后来帮助他搭建虚构世界的重要信息，和《枯枝败叶》的作用一样：(1) 人们用"小木棍儿"支开了死去小男孩的眼睛，为的是让它们在人们为他守灵时显得"又大又坚毅"；(2) 一个房子的门槛上挂着象征好运的"面包和一束芦荟"，马孔多的许多人家都有这个习惯。有个我们可以称之为"形而上学式自渎"的套路在十篇故事中反复出现：一个孤独的人物通过不断想象自己牙齿的分裂、分身的出现及毁灭来折磨他自己。当然了，不是所有的故事都那样千篇一律，也不能说它们就毫无价值。通过探究每篇故事说了什么、是怎样说出来的，我们可以更好地理解其中的差异。

在《第三次忍受》中闪现着某种对死亡的间歇式恐惧。从最开始的几行文字起，全知的叙事者就把读者安置在了虚构的现实之中。这是通过指出一个细节而实现的，叙事者说，故事中的角色听到的持续出现的噪声是角色在"从前也听到过的,比方说在他第一次死去的那一天"。把胡言乱语式的幻想和日常的、自然的语气融合在一起,再加上卡夫卡式的戏谑话语,更会让读者感到恐惧("他觉得裹在裹尸布里的自己很美;死一般的美")。一个七岁的小男孩死于甲状腺发炎引发的高烧,可医生还"在他死后维持他的生命"。躺在自己的棺材里,死去的小男孩依然在接下来的十八年里不断成长,母亲也一直充满爱意地关注着他,每天都会用皮尺给他量身高。在年满二十五岁时,他不再长个了,于是他迎来了"第二次死亡"。他的机体开始消解、散发出臭气。死者知道现在人们得把他埋葬了,于是他感受到无尽的恐惧,因为他的意识依然清醒,他感觉自己要被活埋了。他想象被下葬后的"生活",肉体逐渐消失,然后是骨头,制作棺材的木头,再然后那些灰尘会升上地面,重新变成某种存在,例如树或水果。他还能再活过来。但很可能他不得不再次忍受死亡,又一次"忍受"。简单的情节线索在对死者感觉的描述中消失了,剩下的更多是残酷的细节:老鼠啃食"活着"的尸体,让人发狂的噪声折磨着他的耳朵,他自己的腐肉散发出的臭味折磨着他的嗅觉。全知的叙事者和人物如此接近,好像钻进了他的心里一样,很多时候整个故事都显得像死者的内心独白。这是本篇小说为数不多的亮点之一:在空间上完美无缺的衔接,在一个刚开始创作生涯的作家身上并不常见。那些故事中使用的语言不太具有个人风格,但是相当流畅,与素材相匹配;行文紧凑,掺杂着一种模糊的情感,结局又都有些折磨人。后来其中的某些要素又回到了加西亚·马尔克斯的作品中,比如围绕一具尸体展开故事:《枯枝败叶》《格兰德大妈的葬礼》,似乎《族长的秋天》也可算在内。认为人死之后可以再次死亡的想法重复出现在了《百年孤独》中,梅尔基亚德斯和普鲁登肖·阿基拉尔都死过许多次("存在于死亡之中的另一次死亡……",《百年孤独》第 73 页)。还有《逝去时光的海洋》里面的"亡者之海",它有不同的层次,尸体漂浮在哪里要看它保持死亡状态的时间长度：越接近表面的尸体死得越久，因为他们已经"更加平静"了。

在发表了第一篇故事的六周之后，《埃娃在猫身体里面》见刊了，它与前一篇故事很相似，不过也经过了一番改头换面。主题又是死亡与重生，又是一切都不会随着入土而结束的熬人想法。故事中的埃娃是俏姑娘雷梅黛丝的平淡的前身：她长得和雷梅黛丝一样漂亮，也在某一天突然去了另一个世界，变成了一个"纯粹的幽灵"。叙事者在另一个区域或另一种存在里追随她，一种"无时无空的新生活"。最开始时，埃娃以为自己到了净界，后来她犹疑了起来。她"生活"在黑暗之中，她无处不在，可以出现在各种各样的生活里，无论是"真实"的人生还是这另一种生活（或者是死亡）。涉及肉体时，她饱受折磨：她的美貌"崩塌"了，"疾病"让她夜夜失眠，因为她感觉她的血管里"钻进了许多热乎乎的小虫子，天快亮的时候它们就会醒来，迈开不安分的腿，在她皮肤下面做撕裂人心的冒险，跑遍这片结着果实的土壤，也就是她躯体之美的寄宿之地"[1]。突然，埃娃生出了吃柑橘的想法，那是一种让人摸不着头脑的强烈需求。那时她记起幽灵是可以寄居到某个生灵的体内的，于是她决定对她的猫做这件事（尽管她有过担心，怕自己成了猫之后就不想吃柑橘而想吃老鼠了）。但是当她试图找到那个动物时，她发现它已经不存在了，她的家也不存在了：从这另一种生活（或死亡）开始到现在，已经过去了三千年，而她之前并未留意到。这种结局似乎暗示这是篇诙谐的故事。可实际并非如此：故事透着一股谨慎的焦虑。除了和前一篇故事中的人物一样在死后还"活着"的埃娃，故事里还有另一具尸体：一个死去的小男孩，回忆他对埃娃而言又是一种折磨。死亡出现在加西亚·马尔克斯所有的作品中，但他早期的这几篇故事是最痴迷于这一主题的，甚至生出了排斥其他主题的特点。

两个半月后，《突巴耳加音炼星记》发表了，这篇故事情节零散，缺乏

---

[1] 引自《蓝狗的眼睛》中文版，陶玉平译，南海出版集团，2015年第1版，第20页。

衔接。少有的故事情节也消解在大量的想法及病态感觉之中了,下面这些才是故事的主题:跟踪的罪行、精神分裂、对自杀的影射。卡夫卡的故事里经常会出现的老鼠元素又出现了,在前两篇故事里也出现了老鼠。这篇故事的标题让人有些摸不着头脑:无法确定唯一的人物是不是名叫突巴耳加音,甚至无法确定这个故事里到底有没有人物出场。有时候,这个故事就像疯子的脑海里闪过的一个又一个画面("他说什么?说我疯了?啊……一个……可我会疯吗?"),或是对一个瘾君子的情感的夸张描写(那个人物觉得"在可卡因那苦痛的天空下",他没法觉得自己不美,还听到有声音喊着"我们都是瘾君子,我们都是变态!"),或是一个自缢者在濒死时的诸多毫无关联的记忆,因为故事的最后一段指出这个人物是上吊死的(除非那只是又一场噩梦):"绳子在他的脖子上越勒越紧,现在是最终时刻了。他感觉到了那声脆响,那颈椎脱节的可怕一击。"[1]在这篇故事里,死亡和在之前的故事里一样强势;甚至和那些故事一样,有可能这则故事描绘的也是一个已死之人的经历("请允许我和死神单独待一会儿,这死神我十二年前就认识了,那一次我被高烧折磨得面目失形,摇摇晃晃地走回家……"[2])。从整体来看,这篇故事让人读着费劲,因为有太多不恰当的雕琢痕迹,不过里面也有一些片段十分精彩,例如对某些幻觉的设计:那个人物在短短几秒钟内就看到自己的父亲从相框里走下来,还不断变大("那身体不断舒展,把这座摇摇欲坠的房子的天花板顶起来"[3]),后来又看着他变小了,分裂成了无数小人儿:"……他看见父亲逐渐矮下来,很快就变成一个小小的、微不足道的生灵,不断地一分为二,越变越多,变成一群一模一样、跑来跑去的小人儿,在房间的各个角落乱窜……"[4]

---

[1] 《蓝狗的眼睛》中文版,第 49 页。
[2] 同上,第 41 页。
[3] 同上,第 43 页。
[4] 同上,第 44 页。

《死神的另一根肋骨》以一场超现实主义的梦境开场，焦虑和黑色幽默相互交织：人物坐在火车上，外面的风景"死气沉沉，树是人造的，假的，树上该结果子的地方结的都是剃头刀、剪子之类的理发店里用的家什……"[①] 突然，在毫无预兆的情况下，他用螺丝刀把脚上长的瘤子的头挖了出来。他看到伤疤处冒出了"一段油腻腻的绳子头儿，黄色的"[②]。他把绳子拉了出来，那绳子"长极了，是自己长出来的，既不难受也不疼"[③]，就在那时他看到他的兄弟"穿着女人的衣服，站在镜子面前，用一把剪刀努力想把自己的左眼挖出来"[④]。只是故事的开头部分已经足够夺人眼球了。后来又出现了人物的心理活动，内容也都与死亡和"另一个自己"相关。故事是从一个半睡半醒的人物在清晨的视角描写的，他被那些奇怪的感觉、深深的恐惧和幽暗的幻觉搞得心惊胆战。很快，某些隐秘可怕的东西进入那些画面中：对他那个因为肚子里长了肿瘤而死去的双胞胎兄弟的记忆。就像自虐一样，人物开始想象那个肿瘤，他感觉它在兄弟的体内生长起来，逐渐侵蚀他的内脏和肌肉，慢慢把他拖向死亡。于是兄弟的恐惧也控制了他，这"另一个人"，这个双生的人（"是的。他们是双胞胎兄弟，长得一模一样"[⑤]）。他想着死去的兄弟和自己在空间上的分隔只是一种假象，他们之间有独一无二的联系。他担心"也许等到那个死掉的机体腐烂的时候，他，活着的这个，也会开始在自己活生生的世界里腐烂"[⑥]。可如果事实刚好相反，施加影响的是"活着的他"呢？那么，也许，"他也好，他的兄弟也好，都不会有任何变化，他们会在生死之间保持着一种平衡，来对抗腐烂"[⑦]。而难道"就没有可能是他那个埋在土底下的兄弟保持着不朽，而腐烂

[①] 《蓝狗的眼睛》中文版，第54页。
[②] 同上，第55页。
[③] 同上。
[④] 同上。
[⑤] 同上，第60页。
[⑥] 同上，第63页。
[⑦] 同上。

反而像蓝色的章鱼，来侵袭他这个大活人吗"①？在这一连串疑问过后，一股恬静的平和感升起，人物闭上眼睛，平静了下来，"等待新一天的开始"。这一切都只不过是幻想吗？事实上，在这则故事发表的六个月后，《镜子的对话》见刊了，那是《死神的另一根肋骨》的续篇，它告诉读者前一则故事所讲述的事情都只是"清晨的焦虑和不安"。新的故事和前一篇一样没有完整情节。匿名的主人公在同一天早上醒来，摸了摸脸和身子，清醒地感觉到人体的结构之复杂，他眨了眨眼，又惊讶又迷惑："就在那里，在手指肚下面——手指肚下面，骨头顶着骨头——在他不可改变的体格条件下埋藏着一整套合成物，一个紧密的、由组织构成的宇宙，那里有若干微型世界，一直支撑着他，把他的肉身架到一定高度，只是这高度当然比不上他天生的骨架来得更持久"②。但是他醒了，起了床，站在浴室的镜子前，看着镜中人，觉得自己看到的是死去的孪生兄弟的脸。于是他开始玩模仿的游戏：他认为镜中人的表情和神态不是他的面孔的反映，而是属于他兄弟的，兄弟只是在机械地重复着他的动作，又或者模仿动作的那个人是他自己。有那么一瞬间，他似乎捕捉（或者说"创造"）了"两人"动作中的不和谐之处。在刮胡子的时候，镜中人忽然做了割的动作，流血了：他摸了摸皮肤，没找到伤口。在同一时刻，他想到了一个词（潘多拉），在整个故事里他一直在寻找那个词，这让他不断感受到喜悦。这篇故事和前面四篇一样，都专注于刻画人物的内心世界、主观世界，因此也有助于表现抽象的概念。空间和时间的设置被取消了，语言是绝对中立化的，五篇故事里不断重复出现类似的场景（单一的人物，躺着，胡思乱想），同时都给读者一种模棱两可的感觉，让读者不知道故事中的现实世界是真是假——这是"虚构的真实"故事，还是"客观的真实"故事？如果那些死者是真的死了，那么

---

① 《蓝狗的眼睛》中文版，第63页。
② 同上，第68页。

就是前者，如果那些接连出现的死者、超现实描写、二重身只是病态的幻觉，那么就是后者。尽管在情节上没什么延续性，但这五篇故事在这一层面上是有内在联系的，不过这种情况从第六篇故事开始发生改变，最后几篇故事之间的差异甚至更大了：加西亚·马尔克斯开始阅读福克纳了，这些阅读在后面的几篇故事里留下了重要的印迹。

《三个梦游者的苦痛》（十个月之后发表）代表着加西亚·马尔克斯虚构世界的一种由内而外的变化、一种由抽象到具体的变化。故事是以第一人称复述进行讲述的，叙事者就是标题中的那"三个梦游者"，但是故事主要围绕一个小女孩展开。比起故事来，它更像一幅充满诗意的插图，那个女孩从二楼的窗户摔到了院子里，"浑身像散了架一样，不听使唤，像个身上还暖暖的死人，还没开始变硬"[1]。那次事故似乎已经过去很多年了，从那时起，她就成了一个孤独的人，只生活在属于自己的虚幻世界里（"有一回，她对我们说，她在镜中看见一只蛐蛐，就深藏在那清晰可见的透光处，她还穿过了镜子的表面去捉它"[2]），她就在那个幻想的世界里逐渐消亡。一天，她决定不再移动了，就坐在水泥地面上保持不动，后来她又宣布自己不会再笑了。三位叙事者苦涩又怀念地回忆着她（他们可能都是她的弟弟），想着也许以后某一天会听到她说自己不会再看了、不会再听了，"自觉自愿地慢慢放弃了生命的功能，慢慢地把自己的感官逐个丢弃，直到某一天，我们将发现她靠在墙壁上，就像生平第一次睡着一样"[3]。这则故事的叙事语言已经不像之前几篇故事那样繁杂了，但依然"文学味十足"，看得出作者下了不少功夫，这是他（高质量）阅读的结果。神秘而紧张的氛围和对谜底步步紧逼式的揭露都是对福克纳间接、婉转但有力的行文风格的

---

[1] 《蓝狗的眼睛》中文版，第82页。
[2] 同上，第83页。
[3] 同上，第84页。

借鉴("那个下午,我们相信了这一切——还有其他许多事……""我们可以说我们现在做的是我们日常生活中每天都在做的事情……"),人物-叙事者的这种拐弯抹角的表达风格就像用扭曲的屏幕来展现故事情节一样,它唯一的作用存在于"技巧"层面。

《蓝狗的眼睛》的开头部分让人想起萨特的《艾罗斯特拉特》——某个房间里,女人在观察着她的男人面前脱光了身子,男人说道:"我一直就想这样看着你,看你肚皮上一个个深深的小窝……"[1] 不过后来读者会发现这是个关于梦的故事:那对男女的疯狂关系只存在于触摸不到、毫不牢靠的梦的世界里。有一次,叙事者-人物在一个梦里看到一个女人走进他的房间,那女人的眼睛让他觉得很惊奇,于是他给她起了个绰号,就叫"蓝狗的眼睛"。后来他们又在许多不同的梦中相遇,时间跨度长达数年。女人试图在"真实"生活中找到梦中生活里的这位朋友或情人("她活着,就是为了能在现实世界中用那句识别语'蓝狗的眼睛'找到我"[2]),她在饭店、街头不断重复那句识别语,甚至会把它写在"酒店,车站,在所有公共建筑的磨砂玻璃上……"[3] 但是她的寻觅都是徒劳,因为叙事者"是唯一一个醒过来就把梦里的事情忘得一干二净的男人"[4]。这则故事更加复杂,更加疑点重重:女人真的是在"现实"中寻找叙事者吗?他得知这一点是因为她在梦中约会时对他说过,不过可能她认为自己醒来后做的事也只不过是梦的一部分,而她在醒来后也会把梦的内容都忘掉。尽管这个设计很巧妙,但这是加西亚·马尔克斯的早期短篇小说里写的最糟糕的一篇,也是结构最模糊不清的一篇。

最值得注意的一篇是《纳沃》。它和《三个梦游者的苦痛》一样,也有

---

[1] 《蓝狗的眼睛》中文版,第 106 页。
[2] 同上。
[3] 同上,第 107 页。
[4] 同上,第 112 页。

一个充满诗意的次要人物、一个无声的人物,她不能走动,谁也不认识,是个"孤独的、死气沉沉的小女孩,只能听到唱机的声音"。这是最具福克纳风格的一篇,不仅因为形式,也因为它的主题:故事就像发生在美国南部一样,那里有半奴隶式的短工、养着马匹的庄园、有用人服务的贵族姑娘和广场上的乐队。故事主要分为两部分,或者说是同一个故事的两种维度,两个叙事者交替出现:全知的叙事者和叙事者-复数人物(肯定是小女孩的兄弟们或父母)。故事的两个部分发生在不同的现实层次中:一种是包括动作在内的外部现实,另一种是人物的疯想或幻想。"客观"的故事是这样的:黑人纳沃在一座农场里负责给马刷毛,还要负责给痴傻的小女孩的唱机上发条,哄她开心。小女孩学会了——可以猜测这是纳沃的功劳——给唱机上发条。有一天家人们听到她说出了那个黑人的名字:"纳沃。"纳沃习惯在每周六的晚上到广场去听一个黑人吹萨克斯管,可是那个黑人突然有一天离开了乐队,永远消失了。一天早上,纳沃被一匹马踢中了额头,从此"失了心智"。他的主人们在一间小屋子里把他关了起来,还捆住了他的手脚,每天从门下方给他递送食物进去。他就这样像动物一样生活了十五年,直到有一天,他一下子把囚室的门撞开,跑了出去——他体型巨大、十分骇人——他要寻找马厩和马匹,可是那些东西很久之前就不存在了。他在逃亡途中破坏了镜子、打翻了很多东西。他从小女孩(那时已经是个成年女人了)面前经过,后者在看到他后说出了她学会的唯一一个词语:"纳沃。"而"主观"故事是这样的:在被囚后,孤独的纳沃一次又一次地在脑海中想起自己被马踢中前额的悲剧性时刻。纳沃没有意识到时间的流逝,他的幻觉循环反复,像着魔一样,一直在围绕着自己唯一的记忆打转。突然,他听到一个声音在呼唤他,让他跟着走。他在阴影中辨识出了那个黑人萨克斯管乐手,就是他经常到广场上听演奏的那位。阴影一直在跟他说话,让他跟他一起走:"合唱团一直在等你。"纳沃没什么兴趣,那人始终坚持，那人坚定地说他所经历的一切都是"他们"决定好的，目的就是为了让他加入"合唱团"。但是纳沃不想去，他谈起了马匹，谈起了他给马儿们梳尾巴的梳子。最后阴影给了他一个建议："如果让你加入合唱团的唯一方法就是找到那把梳子，那你就去找吧。"那正是纳沃撞破房门跑出去、变成"巨大的黑兽"的时刻。故事的第二个部分或第二种维度具有幻想文学典型的模棱两可的特点，读者必须剔除两种可能的解读中的一个，才能理解这则故事。死去的萨克斯管乐手的阴影来邀请纳沃跟他一起加入"合唱团"（到另一个世界去，到天堂去）可能只是人物单纯的想象，因此，故事的那一部分就发生在"客观现实"中的"主观层次"上。但还有另一种可能：萨克斯管乐手真的出现在了纳沃被囚的阴暗房间中，他的身份是另一个世界的使者，那么他就不是一个幻觉，而成了有神话或幻想色彩的人物。在那种情况下，故事的这一部分就变成了主观现实，而故事本身也就不再是客观现实的了，而成了"虚构现实"的故事。此外，在《纳沃》中还出现了一些后来在加西亚·马尔克斯的虚构世界经常出现的主题。其中之一就是绑架：《三个梦游者的苦痛》中的小女孩也是在"囚禁"中生活的，但纳沃显然在这方面吃了更多苦头，被囚的纳沃可能可以被视为《枯枝败叶》中隐匿的大夫的前身。另一个主题是生活在边缘世界的"不同的"小姑娘或女人：那两则故事中诗化的痴傻女性是桑塔索菲亚·德拉·彼达和"俏姑娘"雷梅黛丝的不成熟的前身。总而言之，这篇故事的重要性就在于加西亚·马尔克斯有了讲述一个故事的意图，复杂的技巧和布局是为这种意图服务的，而在之前那些故事里的东西似乎只是在为了炫耀某种风格。尽管《纳沃》这篇故事无论从结构、语言甚至是主题上看都有很浓的模仿色彩，但这并不重要。那位用心的读者开始成为一个真正的作家了：这种转变是在他的写作从抽象转向具体、从智力设计转向真情实感时完成的，他展现出了越来越显著的才华，能以让人信服的方式更好地讲故事了。

《三个梦游者的苦痛》和《纳沃》中都出现了的行动不便者，在《有人弄乱了这些玫瑰》中也再次出现了，只不过换了性别（这次是个小男孩）和状态（已经死了）。这篇故事的叙事者也是个死者，这一点和之前有些故事也保持了一致："今天是星期天，雨也停了下来，所以我打算带上一束玫瑰去给自己上坟。"①一个虔诚的女人种了些花，想拿去卖钱。她住在一栋冷清的房子里，有个房间专门当作小礼拜堂来用，她在每个星期天都会感到有阵看不见的风吹乱祭坛前的玫瑰花。事实上，弄乱玫瑰花的不是风，而是小男孩的鬼魂，他已经死了四十年了，是从梯子上坠落身亡的，那个女人还是个小女孩时曾经和他一起玩耍。故事的叙事者是那个行动不便的鬼魂，他死后在一栋废弃房屋里的椅子上坐了二十年，椅子的位置现在变成了祭坛。他一直希望有人能住进来。一天，他看到那个女人来了：尽管已经过去了二十年，他还是一眼就认出了她就是在牲畜圈里找鸟巢的那个小女孩。从那时起又过了二十年，他一直和那个女人"住"在一起，现在她已经有些老了。他看着她做缝纫活、睡觉、做祷告。每个星期天，鬼魂就会徒劳地尝试从祭坛前拿走一束玫瑰花，想把它放到位于村内小山丘的自己的坟上：这就是那阵"看不见的风"的由来，正是他弄乱了祭坛前的玫瑰花。这是上述十篇故事里最成功的一篇：写得最好，结构也最精妙。尽管具有神话或奇幻的色彩，其中还是有些对客观现实细节之处的精彩描写，让人想起《枯枝败叶》中的马孔多（"门槛上挂着的面包和一束芦荟"，死去的小男孩眼中的那些"走廊"）。另外，"坐在椅子上等待什么的小男孩"也是《枯枝败叶》中的核心画面之一，此外孙子-叙事者也是贯穿那部小说的重要视角。虚构现实慢慢地从最初几则故事里的残渣状态变得坚固了起来，在各种坐标中找到了自己的位置，进而在未来逐渐发展、创造、再

---

① 《蓝狗的眼睛》中文版，第147页。

创造。

《石鸻鸟之夜》位于史前史和虚构现实历史的交界处。故事的灵感来源是大西洋沿岸的一种大众信仰：石鸻鸟会把模仿它叫声的人的眼睛啄瞎。三个男人坐在一家妓院的院子里喝啤酒，那里有七只石鸻鸟。饮酒者中的一位突然开始模仿石鸻鸟的叫声，于是"石鸻鸟跳到了桌子上，啄走了他们的眼睛"。故事是由那三个盲人讲述的，而且就从他们变瞎的那一刻开始：语气自然，似乎什么都没有发生，他们手牵手，想要尝试着适应这个世界，如今他们只能靠记忆、听觉和触觉在那里行动了。他们牵着手在那座迷宫中前行，他们听到了孩子们的声音、女人们的声音，其中一个女人对他们说，他们的事情已经见报了，但是没人相信。也没人愿意给他们引路回家。他们已经迷失了三天了，连休息也不行。于是，他们坐了下来，消极地准备晒太阳，"他们已经失去了距离感、时间感和方向感"。故事并非用一种客观现实的方式讲述的，而是以虚构现实的方式呈现的：谜团和惊人之事是故事的重点，故事里到处都是隐藏材料。几乎整篇故事都是通过对话描述出来的，这在加西亚·马尔克斯的作品中并不常见。这也是石鸻鸟第一次出现在他的虚构现实之中，后来，从他的第一部长篇小说开始，石鸻鸟就成了他作品中反复出现的元素之一。这是十篇故事中唯一被《百年孤独》完整吞噬掉的，似乎加西亚·马尔克斯是想强调，他作为上帝替代者的人生正是从这篇故事开始的。

第二章　马孔多：贵族视角
（《伊莎贝尔在马孔多观雨时的独白》及《枯枝败叶》）

作为片段的虚构作品

《伊莎贝尔在马孔多观雨时的独白》，这篇短篇小说不能和《枯枝败叶》割裂开来看待，因为前者就诞生于作者对后者的反复修改中。它只是个片段，只有把它放在《枯枝败叶》的大背景中，故事才能被理解。加西亚·马尔克斯的很多短篇小说都是这样：它们具有片段化的特点，往往是构成某个整体的一部分。甚至连《枯枝败叶》和《恶时辰》都有这种未完成的特征；只有《没有人给他写信的上校》是个例外，尽管它最初也只是"那本写匿名帖的小说"的衍生品，还有《百年孤独》，那是一方可以自给自足的世界。《伊莎贝尔在马孔多观雨时的独白》的主题是一场可信的小型水灾：星期天开始下雨，下一周的星期四雨停。暴雨在加西亚·马尔克斯的虚构世界中总是反复出现，而在这个故事里它是核心主题；在《没有人给他写信的上校》里，暴雨是作为行动的背景出现的；在《百年孤独》中，雨一直下了四年多。这是作者用来丰富自己文字世界的方法之一，得靠一部又一部作品来积累：相似的主题重复出现，首先达到"量变"。马孔多在《百年孤独》里实现"质的飞跃"很大程度上与之前作品提供了大量可供拼凑的画面有关，除了把那些相似的因素并入自身，它还大量引入了传统的叙事因素。在这篇短篇小说中，在经历了七个月让人窒息的夏日酷热气候之后，暴雨袭击了马孔多，甚至有要摧毁它的架势，这一切都是由一个女人独白讲出的，她的独白中提到的许多东西只有在阅读过《枯枝败叶》之后才会显得有意义。故事中的所有人物都出现在了那本小说里：伊莎贝尔、继母、伊莎贝尔的父亲（这里还没提到他是上校）、她的丈夫马丁、她的母亲、圣赫罗尼莫的孪生姐妹、每个星期二都要来讨一枝蜜蜂花的讨饭女人，伊莎贝尔在已经近乎梦游的状态下喊出了她的名字："阿达！阿达！"在《枯枝败叶》里我们将会知道那个神秘的叫阿达的女人是家里的女佣之一。短篇小说和长篇小说之间的互文在加西亚·马尔克斯的虚构世界中十分常见：在其他故事的视角中，每个故事都会呈现新的样貌。所有故事都在发光，照亮其他故事，总有些或粗或细的线把它们联系在一起，同时它们又都是一个更宏大的虚构故事的组成部分、零散章节。

马孔多的首幅画面

《伊莎贝尔在马孔多观雨时的独白》呈现出的虚构现实的画面是怎样的？比起社会状况，更多的是个体状况；比起人的境况，更多的是自然的境况。它没有讲述马孔多的故事，也很少写那里的人，不过有很多景物和气候的描写。那是个热带小镇，既有令人窒息的炎热，又有连绵不绝的暴雨。我们是怎样慢慢了解马孔多的？恰恰是通过暴风雨。描绘出马孔多样貌的不是伊莎贝尔，而是那场暴雨，它是通过由其引发的连番灾难做到这一点的；与外界隔绝的第三天，我们在伊莎贝尔家逐渐开始了解马孔多。在那之前，马孔多只是一座教堂；如今成了一列无法移动的火车，因为暴雨摧毁了铁轨。它还成了被水淹没的墓地，有流言说墓地全被淹了，尸体漂得满大街都是。这些关于城市的元素要比人的元素更加引人注目；不过自然因素更加显眼。小镇受了"七个月炎炎夏日"之苦，八月的夜晚死一般寂静，空气中满是尘土。我们读到的人物是可替代的：缺乏特点。唯一一个有微弱的主观视角的人物是伊莎贝尔。所有人物都有个共同点：他们都是受灾者。猛烈的暴雨让他们非人性化了。第一天，他们感觉有些惊愕；第二天，他们失去了时间感；第三天，他们变得如动物一般，几乎成了植物：他们不思考，几乎不移动，只不过还活着。马孔多的这第一幅画面中最强有力的存在就是大自然。

补充因素：征兆

有什么东西可以帮助我们区分小镇里那些千篇一律的居民吗？伊莎贝尔"预见"了暴风雨，当大雨降下时她"早就知道"是要下雨的。为什么呢？因为她"肚子里闹腾着黏糊糊的感觉"（第9页）[①]。雨下到第三天时，伊莎贝尔觉得"自己变成了一片被踏平的青草地，长满了藻类和苔藓，还有黏糊糊、软绵绵的蘑菇，我在潮气和雾霭令人憎恶的覆盖下变得肥沃起来"（第15页）[②]。这是马孔多某些居民特有的能力：他们的身体器官和天气现象之间存在着某些"不合理"、不符合我们对现实世界认知的联系。这是虚构现实中的"补充因素"的第一个征兆，也是它和它的模板——真实现实——之间的第一个巨大差别。《没有人给他写信的上校》中的那位英雄某日离开家，感到"肚子上长出了毒蘑菇和毒百合"（第7页）。为什么呢？"到十月份了"。十月份就像令人生厌、即刻生效的毒剂一样，在上校体内起了作用，在我们对那位老者产生第一印象的时候，他的器官展现出了和马孔多居民一样的反应。在《枯枝败叶》中，上校和大夫在二十五年里只不过共同度过了一个还算和谐的夜晚，上校回忆道："我们两个人沉默了一会儿，身上淌着黏糊糊的汗水，那简直不是汗水，而是什么生物腐烂时流出的黏液。"（第92页）[③]虚构现实大自然的极端炎热和暴雨除了给植物和空气带来腐败，还让某些人体器官也有了反应，器官和自然之间有了某种神秘的联系。这种在某些人和自然世界之间的亲密关系基本都是肉体层面的（《百年孤独》的

[①] 《蓝狗的眼睛》中文版，第181页。
[②] 同上，第186页。
[③] 《枯枝败叶》中文版，第97页。

第 226 页在提到布恩迪亚上校时曾这样写道:"绵绵细雨从星期六开始就没有停歇,他即使不曾听到花园枝叶上的淅沥声,也能从自己骨头中的寒意里察觉到。"[1]),不过有时候那种联系是精神层面的:《枯枝败叶》里的"小狗"在布道时把《圣经》里的段落和《布里斯托年鉴》中的"天气预报"掺杂在一起,在小说开头的那些纪实性文字中,香蕉公司和"枯枝败叶"的到来也与旋风联系了起来。在虚构现实中,某些人类躯体、历史和宗教有着紧密又怪异的联系,这种联系是通过自然现象建构起来的。在这则故事中,一方面其主题——暴风雨——与自然现象有关,另一方面,自然现象也被用来创造一种万物逐渐消解的氛围。下雨的第一天,伊莎贝尔觉得天空"灰蒙蒙的","像胶冻似的",还在"扑腾"(第 9 页);第二天,土地"变了……变成了暗暗软软的一摊,像平日里见到的肥皂一样"(第 10 页);第三天,空气"潮湿得热辣黏糊","雨声像根刺,扎得人心里疼"(第 13 页)。

故事中的暴雨已经不再是单纯的自然现象了:它还是一种象征。不妨概括一下那些画面所表现出的不同状况:分解、衰败、腐坏。它给那座小镇带去的影响就如人体生了疾病一样。先是让伊莎贝尔的家人觉得"无聊",让她感到"难过";然后感到"黏糊糊的";到了星期二的时候,家里的一切活动都停止了。同一天出现了死亡事件,这是故事的高潮。死去的不是某个人,而是一头奶牛,它从下暴雨的第二天开始就一直挺立在伊莎贝尔家门前。那头牲畜身上有些高贵的特质,哪怕蹄子深陷进泥里,它也坚持和暴怒的大自然对抗了整整一天。可是它的英勇举动是无用的;它死了,而对它的死亡的描写恰恰为我们揭示了暴风雨的象征内容:"突然间,一阵深沉的轰鸣声响彻它的五脏六腑,它的四蹄越发吃力地深深陷进了烂泥之中。接下来有半个小时,它一动不动,就像已经死了一样,之所以还没倒下只是因为它靠惯性活着,靠着在雨中维持同一个姿势的习惯支撑着,

---

[1] 《百年孤独》中文版,第 231 页。

直到最后习惯终于败给了躯体。于是它弯曲了前腿（又亮又黑的牛屁股在最后垂死挣扎时还高高翘起），嘴巴喘息着，扎进烂泥之中，终至无力再支撑它自身的重量，静静地、一点儿一点儿、有尊严地完成了这次完整的倒地仪式。"（第14页）[①] 在这头奶牛身上发生的事情也正发生在全镇人的身上：他们在陷落，在倒下，在死去。从《枯枝败叶》的角度来看，我们可以证实这种衰败不仅是肉体上的，也是历史和道德上的。

在这则故事中，大自然比人类更有活力：它是一种限制。故事中的肉体远比人性更突出，可独白这种作者选择的叙事方式又是最利于表现人物的内心思想和真情实感的。故事对行动和情节的描写更少。人类的主观意志几乎没有在故事里得到展现，有的只是外部事物、客观事物。于是这种在主题和形式之间出现的不协调性让故事多了些人工雕琢的痕迹。

然而，尽管自然秩序是最重要的，某些社会秩序层面的东西也浮现了出来。小镇不是一个平等的社会，那里有阶级存在。显然伊莎贝尔、她的继母、父亲和马丁与那些共享同一个称呼（瓜希拉人）的人们的身份大不相同。那些人没有名字，没有思想，在故事中匆匆而过，做的永远都是苦活：跑到院子里去驱赶奶牛、抬动家具、做家务活、接受命令。从社会的角度来看，他们的阶级地位毫无疑问要更低。不过，除了伊莎贝尔一家和那些瓜希拉人，还有来唱歌的圣赫罗尼莫孪生姐妹，以及每个星期二都来讨蜜蜂花的讨饭女人，她们的地位似乎处于上述两群人的中间位置。孪生姐妹和讨饭女人身上还有些有趣的东西：她们虽然是人，却像景物一般。在那样的社会里还存在着如景物一般的人。为什么这么说呢？因为她们不断重复做着相同的事情。讨饭女人每个星期二都来讨蜜蜂花，孪生姐妹则是来唱歌；她们的人性消失了，只剩下了单一的功能，就像贯穿故事始终的那场暴雨一样。

[①] 《蓝狗的眼睛》中文版，第185—186页。

空间视角的"变化"

　　独白这种个体化的表达形式在这里多了种模糊性。独白的人是伊莎贝尔，但有的时候那个单数的声音变成了复数，叙事者"我"变成了"我们"。叙事空间视角是位于叙事现实之内的叙事者，因而那种现实会被语法层面的第一人称视角描述。但是人物–叙事者在整个故事中遭受了许多"变化"，个体叙事声音碎裂了，化成了集体叙事声音。这种"变化"发生得很快，读者甚至意识不到：读者的感觉是整个故事一直都是由伊莎贝尔的独白来讲述的。可如果是这样，我们就得接受有两个伊莎贝尔的设定：一个是对自己说话的伊莎贝尔，另一个则是在某些时刻代表集体态度的伊莎贝尔。这种"变化"（我们将在之后称呼它作"第二种案例"）可以如此定义：在空间、时间和现实层次方面出现了快速的、持续性的"质的飞跃"，读者在它们发生时没能够觉察到这种情况。他们只会觉察到这种变化在叙事主题层面上产生的效果。它的目的通常是创造某些氛围，赋予某个事件或整篇故事以特殊环境。在这篇故事里，通过空间视角的"变化"，形式把经历同一事件的人物之间同有的情感和紧密的联系沟通起来了。暴风雨在个体和社会集体之间建立起了联系，把所有受害者都如兄弟姐妹般团结到了一起，并把这种状况刻画出来、让读者发现。不过叙事声音变成"我们"的情况只是在提及暴风雨时才出现，也就是说，只在提及帮助建立起社会团结的危机时才出现："做完弥撒，我们女人们还没来得及找见雨伞的按扣，就刮起了一阵浓浓暗暗的风……有谁在我身旁说了句：'刮这种风是要下雨的。'这我早就知道了……就在这时，雨下开了。天空成了灰蒙蒙的一块，胶冻似的，在离我们头顶一拃的上方扑腾。"（第9页）[1]"可不知不觉间，雨就这样深深地浸入了我们的感官之中。"（第10页）[2]"我们还是坐在走廊里，

---

[1] 《蓝狗的眼睛》中文版，第181页。
[2] 同上，第182页。

但是已经不像第一天那样观看这雨幕,我们已经感觉不到天在下雨……我们能看见的只是树木朦朦胧胧的轮廓……"(第 13 页)① 每当提及侵袭小镇的邪恶暴雨时,叙事者就会变成复数。相反,当远离那具体的威胁时以及逃离当下、逃到记忆中的现实中时,叙事者就会变成单数:"我想起了炎热的月份。我想起了八月……我看见墙壁被雨水浇得透湿……我看见小花园……我看见父亲坐在摇椅里……我想起了八月里的那些夜晚,在那种神奇的寂静里……"(第 11—12 页)② 当叙事者变成复数的"我们"时,包含的都是什么人呢?有时是马孔多所有的女性,有时是全镇的人,有时则是伊莎贝尔一家。那种复数的声音也经历着"变化"或"质变","我们"不止有一个,而是有三个:这是空间视角中"变化"的再"变化"。只是在故事开头,在描写做完弥撒的场景时,"我们"才指马孔多的女性。后来又分别指马孔多居民和伊莎贝尔一家。叙事者的"变化"或"再变化"追求的是什么效果呢?从不同视角来描写故事中的核心事件。这是种全景式的尝试;对马孔多所受灾难的刻画几乎是同时从三个层次展开的:个体(伊莎贝尔)、家庭和全社会。

现实层面的"变化"

不过让整个故事鲜活起来的并不是叙事者空间视角的"变化",而是现实层面的"变化"。这种视角存在于叙事者所在的现实层次或层面,又或者存在于被叙述之事发生的层次或层面。为了描绘暴风雨——它的特点和结果是惊人的、巨大的,可是读者认为它在他们生活着的现实层面中是完全可信的——伊莎贝尔置身于"客观现实"之中(从概念的角度看,与之相对的就是"虚构现实"),在这种客观现实的大背景下,她又处于主观层面

---

① 《蓝狗的眼睛》中文版,第 184—185 页。
② 同上,第 183 页,译文有改动。

或内在层面之中，因为她描述事物的方式是独白，即内心所想，而非口述。被叙述之事又在客观现实的哪个层次之中呢？那场暴雨本身还有些模糊的特质：二重性。它既是从天而降的雨水，也是毁灭的象征，代表着虚构现实中的事物和人物的缓慢消亡。但是暴雨并非同时是那两种东西。在故事开始时，它是以自然现象出现的，也就是说，是在客观现实的"基础层面"上发生的事情。后来，随着叙述的进行，它又逐渐有了第二个特征，在某个特定时刻，它对于虚构现实中的人物和事物的象征特点就会显露出来，预示着他们逐渐消亡的命运。这种变化是随着故事在现实层面的"变化"而出现的。依然是在客观现实的大背景中，不过从"基础层面"跳跃到了"象征层面"，从自然现象转变成了另一种秩序的象征，很难用空泛的象征意义去定义它，但是毫无疑问它是与客观现实中的历史、道德甚至是本体学层面的东西相关的：它取决于暴雨所造成的毁灭和破坏的最终意义是什么。就这样，暴雨在伊莎贝尔独白的过程中经历了"变化"或"质的飞跃"，不过这种变化与我们在上文中提到的空间视角的"变化"是不同的。首先，这种"变化"与叙事者无关，而是与被叙述之事相关，它影响不到叙事者，影响的是被叙述的事物。这是现实层面的"变化"。这种"变化"（我们将在之后称呼它作"第一种案例"）可以如此定义：一种局势、一个人物或是一个叙事主题在叙述的过程中逐渐转变成不同的局势、人物或主题，而且无论这种转变是不是在同一个现实层面内完成的，对读者而言最终都是可以察觉的。当读者发觉主题的"变化"时，那种变化已经发生了，因此反过头来故事也就发生了改动。在这种情况下，变化不是迅速、连续、不断发生的，而是逐渐、缓慢发生的，先要靠各种因素的量的积累，进而在某个特定时刻才会发生"质的飞跃"。这种"变化"的特点就是持久，它经过了大量因素在伊莎贝尔和小镇居民身上积累的过程，于是暴风雨慢慢获得了一种不寻常的、让人不安的维度，直到某个很难讲是否可以精确确定的时刻降临（奶牛之死?），暴风雨才不再是一场普通的暴风雨，而变成了毁灭和坠落的象征。这篇故事之所以具有说服力，关键就在于此。

通过构成虚构现实的那些关于精神和肉体毁灭的阴暗画面，作者想要表达什么呢？他想要表达的正是其与真实现实"决裂"的经历，那是具有决定性意义的魔鬼。暴雨惩罚了伊莎贝尔、她的家庭和整个马孔多，让他们经历死亡，加西亚·马尔克斯和母亲一起返回阿拉卡塔卡时目睹的是同一种死亡。用文字重建那种让他绝望、把他变成创作者的真实现实的第一次努力的结果就是这则故事中呈现出的世界的样貌，在那里，所有东西都正在衰亡。

写作

独白的语言应该是客观的，或者说是外人看不到的；它并不想作为横在故事和读者之间的存在，而是要履行谦卑的信使的职责。这种语言与卡彭铁尔的《溯源之旅》等作品的语言截然相反，后者在讲故事的同时，也在描述自己，强调自己的存在，掺入了一种形式上的现实，这种现实不是故事所不可或缺的，而是一种补充，构成了叠加在第一个故事之上的另一个故事。这里的情况不一样：语言是透明的，想让自己被主题吞没。这种写作时对客观性的追求在伊莎贝尔停止描述外部现实、转而表达自己的激动与焦虑时遭到了背叛，这也是作者选定的叙事形式所导致的必然结果：内心独白不可能与所有待讲述的内容契合，因为那些内容本身就是从属于外部现实的。这些短暂的不一致之处被合理地处理并抵消了。叙事者引出故事核心事件的方式就是个例子。在某些时刻，语言除了描写暴雨，还会通过罗列来柔化它。暴雨和重复、单调的坠落雨滴联系在了一起。作者于是也用重复的词汇、动词、节奏来表现这种感觉："我想起了炎热的月份，想起了八月里那些使人昏昏沉沉的漫长的午睡时分：我们被沉重的时间折磨得半死不活……我看见墙壁被雨水浇得透湿，木板接缝的地方被水泡得发胀。我还看见小花园里破天荒地显得空空荡荡的，墙根的茉莉就像对我母亲忠实的记忆。我看见父亲坐在摇椅里……我想起了八月里的那些夜晚……"（第 11 页）[①]重复的单词，不断坠落的雨滴，罗列式的独白节奏，让人昏昏欲睡的连绵不绝的暴雨：写作既展现了主题，又命名了主题。

《枯枝败叶》——加西亚·马尔克斯虚构现实的第二幅画面——是对第一幅画面的极大扩展。《伊莎贝尔在马孔多观雨时的独白》中的人物都重新出现在了《枯枝败叶》中，主题和环境也是一样。不仅是"重现"，更是丰富。书中揭示了关于他们的更多细节，例如阿达，我们在这本书里发现她是家中的女佣，再如伊莎贝尔的父亲和马丁，我们只有在《枯枝败叶》中才能看到他们的完整人物形象。在那篇小说中，伊莎贝尔说过一句谜一般的话："我还看见小花园里破天荒地显得空空荡荡的，墙根的茉莉就像对我母亲忠实的记忆。"（第 11 页）现在我们知道了，茉莉是马孔多的一种迷信信仰的产物；它是在伊莎贝尔的母亲去世时被种下的，因为马孔多人认为茉莉是一种"夜间会出来游荡的花"。小镇的特征更清晰了：位于热带地区、多雨、炎热。小镇的景观曾经在暴雨中模糊不清，而至此变得明晰了起来：火车、带浮雕的教堂。伊莎贝尔的住宅原来在她的独白中也难以辨识，但这时可以看到它古老又庄严，是典型的村镇大宅。《枯枝败叶》和《伊莎贝尔在马孔多观雨时的独白》的这种互动关系在加西亚·马尔克斯的所有作品中都能看到，无论是之前还是后来的作品，但它们并不都像这个例子表现的那样，一个故事构成另一个故事的合理补充。通常来说，后来的故事不会补全前一个故事的信息，它们更多是相对的关系，是纠正或否定的关系，甚至会出现故事环境大为改变的情况。不过从本质上来看都是

[①]《蓝狗的眼睛》中文版，第 183 页。

一回事：这些故事有一种内在的机体联系，每一个故事都会与其他所有的故事产生关联。

反复出现的材料

在《枯枝败叶》中已经出现了未来在加西亚·马尔克斯的虚构现实里将有重要意义的事件。小说开篇的那段纪实性文字里有这样一段话："男人们……随身携带的行李不过是一只木箱……还混上个军衔。正因为他们比战争来晚了一步，才得以把这些东西捞到手。"（第9—10页）① 从这个空泛的描写中诞生了一部未来的虚构小说——《没有人给他写信的上校》，它正是围绕着一个信仰自己军衔的男人展开的。同样地，《枯枝败叶》里也出现了《恶时辰》的主题（匿名帖）：一张匿名帖出现在了大夫家的房门上，指控他杀害了他的姘妇（第33页），读者可以看到那张匿名帖引发了严重的后果（第110页）。那部小说里的某些主题也出现在了《百年孤独》中。梅梅对伊莎贝尔讲述了她的父母怎样到达马孔多、她古老的家族荣耀、家族内部通婚的不祥血统，这些都出现在了《百年孤独》中。伊莎贝尔曾经说过她的父母"是表兄妹"（第39页）。《百年孤独》正是由类似的关系引发了布恩迪亚家族的厄运，家族中的第一个怪物正是来自表兄妹间的婚姻，对乱伦的渴望也在家族中遗传了下去。《枯枝败叶》里出现了一个画面，预示了马孔多的结局："从窗户望出去，我看到了我们家。我暗地里想，继母大概还纹丝不动地坐在椅子上，也许她在琢磨着，等不到我们回家，那股将全镇席卷而去的恶风就已经刮过去了。"（第129页）② 这段话在《百年孤独》的结尾显示了真正的力量：马孔多消失了，而且真的是被这样一阵"恶风"刮走的。和《伊莎贝尔在马孔多观雨时的独白》一样，自然环境在《枯枝

---

① 《枯枝败叶》中文版，第2页。
② 同上，第140页。

败叶》中也有重要地位，它不再只作为背景出现，更揭露了个体与历史间谜一样的关系。"小狗"对"暴风雨有种接近神学的担心"（第97页），他会在布道时提到那些暴风雨，而它们又是组成马孔多过去历史的基本要素，例如香蕉公司和"枯枝败叶"的到来的"意义"就和自然灾害一样："狂风突然以令人头晕目眩的速度搅动着垃圾……"（第9—10页）①"在这一群像暴风雪或暴风雨般袭来的陌生面孔间……"（第10页）② 这些比喻后来变成了虚构现实中的文学事件：《圣经》式的洪水让马孔多变了模样，最终一场狂风将它彻底抹除。《枯枝败叶》中还有些在改头换面后再次出现的材料。伊莎贝尔和马丁的婚姻和奥雷里亚诺·布恩迪亚与年纪轻轻的雷梅黛丝之间的婚姻十分相似。马丁与他妻子的关系是布恩迪亚上校与妻子关系的乏味概述。不过第一部小说中的那位姑娘到了《百年孤独》中成了年纪很小的女孩，甚至说她是幼儿也不为过。《枯枝败叶》中赫诺维瓦·加西亚与几个杂耍艺人出走的情景（第115页）仿佛《百年孤独》中何塞·阿卡迪亚和吉卜赛人一同离去的预演。在《枯枝败叶》中马尔伯勒公爵首次现身，在之后的几本书里，我们也经常能看到同一个伪装成猛虎模样的角色：他的形象出现在一部又一部小说中，总是带着相似的神秘色彩。上述例子已经足够说明在这本螺旋发展的小说中，每个圆形故事是怎样与其他故事产生联系的。在加西亚·马尔克斯的小说中，众多素材之间存在着"连通器"的关系：当那些故事产生联系后，它们就会互相照亮彼此，并且互为补充。

虚构现实的历史

《枯枝败叶》中讲述的是马孔多哪个时期的故事呢？这里存在着一个在许多评论家那里都反复出现的错误，这个错误似乎是从路易斯·哈斯那里

---

① 《枯枝败叶》中文版，第1页。
② 同上，第2页。

开始的，他坚称那部小说的故事发生在 1903 年到 1928 年间[171]。这个日期是不准确的：大夫和"小狗"是在 1903 年来到马孔多的，不过（确实不易察觉）《枯枝败叶》还讲述了许多远早于那个日期发生的故事。事实上，那部小说（并不深入地）描写了从马孔多的建立到 1928 年间发生的事件。考虑到伊莎贝尔那句预言式的话，我们甚至可以认为小说连马孔多的结局都提到了，如此一来这部小说的时间跨度就更大了，它处理的材料繁多而零散，却横跨那个虚构世界完整的历史时期。那篇故事从小镇在上世纪末的建立开始，建立它的人是像伊莎贝尔的父母那样"躲避战争的人"（第 38 页）。这部小说最核心的故事就发生在从马孔多的建立到"现在"，也就是 1928 年：

一、建立。那个小镇，截至目前我们只知道它炎热多雨，可它是怎样建起来的呢？妹妹在讲述家族往事时提到过一些关于这座小镇起源的事情。伊莎贝尔说：

> 战争期间，我父母背井离乡，逃亡在外，经过长途跋涉，终于在马孔多落下脚来。为躲避兵祸，他们到处寻找一个又兴旺又静谧的安身之所，听人家说这一带有钱可赚，就找到这里。那时候，这儿还是个正在形成的村落，只有几户逃难的人家。他们竭力保留传统的生活方式，恪守宗教习俗，努力饲养牲口。对我父母来说，马孔多是应许之地，是和平之乡，是金羊毛。他们找到了合适的地方，就动手重建家园，没过几年，就盖起了一所乡村宅院，有三个马厩和两间客房。（第 38—39 页）①

---

① 《枯枝败叶》中文版，第 36 页。

那是个田园牧歌式的居住区，建造它的都是严谨勤劳的家庭：多亏梅梅的讲述，我们有了有关最早时期马孔多的信息。马孔多的建造者们在十九世纪末为了躲避战争来到了那片应许之地。他们是什么阶级的人？我们只对上校的家庭有一点了解：在那场"大战"爆发前，他们住在一个无名之地，过着"绚丽多彩的田园生活"（第 38 页）。

二、香蕉公司。香蕉公司似乎是马孔多历史中的核心因素：它建立时正值该地区的物质繁荣与进步期。相关信息被作者写在了前言部分，落款是 1909 年："蓦地，香蕉公司好似一阵旋风刮到这里，在小镇中心扎下根来。尾随其后的是'枯枝败叶'，一堆由其他地方的人类渣滓和物质垃圾组成的杂乱、喧嚣的'枯枝败叶'……"（第 9 页）我们不知道它是从哪儿来的；书里只是说它来了，还引发了一场变革。香蕉公司在马孔多引起的一些变化是通过上校的回忆而展示的："原来镇上只有他这么一个大夫。后来，香蕉公司来到马孔多，并且开始铺设铁路。"（第 68—69 页）① 我们只是知道《伊莎贝尔在马孔多观雨时的独白》中出现了火车，而火车的来源则在这部小说中得到了解释：它是香蕉公司带来的。另一方面，上校还披露说正是从"香蕉公司为工人们配备了医疗服务"（第 68—69 页）开始，大夫那边就无人光顾了。那些阻止病人自杀的医生也是由香蕉公司雇来的。不过香蕉公司给那座小镇带去的最具根本性的影响体现在了书名里：那些被老马孔多人蔑称为"枯枝败叶"的外乡人的到来。

三、"枯枝败叶"。人们跟随香蕉公司的步伐，从不同的地方前来寻找工作和金钱，不过尽管这本小说以这一群体为书名，故事的核心主题却并不是写他们的："枯枝败叶"只是遥远的地平线，是从未转入到小说第一层次中的背景。不过"枯枝败叶"的极速到来对于马孔多小镇和生活在其中

---

① 《枯枝败叶》中文版，第 72 页。

的居民而言有着决定性的影响意义：

> 在不到一年的时间里，它就把此前多次浩劫余下的瓦砾通通抛到镇上，并使乱七八糟的垃圾堆满街头。狂风突然以令人头晕目眩的速度搅动着垃圾，垃圾急遽地分化，形态各异。最后，那条一边是小河、另一边是坟茔的穷街陋巷变成了一座由来自各地的垃圾组成的五光十色、面目全非的小镇。（第9页）①

由于"枯枝败叶"的到来，那个乡村小镇失去了往日的恬静：人口骤增，环境复杂，最后"在小镇之中又出现了一个谁也管不了的小镇"（第10页）②。香蕉公司带来的不仅是物质繁荣和人口增加；在那篇前言性的文字中，作者坚持认为香蕉公司带来的更多是混乱、腐败和放纵。

　　四、马孔多的繁荣。小镇的繁荣期大概在1915年前后，上校是这样描述那段时期的："我想起了马孔多节日的时候，人们发狂地焚烧纸币；我想起了像没头苍蝇般乱撞、目空一切的'枯枝败叶'，在浑浑噩噩的泥塘里滚来滚去的'枯枝败叶'，憧憬着挥霍无度的生活的'枯枝败叶'。"（第95页）③人们的钱来得太容易，因而失去了理智，甚至在过节时焚烧纸币，终日浑浑噩噩地凭本能过活。伊莎贝尔也回忆过那个时代："如今，生活起了变化，日子好过多了，马孔多变成了喧闹的集镇。钱多得花不了，每逢周六晚上，人们都可以在镇上大肆挥霍一气……外面在大肆挥霍金钱……"（第41页）④无论是上校还是他的女儿都对马孔多的那段繁荣期没有"留恋"，尽管那时小镇上遍地是黄金，人们可以纵情娱乐；梅梅也同样不怀

---

① 《枯枝败叶》中文版，第1—2页。
② 同上，第2页。
③ 同上，第100页。
④ 同上，第39页。

念那段时光，因为外面的人们在挥霍金钱时，她对"美好的昔日还是感到恋恋不舍"（第41页）①。为什么那个家族里的人都对那段繁荣期持憎恶态度呢？因为上校不属于"枯枝败叶"，他的家人也不是随着那些无名又迅疾的人群来到那座小镇的，他们要早于香蕉公司来到那片土地，他们是小镇的创建者之一。我们可以猜测到这与马孔多的社会阶级有密切联系。香蕉公司的到来侵占了原住民的利益，他们觉得那是种入侵，自己被侵犯了。这一点在《枯枝败叶》的前言中表现得一清二楚。毫无疑问，在前言中叙事的集体的声音就来自于他们：

> 战后，当我们来到马孔多，赞赏它的肥田沃土的时候，就估计到早晚有一天"枯枝败叶"会拥到这里，但是万万没有料到来势竟如此凶猛。尽管已感到雪崩降临，可我们也只能把盘子刀叉放在门后，坐下来耐心等待这些不速之客来结识我们。（第10页）②

那个声音只替某个固定的社会群体发声。它是从这样一种社会视角出发的：马孔多建造者们的视角，那些敌视"枯枝败叶"、认为他们是闯入者的原住民的视角。有必要强调这一点，因为正如我们将看到的那样，《枯枝败叶》呈现给我们的虚构现实视野是来自一个传统家庭的。在由香蕉公司和"枯枝败叶"带来革命式变革之后，那个家庭依然在留恋那个已经不复存在的社会：那个他们希望将那种"绚丽多彩的田园生活"移植于此的小镇。

五、衰败。小镇历史上的另一个关键事件就是经济繁荣期的结束，或者说衰败的到来，而这也与香蕉公司有密切关系，因为这一切都是随着香

---

① 《枯枝败叶》中文版，第39页。
② 同上，第2—3页。

蕉公司及其附属品"枯枝败叶"的离去而开始的。在小说里，马孔多的衰败恰好开始于1918年左右。上校记得他和"小狗"在"十年前"（那时是1928年）去拜访大夫的情景："那时，香蕉公司把我们压榨够了，带着当初带来的垃圾中的垃圾离开了马孔多。'枯枝败叶'——1915年的繁荣的马孔多留下的最后一点遗物——也随之而去"（第110页）[1]。我们不知道香蕉公司是如何"压榨"马孔多的，也不知道它为何要离开，只知道那种变迁把马孔多变成了一个悲惨的小镇：

> 留下的是一座衰落的村庄和四家萧条破败的商店。村里人无所事事，整日里怨天尤人。想想过去那种繁华的景象，再看看现在这种困顿的、毫无生气的痛苦生活，他们感到十分烦恼，只有大选的日子（那是个阴沉可怖的礼拜天）还算有点盼头。（第110页）[2]

这就是《伊莎贝尔在马孔多观雨时的独白》和《枯枝败叶》的故事发生时的马孔多。小说里有两次提及小镇从1918年起经历的衰败期，或者说那缓慢衰亡的十年，它们有着重要的作用。伊莎贝尔是这样说的：

> 我把脸扭向窗户……我看到我们家门前那几棵落满灰尘的凄凉的杏树。在那股无形的毁灭之风的冲击下，房子也快要默默地坍塌了。自从香蕉公司榨干了马孔多的油水以来，全镇的处境都是如此。常春藤爬进屋里，灌木丛长在街头，到处是颓垣断壁，大白天就能在卧室里看见蜥蜴。我们不再种植迷迭香和晚香玉了，好像从那以后，一切都毁了。一只无形的手把放在橱里的圣诞节用的瓷器开得粉碎，衣服

---

[1]《枯枝败叶》中文版，第118页。
[2] 同上。

也没人再穿，丢在一边喂虫子。门活动了，再也没有勤快人去修理。（第128页）①

在苦涩的回忆中，上校指明了造成这些境况的罪魁祸首：

> 十年前，在马孔多陷于破产的时候，那些希望重振家业的人，如果能够通力合作，本来满可以恢复元气。他们只需要在被香蕉公司毁掉的田野上，清除丛生的杂草，重整旗鼓再干一番。可是，"枯枝败叶"已经被训练得没了这份耐性。他们不相信过去，也不相信未来，只看得到眼皮底下，只图今朝有酒今朝醉。没过多久，我们就发现这些"枯枝败叶"已经走了，而他们一走，根本就谈不上什么重建家园。"枯枝败叶"带来了一切，又带走了一切。（第122页）②

根据他的说法，马孔多受到的所有伤害都来自香蕉公司，而其中最大的伤害是道德层面的。上校不是从政治或经济层面来看待问题的，他认为小镇出现的最大问题是在精神上。香蕉公司带来了繁荣的假象，腐化了小镇，让村里人"既不相信过去，也不相信未来"，让他们变得目光短浅、不愿努力、肆意挥霍、胡吃海喝。马孔多外在的毁灭源自内在的堕落，造成这种结果的元凶就是香蕉公司。这些就是上校在分析马孔多衰败时的主要观点。

六、内战。与香蕉公司和"枯枝败叶"一样，还有一个事件也出现在了那篇前言中，而且是个十分重要的事件，一方面是因为马孔多就是因它而建立的，另一方面那些"枯枝败叶"实际上也是由它造成的，"这是那场越来越遥远、越来越令人难以置信的内战的遗物"（第9页）③。马孔多是内

---

① 《枯枝败叶》中文版，第139页。
② 同上，第133页。
③ 同上，第1页。

战的产物。为了躲避内战带来的"厄运",包括上校在内的那批人来到了这里,在这里安顿下来。后来,在繁荣期时,由冲突而出现的"垃圾"又入侵了小镇。和其他历史事件不同,内战不是直接而是间接影响马孔多命运的,因此它在小说里出现时没那么直白清楚。梅梅的回忆,再加上其他一些回忆(中国式套盒法)的过滤,还有伊莎贝尔的回忆(第38页),我们了解到伊莎贝尔一家是因为要躲避"大战"才来到马孔多的。也就是说,这场战争是众多战争中的一场,至少还有其他战争,不过规模更小。关于那场"大战",他们还说过什么吗?在伊莎贝尔的一段回忆中她曾提到那场"大战"发生于1885年,而且还提到了一个与两个人物相关的事件:

> ……爸爸嘴里念叨着一些离奇古怪的事情,说是"八五"战争的时候,一天夜里,一位军人来到奥雷里亚诺·布恩迪亚上校的营盘,帽子和靴子上镶着用虎皮、虎牙和虎爪做的装饰。人们问他:"你是谁?"这位陌生的军人没有回答。人们再问:"你从哪儿来?"他还是不言语。人们再问:"这次打仗,你站在哪一边?"这个谁也不认识的军人依然一声不吭。传令兵抄起一根燃烧的木柴,凑到他跟前,上下打量了一会儿,才大惊失色地高声喊起来:"我的妈!是马尔伯勒公爵!"(第120页)[①]

这位奥雷里亚诺·布恩迪亚上校正是给大夫做引荐的人,他的一封推荐信就足以令伊莎贝尔的父亲让那个外来人在自己家里住上八年;毫无疑问,那人是上校非常尊敬的人。在大夫来到马孔多的1903年,奥雷里亚诺·布恩迪亚上校还是"大西洋沿岸革命军总司令",当时人在巴拿马。关于这个

[①] 《枯枝败叶》中文版,第131页。

人物还有更多的信息吗？有的：书里说他有个"弱不禁风的女儿"和"呆头呆脑的大儿子"（第57页）。这里提及内战的东西既少又模糊。

虚构社会

我们刚刚已经分析过了那个虚构世界中发生的一些历史事件，那么其中的社会结构是怎样的呢？首先确定的一点是在那个虚构社会中，"枯枝败叶"和原住民是泾渭分明的两拨人，他们甚至互相敌视。《枯枝败叶》的故事是以马孔多的"贵族"，也就是作为小镇建造者的家庭的视角进行叙述的。我们已经分析过前言中的集体叙事者把"枯枝败叶"视作外来人和闯入者。组成那个"贵族"阶层的都有哪些人呢？我们只了解其中一个家庭：上校一家。由于上校为小镇立有大功，他受到了所有人的尊敬，甚至连官员在他面前也表现得有些战战兢兢，于是我们不难揣测上校一家可以作为那个古老阶层的代表。关于他们一家我们又知道些什么呢？他们曾经过着"绚丽多彩的田园生活"，来到马孔多时已经是个富裕家庭了，这一点可以从他们跋山涉水时的状态看出，连他们骑的马身上都带着蚊帐。他们在旅途中还带了一些陪同人员：四个瓜希拉男人和一个瓜希拉女人，这个女人就是梅梅。1928年时，家里还养着"他们的"四个瓜希拉长工。我们在《伊莎贝尔在马孔多观雨时的独白》中也看到了他们的身影，他们搬动家具，用棍子击打奶牛。他们还是作为整体出现的，不过其中有两个人逐渐有了个性。一个是年纪最大的那人，我们也知道了他的名字：卡陶雷。是他把吊死的死者解了下来，也是他给棺木钉上钉子。不过我们更加近距离了解的是梅梅。她是个印第安女人，和其他四个男人一样，她也是从很早之前就在这个家里服务了，而且她也是五个人里唯一一个打破这种联系的人。不过我们还是先回过头来看看上校一家。这是一个很有势力的家庭，不仅有住宅、家具、马匹和蚊帐，还养了几个瓜希拉人。他们家很大：有三个马厩和两间客房。梅梅还记得他们往马孔多去的时候"没有经历过病痛苦难",而且上校显然从来都没有出门工作过,至少在当下,也就是1928年,他不用去工作。而他生活得却很好:家族确实没落了,这不假,上校也老了,可他们依然衣食无忧,甚至过得非常优雅体面。上校失去了他的第一任妻子,后来在马孔多又和阿黛莱达结了婚。他的这第二任妻子看上去可能来自一个更加显赫的家族。这一点从大夫抵达马孔多的那天晚上的晚宴就能看出来:"阿黛莱达那套待人接物的礼仪要比我们周到得多。结婚以后,她的社交经验也影响了我的家庭生活习惯。那个只在特殊场合才拿出来的圆雕饰也摆在桌上。餐桌上的布置、家具和饭厅里的气氛都给人一种庄严、美观和整洁的感觉。"(第57—58页)[①] 晚宴也确实十分奢华:"盘子里有牛肉和野味,虽说都是当时的家常菜,不过放在崭新的瓷盘里,又被刚擦过的枝形灯一照,那可真是五光十色,和平时大不相同了。"(第58页)[②]

很明显,上校一家位于马孔多社会金字塔的顶端:也许那里只有他们一家,但也许还有其他创建者家庭。通过他们的生活习惯等可以明显看出他们的社会地位要高于镇长、神父或大夫本人,那些人并未拥有如上校一样优越的生活条件,也没有觉得自己高人一等。大夫就很好地体现出了那另一个群体——专业人士、官员、神职人员——与位于金字塔顶端的家族之间的关系。他在上校家里住了许多年:那家人连一分钱都没有收。大夫和那家人从来就不是平等的关系。这位"专业人士"尽管曾在一个时期里干过老本行,也过上了正常的生活,可是他的社会地位依然远低于上校。不仅是因为他在财富方面比不过上校;还要考虑到上校的家庭在小镇里说一不二,有巨大的影响力。相反,大夫似乎与小镇里的神

[①] 《枯枝败叶》中文版,第58页。
[②] 同上,第59页。

205

父"小狗"的社会地位不相上下。甚至可以说和镇长的地位也差不多：从镇长和上校在大夫尸体前的对话可以看出来，上校不仅在道德层面上占上风，在社会阶层的层面上也是一样。通过这些人物——安赫尔神父、"小狗"、大夫、大夫的那些未露面的同行、镇长——我们能大致搞清楚马孔多社会的第二阶层是什么样子，它位于金字塔顶端的下方：它就是所谓的中产阶级。理发匠也可以归入这一阶层：他和大夫似乎无甚区别。另外毫无疑问的一点是，那些瓜希拉人的社会地位是在"贵族"和中等阶层之下的。

我们对那些瓜希拉人了解多少呢？他们是仆人，靠为那些显赫家族工作谋生。上校在提到他们时使用过"我的人"（第121、124页）这种说法。通过小说里的那些独白，我们可以计算出为大夫守灵的一共有三个人：上校、他的女儿和他的孙子。事实上，那些瓜希拉人也在房子里。他们也坐在那里，只不过我们感觉不到他们的存在：他们就像物品一样，和房间里的其他物品没什么区别，他们是属于上校的物品。作为人的他们在上校家庭中的地位远低于上校的家人，也低于镇长，他们甚至连人都算不上：他们只是存在着，和房梁、行军床、棺材没什么两样。我们看不到他们有什么思想。他们倒确实可以活动：把死者解下、抬动家具、抽烟，他们还有名字。我们还能对这些生活在社会最底层的人了解更多吗？瓜希拉人不想当瓜希拉人，他们去做不被允许的事情、会被社会惩罚的事情。我指的是梅梅的例子：她离开了瓜希拉人的世界，那是片浑浊的污水，她当了大夫的姘妇，某一天甚至打扮成了"贵妇"的样子去做了弥撒。她从教堂出来后，马孔多的人们带着威胁般的态度围住了她。她会被训斥或殴打吗？上校把她救了下来，把她带出了"包围圈"：这又一次证明马孔多居民十分尊敬上校。他把胳膊伸给梅梅，为她提供庇护，好让其他人打消对她不利的念头。他们想怎么惩罚梅梅呢？激怒小镇居民的并非她的姘妇或妓女（这是大夫暗示的）身份，而是因为她出现在教堂时打扮得"像贵妇……她的那套衣服足够三位夫人在复活节穿起来望弥撒"，她"穿着高跟鞋……活像一只孔雀，样子十分可笑"，并且"像华贵的夫人一样去望弥撒"（第31—32页）①。正是那种让人难以忍受的"伪装"，那副"花枝招展"的样子，激怒了其他人。他们就是因此想要惩罚梅梅的：身为瓜希拉人，她竟妄想以"贵妇"的样子出现。这一点是很重要的：它表明在马孔多，社会阶层之间是缺乏流动性的。人们想逃离自己所属的阶层实属不易，而他们所属的阶层也不会轻易放过他们。社会等级十分森严。这一点并不只是通过梅梅的事情体现出来的；在小说故事发生的那个时间段里——大概二十五年吧——我们没发现有任何人变换过阶级身份。在那半个世纪的时间里，上校一直处于社会金字塔的顶端，而"他的"那些瓜希拉人则一直位于最底层：到了1928年，情况依旧如此。似乎阶级在马孔多永远都是固定不变的。

金字塔的顶端和底部之间有怎样的联系呢？憎恶"枯枝败叶"的那家人对待家里的仆人却很和善，甚至给予他们一定程度的信任。例如梅梅就和伊莎贝尔用"你"相称，还亲昵地称呼她作"恰贝拉"，伊莎贝尔在提到梅梅时也说她"总是保持着印第安妇女那种特有的和蔼可亲的神情"。当家里人以为梅梅生病之时，大家都很着急，都想把她医好。屈尊也好，慈爱也罢，他们尽心尽力地对待她，尽管她是瓜希拉人。当她犯错——成了大夫的姘妇——时，他们的关系破裂了：梅梅被赶走了，家人们再也不见她了。这种关系可以被称作封建式的关系：瓜希拉人是家庭的一分子，他们随着那家人一起迁徙，与他们同命运。他们被那家人养着、保护着、甚至被允许和主人们保持相对亲近的关系。与此同时，他们得提供服务、清

---

① 《枯枝败叶》中文版，第29—30页。

楚自己的身份；如果他们试图摆脱自己的命运，就要受到惩罚。这些仆人们是另一个种族的人：他们被称作"印第安人"，也就是说上校及其家人是或自认为是"白人"。位于社会金字塔顶端的人不会关注那些为他们服务的人，不过有时，通过他们的某些表达可以看出，他们认为那些仆人算不得真正的人，甚至会把他们与动物相提并论，尽管那些上层人可能并没有意识到自己有这类想法。伊莎贝尔在描述卡陶雷时是这样说的："卡陶雷是个矮小结实的印第安人，他正坐在床上抽烟，听到有人叫他的名字就抬起头来，用阴郁的小眼睛寻找爸爸的脸。"（第116页）[1] 在那位小孙子看来，那四个瓜希拉人就像四只乌鸦："那几个瓜希拉人不抽烟了，排成一溜儿坐在床上，活像落在屋脊上的四只乌鸦。挎枪的人进来的时候，乌鸦们正弯着身子悄悄地交谈，其中一人站起来，朝桌子走去，顺手抄起钉子盒和锤子。"（第117页）[2] "结实""矮小""阴郁的小眼睛"，这些描述本来就与"乌鸦"的特点很像：他们不憎恶这些瓜希拉人，但是他们觉得这些人跟狗和鸟更相似，而不是跟他们一样同属于人。这样位于社会底层的人有什么生活习惯吗？在梅梅看来，就算有，也都是些坏习惯。在他也许是唯一一次打开心扉的过程中，大夫对上校说道："请原谅我这么说，不过要是您拿自己的女儿和印第安女人相比，只怕是委屈了您女儿。"（第105页）他这样说是因为梅梅看上去是个放荡的女人：她在街头卖春，肚子里的孩子很可能不是他的。为什么梅梅要那么做呢？如果逐字逐句研究大夫说的话，我们会说她那样表现并非因为她是"梅梅"，而是因为她是个"印第安女人"。认为梅梅是个印第安人，所以她是个坏女人，这可能并非大夫的本意，就像伊莎贝尔口中的卡陶雷有狗的特征一样（"结实矮小"，用"阴郁的小眼睛"看向主人）。但是他们确实在描述梅梅或卡陶雷时用了那

---

[1] 《枯枝败叶》中文版，第125页，译文有改动。
[2] 同上，第141—142页。

些说法，潜意识背叛了他们；小男孩看着仆人们、想着他们像乌鸦的例子也是一样。我们还能知道瓜希拉人对于其他小镇居民而言意味着什么别的东西，在给帕洛盖马多的孩子守灵时，伊莎贝尔和其他几个与她出自同一阶级的姑娘——赫诺维娃·加西亚、雷梅黛丝·奥罗斯科——在跟马丁说话时，每当提及某些涉及迷信的事物时，就会说：那是瓜希拉人信的东西。我们又多了一个例子，对于位于社会金字塔上层的人而言，瓜希拉人并不是像他们一样的人。潜意识也背叛了赫诺维娃·加西亚，当她听马丁说他在伊莎贝尔的相片上别了别针时，她说道："那些蠢把戏都是跟瓜希拉人学来的。"（第 77 页）一边是"正常人"，另一边是"瓜希拉人"。当马丁坚持要别上别针时，赫诺维娃又重复道："都是瓜希拉人的蠢把戏。"就这样，迷信行为仿佛成为社会底层人的专属信仰。还有另外一些人，尽管不是仆人，却和瓜希拉人一同位于社会底层：讨要蜜蜂花的讨饭女人，住在教堂旁废弃屋子里的流浪女人，也许还可以加上挨家挨户卖唱的那对双胞胎。

那么"枯枝败叶"呢？1928 年，他们离开了马孔多。不过他们还在那里时也显然不能和仆人、流浪汉混为一谈；他们是为香蕉公司工作的。我们看不到他们。没有任何一个个体脱离那个名唤"枯枝败叶"的、谜一般的身份，来到我们面前。我们不在意他们是谁、他们的生活方式是什么，我们感觉那是些遥远的事情，我们只知道对于上校所属的群体来说他们只是一群放纵无度的人，是他们让整个小镇堕落了下去。

那个虚构社会里有一个位于金字塔顶端的贵族阶层，它由小镇的建造者们组成，例如上校一家；还有一个由专业人士、匠人和官员组成的中产阶级；再就是为香蕉公司工作的无名人群；然后是由仆人、乞丐和流浪汉组成的底层阶级。

1928年的马孔多

在故事中的某个时刻，伊莎贝尔的注意力从尸体、父亲和儿子身上移开，她开始思考马孔多的事情。这次走神的结果就是给我们呈现出了一幅1928年马孔多小镇的日常风景画。我们可以近距离观察一些人物，了解一些当地发生的事情。这是那个故事中"信息性"最强的部分（第19—20页）。我们得知火车两点半到站，报纸每周送到一次（每周三），信件是靠骡子运送的，女人们在街上走动时会撑起阳伞，小镇里还有电风扇。在另一个时刻，依然是靠伊莎贝尔的讲述，我们才得知在1917年——也就是十一年前——马孔多曾经有四台缝纫机（多梅斯蒂克牌）。信息虽然缺乏，但已经足够让我们想象出那个虚构社会当时已经达到的文明程度：那是个落后的小镇，与外界联系不多，不过在某些方面却挺前卫，例如在电器方面。伊莎贝尔天马行空的思绪还为我们描述了一些女性邻居的情况；她们在故事里没有起到任何作用，只是出现，然后消失：蕾蓓卡太太、瘫痪的阿盖达、索丽达。第一位似乎是老邻居了：她住在一幢大房子里，里面有许多房间。与之相反，我们很难在社会中给那位瘫痪的邻居和索丽达找准定位，唯一确定的就是她们都不是瓜希拉人。

娱乐

那个虚构社会里的人们怎么娱乐呢？伊莎贝尔这样回忆她的男友："我是在二月间为帕洛盖马多的孩子守灵的时候认识他的。当时，我们几个姑娘唱着歌，拍着巴掌，尽情地嬉戏，这是唯一允许我们享受的娱乐活动。马孔多有一家电影院、一架公共唱机和其他娱乐场所。可是，爸爸和继母都反对我这种岁数的姑娘到那里去玩。他们说那是给'枯枝败叶'玩的地方。"（第73页）[①] 也就是说，连娱乐方式也是根据社会群体来画分的。一共

[①]《枯枝败叶》中文版，第77页。

有两种娱乐活动：一种是给"枯枝败叶"玩的，另一种才是伊莎贝尔这样出身的人应该玩的。第一种娱乐活动已经在上面的引文中被罗列出来了：电影院、公共唱机，还有"其他娱乐场所"。说到"其他娱乐场所"，毫无疑问，上校只要想起"枯枝败叶"放纵挥霍、焚烧纸币的样子，就会禁止家人前往，正是那些人的这类作为使这个"有包容心的"小镇里又生出一个小镇来，这些都在群体叙事的前言中告诉我们了。"枯枝败叶"也会去妓院和酒吧找乐子。因此原住民看上去是不会接近那些地方的。那么像伊莎贝尔这样的年轻人如何娱乐呢？她本人说出了答案：他们"唯一"被允许做的就是守灵。我们在另一个片段中可以看到伊莎贝尔、赫诺维娃·加西亚和雷梅黛丝·奥罗斯科在为帕洛盖马多的孩子守灵时是十分开心的：她们唱歌、聊八卦、和马丁开玩笑。另一种娱乐方式就是婚礼，至少在伊莎贝尔的例子中是这样。我们不了解瓜希拉人是怎样取乐的，也不知道他们是否也会放松娱乐。很可能他们会，只不过给我们讲述故事的叙事者们没在意罢了。我们是通过某个透镜来了解马孔多的，这个透镜就是上校、他的女儿以及他的外孙。在到达读者这里之前，叙事材料中隐含的信息先要经过戴着有色眼镜的过滤器的过滤——我指的是那个传统家庭。他们看待现实的视野与一个具体的群体一致，不过跟虚构社会中其他一些群体也有差异。在阅读小说的时候，我们一直接收的都是带有个人主观偏见的信息。

习俗

马孔多有什么习俗呢？有一场描写细致的守灵：就是给帕洛盖马多的孩子做的那次守灵。我们已经提到过姑娘们在守灵时拍掌唱歌。这种事情不仅出现在这场守灵里；伊莎贝尔回忆说在二月的一个清爽的夜晚，全镇人"都听见了女人们在为孩子们守灵时唱歌的声音"(第74页)。死去的男孩还被以一种特殊的方式打扮了一番。姑娘们看到他"躺在一口小棺材里，脸上涂了一层米磨的粉，嘴上有一朵玫瑰花，眼睛用细小的木棒撑开"(第75页)①。守灵时还能喝到咖啡。前来帮忙的人都很开心，伊莎贝尔更是找到了爱人。守灵也有助于择偶。有一场为成年人的守灵活动，死者是大夫。那场守灵自然是与众不同的，但也是在那时发生了一件有趣的事：上校把死者拥有的所有东西都塞进了棺材，想要把它们一起下葬。这也是马孔多的习俗吗，还是说这是个特例呢？我们会在故事的下一章知晓答案。还有个关于死亡的细节：伊莎贝尔的母亲是穿着婚纱下葬的。

那么婚恋方面的习俗呢？我们了解了一种"贵族式"婚恋：马丁和伊莎贝尔。我们看着他们暧昧、恋爱、步入婚姻殿堂。这一过程最突出的特点是什么呢？——精确性。伊莎贝尔在这一过程中并未主动出击。两人是在守灵现场偶然相识的，但是自从马丁初次造访伊莎贝尔家开始，他更多是和伊莎贝尔的父母交涉他们婚姻的事情，而不是和伊莎贝尔本人沟通。那个传统家庭把这些年轻人分隔开了。哪怕是在婚礼前一天伊莎贝尔的父母请马丁吃午饭时，阿黛莱达也依然刻意让自己的女儿无论在餐厅还是在客厅里都和马丁相隔三把椅子，她不想让女儿和马丁有交谈的机会。两个订了婚的年轻人从来无法单独见面，甚至连交流也不行。他们用"您"称呼彼此，直到新婚之夜，马丁才第一次用"你"称呼伊莎贝尔。上校接受了这个年轻人，选定了婚礼日期，又将之提前。而他做这些决定时从未征询女儿的意见。这些情况表明了女性在那个虚构社会中的地位，性别平等是不存在的。除了社会阶层的分级，等级观念还存在于另一些情况中：女性的地位永远低于男性，父母可以决定孩子们的命运。

恋爱期可以持续多久？马丁和伊莎贝尔相恋了一年。在这段时间里，伊莎贝尔"从未和他单独相处过"(第88页)，因此结婚后，丈夫对她来说

---

① 《枯枝败叶》中文版，第79页。

还只是个陌生人，他们之间"连最表面化的友谊都不存在"（第89页）。婚礼是在教堂里举行的（小镇上似乎只存在宗教婚姻），男人们"穿着毛料衣服"，女人们"戴着帽子"。爱情对于伊莎贝尔和马丁这样的人来说是种很特别的东西：制度、家庭决定、仪式，无一不在干涉着他们的爱情。很难想象伊莎贝尔和马丁有过婚前性行为。那么赫诺维娃·加西亚呢？她曾经和一个杂耍艺人私奔，后来带着六个孩子回来了，可是她并没有遭到社会的压力。她和其他姑娘之间依然保持着友谊，我们没在伊莎贝尔那里发现一丁点责备赫诺维娃的所作所为的迹象。也许是因为她是在小镇外面做的那些事情，又也许是因为时间已经过去很久了。不过还是应当强调梅梅在成为大夫的姘妇后遭到了严厉的惩罚，大夫和她的社会阶层差别太大了，就像那个杂耍艺人和赫诺维娃一样。社会压力似乎并不是针对违背道德这种抽象概念而发作的，它针对的是那些属于社会群体的人。

信仰

　　小镇居民的宗教信仰是怎样的呢？信仰与社会体系间的关系又是怎样的呢？天主教是官方宗教，与小镇的既有秩序联系密切：这一点只需要看看神父在马孔多的职责就清楚了，先是安赫尔神父，然后是"小狗"。社交生活中也到处都是天主教仪式的影子：婚姻也好，葬礼也罢。个体是如何进行宗教活动的呢？最好的例子就是阿黛莱达。她无时无刻不在注意着要把自己的宗教信仰和马孔多存在的其他形式的信仰划清界限。迷信活动让她不安，甚至是苦涩，她有次在心里想着自己的祷告是无用的，因为迷信活动深深扎根到了小镇的灵魂里："只要那个女人依然每周二都来讨蜜蜂花，我的祷告就是无用的。"（第119页）这是唯一一个对自己的信仰有着清醒认识的角色。在其他角色那里，宗教信仰和迷信活动很多时候都是可以共存的，天主教在马孔多表现出的社会性要比宗教性更强：宗教仪式也进行得很表面化、形式化。"小狗"虽然是神父,却生了孩子,这个行为竟也没有为他招来批评,反而让他更受人们爱戴了。"他是个正直的人。"上校曾这样评价他。马丁是在教堂里结婚的,但也总是在说些迷信的东西。也许他是在开玩笑,不过每次他在小说里出场的时候,都会说些与巫术相关的事情。

马孔多人的迷信活动是什么呢?我们来看看马丁提到的那些:他说他要在伊莎贝尔的相片上别上别针,等到它们掉下来的时候,伊莎贝尔就会爱上他;他说他从咖啡里读出了伊莎贝尔的命运;他让伊莎贝尔数七颗星星,这样就可以梦到他。不过姑且让我们把目光向下移到社会底层去:住在废弃房屋中的那个流浪女人在门前挂了"面包和一束芦荟"(第45页),想要以此招来好运,伊莎贝尔想要搬到大夫之前住的那个房间时,首先想到的也是要挂一束芦荟到门框上(第73页)。就这样,这个特殊的迷信信仰弥漫在社会各个阶层之中。女仆阿达认为"茉莉是一种夜间会出来游荡的花"(第66页),幽灵甚至可以寄居其中。肉体消失后,灵魂就会借助坟墓周围的茉莉花"出来走动"。阿达还相信鸟有预知能力:"石鸻鸟叫是因为嗅到了死亡的味道。"(第132页)在原住民中,许多人觉得迷信不是什么好东西,可是仍会按照信仰行事。赫诺维娃·加西亚就在给帕洛盖马多的孩子守灵的那天晚上反复表示迷信都是"蠢事""谎言""无稽之谈"。可是同一天晚上,在和马丁告别时,她又表现得像个真正的女巫:"咿呀娘娘腔!这件四个纽扣的外套非得烂在他身上不可。"(第77页)① 这种边缘化的信仰流传极广,也许更甚于天主教。不是社会层面的:因为天主教依然居于统治地位,任何其他信仰都难以动摇它的地位。但是在日常生活中,迷信活动会时常抬头。小男孩相信厨房里住着个鬼魂,还说那个"死者每天晚上都会戴着帽子坐在熄灭的炉火前观察灰烬"(第53页)。阿达否认那个

---

① 《枯枝败叶》中文版,第81页,译文有改动。

鬼魂的"存在"。就这样，迷信活动组成了一种相对的现实，在马孔多居民的信仰体系中具有非同寻常的意义。是否每个社会群体都有自己的边缘化信仰呢？所谓的迹象实际上都很模糊；马丁提到的巫术再没其他任何人提到过，只有赫诺维娃说出了"咿呀娘娘腔"这样类似咒语的话。不过，在门前挂一束芦荟来招好运的信仰，却是社会上层和底层人都有的。

官方信仰和边缘信仰在马孔多的存在状态如何呢？二者基本上可以和平共存，没有遭遇太大阻碍，尽管有时会有冲突，例如理发匠的女儿和妖精的故事（第80—81页）。那个女孩在一整年的时间里都"中了邪祟……听说是有个妖精——一个无形的男人——缠着她。那个妖精大把大把地往她的饭碗里撒黄土，搅浑水缸里的水，把理发馆的镜子弄得照不见人，还动手打她，打得她鼻青脸肿的"①。教会干预此事，"小狗"出场来终结这一丑闻，但是失败了："'小狗'白费了不少力气，用圣带抽她给她驱邪，用圣水圣物给她治病，还给她念咒。"②理发匠于是决定把女儿嫁给那个妖精，结婚仪式与伊莎贝尔和马丁的婚礼大不相同："……把中了邪的姑娘关在屋里，往地上撒上一把一把的米，让她和冥冥中的求婚者共度了一个冷寂、阴森的蜜月。过后，甚至连马孔多的男人们也说理发匠的姑娘怀孕了。"③ 尽管从体系上来说，迷信无法与宗教相比——那对"迷信产物般的夫妻"是个例外，但在某些人的信仰和幻想中，迷信有时确实可以击垮天主教。阿黛莱达是唯一坚信那一切都是演戏、目的是掩饰理发匠女儿不守妇道的事实的人，她认为是一个有血有肉的男人让那位姑娘怀孕的（第83、119页）。要是没有这种解释的话，在那个虚构现实中出现的"超自然"因素就会变成真实发生的事情了，它们就会独立于人类的主观认识之外而存在：《枯枝败叶》里的世界就真的成了纯虚构的世界。多亏有了阿黛莱达的解

---

① 《枯枝败叶》中文版，第85—86页。
② 同上，第86页。
③ 同上，译文有改动。

释，侵扰马孔多女性的妖精们才不再是客观存在的生物，而是虚构现实中主观层面的因素：它只存在于人们的信仰和/或幻想之中。这也就使得整个故事的叙事视角理智而符合逻辑（只要我们接受阿黛莱达的解释），而且使得虚构现实中不同层次间的关系与真实现实中类似的关系保持一致：幻想之物不是独立存在的，它只是客观现实的另一种维度，是人们在主观思维中创造出来的，他们也可以在想象中滋养或杀死它。在这个故事里还有另一个有趣的信息，也是整个故事中唯一一个现实色彩存疑的因素。上校说："甚至连马孔多的男人们也说理发匠的姑娘怀孕了。""甚至"，也就是说，女人迷信比男人迷信更容易让人接受。这又是在社会阶级之外存在着另一种等级秩序的体现，在那个虚构世界中，它把男人和女人泾渭分明地区分了开来。

政治

　　从政治层面来看，我们所知不多，这倒不是因为那个社会里没有政治活动，而是因为故事叙述者的视角。上校很厌恶政治。我们知道之前曾经发生过一场战争，但是不知道它爆发的原因是什么，参战的都是些什么人，也不知道其中的利益和意识形态冲突是什么。上校是以事件为线索回忆那场战争的：马尔伯勒公爵的现身、"小狗"在十八岁时当过上校，等等。至于当下，政治也是谜一样的东西。我们对官方人员印象很糟：镇长醉醺醺的，而且怯懦贪财。我不想让上校等人埋葬大夫，倒不是因为与他的职责相关，而是因为害怕触怒镇子里的居民。可是后来他为了钱改变了态度。官员行事没有原则，考虑的是私人便利：他可以被威吓或收买。这又一次证明政治的污浊。上校还记得"1918年底的那个时候，临近大选，政府认为必须使选民保持精神振奋、情绪激昂"（第110页）[①]。为了达到目的，他

[①]《枯枝败叶》中文版，第118—119页。

们策划了一次事件：命人闯入大夫家，还进行了一番搜查。上校认为，如果当时"小狗"没有伸出援手，"他们很可能把大夫拖走，毒打一顿，然后借口政府办事讲究干脆利落，让他成为殒命在广场上的又一个牺牲品"（第111页）[1]。"又一个牺牲品"证明政府滥用权力甚至犯下罪行是常有的事，尤其是在临近选举的时候。除了腐败之外，政治也意味着暴力。官员用这种方式来创造出一种特定的氛围。目的是什么呢？也不清楚，因为对于上校来说，政治本就是不清不楚的。《枯枝败叶》中提到选举时，曾说那是个"昏暗的星期天选举日""血腥的星期天选举日"。那个星期天到底发生了什么呢？我们很难把这个问题搞清楚，因为尽管书中多次提及那件事，却总是阴暗难辨，唯一确定的是大夫拒绝治疗那些在选举日受伤的伤者。他们是怎么受伤的呢，发生了帮派争斗、政治镇压、意外事故，还是醉酒之后的暴力冲突？不过总而言之，政府是唯恐天下不乱的一方，政府下令给小镇送去"四大瓮烧酒"（第123页）。他们是想让小镇居民喝醉后给他们的人投票，还是想让大家都因为醉酒而投不成票呢？我们搞不清楚答案。唯一清楚的是那些选举——从贵族叙事者的角度看来——变成了流血闹剧，政治既粗俗又野蛮。执政的人根本不考虑什么公平正义。选举活动对他们来说与理想和政见无关，有关的是利益，例如镇长就是如此，某些平常人看不到的官员组成的团体或党派在选举时挑动民众情绪、闯入大夫家、灌醉小镇居民，从而达到隐秘的目的。为什么那些官员都如此自私、邪恶呢？他们是靠民众的愚蠢迟钝上台的吗，还是说民众集体也本就是邪恶的呢？

小镇看上去还是尊重"有能力"的人的：我们能看得出那里唯一一个有些许领袖气质的人就是"小狗"。为什么说他在这方面比其他人强呢？不是因为他是上帝的使者，而是因为他的前任安赫尔神父完全没能在马孔多

---

[1] 《枯枝败叶》中文版，译文有改动。

担当灵魂导师的角色。"小狗"能够在小镇成为"道德权威"是因为他坚毅的品格：这是上校告诉伊莎贝尔的话。根据他们的看法，真正的领导力来自"能力"，坚毅果决的性格也包括在内。这些品质可以让人们尊重你，并且接受和听从你的指引，而实际上的政治权威并不具有这种"能力"。必须再强调一遍，有这种看法的人并非来自瓜希拉人家庭或中产阶级家庭，而是来自位于马孔多社会金字塔顶端的家庭。

在那个虚构社会中，政治活动与意识形态关联不大。对社会的组织形式持不同看法的政党之间并无激烈的思想交锋，连拥有明确指导思想和行动纲领的单一政党制度也并不存在。政治活动只是一出乡村喜剧，只是几个人靠摧毁属于其他团体的人来谋取自身利益的把戏。只需要把马孔多的价值体系和发生在那座小镇的政治活动联系起来就能明白了。那么，善与恶的概念在那个虚构现实中到底是怎样的呢？在那个社会中，"人"的概念又是怎样的呢？

理想主义

在权威与"贵族"，即镇长与上校正面交锋的情节中（第33页），我们看到的不仅是两个个体之间的争斗，也可能是两个群体间的碰撞，更是两种道德观的交锋。慷慨、人性化、"道德"的观念隐含在上校埋葬大夫的执念中。镇长的态度显得有些小家子气、非人性化、"不道德"。那么好了：政府权威想要推行不公正的举措（让大夫曝尸荒野）正是全镇居民意愿的体现。镇长获得了全社会的一致拥护，而且不止于此，马孔多的居民还强制要求他表现出负面态度。当然了，"那里的价值观并不取决于集体的意志和想法"。只有一个坚定的个体决心要做正确的事，他用自己的态度和信念突出了整个社会的不公与邪恶。

那是一个个人主义的世界。一个孤独的人在某个时刻能够代表最人性化的东西，而其他所有人代表的则是非人性化的东西。如何区分它们呢？可以联系上故事之外的、存在于那个社会边缘的某些价值。可能这并不取决于集体的态度、信仰或感情。这个事件就是个例子：政府、教堂和小镇都在道德上犯了错，只有上校在寻求正义。为什么呢？因为他的行事准则和其他人是不一样的，而他的那一套逻辑也指导不了其他人的行动。存在于社会情感和需求之外的许多价值观——善良、正义、共情——是永恒的，理应被每个人接受并转化为行动。这个概念不只是个人主义的，还是理想主义的。这些价值观不被历史活动左右：它们存在于时间之外，是纯粹又抽象的，远离困扰人世的种种不幸。它们是永恒不变的，人们的感觉和行为影响不到它们。如何当一个好人，如何公正地处理私人问题——这些行动应当被那种非历史、抽象、不变的价值观指引，人们需要把它们转化成行动。

宿命论

这种理想主义、个人主义的价值观完美地契合了《枯枝败叶》的叙述者们深刻的宿命论观。就大夫身上发生的事、上校一家的命运和马孔多的历史来看，伊莎贝尔和她的父亲面对这些的态度一直是一样的：事情只能这样发生，它们是早就注定的，是人力无法避免的。伊莎贝尔曾经说道："这场报应早在我出生之前就已经命中注定了，只不过一直秘而不宣，直到我快满三十周岁的这个该死的闰年。"（第21页）[1] 上校则说："至于后来的事情，就远非人力所能及了，好似年鉴中的天气预报一样，是注定要发生的。"（第99页）[2] 在另一个时刻他还说道："但其实，我也知道，对事态的发展我是无能为力的。家里的事并不听从我的指挥，而是听从另一种神秘

---

[1] 《枯枝败叶》中文版，第16页。
[2] 同上，第106页。

力量的安排。这种力量左右着我们生活的进程，而我们自己不过是无足轻重的被驯服的工具而已。似乎一切事情，都无非是在自然而然、一环扣一环地实现某种预言罢了。"（第99页）① 还有一次他说："还在大夫离开我们家的时候，我就认为，我们的行动是受一个至高无上的意志支配的。无论是竭尽全力地抗争，还是像阿黛莱达那样除了祈祷什么也不干，我们都没法抗拒这个至高无上的旨意。"（第121页）② 这种宿命论既影响特殊个体的命运，也影响马孔多小镇的命运。对于上校而言，无论是个人经历还是历史事件都受到一种"神秘力量"的支配，是它决定了"生活的进程"，而人们只不过是"无足轻重的被驯服的工具"。还有一次，上校想到了一种"把马孔多引向毁灭的听天由命的气氛"（第122页）③。这种宿命论的想法也影响了前言中的那些原住民群体的声音，在他们口中，香蕉公司和"枯枝败叶"把邪恶带到马孔多来，就像旋风一样。换句话说，那是不可避免的事情：很显然持这种观点的不仅是上校和他的女儿，他们所属的整个社会阶层都是这样认为的。

上校之所以轻视政治、认为历史只不过是一场场事件的集合，其中的原因现在就清楚了。就像伊莎贝尔说的那样，历史早已被"写好了"，人们是没办法创造历史的，他们只能像戏剧人物一样把历史演绎出来。人们的生活也不由自己掌握，他们只不过是在实践它、让它成型罢了。政治活动同样不能改变小镇早已注定的命运，那只是一种"苦涩的宿命之物"，而正是它写成了历史。这样一来，马孔多人在提到香蕉公司和"枯枝败叶"时把他们比作自然灾害也就可以理解了。从这种宿命论的观点出发，历史就像自然界一样，是由一系列"现象"构成的，而且这些历史"现象"也同样难以控制、不可改变。就像暴风雨一样，历史事件突然发生了，然后决

---

① 《枯枝败叶》中文版，第107页。
② 同上，第132页。
③ 同上。

定了小镇居民的命运：而他们没有任何办法能够抵挡它。连上帝也改变不了已经写成的历史。伊莎贝尔看着她的儿子，在他的脸上看到了他爸爸的模样："我祈求上帝保佑他成为一个有血有肉的人，一个和普通人一样有体积、有重量、有肤色的人，但这毫无用处。只要他的血液里有他爸爸的细胞，一切都是枉费心机。"（第114页）[①] 我们已经提过，上校也认为反抗那种"至高无上的意志"是不可能的，因此他觉得阿黛莱达"除了祈祷什么也不干"的行为也是毫无意义的。

命运先于个体而存在，生活只是那已被永恒地决定了的事物的外在表现。这可以说是个人主义、理想主义、宿命论，但其实最基础的概念应该还是本质主义。人类的本质先于其存在而出现，后天的活动更是完全无法改变其本质特点。个体和集体的命运和历史只不过是那种永恒不变的"本质"的单纯反映罢了。人的意志无法改变不祥的厄运，因为它们早在人们诞生之前就已注定。如果说个体和集体的存在只不过是让那种人类无法对抗的本质变得实体化，那么合理的结果就是人们面对命运时的悲观情绪。个人主义也是一样：每个存在都表达着一种难以改变的本质，一种唯一的命运，因此每个人都是一座无法被摧毁的孤岛。从这个概念出发，政治也就变成了无足轻重的东西，它只不过是一小撮人在完成自己的使命，推动集体的历史发展罢了。这种看待世间万物的视角否认人和村镇要为自己的命运负责，它实际上也就否定了自由的概念，同时也揭示了小说中的人物为何轻视政治，又为何没人甘愿主动涉足这一领域。

同样得到解释的还有个体和社会团体有意识进行的反叛行为的缺失。书中出现的反叛精神是很特殊的：它并非是一种希图改变个体或集体命运的意愿（因为这些是不能改变的），而是一种悲剧性的姿态。梅梅的反抗就是一例，她想把自己装扮成贵妇的样子。她的勇敢行为表现出的却是理智

[①]《枯枝败叶》中文版，第123页。

的丧失——她那样做不是为了抗拒既有的社会结构，恰恰相反，那是一种由绝望中生出的屈从行为。它恰恰证明了既有的社会结构的强大。她希望自己能"站起来"，由"下等"阶级进入"上等"阶级：还有什么比梅梅的行为更能证明"贵妇"要比瓜希拉女人尊贵呢？比起成为梅梅来，她更想成为贵妇，这不恰恰是那群贵妇的想法吗？梅梅的反叛行为没有对抗既有秩序，反而支撑了它、证明了它所倡导的价值（或者非价值）在那个虚构社会里是多么的根深蒂固，而她本人正是这种现象的受害者之一。

在那个无耻的封建社会中，反叛难以带来变革。在马孔多的那种社会结构中，人们无法进入某个阶级，他们只能生来就属于某个阶级；不过除了把它放置到那个社会金字塔中，阶级的概念本身也是无意义的。人们不会感觉自己属于某个社会集体，他们更觉得自己是一个个体。把这些人和那些人区分开来的不是他们的阶层，而是先于这一切存在的不可改变的东西：那种不可简化的本质。

奇怪异常之物

从这一点出发，我们就可以更好地理解小说的叙事者们为何始终都在强调那些可以把某个个体和其他个体区分开来的东西。在那个虚构社会里，占主导地位的是奇怪和异常之物。几乎所有的人物身上都有某种与众不同的东西：这是虚构现实中的另一种"补充因素"。在真实现实中属于"边缘化"的东西，在《枯枝败叶》的世界里（叙事者们可以营造出的世界）有了集体特点，成了普通平常的东西。那个虚构故事中的所有人，或者说几乎所有人，在某种程度上都是"边缘化"的：他们都是普普通通的人，都想变得不普通。在虚构现实中最常见的就是脱离普通人行列的努力。所有人都会做些不一样的事情，或者都有和其他人不同的特点。那些特点是行动、服饰还是外貌特征都并不重要，重要的是可以通过其与众不同的特点来展现个性和特殊的本质。这也是使虚构世界变得五彩缤纷的原因：那是一个充满奇怪之物的地方，一个充满意外事件的社会。大夫就像骡子一样吃草，还把自己关起来。曾在十七岁时担任上校的"小狗"在小时候喜欢抓鸟，后来却成了有孩子的神父，还在布道时把神学内容和《布里斯托年鉴》的天气预报内容混在一起。在虚构社会中，怪异之处就是对个体进行本体学式评价的依据：只有与众不同的人才能成为人物。怪异之处更好地体现了人的特点：他的不可更改的本质是怎样的。不需要做太多解释，它本身就是对人物特性的最好解释。因此，只需要看看那身奇异的老虎装扮，大家就知道来人是马尔伯勒公爵，根本无须过多解释。他的怪异之处定义了他，他本来就是与众不同的。

  马孔多这种定义个体的方式——或者更准确地说，是那些给我们讲述马孔多故事的人来定义个体的方式，即上校和他的家人以及他的那些老邻居，充斥于整个叙事结构之中。每个人物都有足以将他与其他人区分开来的特点。在这个社会里，表现人物特征的已经不再是一系列的活动，而是那些不变的本质：所以叙事者描述他们的话语也是不变的。每个人物都是通过同样的文体学模式展现在读者面前的，因为每一个马孔多人的最大特点就是重复。他们没有变化，因为马孔多人是永远不会改变的。因此，每当大夫现身时，用来描述他特点的辞藻总是固定的：用"狗一样的眼神"看东西（第 21、23、41、42、61 页），"吃草"（第 21、59、82 页），有着"坚毅的黄色眼睛"（第 26、50、69、123、126 页），说话的腔调"如反刍动物一样平静"（第 59、93、101、102、112 页）。这四种特点在他每次出现在故事中时都会被提及，它们揭示了他的不同之处、他的永久不变的特征。除了混杂有宗教和大气预报内容的布道词（这一点也一直被重复），他还长着一张"牛脸"（第 46、47、124 页）。马丁呢？他总是笼罩在一股不真实的氛围中，尤其是那件"四个纽扣的外套"（第 88、98、115、116 页）。蕾蓓卡太太的特点是懒惰，在一台电风扇前一动不动，还总喜欢把事情往鬼神身上扯："这些都与魔鬼有关"（第 19 页），"那位小姐是个妖精"（第 21 页），"马孔多的周三可是个用来埋葬魔鬼的好日子"（第 62 页）。

这种用来刻画人物特点的方式并不肤浅：它还表现出了叙事者对那些人物的理解。我们在此处又看到了主题（本质）和形式（不断的重复）的完美契合。针对每个角色的形象或形容词的反复使用在形式上表现了上校及其家人眼中的马孔多人的特点：永远的重复。

环形时间

在这个一切皆不变的世界里——个体不变、阶级不变、人物关系也不变——是不存在自由的，也不存在转换的过程。一切都守旧不变：二十五年后的大夫依然有着"狗的眼神"，依然"吃草"，也依然有"反刍动物一样平静"的腔调，三年后的马丁依旧穿着那身"有四个纽扣的外套"。如何理解这个现实中的时间概念呢？那里的时间是环形结构的：每一分钟都包含着另外许多分钟，结局隐藏在开头中，反之亦然。上校就是这样感觉的：马孔多的最终命运在村庄建立之初已经被写成了。从社会或个体的视角来看，那里的时间既没有后退也没有前进，而是在不停地画着圆圈。小说的结构也反映了这种环形时间的概念。《枯枝败叶》的故事缺乏推进力：故事中的时间就像个风车，只是在原地打转。有一种环形时间让人感觉是静止的，在那种时间里，现在（三个人物，静静地围在尸体周围）和过去（所有先于那一场景之前发生的事件）混杂在一起，过去并没有明确地先于当下出现，二者和谐共存着，是自我生成的。《枯枝败叶》的开头和结尾都是静态的。故事就在一切就要动起来的时刻停止了：放着死者的棺材马上就要离开他自杀的那个房子了。这种静止正是与人物和历史的本质主义视角相契合的。

死亡与独白

这也向我们解释了为何死亡与自我封闭的主题能在这部小说中占据如此重要的地位。死亡是一种持续的存在，这不仅是因为叙事者发表独白的地方是一具尸体的旁边，此外还有那些充满欢歌笑语的守灵活动：给帕洛盖马多的孩子做的那次守灵、给伊莎贝尔的妈妈下葬、伊莎贝尔穿上婚纱时联想到的死亡。为什么那里的人总是在为死亡烦心呢？因为死亡比其他任何事物都能更好地展现马孔多的生活：静止的生活，以及人们永恒不变的本质。换句话说，哪怕生活代表着本质，那种生活也一定不是动态的：马孔多最本质的东西不是通过外在之物表现出来的。人类的行动也只不过是某种天性、某种无情的状态、某种定数的反映。所以难怪，这个世界被用这样的一种叙事——独白——来描述，它的目标不是展现动态，而是展现静态，不是外在生活，而是内在生命。那些安静的人物也有跳跃的、共时的、自发生成的想法，但都被他们埋在心底了，他们彼此之间没有交流，这正是马孔多生活的特点：无数个体和本质和谐共存。有时候作者会打破他自己定下的法则——静态、私密——有的人物会从自己的内心中走出来，开始"讲述"和描绘外部世界，这会让我们有种与小说整体氛围不符的感觉。他们不应该从内部世界走出来，一旦他们这样做了，故事的说服力就下降了。当他们放弃内心世界，转而描述外部世界的时候，他们就变成了另一个人。不过那些努力也都是徒劳的。在马孔多，没人能逃离自身——他们是自己的本质的囚徒，每个人都仿佛被自己绑架了。

一个象征性主题

现在我们已经能够更好地理解《枯枝败叶》的故事了。故事中的核心事件恰恰与藏匿或封闭有关。大夫就像萨特的《阿尔托纳的隐居者》中的那位英雄人物一样，把自己关了起来。上校认为大夫受到小镇居民憎恨是从他拒绝在选举之夜医治伤者开始的。也许上校是在撒谎。小镇居民对大夫的那种憎恨之情的源头可能并不在那个遥远的事件上，而在于某件更深入地影响了生活在那里的人的某个事件上。大夫用自己的行动明白无误地指出了小镇居民的习性和命运。也就是说，那种他们注定被封闭起来的命运，那种奴隶的习性。那是一种来自不祥本质的囚徒般的生活方式，它驱使着小镇居民过着没有变化的生活，也许他们憎恨大夫的原因正是因为他们在大夫身上看到了自己的影子。因为大夫成为他们所有人的代表，他用行动把他们的命运展示了出来：大夫是最忠实反映马孔多人生存状态的角色。小镇居民在那个充满不同本质的世界中的生活是闭塞的、安静的、孤独的：所有这些都通过大夫的自我禁闭表现了出来，这正是马孔多居民所憎恶的东西。大夫的态度让他们觉察到了那种生活是没有出路的，他们生活的世界四周都是永恒存在的墙壁。他们憎恨大夫到了极致，首先想杀掉他，后来又想让他曝尸荒野，（尽管）叙事者想要掩人耳目，可是马孔多居民的做法仍暴露了一切。他们想让别人相信那种憎恨是源自某个阴暗而遥远的选举事件，毕竟马孔多人并不都像上校那般豁达，他们不愿意接受那种宿命论的观点。小镇居民对待大夫的态度恰恰证明了并非所有的存在都能与其本质轻易融合。要注意在以那种永恒不变的人物状态为背景的前提下，上校是很幸运地位于金字塔顶端的人，是马孔多创始家庭之一的掌事人，是高人一等的人；他不是瓜希拉人，而是最尊贵、获得既得利益最多的人。他很幸运，在一切都无法改变、人们不能奢求他物的情况下，上校和他所属的那个群体中的人并不会遭受多么大的损失。相反，他们位于马孔多社会阶层的顶端（道德和文化方面也是如此）。如此一来，他能够坦然坚定地表达自己悲观的想法也就说得通了。

　　针对大夫的群体性愤怒使人能够隐约感觉到在马孔多存在着的某种无声的、盲目的、无意识的反叛情绪。那些憎恨代表他们的生存状况的活的象征的人，显然不顺从于既有的、严格的社会生活结构，也没有完全接受上校等人预言的那种厄运般的、永恒不变的命运。对大夫的憎恨就意味着对马孔多人生活的世界及其存在理念的本能的抗拒。小说并没有解释大夫为何会做出那些举动。为什么他要把自己关起来呢？我们永远无法知晓答案。可以猜测他是在赎罪，可哪怕如此我们也不知道那个罪过到底是什么。也许连大夫本人也不知道。那种模糊感（一种省略式的隐藏材料）使得我们可以把他自我封闭的做法视作对那个封建社会的生活以及从本质主义的角度来看死气沉沉的氛围的悲剧性象征。大夫的决定没有合理的来由：看上去没有任何意义，只是出自某种奇怪的自我驱动力。远离那片虚构现实的我们对它有着更为全面的了解，因而我们才能揣测大夫的那种极端做法象征的是整个社会的命运以及马孔多人抽象的存在方式。至于上校以及他身边的人口中的大夫、他与镇民的关系，我们完全不必全部接受。可能他们相信自己说的话，但同时那种解读也是对他们有利的：上校代表着价值，而憎恨大夫的小镇居民则代表着非价值。事实真的是这样吗？小镇居民对大夫表现出的那种敌意——隐藏的、本能的、模糊的——可能并没有那么愚蠢和邪恶，可能他们真正敌视的是马孔多的生活方式。上校和他身边的人给出的版本更像对他们自己的评判。在整个故事中始终存在着对立的两方：上校一方和镇民一方。上校和他的女儿说（或者认为）那种对立是由他们要埋葬大夫的行为引起的，上校代表慷慨、坚定、道德的一方，而镇民则代表小气、不公和非人道。事情可能并不是这样简单明了；也许所有这一切都只不过是叙事者们为了掩盖真正的问题而编织出的假象。可能上校与镇民之间最大的分歧并非是在那具他想埋葬而镇民想把它丢在野外的尸体上面，而是在那具尸体在许多年里、在众目睽睽之下所代表的一种生活方式和理念上。也许那才是马孔多人在之前如此憎恨大夫、现在又憎恶上校的原因（可能他们并没有意识到这一点）。

叙事结构

　　这部小说的结构是怎样的呢？我习惯把故事信息呈现的顺序和组成故事主干的不同要素的排布情况称为"叙事结构"。组织叙事材料的小说技巧无穷无尽，但概括起来有四种主要的叙事策略：连通器法、中国式套盒、变化或质的飞跃以及隐藏材料法。每个作家都会根据自身的需求来使用这些策略的变体，或结合使用它们，因此这些组织叙事材料的方法在每部小说中所呈现出的特点都不一样。不过和人们的一般认识不同，在历史演变过程中，小说结构始终保持着令人惊异的连续性，它严格忠实于上述四种叙事策略。小说形式上的变革一直都是对上述四种布局叙事材料的体系中未被人发现的一种或几种新用法的发掘。在接下来的研究中，我们将会定义所有这四种叙事策略，目的是分析加西亚·马尔克斯是如何具体使用它们的。必须补充强调的一点是：没有任何一部小说是排外式地使用这些策略的；只不过可能其中某种策略会占主导地位，而其他几种策略起辅助作用。

隐藏材料法

　　在《枯枝败叶》描绘的现实中，行动是居于次要地位的。行动就像镜子反映人的长相那样揭示马孔多生活的实质。内部现实要比外部现实更重要：那是一部写氛围的小说。加西亚·马尔克斯用了很多方法来描写特殊的气候，因为气候是突出虚构世界自然环境的利器。那是一种紧张、阴暗、有威胁、悲观主义的环境，时间是断裂的，生活被严格限制住了，这些都要归功于作者对隐藏材料法的使用。这种技巧的诀窍就在于"用省略或具有象征意义的省略来叙事，把故事时间或某些材料隐去不谈，其作用是让那些材料更有质感和力量"[172]。那种事先构思好的空白在暗示读者，那些无声之处也是在言语，那些删减模糊了其他的故事情节，也设置了谜团，放下了诱饵，强迫读者参与叙事，将那些具有象征意义的空白填满。读者们补充、猜测、创造，成为叙事者积极的同谋。这种技巧主要有两种使用方式：省略式隐藏材料法和倒置式隐藏材料法。在运用第一种方式时，材料会被完全从故事中抹去。在运用第二种方式时，材料先是被隐藏起来，却只是被暂时悬置，被从它本应该在的地方挖走了，但是在之后又会被揭示出来，目的是让这种揭示可以从根本上改变故事的走向[173]。省略式隐藏材料法和倒置式隐藏材料法让叙事材料鲜活了起来，也赋予了《枯枝败叶》描绘出的那种现实以更大的说服力。正是借助设置短暂或完整的沉默，作者才逐渐创造出马孔多那非同寻常的环境。

省略

　　有的角色的某些特点显得怪异，这是因为这些特点只是单纯被呈现出来，作者没有交代它们产生的根源，这些材料一旦被隐藏，就会影响读者判断人物的思考或行动方式所代表的意义：

　　为什么大夫要吃草，还要自我禁闭？

　　为什么那个讨饭女人每周二都要来讨蜜蜂花？

　　为什么马尔伯勒公爵要打扮成老虎的样子？

　　为什么"小狗"会想到暴风雨？

　　为什么寡妇蕾蓓卡如此痴迷魔鬼的事？

　　为什么马丁总穿一件四个纽扣的外套？

　　这种个体怪异之处的堆积可以帮助作者引发"变化"或"质的飞跃"，赋予虚构现实一个整体性的特点：怪异。变化或质的飞跃具有辩证法的特点，它的要点在于量变引发质变。个体怪异之处的累加（量变）在某个特点时刻就会使得整个虚构现实变得奇怪异常（质变）。在某些角色的怪异特点方面，一系列省略式隐藏材料法的应用造成的一大结果就是虚构现实的那种"变化",而正如我们所见,另一个结果是把叙事者们的本质主义视角联系了起来。这两种因素都可以帮助我们创造"补充因素",也就是语言现实的主权性。

省略式隐藏材料法是一种用来展现人物特点的基础技巧。大夫从现身之时起身上就带着许多未解疑团。我们不清楚他从何处而来,又为什么要来到马孔多。不过,随着叙事的进行,我们又被不断暗示这些隐藏材料非常重要,也许是揭开他谜团的关键。大夫那"使得任何亲近的努力都徒劳无功"(第78页)的过去究竟是怎样的呢?这句话本身就在读者心中勾出了一种永不消退的好奇心。大夫身上还有另外一些被省略的隐藏材料:

他和奥雷里亚诺·布恩迪亚上校是什么关系呢?为什么奥雷里亚诺·布恩迪亚上校(这个人物本身就是个隐藏材料)要把他引荐给上校呢?那位奥雷里亚诺·布恩迪亚对上校有怎样的影响力,可以仅仅凭一封简单的推荐信,就让上校把大夫在家里养了七年呢?

让阿黛莱达印象深刻的那个和大夫十分相似的人又是谁呢?她曾四次提及那个人,却从来没有说明那人的身份。当上校试图让她说明白时,她回答说:"要是给你说了,你肯定会嘲笑我。"(第118页)这里创造出的悬念一直没有揭开谜底。

大夫和"小狗"之间奇怪的关系背后又隐藏着什么呢?某件神秘的事把这两个人联系到了一起,这两人同时出现在上校眼前时,会引起后者的不快。他们那种没有言明的相似之处又是什么呢?他们早就认识?他们是亲戚?我们同样永远都不知道答案。

为什么大夫不再行医了呢?叙事者们暗示读者,那是因为在香蕉公司的医生出现后,之前的患者都舍他而去了,这让大夫心生不快。就仅仅如此吗?从大夫的表现我们能够感觉在背后还隐藏着更深层次的原因,大夫曾暗示自己不再工作是因为经历了某种危机,可我们只知道危机带来的结果，对根源则毫不清楚。

他到理发匠那里去时的生活状况又是怎样的呢？他真的爱上了那人的女儿、想要与那个社会产生更多联系吗？为什么他突然举止大变，又变得阴沉孤僻起来了呢？

为什么在那些暴风骤雨的夜晚，上校一家发现他在焦虑地来回溜达呢？是什么在折磨着他呢？那场危机到底是什么呢？

为什么他要把自己封闭起来呢？

为什么他要上吊自杀呢？

这个人物的身上谜团最多。这些隐藏起来的材料使马孔多笼罩在一种神秘的氛围中。这是一种多重表述的省略：把读者的注意力聚焦起来，使他们始终保持好奇心，想要知道那个角色背后隐藏的秘密。此外，人物的象征特点也被一点一点揭露出来，他的命运逐渐和悲观主义、个人主义、怪异、自我封闭、死亡联系到了一起，而这些也正是那个虚构现实中的人物的共有境况。

梅梅的身上也有很多省略式隐藏信息：

她的儿子怎么样了？那个孩子造成了大夫和上校一家的决裂，也决定了梅梅的出走。她真的怀孕了吗？她堕胎了，还是把孩子留下来了呢？上校问过大夫一次类似的问题："那个小家伙怎么样了呢？"后者回答得很含糊："我都把那事忘了。"（第114页）这显然不是偶然为之的隐藏材料，是刻意设计的沉默。

梅梅本人的身上又发生了什么呢？真的如匿名帖里写的那样，大夫把她杀害了吗？还是说如大夫所言，她逃离了马孔多呢？关于这一点，小说里也提到了两次，但每次都刻意让叙述变得模糊起来，充满疑点，给读者留下错误的印象："梅梅不在这儿，但可能她在这里待过——要是那件发生过的事情当时没有发生，人们自然也就永远搞不清楚其中的真相了……"

(第19页)人们搞不清楚真相的到底是什么事呢？"但是出现在街角的匿名帖上说大夫杀了他的姘妇，把尸体埋到了菜园里……难以解释的是那种说法流传开来的时候，还没有人有理由盼着大夫死呢。"（第111页）这里是在暗示我们对匿名帖揭露的事情不必太过认真，可是如果当时没人想伤害大夫，又为什么要诽谤他呢？换句话说，也许匿名帖说的都是真的，也许大夫真的杀死了梅梅。这里的陈述是有矛盾的，它再次创造了一个永未得到解答的疑问。如果能够利用好，隐藏材料法可以大大激发读者的好奇心，并且赋予文本更大的生命力，因为叙事材料是靠文本在读者心中激发的情绪来获得养分的，读者能够将故事进行二次加工。

在塑造马丁这一人物时，作者也使用了省略式隐藏材料法；作者通过设置种种疑问塑造了这个谜一样的人物：

他和伊莎贝尔结婚是因为爱还是为了利益？一开始我们认为他爱上了伊莎贝尔。但是后来在叙事的过程中作者不断暗示他们的结合可能也与利益相关。了解他的人不愿意给我们说明这一点，或者可能连他们也不晓得实情。

马丁是逃离马孔多了还是真的拿着上校签署过的文件去执行任务了，而哪项任务又阻碍了他的回归呢？也许这个漂泊的人物已经迷失在广漠的世界中了。

但是伊莎贝尔在他身上感觉到的那种梦幻般的氛围是真实的吗？还是说那只不过是他狡猾欺骗的结果呢？他到底是个单纯的人还是细致狡诈的人呢？

马丁和上校之间密谋的到底是什么事呢？"他在我爸爸的办公室里一连待了好几个钟头，和他谈论某件旁人永远无法得知的重要事情。"（第76页）"某件事""得知"——这些措辞让我们心生不安。我们永远都不知道那些谈话的内容，更不知道上校为何要把婚礼日期提前。这里面隐藏着某些模糊又奇怪的东西，而且永远躲藏在阴暗中，没有被显露。

省略式隐藏材料法的例子还有许多，但我们只再列出一个，整篇故事就是以它结尾的，这也让这个故事有了更多的象征色彩：上校等人带着棺材穿越马孔多时会发生什么？上校会履行埋葬大夫的承诺吗？还是小镇居民会履行誓言、阻止上校呢？《枯枝败叶》就这样带着疑问结束了。

倒置

倒置式隐藏材料法要比省略式隐藏材料法出现的频率更高：小说中的信息（尤其是那些重要信息）都被打乱了，被布置成了与我们通常熟悉的时空顺序不同的样子，这样做的目的就是创造出一种模棱两可、忽明忽暗、充满矛盾的氛围。小说通常会先揭露事件的结果，然后才提及事件本身。这种把现实信息进行倒置讲述的安排使得时间层面上有了"补充因素"，它让《枯枝败叶》的世界成了环形结构，时间在那里是静止的，或者直接被剔除了。以下五个倒置式隐藏材料法的例子可以展现加西亚·马尔克斯是如何运用这种技巧来组织叙事材料的：

一、大夫之死：前言结束后，小男孩的意识告诉我们在他眼前摆放着一具尸体（第11页）：这里有死者面部的特写，我们还得知小男孩的妈妈和外祖父也在为死者守灵。（第12页）在第二次内心独白时，伊莎贝尔解释了她把小男孩带到那里去的原因，还提到了她担心的事情，回忆了家人是如何在二十五年前认识死者的。这场内心独白模糊地提及了死者的身份。然而，和死者直接相关的表述在最后一行才出现，伊莎贝尔回忆到她的父亲走进屋子，对她说："大夫今早上吊自杀了。"（第21页）到这里我们才了解了最主要的情节：那具尸体就是自杀者的。于是读者立刻就产生了另一个疑问：他为什么要自杀呢？一个事件通过信息倒置的方法被讲述了出来（真实出现的情况是：[1]一个男人自杀了；[2]这一家人来给死者守灵了；被讲述出来的故事是：[1]一家人在给死者守灵；[2]那具尸体就是那个自杀的人），可就在倒置信息被揭示的同时，又一个隐藏材料出现了（自杀的原因），进而继续推动故事的发展，尽管这一谜团始终没有得到解释。

二、小镇居民对大夫的憎恨：这是一个基础性事件，因为它让现在正在发生的故事更富戏剧性。小镇居民不想让大夫入土：为什么他们会憎恨他到这种程度呢？

（1）我们是通过伊莎贝尔了解到大夫被憎恨的情况的："这人和亲近、感恩之类的东西毫不沾边"，"他是小镇居民们乐见其在可悲的遗弃状态中走向死亡的唯一一人"；为了埋葬大夫，"可能……以后就没人愿意出席我们的葬礼了"（第16页）。这一如此巨大的敌意产生的原因是什么呢？只是因为参加了这个人的葬礼，就会招来所有人的敌视？

（2）针对这种敌意，上校给出了他的版本的描述："现在我明白了，镇长和其他人一样憎恨他。这种情绪已经滋生十年了，就是从他们把伤者抬到大夫家门口的那个下着暴雨的夜晚开始的"（第25页），他还回忆了大夫拒绝医治伤员的经过。和前一个例子一样，这里对信息使用了倒置的方法：先提到了结果（憎恨），然后才是诱因（伤者）。可是，上校在这里给出的关于伤者的描述过于模糊，只是模棱两可地提了一下（"下着暴雨的夜晚""十年前""愤怒激增，造成恶果"）。那个事件从未被完整地描述，在之后很久才得到澄清，靠的是：

（3）关于那次事件的许多新材料的出现：上校回忆说那天晚上要不是"小狗"及时挺身而出，人们应该已经把大夫杀死了，就在人们准备"把房子和里面唯一的住客一同烧成灰烬"（第123、124页）时，"小狗"拦在了愤怒人群的面前。我们之前并不知道"小狗"也参与了那个事件，大夫欠了他救命之恩，那些事发生在选举期间。

事件发生的次序被颠倒了过来，而且一条信息（伤者的事件）变成了次级信息。那些事件被分割开来，以零散的方式呈现于读者面前。这种时间上的重新排序使其与真实发生的顺序不同，进而抹去了真实时间的概念，让虚构现实拥有了某种特殊的时间。这种"补充因素"慢慢具体化了起来。因此，虚构世界的氛围与真实世界的氛围并不一样，而且同样的道理，时间概念也不相同。

三、大夫和梅梅的病：（1）我们是在某个不经意的时刻，从伊莎贝尔那里了解到大夫拒绝治疗梅梅的事件的："他拒绝给她看病，尽管两人都住在我爸爸家……我从继母那儿听说了大夫不是什么好人，他只是一个劲儿地想让爸爸相信梅梅害的不是什么大病。他说那番话之前都没去看看她，甚至没离开过他的房间……我不知道那些事是怎么发生的。"（第30—31页）这第一个信息后来被证实是不正确的，只有在我们了解到上校和大夫的对话过程后，我们才知道梅梅并没有"生病"，而是怀孕了。后来揭示的这条信息回过头来修正了前面的信息。为了让这种揭示成为可能，首先必须进行空间上的变化：伊莎贝尔对后来揭示的情况所知不多，因此空间视角必须转移到上校所处的位置上，只有这样才能让读者看到真相。不过那只是种"相对的"真相：因为我们已经看到了，甚至连梅梅是否真的怀孕都是值得怀疑的事情。

（2）伊莎贝尔又回忆起了大夫拒绝治疗梅梅的事情："我想到他那晚拒绝治疗梅梅的事情就觉得难受，在那以后他依然是个冷血的动物。"（第41页）这次旧事重提的设计非常狡猾：这里似乎给大夫的态度盖棺论定了，认为他过于冷酷，还提到了他的"动物性"和"冷血"。

（3）具体到那个事件，我们会发现在隐藏材料法中还融合着中国式套盒法：在伊莎贝尔的独白中，叙事者却是阿黛莱达（她的声音包含在伊莎贝尔的声音之中）：梅梅当时正在收拾桌子，上校建议她去睡一会儿，不久之后，就在上校要去找大夫时，他们听见餐盘从那个瓜希拉女人手中掉落的声音，还看到她手扶着墙。在伊莎贝尔的回忆中，阿黛莱达继续着她的回忆："他在我们家住了八年了……我们从没请他帮什么大忙。我们这些女人都跑去梅梅的房间，一边用酒精给她擦身子，一边等着你爸爸回来。但是他们没来，伊莎贝尔。他没来看看梅梅的情况……"（第83—84页）还有很多关于那一事件的描写，但我们仍然不知道最重要的情况。从伊莎贝尔和阿黛莱达的视角看来，一切都已经说清楚了：她们同样不知道大夫为何要拒绝治疗梅梅。

（4）上校把他和大夫的对话重现了出来（第101—106页）。我们知道他当时去找大夫了，而且还在大夫的房间里待了很久，然后独自一人回来了。直到此时我们才知道他们谈话的内容。这些新的材料从根本上修正了伊莎贝尔和阿黛莱达给出的版本：大夫没去治疗梅梅是因为他了解梅梅的情况。这一事件被分割成了四个部分，它们相继被展示或补充出来，直到最后事件的关键之处才公之于众——这也就解释了大夫的行为的原因——它让之前所有的信息都显得不完整了，甚至失去了价值。这一隐藏信息得到澄清，不过同时另一个省略式隐藏信息又出现了：大夫说的是真的吗？梅梅真的怀孕了吗？毕竟我们之前已经提到过围绕在那个孩子身边的疑团了。

四、上校的病。患病后的上校跛了脚，多年之后，同样是因为那场病，上校决定埋葬大夫，哪怕面对全镇人的敌意也在所不惜，这也可以被视为一个整体事件，只不过被分成了零散的信息，被作者狡猾地分布在了叙事结构之中，它们会被逐渐揭露，当然遵循的时间线是与真实时间不同的：

（1）伊莎贝尔简单地提及了该事件："在爸爸三年前患病之前，大夫从来都没有走出过这个街角。"（第33页）三年前上校患病，与大夫第一次上街的时间吻合。这些信息看上去无足轻重；我们甚至不能确定两者之间确有联系，还是说一切只不过是巧合；

（2）我们通过上校的表述了解到大夫对他有救命之恩："'咱们不能否认他救过我的命。'他说道。她对他说道：'是他欠我们的情。他除了救过你之外什么都没做，咱们养了他八年，给他床睡觉，还给他食物和新衣服。'"（说话的女人是阿黛莱达）（第118页）我们到这里还不清楚这些信息和上面的信息是有关联的，我们不知道大夫在上校患病时救了他与后来上校要把他埋葬之间有联系；

（3）我们通过伊莎贝尔了解到了上校跛脚的原因，也正是她把上校埋葬死者的决定和那次事件联系到了一起："他忘记了刚才要跟卡陶雷谈什么事。他拄着手杖打算转过身来，但那只跛脚使不上劲儿，差一点儿像三年前那样扑倒在地上。记得三年前，他踩在一汪柠檬汁上，滑倒了。只听得水罐子在地上的滚动声、木屐和摇椅的噼里啪啦声，还有孩子的哭声。他跌倒的时候，只有孩子在场。打那时起，他就跛了一只脚……现在……我想：他之所以要这样违拗全镇居民的意愿，履行自己的诺言，关键就在这条废腿上。"（第119页）[①] 关于上校的病的细节曝光得更多了：现在我们知道那正是他跛脚的原因，而且仍然带着神秘色彩的信息是，那件事与上校此时此刻守在尸体面前、决心在全镇居民反对的情况下埋葬它的举动息息相关。

（4）所有这些影射和暗示都通过一次空间变化得到了澄清（此时说话人不再是伊莎贝尔了，而变成了上校）：马孔多的医生们面对上校的病束手无策，这时大夫从他的洞穴里钻了出来，医治了上校，并且果真将其治愈了（我们间接知晓了大夫已经荒废技艺的说法是错误的，这种说法是上校在提及拒绝救治伤者事件时提出来的），作为报答，上校答应大夫要在他死

[①] 《枯枝败叶》中文版，第130页。

去的那天把他下葬（第125—126页）。

五、大夫来到上校家。这是整部小说最重要的倒置式隐藏材料；其中的许多材料都是按照时空变换和中国式套盒法进行布局的。比起之前的例子来，信息和时间的消融在这里表现得更突出了：

（1）伊莎贝尔是这样提到这一事件的："二十五年前这人来到我们家时，爸爸大概已经从他那荒唐的举止中推测出了今时今日全镇甚至不会有人愿意把他的尸体拖去喂秃鹫。"（第17页）我们因而得知大夫是四分之一个世纪以前来到上校家的，而且他当时的举止就很荒唐；

（2）伊莎贝尔第二次影射到这一事件时补充了一个细节："要不是二十五年前爸爸因为一封也不知道从何而来的推荐信就收留了那个男人，现在安静住在那间屋子里的人应该是我。"（第21页）那个男人曾经带来一封推荐信，而伊莎贝尔不知道写信人是谁。

（3）空间视角从伊莎贝尔处变换到了上校处，上校揭示了写信人究竟是谁："于是我记起了二十五年前他来到我家时，曾经交给过我一封介绍信，写信人是大战末期担任大西洋沿岸革命军总司令的奥雷里亚诺·布恩迪亚上校。"（第28页）此处上校还提及了其他一些细节：大夫带来了一个大箱子，里面只有两件衬衫、一副假牙、一张照片和一份表格；

（4）作者在第四次提及该事件时使用了中国式套盒法：在伊莎贝尔的回忆中，梅梅又回忆了二十五年前向上校报告那人到来时的场景："她（梅梅）说还有一件事是五年后发生的，她来到爸爸和妈妈正在享用午餐的餐厅，对爸爸说：'上校，上校，有个外乡人在办公室等着见您呢。'"（第43页）伊莎贝尔的那段独白到此戛然而止，空间又跳跃到了上校那里，由他来继续讲述了下去；

（5）通过空间变换（从伊莎贝尔处变到了上校处）、时间变换（从现在变到了二十五年前），故事回到了大夫来到马孔多的那个时刻。上校慢慢回忆那次事件，但是在触及最主要的信息时表现得犹犹豫豫、模棱两可：在长达五页的回忆中，我们依然没有看到那个外乡人出场。梅梅来到餐厅汇报他的到来，整个独白过程中运用了三次中国式套盒法，我们听到阿黛莱达对上校描述外乡人的奇异举动，原来她去见了那人，却发现他正在那里玩需要上弦的跳舞娃娃。阿黛莱达（在上校的回忆中）回忆说那个外乡人很像某个人，但是她没有明说像谁，只是说外表有点像。那人长着黄色的眼睛，像个军人。（第48—52页）

(6) 在上校的另一场独白（第48—52页）中我们才最终得知那天发生的事情的来龙去脉：我们了解到了大夫和上校见面的过程，听他们谈论起"布恩迪亚上校、他那弱不禁风的女儿和呆头呆脑的大儿子"，阿黛莱达准备了丰盛的宴席，而刚来的人却希望他们给他一点草来吃。倒置式隐藏材料完全得到澄清了，可与此同时它又带出了一系列省略式隐藏材料（关于大夫本人和奥雷里亚诺·布恩迪亚上校的）。小说中还有其他一些情节是用这种手法组织起来的。

还应该提到另一些半省略的隐藏材料，因为我们无法准确判断是否有某些因素被删除了：这取决于每个读者对故事的理解，例如选举之夜的伤员事件。

通过上述案例可以看出，隐藏材料法是怎样与其他叙事方法搭配起作用的：如第二个例子中的时间变化（信息跳向与现时相关联的过去或未来）、空间变化（叙事者的改变）以及中国式套盒法，这些信息很多时候并不是三位在进行内心独白的叙事者给出的，而是由在这些内心独白中出场的其他人物给出的。也就是说，这些信息是"双重相对"的，在到达读者这里之前，它们经过了两拨中间人的过滤和加工。中国式套盒法在描写上校一家人来到马孔多的情节时也起到了基本性作用：伊莎贝尔转述了梅梅告诉她的事情。梅梅生病的情节也是这样被描写出来的，我们是通过伊莎

239

贝尔的独白而明白事情的经过的，可真正在那场独白中讲述该事件的是伊莎贝尔的继母。中国式套盒法最明显又最传统的用法是在一个文本中拼接或转写另一个文本：例如婚礼前夜马丁写给伊莎贝尔的信（第89页）。事实上，除了前言，整部小说中到处都是交叉出现的内心独白，它们互为补充、互相修改，这同时意味着对叙事材料最主要的安排方式遵循了连通器体系的要求。尽管所有这些叙事技巧都存在于这部小说中，可是在《枯枝败叶》里真正起主导作用的技巧还是那两种形式的隐藏材料法。

第三章 "村镇"：乐观的理想主义
（《没有人给他写信的上校》）

扩充与集中

《没有人给他写信的上校》之于《伊莎贝尔在马孔多观雨时的独白》和《枯枝败叶》而言，意味着一种在虚构现实空间界限上的扩充：在马孔多之外，又出现了一个有故事发生的村镇，而且这个故事里还短暂提及了玛瑙雷，这个地点后来在《周六后的一天》与《百年孤独》中再次出现了。这部小说同时还意味着时间界限的扩充：之前的虚构故事结束于1928年，这本书中的故事却与现实时间几乎同步，《没有人给他写信的上校》的故事发生在苏伊士运河国有化事件爆发后不久（第21、23页），也就是1956年。从现实层次的角度来看，这部小说给那个虚构现实增添了修辞层次的东西，在此之前，这一层次的因素只是隐约可见。同时，这部小说对虚构生活的某些特定层面也进行了更加细致的描写。《伊莎贝尔在马孔多观雨时的独白》和《枯枝败叶》从主观、内部的角度描写马孔多；而《没有人给他写信的上校》则从客观、外部的视角描写那片虚构的天地。这个故事没有提供过多宽泛的信息，而是聚焦于某些具体的层次，例如社会生活和政治生活。

就像我们之前说过的那样，虚构现实的扩容就如同出现了数个偏心圆一样，每个圆都与其他圆相交。不同故事之间的联系不仅局限于形式，也包括内容。《枯枝败叶》中的某些人物在这个故事里又再次出现了：安赫尔神父、奥雷里亚诺·布恩迪亚上校、马尔伯勒公爵。和前一部小说一样，他们仍然是次要角色。安赫尔神父将在《恶时辰》中起到重要作用，而布恩迪亚上校的舞台则在《百年孤独》里。有些让人疑惑的事情需要解释一下：我们已经知道了印第安人在埋葬死者的时候习惯将他的所有物一同下葬，因此在埋葬"村镇"里的一个乐手时，他们把他的短号连尸体一同埋了起来（第 14、36 页）。《枯枝败叶》里的上校就曾把自杀者家中抽屉里的东西全都塞进了棺材里，这不是上校的奇思异想，也不是什么奇怪之举：这只是那个虚构世界中的一种习俗。上一本书中已有的主题依然出现在了这本书里：这本书中的英雄也是一个上校，是个参加过内战的老兵；死亡在这部作品中也是核心主题。《枯枝败叶》的关键情节是一场守灵，故事在守灵即将演变成葬礼时结束了。在《没有人给他写信的上校》的最开始几页中我们又迎来了一次守灵仪式以及紧随其后的葬礼（第 12 页），它在两部虚构作品之间灵活地架起了一座桥梁。而且在对两场守灵仪式的描写中，还有个相似的细节：有许多苍蝇绕着棺材飞（第 13 页）。

在这个故事里出现的一些事件和人物将在之后出版的几部小说中占有更重要的地位。有那么一个瞬间，我们看到了小镇的官员，也就是镇长，他站在一个阳台上，"双颊浮肿，没刮胡子"（第 15 页）。这幅画面后来又在《平常的一天》和《恶时辰》中出现了。接连不断出现的细节使这部作品和其他作品产生了联动，也再次证实了加西亚·马尔克斯在构建他的虚构世界的过程中，每部作品都无法与其他作品完全分割开来，无论在主题上还是叙事形式上都是如此。我们在这本书里第一次听到了"恶时辰"的说法。它两次出现在了人物对白中，而且意义十分特殊。两次说出"恶时辰"的都是上校的妻子（第 47、48 页），在她看来，所谓的"恶时辰"不仅仅代表着天降横祸，或是某种横拦在个体生活道路上的厄运，而是那个个体自己召唤出来的命运。比起偶然来，"恶时辰"更多的是一种选择。我们就这样提前触及了《恶时辰》的主题，这部小说最早拟定的书名是《这个狗屎一样的村镇》：对"村镇"的这种定义也出现在了《没有人给他写信的上校》中，是借由堂萨瓦斯之口说出来的（第 47 页）。《百年孤独》中两个经典情节的胚芽已经似火星闪烁般地出现在了这部小说中："飞毯"（第 32 页）

和"马戏表演"(第81、82页)。除此之外,阿尔瓦罗、赫尔曼和阿方索组成的群体将会把马孔多的最后时光以友谊和纵欲填满,他们的政治性在那里会被削弱,但是更加放纵。

一个经典的框架

卢卡奇在年轻时曾认为小说的传统框架是英雄人物在堕落的世界里"着魔"一般地寻求真理。所谓"着魔"是因为世界的堕落也使得英雄寻找真理的过程蒙上了阴影,他注定要失败,注定会迎来悲剧性结局。在卢卡奇看来,所有的小说都是反个体、反社会的,正因为如此,它又同时是"一个个体的传记"和对社会的"纪实"[174]。实际上,许多经典小说确实是以这种结构写成的:例如《堂吉诃德》《红与黑》《包法利夫人》。这三部作品中的人物都在竭尽全力对抗他们生存的世界,都在进行追寻绝对真理的冒险,而他们也全都失败了,因为刺激他们做出英雄式的反叛行为的理想难以与那个非真实的世界相匹敌,因此他们的行为只能被视作一种"神话":骑士神话、拿破仑式的神话和浪漫神话[175]。卢卡奇的定义不适用于所有的经典小说(现代小说就更不适用了),但可以用来分析《没有人给他写信的上校》,因为这部作品恰好有类似的框架结构:它的结构是"经典的"。它的主要人物和那些带有悲剧色彩的故事一样,也与自己生存的世界产生了冲突,也在寻找真正的价值,但是这种寻找又被他的生存环境侵袭,进而造成了他的失败。上校进行的是无意识的反抗,他渴求的是一个纯净的世界、一种纯粹的生活。但是他的这种行为被认为是一种"抽象的理想主义":他认为不可能发生的事是可能的,他相信没有效率的人会是有效率的,他固执地、近乎疯狂地坚信那个世界上有着根本不存在的东西:正义、信守承诺、有效的法律、正常运转的管理部门。因此,可以在这部作品里很清楚地辨识出两种组成成分:个体传记和社会纪实。

一、马孔多。这部作品拓展了之前几部作品的背景地。布恩迪亚上校曾在那里待过，还有一群同僚在马孔多"建议他不要投降"（第45页）。就这样，在《枯枝败叶》里被描述成发生在马孔多之外的那场战争——出于疏忽或错误，或者虚构现实中的逻辑本身就与真实现实不同——在这部小说里却涉及了马孔多，或者说马孔多参与了那场战事。这个故事中的英雄"在马孔多附近管理着革命军的资金"（第40页）。这样看来，那场战争并非爆发于马孔多小镇建立之前。在另一个时刻，我们还看到一个要素就近参与了马孔多历史的塑造过程中，而在《枯枝败叶》里那种要素则是遥远而模糊的："枯枝败叶"。读者们只是通过一些带有象征意味的描写了解那股"邪恶的旋风"的，而在这部小说中他们却在一个确定的日子坐着拥挤的火车来到了那座小镇："在一个沉闷的中午，一列土黄色的火车风尘仆仆地开到了那里，车上满载着热得喘不过气来的男女老少、鸡鸭猫狗。当时正掀起一股香蕉热。不出二十四小时，整个镇子就变了样。'我该走了，'上校那时说，'香蕉的气味会把我的肠子熏烂的。'于是他搭回程的火车离开了马孔多，那是一九〇六年六月二十七日，星期三下午两点十八分。"（第66页）[1]

二、内战。和香蕉公司、"枯枝败叶"一样，内战也是马孔多历史上的重要事件，它原本是模糊的，在这里也随着一些片段化但详尽的信息的出现而变得更加具体了。显而易见，此时的政府，又也许是整个国家，出于某种未知的原因都不愿再回忆起那场战争。上校细致地阅读被送到"村镇"的报纸，发现上面"没提到任何与老兵相关的事情"，后来他又说"至少一开始他们还刊登一些新入选抚恤名单的老兵名单。但是从五年前开始就什么消息都没了"（第22页）。我们知道在那场战争里有一方是起身反抗既有

---

[1] 引自《没有人给他写信的上校》中文版，陶玉平译，南海出版集团，2013年第1版，第65页。

秩序的起义军，"革命者"，上校、奥雷里亚诺·布恩迪亚、马尔伯勒公爵都属于那支起义军（第23页）。"十五年"前（如果虚构时间与现实时间相符，则应该是1941年），还存在一个由双方老兵组成的"老兵协会"；但现在已经没有了。为什么呢？因为上校所有的战友都"已经在等待邮件的过程中死掉了"，也就是说他们全都没有领到等待已久的抚恤金（第37页）。"我们曾舍生忘死地拯救共和国。"上校曾经这样说道（第38页）。作为战争的驱动力而言，这番话无疑有些空泛，却是我们听到的第一句与那场战争有关的自述。上校对自己的话深信不疑，在另一场对话中，上校又一次提到了那场战争，他说："我们履行了自己的职责。"（第65页）面对自己深陷的冲突时，上校始终保持坦然的态度，他依然相信他的队伍曾捍卫过的正义在当下是存在的。

随着《尼兰迪亚协定》的签署，战争结束了，我们也在书中看到了与协定签署相关的某些场景（第38页）。参加仪式的上校一方有成年人，也有小孩子。那时，政府许诺"赦免并补偿两百名起义军人员"，但是他们并没有履行诺言。在签署协议之前，故事中的那位英雄负责将"内战资金"从马孔多运到"尼兰迪亚一带"，旅途十分艰苦，用的运输工具是骡子，总共花了六天时间。接收那些资金的是奥雷里亚诺·布恩迪亚上校；《枯枝败叶》里曾提及他当时的职务是"大西洋沿岸革命军总司令"（第40页）。关于协定的条款，我们至少知道其中有一条没被兑现的内容：给老兵们发放抚恤金。尽管没有任何一位战友领到那笔钱，可上校（为他的反叛精神而"着魔"）却依然在等待，而且毫无缘由地坚信那笔钱会发下来：他已经等了很长时间了，超过二十五年（第66页）。自从内战结束，他的人生就陷入了困境："在尼兰迪亚投降后，我就没过过一分钟平静的日了。"（第66页）这一点很重要：对于起义者而言，协定就意味着投降。至少依然还有一位曾经的起义军战士没能坦然接受战败的结果。

出现了关于奥雷里亚诺·布恩迪亚上校的新的信息。在前一部小说中，他是个谜一样的人物。他的形象在这里更加具体了：他是"革命者"的领袖，他在收到上校运送的资金后开了收据，他的同僚们劝他"不要投降"，而那个装扮成老虎的英国人也是在他的军营里现身的。他曾经在马孔多待过，他名气很大，在途经一些村庄时那里的人们甚至会献上姑娘来和他"配种"（第 40、45、61 页）。现在我们才理解了《枯枝败叶》中那位上校的那个做法：正是对布恩迪亚上校深深的崇拜驱使上校在只是接到了一封介绍信后就把那个陌生人在家里养了七年。

"村镇"

在这部小说中，关于马孔多和内战的信息是次要的，因为故事发生在虚构现实中的另一处地点：一个匿名的"村镇"。这个地方是怎样的呢？在自然环境方面它和马孔多相差无几：炎热、多雨，连生长的动物和植物都很相似。"村镇"的广场上也有巴旦杏树，这里也有石鸻鸟，还有那些长腿鸟，当地人认为它们有报时的功能。两地最大的差别大概就是有条河流经"村镇"，而马孔多则没有河，或者哪怕有也没被作者提到过。

在描写环境方面，《没有人给他写信的上校》要比《枯枝败叶》更加细致，其中原因是各个作品中叙事人的变化：第一本小说里叙事人是从内部来讲述故事的，展示的是三位叙事者-人物主观观察到的东西。而在这个故事里，是全知的叙事者来描述所有客观的外部生活。因此，所有视觉现实的组成部分都要求具体化，因此这部作品的"物质感"要比《枯枝败叶》更强。观察"村镇"里街道、房屋、物体和居民的视角要比观察马孔多的视角更加中立、清晰。那里与外界取得联系的主要媒介（也可能是唯一媒介）不是火车，而是那条河：每周五都会陆续有船只抵达那里，其中之一就是送信船。旅客们来到这里前要坐"八个小时"的船。我们不知道从什么地方来需要坐船八小时，但毫无疑问是离那儿最近的居民点。和马孔多一样，"村镇"也极度与世隔绝：它们与外部世界的接触困难又匮乏。

中间阶层

　　船只抵达、卸货的码头是"村镇"里最热闹有趣的地方，"那里是仓库和货摊的迷宫，到处是五颜六色、琳琅满目的商品"（第 19 页）。正是那里的一些商铺被毫无差别地称作"叙利亚人的铺子"或"土耳其人的铺子"。这个故事中到处都是这种很有特点的集中式描写，在提到那个社会群体之后，一个具体的商人出现在了我们的眼前："叙利亚人摩西"（第 81 页）。他可以被视作那些商人的代表。从他身上我们可以判断出，那些人来到这里已经很长时间了，甚至已经开始忘记自己的母语了。摩西"费尽力气"才把上校对他说的话翻译成了"几乎快忘光了的阿拉伯语"。不过，尽管在"村镇"已经住了这么久，他们还是没有融入当地社会，他们依然是独立在外的群体。人们对他们的称呼就是很好的证据。他们不是商人或老板，而是"叙利亚人""土耳其人""阿拉伯人"。摩西是个天真又迷信的人，例如，他相信马戏团的杂技演员吃猫，这样他们就不会摔断骨头了。在"城镇"中，至少有一些人是歧视这些外来移民的。上校的妻子在尝试卖画时曾说："我甚至去了土耳其人那里。"（第 64 页）"甚至"一词就是最好的例子，它表现的是一种极端的情况。

　　在马孔多，商人们所属的类似的中等阶层很不起眼、被人忽视——必须费些气力才能在神父、理发匠和手工艺人中把他们分辨出来——但是在"村镇"里他们的重要性并不低，甚至比那些位于社会金字塔顶端和底部的人更加显眼。我们能够区分出哪些人属于中等阶层，而在中等阶层群体中，我们也能通过摩西这样的角色了解到他们的生活状况和价值观。看上去，除了商人的标签，他们还有外国人的标签：除了"叙利亚人"，我们还得知那里有一位"德国"钟表匠（第50页）。

我们可以近距离观察那些专业人士。医生是个让人尊敬的人，他在中等阶层中居于最高位。从社会阶层的层面来看，只有一个人的地位在他之上：堂萨瓦斯。在中等阶层中也存在着等级秩序。毫无疑问，医生的地位要比"叙利亚人"高。另一位专业人士——律师——是个黑人。一个黑人能够在那个社会里成为律师，而且可以跻身中等阶层的顶部。整个故事里都没有出现针对黑人的不公现象；律师和上校的关系是完全平等的。这是关于那个虚构社会的很有意思的一条信息：我们能发现在那个社会中存在着一种可能是无意识的、细微的针对瓜希拉人和"土耳其人"的歧视，但是针对黑人的歧视并不存在。律师并不是"村镇"里唯一的黑人，还有那个脖子上缠着蛇、在广场拐角处卖药的江湖游医（第84页）。"村镇"里还有印第安人，和《枯枝败叶》一样，书中的某些印第安人形象会让人联想到动物。有个长着"印第安面孔"的人物，外形使人生厌：长着一对"蝙蝠一样的小圆眼睛"（第78页）。可能是在无意识的情况下，"村镇"里的人质疑了印第安人的"人的特征"，至少中等阶层是这样的。这个阶层中还有其他代表人物：电报员、缝纫铺的学徒。哪怕只是短暂出场，他们毕竟也算现身过，而就凭这短暂的现身，我们就可以推断出他们的基本情况以及他们在那个社会中所处的位置。"村镇"是一个多元文化、多样种族共存的地方，许多移民在那里做生意，中等阶层中包括各色人等，其中又有等级分化，分化的标准是他们从事的活动和拥有的财富，当然还可能要算上他们的出身。

小工

在那个虚构社会中占最重要地位的中等阶层之下都是些什么人呢？——小工，很可能是瓜希拉人，就像《枯枝败叶》中描写的那样。他们都是些没有姓名的人。我们几乎看不到他们，只能感觉到他们的存在，知道他们在帮堂萨瓦斯照料动物（第67页）。和之前的那些虚构作品中的形象不同，这里的瓜希拉人不是仆人，而是些从事农业和畜牧业的人。老板与他们没有密切的直接接触，不像《枯枝败叶》里那样，上校及其家人和"他们的"瓜希拉人住在一起。在这部作品中，堂萨瓦斯和那些小工之间还有位中间人：工头。工头从雇主处获取指示，再将之传递给手下的小工（第68页）；书中也写到了工头从堂萨瓦斯那里拿到工钱的情节，可能是他们干完了活，也可能他领的是日薪。在社会金字塔的底层同样存在着等级之分：和那些我们看不到的劳动者相比，工头无疑拥有更多特权。

有钱人

那么在中等阶层之上呢？位于社会金字塔顶端的是堂萨瓦斯，他是"村镇"里的有钱人。这与《枯枝败叶》的情况就大不相同了。在1928年的马孔多，社会金字塔的分级依据还是资历，或者是从属于某个创建小镇的家庭，又或者是看你在那场"大战"中的功绩。而在1956年的"村镇"里，位于社会金字塔顶端的就不再是资历老的家庭了，也与"村镇"建立者无关，也不看你是否属于"贵族"（从"本质"判断），而只看你的财富。这一点是很清楚的：堂萨瓦斯来到"村镇"时就和广场上的那个黑人一样，是个在市集上卖药的人，脖子上同样盘着一条蛇。另一方面，人们并不在意有钱人是怎么把钱搞到手的。堂萨瓦斯使用的就是最卑鄙的方法：他背叛了同政党的同志们，和镇长达成了协定。镇长把他的同僚们驱逐出"村镇"，他则利用机会以"一半的价格"（第76页）把那些人的家产买下来。至少这是医生告诉我们的堂萨瓦斯发家致富的方式。在《蒙铁尔的寡妇》中，我们会看到那个虚构世界中的另一个有钱人，堂何塞·蒙铁尔，他发财的方式和堂萨瓦斯如出一辙。当然了，这一主题在反复出现的时候也会带有一些差别，在《恶时辰》和《百年孤独》里，蕾蓓卡的丈夫何塞·阿卡迪奥·布恩迪亚就是通过肮脏手段谋得财富的。在那个虚构现实中，财富似乎"总是"（补充因素）伴着叛徒与政府当局耍的阴谋手段而来的。位于"村镇"社会金字塔顶端的那个人，除了与《枯枝败叶》中同样层次的人获得地位的方式不同，与他所处的社会中的其他人保持的关系也不一样。堂萨瓦斯对"村镇"没什么认同感，他不认为自己与那个金字塔中的其他人有什么内在的、不祥的联系，这一点与《枯枝败叶》中的上校不同，上校一直认为自己的命运是和马孔多的命运联系在一起的。堂萨瓦斯没有隐藏他对自己居住的地方的蔑视，对他而言，那里是个"狗屎一样的村镇"。另一方面，在堂萨瓦斯看来，某些象征物根本就没有象征意义。他是个很实际的人。他看重行动，或者甚至可以说唯利是图：这就是他的信仰。他不明白那些在人与"城镇"之间或是人与动物之间生成的象征性纽带有何意义。因此他惊讶于上校和那只公鸡的关系："这个世界正在崩坏，而我的小老兄却还在想着他的公鸡。"他这样说道（第69页）。上校和公鸡之间的关系很像《枯枝败叶》中上校与马孔多之间的关系：这是堂萨瓦斯无法理解的。

　　他都有哪些财富呢？买来的财产，这个刚才我们已经提到过了，但那是过去的事了。他不是商人。他的权力在农业上：他有一座离"村镇"有些距离的农场，这从他出发前往那里之前做的准备工作就能看出来。我们不知道那里种的是什么，不过书中有句不起眼的话，说有"一艘装满甘蔗的船"（第75页）在河上行进，也许这就是那片土地种植何物的线索。

　　他住的房子似乎采光并不算好，但确实很宽敞舒适，我们可以借助在这幢房屋中发生的事情推测出"村镇"里没有银行。堂萨瓦斯把钱保存在保险箱里，那是个带有家庭风格装饰的大箱子。箱子打开后，大把钞票涌了出来，堂萨瓦斯把它们塞进了"所有的口袋里"，就好像那是些糖果似的

（第75页），他把钱交给了工头和上校。堂萨瓦斯完全是《枯枝败叶》中上校的极端对立面，粗鲁、土气、物质、大惊小怪，和优雅完全不沾边，而后者拥有的品质恰恰与这一系列完全相反。堂萨瓦斯似乎总是准备着要骑马（似乎车子还不存在），他一直穿着马靴、马裤和带拉链的皮外套（第73、75页）。《枯枝败叶》中的上校受人尊敬；堂萨瓦斯则不然。医生心里暗暗想着他是个"吃人肉的动物"（第76页）。我们永远无法"直接"得知《枯枝败叶》里的马孔多人是怎么在心里评价上校的。我们姑且推测会存在不满情绪，但至少表面看来他是受人爱戴和尊敬的。堂萨瓦斯则不同，人们对他的厌恶是公开的，无论是从伦理的角度还是政治的角度来看都是如此。医生所属的世界和堂萨瓦斯所属的世界之间有一种明白无误的紧张关系，在他们之间看似玩笑的对话中也充满了不言而喻的火药味，而且还要注意到当时上校也在场（第72—74页）。

金钱

在马孔多和"村镇"之间，有一些东西发生了根本性的变化：金钱在社会中的重要性。在"村镇"里，金钱成为决定社会阶层的东西。而前一本小说中的"贵族"社会——在那里，人们的社会地位与姓氏、资历和身份有关——在此处被某种资产阶级社会取代了。不过这种变化并非是彻头彻尾的：这个新社会里依然存有《枯枝败叶》中的那个半封建社会的许多特点。二者之间最重要的区别就在于金钱在"村镇"中的作用：它决定了堂萨瓦斯占据的社会地位，这种情况自然在马孔多也是存在的，只不过它是隐形的，是没有被提及的。在"村镇"里，货币单位是"比索"，生活中的一切都要用金钱来衡量，一切都是受金钱支配的：堂萨瓦斯的地位、上校的处境、上校妻子的焦虑。在这本小说中，我们了解到了各种事物的"标价"：一只斗鸡值九百比索，一双鞋十三比索（第86页），一个钟表四十比索。社会各阶层，有钱人也好，没钱人也罢，所有的事物全都是用金钱来衡量的：这是《枯枝败叶》中未曾出现过的情形。

一部"个体传记"

　　上校在"村镇"中的地位又是怎样的呢？我们通过上校发现"村镇"的社会结构和之前几部虚构作品相比只发生了部分变化，《枯枝败叶》所描绘的那个社会所倡导的价值观在《没有人给他写信的上校》中并未完全被替代。这部小说中的那位无名英雄是谁呢？他是在七十五年前出生的，很可能生在玛瑙雷，或者至少小时候在那里上过学（第44页）。他二十岁时在那场内战中、在奥雷里亚诺·布恩迪亚上校的"革命军"里当了上校（第37页）。后来在马孔多成了革命军的司库（第40页），打扮成老虎模样的马尔伯勒公爵现身于布恩迪亚上校的军营中时他也在场。在签订协议前不久，他在经历了一场艰苦的行程后赶到了尼兰迪亚，为的是把"起义军的资金"上缴，而布恩迪亚上校则给了他一张收据，后来那张收据成了他办理从军证明时的证据。战争结束后他住在马孔多，但是1906年，随着香蕉热的兴起，他因为受不了"枯枝败叶"和"香蕉味儿"而离开了那里。这是他与《枯枝败叶》的主人公的共通点：那位马孔多的老居民也忍受不了"枯枝败叶"和"香蕉热"。在来到"村镇"后，他生活的主旋律就变成了等待。故事里说他的等待持续了"半个世纪"之久（第66页），但是综合全书提供的数据线索来看，准确的数字应该是三十一年。这段等待的时间是模糊的（对上校本人来说也是如此）：在《尼兰迪亚协定》签署后，他"等了十年"，等着官方履行承诺（第66页）；"十九年前"议会通过了一项法案，很可能认定《尼兰迪亚协定》中关于给老兵发放抚恤金的条款有效（第35页），于是上校开始了"持续了八年的认定程序"。他需要"再等六年，才能被划入名册"（第35页）。这事发生在"1949年8月12日"（第43

页），由于我们通过苏伊士运河国有化事件推测出故事发生于1956年，从那时起又过了没收到任何消息的七年，一共是三十一年。尽管经历了如此漫长的等待，上校依然没有丧失希望：他每周五都去等待邮船到来，坚信那封信一定会来。他是四十年前结婚的（第65页），1922年他的儿子阿古斯丁出生，却于九个月前在斗鸡场分发地下传单时被杀。关于他的家庭我们只有这样一个印象：他的家里只有他、他的妻子和那个下雨天里在公共场所被杀的儿子（第84页）。在过去，他参加过某些政治活动：他还记得那些在他家里聚集议事的党内同志，我们不清楚他们讨论的是哪种事，他们甚至在他家里听起了音乐（第84页）。他参加选举，而且似乎不仅展现了他的智慧，也显示了他的强势。现在他成了个悲惨的人，但他依然乐观，他的处世哲学可以这样总结："没什么事是迟的。"（第59页）尽管受贫穷困扰，他依然认为"生活是人类最伟大的发明"。他是个感性的人，甚至带有艺术气息，在感受到十二月的阳光后感慨道："这样的早晨真让人想拍张照片。"（第79页）他身上还有股孩子气，在看到有马戏团在十年后再次来到这个"村镇"时表现得特别开心。他对象征物很敏感，它们占据了他生活中很重要的一部分。

  按照他所处的环境来看，金钱在他生活的世界中具有决定性地位，因此他理应属于社会金字塔底层，在中等阶层之下，因为那一阶层的代表们的经济状况全都远优于他。然而事实并非如此。尽管贫穷，他仍属于那个中等阶层，甚至连堂萨瓦斯对待他的方式也与对待别人不同，两人之间甚至有友情的成分存在。从社会的角度来看，这位上校是怎样的人呢？一具残躯，一个幸存者，由这个社会保管着的博物馆遗产。尽管由于（缺）钱的缘故，他本应属于瓜希拉人的阶层，可是中等阶层里的人和有钱人却平等待之，甚至更好。这是为什么呢？因为他的名字、他的过去、他的军衔，也就是说，在那个社会里看似已经失去效力的"价值"仍然在发挥着作用，那些正是《枯枝败叶》里所看重的东西。属于另一个时代、另一个世界的价值："传统"价值只是部分地被取代了，但是并没有完全消失。在某些例子里——例如本书主人公的例子——往日社会中的价值体系依然有效。

娱乐

"村镇"和马孔多一样有一所学校，也每周一次接收从外界运送来的报纸。在《枯枝败叶》中读者只能自远处观察的娱乐活动，在这本书里距离被拉近了，这是因为在前一本书中，娱乐活动都是通过间接叙述展现出来的，而且叙述者们并不认同那些娱乐活动。在马孔多有两种娱乐方式：一些是"枯枝败叶"们享受的，另一些才是属于包括伊莎贝尔和她的女性朋友们在内的传统居民的。"村镇"里的娱乐活动则没有按阶级划分。没人认为看电影或打台球只有"枯枝败叶"才能做。当然了，安赫尔神父以敲钟警告的方式对当地电影院播放的电影进行审查：一年以来，所有的电影"对大家来说都是不好的"（第21页）。但是这种阻碍不见得真的起到了作用，因为电影院依然在营业。这个细节很有意思，因为它揭示了教会在"村镇"里所处的地位是怎样的。另一个娱乐场所是台球厅，人们也在那里玩轮盘赌（第77页）。那里一向烟雾缭绕，击球者轮番上阵，现场甚至还放着音乐（曼波舞曲，拉斐尔·埃斯卡洛纳的歌曲）。此外，还有一个斗鸡场：看上去斗鸡是最流行的娱乐活动，而且和故事结合得最紧密，阿古斯丁就是在斗鸡场丧命的，上校和其他几人也是在那里等待着斗鸡获胜然后各取所需的：金钱以及政治和道德上的补偿。我们也在故事中进入了斗鸡场内部：我们看到了训练斗鸡现场的热烈气氛（第82页），看到了上校的抵触情绪（就好像那群人让他想起了把他从马孔多逼走的"枯枝败叶"）。马戏团最终也在十年之后再次来到这个"村镇"（第81页）。这里的娱乐活动和马孔多相比要更多、更具体。

在这个故事中,与死亡相关的习俗也被刻画得入木三分(第13、14页)。在马孔多,我们看到了一场为一个小男孩进行的守灵活动;这里却是为成年人守灵。这次人们没有给死者上妆。除了人们送来鲜花、送葬、女人们都身着丧服,还有处很鲜活的描写:死者,一个乐师,下葬时手里还拿着他的乐器:短号。在"村镇"里还保留着吊唁的习俗,在葬礼结束后人们还要去慰问死者的家人。

政治局势:隐藏材料和中国式套盒

可是这个社会中最重要的因素并不是自然或居住环境,也不是社会阶级,不是金钱,更不是娱乐活动,而是政治局势。是这个因素决定了"村镇"的主要特点。如果不考虑这一点的话,整个故事就会显得不可理解:堂萨瓦斯之所以能够位于社会金字塔顶端,是因为他签署了一项政治协定;阿尔瓦罗、赫尔曼、阿方索和镇子里其他的人之所以对斗鸡感兴趣,也是出于政治原因。那么,"村镇"的政治局势到底是怎样的呢?

故事的核心主题并没有直接被呈现出来:它是被逐渐描写出来的。"村镇"笼罩在暴力和压迫的氛围中,充满地下抵抗运动和武力战斗。所有这一切几乎都是通过某些分散在全书中的零散信息被偷偷摸摸地揭露出来的。那些与政治局势相关的信息是通过倒置式隐藏材料法和中国式套盒法进行组织排序的。

上校的妻子在一场政治摸彩活动中赢得了那把雨伞(第10页)。后来,整篇故事都坚持认定那把雨伞是厄运的象征:全书第一次提及政治就和某个不祥之物相关。在接下来的一页里我们得知上校将要为之守灵的那个人"是这么多年来镇子里第一个自然死亡的人"(第11页)。作者在这里使用了倒置式隐藏材料法:那么其他人都是怎么死的呢?这个谜团会随着"村镇"政治局势的披露而被逐渐澄清。在葬礼上,上校遇见了堂萨瓦斯,"他是他死去的儿子的教父,是党内唯一摆脱了政治追捕、依然留在镇子里的唯一领导人"(第14页)。这句话虽短,却包含着很多信息:党内所有的领导人都遭到了迫害,只有堂萨瓦斯除外。于是又一个疑团出现了:为什么堂萨瓦斯没有遭受其他同志那样的厄运?这句话里还暗含一处倒置式隐藏材料,但我们只有在后面的情节中才会觉察到(作者对我们隐藏了某个信息):"他死去的儿子"。在送葬队伍从镇长面前经过时,堂萨瓦斯有意无意地说了这样一句话:"我老是忘记现在还在戒严。"(第15页)也就是说,镇子当时还处于戒严状态,而且这种状态肯定已经持续很久了,因为人们已经不再把它看作特殊事件了——人们习惯忘掉"习以为常"的事情,因而人们已经习惯了戒严状态。两页之后,又有一个隐藏材料得到澄清:上校的儿子是政治镇压的受害者。那条信息很短,似乎是描写其他事件时顺带写出的附加信息:"……那只鸡是九个月前在斗鸡场散发地下传单时被杀的儿子留下的。"(第17—18页)又一个关于政治局势的关键信息被披露出来:除了镇压之外,还存在着抵抗活动(阿古斯丁甚至因此而死),还有某个组织在分发秘密传单。通过中国式套盒法(也就是说,存在着一个"中间人":信息不是直接由叙事者传递给读者的,而是通过两个人物的对话转达出来的),我们得知媒体也遭受了审查。这则信息也很短暂、不起眼:"在经过审查后发布出来的新闻里可很难找到有价值的信息",医生这样对上校说道(第21页)。我们还发现很久之前曾经举行过选举,而这一点也是通过(又一个中国式套盒)短暂的对话披露出来的:"'选举是没指望了。'上校说道。'您别那么天真了,上校,'医生说道,'咱们年纪不小了,别再等什么救世主了。'"(第21页)不久之后,我们得知当地还在宵禁:从晚上十一点钟开始人们就不能出门了。这也是条简单的信息,没有人对此加以评价:"十一点钟号声一响,宵禁就开始了。"(第22页)我们在后面还会听到几次那个号声(第35、44、63页),同时——就如同堂萨瓦斯"忘记戒严"一样——人们的反应让我们觉察到政治暴力已经在"村镇"里极端制度化了。宵禁也成了平常事，甚至有了非政治作用：报时。上校正是"通过宵禁号声来校对钟表时间"的。

还有一个重要信息被披露了出来：使得阿古斯丁丧命的地下抵抗运动依然在"村镇"里进行。医生交给上校"三张对折的纸"，那是"用滚筒油印机印的用于地下传播的小条子，上面有近期国内大事的综述"。这种抵抗行为已经持续"十年"之久了——这是被披露出来的又一条信息，它不仅与当地政治相关：还是一场"蔓延全国的武力抵抗运动"（第25页）。在这里，与堂萨瓦斯相关的那个倒置式隐藏材料又活跃了起来：我们知道上校的党内同僚们"要么死了，要么就被驱逐出了镇子，他变成了除了每周五等待邮件外再无其他事情可做的人"（第26—27页）。审查的结果是什么呢？国内新闻出现得很少："自从有了审查，报纸上就只刊登关于欧洲的新闻了。"上校这样说道（第34页）。这部小说习惯使用从普遍到特殊、从抽象到具体的叙述模式，"地下抵抗运动"具体到了几个有血有肉的人物身上：缝纫铺的三个学徒。而阿古斯丁则成了披露地下传单事件的密匙（第50、77页）。上校进入缝纫铺后，我们看到了一条告示："禁止谈论政治。"（第51页）它恰恰张贴在抵抗运动的大本营之一中，这也体现出了小镇居民心理上的屈从：在"村镇"里，连"政治"这个概念都是危险的。上校的战友们没能领到抚恤金就纷纷死去了，而另一伙人却在享受着特权。上校的妻子回忆道："那些议会里的人每个月都能领上千比索，二十年来一直如此。"（第65页）最后，关于堂萨瓦斯的那个隐藏材料的谜底也被揭开了，他和镇长达成协议，参与了对上校的党内同僚们的屠杀和迫害（第76页）。我们见证了一场发生在台球室里的搜捕行动——警察们用枪瞄准在场的人——我们也看到了杀死阿古斯丁的凶手的长相。我们在这里才知道（所有的隐藏材料都被澄清了）杀死他的人是一个警察（第78页）。过去的情况不一样，反对派不会被镇压或消灭。上校回忆过党内的领导人们曾把头发梳得整整齐齐、身穿西装参加政治活动的场景（第84页），不久之后他又回忆起"那些遥远的星期天选举日里的混乱人群"。马孔多人也曾提到过"星期天选举日"，也用了"混乱"一词来修饰它。关于往日选举的信息在上校妻子对上校说的话里得到了进一步扩充："选举那会儿，他们要求你卖命，你当时也有权让他们给你搞个一官半职。"（第90页）上校在那些选举期间到底做过些什么呢？"卖命"可能意味着做了很多事情，但也可能表示他冒了生命危险、做过些与暴力相关的事情。

　　政治信息总是伴着邪恶嵌入这个故事中，镇压、怒火、审查、抵抗、愤恨、交易，所有这一切都在不知不觉中被慢慢揭示。这些信息都有同样的特点：转瞬即逝、偶然出现。它们就像某些题外话，看似不起眼，但其实是故事的主要叙事材料，它们几乎全部是用隐藏材料法和中国式套盒法描写出来的。为何叙事者在讲述政治信息时要如此谨小慎微呢？如果说它是这个虚构社会的构成基础，为什么在叙述的过程中又要对其多加过滤呢？——为了让故事更有说服力，为了让故事更具客观性，使其更容易被读者接受。因为"村镇"的政治局势过于暴力，甚至耸人听闻，因而会使读者产生不信任感，读者不愿意接受那些信息。因此，那些材料没有一次性、一股脑儿地被作者丢给读者；它们以一种间接的、片段化的、迅捷到读者几乎觉察不到的方式被呈现了出来。

　　"村镇"的衰败和焦虑氛围很大程度上是由政治局势造成的。那种氛围实际上是政治暴力制度化的结果。它如此遥远，可是囊括甚巨，它失去了异常的特点，变成了日常生活的组成部分。它构建出"村镇"的日常氛围，让所有事物都沾上了它的气息。正因为这样，压迫的两种象征形式（政治和道德）、审查电影的钟声、宵禁的号声等因素才不会引人注意：它们存在的意义似乎仅仅是为了让人们校对钟表的时间。

贫苦与饥饿

马孔多与"村镇"的不同之处就在于虚构现实经受的变化：在这个故事中，主要的变化不再以内在、主观、个体的方式出现，而是变得外在、客观、社会化。社会、经济和政治方面的事物在这个虚构现实中起到了统治作用，这是为什么呢？因为故事中的英雄变得贫穷了，由于政治的缘故，他就快要饿死了。生活状况迫使他劳碌于那些《枯枝败叶》里的上校忽略不计的事情。这并不意味着《没有人给他写信的上校》里的这位英雄缺乏内心活动，或者说他没有能力进行道德、哲学或抽象的思考，而是说他的处境迫使他去处理那些另一位上校毫不在意的事情，因为后者完全没有那些经历。这位主人公遇到的紧急问题就是惨境和饥饿问题：它们与他的生活现实息息相关，同时也和政治因素一起构成故事的核心事件。这本书以一幅凄凉的画面作为开端是有深意的（上校刮咖啡罐来取咖啡末，最后做成的咖啡里混着铁锈），而结尾处的画面甚至更加凄惨。尽管距离斗鸡之日还有四十五天，上校还是决定不把鸡卖掉。"那么咱们吃什么？"他的妻子焦虑地问道，上校则回答："吃屎。"（第92页）这个虚构现实的新面孔浓缩到了结尾的画面中："村镇"略显粗俗下流的物质性。正是主人公的生活状况使得虚构现实内在、主观、个体的叙述层次转向了外在、客观和社会化。饥饿和惨境把社会、经济和政治"意识"硬塞给了人物，或者换句话说，硬塞给了生活在那个虚构社会中的人们，因为他们所有人都被这三种因素影响了。那种"意识"通过上校妻子无奈的感叹表现了出来："咱们为了让别人吃上饭而饿着肚子。"（第90页）

如果说政治局势是那个虚构社会的核心要素，贫穷就是在那个社会中发生的故事的灵魂。因此，整篇故事的材料就是按照这两个主题来分布的：政治局势是"社会纪实"的基础，而悲惨境地则成了"个体传记"的基础。和政治一样，那种悲惨境地的特点也是通过一系列零散、转瞬即逝却精彩纷呈的信息呈现出来的。在"村镇"里当个穷人意味着什么？上校和他的妻子把房子抵押了出去，很可能两年后就无家可归了；他们靠赊账过活；更令上校饱受折磨的是谎言："很多时候，他都得咬紧牙关才能到邻近的店铺赊账。'下个礼拜就还'，话虽如此，可怜他本人都不确定自己的话是不是真的。"（第46页）他的妻子用赊来的东西做午饭，为了生存，他们逐渐变卖家里的东西：他们想要把钟表和画卖掉，在此之前他们已经把缝纫机卖出去了（第49页）。他们最后甚至吃了朋友们送来养鸡的玉米（第62页）。他们羞于让邻居们知道他们的困境，因此哪怕没有吃东西，也要装出酒足饭饱的样子："很多次我只能靠煮石头来防止邻居们晓得咱们已经好几天揭不开锅的事情。"（第64—65页）这种悲惨的生活甚至让他们的理想都显得寒酸了起来：女人最大的愿望就是给上校买一双新鞋，再给卧室里添一面镜子（第71页）。他们也为了穿衣打扮的事大费脑筋：女人不停地缝补衣服，让旧衣服获得新生。

和马孔多的"精神性"相比，上校和他妻子的这种悲惨处境给"村镇"增添了许多极具侵略性的物质性。虚构生活中的层次感也被改变了：在马孔多，展示外部世界的基本层次是内在、主观、个体的，占主导性的问题是道德方面的、形而上学的；而在这里，基本的层次是外在、客观、社会性的，占主导性的问题是历史和社会方面的。人与人之间的关系也发生了变化，不过尽管以不同阶层的面貌出现，各种关系还是全都体现在了那两部作品中。

另一种基础性的变化就是看待世界的视角。在《枯枝败叶》里，厄运的概念是主宰：集体和个体的命运都早已被写成，每个人物、每个村镇的命运都是特殊但永恒不变的。在《没有人给他写信的上校》里，尽管社会和历史生活客观来看与马孔多差异不大，但从主观的角度加以审视就会发现不同：在这个社会里，在所有的事件中，尽管看上去没有什么发生了改变,却存在着一扇朝向改变的可能性的大门,还有希望和理想。《枯枝败叶》里那种本质化的视角在叙事者由社会金字塔顶层下降到第二阶层、中等阶层后就变得多样化了,叙事者开始站在那一阶层来描绘现实。在"村镇"里,尽管事物并没有发生变化,但是有人希望改变发生,这也就意味着他们"期待"变革。看待世界的视野依然是理想主义的,但已经不再悲观绝望了。那种求变的意愿体现在了集体生活中(政治不再被视为虚无缥缈的东西:医生、裁缝铺的学徒以及其他的抵抗者都已经行动了起来,想要改变他们生活的那个世界),也体现在了个体身上(尽管过了那么多年的苦日子,上校还是坚信自己的命运会发生改变:他确信他一直在等待的信件会在某个周五到来,而那只斗鸡会获胜,这样一来他的问题就都得到解决了)。

乐观的理想主义

也就是说,集体的命运是可以发生改变的,个体的命运也是一样。但是两部小说中人物和故事的视角间最根本性的不同在于,在这本小说中,个体和集体在迎接自己命运的过程中所做出的努力被认为是有意义的:镇子里的居民等个体在为了获得改变而奋斗。在上一部作品中持续存在的悲观的历史观消失了。那么集体和个体在改变自身命运方面可以做些什么呢?从书中人物的行为来看,改革的利器并非只是某些具体的行动或激情:要有信念,不能丢掉希望。为什么呢?因为集体和个体历史中的变革依赖于偶然性。社会和英雄都处在糟糕的状况中,但这种状况只是暂时的:必须有耐心,哪怕每天都迎来失望,也还是要保持信念,因为某些事情一定会在某个时刻发生。会发生什么呢?邮船在某个周五带来了那封信,斗鸡赢了,抵抗运动胜利了。到那时,世界和个体的生存状况都会得到改善:这一切都依赖于信念和偶然性。《枯枝败叶》中悲观的理想主义被乐观的理想主义替代了。视角依然是本质化的，但如今成了"辩证"的本质化：善与恶、公平与不公在其中以一种任性的节奏交替出现，交替扮演游戏中胜利者和失败者的角色。

历史偶然性的象征

因此个体偶然性的象征事物（理应到达的信件、斗鸡获胜）和历史偶然性的象征事物（轮盘赌、斗鸡场）在《没有人给他写信的上校》中具有极大的重要性。尤其是那只公鸡，它是变革的最佳代表：它象征着改善上校经济状况的希望；对于那些抵抗者来说，它又是一种政治象征，而且在某种形式上，它对于整座"村镇"而言都具有象征意义，这一点从街上的所有人都跟在怀抱公鸡的上校后面就可以看出来（第84页）。斗鸡的胜利可被视作那个集体在心理和精神上的胜利，因此人们才去喂它，也因此他们才如此焦急地等待着斗鸡比赛的开始。"如此鲜活、细致、有力的事件，它的意义要远远超过一场斗鸡比赛：它象征着全镇居民抵抗现实的决心，"安赫尔·拉玛这样说道，"我们很难把那只斗鸡和镇子上致力于抵抗运动的年轻人们割裂开来"[176]。没错，但是那场斗鸡比赛最核心的内容就是等待，以及深信变化将会发生的信念。从另一方面来看，斗鸡身上的象征意义并非对所有人来说都一样。对上校的妻子（她比丈夫更讲求实际）来说，斗鸡代表疯狂，是一只象征"厄运"的禽类。对排斥一切变化的堂萨瓦斯来说，斗鸡只具有商品意义。这也表现出了另一件重要的事：看待世界的视角不仅发生了改变，还变得相对化了。原因就是《枯枝败叶》和《没有人给他写信的上校》中出现了空间变化。在前一部小说里有一位叙事者-人物，而且分化成了同一家庭中的三个成员，由他们交替发声。在这本书里，叙述者变成了全知者，尽管在故事的大部分情节中它都采用上校的视角描述，不过仍保留了足够的客观立场来兼顾其他人物的视角，因此读者可以轻易辨识每个角色的差异。上校，或者从更宽泛的角度来看，从属于中等阶层的全部镇民，都拥有这种乐观的理想主义视角，它不像悲观的理想主义视角那样单一排外——因为那种视角属于那几位叙事者-人物——它更加客观和全面。我们在这里能够看出每个角色身上带有的情绪色彩及层次的差异。上校的妻子不如她的丈夫乐观，也不算理想主义：她追求速成、速得，更加物质，也更讲求实际，在这些方面她与堂萨瓦斯有些相似。和那个有钱人一样，尽管出发点不同，可她也同样不信任那些象征事物，对偶然性也持怀疑态度。

尽管有很多人相信，偶然性是个体和社会变革的决定因素，但他们这种想法不能被视为有意识的意识形态活动，因为它更多出自本能来指导人们的行动，通过人们的行动得到进一步发展，却没有任何一个人物从思想的角度将这种理念提出来。它只是作为"村镇"里中等阶层人士的实践出现的，而非某种理论。此外，最强有力的抵抗者同时也是怀着最大热情参与轮盘赌和斗鸡活动的人，这一点也是很有意义的。上校之子就是一例，他在因为发放地下传单而被杀之前，也曾是斗鸡活动的狂热爱好者："他胳膊底下夹着鸡出门时我看到他了。我警告他别去斗鸡场，他会交厄运的，但是他咧嘴一笑，对我说道：'别说了，咱们今天下午肯定能发财。'"（第47—48页）和阿古斯丁到斗鸡场碰运气一样，阿尔瓦罗、赫尔曼、阿方索以及属于中等阶层的其他人似乎都热衷于那些活动，他们希望在同一个斗鸡场、用同一只斗鸡，取得具有鲜明政治意义的胜利。对这种象征性的政治胜利的渴望使得阿古斯丁的朋友们首先掏钱养鸡，后来又强行把鸡从上校妻子手中抢走训练："他们说哪怕是踩着咱们的尸体也要把鸡带走——她说道——他们说鸡不是我们的，是全镇居民的。"（第85页）那股执拗劲儿并非任性妄为的体现：整个"村镇"都把那只斗鸡可能带来的胜利当作它们变革意志的象征。只要看看所有人面对这只在训练中获胜的动物时表现出的激情就知道了:"赫尔曼跳过隔板,用双手把鸡捧了起来,向在场的人们展示那只斗鸡的风采。热烈的掌声和尖叫声响了起来。上校注意到,狂烈的叫好声和斗鸡比赛的紧张氛围很不相称。"(第83页)人群后来又跟着上校上了街,他看到"那些热情、焦虑、活泛得可怕的面孔上表现出困惑的神情"。面对这些吵吵闹闹的人,叙事者做了一番描写,这些描写毫无疑问地反映了上校的内心活动:"小镇经历过十年动乱,长久以来一直笼罩在沉闷的氛围中。不过那天下午——又一个没有来信的周五——人们觉醒了。"狂热的人群使得上校回想起了两段政治记忆:"党内领导人们"在他家的院子里扇扇子,还有"那些遥远的星期天选举日中熙熙攘攘的人群"。这并非偶然:历史与斗鸡场(或者更准确地说:历史与游戏、历史与偶然)在这一场景中以亲密而非理性的方式结合到了一起。对于上校(而且更是对于阿尔瓦罗,赫尔曼,阿方索和那些围观训练、异常欢乐、追随着那只斗鸡的人)而言,"村镇"和斗鸡场都是一回事,它们遵循的法则是一致的,在其中发生的事情也有相似性:无论在"村镇"里还是在斗鸡场里,都存在着"恶时辰"和"好时辰"、胜利与失败,所有在场的人都把信念与热情倾注到了那只斗鸡所代表的偶然性之上,实际上它也象征着整个"村镇"的命运,它将要踏上的道路——幸运抑或不幸——都是由赛场上决定成败的神秘体系操纵的。由这种乐观的理想主义的概念出发,在"村镇"里,要想取得历史变革的胜利,就得把盲目的信心、耐心、顽固与偶然性结合起来。从某种程度上来看,《没有人给他写信的上校》体现了约翰·赫伊津哈在他那篇有名的文章中描绘的关于游戏历史论的概念:社会生活的发展就像一场充满"濒死"实验(竞争、对已有秩序的挑战)的仪式,它的结果由个体行动、偶然性、天赋、力量和运气决定,这些都是不可分割、并行不悖的因素[177]。

  只有反对派一方如历史变革的代言人一般,对偶然性抱有如此大的信念吗？有一些表征——和反抗行为本身一样不完美、无意识——也带有游戏历史论的特征，例如抵抗者们极为看重偶然性的象征事物。我们不能忽视阿古斯丁是在斗鸡场里被警察杀死的。此外，我们看到的镇压行动是在哪里发生的？在台球厅。一旁就是轮盘赌游戏，阿尔瓦罗在狂热的人群中下了注，上校也是在那里刚刚体验过"吸引人，让人又兴奋又害怕的偶然性"（第77、78页）。在轮盘赌的情节中，偶然性也和政治混到了一起：阿尔瓦罗在下注时往上校手里塞了张秘密传单，而在阿尔瓦罗按上校的建议下注遭遇失败时，警察们立刻出现了。游戏的失败与"杀死他儿子的"那个警察在上校面前出现的情节紧紧地联系在了一起。

戏剧性冲突

　　故事中的戏剧性冲突源于贯穿小说始终的一个矛盾：乐观的理想主义是推动英雄行动的主要驱动力，而它却在故事中无时无刻不受客观现实带来的冲击，似乎客观现实想要残忍地否定那种乐观情绪。那位英雄的理想主义没能在他生活的历史现实中给他带来什么好结果：他的行为也不能完全匹配那种思想。人物的思想态度和他所处的历史环境之间产生了冲突，由此带来了上校那悲剧性的英雄气质以及整部作品的力量感。冲突是无形的，也是基本性的：那是现实的两个层面之间的对抗，我指的是个体主观性和历史客观性、"精神"与"物质"。用严格的术语来讲，在故事持续的那三个月里，从物质层面、行动层面来看没有发生过任何重要的事件。最主要的事件发生在人物的精神层面上，发生在他们的野心、决心和梦想中。这种主观性与客观性的冲突、"精神"与"物质"的冲突恰恰以一种奇特的方式体现在了上校这个人物身上：这种理想主义精神支撑着一位几乎连饭也吃不下的悲惨老人；这位单纯的乐观主义者的躯体正在朽坏，器官正在衰败。在这位主人公身上，这种对立关系可以这样排列出来：

精神————物质

理想主义——悲惨、衰老

乐观主义——便秘

　　乐观的理想主义精神深入这个人物的灵魂和思想深处，那种对公正性疯狂而又坚定的信仰促使他每周五都来到码头等待信件，让他比起卖掉那只鸡（立即获得收益）来，更倾向于养着它（期望获得胜利）。那种打破他乐观的理想主义精神的客观现实就蕴藏在他的身体里，他在逐渐衰老，深受贫穷饥饿之苦，更糟糕的是，他还要忍受便秘的折磨。

连通器法

　　一方面，从道德（最至高无上的情感）的层面来看，上校是那个虚构世界中最有"灵性"的人，也是最纯洁高尚的人。另一方面，他又是肉体被展现得最直接的人，他的身体器官以一种特殊的方式被细致地刻画了出来：尤其是他的内脏问题。和道德上的伟岸同样重要的还有他的另一面：便秘。上校身上的这一特点和赋予虚构现实以"补充因素"的特殊之处有了联系：在马孔多和"村镇"中，某些自然因素总是能和人体器官的某些特点保持神秘的关系。上校的便秘是和十月联系在一起的。他身体上遭受的这种难以启齿的折磨在整个故事中都与自然环境细节有一定关系，在此处，这一病症最重要的叙事功能就是：突出了作为概念的现实与现实本身的对立关系，或者说主观现实和客观现实之间的对立关系。《没有人给他写信的上校》中所有的信息都是用对位法组织起来的，因此体现乐观的理想主义思想（人物的"灵魂"）的态度就和包含与之对立的客观现实的场景搭配出现。根据连通器法（在某一个叙事单元中，把在不同的时间和/或空间出现的场景或信息，或是具有不同特点的场景或信息交织在一起，促使各个现实互相丰富、互相修正，进而建立起一个全新的现实来，而它又并非之前各部分的简单相加）的要求，每次在突出上校这一人物在道德方面的伟大之后，就会立刻在接下来的章节中突出他肉体上存在的问题：衰老、饥饿，尤其是便秘。排泄物也有象征功能，它是那种对立中的关键因素，是它让那种对立更富有戏剧性。

上校遭受的肠胃折磨贯穿故事始终："他觉得自己的肠子里长出了毒蘑菇和毒百合"（第7页），"他看着郁郁葱葱的草木和蚯蚓在土地上拱出的小洞，又一次通过肠道感觉到了那个不祥月份的降临"（第8页），"老兄，去看看医生吧……我没病——上校说道——只是一到十月份，我就感觉肠子里有些动物在闹腾"（第16页），"雨一连下了几天……整整一周，上校的肚子里就像开了花一样"（第17页），"雨是在过了午夜开始下的……上校做了梦，但不久之后就被肚子闹醒了"（第22页）……不过这一线索的高潮、最佳范例、核心冲突——主观性和客观性的对立——都表现在上校在厕所里的场景中："是一次假警报。上校蹲在未经抛光的踏板上，体验着无法解除内急的懊恼。压迫感变成了消化道里的阵阵隐痛。'毫无疑问，'他嘟囔着，'每年十月都这样。'于是他再次摆出自信又充满天真期待的神态，直到肚子里的毒蘑菇偃旗息鼓了，这才又回到房里去照看那只公鸡"（第23页）[①]。这段情节是从上校那里开始的，他被"喧闹的公鸡打鸣声"吵醒，回到那个"污浊的现实"中来，半睡半醒地向厕所走去。在这个场景中，作者把笔触聚焦在了那些能够体现两种处于冲突中的力量的物体，而且是同时从分别代表二者的两个层次上写的：现实和人物。"公鸡打鸣"，"喧闹"（这个动词暗含着诙谐、积极、正面、乐观的意味），"污浊的现实"；上校

[①] 《没有人给他写信的上校》中文版，第20页，译文有改动。

身子难受，焦急地蹲到绕着一群"三角形大苍蝇"的"粪坑"上，可哪怕如此他依然保持着"自信而又充满天真期待的神态"。在之后的情节中，在上校面对艰难的处境时，这样的描写依然会再次出现，而且十分有条理："上校也病倒了。他一连几个小时蹲在厕所里受罪，直冒冷汗，觉得自己的肠子都烂了，还一截一截地掉下来。'都怨这该死的冬天，'他一再不灰心地说，'等雨停了，一切都会好起来的。'他真心实意地相信这一点，确信自己能活到来信的那一天。"（第 46 页）[1] 就在堂萨瓦斯表示那只斗鸡可以卖九百比索后，上校感觉到了"肠子扭动的劲儿"，赶忙到邮局去了："我在等一封加急件——他说道——是航空件"（第 60 页）：那场冲突中的三个象征物——公鸡、信件、内脏——显示了明白无误的相互对立关系。作者写道，上校"感觉不错。十二月把他肠子里的花朵都吹走了"（第 80 页）。他感觉不错是因为十二月到了呢，还是因为他的紧张情绪得到缓解了呢？那时正是他决心卖掉公鸡的时候，他背弃了自己的理想主义，在他妻子的实用主义面前让了步，屈服于客观现实了。但是在之后的几天里上校打起了退堂鼓，又决定把公鸡留下来。故事的结尾也正是那种无法调和的冲突的体现，妻子问："那么咱们吃什么"，上校"自觉心灵清透，坦坦荡荡，什么事也难不住他。他说：'吃屎'"（第 92 页）[2]。

对上校便秘的描写并非作者偶然为之——粪便等物品代表主人公和虚构现实对抗时的一种力量，与之相对应的是由公鸡和信件代表的另一种力量。同时，那种不雅的要素还代表着那个虚构世界自身的特点，这种特点在之前的虚构作品中已经有所体现了。所有对上校"肠子"和焦虑情绪的描写都和雨水及时间（十月、十二月）联系在一起，也和敌对的象征物有一定联系。

用连通器法表现出来的还不仅是与主人公相关的事件。整个虚构现实

---

[1]《没有人给他写信的上校》中文版，第 42 页。
[2] 同上，第 92 页。

中的对立关系都是这样描写出来的，我们在那个虚构现实中总是能看到乐观主义的主观性和客观现实的对立，信奉前者的人坚信偶然性和发生改变的可能，而后者则致力于用最残酷的方式打破他们的这一信念。在整个故事中，这两种敌对的力量一直在发生碰撞、彼此否定，而冲突一直得不到解决。这种冲突正是《没有人给他写信的上校》的内部支柱力量，它使这本书的节奏始终保持紧凑，在科塔萨尔看来，那种"球状结构"是篇幅较短的故事最大的成功之所在[178]。那场贯穿故事始终、在理想化的视角和与之相悖的客观现实之间产生的冲突也在那些积极的和消极的抵抗者身上体现了出来：他们的行动尽管已经持续了很多年，但是既没有前进也没有后退，只是在延续着、等待着，坚持相信变革的可能，同时把精力投向了诸如轮盘赌和斗鸡场之类的象征物。打破这种乐观主义情绪的客观现实存在于那种乐观的理想主义之外的外部框架——肉体的、社会的——之中，它始终如一，难以变化，阴郁昏暗：雨水、肮脏、单调、审查、镇压、贫苦。这也就解释了为什么镇子总是被疾病（堂萨瓦斯的糖尿病，上校妻子的哮喘，镇长浮肿的脸颊）和死亡笼罩。从景物到个体器官，这篇虚构故事中所有的要素在全面对抗的两个阵营中都有其专属的位置和功能，在虚构现实的舞台上，连通器法体系借助多重矛盾赋予整个故事以更强大的生命力。

视角

《没有人给他写信的上校》在结构搭建方面也可以算作"经典"作品。和之前的虚构作品相比，它将三重视角做了简化。空间视角：从人物-叙事者视角转向全知叙事者视角，而这种视角是传统小说常用的。现实视角：从内部层面（有意识的独白）转向外部客观现实，后者至今仍是虚构现实中的主宰视角。虚构现实不复存在，或者说改头换面了，成为客观现实中的一种主观维度。时间视角：叙事者从现在出发，直接或间接地讲述发生在过去的事情，他的讲述遵循线性时间顺序，这也是经典小说的典型时间视角。"线性"时间顺序当然也只是一种名头罢了，因为只有很少量的小说能够真正做到严格遵循时间顺序组织故事情节。这种情况几乎从未有过：可能从宏观角度来看，故事的时间线是遵循了线性时间顺序的，但总会在某些时刻通过回忆、对话、梦境等回顾过去发生的事情。《没有人给他写信的上校》就是如此。我们已经在分析隐藏材料法和中国式套盒法时列举过许多例子了：在使用那些方法时，故事情节总是会或直接或间接地与过去产生联系。

写法

不过这个故事能有足够的说服力，更多还是依靠其干净的结构和有效的文字表达形式。《没有人给他写信的上校》在这些方面取得的成就是之前几部虚构作品中看不到的，直到《百年孤独》才再次出现。和《枯枝败叶》一样，这本小说十分精简，将所有并非严格意义上不可或缺的因素尽数剔除：这种客观、透明的风格是这两本小说的根基，因为它是与作者使用的创作材料相匹配的，读者会有这样一种感觉：上校的故事就应该这样讲，就应该用这些同样的话来写。书中的描写精炼，对话简洁，作者就像有怪癖一般，连事物的摆放位置都必须精准无误，所有的画面都有象征性作用：不过这些特点并不意味着这种叙事语言就有足够的"原创性"。这种写作体系始终没有发生过变化，这一点是可以解释的：《枯枝败叶》的世界在这部作品中只是部分地有了变化。马孔多的社会及意识形态状况基本都传承给了"村镇"。两个社会的这一共有特点反映在了不同的文体学表征上。因此《没有人给他写信的上校》中有些人物的特点就是通过文体学层面的重复表现出来的，这一点和《枯枝败叶》也十分相似。而且"本质"的概念在这本书里仍部分地持续着，这也是那种形式特点的根源所在。和自杀的大夫或"小狗"一样，这部书中的有些人物也是作者以其惯用的"配方"或"标签"创作出来的,这些"配方"和"标签"体现在人物的外表上,进而凸显了他们的差异,也就是他们的"本质"。在这个虚构现实中,乐观主义-理想主义是思想方面最大的新变化,而上述"配方"和"标签"模式塑造出的人物的最佳代表正是最不接受这种新变化的角色:上校的妻子。她总是在"费劲地喘息","她在费劲喘息的间歇接着喝了一口咖啡"(第8页),上校"听到了妻子费劲的喘息声"(第45页),"妻子费劲的喘息声给寒冷的空气平添了一丝焦虑"(第86页),那是"肺部的声响","好几个晚上她都是点着蜡烛睡的,她不得不忍受着哮喘病导致的肺部的声响"(第17页),"你最好别动",她说这话的时候还能感觉到肺部发出的声响(第48页),"哮喘病","我要是能得这样的哮喘病啊,肯定就能活到一百岁"(第25页),"我要是能得这样的哮喘病啊,怕是就得等着给全镇的人送终了"(第45页)[179],她还是一个反复"念《玫瑰经》的女人","他发现自己的妻子正在念《玫瑰经》"(第63页),"妻子走向蚊帐,准备取《玫瑰经》"(第66页),"上校等着妻子念完《玫瑰经》……"(第86页)但上校的妻子不是孤例。医生有一口"极端洁白的牙齿":"他的牙齿完美得让人难以置信"(第19页),"医生露出一口瓷器般的牙齿,做了无声的回答"(第25页),"医生看到手提箱镀镍的锁子上照映出了他的牙齿"(第73页)。在上校的例子里,情况有了些许变化,文体学配方是以多种形式表现出来的:他是"等待信件的人""饱受便秘折磨的人""相信斗鸡会赢的人"。这种突出人物特点的方式表明《枯枝败叶》中的本质概念在这个虚构社会里(部分地)幸存了下来。

恐怖与幽默

这部虚构作品(虚构现实)中另外一个新的因素就是幽默。它是作为强效解毒剂出现的,如果没有它,整部作品的活力就会被扼杀,作品的说服力也就不复存在了。作者在这部书中运用幽默的手法很精湛，而幽默也是构成这个虚构故事的重要因素。可以说，如果离开幽默这一特殊配方，《没有人给他写信的上校》将会由于它过度的现实主义特质而变成"不真实"的故事。通过分析这一文体学特点，我们还可以验证连通器法不仅在结构方面发挥了作用，也影响着这本虚构作品的语言。

有必要在此区分这本小说中出现的两种不同类型的幽默：环境或事件的幽默，以及表述或形式的幽默。在第一种情况下，幽默源自人物做出的或经历的事情、他们的举动以及他们生活的环境：幽默成了叙事材料的一部分。在第二个例子中，幽默则源自人物或叙事者，幽默蕴含在他们说出的或想要说出的话语中，我们可以认为幽默在这里是一种形式类型，它只能通过人物来表达，通过写作来呈现（当然了，在同一部作品中，这两种不同类型的幽默是可能同时存在的）。在《没有人给他写信的上校》中更经常出现的是表达上或形式上的幽默：它不出现在人物活动的环境中，而是通过他们说的话来反映。这本小说讲述的主题可能本来就和幽默扯不上关系：暴力、不公、饥饿、肮脏、贫穷、常规。这些主题尽管都是真实生活中常见的东西，但是在作为文学事件出现时全都容易变成减弱作品活力的重担：当它们出现在一部作品中时就意味着某种威胁，作品就可能变得不真实、不可信。比如性这个主题，尽管在日常生活中司空见惯，但是在文学作品中很难驾驭，而且非常危险，这是由于社会和思想领域的原因造成的。当然文学原因也是存在的，在遇到这一主题时，人们很容易在心中竖起一座充满偏见的防御性高墙。读者们习惯抗拒某些主题，不容易对它们产生信任：在某部虚构作品中看到这些主题的时候，他们会自然而然地产生怀疑，进而生出一种不信任感。这种态度使创作者在赋予虚构世界以说服力方面要下更多苦功，做些更加复杂的工作，尤其是当他们的虚构世界是以这些主题为基础的时候。不能说"贫穷""饥饿""社会不公"等主题让读者不信任是因为读者有私心或偏见——毕竟这些主题"控诉"了某些社会、道德和政治问题——实际上读者抗拒这些主题是因为他们心中有一种防御机制，他们想要让自己保留对这个世界的正面看法，哪怕这些主题反映的内容都是真实存在的。连文学自己也因为单调、取巧、笨拙地使用这些主题而使它们粗鄙化了（也就是说，"不真实"了）。自然主义和民众主义文学——在拉丁美洲则是土著主义文学和社会抗争类文学作品——（持续地、着魔般地）削弱了"贫穷"、"饥饿"、政治和社会"暴力"等主题的文学价值，把它们变成了一些粗糙的、标签化的故事，它们只是用来机械地罗列和展示问题，表现社会的恶以及某些群体的悲惨命运。这样做的结果与其初衷刚好相悖：那种作品不仅不能唤醒人们的良知，反倒会因为蹩脚的描写而使那些主题显得"不真实"，而陈旧的叙事方式会剥夺那些主题的天性。这样一来，尽管它们都是真实的，也会让读者觉得"不可信"。读者不仅不会因为书中描绘的"饥饿"和"贫困"现象而感到愤怒，反而会觉得它们都是假的。情爱小说之于爱情主题，以及"社会"文学之于饥饿和不公的主题，都是印证上述观点的很好的例子。夸张太多，或者粗暴简化，都会使那些主题日益染上"不真实"的坏毛病。很多天才的作家在处理带有不真实威胁的主题时，都会采取间接的、模糊的写法：以最拐弯抹角的方式让它们偷偷摸摸地显露。加西亚·马尔克斯在《没有人给他写信的上校》中采用的则是另一种方法：他毫无保留地把这些主题写了出来，客观又直接。"饥饿""贫穷""不公"全都以最残酷的面貌出现在了这部作品中，它们是这本书的灵魂，是贯穿于所有章节的关键因素。加西亚·马尔克斯没有显露出半点怯意或羞愧。可是，这本书从未让我们觉得不真实；故事展现的说服力恐怕只有《百年孤独》才能与之媲美。他是怎样让那些原本会使作品显得异常恐怖（也即不真实）的主题变得自然化的呢？——就是通过运用"表述的幽默"这一技巧，它给文本增添了不少诙谐的色调。这是一种有着中和柔化作用的力量，这种"形式上"的幽默分散了读者的注意力，让他们不再紧盯着事件本身，而是把目光移向那些能逗乐他们、让他们放松下来的表达。幽默这一因素通过一场迅捷有效的游戏成功地把读者的批判心理压制了下去，消除了他们对故事的怀疑，同时用这种方式让他们更好地、慢慢地接受那个故事，感染他们、说服他们。在这里，幽默成为一层外壳、一层光晕、一团透着亮光的烟雾，遮掩了现实中的丑恶，分散着读者的注意力，欺骗着读者，进而诱导他们接受那种鲜活的经验。那种经验过于残酷了，如果换另一种方式呈现，读者的防御机制很可能就会启动，进而抗拒。某些"主题"和"幽默"之间的这种矛盾关系贯穿整部小说，加西亚·马尔克斯娴熟地运用连通器法来加以描写：两种现实就这样被建立了起来，互相修正又互相否定，在这种平衡的对立中，任何一方都没有彻底摧毁对方。这部作品丰富又鲜活的生命力就来自这种文体学策略带来的持续性的紧张状态。

修辞层次

《没有人给他写信的上校》中的幽默几乎全部都体现在人物们说的俗话或俚语中，尤其是上校。俗话或俚语：既定用法、文体学表达、口语化的模式，用这种方式表述的话语已经不仅是原来的含义了，还体现了集体的意志，因为它代表某种社会常规，对特定群体来说具有不言而喻的意义，人们无须解释便可互相理解对方的意思。这些俗话和俚语一旦经过某个人物之口说出来，就不再属于那个说出它们的个体了，而是属于那个个体所从属的集体（小组、班级或其他类型的社会团体）；或者，更精确地说，某些神话、信仰和价值也是属于集体的，它们凝聚到了那些表达-模式之中。这些俗话和俚语——以及它们所共有的背景——就是我们可以称为客观现实的"修辞层次"的东西。这是客观现实的"常规性"层次——道德常规、社会常规、意识形态常规，而在这个例子里则是属于那个虚构世界中的中等阶层的常规——第一次出现在那个虚构现实之中，它们被压缩进了某些特定表达里。因此，幽默除了可以中和"现实主义"的某些事件所带来的过大冲击，还可以给虚构现实增加一种之前的虚构作品中没有的维度：修辞层次或常规层次。

我们来看几个实例：

（一）在第三节开头，上校说了两句很诙谐的话：

> "这简直是变戏法变出来的面包。"此后的一个星期里，每当老两口坐下来吃饭，上校都要把这句话重复一遍。老太婆施展出缝缝补补、拼拼凑凑的浑身解数，仿佛找到了一种在一无所有的状况下维持生计的诀窍。十月里的雨居然多停了几天。潮湿转成闷热。沐浴在古铜色的阳光下，妻子完全缓过劲儿来了。她用了三个下午精心梳洗头发。"大弥撒开始了啊。"第一天下午上校对她说，当时她正用一把宽齿梳把满头长长的青丝梳通。第二天下午，她坐在院子里，膝上搭了条白单子，用篦子把犯病以来头上生的虱子篦了下来……（第31页）[1]

"这简直是变戏法变出来的面包""大弥撒开始了啊"，这两句充满温柔和善意、喜悦之情溢于言表的话语似乎以一种偶然的方式传递了一条信息：宗教已经渗透了社会生活，《圣经》典故和宗教仪式已经进入了家常闲聊中，而且可以被用来讽刺日常琐事。这些嬉笑之声是用来弱化哪些具体事件的呢？——一些肮脏残忍的画面：每当老两口坐到餐桌前，等待他们的就只有饥饿而已，贫穷迫使那个女人不停地缝缝补补、拼拼凑凑，无法休

---

[1] 《没有人给他写信的上校》中文版，第27页。

息，令她的头上长满了虱子。两句玩笑话降低了画面中的恐怖感，让极端的状况里多了一丝轻松的气息：这种写法让这幅画面显得平静而普通。不久后，上校被饿得不成样子了，这时他又用一句玩笑话缓和了紧张气氛：

"你瘦得皮包骨头了。"她说。

"我正打算把这把老骨头卖了呢！"上校说，"**有家黑管厂已经向我订好货了。**"（第46页）[1]

"皮包骨头-男人"这样的画面必然触发读者的防御机制，令人竖起耳朵，过度揣测，感到恐惧，马上就要提出质疑甚至不相信了。但这一切被"黑管-男人"的画面中和了——读者笑了，在上校的玩笑话中平静了下来，再次放松，依然相信故事的真实性。两幅画面交织为一体，却又不是简单的叠加："男人-皮包骨头-黑管"的画面尽管流于表面，却已经足够疯狂和宏大，足以使读者在发笑的同时理解上校家的贫穷状况。

（二）上校和律师之间有这样一段对话：

"我的代办人常写信来，说不要灰心。"

"十五年了，总是这一套，"上校反驳说，"**这都有点像那只阉鸡的故事了。**"（第37页）[2]

这句话又一次给紧张的情势增添了幽默：上校等待某个东西已经"十五年了"。上校的耐心已经不再是单纯的故事情节了，而是变成了一出滑稽剧：这一夸张的数字暗含着某种不真实性，有可能吓到读者，让他们

---

[1] 《没有人给他写信的上校》中文版，第43页。加粗部分为作者的强调，下同。
[2] 同上，第33页。

心生疑窦，所以作者立刻用了一个"配方-句子"来加以调和（"这都有点像那只阉鸡的故事了"），而这本来是孩子们做一场关于"永恒"的游戏时所使用的话语①。戏剧性的夸张场面就这样被儿童化了、被稀释掉了，变成了像玩笑一样的东西：十五年的等待如今和阉鸡的故事一样，成了一种娱乐的工具、一场游戏。在同一页中，律师还说那件事在十五年前还更好办些，因为当时还有"老兵协会"：

> 他深深吸进一口热烘烘的空气，然后吐出一句至理名言，那神气就好像这句话是他刚刚发明出来的一样：
> "团结就是力量。"
> "可在这件事上一点儿力量也没有，"上校说，第一次意识到自己孤立无援，"我的老战友们都在等待信件的过程中死去了。"（第37页）②

顺序调换了一下：首先出现的是幽默，在这里出现的形式是"俗话"——"团结就是力量"，而"就好像这句话是他刚刚发明出来的一样"揭露了这句话深入人心的程度。然而，这种幽默似乎已经变成了冷笑话：读者眨眨眼，感觉到了这种修辞手法中的刻意性，仿佛它想"强迫"读者笑起来，透着一股机械、肤浅、不真实的感觉。于是解毒剂立刻来了，而且其中蕴含着双重的残酷现实：（1）上校"第一次"发觉自己的"孤独"；（2）那个残酷的信息出现在了文本中："我的老战友们都在等待信件的过程

---

① 加西亚·马尔克斯本人在《百年孤独》中对阉鸡的故事有具体的描述。某人问大家要不要听阉鸡的故事，如果大家说"要"，他就说没有让大家说"要"，而是问大家要不要听阉鸡的故事，如果大家说"不要"，他就会说他没有让大家说"不要"，而是问大家要不要听阉鸡的故事，如果大家都不作答，他就会说他没有让大家都不吭声，而是问大家要不要听阉鸡的故事，如果有人要走，他就会说他没有让那人走，而是问大家要不要听阉鸡的故事，如此循环，无穷无尽。详见本书第二部第七章。
② 《没有人给他写信的上校》中文版，第33—34页。

中死去了。"平衡被重新建立了起来：两种极端的"不真实"通过连通器体系联系到了一起，又让它们变得真实了起来，让读者接受了那个情节和上校在那个虚构现实中的生活。

（三）上校决定更换律师，他向律师索要申请证明。律师说不可能把申请证明要回来了，因为那些文件在十五年间已经辗转无数个办公室了，而且如果现在把申请证明撤回，还得"等下一轮重新登记"：

"不要紧。"上校说道。

"可能得等上几百年。"

"那没事，等了很久的人不在乎再多等一点儿时间。"

这句俚语的幽默性起到了双重作用：首先是中和重新登记的夸张后果（既滑稽又可怕），毕竟如今已经等了十五年了，事情也还依然没有结果；其次是把说话人变得更理智（这句俚语是那个群体共用的，说话人也属于那个群体，它也就代表了那个群体的理智），因为从极端的状况来看，说话人似乎就要失去理智了：他已经做好了准备，要再等上十五年，然后回到现在这样一个没有结果的时刻上来。这种决定已经与耐心或让人尊敬的信仰无关了，此刻它代表的是不可挽回的疯狂、难以减弱的愚蠢。上校这个人物走到了不真实、人造化的边缘。而他使用的俚语（把他推向普通人，推向克制和平衡，使他重新归入群体之中）又重新让读者看到了他的理智，也就又一次相信了这个故事：既然男人还能自嘲，说明情况还不算过分。

（四）上校"在十一月的后半个月"时认为公鸡就要饿死了。于是他想起了"之前挂在火炉上方的一小包菜豆。于是他剥去豆荚，放了一小罐干豆子给鸡吃"。这种极端的局面就浓缩到了那些上校给鸡吃的干瘪的豆子上（放了四个月了）。此时，打破坚冰的话又来了：

"等一等，"上校观察着鸡的反应，嘴里应了一声，"**肚子饿了吃屎都香**。"（第47页）

这句"俗话"除了用来破冰，还和故事中的其他俗话和俚语一样，反映了这位英雄看待这个世界的眼光以及他对生活的理解。它解释了指引上校行动的那种乐观主义精神的内涵。慢慢地，我们了解了上校那无止境的耐心并不单纯是消极心态的体现。很快我们就会通过信息的累积而明白，这一切都源自上校对公平正义的坚定信念，他坚信"只要肯相信事情会发生改变，那么改变就一定会到来"。从这个概念出发，有耐心并不等于逆来顺受，而是恰恰相反：耐心是上校面对自己的生活时积极求变的支撑力。因此，俗话和俚语除了有修辞作用，还有另一种不同于其原本具有的口语化特点的特性：它可以刻画人物的思想内涵。

（五）上校和堂萨瓦斯的妻子聊天，从语言的角度来看，正常对话都带着喜剧效果；可他们谈论的是死亡。这场全书中最严肃的对话里也闪烁着幽默的火花：那两种对立的因素在发生碰撞后抛却了不真实性，又多了些理性。但是在这个例子中还有其他一些东西：堂萨瓦斯的妻子是在脑子里汇聚了最多"刻板想法"的角色。她的信仰就是一堆"常规之物"的集合，她说的一切话语都是那个虚构现实中"修辞层次"的东西。她极好地诠释了"村镇"里中等阶层人士"常规化的生活"的概念（偏见、俗套、神话、压迫、禁忌）。如同《包法利夫人》中的郝麦先生、《跳房子》中的塔丽姐一样，诠释那个社会中修辞层次的东西的重任落在了堂萨瓦斯妻子的身上，她说的话可能是最真实的：也就是说，她是那个世界里最"不真实"的角色。她缺乏个性：她体现的是社会生活中的"集体个性"，是和其他人共享的个性。她只是他人的代表罢了。通过那场对话，"村镇"的修辞维度被清楚地表现了出来：堂萨瓦斯的妻子认为雨伞不吉利（"雨伞和死亡有关"），死神是女性（"所有人都说死神是个女人"），或是一头野兽（"我觉得死神是个长着蹄子的野兽"），我们在她身上还可以看到宗教的影响甚至会出现在蠢话中："就像给人打针那样给鸡打针，"她说道，"这是在亵渎神灵。"（第56—58页）。几天之后，我们发现那个女人还相信鬼魂的存在，认为鬼魂可以现形："上周突然有个女人出现在我的床头，"她说道，"我鼓起勇气问她是谁，她回答说：我是两年前死在这间屋子里的女人。"在这幅压抑的画面出现后，幽默又重新找回了平衡：

"可是这栋房子建了还不到两年。"上校说道。

"可不是嘛，"女人答道，"**这说明连死人也有出错的时候。**"（第68页）

（六）上校已经数不清去等过几次信了，下面是他和信件管理员的对话：

"我肯定信今天会到的。"上校说道。

管理员耸了耸肩膀。

"**唯一肯定会到的就只有死亡，上校。**"（第60页）

这是该技巧最正统的用法了：幽默总是随着俗话或俚语出现，它会减轻某个戏剧性场面的冲击力，而二者结合的结果不只是两种对立因素的简单叠加。这里的戏剧性场面是上校等了这么多年，一直在等待那封他不可能收到的信件到来。情节中的凄凉感被管理者的调侃中和了，而他在这里用的还是大众俗语。此外，幽默在这里还起了另一个作用：它揭示了上校和管理员所属的"村镇"中等阶层人群的一条基本生存概念。故事背景赋予了这句俗语真正的意义,让它突破了自己的常规含义。在中等阶层居民的头脑里,没有什么命运是被写定的,偶然性无论对于集体命运还是对于个体命运而言都具有决定性意义,万事万物都可能在任何时刻发生改变,唯一永恒不变的就只有死亡。这句俗语自然早已有之。但同时在具体的背景下,这句话又可以按字面意思理解,以作为在故事中占主导地位的历史视角的忠实体现。俗话和俚语的生命力、它们重新焕发的青春,是《没有人给他写信的上校》的又一个文体学特征。这种修辞表达的"反修辞化"现象也丰富了故事中的补充因素:"唯一肯定会到的就只有死亡"在真实现实中只是一种常规真理,在"村镇"里却成了人们生存哲学的核心概念。

(七)上校幻想公鸡在斗鸡比赛中获胜之后,自己可以拿到钱:

"这鸡就是一大笔现钱啊!"上校嘴里含了口玉米粥,盘算着,"足够我们吃上三年的!"

"幻想可不能当饭吃。"妻子说。

"是不能当饭吃,可也能养活人啊!"上校答道。(第61页)[1]

这个场景的可怕之处在于两个方面:(1)上校和妻子正在吃的粥是用喂鸡的玉米做的;(2)上校幻想着自己能拿到钱,但是公鸡获胜和信件寄到一样让人生疑。幽默以俗话的形式削弱了这种戏剧性,夺走了情绪的爆发点。不过这句俗话同时也表现出了上校的乐观理想主义心态。在"村镇"里,哪怕吃不上饭,人们也能靠幻想活着:他们等待并相信——从这个概

---

[1] 《没有人给他写信的上校》中文版,第60页。

念出发去看——现实会发生改变。虚构世界的情况和现实世界不同，幻想并不止是一种精神状态或主观心理活动：它是一种行动方式，一种改变个体和集体命运的策略。那正是人物们充满"仪式感"的行动（上校去收信，抵抗者不断印刷并散发地下传单）向我们指出的东西：他们是要留住希望。变化会来的：期待它们、相信它们，这是召唤它们的最有效的方式。和前一个例子一样，这里用到的俗话既有深层含义，又可以按照字面意思去理解。

（八）两句诙谐的话调和了两个场景的气氛：描写上校妻子绝望的一幕，以及通过上校妻子穿丈夫剩下的衣物表现出他们家贫穷状况的一幕。那两句话被巧妙地设计到这里，恰好起了解毒剂的作用：

"你这个人就是太窝囊，"她听完说道，"就像去要饭一样。你应当理直气壮地把他叫到一边，对他讲：'喂，老兄！我决定把鸡卖给您了。'"

"照你这么说，生活就像吹口气那么简单了。" 上校说道。

她突然发了火。这一上午她都在收拾屋子，到这会儿还穿得怪模怪样的：脚上套着丈夫的旧鞋，腰里系了条油布围裙，头上还蒙了块破布，在两耳边各打了个结。"你连一点生意经都不懂，"她说，"你要是想卖掉一件东西，就得把脸板得像去买东西一样。"

上校发现妻子这副模样很好笑。

"你就这样别动，"他笑着打断了她的话，**"你这样子活像桂格燕麦袋上的小矮人。"**（第70、71页）[①]

也许没有哪个更好的例子能这么充分地显示加西亚·马尔克斯运用连

[①] 《没有人给他写信的上校》中文版，第70—71页，译文有改动。

282

通器法的娴熟程度，尤其是选择搭配时的准确性。戏剧性和幽默性贴得严丝合缝，谁也不能把对方完全废除，比例也不会失调，完全不会显得不一致：两种冲突中的力量平衡得如此完美，以至于冲突消失了，紧张局势获得了适度的中立性。上校的观察使得他和妻子的冲突中多了一份轻松感，又像在做游戏，不过在其深处埋藏的是悲伤、苦痛的东西。戏剧性并没有消失，但不再尖锐或突出，而是有了相对中立的外部特征。

（九）上校决定让步，打算背弃自己的立场：

其实上校已经拿定主意，当天下午就去把鸡卖掉。他想象着堂萨瓦斯独自一人待在办公室里，对着电风扇准备打针。他已经料到会得来什么样的回答了。

"把鸡带上，"出门时妻子劝他，"神仙到了场，奇迹才会出现。"
（第71、72页）[①]

书中出现的基本都是表述或形式的幽默，这种幽默不是某个人的独创，而属于所有人，是一种既定语言，一种口语的形式（俗话、俚语、常规用语等），随便什么人都可能随时把它说出口。这里没有天性幽默的人物：有的只是幽默的话语，而且总是同样种类的幽默话语，它们可能被这个人说出来，也可能被另一个人说出来。通常来讲，幽默话语都是由情节中的观察者或次要角色说出来的，因为主要人物需要专注在戏剧性因素上：这是这种平衡技巧的法则之一。这样的情况在上面的两个例子里表现得最为明显：在这个例子中，专注于戏剧性局面的是上校，他决定把鸡卖掉，而诙谐话语是由他的妻子说出来的。在前一个例子里，表现出忧愁情绪的是上

[①]《没有人给他写信的上校》中文版，第72页。

校妻子,她穿着破衣服,显得十分焦虑,而拿出"玩笑解毒剂"来的则是上校。

(十)堂萨瓦斯每天都要注射胰岛素来保命。这种情况本身是十分可怕的;不过相关的场景并不显得恐怖,因为医生和堂萨瓦斯本人一直在插科打诨:

"就该把他给毙了,"医生转向上校说道,"**靠糖尿病来结果这帮阔佬,真是太慢了**。"

"您已经让您那该死的胰岛素极尽所能了,"堂萨瓦斯说,皮肉松弛的屁股扭动了一下,"可我这根硬钉子不好啃呀!"(第72、73页)[1]

在这里,幽默同时起到了三重作用:(1)减弱了那位胖子阔佬靠注射胰岛素减轻痛苦的场面的冲击力;(2)强化乐观的理想主义视角。"可我这根硬钉子不好啃呀"是堂萨瓦斯说的,可是,这难道不也是对上校这个人物下的定义吗?这不正是对上校抵抗精神的总结吗?(3)掩饰了医生和堂萨瓦斯之间真正的争斗,或者说,两个社会阶层(金字塔顶端和中等阶层)或两个政治阶层(反对派和当权派)之间的争斗。借助幽默的方式,医生能够说出他对堂萨瓦斯的真实看法,同时不让对方察觉到这一点:真正察觉到那种情绪的是读者,读者明白"把他给毙了"的真实含义是什么,而这句话实际上是医生单独对上校谈起堂萨瓦斯时说的。幽默因素向堂萨瓦斯隐瞒了那些话的真实意图。

(十一)在描述"村镇"中占主导地位的历史视角的章节里,有一个场景是最重要的,在那个场景中,阿尔瓦罗的一句玩笑话如楔子一般嵌入进

---

[1]《没有人给他写信的上校》中文版,第73—74页。

了两种极端对立的事件里：（1）阿尔瓦罗和其他赌徒押了"十一"，后来在听从了上校的建议后，输了；（2）警察突击了那个抵抗者正在散发地下传单的地方。在这两场事件中，玩笑话就像让人呼吸到了新鲜空气一样，驱散了台球室里的紧张气氛。阿尔瓦罗说的玩笑话是：

>结果中的数字是"五"。
>
>"真对不起，"上校不好意思地说，怀着难以克制的负疚心情看着那只木板刮子把阿尔瓦罗的钱一下子给刮走了，"都怪我多管闲事。"
>
>阿尔瓦罗没看上校，而是微微一笑：
>
>"别担心，上校。**到情场上再试试嘛！**"
>
>忽然，吹奏曼波舞曲的号声停了下来，赌钱的人都举着双手散开了……（第78页）①

"到情场上再试试嘛"：这句话的通俗版本是"赌场失意，情场得意"，或者反过来说。这个诙谐的句子像一座桥梁，把情节中的两个紧张事件联系起来，那两种紧张氛围就从这个幽默的小洞蒸发了。不仅如此，这句俗话出现得恰到好处，使它凭空多了一层不言而喻的意义。它不再仅是一种修辞因素或没什么生气的话语了，而是变成了一种"原创"思想。针对存在于赌场和情场中的那种可逆关系的信念，是那种对人类命运持乐观的理想主义态度的概念的核心。在那个虚构现实中，"到情场上再试试嘛"这句话已经不再是真实现实中的意思了，也不仅是一种修辞式的表达了，而是变成了一种思想的充满活力的宣言，这种思想相信正义的存在，相信正义和不公、幸运与不幸是以某种"补偿式"的模式交替出现的，它将时间分

---

① 《没有人给他写信的上校》中文版，第79页。

为"好时辰"和"恶时辰"。《没有人给他写信的上校》中运用了一种魔术般的手法来表现幽默,在这种手法中,幽默不再是幽默了,它成了用来给那些最悲观、最过量的材料增添说服力的方法,或是用来展现观察压根儿就不美好的现实的一种视角。

第四章　大众视角
（《格兰德大妈的葬礼》）

　　《格兰德大妈的葬礼》这本短篇小说集是连通我们之前分析的虚构世界两极的桥梁：其中的故事交替发生在马孔多和"村镇"里[180]。它也是一座时间桥梁，因为那些故事发生在不同的时代里，而且每一篇故事都会将那个虚构现实中的某个特定时刻诠释清楚。从现实层面来看，这本书扩大了在社会层次方面的描写范围，向读者介绍了大众阶层的情况——在之前的作品中，大众阶层只是远远地现身，似乎只是一群杂居的闲人。不过这部作品最大的贡献在于打开了真实现实的某些维度，在客观现实和虚构现实之间搭起了某种之前不为人知的关系。在之前的虚构作品中，那种关系是激进的，与惯例相符：客观现实居于首位，虚构现实哪怕出现，也只能屈居次席，从人的主观意识（幻想、迷信或信仰）中衍生而来。相反，在《格兰德大妈的葬礼》中的某些时刻，虚构现实获得了具有侵略性的个性，成了有自主意识的东西，开始和客观现实抗衡。真实现实的客观层面和虚构层面之间的关系发生改变时，虚构世界里的环境也随之发生了变化。在这方面，这些故事也成了连接前一部作品（它的基础是客观现实）和后一部作品（主要建立于虚构现实之上）的桥梁。正如我们说过的那样，在加西亚·马尔克斯笔下的虚构世界中，短篇小说和长篇小说是在不断互相补充和修改的。

一、《礼拜二午睡时刻》：相对价值

　　《礼拜二午睡时刻》确定并拓展了我们对马孔多的某些认知。蕾蓓卡太太，那个整天担心鬼怪之事、坐在电风扇前无所事事的寡妇，之前的形象是模糊的，在这里清晰了许多：她的孤独状态已经持续二十八年了，她时刻生活在恐惧中，她杀死了卡洛斯·森特诺，一个被她认为是小偷的人。这个场景中还提到了一个遥远、神秘、阴影般的人物：杀死卡洛斯·森特诺的那把手枪"从奥雷里亚诺·布恩迪亚上校那会儿"就再没开过火（第19页）。这样简单的一句话却再次证实了那位形象模糊的上校对马孔多的重要性：他的名字就代表一个时代，一个历史时期。另一个再次出现在故事中的要素是死亡，直到现在，它一直都是难以避免的存在，无论是在马孔多还是在"村镇"都是如此。

外部与中心

　　在《伊莎贝尔在马孔多观雨时的独白》和《枯枝败叶》中，由于人物是用主观视角讲述故事的，因而我们对马孔多的印象始终有些模糊；此外，那些人物生活在小镇内部，却很少提及外部乡村的事情。在这篇故事里，我们既亲眼看到了马孔多之外的景象，也看到了镇子中心的样貌，我们乘坐在那列火车上缓缓前进，而在此之前那列火车呈现在我们面前的只有声音罢了。马孔多离海很远，靠火车和外部世界相连，火车穿越了无数个香蕉种植园、没有村镇的车站和许多像马孔多一样的小镇；种植园在离小镇还有一段距离的地方就停止出现了，也就是说，在马孔多和香蕉种植园之间有一片干旱荒芜、杳无人烟的无主之地。直到香蕉公司察觉到人们的敌意后，才利用那片土地搭建起了"装着电风扇的办公室"、"红砖砌成的兵营"和"位于沾满尘土的棕榈树和玫瑰花丛之间、阳台上摆着白色桌椅的住宅"(第13页)。香蕉公司的影响力是显而易见的：马孔多的房屋都是仿照那些兵营的式样建成的。我们的视野观察到的是八月某天下午两点钟的景象：我们来到废弃的火车站，地砖已经被野草挤得裂开了缝，迎接我们的是寂静炎热的街道。此时正是午睡时刻，各家的房门都关着，百叶窗也都拉了下来，有人就睡在巴旦杏树的树荫下，依然在开门营业的只有旅店、旅店内的酒馆、台球室和电报局。这些都没有修改我们对马孔多的既有认知：它们只是将那种认知具体化了，让它浓缩成了一些清晰的画面。马孔多的神父们此前一直远离故事中心，只是一些遥远的形象；而在这里，一位神父出现在了他的居所内，履行自己的日常职责，除此之外，他还要负责看管墓地。

大众视角

这篇故事在描写香蕉种植园时少了一点东西，即上校们每次提到"香蕉热"和"枯枝败叶"时都会带出的情感：轻蔑、愤怒。故事发生在"枯枝败叶"盘踞在马孔多的时期，但一次都没有提到他们；香蕉公司主宰那片地区，可是在提及它的时候，故事的语气不偏不倚，几乎可以说是冷漠。这是怎么回事呢？——因为无论《枯枝败叶》里的贵族视角，还是《没有人给他写信的上校》里的中等阶层视角，都和《礼拜二午睡时刻》中叙事者看待事物的视角不同。这里的叙事者来自金字塔底部：大众阶层如今成了观察这片虚构现实的群体。在整篇故事中，全知叙事者几乎从未离开目光，它一直在注视着环境，也在某种程度上注视着卡洛斯·森特诺母亲的头脑，两者观察客观现实的视角几乎混到了一起。那个女人不是贵族，也不属于中等阶层；她来自那个我们一直以来只能远远窥探的社会底层，来自搬家具、解尸体、钉棺材、赶动物的瓜希拉人所属的群体。我们是如何得知这一点的呢？——火车车厢共分为三等，那个女人坐的正是第三等车厢。她的穿着、她吃的东西、我们掌握的她儿子的情况等等都增添了疑点。毫无疑问，女人所属的社会阶层低于神父和他的妹妹。大众阶层也具体到了中心人物身上；在这之前，大众阶层只是一块背景幕布、一群群众演员。在他们身上，上校面对某些历史事件时所表现出的态度消失了：对香蕉公司的憎恨不见了，与"香蕉热"的对立情绪和对"枯枝败叶"的轻视也消失无踪了。所有这些情况，读者都察觉不到了。我们会看到，在接下来的几篇虚构故事里，每当叙事视角下降到大众阶层那里，那个虚构社会中的某些历史事件就会自动降温甚至消失。这一点很有趣：在那个虚构现实中，客观现实会随着观察它的视角的变化而改变。

我们从金字塔底层人民身上学到了什么呢？他们很贫穷，这篇故事就曾多次提及这一点。此外，我们还发现，在上面几个阶层的人的眼中，这一阶层仿佛只是一个无足轻重、千人一面的群体。但在近距离观察下，我们发现这个群体中的成员各有不同。他们不仅是仆人、雇工、乞丐，其中也有小偷。但他们不像堂萨瓦斯那样攫取钱财，而是从事货真价实的偷盗活动。对卡洛斯·森特诺来说，偷盗是再普通不过的营生了，做起来无所顾忌：无非就是拿起东西，逃走。他在这之前曾当过拳击手，也就是说社会底层也有拳击手。森特诺并不热爱拳击运动；他是个很普通的选手，每次比赛后都得在床上躺三天，而且他在那些拳赛中失去了所有的牙齿。这些人的穿着是怎样的呢？森特诺的尸体被人发现时没穿鞋子，穿着"一件法兰绒条纹衫""裤子很普通，没有系腰带，系的是一条麻绳"（第19页）。他的母亲来到马孔多时穿的是"一件被裁得像教士服一样的衣服"（第14页）。他们吃什么呢？妈妈和女儿吃的东西几乎一样：一小块奶酪，半个玉米饼和一块甜饼干。他们在想些什么呢？很难搞清楚：故事没有涉及他们的内心世界，完全是从外部描写的。在之前的那些小说里，这些人只不过是移动的躯体、活动的臂膊。在这个故事里，我们依然是从外部观察他们的，我们能感知的只有他们的行动和声音。

不过尽管叙事者没有给我们描述他们的心理活动，我们还是能通过他们说的话、做的事找到蛛丝马迹。他们面对某些历史事件时的反应与其他阶层的人的反应是完全不同的。另一方面，那个女人的自尊心还很强。这一点可以通过她对女儿行为举止的种种要求、两人在神父家表现出的姿态、在面对全镇居民的好奇心时表现出的傲慢态度看出来，她们对尊严的执着和《没有人给他写信的上校》的主人公很像：挂在脸上，情绪溢于言表。不过让那个女人的行为更通透、又给那个虚构世界带来新东西的还有一个更重要的情况：她评价善与恶的标准与前几本小说中的人物很不一样。"您就没试过让他走上正途吗？"神父这样问卡洛斯·森特诺的母亲。"他是个好人，"她回答道，"我对他说过，永远都不要去偷那些连肚子都填不饱的人，他听了我的话。相反，他当拳击手的时候却被人打得连续三天下不了床。"（第20页）说他是好人的依据就仅仅是他听妈妈的话，她让他别去偷穷人家的东西，他服从了，只偷有钱人。对于那个女人来说，如果脱离了具体的环境，偷盗就不能被归于抽象意义的恶。在《没有人给他写信的上校》中，希拉尔多医生谴责堂萨瓦斯的原因不是后者抢掠的方式，也不是他抢掠了些什么人，而是偷盗本身就是应当被谴责的行为，是一种绝对的恶。那个女人的价值概念却是相对的：在某些情况下，偷盗是正确的，在另一些情况下才是不好的事情。这取决于偷盗的对象和目的。她接受自己的儿子是小偷的事实，在那之前，她对儿子被打感同身受："那段时间我每次吃饭都能尝到每个周六晚上他们打我儿子的拳头的味道。"（第20页）她认为那个小伙子并非天生就是小偷，没有哪种命运昭示她的儿子肯定会当小偷。他偷东西是某些环境因素造成的（为了生存，好让别人不再继续打他），而且他还很有分寸（不偷穷人家的东西）。这些环境因素和限制条件，使他尽管当了小偷，可他"还是个好人"。在其他的环境中，那些偷盗行为是可以把他变成"坏人"的。作为孤立行为的偷盗不足以被用来定义一个人的好坏。这种相对化的概念使思想从属于行动、抽象从属于具体。价值标准是由社会环境决定的：这个具体而多变的框架可以用来评价行动的正确性。这一点非常重要：那个女人摧毁了马孔多的根基，她的理念和上校们的想法是完全对立的。对上校们而言，他们去做某事是因为事情本身是有价值的；可对她来说，价值是由事情本身和做它的方式共同决定的。这个女人认为人的命运并非天生就是不祥的，而且恰恰相反，本质是行动的结果。当叙事者的视角从上层阶级和中层阶级移到大众阶层的时候，马孔多里自由的概念也就失去了锋芒。那个女人的社会经验和之前几部小说中的人物大有不同，它修正了男性人物的视角。因此，社会阶层不止是通过资产多寡来进行区分的，也不仅仅取决于他们做的工作，而同样与他们看待生活的方式和距离相关。

叙事形式

在《礼拜二午睡时刻》中，我们碰到了从《枯枝败叶》起就已熟识的情况：某个天真的人物面对某种残忍的局面。在《枯枝败叶》中是一个小男孩，在这里则是一个小女孩，两个残忍的局面都与死亡相关。这个故事中的戏剧性要更强一些，因为死者是小女孩的哥哥，而且小女孩还要面临另一个附加的残忍因素：羞辱。故事开始时，死亡已经发生了；而羞辱则要等到故事结束之后才开始。在故事中期，在那两场已被遗忘的紧张事件中间，小女孩才算真正出现。不过故事中最有力的还得算是那个女人面对两种焦虑情绪的场面：儿子的死以及穿过街道走向墓地时人们从窗口墙角向"小偷的妈妈"投来的目光，那无疑会让人羞愧难当。这种局面是很富有戏剧性的。这次叙事者要怎样避免危机呢？不是靠幽默；这次作者用来阻止因超过限度的叙述而造成故事可信度下降的手法是沉默，在某些信息的处理上采取了变戏法式的手段。某些基础事件变成了隐藏材料。第一个重要的戏法就是写作和现实层次的视角。全知叙事者似乎被严格限制：他没有揭示那个女人的内心活动，也没有指明她的情绪变化。不过，这也恰恰是关键，她的外在举动小心翼翼地掩饰了一切。客观的、视觉化的语言与那个女人参与的戏剧性情节的性质刚好相反，后者理应是内在的、主观的。在把视野严格局限在外部层次、只描写女人外在可见的行为时，叙事者实际上就强迫我们去猜测或虚构最主要的东西：人物内心的痛苦，以及她为了向别人掩饰这一点而做出的残酷努力。

这个故事的"火山口"是一个省略式隐藏材料：母亲和小女孩迎着镇民充满恶意的好奇目光，体面地穿越小镇、走向墓地的画面，它（就像《枯枝败叶》中的送葬过程一样）将在故事结束后发生。整篇故事都在为它做铺垫，但是又不把它写出来，故事激发了我们的好奇心，却不给我们揭晓谜底。因此读者会被迫参与进来：他必须自行想象那幅画面。这个举动具有决定性的意义，因为那个女人的个性和情绪必然是与画面所呈现的东西相悖。故事留下了空白，而这个空白将由读者填补：那个隐藏材料才是故事的核心。还有一些次要的隐藏材料。有一处省略式隐藏材料：我们没能确切得知卡洛斯·森特诺是不是真的要到寡妇蕾蓓卡家行窃。他当过小偷，这一点是他母亲承认的，他很可能确实是要去偷东西。不过如果情况相反，我们也不会感到惊讶。那个寡妇"觉得……有人正在试着撬门"，叙事者是这样说的，但是他同时也说过那个女人"二十八年都是战战兢兢地过来的"（第19页）。如果说她是因为恐惧而判断错误了呢？因为故事中还有个有趣的细节：寡妇是"精准地冲着门锁的高度"开枪的，而卡洛斯·森特诺死时"鼻子被打烂了"。如果他只是在窥探呢？如果说这次他不是小偷，而只是个偷窥狂呢？

此外还有一系列倒置式隐藏材料，它们大多是叙事者为了吸引读者的注意力、激发他们的兴趣、让他们保持耐心而设置的，叙事者会在故事中揭晓谜底。故事一开始，我们看到女人和小女孩在车厢里，它们穿着"破烂的丧服"（第13页）。她们为什么要穿着丧服呢？这个谜团在我们得知她们是卡洛斯·森特诺的母亲和妹妹后就揭开了，同时揭开的还有她们这趟旅程的原因和目的（第18页）。在这之前，我们只是怀疑这趟旅程与她们身着丧服有关，毕竟她们还拿着花。她们要去哪儿？这个问题在母亲指示小女孩说在她们即将到达的那个地方"哪怕渴死也不准喝水，更加不能哭"（第15页）之时浮现了出来。为什么小女孩必须这样表现呢？[181]气氛中飘荡着某种不安和躁动：所有这些空白都将在神父家中得到填补。但是在那里也会生出新的隐藏材料，再次激发读者的好奇心，也让他们再次集中注意力。神父打开临街的门（"那个点，街上一般是不会有人的"），想让女人和小女孩到墓地去："就在那时他明白了。"（第21页）他明白了什么？隔上六行文字，我们才看到谜底："'大家都留意到了。'他的妹妹说道。"他们留意到了什么？又是怎么留意到的呢？通过几处留白和暂时性的省略，故事把我们带到了结尾处的巨大空白之中："她牵起小女孩的手，走上了街。"

不过隐藏材料法并非这篇故事组织叙事材料的唯一技巧。在时间视角方面还存在两处"变化"或"质的飞跃"（在第二个例子中）。叙事者位于当下，讲述刚刚发生不久的故事（女人和小女孩来到马孔多，她们和神父的对话，她们离开神父家前往墓地）以及发生了一段时间的故事（卡洛斯·森特诺之死，他当小偷和拳击手的事）。第一个变化——森特诺之死——发生时，空间视角并没有发生改变。叙事者闪回到过去，讲述道："一切都开始于……小镇里没人认识他。"（第18、19页）这种回到基础事件上的变化是为了解释清楚之前设下的隐藏材料：女人和小女孩为何来到马孔多、为何身穿丧服、为何在那里要做出某些举动。第二个时间变化同时也是中国式套盒，因为那个向读者们讲述卡洛斯·森特诺变成小偷的过程的声音，不再是全知的叙事者了，而变成了那个女人对神父讲述往事（故事套故事）。正是因为有了这样一场对话，我们才能了解到那位母亲的价值观。

环境中的人物

　　本质主义的概念决定了刻画人物的方式：每个人物都代表一种不变的本质，他们身上的特点会不断重复出现，给人以似曾相识之感。此处，在那位女人看来，如何定义一个人要看那人所处的环境，只有了解了那种环境，才能理解人们的具体行为。在这一新概念的框架下，刻画人物的方式也有了新变化，只有在具体的框架下才能相对解释人物的特点，因此再也没有什么特点是绝对的。那个女人"透着股习惯了贫穷生活之人特有的镇静劲儿"（第14页）。"镇静"不是某种本质特点，只能算是特定环境的产物。她"镇静"的原因是贫穷，而且她已经习惯这种状况了。如果她不贫穷，可能也就不镇静了，或者她的镇静会变成另一种样子。寡妇蕾蓓卡"孤独地过了二十八年，恐惧已经弥漫了她的全身"（第19页）。恐惧也不是一种本质特点，它同样是环境带来的：孤独。如果她不是孤身一人生活了那么长的时间，她就不会变成一个疑神疑鬼的女人。神父的办公室干净有序："看得出那间办公室是由一个单身女人打扫过的。"（第17页）那个女人之所以喜欢把一切整理得干净有序，就是因为她单身的状态。如果那种环境消失了，也许她就不再那么爱整洁了。通过这种叙事方式，我们能看出那个虚构现实由绝对化的、形而上学的世界向着历史的、相对的世界转变的过程。

二、《平常的一天》：肉体苦痛与政治暴力

在《没有人给他写信的上校》中，那位脸颊浮肿的镇长曾远远地望着书中的主人公（第15页），那一幕可以被视为这篇短篇小说的先声，这篇讲的是牙医奥雷略·埃斯科瓦尔在没有麻醉的情况下给镇长拔除折磨了他五天的臼齿的故事，而镇长实际上是他的政敌。这个故事后来又在《恶时辰》里重新上演了。镇长曾出现在故事背景为"村镇"的两部长篇小说里，因此，尽管《平常的一天》里没有明说故事发生地点，我们还是可以通过这个人物来推测故事的发生地也是"村镇"。这篇故事可以被视作对其先声故事的拓展，《恶时辰》中的类似情节也是一样，这部长篇小说进一步丰富了在《平常的一天》中只是隐约可见的社会及政治内涵[182]。在两段情节中，身体上的疼痛都象征着政治暴力，只不过这一点在《恶时辰》中表现得更激烈一些。在《咱们镇上没有小偷》里的一幅中，也有类似的社会暴力的象征存在：安娜看到达马索潜入的台球室的门上"有一个门环像臼齿一样被拔掉了"（第37页）。这又是天真的人物面临残忍局面的例子。

反对派与中等阶层

叙事视角从金字塔底层向上抬升——从前一个故事中的大众视角向上升去——升到了中等阶层的位置上，在这里的代表就是牙医和镇长。这一阶层生活的朴素状态可以通过埃斯科瓦尔的着装看出（"条纹衫，无领，用一枚金色的纽扣扣住领口""松紧背带裤"）（第25页），他的诊所"天花板上墙皮脱落"，结着"粘着蜘蛛卵和昆虫尸体、布满尘土的蜘蛛网"（第28页）。科学与技术显得既不起眼又不合潮流，这一点从"旧木椅、踏板牙钻机"、"里面放着几个瓷瓶的玻璃橱柜"、"痰盂"和"洗手盆"等摆在"可怜的小厅"里的物件就能看出来（第27页）。埃斯科瓦尔是个"无证牙

医"，这一点也很重要。从社会层面来看，具有主导性的事件是政治因素的重新出现，它在《礼拜二午睡时刻》中消失了，在那篇故事里，叙事视角下移到了大众阶层身上。当这种视角再次上移到中等阶层一边时，政治就又重新成为社会生活中的重要因素。牙医和镇长之间的关系与政治息息相关：前者是反对派。这条信息与《没有人给他写信的上校》透露的信息都为我们提供了一种假说：在那个虚构社会里存在着政治对立，反对派似乎主要存在于中等阶层之中。埃斯科瓦尔的地位与《没有人给他写信的上校》中的反对派——医生、裁缝铺的学徒们——的地位很像。这一假设将在其他几篇短篇小说以及《恶时辰》里得到证实，在那些故事中，医生、牙医、理发匠都再次以反对派的身份出现。而且在那里，我们还会验证下面的结论：大众阶层不仅对"香蕉公司"和"枯枝败叶"态度漠然，而且对广义的政治也缺乏兴趣。虚构现实逐渐确立了属于它的法则。

在《平常的一天》（只有将这个标题与政治联系起来，它的可怕之处才会显现出来）里，关于"村镇"政治局势的信息出现得很少，但是已经足够渲染故事，已经可以让读者感受到围绕着故事的制度性暴力的背景及其赋予故事的意义。人物们的态度和事件本身由于那一框架而获得了真正的意义。镇长是一名"中尉"：他身具政治-军事双重身份，这使他代表的政权显得十分可疑。那个政权对强权政策的推行是显而易见的，这一点通过牙医给镇长拔除坏牙齿时说的话就能看出来："您今天在这儿算是给我们偿还二十条人命了，中尉。"（第27页）镇长没有反驳，证明牙医把二十条人命算到他头上并不让他惊讶。这时候我们也就明白他曾做出的威胁是十分严肃的："他说你要是不给他拔牙，他就让你吃颗枪子儿。"（第26页）这显然不只是虚张声势。牙医也是这样认为的，所以他的第一反应就是检查左轮手枪是不是在抽屉里。另一个可以说明问题的信息是：人们身上都带着武器。牙医在工作的时候也把武器放在触手可及的地方，以便随时应对紧急情况。紧急情况？也许最不寻常的就在于他听到镇长威胁冲他开枪时表现出的淡然态度了。他回答得异常平静，又看了看自己的左轮手枪："对他说，让他来毙了我吧。"似乎这样的事情并不罕见，而是经常发生。甚至连牙医十一岁的儿子都显得十分淡定，他把那种威胁当作稀松平常的信息传了过来。"村镇"的日常生活看上去和武器、威胁有着紧密的联系。镇长和牙医之间的敌对关系与政治相关，这一点是毫无疑问的：这是对"您今天在这儿算是给我们偿还二十条人命了，中尉"这句话的合理解读。暴力使人们的关系恶化，它渗透了"村镇"的各种职业活动。此外，当局还很腐败。起码镇长很腐败：他毫不羞愧地对埃斯科瓦尔说他的钱和镇政府的钱"都是一回事儿"（第28页）。

离开了这种制度化暴力的背景，整个故事的戏剧性也就不复存在了：那颗坏牙被冷冰冰地拔了出来，这实际上就象征着"村镇"生活中的野蛮性。在这个例子里也有一位天真的人物作为残忍局面的见证者。那个小男孩甚至连一具躯体都算不上，他只不过是在牙医和镇长之间接收并传递紧张对话信息的声音，他传递的最重要的信息就是后者发出的威胁。镇长的威胁是斩钉截铁的，但是经过那个"天真"的声音的过滤之后，暴力因素似乎变得别有一番滋味了。

变化与质的飞跃

这篇故事的空间视角是：由全知的叙事者在事件的最近距离上讲述故事。不过有时也会出现变化（可是这些变化发生得太快，读者往往难以察觉，或者只能察觉到它们引发的后果）：故事开始时的视角是面对着牙医的，后来转移到了小男孩的声音上，然后再回到牙医那里，接着在很短暂的时间里从牙医身上跳跃到了真正的目光和思想之中："在感觉牙医走过来时，镇长蹬了蹬脚后跟……""镇长看着他的眼睛……""镇长没有把目光从他身上移开……"这篇故事的时间视角是：叙事者从现在出发（我们不可能知道故事结束之后会发生些什么事情，不过可以确定的是肯定还会有事情发生），讲述的是刚刚发生的事情：从牙医打开诊所的大门到镇长离开。这里也存在两次时间变化，镜头飞速闪回主要事件之前发生的事情：牙疼了"五个晚上"和"二十条人命"。现实层次的视角则与上一篇故事保持了一致：叙事者从客观现实的角度讲述同样发生在客观现实中的故事，而且几乎一直都是从外部层面进行讲述的。说"几乎"是因为还有三次变化是由客观现实层面向内心层面转变的："牙医从他那憔悴的眼神中看出他度过了五个绝望的夜晚"，镇长"觉得腰部起了阵阵空洞的凉意"，而那颗坏牙"让他觉得奇怪，他不明白这玩意怎么可能折磨了它五个晚上"。叙事者并没有深入人物的内心，不过这些信息显然不是在外部层次上出现的，只有感受到它们的人物、叙事者和读者才能知道它们的存在，其他人物是不行的。

这篇故事的"火山口"是拔牙——它体现了故事中所有的暴力元素。不过这一事件中却满是省略式隐藏材料：牙医不使用麻药是因为镇长"沤脓了"还是出于政治报复？狡猾的叙事者是这样描写埃斯科瓦尔俯身检查的一幕的：

> 检查完坏牙后，他手指用力，掰正了镇长的下巴。
> "用不了麻药了。"他说道。
> "为什么？"
> "因为沤脓了。"（第27页）

看到沤脓状况的不是叙事者，而是牙医本人。他的话是真的吗？我们不得而知。在他的儿子向他转达威胁的话语时，他似乎下定了决心不给镇长看病,甚至打算使用那把左轮手枪。他是什么时候改变主意的呢?是当他"从他那憔悴的眼神中看出他度过了五个绝望的夜晚"时。于是他"轻声说道:'请坐'"。他之所以改变主意,很可能是因为想让镇长受罪,就像那句话中暗示的那样:"您今天在这儿算是给我们偿还二十条人命了,中尉。"不过真相也可能是因为牙医在看到镇长的痛苦神情及沤脓状况后生出了恻隐之心。如果是这样,那么提到那二十条人命就只是出于偶然了,与他的行为没有必然的因果关系。这种不确定性恰恰丰富了故事中的关键事件。

和《礼拜二午睡时刻》一样,叙事者选定的现实层次决定了故事的风格特点:客观、科学般准确、缺乏幽默、充满视觉画面。故事中最重要事件发生的层次和故事整体所处层次也存在着同样的、具有象征意义的对抗状态。可怕的事情是发生在内部的,是在现实世界中不可见的:痛苦。语言只展示了镇长的外在特征:留着胡子、浮肿的脸颊、牙医说的有关人命的话。那种干瘪、中立的书写方式淡化了故事所蕴含的野蛮性。

三、《咱们镇上没有小偷》:族群与虚构现实

尽管在《咱们镇上没有小偷》里作者并没有提及故事发生的地点,但是通过有的细节,我们还是可以判定该地点就是"村镇":码头、船只、"叙利亚人"。当我们在《恶时辰》中再次看到台球室老板堂罗克出场时,我们终于确认了这一推断。他是这篇故事中唯一再次出场的人物,不过这篇故事还是与其他故事存在着许多"联系"。和《枯枝败叶》一样,当局十分腐败:妓女葛洛莉亚塞了"二十比索"给镇长,就逃掉了牢狱之灾(第49页)。《百年孤独》中庇拉尔·特尔内拉、何塞·阿卡迪奥和奥雷里亚诺·布恩迪亚的情爱—母亲般的关系在这则故事里的达马索和安娜的关系中

已经初露苗头（后者比前者大十七岁）。布恩迪亚家的那两人与庇拉尔·特尔内拉的"迟延式"乱伦关系与达马索和安娜的关系很像。这里面也存在着修辞层面的联系。对于安娜来说，达马索偷东西是因为受到了"恶时辰"的影响，《没有人给他写信的上校》中阿古斯丁的死之于他母亲也是一样。在舞厅里，那位旅行推销员让叙事者（可能是达马索）有了这样的想法："他看上去可真快活，要是双腿双手之间再多条尾巴出来，他会更快活的。"（第56页）在这个虚构世界里，就像简单的玩笑话一样，长尾巴的人的形象出现了。这一形象在《恶时辰》中又一次出现了，镇长看到"有个人走起路来就像拖着条巨大的尾巴"（第161页）。我们已经分析过给镇长拔牙这一事件是如何在另一则故事里留下痕迹的，它瘦身成了一幅纯粹的修辞画面（门上的铁环"像一颗坏牙一样被拔掉了"）。这里的例子是反过来的：一幅修辞画面出现在了两个故事中，最后成了《百年孤独》的主题之一，在那本书里，生出一个长着猪尾巴的小孩是整个布恩迪亚家族的梦魇（最后出现了两个这样的人）。

大众视角的观察

这篇故事的叙事视角再次回到了金字塔底部，大众阶层再次开始观察那片现实了。这样处理的结果就是我们在分析《礼拜二午睡时刻》时指出的那样；故事不再重压在虚构现实之上（既不写香蕉公司，也不写香蕉热和"枯枝败叶"），而且政治因素也被剔除了。没有出现与"村镇"的建立和过去相关的信息，这个故事所描写的全都是现在发生的事情。相反，大众阶层的视角进一步得到了丰富：他们的习惯，他们是怎样的人，他们的活动、娱乐方式、价值观。我们能够看到这一阶层内部也是很多样化的，只不过从中等阶层和金字塔顶端望去，这群人仿佛仅限于雇工、乞丐和仆人。那两个阶层没有出现在这个故事中，这里只有对大众阶层的细致刻画，仿佛在做尸检报告一样认真。这个阶层包括：粗人、妓女、流浪汉、小偷。从近处或内部进行观察之后可以发现大众阶层的组成部分是很复杂的，包含了不同的族群。

安娜和达马索住在一个大杂院里，"那里的房屋外观相同但彼此独立，共用的院子里到处都是晾衣绳"（第34页）。他们的日子过得很紧巴，生活条件很不卫生，也没有洗澡的地方，达马索就在屋外露天处撒尿，用和邻居们共用的水龙头来洗漱。屋子里的墙壁"薄得像罐头皮"，地面是土地，仅有的一间屋子既是跟安娜住的，也是干活的场地，里面摆着"做饭和烧熨斗用的炉子，还有张用来吃饭和熨衣服的桌子"（第34页）。屋子靠一盏"煤油灯"照明，安娜用"杂志封面"和"电影明星海报"糊满了墙（第52页）。这些睡觉时也穿着白天穿的衣服的人很喜欢五颜六色的东西。达马索穿着件"红格子衬衫"，女人们则穿着"亮色衣服"，舞厅里的妓女先是穿了件"红衣服"，后来又换了件"带大黄花的衣服"，甚至连他的儿子在睡觉时都"裹在五颜六色的布里"（第47页）。从社会的视角来看，社会现实中的一切都是五光十色的。"村镇"比以前更光鲜了，人口也更多了。我们看到镇子里有了集市，农村的人们每逢星期天就会带着"要卖的东西"到那儿去。我们听到了集市中传出的嘈杂声，感觉到了里面的色彩，看到了讨价还价的场面："卖油炸品的摊位和摸彩的桌子之间还搭着帐篷"（第39页），"公共集市上显眼的日用品店，穿着亮色衣服的女人们领着孩子们刚做完八点钟的弥撒"（第46页）。

"村镇"里存在着丰富多彩、绚丽多姿的平民生活，只不过我们之前一直忽略罢了。体育运动也借由这一阶层进入了这片虚构社会之中。"国家棒球锦标赛"占据了达马索和其他聚集在台球室里的人大部分的消遣时间（第39、45、46、53页）。电影院在此之前一直与封禁和偏见联系在一起，如今也丢掉了负面色彩，成为大众娱乐场所。电影院的乡土气息依然很浓

（没有屋顶），我们看到那里正在上映的是坎廷弗拉斯主演的电影，我们还看到电影也影响到了人们的日常生活：安娜用明星海报来装饰屋子，人们管达马索叫"豪尔赫·内格雷特"（第39、47页）。但是镇子里最主要的娱乐场所还是台球室。达马索"把他人生中的大把时间都用在坐到长靠背椅上看台球比赛"了（第42页）。人们在那里喝酒、打牌、听棒球比赛直播节目、听音乐（比如墨西哥歌曲）。之前故事中的轮盘赌消失了。对于达马索和其他盼望着台球室重新开门的"激动的客人"来说，那里有时就像家一样，它还是"村镇"的象征。因此达马索在偷走台球室的台球后一直感到良心难安："全完了……我们无意中毁了整个镇子。"（第53页）此外，如果说台球室是达马索白天的避难所，那么舞厅就是他入夜后的家，那里出现了一众社会边缘人士。那里是饭店、酒吧、舞厅和妓院的混合体。那里的房间"宽敞又简约，里面的装饰物是用褪色的纸做成的花环"，在舞厅的一个角落里有"一支乐队在敲击木板台子"，每演奏完一曲，他们就会下场收钱。里面还有一个柜台、一个餐厅（那里提供啤酒、菜豆米饭和煎肉）、一个养着动物的院子，妓女们的小房间就分布在那个院子里。除了妓女之外，舞厅里还有个酒保，他的"脸上涂了粉，耳畔还别着枝康乃馨"，说起话来嗲声嗲气的。他是那片虚构现实中仅有的两个娘娘腔[183]。客人们自然都是男性，都属于达马索的那个世界，尽管其中也有几个外乡人（第46、55页）。

  视野不仅下降到了大众阶层，在这一阶层内部，它还下降到了最乌烟瘴气的群体之中：妓女、流浪汉、小偷、姘头。故事开始时，达马索是个粗鲁放肆的人，而且刚刚开始当了小偷。不能说他偷盗的效率有多高，但确实用了挺多技巧。他的作案工具是"万能钥匙、手电筒和小刀"（第32页）。他可能是个未来大盗，但当下已经当了靠好几个女人养活的唐璜。他凭什么能吸引她们呢？毫无疑问凭借的是他二十岁的年纪和容貌：安娜和妓女都管他叫"豪尔赫·内格雷特",她们为他着迷。他的男性魅力达到怎样的程度,能够把她们迷成这样呢?达马索的脸"因为长满麻子而显得僵硬",精心留着"两条小胡子",让他"平添了几丝温柔"(第35页)。他的优雅之处体现在颜色鲜艳的衬衫和法兰绒上衣上,他像"风尘女子"一般注意自己的容颜:"一根根地打理胡须""细心地梳头",这些事每天都会花掉他三个小时(第39页)。他没有工作,对待那些给他食物、香烟和衣服的女人也时常显得盛气凌人。他甚至会毫不犹豫地打她们,直到见血为止。不过比起"典型的大男子主义男性"来,达马索更像在故作姿态:他模仿拳击手的脚步,在喝醉酒时还会宣称食物是给女人准备的东西,因为"男人是不吃饭的"(第58页)。

新的习惯

那个虚构社会里发生了真正意义上的变革:大众阶层和其他阶层在习惯上存在着巨大的差异。婚姻成了陌生的概念:同居、姘居和在妓院里寻花问柳倒是屡见不鲜。人们结合和分手的速度都很快,这不仅适用于分析那个妓女和达马索的关系,洗衣女工安娜和他的关系也是如此,安娜"从床上看过那些人像那么多次,从未注意到它们的颜色已经快褪光了"(指的是墙上的海报)(第52页)。宗教在这些人的生活中占据着十分低下的地位,所有伦理和思想上的内容都被摒弃了,剩下的只是惺惺作态罢了:达马索是"画着十字"进入那个他偷盗过的地方的(第61页)。当局也给这一视野增添了一幅粗暴的画面:人们在电影院殴打那个黑人,用不给他吃饭的方式来折磨他,还把他捆在甲板上受太阳暴晒。在达马索行窃那一晚,安娜梦到他"浑身是血"。这些画面描绘的并非是政治上的反对派,而是生活在社会边缘的人们。他们既不在意"村镇"的过去,也不关心政治:对于这些人而言,生活就是他们正在经历的现在和想象出的、希望拥有的未来。

他们立足当下，也展望未来：这和那些上校的情况刚好相反，那些人虽然也立足当下，却一直在回头看向过去。

讲求实际的道德观

这一社会群体与其他群体的区别也体现在道德观和思想意识方面。达马索和安娜对善与恶、正义与邪恶的理解是非常奇特的。对于那些上校来说，不道德的东西、陋习、罪过只是他们日常生活的组成部分，是平常事。他们觉得姘居、嫖妓、偷盗都不是绝对意义上的不道德行为，中等阶层和上等阶层的人则不是这么认为的。在达马索和安娜看来，绝对的价值（非价值）是不存在的，卡洛斯·森特诺的母亲也持同样观点。不过，这并不意味着他们和《礼拜二午睡时刻》里的那个女人在所有观点上的看法都一致。对于这个女人来说，如果一个人是为了生存才去偷东西，而且偷的对象又是有钱人，那么这就是正当的行为。安娜和达马索在这件事上的立场就不是那么清楚了。不过就算是这两个人，也不会在任何事情上都保持一致，他们在道德观和思想意识上仍然存在分歧。值得强调的是，除了反对派，这个虚构现实中又出现了一种新的冲突，而且这种对立状态在之后的几部虚构文学作品中将起到关键作用。

安娜观察世界的视野是个体化的、相对的、讲求实际的。她评判偷盗行为的标准就是看偷盗的结果如何：只要干得漂亮，偷到了东西，就是好的；干得不漂亮，没偷到什么东西，就是不好的。为什么不好呢？因为一个人在偷盗时是"赌上性命"的，他是冒着"被人打一枪"或"浑身是血"的风险的。生活之于安娜就是一场战争，所有的行为都是对抗敌人的大小战役：打仗就是要赢，而不是要输。她不认为达马索偷堂罗克的台球室有什么问题，她不明白的是达马索为什么要冒那么大的风险偷三个台球回来："他们本可以给你一枪的，"她失望地说道，"你冒那么大的风险就是为了偷几个球嘛。"（第32页）她认为"没人会蠢到偷几个球出来"（第53页），因为"既然去偷了……就应该偷些值钱的东西"（第54页）。偷盗不一定就是"坏事"，得看偷得"好不好"。这种想法和堂罗克的想法如出一辙，他在惊讶地发现达马索之后显得有些"困惑"，并嘀咕道："我真不相信你竟然这么蠢。"（第63页）他决定把达马索交给警察，不是因为他偷了东西，而是因为他"蠢"（第64页）。和安娜一样，堂罗克也认为偷盗只是一个聪明或蠢笨的问题。

但安娜也不是在任何事情上都追求实际效益（在这个社会阶层里，连相对概念本身也不是绝对化的术语）。她的自私和算计都在达马索面前烟消云散了。那个小伙子不是她的中转站，而是她的目的地，她在乎他胜过在乎自己。这一点从她竭力阻止达马索返回台球室还球的场景就可以看出来："只要我还活着，你就别想走出这个门""我保证明天由我来把它们还回去""你可以说是我偷的……我现在大着肚子，他们是不会把我关进牢子去的"（第58、59页）。事情一旦和达马索相关，安娜就变得大方了，理智让位于情感，因为达马索是有被关进监狱的风险的。爱情因素，或者说某种类型的爱情随着安娜进入了那片虚构现实之中。不妨将他们与之前出现过的那些乏味的、无关紧要的伴侣进行比较，例如伊莎贝尔和马丁。这里的爱情与肉体和欢愉的结合更加紧密。安娜无时无刻不在触碰达马索：她摸他、拥抱他（第31页），亲吻她、靠在他的肚子上、用膝盖夹着他的腿（第33页），在广场上"用手指戳弄着他的后腰"（第50页）。这里的爱情与本能相关。从其他社会阶层的角度来看，生活在社会底层的人们是否表现出了某些"动物性"呢？达马索长着"公鸡的眼睛"，安娜叫他"公驴"，还冲他喊着"动物，动物"。从达马索所在的位置来看，舞厅里的那个外乡人长着"兔牙"，"像猴子一样跳动着"，如果"多条尾巴"他会更快活的。就好像其他阶级（在无意识中）强加的那种动物性已经被大众阶层的人们

(在无意识中)接受了一样,似乎那也成了区分他们的一种方式。

达马索并不那么讲究实际:他信奉的是一种夹杂着好奇心的、理想化的相对主义。他自然不相信什么抽象价值和普世价值,不过他和卡洛斯·森特诺还不一样。他不是因为生活需要才去偷东西的:"问题是进去后……我总不能空手而归。"(第33页)问题不是去偷什么特殊的东西,而是要向自己证明他能够偷到东西(哪怕只是三个台球)。偷盗是证明自己的一种方式。他在给安娜讲述偷盗细节的时候,就像"在回忆一场旅行"或"一次冒险"(第33页)。偷盗对于达马索来说是一种内在的、智力的行为,它能够证明他的能力,这与他偷到什么东西无关。为什么当他得知堂罗克到处声称小偷除了三个台球还从台球室偷走了两百比索时,会表现得那样愤怒呢?他的第一反应是一种不理智的冲动,他要"当面驳斥"堂罗克,因为后者撒了谎,因为他说了那个谎言。为什么偏偏是为了那个谎言呢?因为那个谎言使他的行动功利化了、物质化了,而他打心底里认为自己的行为是纯正的、与金钱利益无涉的。这个持相对性观点的人还是个理想主义者:偷盗是圆梦的一种方式。达马索最喜欢做的事之一就是幻想,幻想那些不可能实现的事情。那些奇思异想包括:"我要挨个镇子走下去……从这个镇子里偷走台球,再到另一个镇子里卖掉。所有的镇子里都有台球室。"(第44页)他说这话的时候"完全陶醉在了自己创造的激情中",他要在事成之后买"一大堆衣服""五十双鞋"。一旦把计划说出来,他就将它忘掉了。他已经将计划完成了,因为他在幻想的世界里经历了那一切:"他这人有个优点——能怀着极大的热情构思一堆计划出来,再以同样的热情把它们忘掉。"(第45页)对他来说,重要的不是具体的偷盗行动,而是偷盗的想法。他很个人主义、流氓无赖、爱做白日梦,面对性的态度也和安娜不一样:他表现得并不饥渴。他就像例行公事一样和人做爱。客观现实中的达马索身上有一部分东西缺失了,因为他个性中的一个重要部分生活在虚构世界中。他不讲求理性，而是追求感性。他后悔了，因为他的偷盗行为改变了台球室的氛围："全完了……我们无意中毁了整个镇子。""村镇"对他的意义与对上校们的意义不同。它不是一个抽象物体或一段历史，而是一个可以听广播、喝啤酒、和朋友们聊天的地方。

这篇故事的主干，或者说最具有活力的情节，就是这两种态度之间紧张关系的发展，我指的是安娜的实用相对主义态度和达马索的理想相对主义态度，主要线索是偷盗台球事件，它推动了故事的发展。那几个台球（就像《巴尔塔萨午后奇遇》里的鸟笼、《周六后的一天》中如雨水般坠落的鸟以及《恶时辰》中的匿名帖一样）在人物身上引发了不同的反应，不仅揭示了每个人物的思想，还揭露了一种冲突对立状态，它从故事开始就把那片虚构现实分割成了两种敌对的力量：真实与虚构。

幻想之物

这种冲突在这则故事里表现得还有些模糊，不过会在之后的小说里逐渐清晰起来。那两种现实维度的对立在这篇故事里以一种理智而符合逻辑的方式消散了：达马索失败了，他要被关进监狱了，不是因为偷盗，而是因为愚蠢。他之所以受到惩罚不是因为偷盗行为，而是因为他的幻想、他不讲求实效的做法、他不理智的行为。故事的标题并非为某种针对罪行的美德取得胜利而呐喊，它呐喊的对象是非理智中的理智。换句话说：以虚构替代真实是不可能实现的。达马索的失败证明了他的边缘地位，他被人们从普遍认知占上风的社会中赶走了。这篇故事看重安娜和堂罗克的逻辑，贬低达马索的逻辑。尽管那个小伙子被打败了，但虚构第一次以存在物的形式出现在了那片虚构现实之中，人们的主观思想是不甘心永远被关在牢笼之中的，它们有自主意识，迫切希望成为独立的存在物。以这篇故事为起点，幻想之物的解放进程开始了：虚构现实最终将会完全被它吞噬。

这种虚构要素不仅通过达马索的某些态度展现出来，而且分布得十分零散，总是带着一种模糊的感觉。有两处省略式隐藏材料也可以被看作这种幻想之物的代表：两百比索和那只神秘的白猫。达马索到底有没有偷那两百比索呢？在堂罗克和达马索在台球室对峙之前，我们一直觉得他没有偷。"那两百比索呢？"堂罗克说道。这时本来坚定的读者们动摇了。那人斩钉截铁地声称，钱就放在抽屉里，那么疑问就来了。不过同时显而易见的是达马索没有从那里把钱拿走。那么钱是怎么消失的呢？奇怪、可疑、让人不安：虚构的阴影从窗户中渗了进来。那只猫呢？尽管达马索把大把时间花在了台球室里，却从没在那儿见过它。它只出现了两次，还都是在夜里，在阴影中，在达马索偷摸进台球室的时候。这种"巧合"使那只猫变得神秘，而且显得"不真实"。那只猫究竟在白天也会出现，还是只在夜间出没？它存在于客观现实还是虚构现实之中呢？一个有趣的细节是安娜·达马索长着一双"猫眼"。也许甚至连那个娘娘腔酒保的出场也有双重意义：这个"脸上涂了粉，耳畔还别着一枝康乃馨"的男人代表试图入侵客观现实的幻想的力量，那是一种思想的现实、虚构的现实，它与虚构现实相对立，目的是让自己成为一种真实的存在。此外，安娜在睡着时还见到过一些"黄油人偶"：梦是幻想之物进入那片虚构现实的另一种途径。

创造神话

这篇故事还描绘出了真实情况的相对性，展示了某件发生在真实层次的事情转移到另一层次的过程，以及传说与神话是怎样被创造出来的。达马索摸进台球室，偷走了三个台球。这个简单的真相在"城镇"发展的过程中变成了某件不一样的事情。次日，我们从安娜口中得知人们"整个早上谈论的仿佛都是另一件事"（第34页）。民众通过幻想把三个台球失窃的事件变成了这个样子：

"他们闯进台球室，把所有东西都搬走了。"女孩说道。

看上去她什么细节都知道。她解释了那些人是怎样把台球室拆成一块一块搬走的，她说那些人甚至连球台也拿走了。（第35页）

女孩的语气如此肯定，连"达马索都无法不相信她说的不是事情了"。这并不奇怪，因为达马索早就做好了用虚构替代真实的准备。在"村镇"里活动的时候，安娜又一次听到了"充满矛盾的不同版本"的关于偷盗案的描述（第36页）。而当她观察被窃的台球室的门时，一个陌生男人跟她保证说小偷偷走的还有"两百比索"（第37页）。晚些时候，安娜说警察已经抓到犯案者了：一个周四到达"村镇"的外乡人，有人看见他"曾在台球室附近打转"。于是达马索开始想象那个外乡人，"有那么一刻甚至真的怀疑起那个人来了"（第38页）。一起客观真实的事件在集体的议论和玩笑声中变了形：它变得更丰富、更复杂了，有了更多的细节和源自想象的因素。事件被虚构感染，发生了"变化"，开始存在于另一个真实层次之中，而那个层次原本并不是事件发生的层次。虚构借此入侵了真实。当看电影的人们看见警察殴打那个黑人时，所有人都大喊道："小偷！小偷！"（第40页）这个新的事件——抓捕黑人——立刻影响了原事件的主观变形过程：安娜给达马索讲述了事件的一个"变形版本"，当然了，"达马索并没有纠正她"（第41页）。大众的幻想扭曲了客观现实，然而达马索既没有感到惊讶也没有感到愤怒，相反，由于他本来就爱好编故事，他甚至准备"相信"那些谎言，想要睁眼做梦了。"历史"事件变形成了"传说"或"神话"，客观真实通过大众幻想变成了虚构真实。这一主题在《百年孤独》描写香蕉工人屠杀事件时将再次出现。此外，《格兰德大妈的葬礼》正是一个客观现实借由集体的视角进行虚构化再创作的例子，它恰恰是作者用这种方式写成的。

客观现实

尽管虚构因素在我们刚刚引用的那些例子里得到了展示，但客观现实才是更可见的存在，是那个虚构现实之中最具掌控力的因素。虚构因素只是一种模糊的轮廓，更庞大的虚构材料依然属于客观现实。在描写客观现实时，作者采用的空间视角和时间视角都是很传统的：全知的叙事者从外部观察客观现实，不时快速而短暂地转到内在层次上（"达马索睁着眼睛想着她……""达马索明白他的女人想要告诉他些什么……"），而且他立足于现在，遵循线性时间顺序讲述发生在不久之前的事情，只会偶尔且短暂地转到遥远的过去（"三个月前，他满二十岁时……"）。现实层次的视角更加灵活：表面看来，有位叙事者在客观现实的层次上讲述同样是客观现实的事件。毫无疑问，读者可以认为这位叙事者讲述的一切都是严格符合逻辑的，而那些幻想的因素只不过是偶然出现罢了（例如只在晚上出现的那只黑猫①），再从理智出发，解释它们（两百比索是存在的，只不过堂罗克编造了它们被偷走的情况）。然而，如果我们认可虚构因素可能存在于这些事件中，那么立足于客观现实（没有任何迹象表明，对他而言，那些可疑的事件是没有符合理智和逻辑的解释的）的叙事者是在交替讲述真实和虚构的事件。对人物特征进行刻画的方式与《礼拜二午睡时刻》一样。绝对化的概念被淡化了，人物们只相信相对化的概念：安娜的"动作""有一种扎根现实之人所特有的轻盈感"（第34页）；堂罗克"两只胳膊上各挎着一把椅子，就像在摸索着前进，好似刚丧偶的鳏夫"（第

---

① 作者此处记忆有误，应为白猫。

43页）；妓女们则"整整齐齐地靠墙坐着，就像在等信一样"（第56页）。他们所处的环境可以解释他们的这些态度，它们正是那种环境引发的结果。不过，有一个人物的外部特征并不那么合情合理："他看上去可真快活，要是双腿双手之间再多条尾巴出来，他会更快活的。"（第56页）这是旅行推销员在达马索眼中的形象：一种刻板印象，混杂着真实与虚构的解读。

四、《巴尔塔萨午后奇遇》或边缘状况

在《咱们镇上没有小偷》里出现的两种现实秩序之间的冲突在《巴尔塔萨午后奇遇》中表现得更加明显了，这篇故事也发生在"村镇"里，这是从希拉尔多医生的出场推测出来的，他是《没有人给他写信的上校》和《恶时辰》中的人物（他的名字和职业在三本小说里是一致的，然而外貌和年龄稍有变化），《蒙铁尔的寡妇》里的一些人物也出现在了这篇故事中，只不过《蒙铁尔的寡妇》的故事发生在许多年后罢了。和《枯枝败叶》《礼拜二午睡时刻》《平常的一天》一样，这里也有一位天真的人物作为残忍局面的见证者。和之前几则虚构故事一样，某个物体起着决定性作用，这次是一个鸟笼：它引发的各方反应揭示了一场基本冲突的存在，也表明了在那场分割虚构现实的战争中每个角色所处的位置。除此之外，我们还能隐约看到一些在未来的虚构世界中出现的因素。乌尔苏拉的名字第一次出现了；它属于一个踏实立足现实的女人，而她的丈夫巴尔塔萨却是个活在虚构世界中的人物。同样的对立关系也将出现在《百年孤独》中的乌尔苏拉和她的丈夫何塞·阿卡迪奥·布恩迪亚身上。

社会阶层与美丽之物

　　这个故事依然保持了大众阶层视角，尽管这种视角是破碎的，置于该阶层内部，即达马索所属的阶层内的二级团体，将该阶层的厚度打薄。这次的视角落在了更具体的一群人身上：手工艺人。"村镇"的过去被抹掉了，我们已经分析了，从大众阶层的视角看，"历史"是不存在的。这篇故事对自然环境有些简单的描写，只有一处让我们有似曾相识的感觉："蝉鸣声"。镇子的环境我们早就熟悉了：台球室、唱片机、常有石鸻鸟飞过的舞场。场景被压缩到了最小的规模，社会现实消解了环境和镇子本身。社会金字塔的三等阶层在这个故事中体现在了三个人物身上，这也是作者第一次清晰地展现出那三个阶层的差异。不过这则故事描写的最根本对立既不是社会层面的，也不是经济层面的。

　　一位医生代表了中等阶层，巴尔塔萨是手艺人，富人阶层的代表叫何塞·蒙铁尔。到现在为止，无论是在马孔多还是在"村镇"，位于社会金字塔顶端的似乎都只是一个家族。当叙事者指出巴尔塔萨"在那些有钱人中间永远都觉得不自在"时，这里同时暗示了"村镇"里存在好几个"富人"家族。

　　这篇故事中"村镇"里的富人是怎样的呢？尽管名字是新的，但我们依然会觉得他和堂萨瓦斯很像。此君的财富来源非常模糊：堂何塞·蒙铁尔为了得到他如今的社会地位，"什么都能干"。他还是个病人，尽管得的不是糖尿病：医生"不让他生气"（第73页）。他也不信任象征物或抽象概念，只相信能用现钱交易的事情。他是镇子里唯一一个对鸟笼无动于衷的人，甚至不觉得那是个漂亮的东西。蒙铁尔只在乎钱：他家里"堆着的东西没有什么是不能卖的"（第71页）。和雷倍卡太太一样，他也是个谨小慎微、疑神疑鬼的人物，睡觉时"连电风扇也不开，就是为了在睡梦中也能听清楚家里的动静"（第72页）。从这两句引文中可以注意到作者在描写人物特点时所用形式的变化：用外部的、极端的特征来展示他们，从"量"的层面上把他们和其他人物区分开来。这种夸张的写作技巧在《格兰德大妈的葬礼》中被运用到了极致，它成为《百年孤独》的叙事者借以描写客观现实和虚构现实中的人物、物体和局面时仰仗的主要的文体学技巧之一。

希拉尔多医生是个"乐于生活却厌烦工作"的人（第68页）。他懂得欣赏美（他的妻子喜欢花和金丝雀），是个感性的人：他之所以对鸟笼念念不忘，就是因为他觉得那是个漂亮的物件。他的反应是什么呢？他想把鸟笼买下来。他不浪费时间，立刻估价，然后报出了他准备付的价钱。他在面对美丽的事物时，在面对那个鸟笼时的态度和何塞·蒙铁尔及巴尔塔萨的极端态度拉开了距离：对于前者来说，鸟笼无价，因为它根本无足轻重；对于后者而言，鸟笼也无价，因为它过于重要了。只有希拉尔多可以轻易地将"艺术"价值换算成经济价值；他可以在蒙铁尔和巴尔塔萨所代表的两极——金钱和艺术——之间自由行动。这两个极端在这篇故事里代表了两种现实维度：客观现实和虚构现实。希拉尔多没有被困在其中任何一种维度中：他接近它们，在它们中间架起一座桥梁。他可以把虚构现实中的那件物品的美感降低到商品的层次，让它成为有价物，可以被买走。这与达马索的所作所为刚好相反，后者把偷盗抬升到了虚构冒险的层次上，他剥去了偷盗行为所包含的所有的物质价值。希拉尔多医生在虚构现实面前没有变得盲目，因为他认为自己可以将其变成客观现实中的物体。他看到鸟笼时就喜欢上了它。他是这样对巴尔塔萨夸赞鸟笼的："你本来能当个不一般的建筑师的。"（第69页）理想的情况是这个懂得做漂亮东西的木匠能够制作既漂亮又实用的物件，那样的东西必然更有价值。只要物件既美观又实用，就会变成有价值的商品。一个鸟笼具有如此大的诱惑力，这是件很可疑的事情，而一栋房子就不一样了。建筑是医生希望架在客观现实和虚构现实之间的理想连接物。他有专业头脑，他对美的感知能力又与他的个人主义和私人财产意识不可分割。

巴尔塔萨的社会地位要比流氓、流浪汉、仆人和农民更高，但也同样低于中等阶层：从他对待希拉尔多医生的方式就可以看出来。他是个手艺人，"从小就会编鸟笼"，生活"给了他很多提高警惕的理由，却没有任何一个理由能让他胆战心惊"（第67页）。他能像蒙铁尔和医生那样，成为其所属的阶层的典型代表吗？他手艺人的身份决定了他的社会地位吗？不，他的生活主要是由另一种状况决定的，而那种状况也决定了他从属于大众阶层。让巴尔塔萨这位镇子里的男性人物成为其所属阶层的边缘人士的还有他艺术家的特质（他自己并未发现这一点）：对他而言重要的——就像偷盗之于达马索那样——并不是劳动带来的物质收益，而是劳动本身。他的妻子更能代表他们所属的那个阶层：就和安娜一样，乌尔苏拉也把全部心思放在了客观现实之中，她非常讲求实际。她不满意巴尔塔萨"为了全身心地编鸟笼而撂下木匠活儿，连续两个礼拜睡得都很差，而且还发出很大的声音，嘴里嘟囔些不清不楚的话，连胡子也不刮了"（第68页）。巴尔塔萨忘记了一些乌尔苏拉心知肚明的事情：鸟笼只是一个中间过程，她的丈夫却表现得好像编鸟笼的活儿意味着终点一样，他如此忘我地忙活，不注意卫生，甚至说起了胡话。在那两个礼拜里，巴尔塔萨经历着达马索在想象偷、卖台球的生意时曾经经历的事情：幻想。他沉浸在幻想中，从客观现实的世界里缺席了：正是这一点激怒了乌尔苏拉。

双重身份

巴尔塔萨的个人主义和达马索的个人主义很像，都具有排外性。在故事的最后，"村镇"里的人分成了两拨，一拨是巴尔塔萨，另一拨是其他人，巴尔塔萨横躺在路中间，女人们都不敢看他，因为"以为他死了"（第

76页)。在那之前，我们已经看到在巴尔塔萨和其他所有人之间生出了一种不可融合性或差异性：在虚构现实中，在他行动的那一刻，那是真实与虚构之间的界限。在后来的那些虚构故事中，藩篱垮塌了，真实被虚构吞没了，但是二者在这里还是泾渭分明的。巴尔塔萨仿佛居住在一块飞地之中，那里把他和客观现实分隔开来，也造成了他和他所属的社会的决裂，因为他所代表的东西是对那个社会的否定。但是，和达马索的情况一样，巴尔塔萨更深刻的边缘化属性被更直接可见的边缘化社会地位掩盖住了，于是他的真实身份中多了些模糊性。巴尔塔萨之所以是边缘人物还因为他很穷。这种双重边缘性模糊了他与那个世界的深刻冲突，这种冲突并非生自阶级对立，而生自真实与虚构的对立。这一特点使针对虚构社会的叙事材料变得复杂了起来。

巴尔塔萨有一定的阶级意识；他知道自己和有钱人不一样，他认为有钱人和他有距离感，甚至有敌意："在那些有钱人中间永远都觉得不自在"，"到了那些人的家里之后，不拖着腿的话压根儿就迈不动步子"（第72页）。他给那些人编鸟笼，却并不喜欢他们。这些反应与他的社会身份相关，是他的那个阶层中人共有的想法。可结果巴尔塔萨也会同情有钱人："他总是会想起他们，想起总是与他们拌嘴的那些丑老婆，想到他们做过的那些可怕的外科手术，每当这些时候他就会心生同情。"（第72页）喝醉之后他大声喊道："看他们那副倒霉相，连气都生不了。"（第75页）他的地位比那些人低得多，却"同情"他们，"感同身受"：那些情感在某种意义上证明，他有时认为自己是高出那些人一等的。这种"高人一等"的感觉允许他自上而下地俯视有钱人（同情是一种优雅的蔑视），这与他作为穷人的社会身份无关，而是与另一种同阶层的人所没有的身份相关：艺术家的身份。

冲突

　　巴尔塔萨和全世界的冲突是整篇故事的核心线索，不过那并不是一场社会阶级冲突，而是更宏大和复杂的冲突：是针对客观现实的冲突。边缘化的主题在改头换面之后再次出现了，它诱使书中人物与现实决裂，转而创造了"另一个"现实。这一创造者的雄心使得他与其他人也决裂了：他的所作所为对他来说的意义，并不同于这些事情对整个社会的意义。他的作品在他看来意味着某种终点，可是其他人觉得那只是个中间过程。巴尔塔萨不把编鸟笼当成工作，而是看作某种志向。希拉尔多医生则相反，他是因生活所需才工作的，他已经"厌烦工作"了。巴尔塔萨和他的手艺活之间的关系，与医生和他的职业之间的关系是不同的。因此，巴尔塔萨不知道该如何给他的作品估价，也不愿意给它标价，不能用金钱衡量鸟笼的价值，因此他才会如此轻易地就把鸟笼送给小男孩。乌尔苏拉和希拉尔多医生是能够立刻把鸟笼换算成金额的人，他们按照他们生活的客观世界的正常情况来给鸟笼估价。巴尔塔萨的问题就在于，在他所属的那个社会里，一切都是用金钱来衡量价值的：这一规则是被乌尔苏拉、医生和蒙铁尔接受了的。巴尔塔萨心里的规则是不一样的。因此这种冲突不是阶级层面的，而是个体层面的，这也是整篇故事最核心的东西。

　　这种冲突看上去不可调和，但巴尔塔萨还是像达马索一样被击败了。后者在虚构现实中陷得太深了，最后挺身对抗客观现实，因此他被打败了，被驱逐了，被关进了监狱。巴尔塔萨则能够继续以边缘人的身份生活在他所属的社会中。为什么呢？因为达马索把虚构变成了一种他的社会不能接受的实践行动，因此社会要惩罚他。相反，巴尔塔萨只是通过实践行动来感受虚构，只要不超过一定的限度，社会还是可以容忍他的：只要他能制作出类似的产品，让它们成为客观现实中的有用之物就行了。那种协调却无法解决一组矛盾：鸟笼对巴尔塔萨和对其他人具有的不同意义。

所有其他人？我们不能判断说在那场分割了整个世界的秘密冲突中，孩子们就一定是站在蒙铁尔、希拉尔多医生和乌尔苏拉一边的。故事开始时，"村镇"里的孩子们都带着极大的热情跑来看鸟笼，他们和巴尔塔萨之间有一种无声的交流。蒙铁尔的儿子在他父亲决定把鸟笼夺走时，表现得像个遭到攻击的动物。他的态度感动了巴尔塔萨，于是后者决定把鸟笼送给他。我们也许可以说，比起大人来，孩子们的立场要更接近巴尔塔萨。可能孩子本来就比成年人更趋近虚构。此外，结合上一篇和这一篇故事，也许可以认为从总的趋势上来看，男性要比女性更接近虚构。文字世界中的人类和物体总是在虚构与现实的对抗过程中不断变化、重新排序。

在和其他人的决裂情况愈发明显后，巴尔塔萨的反应是怎样的呢？幡然悔悟，拒绝虚构，重回客观现实？恰恰相反：他在虚构中陷得更深了。从蒙铁尔家出来后，他和达马索一样还是幻想那些虚幻的生意，幻想自己把鸟笼卖掉了，现在身上都是钱，然后继续沉浸在他刚刚创造的虚构现实之中。后来他在台球室里喝得大醉；由巴尔塔萨请客，许多人陪他一起庆祝卖掉鸟笼的事，他们和这位木匠"为好运干杯"，在两个小时里大家都说巴尔塔萨胜利了：虚构转化成了真实。但是客观现实很快就重新恢复了权势：先是"留他一个人在台球室里"，然后等到天亮时又孤身一人躺在大街上。人们以为他"死了"，可实际上那时候的他正"做着这辈子做过的最美的梦"（第76页）。这是巴尔塔萨第一次喝酒，刚有醉意，就再次投身于幻想之中了："他谈着自己想象中的计划，要卖上千个鸟笼，每个都卖六十比索，等到卖掉一百万个鸟笼的时候，他就能赚六千万比索了。"（第75页）在此之前，通往虚构的其中一扇大门是梦境，另一扇是幻想。此时又多了新的一扇门：醉酒。

五、《蒙铁尔的寡妇》：政治腐败与幻想逃遁

反复出现的主题

这个故事也发生在"村镇"（其中的某些人物和场景后来被移植到了《百年孤独》的马孔多里），时间大概是以1945年为开端的一个时期，那一年是政治镇压的开始，而那个时期结束于1951年切佩·蒙铁尔[①]去世之时。这篇故事也让我们能够更准确地定位《巴尔塔萨午后奇遇》（此时我们才能确定那个故事发生在蒙铁尔如日中天的时期，也就是1945年到1951年间），那篇故事和这篇故事中出现了一些一样的人物：蒙铁尔和他的妻子。后面这位在这里成了寡妇，再后来又在《恶时辰》里出场了，至于他们那些被送去欧洲的孩子以及管家卡米查埃尔，我们后面还会在《百年孤独》中得到他们的消息。格兰德大妈在这则故事里第一次出场了，不过我们不知道现身的是真人还是幽灵，她是这部短篇小说集中最后一个故事的主人公，在《百年孤独》中也有短暂出场。这则故事细致入微地描写了切佩·蒙铁尔的财富来源：我们发现他和堂萨瓦斯很像，不仅是在心理、疾病和人生观方面。他们俩的发迹过程也很相似：都投靠了当局，当了告密者，然后在镇压过程中发财[184]。这是那片虚构现实中的另一个典型的场景（"补充因素"），就和人物穿越充满敌意的镇子以及天真孩童面对残忍局面的场景一样：靠政治投机和背叛行为来攫取财富。不过，在那些反复出现的主题中，有一个在这则故事里的地位最重要：真实与虚构间的基本冲突，这和之前的两篇故事的情况是一样的，不过这个主题在这里又获得了新的表现形式，也因而更具生命力了。

[①] 即上文中出现过的何塞·蒙铁尔。

暴力

外部环境中剩下的恐怕只是"十月份的瓢泼大雨"了。我们已经分析了，在那片虚构世界里，十月的雨是和崩坏、灾难联系在一起的：蒙铁尔一家的衰落符合这一特点。这则故事里有很多政治、社会和经济方面的信息，客观现实中的诸多要素在这里有最根本的重要性：它们不是背景幕布，不是细枝末节，而是故事中最核心的东西。那种与《没有人给他写信的上校》和《平常的一天》难以分割的政治暴力在这里显露了源头：那是在蒙铁尔离世的六年前，大概1945年左右，新镇长来到镇子里的时候，"他是个警长，左撇子，十分粗野"，他下令"消灭反对派"（第83页）。为了推动命令的执行，他和切佩·蒙铁尔联手。当时后者还是个卑微的商人，和上层阶级的一个女人结了婚[185]。蒙铁尔和堂萨瓦斯一样当了告密者。镇长和这位盟友一起把反对派分成了两拨人，依据是在那个社会里通行的衡量标准：金钱。穷人反对派和富人反对派。他们不驱逐穷人反对派，但是在广场上把他们打得遍体鳞伤。他们恐吓富人反对派，把他们家的房门打得千疮百孔，留给他们二十四小时离开"村镇"，因此那些人只好把手中的财产卖给蒙铁尔，价格由蒙铁尔来定。他的财富就是这么来的："在这个国家的历史上从来没有哪个人能在如此短的时间里获得这样多的财富。"（第83页）

这篇故事表明，在那个虚构社会里，在政治权力和经济权力之间、在富人和教会之间是存在着某种紧密联系的。以蒙铁尔的方式成为富人并不影响他信教，他显然是个虔诚的教徒，每周日都手握十字架去望弥撒。在这个被镇民憎恨的男人死后，参加他葬礼的就只有"党内同志和宗教团体"，而少有的几个花圈也是"政府机构"送来的（第80页）。蒙铁尔是依据他的世界里的商品价值来表达信仰的：他许诺如果能中彩票，就送给教堂一座"真人大小的圣何塞像"，他真的中了奖，也确实履行了诺言。这件事使他得了"好运的虔诚信徒"的称号（第83页）。我们不仅见证了他的财富来源，还看到了他的财富如何增值：他让"村镇"经历了"六年的凶杀及暴行"。他"利用人们的恐惧垄断了当地贸易"。在有钱了之后，他终于有了和自己妻子一样的社会地位。在镇长到来前，人们就没见过他穿鞋；等到他死时，我们看到他在棺材里"枕着亚麻枕头，盖着亚麻被单"，"穿着白衣服，脚蹬漆皮靴"，马上就要被埋进"雄伟的墓园"里了（第79页）。他把两个女儿送去了巴黎，给一个儿子谋了份"驻德国领馆里的工作"（第80页）。

阶级斗争

但是财富给切佩·蒙铁尔带来了另一个后果：人们的憎恨。社会金字塔中不同阶级之间的尖锐关系在之前的虚构作品中并不清晰，可以说难以辨识，不过在《蒙铁尔的寡妇》里却有了暴力的特征，这主要体现在政治和经济方面。虚构现实中的社会结构并不像《枯枝败叶》里的上校认为的那样和谐，更多的是难以调和的敌意，这种敌意还会演化成具体的斗争行动。蒙铁尔因为财富和权力而被仇视。在他死后，"除了他的遗孀，所有人都觉得大仇得报了"，而且"所有人"都觉得他因为发火而死这事让人"难以置信"，因为大家都盼着"有人从背后把他捅死"（第79页）。在他死后，仇恨依然没有停歇：几乎没人参加他的葬礼。等到他下葬以后，人们立刻开始了报复行动。他们不再买他们家的牛奶、蜂蜜和奶酪，还开始抢夺他们家的牲畜，因此他的商业帝国开始土崩瓦解，直到有一天卡米查埃尔先生对那位寡妇说他们"破产了"。关于这种仇恨的消息甚至传到了德国。蒙铁尔的儿子找尽借口，拒绝卡米查埃尔请他回来主持大局的提议，最后承认自己不敢回来是"因为害怕有人会给他一枪"（第85页）。这个社会最主要的特点就是暴力：屠杀、敲诈、抢掠、复仇氛围、仇恨和恐惧。在这样的背景下，蒙铁尔因为"生气"而死也就不足为怪了。

移动的视角

"所有人都觉得大仇得报了""所有人都盼着有人从背后把他捅死""镇子里的人开始复仇了""没人回家"——叙事者好像认为所有人都是蒙铁尔的敌人。不过这么说并不准确,那个社会里有的成员并不憎恨他:镇长、卡米查埃尔、那些参加他葬礼的"党内同志"和"宗教团体"。这种"宽泛提法"意味着什么呢?应该和那种新的形式技巧有关,它在前一篇故事里就有所体现:夸张。它也意味着叙事者在讲故事时选择了立场。从那种视角出发,叙事者可以斩钉截铁地给出某些结论,增加——舍弃掉某些信息——蒙铁尔的敌人数量,象征性地把社会斗争简化成两边:那个有钱人在一边,其他所有人在另一边,却遗漏了堂切佩的盟友(人数自然更少),那是一种从大众阶层出发的视角。夸张的手法是叙事者用来和分割社会的那场斗争中的一派人结盟时所用的技巧。在故事中,在描写那场客观现实社会层次中的对立时,叙事者总是处在大众阶层的位置上,从他们的视角出发,以他们的立场参与讨论。不过故事只在个别时刻描写了那场对立;在其他时候,或者说在大部分叙事时间中,叙事者提及的都是另一场不同的、同时发生的、重叠式的冲突,这场冲突的维度更加广阔,因为它不仅影响着客观现实的组成者,例如社会、政治和经济阶层,也影响着作为整体的客观现实。它是一种反向的力量,而且在虚构现实中愈发显得轮廓鲜明、强劲有力了:虚构冲突。故事标题里的人物就是这场冲突的主要参与者。蒙铁尔的寡妇并没有参与堂切佩和憎恨他的人之间的社会斗争。不止如此:她还忽略了那场斗争的存在。也许她是希望忽略它的;她找到了一种解决办法,可以摆脱那种政治-社会的紧张状态,也摆脱笼罩在镇子里的暴力氛围:虚构。在叙事主题由真实转向虚构的时候(这里的虚构过于模糊了,我们几乎永远都无法得知虚构是不是像真实现实一样客观化了,还是说它依旧只存在于主观世界,来自之前的虚构故事),叙事者的视角已经不再停留于客观现实的某个具体的社会层次上，而是成了面向虚构的全景式客观现实视角，所以那种视角是移动的，总是处在持续的变化中。

作为替代品的梦

《蒙铁尔的寡妇》灵活地在虚构现实中的两场冲突之间推进发展着：一场冲突是客观现实中的，对立双方是两个社会群体，分别是位于社会金字塔顶端和底部的人们；另一场冲突则存在于两种秩序之间：客观现实和虚构现实。通过连通器法的联系，这则故事的生命力就从那种双重紧张的状态中诞生出来了。这两场对立冲突并非孤立存在的，它们是相互联系的。哪怕是蒙铁尔的寡妇沉浸其中的虚构世界，掌控整个客观现实的暴力也在那里占统治地位。虚构现实在这里成了一种可怕的东西：滥权、犯罪、抢掠、憎恨、恐惧。因此寡妇才会想着"这个世界被造得很差"，也因此她才遗憾上帝在礼拜日休息了："他本该利用好那天的，如此一来就不会剩下这么多没做好的东西了。"（第82页）这位女贵族同样拥有那个虚构社会中她这个阶层的人所拥有的宿命论观点：上帝没把世界造好，留下了太多糟糕的东西。如果说世界的本质就是恶，那么也就没什么能改变的了，而人们又能做些什么呢？她所说的"世界"指的是客观现实：她的解决之道就是尽可能少地关注它，最好能远离它。替代那种恶的方式就是逃到虚构中去。那个寡妇"从来没有和现实有过直接关系"（第80页）。有哪扇门可以为她逃离现实提供便利呢？迷信、天真、梦境。她一向都只是个"脆弱的、依赖迷信"的女人，她坚信拿着撑开的雨伞进屋会带来厄运，她还相信"卡米查埃尔先生的鸡眼对天气有预测功能"（第81、82页）。她天真到了"眼瞎"的地步，是唯一一个没有察觉自己丈夫在镇压行动中的邪恶角色的人。她认为一切都是镇长的错，甚至曾对堂切佩说让他利用其影响力迫使政府把镇长调走,"那头野兽会让'村镇'一个活人都留不下的",她在看到蒙铁尔收购被驱逐者的财产时便好心地对他说:"你帮助他们,让他们不至于在别的地方饿死,可这会害了你自己,而且他们永远都不会感谢你的。"(第84页)连蒙铁尔都觉得她太蠢了:"别再说疯话了。"实际情况并非如此,所谓的蠢笨只是她逃离那个"邪恶村镇"的方式。在他们家的经济状况开始崩坏时,她极度无动于衷地对卡米查埃尔说:"我真是受够那些奶酪和苍蝇了。要是您愿意的话,就把您需要的东西拿走吧,让我安安静静地死去就好。"(第85页)她总是把自己锁在家里,在她丈夫死后,情况变得更糟糕了,因为没人再到他们家来了。这是她逐渐抛弃客观现实、融入新的现实——疯狂、梦境——的几个阶段,这一过程在故事的结束画面中迎来了高潮,在那幅画面中,理智的世界在面对虚构或非理智的现实(一种主观的或客观的现实,我们没办法搞清楚)时突然土崩瓦解了。那个寡妇看到"格兰德大妈裹着一条白被单站在院子里,兜里还揣着把梳子,正在用大拇指捏虱子"(第86页)。这是一场梦吗?还是说格兰德大妈真的出现了呢?那个已经死去多年(我们将在后面的故事中得知这一信息)的人物所代表的虚构现实依然只是主观思想的产物、是梦中之物吗?还是说那个寡妇真的看到了实体化的鬼魂,她一直在脑海中经历的虚构现实到那个时候终于被客观现实化了吗?我们不得而知,这是一处省略式隐藏材料。她们之间的谈话也迷雾重重:那个寡妇想知道自己什么时候会死,格兰德大妈回答她说:"等到你开始感到胳膊累了的时候。"这个深不可测的句子为故事画上了休止符,却为幻想之物打开了一扇门。和巴尔塔萨一样,蒙铁尔的寡妇也找到了一种可以使虚构与真实和谐共生的媒介:梦或疯癫。

六、《周六后的一天》与马孔多的历史

辉煌的过去

这则故事发生在马孔多，时值镇子的衰败期。叙事视角是巡回式的，不断从一个人物跳向另一个人物，但大部分的故事都是由来自社会金字塔顶端的人物讲述的：寡妇蕾蓓卡和主持卡斯塔涅达-蒙特罗祭坛圣礼的安东尼奥·伊萨贝尔神父。我们已经分析了，在以贵族视角叙述故事时，故事的重量就会压在当下，事实上这则故事和《枯枝败叶》一样，出现了许多与那个虚构社会的过去相关的信息。有的信息确认了之前曾出现过的信息，另一些则将它们的外延增大，还有些修改了它们。在安东尼奥·伊萨贝尔神父的记忆中，古老的辉煌是和香蕉产业联系在一起的。在许多年前，只有"四节破败掉漆的车厢"会经过马孔多，而且从来没人从上面下来过："以前不是这样的，那时他可以花一整个下午看着满载香蕉的火车驶过：一百四十节装满水果的车厢，就那样一直开啊开，好像没有尽头似的，直到入夜后，最后一节车厢才会出现，上面总是站着个手持绿灯的人。"（第102页）一百四十节车厢，数量有点太大了：这样的画面在之前的故事里会被处理成修辞性信息，而此时却变成了那个虚构现实的特点之一。马孔多的两个时期，繁荣期和衰败期，在这里被叙事者用香蕉种植园的兴衰区分开来，这样的描述在《枯枝败叶》里也曾出现过。这里又出现了一个新的历史信息："也许他那每天都到车站去的习惯就是那时养成的，就连扫射香蕉工人、香蕉种植园被废弃等事件发生后，这个习惯也没变……"（第103页）这是作者第一次提到屠杀香蕉工人事件，这条线索将在《百年孤独》中得到进一步发展。

至于内战，《周六后的一天》不仅没能让它清晰起来，反而使它显得更昏暗了。在《枯枝败叶》里，作者曾暗示马孔多是由像上校一家那样的逃

避战乱者建立起来的，这条信息使我们能够把小镇建立的时间大致确定在19世纪末。然而，这篇故事里说，安东尼奥·伊萨贝尔神父"早在'八五战争'之前很久，就把自己葬送在这个小镇里了"（第94页），这使小镇的建立时间推迟了许多，也使那段虚构历史的既有年表产生了动摇。那个来自玛瑙雷的小伙子出生在"最后一场内战时的一个下着雨的清晨"（第106页），而在这个故事里他只有二十二岁。如果说最后一场内战是"八五战争"，也就意味着这个故事发生在1907年左右。可这个时期与马孔多的衰败期并不相符，根据《枯枝败叶》的描述，马孔多的衰败期开始于1918年左右。虚构现实中的这些矛盾之处（虚构现实本身并不见得认为那些情况是种矛盾）显示了它的自由度和灵活性，这是它异于真实现实的特质，真实现实中的一切只能向前发展，虚构现实中的事物却可以回过头去修改自己。

奥雷里亚诺·布恩迪亚上校又一次出场了，又是一段模糊的记忆，他的形象始终像谜一样。不过我们对他的了解还是更多了一些：他是寡妇蕾蓓卡的表兄，也是她丈夫何塞·阿卡迪奥·布恩迪亚的表兄；那位寡妇觉得他是个"无情无义的人"，可我们并不知道这是为什么。和《枯枝败叶》的情况类似，他在这个故事里也没有出场露面。寡妇蕾蓓卡在之前几次出场时也只是个模糊的角色，她在这里的人生轨迹丰富了起来。她住在一栋有两条走廊和九间卧室的房子里，和她同住的只有心腹女仆阿赫妮达；她的曾祖父曾经在独立战争时期代表保皇派一方参战；她的丈夫死得不明不白，二十年前，随着没人知道是谁发出的一声枪响，"伴着搭扣撞击马刺发出的响声，他倒在了刚刚脱下、还热乎着的马靴上"（第98页）。这个场景后来又在《百年孤独》的虚构现实氛围里再次出现了。那个寡妇遵照清规戒律过着日子，穿着很滑稽。她留在马孔多的原因是"对新鲜事物感到深深的恐惧"。安东尼奥·伊萨贝尔神父在《格兰德大妈的葬礼》《恶时辰》

《百年孤独》中都会再次现身。镇长只露了一面，故事里没有提及他和暴力及腐败事件的联系，不过他的外表让寡妇蕾蓓卡觉得他"像头野兽"。政治暴力与政治腐败在马孔多消失了吗？对客观现实那一层面的兴趣倒是消失了。叙事视角发生了变化，而且我们知道在贵族视角中，政治是遥远又无意义的东西，是可有可无的。寡妇蕾蓓卡和安东尼奥·伊萨贝尔神父在政治面前表现得和大众阶层一样盲目：只有在叙事视角移动到中等阶层时，政治才会在客观现实中占据统治性地位。政治在这个故事里被剔除了，取而代之的是过去、宗教和幻想之物。

玛瑙雷是《没有人给他写信的上校》的主人公上学的地方，也在《周六后的一天》里得到了进一步展现。故事里的外乡人出生在那里，就出生在一个学校里面，而且他的妈妈就在那儿抚养了他十八年。和马孔多相比，玛瑙雷更小，更偏僻，也更贫穷。那个小伙子在回忆玛瑙雷时提到，那是"一个绿意盎然的静谧小镇，经常有几只灰色长腿母鸡穿过教室到水缸边去下蛋"。那里很远，海拔也高，所以那里种的不是香蕉而是咖啡，而且缺乏电力照明。和《没有人给他写信的上校》里的主人公一样，那位外乡人的妈妈也在等待着一笔退休金。

马孔多的景色环境更加清晰了。我们已经见到了那里的火车站、巴旦杏树、石鸻鸟和炎热：现在又加上了旅店。旅店的名字也叫马孔多，那里没什么客人，当日菜单是"纯骨头汤和青香蕉丁"，那里有一台留声机，旅店老板是长相近似的妈妈和女儿。我们已经看到午睡时刻的马孔多了；现在看到的则是礼拜天早晨的马孔多："街道上连根草都没长，各家窗户上都带着纱窗，炙热暑气之上的天空显得深邃又神奇"；主街连接着"一个石板地面的小广场，广场上立着座带尖塔的石灰建筑物，尖塔顶端有只木头做的公鸡，还有一面停摆的钟，指示的时间是四点十分"（第112页）。

直到现在，在那个虚构现实中的人们还只能读报纸、地下政治传单、

《布里斯托年鉴》，可能还要加上一些电影杂志，因为安娜曾用那些杂志的明星海报来糊墙。在《周六后的一天》里，有个人物阅读古典名著——安东尼奥·伊萨贝尔神父曾经在神学院阅读希腊人的著作，尤其是索福克勒斯，而且是用"原语言"阅读的（第93页）。由于他总是把那些经典作家搞混，干脆就统称他们为"以前的那些小老头"。他显然也学过法语。他的侍童名叫（或者他管侍童叫）毕达哥拉斯。

宗教与疯狂

在《周六后的一天》中，宗教不再是次要因素或参照物了，它变成了核心事件的组成部分。我们发现宗教之前在虚构现实中有着十分重要的社会功能，天主教仪式充斥人们的日常生活：弥撒、葬礼、婚礼。事情在这里起了变化。教堂失去了重要性，人们不再接受宗教事务在他们的社会生活中扮演如此常规化的角色了。从许多年前开始就没人去望弥撒了，也没人做忏悔或布施。马孔多到底发生了什么？旅店里的那位姑娘给外乡人做出了如下解释：神父"是个半疯儿"（第111页）。这是真的吗？情况并非如此。那个虚构现实中所有的神父都有些疯癫，不过安东尼奥·伊萨贝尔神父的疯癫方式确实有些不一样："小狗"在布道时把《布里斯托年鉴》的内容混了进去，安赫尔神父用敲钟的方式审查电影。他们这些"半疯"举动没有使居民远离教堂，反而是安东尼奥·伊萨贝尔神父的举动造成了这种后果。吓走信徒的不是疯癫，而是安东尼奥·伊萨贝尔神父特殊的疯癫方式。是怎样的疯癫举动催生了人们的敌意呢？是那种为虚构现实打开真实现实大门的疯癫。正是这种敌对秩序、敌对存在的出现使得人们本能地抗拒安东尼奥·伊萨贝尔神父。那个虚构现实中的基本冲突再次以不同的面貌出现了。

和达马索、巴尔塔萨、蒙铁尔的寡妇一样，虚构也控制了安东尼奥·伊萨贝尔神父。他进入了另一种秩序之中,从客观现实逃离了,不过不是通过艺术或梦境,而是通过疯癫和衰老。他是个好人,"平和有善心","但就是整天云里雾里地说胡话"(第92页),他在许多年前就被人认为"爱胡思乱想、信口开河,喜欢在布道时说些疯言疯语"(第94页)。他在故事发生时已经九十四岁了,坚称自己"曾三次见到魔鬼"(第91页),在故事的发展过程中又声称自己看到了(或者真的看到了)"流浪的犹太人"(第102页)。"他习惯于迷失在形而上学的思考中"(第95页),也习惯把自己封闭起来,与其他人没什么来往,"要是哪天被人发现他已经升天了,他本人也不会觉得惊讶"(第95页)。他的思想不是被理性掌控的,而是由非理智的驱动力操控着:一群秃鹫能让他记起半个世纪前从一本书里掉落的卡片上写的法语文字;镇子里铺着石板砖的广场使他在三四十年前读到的索福克勒斯的一段话涌入脑海;他第一次听人们提及死鸟时正在想着"撒旦能通过嗅觉诱惑人们犯罪"(第93页)。他是个与众不同的、边缘化的人物,从某种程度上来看还是个不被世俗接受的人。他有个很有象征意义的习惯:"在小镇里其他居民躺下午睡时"散步到火车站去(第96页)。当那些认为他是个"半疯儿"的人睡去后,这个爱幻想的老人在烈日下穿越荒凉的小镇:这是类似的画面第四次出现在那片虚构现实之中了。

揭示了影响虚构现实、影响人们在面对虚构现实时占据不同立场的冲突的东西——就像之前的故事中的台球和鸟笼或《恶时辰》中的匿名帖那样——是一次不寻常的事件:死鸟像雨一样打破房屋的纱网坠落到屋子里。这种"奇怪现象"通过它引发的反应向我们揭露了两种对立秩序的存在以及人们面对它们时的态度。全知叙事者在不同的人物之间来回转换,通过空间变化让马孔多动了起来,进而构建一种复数视角。那场死鸟雨是发生在客观现实还是虚构现实中的事呢?那是一件虽然稀奇但仍有可能发生的事情,还是一件纯然的虚构事件呢?那些鸟本身是"真实的"(客观现实)

还是"不真实的"（虚构现实）呢？对于镇长来说，那件不常出现的麻烦事只带来了一个很现实的问题：他不得不修补纱窗了。旅店里的姑娘则有些兴奋，她觉得那事很新奇，但也没把它当成什么重要的事。相反，只要和她的母亲一提这种现象就会让她"紧张得发起抖来"，因此她始终拒绝向那位外乡小伙子承认有死鸟坠落的事情。寡妇蕾蓓卡的态度也是这样的，发生的事情让她既困惑又警觉。不过，她在安东尼奥·伊萨贝尔神父面前撒谎说，她只是担心鸟儿们会砸坏她家的纱窗。就好像对于某些人（镇长、旅店姑娘）来说，客观现实是唯一的真实，而另一些人（寡妇、旅店女老板）虽然表面拒绝接受虚构现实，坚称它不存在，但实际上仍有些猜测和迟疑。安东尼奥·伊萨贝尔神父身上那种"迷雾般的气质"让寡妇蕾蓓卡"感到害怕"（第98页），我们不应该忘记她之所以还留在马孔多本就是因为"对新鲜事物感到深深的恐惧"。尽管方式不同，所有这些人物都在捍卫客观现实，他们坚决否认虚构现实在他们所属的世界中是存在的。

那么安东尼奥·伊萨贝尔神父是孤立无援的吗？他对那种"异常现象"极有兴趣，但还是保持平静的心态：他很熟悉那些鸟儿，它们是从他生活的那种秩序之中飞来的。当他听人提起那场事件时，他脑子里想的是"福音书的预言、恶臭、死鸟"（第93页）。后来他又意识到"那证明小镇上正在落下死鸟雨"，他还把这一事件和天启联系了起来，他"觉得恶心，仿佛看到撒旦的一只爪子陷进了泥土里"，最后，他还看到（或是以为自己看到）"流浪的犹太人"穿过马孔多。恰好和格兰德大妈在《蒙铁尔的寡妇》中的现身一样，那个神话-传说人物的出现让人不禁猜测虚构是不是已经占据了那个世界，那里是不是已经变得"不真实"了，一切似乎都显得可疑了起来。叙事者使用了一次省略式隐藏材料法：他没有说明神父究竟是"看到还是编造"了"流浪的犹太人"；他只是说神父"颤颤巍巍地抬起一只手来准备打招呼，迎接他的却只是一团空无"，还说他"害怕地大叫道：

'流浪的犹太人'"（第102页）。这种灵活的处理方式使得这场冲突和在之前的故事中一样继续保持着模糊性；真相究竟如何，取决于读者如何阅读文本，而不是由文本本身来决定故事是"现实的"还是"虚构的"。

安东尼奥·伊萨贝尔神父并不孤独。在他和那个从玛瑙雷来的小伙子之间存在着一种沉默的交流；在故事结尾的场景中，在半空荡的教堂里，神父一看到那个年轻人，两人之间就仿佛建立了一种无声的同谋关系。老人在那个外乡人身上感知到了什么呢？他为什么要把布施敛来的钱送给他呢？那个小伙子是刚来到这片客观现实之中的，在那之前，他的生活更趋近虚构现实："饲养母鸡的经历是他第一次与现实生活的接触。也是唯一一次……"（第107页）"现实"这个词在这里的含义与蒙铁尔的寡妇使用它时的含义是一样的，它只不过意味着"客观现实"。在人们纷纷远离那座教堂后，陪伴安东尼奥·伊萨贝尔神父最多的是侍童毕达哥拉斯。他还只是个小男孩，不过我们早就心知肚明了：在那个世界里，小孩子要比成年人更接近那"另一种秩序"。

七、《纸做的玫瑰花》：目盲与心明

宗教与社会

这个故事发生在"村镇"里，与《恶时辰》的故事发生时间接近，这篇故事里的许多角色——安赫尔神父、特莉妮达、米娜、瞎老太太——都在后面这本长篇小说里再次出场了，还有故事的一个主题也将再次出现：特莉妮达在教堂里抓老鼠。《纸做的玫瑰花》里有一处省略式隐藏材料在《恶时辰》中变成了倒置式隐藏材料：在神父的命令下，女人们望弥撒时要用假袖子遮住胳膊，而且一上街就得照做。

叙事视角又一次下降到了大众阶层那里；米娜和巴尔塔萨的地位相仿，而且她也是个手艺人。那个虚构社会里的又一种卑微的家庭工作被揭露了出来：制作手工花。米娜的作坊开在家里，里面有"一个装满花瓣和金属线的篮子，一个盛皱纹纸的抽屉，两把剪刀，一个线圈和一小瓶胶水"。特莉妮达是"卷花瓣的专家"，而米娜则负责"用绿色的纸把金属线包裹起来"（第124页）。此外，特莉妮达还在教堂工作，既给安赫尔神父打下手，又负责管理钥匙。

从大众视野来看，政治层面的东西是不存在的，这一点我们已经提到过了：这篇故事里没有任何影射暴力、腐败当局和反对派的东西。过去不再对现在产生影响。相反，教堂在这个故事里显得重要了起来，而且这个故事提供了许多关于宗教礼仪活动的有趣信息。安赫尔神父不允许化妆和穿裸露双肩衣服的女性进入教堂，如果有人违背命令，他就拒绝让她领圣餐（第122页）。虔诚的信徒会在每月第一个礼拜五领圣餐，甚至连米娜这样卑微的女子都拿上头巾和祈祷书去望弥撒（第122页）。这些活动深深地影响了信徒们吗？只有瞎老太太是这么认为的，她觉得"生着气领圣餐是在亵渎神灵"（第122页），她理解的信仰是一种内在行为准则；对米娜来说，参加宗教活动只意味着要穿着得体。她通过装假袖子的方式来欺骗安赫尔神父，而且"去教堂"只是她出门幽会的借口。

言语与象征的对决

这篇故事再次展示了我们在前几节中分析的冲突——虚构与真实的冲突——的活力。《纸做的玫瑰花》在这方面的新颖之处就在于增添了一种将幻想之物嵌入虚构现实的新方式。我们之前已经了解到某些职业——"手艺活"，当然是那些被当作过程而非终点的手艺活：达马索的偷盗、巴尔塔萨的鸟笼——都可能成为通向虚构的媒介。米娜制作的东西也是其中之一。

在她不知情的情况下，那些物品把她推向了另一种秩序：当她"裹完花茎"的时候，"脸上露出了一种虚幻莫测的神情"（第124页）。但是那种把她带向"非真实"的瞬间只有在她完成手中的活计后才出现，而且立刻就被客观现实中使她产生隐秘担忧的东西——爱情——击打得烟消云散了。她谎称要去教堂，实际却在离开家的十五分钟里见了一个男人，她和那人之间毫无疑问是有爱情存在的，不过那人离开了"村镇"（这个次级主题是用隐藏材料法构建出来的），正是那个男人把米娜留在了"现实"之中。在这个故事里，进行感受并描述虚构的人物是瞎老太太。因此，她和米娜之间的言语交锋就有了象征色彩：通过她们，真正在交锋的是虚构现实中的两种敌对维度。

我们已经知道了某些年龄段的人（小孩子、老年人）要比其他人（成年人）更接近虚构：和蒙铁尔的寡妇及安东尼奥·伊萨贝尔神父一样，米娜的外祖母（故事中没有提她的名字，只是指出了她的辈分，还特别强调了她的年龄很大）也是老年人，这可能使得她更趋近另一种秩序。此外，和那些人物一样，她也有点"半疯"，不过疯癫是另一条通向虚构的道路："我给你说过我正在变疯"（第123页），"'我疯了，'瞎老太太说道，'不过看起来只要我还不到乱扔石头的地步，你们就不会把我送去疯人院。'"（第127页）不过，把她最大限度推向虚构的是她的瞎眼。准确地说：是因为她可怜的身体残疾而生出的惊人的直觉和洞察力。这是故事中的一个隐藏因素：人类的某种能力，经过夸张描写之后，就可以将人和事物从客观现实转移到虚构现实，把平常之物化为幻想之物，将人变成鬼。

谨慎的变化

所谓变化或质的飞跃指的是一种局势、一个人物或物体在经历了成分或紧张度的积累后发生"质变"，转化成某种不同的东西。《纸做的玫瑰花》

就用到了这一技巧：一个客观现实的场景通过量的积累，在不知不觉间变成了虚构层次的东西。瞎老太太的直觉在一开始是种超凡的客观现实能力，在不断重复出现后，就变成了一种超自然异能。在故事开始时，米娜寻找她的袖子："'在浴室里。'瞎老太太说道。"（第121页）袖子确实就在浴室里。后来，瞎老太太猜到米娜要把袖子摆在炉台上晾干，还预感到炉台上的石头"很脏"。她猜得一点儿不错：石头上落了层压实的煤灰。后来她又感知到了时间，警告米娜要在"讲完福音书"后才能到达教堂（第122页）。米娜觉得"有个犀利的眼神在紧逼着她"。瞎老太太发现米娜在哭，过了一会儿，她的外孙女告诉了特莉妮达一个秘密，就是老太太给了米娜一个建议："要是你想过得幸福，就别对陌生人推心置腹。"（第125页）从那时起，那一进程就开始加速了：瞎老太太的预言一个接一个，让我们觉得那种超能力实际上属于某种全知的超自然力量。她猜到米娜很紧张，也知道米娜没去望弥撒，而是在去教堂的路上见了"某个惹你生气的人"，她知道米娜之前把情书藏在了衣柜抽屉里，也知道她刚刚把它们丢进了茅坑，还知道米娜"趴在床上写到天亮"，最后，如同戳穿诡计一样：瞎老太太还知道米娜每次关掉卧室的灯之后都会打开手电筒。外祖母和外孙女之间（也是现实的两种秩序之间）的这种言语上的冲突发展的过程中，米娜觉得"瞎老太太知道她正在盯着她看"。

如果这种变化只是预感的堆积，那么故事里的这场虚构现实基本冲突就会以虚构一方的胜利而宣告结束。这个故事就会成为自给自足的现实，瞎老太太也会成为不同于她身边之人的另一种存在。然而情况并非如此：叙事者在这个故事中依然让冲突保持悬而未决的状态，这一点和之前的那些故事是一样的。变化只是相对的，瞎老太太的猜测有四次都能找到合理的解释，这也使她的猜测多了些模糊性：其他几次"预见"可能只是推理的结果，是敏锐的洞察力和过人的头脑结合的产物。瞎老太太猜测袖子在浴室里，但后来她又加了一句："是我昨天下午洗的"，于是直觉就变成了良好的记忆。她猜测米娜心情不佳，不过也补充说："因为你今天早晨蹲了两次茅坑……你平常不会蹲超过一次。"（第126页）她猜测米娜在大家都以为她在睡觉的时候写信，不过又说道："从你的呼吸声就能察觉你是在写东西。"（第127页）当米娜撒谎说自己去茅坑是要"拉屎"时，瞎老太太回答说："假如这不是我平生第一次听你说脏话，我大概就信了。"（第127页）这些"解释"使她的猜测更加符合逻辑，而瞎老太太超凡的洞察力也因此更接近客观现实，虽说不常见，可也不能断言那是"不真实"的能力。这些平衡物重构了为争夺虚构现实控制权而打得不可开交的两种力量之间的那种（不稳定的）平衡状态。

  现实的客观性不仅通过合理解释瞎老太太的行为展现出来，也借助了故事的次级主题：米娜和她在假装望弥撒途中私会、后离开"村镇"的那个男人之间的爱情关系。这个次级故事是用省略式隐藏材料法（米娜与那个匿名人的会面过程并没有被明确写出来，我们是从女孩自街上回来后的态度、被她扔掉的信和瞎老太太的猜测中推断出来的）和中国式套盒法（告知读者那个男人已经离开"村镇"的并非叙事者，这条信息是米娜在一段极简短的对话中透露给特莉妮达的）讲出来的。由于具有排异性或普遍性，某些物体、动物和表达也可以代表客观现实，它们能让读者立刻生出"现实"的感觉：特莉妮达的死老鼠（具有象征意味的是，这些死老鼠是瞎老太太唯一没猜中的东西）、茅坑、"我去拉屎"这句话。面对客观现实的多重存在使得敌对秩序的代表物也逐渐有血有肉了起来，尤其是瞎老太太的洞察力。这种能力最终也没能成为完全虚构化的因素，这是因为客观现实因素在数量和能量方面的积累造成的。

八、《格兰德大妈的葬礼》：夸张与神话视野

神话-传说视野

乍看上去，这篇故事在整本书里显得很不协调，因为它破坏了其他故事在情节和风格上的统一性。不过实际上，所谓的差异更多是表面性的，而非深层次的；和之前几篇故事中那种清澈的文字相比，这个故事的文字显得更五光十色。这种风格上的变化并非作者随意为之：它源自叙事视角的变化，故事是在现实层面上讲述的。这一层面的特点是充满群体性的议论、轻信和流言蜚语，这是种关乎传说与神话的视角。相反，这个故事的叙事主题并没有完全脱离我们已经熟悉的那个虚构现实，也没有起到多么重要的、拓展那种现实的作用。从根本上看，这个故事也扎根在同一个现实之中，哪怕它提供了新的认识，其中人物和环境的视角也依然如此。这个故事的主题是加西亚·马尔克斯最常用的之一："死亡-守灵-下葬"，它是《枯枝败叶》的核心线索，又作为次级主题在《没有人给他写信的上校》《礼拜二午睡时刻》《蒙铁尔的寡妇》中再次出现。"死亡-守灵-下葬"的事件在《格兰德大妈的葬礼》中极端化了，变成了"历史编年的最佳时机"。通过应用我们在之前几个故事中提过的夸张技巧（这种技巧在《百年孤独》中更加重要），那片虚构现实变得更宏大了，在量的方面得到了提升：不过本质性的东西并没有发生改变。客观现实的某些我们在之前理解有误或被直接忽略了的方面得到了进一步解释，不过从本质上看那种现实依然保持着原来的样子，哪怕这个故事给人留下的第一印象的确是：这是个发生在不同现实中的故事。到底发生了什么呢？都是因为我们观察那个世界的视角是之前没有过的，是从此时才开始存在的。

因此，在分析故事中的虚构现实之前先来分析下叙事形式还是有必要的。这篇故事和其他几篇不同，如果不先分析叙事视角，就很难确定它在

那个虚构世界中的坐标，因为它对那片现实起到了相对性的扰乱作用：叙事信息和虚构现实中的信息并不相符，叙事信息成了一种干扰虚构现实信息、增大其数量的东西。叙事方式和叙事对象使得故事的面貌与其真正面貌并不相符。

叙事者采用的是传说和神话的视角，那一现实层次的特点就是夸张、夸大客观现实中的信息，《咱们镇上没有小偷》就是一例：在经过人们的议论、流言的过滤后，偷盗三个台球的行为变成了偷走了台球室里所有的东西。那是种街头的声音、夸张的声音、创造的声音，正是那种声音给我们讲述了这个故事。通过开头的通告，叙事者就对读者提出了警告："全世界的怀疑者们，这是……"（第131页）整个故事都具有这种口头告示的特点，很像有人在街头喊叫着讲话的风格，这是为了防止其他短暂闪现的噪声压制这种声音。有两处迹象证明叙事者是从街上发声的："……现在时候到了，且让我们把板凳靠在临街的门边，赶在历史学家到来之前先行从头开始讲述这件震惊全国的事件。"（第131页）结尾处则写道："就只缺个把板凳靠在临街的门边讲述这个故事的人了……"（第151页）叙事者采用了走上街头的人们的视野，他们议论纷纷，制造流言蜚语，掌控客观现实事件，用幻想将之篡改、扩容、染色，把它们变成神话和传说。刚才曾引用过的那句话正是此意："赶在历史学家到来之前。"叙事者将要给我们讲述的并非史实或确切发生过的事情，而是被大众幻想和私语塑造出的"发生过的事"，是被放置在历史进程中的神话。这个文本给了读者足够的提示，让他们明白它要讲述的事情的性质是怎样的；读者被提醒道，这个故事并非客观陈述的结果，而是主观叙述的产物，只是发生过的事件的一种变形版本，而那些事件曾经被人遗忘。因此，没有埋由认为这些被主观叙述出来的事件和原事件是一回事。《咱们镇上没有小偷》的情况与此不同，读者了解两个版本的达马索偷盗事件。一种是客观版本，一种是主观版本，分别对应事件的真实情况和人们揣测杜撰的情况。关于格兰德大妈的死亡和葬礼，我们在这里只掌握了神话-传说版本的情况，"历史"版本则成了省略式隐藏材料。历史层次的东西被删除掉绝不意味着虚构现实的本质发生了变化，一切都归于幻想了。文本为我们提供了足够的证据：叙事者是站在客观现实中的主观层次上讲述故事的，他无意讲述客观发生的事情（那是历史学家的工作），而是提供由人们的幻想和弥漫在街头巷尾的流言蜚语制造出来的客观现实事件的种种变体。这正是我们提到的神话-传说层次的东西，然而它依然是发生在被遗忘的"历史"背景下的故事。当我们定位了叙事者的视角之后，文本中所存在的先于神话-传说现实存在的基础性的"历史"现实就清晰起来了。主观变形并不想替代被遗忘的真实事件，它只是单纯地想展示自己：这也正是为什么神话-传说视角在这个例子里没能建构一个自给自足的虚构现实。当叙事者的视角得到定位后，故事中的信息就变得相对化了，它们的外围多了些迷雾遮掩，变得不可证实了。

这意味着尽管虚构现实的本质并没有发生改变，可它仍在神话-传说层次上得到了进一步发展。这种新的层次变得如此重要之后，故事中随之出现了一种新的把虚构嵌入到客观现实之中的体系。我们说神话-传说层次在这里属于客观现实只是因为它就是这样展示自己的，它是主观化后的客观现实，至少通过叙事者的视角传递出的信息是这样的。它与客观现实之间在这里保存着的细微联系在《百年孤独》中完全消失了，在那部作品中，神话-传说层次将成为虚构现实的组成部分。通过运用某些技巧，客观现实可以失去领地，被虚构现实替代：我们在这个故事里就发现了这些技巧中的一个。所谓的神话和传说实际上是客观现实的两种因素碰撞产生的结果："历史"事件和集体幻想。集体的这种主观能力战胜了"历史"事件，把它们推到了去自然化的进程之中，最终化为幻想之物。

夸张、罗列和变形的词语

　　神话–传说视野是和处理叙事材料的新方法同步出现的，这些新方法是夸张、罗列和变形书写。这些既是形式上的技巧，同时也是内容上的革新，换句话说，从这里开始，那个虚构世界里的部分人物、物体、环境和象征物就有了新的特点。在《恶时辰》和《逝去时光的海洋》里，语言现实中的这些技巧和特点消失不见了，不过它们在《百年孤独》中以一种更加迅猛且完美的方式回归了。

　　一、夸张[186]。从神话–传说视角出发，虚构现实的所有组成部分都经历了量变。它们在时间中被抬升、拉长，在空间中延展开，增添了更多特点，能量不断扩大，直到抵达极端化的边界。人物、环境和物体变得独一无二、无可比拟，成为典范。格兰德大妈的葬礼是"有史料可查的最隆重的葬礼"（第131页）。她的离世"震惊全国"，国家因这位"世界上最有钱有势的女主宰撒手人寰"遭受了"内部震动"（第134页）。格兰德大妈的生日庆典活动中有"人们记忆中最持久热闹的集市"（第135页）；她是"绝对主宰"（第131页），继承大位的那天走过"从祖传老宅铺到大祭坛的长达二百米的席子"（第137页）。她住在一座"巨大的宅邸"中，外形和权势一样巨大：她有"丰满的乳房"，足够"哺育全族人"（第137页），此外她还"臀部肥硕"（第141页）。她的财产"足以用清晰的文字写满二十四页纸"（第138页），由于财产实在太多，以至于完全难以画定"明确的界限"（第139页）。给她使用的治疗方法和她本人一样异乎寻常："疗效惊人的药水和按方调配的栓剂。"（第135页）她身上的夸张特质（她活到九十二岁）也传染了身边的人：她的侄子你尼卡诺尔"体格巨大"，安东尼奥·伊萨贝尔神父"马上就要满一百岁了"，需要十个男人一起才能把他抬到格兰德大妈的卧室里去（第132页）。为了行使初夜权，家族里的男性"在牧场、野道和农舍"搞了一堆私生子出来。最高级的运用也好，数字的极度精确也罢，全都慢慢强化了故事中的人物及其周遭环境的超常感：这些超常之处比起质来更体现在量上，是由数量夸张累计的手法造成的。这也影响了故事中的局势描写：格兰德大妈的死影响太大，不仅震惊了马孔多，还震动了国家首都、梵蒂冈及全世界，书中描写的顺序就是如此。前来参加葬礼的人也逐渐由马孔多人拓展到了全国来宾、客观现实世界的来宾乃至于虚构现实世界的来宾。

二、罗列。除了通过增量把人或事物的数量状态最大化，那片虚构现实的组成部分还在不断组合结团。它们结合成有自主意识的团体，或者说是自我封闭的小团体，然后一些紧跟在另一些之后出场，互不掺杂。于是现实就变成了由短小精悍的团体组成的庞大团体的集合，通过细小的罗列聚集成巨大的罗列而展现。每个部分都有总体的特点，而总体也有各部分的特点，两者互相包含、反映，形成"有瑕疵的团体"。格兰德大妈的家族就是个例子，在那个家族里，"叔父和侄女通婚，表兄弟和姨妈结合，亲兄弟和小姨子配对，直到组成血缘关系错综复杂的一团乱麻"（第133页）。如果说夸张的技巧通过量的改变搅乱了客观现实，那罗列的技巧就把客观现实在两种意义上进行了修改：（1）使之仪式化了，给它增添了迷人的圆形活动轨迹，那是种虚假静止的运动，或者说是不动的运动；（2）它使某种灵活的隐秘行动成了可能：在现实化身的不停歇的运动中，那种特殊的速度和氛围方便了虚构人物和事物与客观现实人物及事物进行融合，那些"外来人"的出现不再显得突兀了。试举一例：

> 眼下，这个内部曾经震动的国家已恢复了平衡；眼下，圣哈辛托的风笛手、瓜希拉的走私犯、锡努河岸的稻农、瓜卡马亚尔的妓女、谢尔佩的巫师以及阿拉卡塔卡的香蕉农纷纷搭起帐篷，以便从劳神费力的熬夜中恢复体力；眼下，前来参加有史料可查的最隆重的葬礼的

共和国总统、各部部长以及所有代表公共权力和超自然力量的人们恢复了平静，重新各据其位；眼下，教皇已全身心地登上"天堂圣地"；眼下，参加葬礼的人群留下的空瓶子、烟蒂、啃过的骨头、罐头盒、破布、粪便使马孔多的交通陷于瘫痪。现在时候到了，且让我们把板凳靠在临街的门边，赶在历史学家到来之前先行从头开始讲述这件震惊全国的事件。（第131页）①

这段引文里包含了一层主要的罗列（眼下……眼下……眼下……）和三层次要的罗列：(a) 风笛手……走私犯……稻农……妓女……巫师……香蕉农；(b) 总统……部长……所有……；(c) 空瓶子……烟蒂……等。

（1）让人着魔的节奏：虚构现实是作为严格不变的秩序出现的，其中最常见的因素就是数字和音乐，那些接连出现的因素组成了持续的活动，也使各因素间保持了不变的对称性。重复性的节奏和带乐感的运动让现实生活中的客观事物逐渐变得清晰。语言通过波动、起伏和近似的、系统性的摇摆也参与了描写，那是一种可以让人着魔的节奏，也是种古老的写作技巧，可以"催眠"读者，使读者逐渐"着魔"，把注意力完全集中到带有催眠作用的乐感上。通过这种巫术般的形式，现实被作者刻意经营的那种带乐感的秩序取代了。换句话说，这种节奏使客观事物从根本上"非自然化"了：它们已经不再是独立的整体，而成了数字整体和音乐整体的组成部分，就像交响乐里的音符；在它们所具有的一切价值里，如今最重要的只是它们的存在、它们的声音、它们作为零件时所做的贡献。在那个整体中，现实发生了变形，它变得虚构化，批评能力减弱，理智被削弱，被听觉因素嵌入，读者也同时融入了那一现实的中心位置。那也正是"作恶"

---

① 引自《礼拜二午睡时刻》中文版，刘习良、笋季英译，南海出版公司，2015年第1版，第147—148页，译文有改动。

的最佳时刻。

(2) 虚构事物秘密潜入客观现实: 让人着魔的节奏夺走了客观现实的理智因素, 把它弱化成了一条漂浮着各种感觉的河流。被嵌入其中的事物经过了分层, 合乎逻辑的内容被夺走了。它们都成了组成整体的零散部分, 尤其是它们在视听方面所具有的价值。各个事物的意义之间的藩篱已被推翻, 在各种节奏混在一起的背景下, 已经很难分清真实与虚构之间的界限了。在那条由客观现实事物组成的动荡的瀑布内部, 潜伏着属于带有不同特质的另一种秩序的某种物体, 它与其他物体混杂在一起, 难以辨识:"眼下, 教皇已全身心地登上'天堂圣地'"。虚构在这段话的后半部分里飞速闪过, 那种让人着魔的节奏已经完全控制了读者。位于这句话前后的因素都有着清晰的客观现实特征: 在它之前是圣哈辛托的风笛手、瓜希拉的走私犯、锡努河岸的稻农、瓜卡马亚尔的妓女、谢尔佩的巫师以及阿拉卡塔卡的香蕉农, 所有的地点都是真实存在的; 在它之后是空瓶子、烟蒂、啃过的骨头、罐头盒、破布和粪便, 全都是不容置疑的客观存在物, 而且是在客观现实中很常见的东西。让人着魔的节奏和其他事物所具有的毋庸置疑的"真实"特征促成了虚构事物的秘密潜入行动, 这种行动在虚构现实中引发了革命性的效应。虚构的存在感染了周围的环境, 在理智与逻辑主导的世界里, 那种奇异的存在无疑会引发一种变化: 客观现实失去客观性, 它在接触虚构的一刹那就变成了虚构现实。

(第三种变化)

虚构现实经历了属于第三种情况的变化。这次的变化不是缓慢进行的, 或者说不是通过量的积累在某个特定时刻发生质变(第一种情况), 也不是在许多让人难以察觉的极速闪过的变化发生后, 只留下最终结果的那种质变(第二种情况), 而是"具有不同特质的存在一经被发现, 就从根本上改变了它所处现实的本质"所引发的变化。只需要一个奇迹的出现，整个现实世界就会变成充满奇迹的世界。不过必须一提的是，它会随叙事视角的改变而变成一种相对的变化："教皇已全身心地登上'天堂圣地'"是在主观层次中发生的事情，是街头巷尾的人们夸张议论的结果。如果它的确对应了客观现实中发生的某个真实事件，那么那片虚构现实从这一刻起就变成绝对的虚构了。但是没有迹象表明那件事确实发生过；我们只知道它在一种层次——神话-传说层次——上"发生过"，而且这些"事件"已经被大众幻想扭曲变形了。

每当有某些材料被用罗列（多重罗列）的方式呈现出来，类似的变化就会发生。如果说在前一个例子里，让人着魔的节奏和客观现实事物的邻近性让幻想之物披上了一层客观现实的外衣，那么这个例子里巫术般的节奏和具体事物的罗列就把抽象的东西具体化了：

……格兰德大妈是流水、死水、下过的以及将要下的雨水的主人，是周边道路、电报电线杆、**闰年以及热天**的主人……（第133—134页）①

在这一个例子里，罗列的事物中出现了具体事物、抽象事物和（修辞层面的）陈旧事物，分别是文化、政治和团体性的"陈旧事物"。通过这种节奏上的感染，具体事物披上了抽象、修辞式的外衣，抽象事物披上的则是具体的、修辞式的外衣，而修辞层面的东西同时具有了既抽象又具体的特点。叙事材料通过罗列技巧同时经历的这三重变形也是连通器法和第三种变化方法共同作用的结果：

---

① 《礼拜二午睡时刻》中文版，第150页。

地下资源、领水、旗帜的颜色、国家主权、传统政党、人权、公民自由、第一法庭、二审、三辩、介绍信、历史凭证、自由选举、选美皇后、关系重大的演说、盛大的游行、出众的小姐、有教养的绅士、有荣誉感的军人、最尊贵的阁下、最高法院、禁止进口的条款、自由派的女士、肉类问题、语言的纯洁性、世人的范例、法制、自由而又负责任的新闻界、南美的雅典娜、公众舆论、民主选举、基督教道德、外汇短缺、避难权、共产主义危险、国家库房、生活费用的昂贵、共和传统、受损害的阶级、效忠信。(第141页)①

和第一个例子一样，在下面这次罗列中，众多客观现实事物里也混入了一个幻想之物，它在这里显得更具原创性的原因在于它是因夸张而"虚构"的：

……世界选美皇后，紧随其后的有杧果皇后、青瓜皇后、几内亚苹果树皇后、面木薯皇后、秘鲁番石榴皇后、多汁椰子皇后、黑头菜豆皇后、四百二十六公里鬣蜥蛋串皇后……(第149—150页)②

还有一些罗列并没有参与虚构的秘密潜入过程，也没有改变事物的本质，没有把它们具有的抽象和具体特点、修辞和历史层面的东西等同起来；它们只是单纯地罗列了属于同一层次的客观现实物体：

……出售香蕉玉米粥、小面包、血肠、猪肉冻、馅饼、灌肠、黑

---

① 《礼拜二午睡时刻》中文版，第159页。
② 同上，第167页。

莓饼、木薯面包、奶酪饼、油煎饼、玉米饼、千层饼、香肠、内脏、椰子羹、甘蔗汁……（第135—136页）①

在这个例子里，客观现实变化与具有不同性质、能够改变周围事物的存在物（第三种变化）无关，而只与让人着魔的节奏相关（第一种变化：量变引发质变）。

罗列不仅可以成段出现，也能以句子的形式出现，这时它的表现形式通常是三个或三组单词：

……无数个涂抹泥敷剂、涂芥子泥、拔火罐的夜晚……（第132页）

……男人们经常跑去牧场、野道和农舍……（第133页）

……格兰德大妈和她的兄弟、父母、父母的父母一样，曾是马孔多的中心……（第133页）

……给这将死之人涂抹药剂……用……专门熬制的药膏、疗效惊人的药水和按方调配的栓剂……（第135页）

……在里面建成了甘蔗榨糖厂、挤奶厂和舂米厂……（第140页）

在破旧的公交汽车上、在政府部门的电梯里、在挂着深色帷幕的阴暗茶室里，人们窃窃私语……（第142页）

格兰德大妈使"传统势力压住了过渡政府，上层阶级压倒平民阶层，神灵的机敏智慧凌驾于临时起意的道德标准之上。"（第143页）

罗列的方法在这个故事里被反复使用，而且具有十分深刻的意义。它

---

① 《礼拜二午睡时刻》中文版，第152页。

345

通过形式方法极具图像性地解释了那片虚构现实的结构以及其组成因素的分布和活动体系情况。这则故事的最主要的人物是一场葬礼的主角，此外还有许多追随她出场的次要角色。也就是说，这篇故事本身就是一种展示，一次人物与事物的和谐展出。这个故事在书写上也采用了同样的方法：故事本身就是个巨大的罗列，它由成段成段的罗列组成，而那些段落中又分布着许多小型的罗列。整体在部分中得到反映，部分也在整体中得到反映，材料通过形式表现出来，反之亦然。

三、变形的词语。夸张和罗列所提及的是虚构现实的组成部分，而非天气环境，也非其与历史现实的关系。它们都是写作技巧，而非叙事结构。这是加西亚·马尔克斯作品的新颖之处。在之前的短篇和长篇小说中，作者的书写追求透明性：精准而谦卑。这种方式会与它想要公正展示的物体结合为一体，进而在后者体内消释。在那些作品中，作者通过词语描绘那个虚构世界，那些词语是隐形的，只描述而不评论，只展示而不发声。这里的情况略有不同：词语和物体的完美匹配性、书写与材料的全面融合性都让位于距离感和敌对性。如今，书写本身成了鲜活独立的存在，成了反映主题并将其修改的幕布：夸大它，使它富有音乐感，夺走它身上的逻辑性，赋予它纯粹的感官价值，诠释它。书写在这里变得不透明，似乎也变成了一种现实，而且是与它描述的对象不同的现实，同时还把之前只作为工具的东西加以变形。出现在这个故事里的神话-传说维度成了一种基础性的修辞：那种言语行动足以将客观现实转化为虚构现实。但是正如我们说过的那样，那是一种表面的变形：这种词语和叙事者视角的"变形"用法显示了客观现实并没有消失，它并未被虚构现实完全替代。客观现实及其变形后的主观版本（神话或传说）是和谐共存的，尽管在这个故事里只出现了后面这些变形版本，前者始终保持缺席，成了一个省略式隐藏材料。

由之前的虚构作品构建出的那个现实世界并没有发生本质性的变化，不过确实在《格兰德大妈的葬礼》中得到了进一步的丰富，这是借助全新的视角和大量补充性信息实现的，它们修正或删除了之前建立起来的社会、历史和思想信息。不过，和之前的情况一样，这篇故事中关于虚构现实的信息也不能全部当真：它们的真实性是存疑的，因为它们是经过主观加工后再呈现的。不是"作者"的主观加工，而是同样生活在那片虚构现实中的人们的主观加工。

反复出现的主题

格兰德大妈在《蒙铁尔的寡妇》结尾处短暂又神秘地现身过，在两篇故事过后又回归了。《恶时辰》提到说蒙铁尔寡妇独自生活在"格兰德大妈辞世时住的有九间屋子的阴暗宅子"里，到了晚上的时候"就能撞见格兰德大妈在走廊上捉虱子"（第95页）。这里提到格兰德大妈实际上是带有干扰性质的：它说明格兰德大妈出现在《蒙铁尔的寡妇》中时已经死了，而且指出格兰德大妈去世的地方和蒙铁尔寡妇继续生活的地方是同一处地点。换句话说，这就把《蒙铁尔的寡妇》《恶时辰》中的"村镇"和马孔多画上了等号，因为《格兰德大妈的葬礼》的发生地正是马孔多。之所以说这是一条干扰信息，是因为在《恶时辰》之前，"村镇"和马孔多是两个不同的地方。可是从《恶时辰》开始，虚构现实不再与客观现实沾边了，也就是说，它不再讲求理智和逻辑，变成了以幻想和虚构占主导地位的现实，其中已经不存在任何障碍能够阻挠两个地理意义上完全不同的地方突然合二为一了：虚构的法则就是独断专行，理智是无法与之抗衡的。在《百年孤独》中也有人回忆起"格兰德大妈的那场狂欢节式的葬礼"。在这篇故事之前和之后，那个人物总是表现得轻飘飘的，十分不同寻常。她和寡妇蕾蓓卡有些相似（蕾蓓卡也住在一座带有"两条走廊和九间卧室"的宅子里），不过格兰德大妈更是那个虚构社会中众多权力无限的女主宰中的一位：蕾蓓卡·德阿西斯（《恶时辰》）、乌尔苏拉·伊瓜朗（《百年孤独》）和那位肥胖的暴君式祖母（《纯真的埃伦蒂拉和她残忍的祖母令人难以置信的悲惨故事》）。

我们发现安东尼奥·伊萨贝尔神父是格兰德大妈的亲戚（格兰德大妈名叫玛利亚·德尔罗萨里奥·卡斯塔涅达-蒙特罗），在《周六后的一天》中死鸟的故事发生后他又活了几年。他在那个时期已经"九十四岁"了，现在"马上就要年满百岁了"，这个细节可以帮助我们从年代表的层面上定位格兰德大妈之死在马孔多历史中的位置。在向格兰德大妈致敬的人群中有一些老熟人，例如马尔伯勒公爵、奥雷里亚诺·布恩迪亚上校和"从六十年前开始"就在等待抚恤金的内战老兵们。不过除此之外，在《格兰德大妈的葬礼》中还出现了一些最早版本的《百年孤独》中的人物：格兰德大妈的大侄女玛格达莱纳最终的命运就是一例，她剃光了头，出家度过了生命中最后的日子，这与梅梅·布恩迪亚十分相似，后者死前也出了家，死在"克拉科维亚一家阴暗的医院里"；教皇让人联想到何塞·阿卡迪奥·布恩迪亚，他是被送去罗马的神学院学生，注定要当个神父，还有俏姑娘雷梅黛丝，她也是身体和灵魂一同飞上天去的。格兰德大妈的"九个侄子"是整齐划一、如出一辙的整体，和"布恩迪亚上校的十七个儿子"很相似，此外还有"把蛇盘在脖子上，叫卖根治丹毒、保人长寿的香脂"的人在女族长的葬礼期间来到马孔多（第148页），这幅画面在《没有人给他写信的上校》中也出现过，后来又在《百年孤独》里借由吉卜赛人重新上演，最后又成了《出售奇迹的好人布拉卡曼》的主人公的形象。乱伦主题在《咱们镇上没有小偷》里就曾显露苗头，在格兰德大妈的堕落管理下又得到了更细致的描写。大妈"把财产和家族姓氏封闭在一个神圣的铁丝网内。在网内，叔父和侄女通婚，表兄弟和姨妈结合，亲兄弟和小姨子配对,直到组成血缘关系错综复杂的一团乱麻"(第133页)[1]:这句话恰好是布恩迪亚家族命运的预言。

历史现实与社会现实

一个在虚构现实中反复出现的因素是位于社会金字塔顶端的人们的"历史感"。每当叙事视角落在"贵族"阶层的时候(《枯枝败叶》《蒙铁尔的寡妇》《周六后的一天》),对过去的担忧就会表现出极大的重要性。这里的情况也是一样。格兰德大妈位于社会顶层:关于马孔多历史的信息在故事里大量出现。不过也不应当完全信任这些经过加工的材料,因为正像文中所言,它们是"赶在历史学家到来之前"被编造出来的。就虚构历史而言,神话-传说的夸张使马孔多在时间和空间范畴中都扩大了疆域。根据《枯枝败叶》来看,马孔多的建立是发生在上个世纪末[2]的事情,参与者是躲避内战的人们。在这里,马孔多的起源被蛮横地提前了,格兰德大妈庞大的家族已经在那里扎根"两个世纪"了,小镇自建立之初就是以他们家族为核心的(第133页),而且它的起源是与"殖民时期之初皇家敕封的三个领地"有关的(第139页)。也就是说,马孔多至少已经有三个世纪的历史了。这种对虚构社会源头的修改将在《百年孤独》中再次出现:在那部作品中,马孔多是由布恩迪亚家族在上个世纪建立的。事实上,这些矛盾之处是有内在联系的:这些"贵族"家庭(《枯枝败叶》里的上校、格兰德大妈、布恩迪亚家族)都习惯把马孔多的历史时间和各自家族的历史时间联系到一起,所有人都希望自己的家族是小镇的建立者。

《格兰德大妈的葬礼》更具革新性的地方还在于它对马孔多在那片虚构现实中的位置的描述。到现在为止,尽管出现了其他一些地理标志(巴拿

---

[1] 《礼拜二午睡时刻》中文版,第149页,译文有改动。
[2] 指19世纪末。

马、苏伊士运河、法国、玛瑙雷），可"村镇"与马孔多似乎才是世界的中心。在这个故事中出现的马孔多变成了一个衰落的小镇，在其所属的国家里也不处于中心位置，那个国家的首都里的人认为"那里的特点就是炎热和疟疾"。我们得知马孔多是"由六个村镇组成的王国"，同时它还是"那个王国的首府"（第139页）。那个首都正是《没有人给他写信的上校》里的主人公等待信件寄出的地方，它在这个故事里也终于现身了，那里有"敲着葬礼钟声的教堂"，有"破旧的公交汽车"，还有首都大教堂和国会大楼，乞丐们身上裹着纸，睡在国会大楼"陶立克式立柱和离世总统沉默的雕像下"（第142、143页）。世界上的其他地区只是隐约可见，这似乎预示着整个世界比之前的虚构作品中描绘的更加广阔：在这个故事里出现了罗马、梵蒂冈、"甘多尔福堡的教皇住处"。尽管有众多真实地名，可这个文字现实依然远不能和真实现实画等号。在虚构世界里的台伯河畔乘坐一辆"黑色豪华轿车"是可能的，而且还可能在同一天晚上抵达"罗马帝国和格兰德大妈治下牧场的分界线：茂密的甘蔗林和静谧的泥塘"（第146页）。我们见识了邻近马孔多的许多地方：圣哈辛托、瓜希拉、锡努河岸、瓜卡马亚尔、谢尔佩、阿拉卡塔卡、圣豪尔赫、维拉角、谢纳加、塔萨赫拉、莫哈纳、玛瑙雷、瓦耶杜帕尔、阿耶佩尔、圣佩拉约、拉库埃瓦、玻利瓦尔大草原、雷波罗、玛格达莱纳、蒙博科斯。那个虚构世界的地理版图被大大拓宽了。

　　内战是那片虚构现实中最重要的历史事件，《格兰德大妈的葬礼》中关于内战的信息并没有澄清之前几部虚构作品中留下的不确定性；从某种意义上来说，这个故事反而增强了那种不确定性。在"1875年战争"时，格兰德大妈的外祖母"以庄园的厨房为掩护，抵挡过奥雷里亚诺·布恩迪亚上校手下的巡逻队"（第134页）。格兰德大妈自认能活过一百岁，但是在感到自己时日无多时，她才明白"上帝并没有赐予她在公开冲突中亲手消灭那些拥护联邦制的共济会成员的特权"（第134页）。我们确认曾经发生过许多场内战，我们也明白了奥雷里亚诺·布恩迪亚上校一方被他的敌人们看作"拥护联邦制的人"和"共济会成员"：那么也许各种迷雾重重的争斗的诱因就是类似世俗主义、国家宗教、联邦政体或中央集权制之类的东西。换个角度来看，上面的引文又很让人不安：难道就像这句话的结尾处暗示的那样，内战依然在继续？这种疑惑在不久之后继续加重了，叙事者回忆起了某些遥远的事情（"本世纪的第一个礼拜"），他说当时奥雷里亚诺·布恩迪亚上校的队伍就驻扎在那些巴旦杏树下。在格兰德大妈的尸体跟前列队前行的还包括布恩迪亚上校手下的老兵，他们"从六十年前开始"就一直在等待着自己的抚恤金（第149页），这些信息似乎又指出内战确实在很久之前就结束了。迷惑和矛盾是那个虚构社会中的那些主要历史事件——战争、小镇的建立、香蕉公司、"枯枝败叶"——的共有特点。这是由那个虚构社会在文化方面的缓慢发展、由它的原始性造成的。这个社会看上去缺乏"文字历史"，也缺乏通过教育强加给小镇居民的"官方历史"。大部分小镇居民都对小镇的过去不感兴趣，也对历史没什么概念。历史似乎只是一堆记忆的集合，是某些领导家族的传统思想，是对私人个性的担忧。因此，那段历史被最大限度地主观化了：那些历史事件只在对依然在世的私人或家族产生影响时才被提及。所以这些事件表现得具有极大的弹性。

一个封建社会

和过去历史的反复无常不同，那个虚构社会的经济结构和社会构成方面在几部不同的虚构作品中都保持着延续性：前工业社会，基础产业是农业和小型商业，由于香蕉公司和大量外来人口（"枯枝败叶"）带来的"香蕉热"而经历过一段繁荣期。后来，香蕉公司撤离，外来人也随之离去，于是那个虚构社会进入了衰败期。这一过程并没有打破那里严格的社会阶级分层，不过《枯枝败叶》中的马孔多贵族阶层在"村镇"里让位给了资产阶级阶层：堂萨瓦斯和蒙铁尔能够爬到社会顶层靠的不是姓氏或往日荣耀，而是逐渐累积起来的财富。在《格兰德大妈的葬礼》中，这些阶级坐标被完全打破了，从小镇古老的起源到格兰德大妈之死——也就是"现在"——这里呈现的马孔多的经济-社会历史画面是完全不同的。香蕉公司从未来过，"香蕉热"也没发生过，社会金字塔的顶端和经济权力从未被不同的人分占过，有的只是一家独大：格兰德大妈的家族。随着时间的推移，马孔多依然是一个农业和家长制占上风的封建社会。三个多世纪之前，在殖民时期初期，这个地区被分成了三块领地，许多年后，"通过错综复杂的通婚联姻"（第139页），它们全都集中到了格兰德大妈的手中。在那广阔的"处女地"上有五座城镇，"没有任何一个土地所有者在上面撒下哪怕一粒种子"。这些租用土地的人都是佃户（附属者），一共三百五十二个家庭，格兰德大妈"以个人的名义收取租住费，这和一个多世纪以前她的祖先向这些佃户的祖先收租是一个道理"（第139页）。那位封建女族长靠租金生活。佃户们用钱和物交租，在"连收三天租金"之后，她住宅的院子里"满是猪、鸭和鸡，还有作为礼品摆在那里的钱财和水果"（第139页）。那片封建领地"打眼看去"有大约十万公顷，出现了六个村镇。在格兰德大妈和附属于她的人中间保持着某种母系氏族和半宗教式的关系：她的生日每次都会变成大众盛会，她的葬礼也成了群体性集会。她拥有绝对权力："采用合理和不合理的方式分派肥缺、美差、好事，维护同党的利益，为此，不得不求助于弥天大谎或选举舞弊。"（第144页）[1] 遥远的首都也在纪念格兰德大妈，因为她在很多年里"在她的王国内保证了社会和平、稳定了政治局势"（第143页）。宗教、经济、家庭生活全都取决于那

---

[1]《礼拜二午睡时刻》中文版，第161页。

位封建女族长的意愿。家族中的男性行使的是"初夜权",这个封建家族衰落了,那些私生子只能以"格兰德大妈的教子、依附者、受宠者和被保护者的身份"生活(第133页)。一大群人居住在那个巨大的宅子里,那儿的"阴暗的房间里,塞满了早已化为灰尘的四代人留下的大木箱和各种家什",而"先前"在中央走廊上,"钩子上挂着剥了皮的猪,血淋淋的鹿"(第132页)[1]。

在这个阶级分明的静止世界里,占主导地位的逻辑是:没有人怀疑既有秩序,这只是因为"改变"、"历史运动"等概念是不存在的。《枯枝败叶》里的现实视野是本质主义的,它认为万事万物都是不祥的:世界今天的样子就是昨天的样子,也将是明天的样子,尽管生活在其中的人会发生变化。一切都是被继承和遗赠下来的,永久位于社会顶层的家族因为这种延续性得以在金字塔底部和中部保持那种让人不安的和谐、静止。经济权力、精神权力和政治权力是在这个封建社会中占统治地位的铁三角,它们之间存在着一种紧密的联盟关系。但是经济权力是凌驾于其他权力之上的,正是那些权力构成了金字塔的第二阶层,它位于那位富有的半神女族长之下。格兰德大妈负责任命宗教领袖;此外,教会还赋予她特权,她可以在望弥撒时不下跪,"连举扬圣体时也是如此"(第136页),从大众视角来看,她的形象几乎已经和上帝混淆在一起了,因此在集市上有人售卖"印有格兰德大妈形象的邮票和披肩"(第136页)。类似的是,这位女族长也可以任命政治官员,她操纵选举,指定候选人,毫无顾忌地把官员变成小跟班,让他在弥撒时给她扇扇子(第136页)。教皇和共和国总统参加她的葬礼也是这种霸权的体现:在这个世界里,经济权力是凌驾于政治和精神权力之上的。

---

[1] 《礼拜二午睡时刻》中文版,第149页。

不过，故事中的一个有些突兀的句子却在这个单一腔调的世界里撕开了一小条裂痕："最近这些年里的政治不安定性。"（第133页）这一小条裂痕在接下来那部小说里被撕扯得更大了，大到足够让运动和暴力再次闯入这片虚构现实之中。

第五章　静谧的革命
(《恶时辰》)

《恶时辰》的故事背景是"村镇",发生的时间是某一年的10月4日到21日之间,这可以从《没有人给他写信的上校》中推算出来。作为整体的"村镇"并不是一个舞台,而是一个人物:这个故事是在全"村镇"身上发生的,所有人都深陷其中,尽管某些个体——例如镇长、安赫尔神父——在集体生活中有更重要的参与度。在之前的小说里已经出现了类似的叙事方式:《伊莎贝尔在马孔多观雨时的独白》和《周六后的一天》里也发生了影响镇子里所有人的事件,《格兰德大妈的葬礼》也是一样,尽管在那个女族长故事里的"村镇"和马孔多混为一谈了。这种集体性的诱惑将在《百年孤独》中得到最大程度的发展。在那部作品中,会有一个中间介质出现在个体和集体之间,而这个介质——家庭——在这本小说里尚不存在。家庭是个体向社会靠拢过程中的核心中间因素,不过它在《恶时辰》中的存在感还很弱,也许这是由于"村镇"里迷雾般的氛围造成的。这本书中的"村镇"最突出的特点是孤立的人和又孤立的个体组成的集体,也就是社会。和我们分析过的作品相比,这部小说是最明显体现加西亚·马尔克斯对作品进行结构串联的一部,故事与故事之间的往来呼应层出不穷,既包括主题,也包括形式,这也是作者全景式意图的体现。《恶时辰》很明显是很多故事的母胎,就像《伊莎贝尔……》是脱胎于《枯枝败叶》的。

母胎型故事

与这部小说最相似的作品应该是《没有人给他写信的上校》:环境、人物、事件、主题都是两个故事共享的因素。"村镇"的画面是类似的,两个故事都发生在十月份，都下着雨，空气潮湿，也都发了大水。第一个故事以为一位"乐手"守灵开始，第二个故事则以"单簧管手"巴斯托尔被杀作为开端。一位无名的镇长在前一个故事中一闪而过，他站在阳台上，脸颊肿胀。在这个故事中，我们看到他被牙痛折磨，服镇痛剂过量，后又强迫他的政敌牙医给他拔除坏牙。《平常的一天》是一座桥梁，它连接了脸颊肿胀的镇长出现的场景和小说中的相关桥段，镇长的牙痛病是两者共有的核心主题。其他一些共有角色出场时不仅姓名相同，连做的事情都一样：安赫尔神父依然在用敲钟的方式审查电影；希拉尔多医生一头泛着亮光的鬈发，牙齿洁白泛光，尽管在这里他已经结婚了，也更成熟了一些；堂萨瓦斯依然靠注射胰岛素活命；叙利亚人摩西依然开着那家五颜六色的商店；报务员也是同一个人。这里也有一位长着"印第安面孔"的警察。两个故事里还都出现了马戏团时隔多年重回"村镇"的事件。暴力在两个故事里都是占主导地位的社会因素。尽管具有差异性，不过政治压迫依然是令人不安的暴力诱因，始终威胁着书中人物。在这部小说里也出现了宵禁和戒严，这里的中产阶层专业人士（牙医、医生、理发匠）也是反对派，也在传递地下传单。《没有人给他写信的上校》里的阿古斯丁正是在斗鸡场分发政治传单时被杀的；《恶时辰》中被杀的青年叫佩佩·阿马多，他是在同一个地方分发颠覆性传单时被捕的。这部小说的语言和那个故事也很相似，都是简约的、无人称的，不过在那个故事中起到重要作用的幽默因素在这里却成了次要的东西。

《格兰德大妈的葬礼》中收录的所有发生在"村镇"的故事都是《恶时辰》中的情节的早期版本，又或者说是从这本小说里拆分出来的东西。《平常的一天》是镇长拔牙故事的简约草稿或提纲。《咱们镇上没有小偷》里的堂罗克也在台球室门口再次现身了，两个故事里的台球室都是小镇居民很喜欢去的热闹场地。就蒙铁尔一家的生活状况来看，《巴尔塔萨午后奇遇》

的故事要比《恶时辰》的故事发生得早得多：那时堂切佩还活着，而且很有钱，他的妻子则年轻又理智，他们的儿子是个爱哭鬼；到了《恶时辰》，堂切佩已经去世很多年了，他的遗孀是个沉浸在幻想中的人物，可能是真疯，也可能是在装疯，而他们的儿子已经到驻德国领事馆工作了。《蒙铁尔的寡妇》讲述了在上述两幅画面之间那一家人经历的事情。希拉尔多医生身上发生的事情则和蒙铁尔一家刚好相反：在《巴尔塔萨午后奇遇》里他是位"老年医生"，到了这本小说里则只是个成年男子。《纸做的玫瑰花》里所有的人物都回归了：米娜制作纸花，特莉妮达在教堂抓老鼠，瞎老太太则敏锐依旧。米娜的假袖子的真正作用在这里得到了解释，我们了解到神父"不给穿短袖衫的女人发圣餐，但是大家依旧那样穿着，不过会在进教堂之前套上假袖子"（第106页）。

《恶时辰》还与发生在马孔多的那些故事有联系。这部小说开启了使那片虚构现实中的主要故事场景相互接近的进程："村镇"和马孔多共同拥有越来越多的东西了，某些事件的不一致性更加证明了那两个地点是不可分割的，它们是同一种现实的正反两面，只不过在不同的虚构故事中戴上了不同的面具罢了。"村镇"的环境没有发生变化（雨水、种着巴旦杏树的广场、石鸻鸟、长腿鸟），存在着某些将之与马孔多区分开来的特点：它与外界靠一条河交通，乘船要花"八个小时"才能到达某个我们不清楚是何地的地方，那里既没有火车也没有香蕉。但是"村镇"里生活着一些马孔多的居民，例如格兰德大妈（第95页）、奥雷里亚诺·布恩迪亚上校（第56页）、安东尼奥·伊萨贝尔神父（第49页）和《枯枝败叶》中的自杀者（第97—98页）。就像《没有人给他写信的上校》里的主人公时常回忆自己在马孔多的往事一样，安赫尔神父在这里也经常想起"刚刚成为神职人员的那个时期"。《恶时辰》中的蒙铁尔寡妇独自住在"格兰德大妈离世时居住的带九个房间的阴暗宅子里，何塞·蒙铁尔将之买下时自然没想到自己的遗孀会独自一人在里面孤独地等死"（第95页）。格兰德大妈毫无疑问是死在马孔多的：那么这里又为何会把她移到那座宅子里，说她死在了"村镇"中呢？这是作者记忆错误造成的偶然矛盾吗？可能是的，但也可能这只是一个信号，表明"村镇"和马孔多将在《百年孤独》中实现的融合已经由此开始。《恶时辰》中的"村镇"和马孔多之间的接触点数不胜数。《伊莎贝尔在马孔多观雨时的独白》的故事"火山口"是一头被暴雨夺去性命的奶牛。在洪水期间死去的奶牛是这部小说的众多主题之一：它正在腐烂的尸体让整个"村镇"里都飘荡着恶臭，镇长提出只要有人能把那具搁浅在河岸边的动物尸体拖上岸，就奖励一笔钱（第80、89、92页）。《枯枝败叶》中的镇长收了一笔钱，授权给大夫下葬；《恶时辰》里的镇长则利用职权抢掠了塞萨尔·蒙特罗（第188—189页）。而且，《恶时辰》里的镇长早已经靠倒卖和勒索发了财，《枯枝败叶》里的镇长与他相比只算得上学徒罪犯。不过我们也得记住，第一部小说的故事发生时间是1928年，这个故事则发生在1956年或1957年：官员已经有足够的时间完善他们的作恶手段了。另一个巧合之处：两位镇长的名字都是省略式隐藏材料。塞萨尔·蒙特罗在狱中不愿吃饭，因为他怕被人毒死（第40页），这和《枯枝败叶》里大夫的做法如出一辙，后者拒绝饮水，因为他相信马孔多人想毒死他。这部小说给我们描述了一些与马孔多历史相关的轶事：温和的安东尼奥·伊萨贝尔神父去世时已满百岁，也就是死鸟事件发生的六年之后（第49页）；奥雷里亚诺·布恩迪亚上校"在马孔多签署内战协议时"，曾在"村镇"的小旅店里睡过一晚，而那个小旅店和《周六后的一天》中那个外乡人居住的马孔多小旅店几乎完全一样（第56页）。《恶时辰》和之前几部虚构作品的另一个联系是象征：这部作品中的匿名帖的前身是《周六后的一天》中的死鸟，如果说程度浅一点，那就是《咱们镇上没有小偷》里的台球和《巴尔塔萨午后奇遇》里的鸟笼，如果再算上联系并不直接的象征，那就是《没有人给他写信的上校》中久候不至的信件及公鸡，以及《伊莎贝尔在马孔多观雨时的独白》里的暴雨。《恶时辰》的结构使《周六后的一天》中出现的"公式"复杂化了：叙事主线被不同的人物打破了，直到形成数量众多的环形视角，或者说复数的叙事视角。

一、客观现实

最终版本的"村镇"

　　《没有人给他写信的上校》中的"村镇"和《恶时辰》中的"村镇"是同一地点，不过随着后一本书的结束，那片虚构现实的环境发生了变化。"这是个狗屎一样的村镇"，《没有人给他写信的上校》里的堂萨瓦斯说道（第55页）；"这是个幽灵一样的村镇"，阿卡迪奥法官在《恶时辰》中说道（第172页）。这几句话很好地总结了"村镇"在那几部虚构作品中的变化：虚构最终摧毁了真实，"村镇"真正变成了"幽灵"村落。这一点意义非凡，它意味着那片文字现实的变形过程进入了新的阶段。不过这次变化并不明显，也不引人瞩目：它表现得十分灵活。我们从上本书就注意到的真实与虚构的冲突是后者获胜了，不过这次胜利是遮遮掩掩的，甚至有评论家认为《恶时辰》是加西亚·马尔克斯作品中最"现实"的一部。其实不然：这是加西亚·马尔克斯的第一部"幻想"作品[187]。只不过《恶时辰》中的虚构并不体现在纯幻想的人物和事件进入那片虚构现实之中（这种情况部分地发生在后续的虚构作品里），而是像卡夫卡的小说那样，是缓慢渗透的，先借助第一种变化，使那些外表看上去属于客观现实的事物——它们日常可见或是具有"烟火气"——变成从属于"另一种"秩序的物体。因此，如果快速翻阅此书，它会让读者认为摆在自己面前的是一个客观现实占主导地位的世界，尤其是客观现实最外在的那些层次（社会层次、政治层次）。因为这个最终版本的村镇极大丰富了我们对那儿的历史的认知，于是让我们把之前几部虚构作品中关于"村镇"历史和社会的描述串联了起来。

富人们

"过去"压在"村镇"上的分量要比压在马孔多上的轻，"传统"对这个社会的意义不大，因为金钱在这里已经取代了古老传统和代表社会等级的家族姓氏的地位。这一点在《恶时辰》里依然有效。首先我们得确认在马孔多的贵族社会和"村镇"的"资产阶级"社会之间发生的变化确实存在，但不是全方位的，那个新社会依然留有残余的封建恶习。在这里出现了一个家族——阿西斯家族，在"村镇"里的地位和上校一家、格兰德大妈家族及之后的布恩迪亚家族在马孔多的地位是一样的。"好闹事的阿西斯一家在建立这个镇子时不过是一群猪倌罢了"，他们的社会及经济地位不断提高，一直抵达社会金字塔的顶端，现在他们成了有钱人，开始摆贵族架子了。那个家族包括八个孩子和他们的母亲阿西斯寡妇，孩子们盲目遵从母亲的命令，后者靠收租生活，就像人间版的格兰德大妈，没有被神话-传说视野加以神化。阿西斯家族位于"村镇"社会金字塔顶端靠的是古老传统和财富，就和《枯枝败叶》里马孔多的那位上校一样，因此这个家族要比堂萨瓦斯一家更加传统。他们家的权力集中在农业或牧业方面：但罗贝托是个例外，除此之外，那个家族的其他孩子都是在田野里度过一生的。他们住在可能是当地设施配备最好的两座宅子里：电风扇、电冰箱和许多女佣[188]。在某个时刻，我们看到阿西斯寡妇在"一群被拴住的鸡、豆子、奶酪红砂糖和眼肉条"之中行走（第150页）。那座宅子是人间版的格兰德大妈的住宅；阿西斯家的房子里也满是"各年龄段的教子和受保护者"。如今，他们一家当猪倌的历史已经过去很久了，他们过起了异常精致的生活：他们保留着祭拜祖先的传统，在寡妇的卧室里"挂着几个镶铜边的镜框，里面框着几个孩子儿时的照片"，里面有的人就是"闷闷不乐地"死在"这张华丽的大床"上的（第37页）。寡妇在交友方面十分谨慎，她曾责备自己的儿子马特奥邀请镇长到家里来的行为："第一要紧的是保重身体，接下来就是懂得和人保持距离。"（第171页）不过阿西斯一家的封建本质还是在谈及宗教话题时体现得最为明显。"上帝是站在我们这边的"，寡妇斩钉截铁地说道，因为"在方圆几百里内还没有神父的时候，我们就信上帝了"（第171页）。寡妇给安赫尔神父食物，他对待阿西斯一家人时既敬且畏。寡妇就像神父的保护人，每次布施都很慷慨，但是当神父没有遵从她的命令时，她也会勃然大怒：只因为安赫尔神父没有按她的指示布道，她就在仪式进行途中愤而离开了教堂（第152页）。

除了这个"建立者家族"，在"村镇"里还生活着其他有钱人：占据金字塔顶端的是"五六个家族"，叙事者准确地用"阶级"这个词修饰了他们（第39页）。在之前几部虚构作品中，尽管读者隐约感觉到有其他家族存在，可在故事中占主导地位的总是某一个家族：上校一家、堂萨瓦斯一家、蒙铁尔一家、格兰德大妈一家。在这部小说中出现了许多有钱人，因而我们能觉察到在社会顶层的人们在为人处世和钱财来源方面也是存在差异的。比起阿西斯一家来，堂萨瓦斯和蒙铁尔的家族是新近发家的；他们不是"建立者家族"。他们的权力来自相似的政治投机和背叛行为：堂萨瓦斯和切佩·蒙铁尔（"阴险的商人们"）勾结刚刚来到"村镇"的镇长推行镇压行动，揭发反对派，然后再舌上生花，以极低的价格购买反对派的财产。这个情节再次出现在了这部小说里。我们得知镇长刚到"村镇"时，有个"暗中支持政府"的人"穿着内裤坐在一家碾米房门口"：他是堂萨瓦斯还是切佩·蒙铁尔呢？针对之前的短篇小说里刻画的两个不同的人物，这部小说希望进行一番折中，它告诉我们："五年前，堂萨瓦斯给了何塞·蒙铁尔一份私通游击队人员的完整名单，因此他成了能留在'村镇'里唯一的反对派领袖了。"（第189页）如果理智地分析，那么这里的蒙铁尔和那几个短篇小说里的蒙铁尔必然不是同一人。后者在儿子还是个爱哭鬼时就已经是有钱人了；而在这里他的儿子已经到驻德国领事馆工作了，堂切佩则去世很久了，这点从他的遗孀身上也能看出来，所以上文提到的事件不可能发生在"五年前"。总而言之，和阿西斯一家相比，堂萨瓦斯一家和蒙铁尔一家都是新近的有钱人，他们都是些平民百姓。应该再具体谈一下蒙铁尔一家的情况：堂切佩是平民百姓，他的妻子则来自更高的阶级，我们也的确能在这部小说里看出她的行为举止有贵族风范，和阿西斯寡妇一样：她和忠实的管家卡米查埃尔的关系更像领主和附属者，而非主人和仆人。除了最初的那桩阴暗罪行，堂萨瓦斯还被控参与其他几桩肮脏的交易：据说他卖的驴子天亮之后就都死了，是他本人入夜后摸进院子里"把左轮手枪塞进驴子的肛门里，从内部开枪"（第102页）。堂萨瓦斯不无道理地坦陈财富是和罪行捆绑在一起的："事实是在这个国家没有哪笔财富的背后不躺着一头死驴的。"（第102页）他通过抢掠的方式不断壮大自己的牧场，利用秩序混乱的时机收购往日同僚的家产，还把蒙铁尔寡妇家的牲畜"掳走，用自家的烙铁烙上记号"。当镇长提醒他这种行为有个对应罪名的时候，他本人回答："盗窃牲畜。"（第179页）从经济视角来看，阿西斯一家、蒙铁尔一家和堂萨瓦斯一家共存的局面使得那个社会成了《枯枝败叶》《格兰德大妈的葬礼》中的封建世界和《没有人给他写信的上校》中的"资产阶级"社会的中转站，在最后这部作品中，金钱已经击垮了其他权力。

除了那些已经发财的有钱人，《恶时辰》的另一个新鲜的地方在于出现了一个经济上正处于腾飞状态的个体，他毫无顾忌地向着"村镇"的社会金字塔顶端迈进。他就是镇长，这位几年前"秘密登陆"的阴暗中尉，来时只"带着一个用绳子捆着的旧纸箱和不惜一切代价控制小镇的命令"（第

160页)。他完成了任务：他消灭了反对派，又以恐惧为武器"控制"了其他人——至少表面看上去是这样的。他拥有了权力，还希望利用手中的权力发家，正如阿卡迪奥法官所言，如今这已经成了他的生活目标："中尉陷在这个镇子里了，而且陷得一天比一天深，因为他发现了一种让他欲罢不能的乐趣：他正在慢慢地、静悄悄地变成有钱人。"（第173页）这在那个虚构社会里算得上是既新鲜又有趣的事情。在此之前，官员一直被有钱人利用，从而获得好处或做交易；而在这里，官员反过头来利用了有钱人，要夺走他们手中的经济权力。毫无疑问，这个社会金字塔的顶端很快就会再多出一种不同于"建立者"和"商人"的"有钱人"：收受贿赂的官员。镇长是如何运用自己的权力来谋财的呢？他的武器包括敲诈、受贿和操控司法。塞萨尔·蒙特罗是"村镇"里的又一个有钱人，他杀死了单簧管手巴斯托尔，镇长向他索要"五千比索，用一岁的牛犊支付"，作为交换，他会帮他开具减罪的证明（第86页）。可当马戏团老板向他提议"十一点再开始宵禁，夜场盈利对半平分"（第137页）的时候，镇长并没有表现出什么兴趣：他现在飞得高了，"生意"做得更大了。举个例子，墓地跟前有一片空地，镇长把它登记成了自己的财产。发大水时穷人区受了灾，许多家庭被迫搬家。中尉下令让他们住到那片空地去，后来又问法官阿卡迪奥该怎么做。"这是世界上最简单的事了：政府把有主之地分给了流民，就理应给持有地产证的人补偿。"这是笔稳赚不赔的买卖，负责评估土地产权的是政府，也就是说，是土地的所有者本人（第118—119页）。但是他马上要实施的更重要的计划是按照他定下的条件收购蒙铁尔寡妇的财产，只要做成此事，他就能和其他有钱人一样稳坐金字塔顶端了。摆在面前的障碍是忠诚的卡米查埃尔，哪怕违背蒙铁尔寡妇本人的意愿，他也坚持要维护她的利益。为了让他屈服，只能把他抓了起来，还不给他饭吃。这位新暴发的富人做的都是十分保险的生意。堂萨瓦斯都曾经对此大为感叹："'太妙了，中尉,'他说道,'就像做梦一样。'"(第180页)正是这场"美梦"让中尉坚称事情发生了改变:如今的"村镇""幸福"起来了,充满暴力和仇恨的时代已经一去不复返了。正如阿卡迪奥法官所言,对镇长来说,"到了这时候,没有什么比和平更划算的买卖了"(第173页)。

充满仇恨的和平

实际上,和"村镇"的往日及未来相比,《恶时辰》的故事发生的那十七天的确算和平时期。但那是一种激化矛盾的和平,除了镇长和安赫尔神父,没人真正相信它的存在。镇子里的其他居民认为那只是个短暂的、虚假的历史时期。有钱人已经不再参与政治了,但是我们知道至少还有两个有钱人的发迹与政治有关;堂萨瓦斯和蒙特罗在经济层面而非政治层面与镇长相对立。这部小说中的反对派也集中在中等阶层;"有意"与政府作对的是牙医、医生、理发匠等人。他们散发地下传单,坚信"好运总会降临的"(第176页),他们私藏武器,等待着付诸行动的合适时机(第202页)。不过,在之前几部虚构作品中对政治毫不关心的大众阶层尽管依然没有像专业人士一样直接参与反抗,却已经不再无动于衷了:他们也有了愤恨的情绪,也希望有朝一日能报复当局,而且对此毫不隐藏。在扮演和平护卫者的新角色时,镇长想要对一个给他饭吃的卑微女人表现得和善些,但她在给他端饭时是这么说的:"愿上帝保佑你消化不良。""你要这样子到什么时候啊?"镇长问道。那个女人则回答说:"直到死在你手上的我们的人都复活过来为止。"(第77页)这种无尽的愤怒和恨意在堵在监狱门口试图硬闯进去的人群身上体现得淋漓尽致,那时有消息传了出来,说镇长一伙已经杀了佩佩·阿马多(第193页)。哪怕镇长再相信事情已经起了变化,人们还是认为"一切都还是老样子",当宵禁再现时所有人都松了口气,因为他们证实了"事情压根儿就没变过"(第141页)。往日的恐怖氛围对整个"村镇"来说都过于沉重了,那种氛围迫使他们接受了中尉新的肮脏把戏。那么,在"村镇"记忆中挥之不去的往事都有哪些呢?

选举与罪行

和《没有人给他写信的上校》一样,关于政治迫害和暴力制度化的信息在这里也是逐渐透露的。恐怖的过去通过隐藏材料法和中国式套盒法被慢慢过滤了出来。我们发现了那个虚构社会中的另一种常态("补充因素"):和马孔多一样,"村镇"里的选举在小镇居民的脑海中总是和暴力联系在一起:"'再选举的时候,屠杀也会再次降临,'电影院老板愤怒地说道,'自从这个小镇成了小镇以来,事情就总是这样。'"(第25页)的确如此:这部小说描写的选举除了虚假以外,还是残暴权力的宣泄口。例如维特拉法官在自己的办公室里、在秘书面前被三个警察射杀身亡,只因为他"有次喝醉酒后说了句,只要他在这儿,就要保证选举的纯洁性"(第31页)。官员在选举期间不断犯下罪行,同时还借机侵吞他人的财产。镇长提醒塞萨尔·蒙特罗说:"上面下令让我设个埋伏把你干掉,拿你的财产充公,来包住政府在整个地区的选举费用。"(第85页)似乎是怕这招还不够,政府还屡下狠手,迫使反对派失去投票权:"最近几次选举时警察查封捣毁了反对党的数个选举办公室,如今镇上大部分居民都拿不出身份证明来投票了。"(第71页)几个月前政府新任命了一位登记员来"村镇"给居民登记户口,不过当镇长打电话询问要如何接待这位官员时,上面的回复是:"拿枪子儿接待。"(第72页)村镇在管理和司法方面是绝对的空白;镇长想任命一个公共事务代理人时才发现事情并不简单,秘书开玩笑地说:"一年半以前他们刚刚把代理人的头捣了个稀巴烂,现在又到处找人要把这个职务塞给他。"(第74页)几乎所有这些信息都是以一种极为自然的口吻描述出来的:不是叙事者描述给读者的,而是由一个人物讲给另一个人物(中国式套盒)。

365

恐惧使者

这种恐惧是从什么时候开始的呢？从镇长在"村镇"登陆来"完成使命"开始。他接到的命令是要"不惜一切代价"控制这个小镇，还带了封信给"暗中支持政府的人"（第160页）。我们已经知道发生的事情了：堂萨瓦斯和蒙铁尔给他提供了一份反对派人员名单，镇长负责消灭或驱逐那些人，而堂萨瓦斯和蒙铁尔则借机侵占那些人的财产。为了营造恐怖氛围，他还"花钱雇了三个心狠手辣的杀人犯陪他完成任务"（第160页）。这三个人是谁呢？镇长在和安赫尔神父的一次谈话中揭晓了谜底："那群人（指'村镇'的警察）里有三个罪犯，我把他们从牢子里捞了出来，让他们伪装成了警察，这事对谁也算不得什么秘密。"（第129页）伪装者披上了合法制服，如今他们成了真正的警察。镇长和他手下的杀人犯在那个时期为控制"村镇"而犯下的罪行，可以在小说里逐渐拼凑出来。罪行每天晚上都在发生，待在家里的人们也在不断自问什么时候厄运会降临到自己头上。叙事者借助希拉尔多医生和他的妻子的视角重现了那场噩梦：

> 想想过去每逢宵禁，他们俩总是睁着眼守到天亮，侧耳细听什么地方枪响，有什么情况。有几次听见皮靴的橐橐声和武器的铿锵声一直响到自家门前。他们坐在床上，等着一阵冰雹般的子弹把门打烂。再往后，他们学会了分辨各种恐怖活动的动静。很多个晚上，他们把准备分发的秘密传单塞进枕头里，头靠着枕头彻夜不眠。一天清晨，诊所的大门对面响起了拉动枪栓的咔咔声。过了一会儿，只听镇长用疲乏的声音说："这儿用不着。这个家伙不会参与什么活动的。"（第146页）[1]

---

[1] 引自《恶时辰》中文版，刘习良、笋季英译，南海出版公司，2013年版，第145—146页。

另一个在自己家彻夜不眠、等待着那些杀人犯的是牙医：

> 他们开枪射击，打得牙医家的墙垣尽是窟窿，限令他二十四小时内离开本镇，但是他没有屈服。他把手术室搬到里面的一间屋子，干活的时候，手枪老是放在手边。他言谈小心谨慎，没出过岔子，就这样熬过了那几个月的恐怖时期。（第122页）①

罪行不只发生在居民家中，他们还在监狱里杀人，那里的墙上"依然遍布弹痕和干掉的血迹"，那个时期抓的人太多，"监狱已经容不下了，只好露天安置囚犯"（第142页）。那种暴力狂欢在大部分居民心中埋下了对镇长的无声仇恨，他们所有人的态度都像牙医一样，而言辞又如那个卑微女人一般（第77页）。由于影响太大，暴力已经扎根到了那个社会的内部，存在于人们呼吸的空气里，构成了"村镇"的本质特点。理发匠让人钦佩地描述了这一切："一连十年，每天早晨起床我都确信昨晚他们杀了人，可是依然没有轮到我头上，这种滋味您是不会了解的。"（第173页）

这种恐惧是这部小说的故事背景，也将在接下来的日子里继续影响"村镇"：这个故事本来就发生在一个括号中（一到两年的时间），括号之外是小镇居民经历过的恐惧和即将到来的恐惧，未来又将重复那个世界末日般的过去。这一点在全书最后几页里已经初见端倪了，那时佩佩·阿马多已经被杀，米娜的话表明监狱里已挤满囚犯，杀人犯警察们四处游荡、在理发匠家里搜出了武器，人们跑进大山寻找游击队去了（第202页）。镇长输了：他想要和平，因为此时和平对他最有利，可是就如周期循环一样，地狱之门再次在他面前开启了。这场休战维持了多久呢？有的信息暗示是

---

① 《恶时辰》中文版，第121—122页。

一年，另一些则暗示是两年。本已准备相信事情确实改变了的卡米查埃尔遗憾地说道："一年多以前迫害就停止了，可是大家现在还在谈论那些事。"（第53页）安赫尔神父则承认政府的态度"变了"（第167页）。但是镇长才是最执着的人，他试图说服人们新的时代已经开始了。一切的开端是一场政治事件："政府换了，新政府许诺带来和平和保障，最开始所有人都信了。不过官员们却还是那一批人。"托托·比斯瓦尔说道（第166页）。大概两年前小镇上还没有政治犯（第166页）；镇长请求把犯罪的警察换掉，但是政府到目前为止还没采取行动（第129页）。他本人是乐观的：他相信"镇子很平静"，"人们开始相信政府了"（第128页）；他还坚称"新政府会考虑到大众的利益"，并以此设定了自己的工作方针："我们正致力于打造一个体面的小镇。"（第177页）马戏团老板也曾指着小镇上混居的各色人群说道："这是个幸福的小镇。"（第89页）

《恶时辰》故事发生的那十七天是短暂的和平时期的最后时光，政客们中止了谎言，把压迫、凶杀、阴谋、仇恨和恐惧归还给了"村镇"。这是否意味着《恶时辰》是加西亚·马尔克斯笔下政治-社会因素最突出的小说呢？从某些层面上来说是这样的。不过那些表现社会和政治层次在客观现实中占主导地位的信息只是那个文字世界的组成部分之一；还有其他一些信息，数量上更少些，在叙事过程中被隐藏得更好，它们构成了整个故事的另一个坐标、另一条强有力的线索：虚构现实。因为尽管社会与政治层面的东西在这部作品中有重要地位，可虚构与真实这一组基础冲突也依然存在。嗜血的专制权力和零散的反抗行动之间的斗争只发生在小说的一个层次中：它是故事的核心主题、脊梁骨，是客观现实和虚构现实交战的战场。在描述这场冲突之前，我们需要先分析《恶时辰》中的另一种现实维度。

二、虚构现实

梦

　　和客观现实中的信息交替出现的是虚构现实中的信息，它们表现得更加模糊：正如我们在之前的虚构作品中看到的那样，人物、环境、物体都能化身幻想之物，或者打开通向虚构的大门。在客观现实因素（我们只分析了社会因素和政治因素，但当然还存在其他因素）之中，某些事件和敏感的人物可以把幻想之物或与虚构相关的东西具象化，使它们同样逐渐浮现在叙事之中，与代表另一种相反力量的因素形成细微的和声。除了那些我们一眼就能直接认定是"现实的"情节，小说里还时不时地会出现一些隐秘而模糊的经验，读者很难判断它们的真实性。在《咱们镇上没有小偷》里，虚构的表征之一就是安娜的梦；在《恶时辰》里出现的梦比之前的作品更多，更重要的是，那些梦境不只是"客观"生活（符合理智与逻辑的生活）的单纯延长或反映，而是另一种完全不同的生活，它的本质是非理性、非寻常性、不可实现性。这部小说的第一个情节中，安赫尔神父试图回忆巴斯托尔唱的歌，歌词谈论的正是梦，但他没能想起。"梦"的特点就是这样，刻意回想它时却怎么也想不起来，因为它是逃遁式的、不可逆的主题：巴斯托尔唱的是"小船会把我带到你的梦里去"呢，还是"这场梦会把我送上你的小船"呢？（第7—9页）。几页之后塞萨尔·蒙特罗的妻子从梦中醒来，说出了同一句歌词的另一个版本："我会留在你的梦中，直到死去那天。"（第12页）对塞萨尔·蒙特罗来说，梦是电影里虚幻世界的延伸（他刚看完的电影在梦里继续上演，在那个梦里的"印第安人惊恐地躲避象群踩踏"）（第10页），罗贝托·阿西斯的女儿借助梦体验了完全异乎寻常的现实：

"我梦到了一只玻璃猫。"小女孩说道。

他不自觉地微微颤抖了一下。

"长什么样？"

"全身都是玻璃的，"小女孩边说着，边想要用手比画出那个梦中动物的形状，"就像只玻璃鸟，但实际是只猫。"（第36页）

我们已经怀疑过，在虚构现实中小孩子们要比成年人更接近幻想之物：在这里，女儿只是提了一句和另一种秩序相关的东西，就使得罗贝托·阿西斯"微微颤抖"。而镇长发现，书中"幻想性"最强的人物——占卜师卡桑德拉——正在自己的办公室里"做梦"，这场景不是更具有预示性吗？（第148页）让人惊讶的是多年之前，那位"脚踏实地"的堂萨瓦斯是个执着于做梦的人，在短暂的午睡期间，还能梦到"一棵不开花、反倒结着许多剃须刀片的栎树"（第176页）。

"奇怪的"人物

"村镇"里有些人物在其职业或某些特征方面表现得很奇怪，"不正常"。例如单簧管手巴斯托尔，每天早晨望过弥撒后，都在他家的院子里吹单簧管，"清透明快的乐声使弥漫着鸽子粪便味的空气都被净化了许多"（第9页）。在这个被暴力、腐败和仇恨笼罩的社会里，"村镇"里这位"空气净化者"的歌曲仿佛给女人们和安赫尔神父施了巫术，帮他们远离日常生活的烦恼。他是个非物质化的人物，只是一味沉浸在自己的与众不同的世界里[189]：作为小说开端的巴斯托尔之死具有多重象征意义（第9、11、12、14页）。蒙铁尔寡妇对客观现实丝毫不感兴趣，这是她的疯病造成的，而疯癫正是通向虚构世界的另一扇门。她独自生活在一座"阴森森"的宅子里，入夜之后漫步在空荡房间中时，"她会预见格兰德大妈在走廊上捉虱子，她总是会问格兰德大妈:'我什么时候死啊?'但是那愉快的交谈给她带来的是更多的不确定性,因为就和所有的死者做出的回答一样,格兰德大妈的回复也是愚蠢又充满矛盾的"(第95页)。格兰德大妈的幽灵在寡妇眼前实体化了吗?《恶时辰》会因为这个本来只能发生在主观世界的事件发生在了客观世界而变成一本"幻想"小说吗?幽灵是否实体化,这一点并没有明确地写出来。叙事者是从蒙铁尔寡妇的视角描述那一切的,所以很可能那件事并没有发生,只不过那个女人以为它发生了而已。不过蒙铁尔寡妇离虚构比离真实更近并不只是因为她能"看见"鬼魂。卡米查埃尔觉得更为不可思议的是寡妇对她的丈夫留下的财富丝毫不感兴趣,还说"金钱是魔鬼拉的屎"(第94页),她求他"把你能在这个房子里找见的东西全都卷成一团扔进猪圈吧"(第134页),还想放弃所有家产,到远方找"一间带壁炉和花坛的房子"去生活(第132页)。在听她说了这些想法后,卡米查埃尔假意逢迎,却一转身就跑去找医生了。蒙铁尔寡妇总是预感灾难将临;在听到广场上传来的鼓声后她喊道:"死神来了!"(第131页)她相信"死神要在这个小镇里作祟了"(第132页)。还有一个是我们在《纸做的玫瑰花》里就认识的人物,那时我们就觉得她比客观真实人物更像幻想人物——那位敏锐的瞎老太太,她也时常抛出些与世界末日相关的言论:"今年世界就要完蛋了""鲜血会在大街上打转,人力是无法阻止的"。在米娜"制作"花朵的那间氛围有点不太真实的房子里,老太太"看见"了未来可怕的景象:安赫尔神父记得"她的无神的双目似乎洞悉了事物的奥秘"(第165页)。另一个人物也试图了解事物的"奥秘"。我指的是那个镶了金牙、动作干脆利落的马戏团女占卜师,她的同伴们都叫她"卡桑德拉,未来之镜"(第91页)。除了像巫女,她还做些妓女做的事情,但镇长感兴趣的是她那隐秘的能力。他先是让她占卜一下自己"生意"上的事(第108页),后来又让她通过解读纸牌推算出是谁贴了匿名帖。一番推演之后,卡桑德拉说她已经完成调查了:"迹象十分明显,真是把我吓了一跳。"然后她补了一句:"不是具体什么人干的,全镇的人都有份儿。"(第149页)卡桑德拉的预测看上去很像爱说大话的人救场时用的套话。但是在小说结尾处我们发现,在关于匿名帖起源的所有假说里,卡桑德拉的"解释"是最能让人接受的。

异常的事件

　　除了梦和奇怪的个体,这个由社会因素、政治因素和客观现实中的其他因素(例如性爱)占据主导的世界,仍然为一些异常的事件和情景留出了空间,而这些事件和情景因其罕见、怪诞的特点,与"村镇"中占据主导的日常现实——那些由公认的、单调的、压迫性的事件组成的日常生活——形成了反差,从而表明"另一种"现实的存在,它更难预测,由幻想、古怪的行为和特定类型的幽默占据主导。有些情节属于过去,它们是通过回忆来到我们眼前的:时间上的距离感毫无疑问削弱了它们的客观现实特点。随着时间的推移,大众幻想逐渐将它们"非自然化",这也毫无疑问地使它们转变成虚构现实。堂萨瓦斯平和地回忆着那些"幸福时光,那时一个十六岁的小姑娘要比一头小母牛更便宜"(第103页),这可能是真的,但是书中关于"村镇"中的旅店在半个世纪前解决厕所缺乏问题的方法的描述难道就没有任何虚构的成分吗?"一位老旅行商讲,直到世纪初的时候旅店厨房的墙上还挂着一堆面具供顾客使用,客人们戴上面具,在众目睽睽之下到院子里解手。"(第56页)更奇异的是大众记忆中发生在十九年前的"村镇"里的事情,当时"一个俄国舞娘在斗鸡场里表演,只接待男性客人,最后当众脱下所有衣物当场卖掉"(第46页)。人们是这样给阿达尔希莎·蒙托亚讲述事情的结局的:

等待舞女把衣服全脱光之后，一个老头开始在斗鸡场里大喊大叫了起来，他爬上最高一层看台，冲着观众撒尿。据说其他观众纷纷效仿他，最后大家全都边叫嚷着边互相撒尿。（第47页）

整个斗鸡场里的男人全都在尖叫，同时在互相撒尿，而在舞台中央还有个裸体舞女：我们无从得知这一事件有多少"真实"的成分，不过毫无疑问它是经过大众的虚构幻想加工变形过的。我们已经在《咱们镇上没有小偷》里见过这种技巧了，在《格兰德大妈的葬礼》中也有——我指的是夸张。也许同样是这种技巧赋予了秘书讲述的事件以虚构的色彩：

他讲道，有个镇子就因为出现了匿名帖，才七天就灭村了。那里的居民最后都在自相残杀。幸存者们把死者的遗骸挖出来带走，以此确保自己以后再也不会回去。（第33页）

男人们为将自己的性能力神化，常用的技巧同样是夸张，例如阿卡迪奥法官就曾夸耀说自己"自从第一次做爱之后每晚都要做上三次"（第27页）。创造神话和传说——"客观现实"事件借助群体幻想和信仰转化成"虚构现实"事件——是加西亚·马尔克斯作品中经常出现的主题之一。在《恶时辰》里我们也看到了事件的两面性，人们的议论和流言蜚语把事件转化成了传说。阿西斯寡妇已故的丈夫就是这样：

据说，就在这间卧室里，他杀死了一个同他老婆睡觉的男人，随后又把他偷偷地埋在院子里。其实，根本不是那么回事。阿达尔贝托·阿西斯用猎枪打死的是一只长尾猴。当时，阿西斯太太正在换衣服，这只猴子蹲在卧室的房梁上，一边直勾勾地盯着她，一边手淫。

猴子死了四十年了，可是流言一直未得更正。（第39页）①

此外还有那个抵达小镇的马戏团，它比其他东西更能代表虚幻的事物，它是梦幻战胜现实的象征。饶有趣味的是马戏团实际上是被镇长从"村镇"赶走的，而镇长恰好是这部小说中幻想之物的最大敌人。

性与粗野

这些异常的梦、人物和事件没有聚合成一股足以掌控虚构现实的力量。相反，由于客观现实事件在数量和重要性上都占据绝对上风，它们压制了力量弱小的"异常"情节和人物，仿佛客观现实事件才是主宰力量，甚至让读者误以为那片文字现实中只有客观真实的东西存在。另一方面，异常的事件没有作为虚构现实之物那样被"客观"地描述：它们就是神话或传说，是肉眼可见的夸张或客观现实之物可能的夸张状态；它们是一些仅会"主观"存在的信息，存在于人的轻信和创造力中。我们可以合理地解释那些"奇怪"人物的怪异举动，例如疯癫、他们从事的行业或是过于衰老的状态。因此，所有这一切只构成了一个奇怪的维度，某种不安的东西，是《恶时辰》中的世界露出的笑容，是"非现实"的修饰物，读者在快速阅读中甚至会把它们完全忽略掉，它们在众多客观现实人物及场景中的存在感极低。这种虚幻模糊的铜锈或泡沫无法和虚构现实中有关"村镇"社会和政治层次的情节相抗衡，后者才是整个故事中最外露也最有影响力的东西。

客观现实不仅表现在社会和政治层次上，还有另一种人类经验第一次以重要因素的形式出现在那片虚构现实之中，它的出现更加让人们感觉这部小说中的世界是绝对"客观"的，或者说，在那个世界里，现实和非现

---

① 《恶时辰》中文版，第35页，译文有改动。

实("客观现实"和"虚构现实")的概念与它们的原型——真实现实——关联度极高,那种人类经验就是:性。在之前几部虚构作品中,性一直是次要或隐形的因素,只在《咱们镇上没有小偷》里稍显出一点重要性。而从《恶时辰》开始,那片虚构现实利用这种人类经验,变得愈加丰富多彩。性在这里和社会及政治因素一样,露出了极具侵略性的面孔:除了舞女与斗鸡场的传说,《恶时辰》中的性总是以最易辨识的形态——满足生理需求——被描写出来的。加西亚·马尔克斯此前还没在哪部虚构作品中如此直白地描写肉欲和性交:性交总是发生在异性之间,只不过有男性与妻子、姘妇或妓女性交的区别罢了。我们看到好色的阿卡迪奥法官与他怀孕数月的妻子之间交合的场景(第76页)。我们听到堂萨瓦斯对自己的男性雄风做出的"神秘概括":他自豪地表示自己"能力很强",还恬不知耻地声称:"他们说我的儿子们在这一带糟蹋了多少小姑娘,要我说啊,这是'有其父必有其子。'"(第102页)性因素无比鲜活地进入虚构现实之中;人们谈论性,它在男女生活中占据主要地位。欲望使某些人做出了惊人之举,例如特莉妮达的叔叔安布罗修竟想和她睡觉:有一天晚上,他不顾特莉妮达的卧室里还睡着其他六个女人,径直摸到了特莉妮达的床上,他"很平静地对我说他不想对我做什么,就只是想和我睡在一起,因为他害怕公鸡"(第113页)。在与性相关的事情上,女人的想法和行为与男人没什么不同:诺拉·德雅各布在"独自午睡时""急切地"思念着她的前夫内克托·雅各布(第140页),她和情人马特奥·阿西斯做爱,这种关系已经维持了好几年了(第168页),她还和自己公开的男友本哈明先生一起吃午饭(第139—140页)。

不过,给虚构现实披上了客观现实的外表的不止人们的性行为,还有他们不知羞耻的态度。叙事者借不同人物之口说出了大量极度口语化的表达,其数量要比之前几部作品中的总和还要多。男人们喜欢说"屎""臭狗屎"，互相称呼彼此作"笨蛋""婊子养的"；"肏"这个动词的使用频率很高，而且人们说起时表现得相当自然[190]。脏话和性交一样在那片虚构现实中出现的频率大大提高了，其深层原因是要在这本小说中突出客观现实的存在，助力其与虚构在这里展开决定性的斗争。客观现实因素的累积——社会、政治、性和脏话只是个别例子——使得那些五光十色的异常信息在不专注的阅读过程中被读者忽略掉，客观现实从而就占领了文字现实。叙事者花费大量笔墨在客观真实的因素上，以此最大限度地掩饰《恶时辰》中最本质的事件：客观现实被一个物体缓慢但不可缓解地战胜了，整个故事也就逐渐带上了虚构的色彩：匿名帖。

破坏力量

《恶时辰》讲述的是恐惧重返"村镇"的故事，它破坏了小镇里维持了一到两年的短暂宁静。以虚构社会的全景式历史视角来看，那段介于残酷过去及将来的转型期是不同寻常的：对于"村镇"来说，过去和将来的恐怖氛围才是常态化的东西，暴力停止只是特殊情况。处于历史转型期中的那个世界终将回归"自然状态"，从幻影般的和平中走出来，重新呈现出"不变"的特征。至于这部小说的结构，它具有严格独立的美学对称性[191]，视角方面有圆形转轮的特点，叙事者的叙述精细冗长，时间缓慢流逝，行文风格细致写实，所有这一切都让那种现实带上了让人窒息的静止感和修道院式的遁世感。"村镇"的生活单调乏味，一切都循规蹈矩，仿佛万事万物都处于无休止的循环重复状态中，例如清晨五点钟准时敲响的钟声，安赫尔神父认为随着钟声"小镇开始如机械般运转了"，这种比喻不无道理（第9页）。在那个让人昏昏欲睡的世界里，有些东西开始露头了，那是能引发变革的异常之物。那种变化最开始体现在数量上，在积累到一定程度之后就会引发质变，于是那片虚构现实的本质也就发生改变了。决定那种

"量变"特质的力量就是每天早晨贴在"村镇"墙上的匿名帖。和之前出现过的暴雨、公鸡、台球、鸟笼、死鸟一样，它第一眼看上去也是常见的物体，是有"烟火气"的。对这种力量的描写和对《纸做的玫瑰花》里瞎老太太的敏锐性描写策略一样：一种渐进性的积累让匿名帖在某个特定时刻显现出与最开始时不同的本质。这种力量的变化同时也给文字世界带去了变化。

这一过程并没有明确地展示在读者眼前：它很谨慎小心、异常狡猾，我的分析也无法被完全证实。文本中留下了足够多的虚假线索，足以支撑许多与此矛盾的解读。第一种变化体现在《恶时辰》的结构主干上：一些事件的系统性重复成功地使这些真实事件转换成了虚构事件，于是虚构现实的本质也就在这一过程中自动发生了变化。因此从《格兰德大妈的葬礼》开始出现的虚构现实中的那场冲突就以虚构一方的胜利而告终了。不过客观现实的失败并不明显，因为就像卡夫卡的作品一样，幻想之物在这里披上了日常化的外衣，把自己隐藏在普普通通的面具后面，就连发生的地点都是看上去一切皆为"真实"的世界。要是考虑到加西亚·马尔克斯之后几部虚构作品，我们会发现情况刚好相反：在那些未来的小说中，虚构现实已经完全被幻想之物占据，后者已经不再进行任何伪装，作者摒弃了卡夫卡式的写法，不再让客观现实经历柔和的侵入，而是以最经典又直接的方式让神话-传说之物、魔幻之物、奇迹之物和想象之物进入那个世界里。这种写法之所以成为可能是因为对立斗争在那之前已经结束了，因为平衡已经随着客观现实的溃败而被打破。通过四十一个场景，这部小说刻画了战争中的最后那场战役。围绕着叙事主题布局的所有组成部分都是为那场秘密的变化而服务的，而那变化就在小说结束的一刻发生了，在小说的大部分情节中，那场斗争都是肉眼难辨的，后来在出现时又仿佛是什么次要的主题；最后，其中蕴含的玄机突然炸裂在读者面前，不过就在那一刻，小说结束了。接下来我们要步步紧逼量变的发展过程，直到最终发生质的飞跃的时刻，这也是这部虚构作品的灵魂所在。

虚构现实的质变

（1）"村镇"里出现匿名帖。我们是在第一个场景的结尾处得知这一消息的，当时特莉妮达刚刚和安赫尔神父聊完前一天晚上马尔格特·拉米雷斯演奏的小夜曲，她说"昨晚还发生了件比小夜曲更有意思的事"，即匿名帖（第9—10页）。再没有更多细节了：匿名帖似乎是什么无足轻重的东西，特莉妮达也是在谈论完其他事情之后才谈到它的，似乎只是她偶然想起罢了。

（2）罪行。塞萨尔·蒙特罗在自家门口发现了匿名帖。他在上面读到的内容是一份倒置式隐藏材料，在后面我们才会知晓匿名帖上说他的妻子是那位单簧管手的情人。于是蒙特罗杀死了巴斯托尔（第13—14页）。那个外表看上去稀松平常的物件还有另一种作用：匿名帖可以用来策划阴谋、揭露秘密，进而诱发犯罪。这不是在开玩笑，这是某个懦弱又邪恶的人施行的残酷计划。

（3）"村镇"里人们谈话的主题。匿名帖的事在消失了一阵子之后又在第五个场景中出现了，我们那时得知小镇里依然有匿名帖出现（"今早贴了四张"）。拉盖尔·孔特雷拉斯家贴的那张说"她那一年出过几趟门，她自己说是去装牙套，实际却是去堕胎"。阿卡迪奥法官评论说"所有人都这么说"：这是全书第一次提到匿名帖的这种不变的特点，它在此后还会不断得到体现（第28—29页）。

（4）不一致的解读。我们发现针对匿名帖存在着两种态度：一种是认为它很重要（秘书），另一种则认为它只是在"胡言乱语"（阿卡迪奥法官）。秘书认为匿名帖的出现就意味着要有大事发生。他提到说"有个镇子就因为出现了匿名帖,才七天就灭村了",还提醒大家说"现在已经死了一个人了",并忧心忡忡地表示:"如果事情再这样发展下去,咱们就要迎来一个可怕的时代了。"(第32页)在下一页,他又声称:"自从创世以来,就没人知道匿名帖是谁贴的。"而坚持把匿名帖看作客观现实之物的人则提出了挑战:"我跟你打赌,我肯定能找出贴那玩意儿的家伙。"阿卡迪奥法官不仅打赌"打输了",还成了最早一批逃离"村镇"的人。

(5)匿名帖腐蚀家庭。在接下来的场景中,我们看到了匿名帖是怎样腐蚀一个家庭的:罗贝托·阿西斯难以入眠,自从他在匿名帖上读到说他的妻子欺骗了他、蕾蓓卡·伊莎贝尔不是他的亲生女儿之后,他就深受醋意折磨。匿名帖的又一特点在此时被披露了出来,罗贝托·阿西斯坚称:"匿名帖上只会写人们都在疯传的事情……却没人知道是真是假。"(第34—35页)

(6)家庭施压教会。在第八个场景中我们看到了集体在匿名帖的破坏效果面前做出的反应:一些信教的女人拜访了安赫尔神父,请求他调查此事。她们担心"这玩意怕是会带来可怕的后果",进而摧毁"家庭伦理道德"。匿名帖除了带来个人和家庭问题,还引发了"社会"问题。安赫尔神父不以为然,他试图说服太太们相信匿名帖无足轻重(第44—49页)。

(7)错抓嫌疑人。警察自行逮捕了一个女人,他们认为她就是匿名帖的幕后黑手;她睡在牢房里,可是天亮的时候匿名帖又在"村镇"里出现了。镇长下令释放她,而且为了让所有人都听到而故意大喊道:"别他妈再用那些小纸条来烦我了。"这也是为了让大家明白他并不重视匿名帖事件(第58—59页)。

(8)对匿名帖的恐惧。但是那些"小纸条"依然在扰乱"社会和平"。在第十三个场景中,我们看到像阿卡迪奥法官那样对匿名帖无动于衷的人已经不多了。"小纸条"开始让人辗转反侧,秘书把小镇居民担忧的事情总结得恰到好处:"让大家难以安眠的不是匿名帖本身,而是对匿名帖的恐惧。"在"最近七天里已经出现十一封了",我们进一步了解到,匿名帖除了匿名之外还有一些不变的特点:"都是用油漆刷子蘸着蓝色墨水写的,印刷体,混用大小写,就像出自孩童之手一样","上面说的也都不是什么秘密:都是些大家从很久之前就开始议论的事情"(第 75 页)。这里草草提到了匿名帖可能具有的虚构特质。使匿名帖显得虚幻的并非系统性出现的现状,也不是它能在家庭及社会稳定方面引发的恶果,而是它的那些"不变的特点":它忠实于自身,丝毫不起变化,这让匿名帖有了非人的特点。在通过这种方式暗示那种力量所蕴含的异常特质之后,似乎是为了加以掩饰,叙事者重新把匿名帖带回更加严格的客观现实中。不过,量的积累依然在无情地继续着。

(9)上帝的手笔?蒙铁尔寡妇把匿名帖看作神灵的工具:她说匿名帖"就好像上帝想要让这么些年里一直没发生的那些事一股脑儿地爆发一样"(第 93 页)。我们已经知道这个角色(至少部分)是生活在虚构世界里的。理智的卡米查埃尔曾被匿名帖爆料说只是自己众多孩子中黑皮肤的孩子们的亲生父亲,他想道:"如果谁要是把匿名帖太当回事,最后肯定会疯掉的。"(第 95 页)这句话应当按字面意思去理解。

(10)有钱人冷漠以对。有钱有势的堂萨瓦斯得意地"像个日本人那样欣赏着人们一惊一乍的样子"。尽管他已经被贴过一次了,可他不怕匿名帖,他说上面写的"都是些类似的蠢话":"要么就是我的儿子们干的勾当,要么就是关于驴子的故事。"在一段对话中,我们再次确认了匿名帖的一个恒久不变的特点:堂萨瓦斯调侃说"得多么蠢的人才会不停地去写所有人都知道的事情呢",而希拉尔多医生则提醒他说"匿名帖一直都有这样的特点"(第 100—102 页)。在匿名帖愈发表现得不同寻常之际,堂萨瓦斯却表现出这种程度的轻视,二者之间是存在着联系的。他对匿名帖的态度很像对上校手中的公鸡的态度，而那只公鸡也是个"象征物"："世界就快完了，而咱们的这位伙计还在惦记着那只公鸡。"在这两个例子里，堂萨瓦斯的轻视态度都源于他认为那些东西是"无用的"：对于他而言，一切存在物的价值都只能用金钱衡量。因此，他对匿名帖的态度也能揭示那种非同寻常的力量所蕴含的特质。堂萨瓦斯是坚定立足于客观现实中的人物，他无法理解匿名帖的意义。相反，站在堂萨瓦斯对立面上、极度远离客观现实的蒙铁尔寡妇却认为匿名帖无比重要，她认为它们象征着"悲剧"，从中看到了上帝的手笔。由于本质上的近似性，蒙铁尔寡妇比其他任何人都更早地"辨识出"了那些小纸条身上的特质。

（11）镇长的策略。在那股针对客观现实的破坏性力量继续"执行任务"之际，这个决意相信"村镇"已迎来和平幸福时代的男人依旧固守原先的态度：匿名帖无足轻重。我们已经听到过他对酒馆老板说的话了："别再拿那些小纸条的事来烦我了。"当他得知阿卡迪奥法官正在登记没收到匿名帖的人员名单时他又表示："啊，真扯淡！……所以说你也在关心这件破事喽。"（第115页）这是他在那场战争中能够表现出的最机智的态度了：击败虚构的最佳方法就是无视它，而要压制它，就得夺走支撑着它的信仰。冷漠态度、漠然无视都可以关上幻想之物通往客观现实的大门，把它禁锢在"次等"现实之中，让它只能存在于主观世界里。镇长依然在坚持的做法就是这样，这实际带着些英雄主义色彩，因为"村镇"此时已经在心理层面上被那些小纸条攻占了。镇长依然无动于衷地表示那些事对他而言无足轻重："都是一些人搞出来的破事……他们很会玩这套把戏。咱们没必要为这些事劳心伤神"（第118页）。

（12）最早的避难者。在接下来的场景中，量的积累出现了一次提速的过程，有一家人因为惧怕匿名帖决定搬出"村镇"："托瓦尔家几姐妹要离开镇子了"，"她们正在忙活着变卖家当呢"（第123页）。在同一个场景中还出现了一种新的对匿名帖的解读方式：本哈明先生认为那是"社会崩坏的症状"（第122页）。牙医——由于政治原因，他深陷客观现实之中——对匿名帖表现出了漠然的态度，但是他的妻子已经"准备好一旦有人给他们贴匿名帖就收拾行囊走人了"。牙医和镇长一样（在这场战役中，水火不容的政敌成了盟友）试图否认匿名帖的重要性："枪林弹雨都没把咱们吓走，门上贴的一张纸倒是能把咱们赶走，这不成笑话了嘛。"（第123页）

（13）安赫尔神父被击败。我们已经提到过安赫尔神父曾是态度冷漠的人群中的一员，不过他改变了态度：他认为匿名帖造成了"某种程度的不公"，是"道德层面的恐怖主义行径"，还要求镇长采取"一些官方措施"（第127页）。这种态度将加速接下来的事件的发生。镇长坚守自己的策略，他保证："良好的公民……看到那些匿名帖都会笑死。"他察觉了安赫尔神父提议内容的危险性："现在这种时候，任何对那件无足轻重事件的有力回应都意味着极大的风险。"（第128页）此时，与匿名帖相关的事件和谈话在叙事中出现的频率已经高了不少。

（14）死亡视野。在接下来的场景中，我们看到镇长屈服于安赫尔神父施加的压力，连镇长也开始败退了：他重启了宵禁政策，尽管并没有明确指明原因，"可所有人都在说：是因为匿名帖的事"（第132页）。这是象征着恐惧回归的第一个客观因素，也是暴力回归的第一个具体表征。和之前一样，没人能在晚上八点到凌晨五点之间不带许可证上街，警方将对违抗命令者开枪。具有象征意味的是，作者采用了蒙铁尔寡妇的视角（虚构现实）来描述重启宵禁事件，她在听到鼓声——这个"过去的幽灵"——响起时大喊道："死神来了！"（第131页）

（15）女巫？镇长通告居民说他将要组建镇民巡逻队抓捕匿名帖的始作俑者。理发匠得知镇长要给他们分发武器时开了个玩笑："还不如发一把扫帚呢……要抓女巫，最好的武器就是扫帚了。"（第134页）当我们后来看到

382

持枪巡逻队的所作所为之后,我们才知道那个玩笑里隐藏着一个令人毛骨悚然的真相。

(16)最后的冲突。镇长节节败退:他在成立巡逻队时签署的文件"措辞强硬"。从此时开始,人们的反应为毁掉那种虚构和平的进程提供了便利。在看到过去回归的时候出现了"一种集体胜利感,因为存在于所有人意识之中的一个想法得到了确认:事情压根儿没有起过变化"。此事能够成真都是匿名帖的功劳,尽管当时那事还未成真。镇长依然假装镇定:"从现在起到礼拜天,咱们必然能够把贴小纸条的鸟儿抓进笼子里。"(第141页)在最后这几天里,"小纸条"又多了份幽默感(这也合情合理:它已经看到了胜利的曙光),现在上面除了文字还出现了图画。

(17)镇长被击败。固执坚守客观现实阵地的那个人也被幻想之物击败了。镇长也承认了匿名帖的极度重要性,同时——作为绝望和失败的象征——为了调查匿名帖的始作俑者,镇长也开始借助虚构的力量:占卜师卡桑德拉。根据她的占卜结果,"不是具体什么人干的,全镇的人都有份"(第149页)。对匿名帖的虚构现实性解读自此成了可能。

(18)匿名帖泛滥。量的改变的进程在第三十二个场景中达到了最紧张的程度,几乎临近量变与质变的分界线了。尽管施行了宵禁,还组建了武装巡逻队,匿名帖却成倍增加了,甚至贴到了镇长本人家的门上,那张匿名帖上写的是:"中尉,别在秃鹫身上浪费子弹了。"(第158页)可以按字面意思去理解这句谚语:警察带来的恐惧是难以抵挡匿名帖的。中尉在客观现实中是无所不能的,但是在对抗匿名帖时却毫无办法,因为它们并非来自那种现实。因此,"尽管他夜以继日地努力搜捕,匿名帖却在继续出现"。

(19)质的飞跃。几页之后,在同一个场景中,佩佩·阿马多在斗鸡场散发地下传单时被逮捕了。这一事件标志着恐惧的最终回归。镇压不再仅属于过去时了，它如今的对手是武装起来的反对派，它想要再次威吓它、消灭它。过去的回归是不完整的，只有它诸多面孔中的一面回归了。在这一刻同时复活的还有警察带来的恐惧以及权力掌控的暴力造就的副产品：地下传单本身就是积极活动的反对派的象征。镇长在这个消息面前显得举棋不定："是的，又来了。和过去一样，传单两面都是油印的字。在秘密状态下，人们心情慌乱，印出的字模糊不清。单凭这一点，在任何地方。任何时候都能一下子认出来。镇长在黑洞洞的房间里想了很久，把那张传单折起来又打开，打开又折起来，拿不定主意。"（第162页）[1]他最终拿定的主意使他的失败命运板上钉钉了，因为它加速了恐惧的回归，也宣告着暴力的再临。从此刻起，我们看到过去在慢慢回归：中尉下令警察们折磨阿马多，想让他供出同谋（第163页），最终却折磨死了阿马多（第193页），阿马多的死又引发了监狱前的群体性聚集事件（第194页）和阿卡迪奥法官逃离"村镇"的事件，最后，镇长把他手下的杀人犯警察"放"上了街，任他们为所欲为。在全书最后一页里，我们借由米娜之口了解到火力交锋又重新上演了，警方在理发店里搜出了武器，监狱里关满了反对派，"人们跑进大山寻找游击队去了"。虚假和平结束了，"村镇"又变成了地狱，这才是它的常规形态。是谁主导了这一切呢？是那股泛滥的无名力量，是那些难以阻挡的"小纸条"。从阿马多被捕开始，也就是说从恐惧再次降临"村镇"开始，匿名帖这个在之前的情节中让人着魔的存在物就立刻在叙事中失去了所有的重要性，此后几乎再没人提起过它们了：它们的任务完成了。从那个小伙子被捕开始，墙上就再没出现新的匿名帖了（第170页），重新被政治事件吸引的人们忘记了匿名帖的事情："没人再谈论匿名帖了。在最近发生的事件引发的巨大反响面前，匿名帖只能算得上是件属

---

[1]《恶时辰》中文版，第163页。

384

于过去的有趣轶事了"(第 201 页)。在恐惧的回归已确凿无疑之时,匿名帖消失了,它的消失如此迅速又神秘,就跟它出现时一样:这就是质的飞跃的时刻,此时匿名帖作为"幻想"使者的身份被揭露,它以"客观"存在物的形式出现在客观现实之中,并最终把它拖入了虚构之中。那种虚构现实如今已经和之前不同了:幻想之物此时已不仅存在于主观世界里,它摇身一变,成了主宰。可是,尽管匿名帖在阿马多被捕之时消失不见了,却又在《恶时辰》的最后一页[192]以省略式隐藏材料的形式突然再次出现,那时米娜对安赫尔神父说道:"那也不算什么……尽管昨天晚上又是宵禁又是开枪的……"(第 203 页)安赫尔神父停下了脚步,米娜也做出了同样的举动:在说完上面那句话之前,那个姑娘现实"紧张地笑了笑"。这就使得一个圆形结构形成了闭环:在第一个场景中,特莉妮达在告知安赫尔神父匿名帖出现的事情之前也"紧张地笑了笑"。那些停顿点、小说用以结尾的那种空白,都可以被读者立刻用匿名帖的画面补全。这意料之外的戏剧性回归意味着什么呢?匿名帖已经起不到什么作用了,它已经完成任务了呀。匿名帖在小说结尾处的这种省略式回归不仅是为了追求轰动效果:在最后时刻,为了防止没有解释清楚那种力量的异常特点,叙事者要再次强调它的反自然-超自然的源头。从此处开始,那片虚构现实就完全被幻想之物掌控了[193]。

第六章　海边小镇：自由的虚构
(《逝去时光的海洋》)

这个故事[194]在那片虚构现实的故事体系里是奇特的一环：它在《恶时辰》和《百年孤独》间承上启下。这种过渡发生在两个世界之间，在第一个世界里，客观现实和虚构现实之间的对立以后者的隐秘胜利而告终；在另一个世界里，幻想之物已经主宰了一切，再回过头来吞噬之前发生过的一切，造就一个"全景式"现实。在这个故事里，我们看到了刚刚独立的幻想之物依然在以无把握的方式侵蚀着那片虚构现实；叙事者先是凌厉地进行幻想，后来似乎是被自己的做法吓到了一般，又开始向着循规蹈矩的客观现实挪动。从另一方面来看，这个故事给那片文字现实增添了不同于马孔多和"村镇"的第三个场景——海边小镇，这是作者为下一部小说做的练笔；这个短小的故事描绘了一个细腻的世界，《百年孤独》中的许多场景、人物和主题在这里似胚胎般地出现了。

回归与启程

尽管虚构现实的特质发生了改变，《逝去时光的海洋》还是使用了一些我们十分熟悉的材料，扩大、修订、重复了之前作品中出现过的主题。在这里自然也出现了一个参加过内战的老兵。他没有军衔（故事中没提到他有军衔）；不过他倒是有了名字：他叫堂马克西莫·戈麦斯，"在参加过的前两场内战中毫发无损，只是在第三场中丢掉了一只眼睛"（第5页）。野兽般的马尔伯勒公爵也回归了，这个故事里的新鲜之处是堂马克西莫·戈麦斯试图"解释"马尔伯勒公爵出现的原因："战争期间，当时革命军败局已定，我们多么期望能有位将军现身啊，就在那时马尔伯勒公爵出现了，是有血有肉的马尔伯勒公爵。"(第9页)这是个充满虚构色彩的解释：那位神秘的公爵可能是由革命者的愿望幻化而成的。在之前的故事里，他的身上总是有一股奇异的气息；在这里，如果我们相信堂马克西莫·戈麦斯所言，那么公爵的出场本身就是个幻想事件：群体心理的某种需求"制造"了一个有血有肉的人物。那片虚构现实中的神父都是些狂热又疯癫的人，这个故事里的神父也是如此。和安赫尔神父一样，他也喜欢禁止人们做某些事情，而且"他慢慢地把所有那些比他先来到小镇的玩意儿都禁止了：彩票、新潮音乐、舞蹈方式，甚至连最近流行起来的在沙滩上睡觉的习惯也包括在内"(第11页)。此外，这还是《百年孤独》中尼卡诺尔·雷纳神父的早期原型：和这位神父一样，在募捐建造"世界上最大"的教堂的钱时，"在一个星期天，他双脚离地飘起了十二厘米"(第18页)。他飘浮的高度和雷纳神父一样，他的想法也和雷纳神父的一样古怪（后者曾表示自己有口大钟，钟声能令溺死者浮上水面），在提到西洋棋时，他说他不明白"两个恪守棋赛规则的人却在棋盘上陷入争斗的意义何在"(第17页)，这揭示了故事的一大主题：奥雷里亚诺·布恩迪亚上校也对雷纳神父说过类似的话，恰恰是在后者邀请他下西洋棋时（《百年孤独》，第78页）。这个故事里出场人物众多，我们又看到了许多反复出现的形象："脖子缠蛇、卖永生药的男人们"，和到达"村镇"及马孔多一样，"音乐、摸彩、彩票点、算命摊、射击游戏摊"也都来到了这座海边小镇（第10页）。对这些虚幻事物的描写让人们想起了之前出现过的马戏团，不过这次的数量实在是太大了，它们实际上预告了吉卜赛人、马戏团和法国女郎们来到布恩迪亚家族居住的马孔多的场景。在这里已经可以看出那个"补充因素"的内容了，即占据着压倒性地位的虚构现实：它有着不容混淆的特点、反复出现在故事中（常规性出现、以主题或形式的方式出现），这些都将其与原型（真实现实）区分开来。到了这个程度，"组织性"就显而易见了，组成加西亚·马尔克斯虚构世界的作品是有着紧密的内在联系的，从宏观的角度看，无论是短篇小说还是长篇小说都是构成整体的诸多小部分。每部虚构作品中的人物和事件都会化身为胚胎，新的小说或故事再将其补充、修改或全部更新，就这样，从一部作品到另一部作品，总是有许多让读者似曾相识的东西，但仔细一看又各不相同：这种多样性的统一或统一的多样性忠实地反映了人类的生活轨迹。

《逝去时光的海洋》中的绝大多数男女都将在《百年孤独》中回归，名字和性格有的保持一致，有的则发生了变化。《逝去时光的海洋》中的赫伯特先生在之后的小说里化身成了两个人——赫伯特先生和布朗先生，后者和这个故事中的人物的相似之处在于他们在海边小镇和马孔多里做了同样的事情。他们先是制造了幸福和繁荣的海市蜃楼，后来在抽身离去时只给那里留下苍凉和空虚。那片虚构现实中自古就有的一大主题借助这些人物"实体化"了：灾祸。《伊莎贝尔在马孔多观雨时的独白》中的大雨，《枯枝败叶》中"历史性的暴雨"，《周六后的一天》中的死鸟，《恶时辰》中的匿名帖……在这个故事里，入侵海边小镇的"灾祸"共有两种：玫瑰花香和赫伯特先生。"灾祸"第一次以人物的形式出现了：只是推想一下赫伯特先生的国籍，就能使他到达小镇的桥段增添许多政治色彩，而布朗先生和赫伯特先生在马孔多引发的事件自然也有了社会-政治意义。在找到最完美的表现形式之前，在这倒数第二个阶段中，那片虚构现实再次涉及一个反复出现的主题，这也是这个故事让我们感到惊讶的原因之一。《百年孤独》中另一个在这里露头的人物是卡塔里诺和他的"店"，或者说，他的妓院：故事对这位妓院老板的描写是十分克制的，而且属于客观现实范畴，而到了小说里，则多了些狂欢时刻的描写。佩特拉的名字也第一次出现了，我们自然会将之与《百年孤独》中的佩特拉·科特斯联系到一起。但二者相似之处也只限于名字，因为这篇故事里的佩特拉的特点和小说中的另一个人物相吻合：阿玛兰塔·布恩迪亚。和她一样，前者也准确预见了自己的死期，也在为自己精心准备通往另一个世界所需的东西。她没有像阿玛兰塔那样给自己织寿衣，只为自己的丈夫准备了鳏服。她死了，我们还看到了她在冥界漫游的模样，而我们只陪伴阿玛兰塔到死亡降临的前夜，看着她接受另一个世界传来的信息。在这个例子中，这些情节不是一致的，而是互为补充的。这个故事中的某个不起眼的句子可能在后面那部小说里变成五光十色的情节，例如托比亚斯带他的妻子去"见识冰块"（第11页）。

打磨故事

不过，要想追踪那片文字现实中的材料随着一部又一部小说而逐渐丰富的轨迹，那位瘦弱的妓女和她那些数不尽的客人是个更好的线索。她的故事在《逝去时光的海洋》中占了一页篇幅；同一个故事在《百年孤独》中更复杂一点，占据的篇幅变成了两页；最后它演变成一部还未发表的大篇幅电影脚本：《纯真的埃伦蒂拉和她残忍的祖母令人难以置信的悲惨故事》[195]。我们在这里看到了故事的演变过程，最开始在整个虚构现实中只是不起眼的小故事，可后来在从一个文本到另一个文本的过渡过程中逐渐充实了起来。在《逝去时光的海洋》中，卡塔里诺妓院里的一个"年轻但骨瘦如柴"的妓女想要赚五百比索；由于她向每位客人收取五比索费用，她必须接一百位客人才能赚够钱，于是慷慨的赫伯特先生开始接连给她送去客人。他一整晚都在收取"进到那位姑娘房间里的男人们交的费用"，第二天依然有"六十三个人"在排队。托比亚斯也是其中一位客人。他进了房间，看到那个姑娘的"乳房像狗奶子一样"，正躺在床上，"由于进出的客人过多，房间里满是汗液和喘息的味道，闻起来像泥浆一样"。床单也"湿透了"，"重得像块粗麻布"，"他们把床单两头抓住，开始拧动，最后床单终于恢复了本来的重量。他们把床垫翻了过来，却发现汗水早已浸湿这一面了"(第14—15页)。托比亚斯"草草了事",付了钱,走了。

这个短小精悍的故事在《百年孤独》里变成了一个独立的小故事。《百年孤独》里的"骨瘦如柴的年轻姑娘"是"一个神情如弃儿般的黑白混血种女孩",多年之前,由于睡着时忘了熄灭蜡烛而引发大火,使她和祖母住的房子"被烧成了灰烬"。从那时起她就被祖母带着走遍了各个村镇,"任谁付上二十生太伏就能和她睡觉",她就卖身来偿还烧毁房屋造成的损失。姑娘和祖母来到马孔多,寄宿在卡塔里诺的店里,当时那个姑娘"还得每晚接待七十位客人、连续干差不过十年时间"才能还清债务(一个巨大的量变)。之前招徕客人的赫伯特先生在这里变成了姑娘的祖母;故事多了火灾这个背景,姑娘要通过卖身来还债;更重要的是她需要接待的客人数量翻了许多倍:短篇小说里的一百位客人现在变成了成千上万个。但是在卡塔里诺的店里发生的事情和之前故事中的场景十分相似:这次进了房间的是奥雷里亚诺·布恩迪亚;他看见那个妓女"长着母狗一样的奶子",正躺在床上。在奥雷里亚诺前面,她那晚已经在同一间房里接待了"六十三个男人",这正是短篇小说里在门外排队的人的数量。后来的描写也十分相似:"由于进出的客人过多,房间里满是汗液和喘息的味道,闻起来像泥浆一样。"床单"湿透了","重得像块粗麻布","他们把床单两头抓住,开始拧动,最后床单终于恢复了本来的重量。他们把床垫翻了过来,却发现汗水早已浸湿这一面了"。和托比亚斯不同,奥雷里亚诺什么也没做成就离开了,"难受得想哭"。当天晚上他决定要和那个黑白混血姑娘结婚,要把她从祖母手中解救出来,但是第二天他来到卡塔里诺店里时,她们已经走了(《百年孤独》,第50—53页)。

《百年孤独》中的这个短故事后来又变成了《纯真的埃伦蒂拉和她残忍的祖母令人难以置信的悲惨故事》这个长故事,小说中一笔带过的场景变得更加复杂了:由于姑娘的疏忽,祖母的房子被烧掉了,霸道的女房主迫使自己的孙女以残酷的方式赔偿自己的损失，她们也同样走遍大小村镇来寻找客人。在"充满泥浆般气味"的房间里接待客人，是前两个故事中最重要的情节，到了这篇电影脚本中却消失了，脚本的叙述重点变成了前两个故事中围绕着中心事件而提到的"前因后果"。这同一个故事的三种变体从萌芽到高潮的发展过程实际上是加西亚·马尔克斯所有虚构作品的缩影：他笔下的虚构现实是逐步完善的。每部虚构作品都可以被视作无数的片段，在故事发展的过程中会生出许多后来的虚构作品，而这些后来的作品又会对之前的作品起到修正作用："碎片"与"增殖"是加西亚·马尔克斯虚构艺术的基础性关键词。

第三个场景

这个海边小镇没有名字，不过我们还是能轻易地把它和那个虚构现实中的其他两个场景区分开来。它最大的不同就是位于海边，而"村镇"和马孔多都位于内陆地区。在这个故事里唯一提到的地名是瓜卡马亚尔，它也在《格兰德大妈的葬礼》中出现过（第 131 页），马孔多和海边小镇应该相距不远，因为它们都靠近瓜卡马亚尔。这里"土地贫瘠，地面开裂，被盐碱割成了一块一块的"，邻近"残酷的海洋"，大海到了一月份就会"躁动起来"，进而向小镇倒灌"厚厚的垃圾"；几个礼拜后空气就变得"让人难以忍受"。在某些季节里，渔民只能从大海里捞起"漂浮的垃圾"，"海水退去，小镇的街道上到处都是死鱼。用炸药也只能炸出那些失事已久的沉船残骸来"（第 4 页）。那儿给读者的印象是个很小的地方，因而所有人都互相认识。一个大家很熟悉的人物是老雅各布，他每天都在自己的店铺门口摆出棋盘，路人也都纷纷驻足和他下上一盘棋（第 5 页）。从他坐的地方看去，"小镇破败不堪，房屋破破烂烂，墙壁被阳光晒掉了色，街道尽头还残留着一摊海水"（第 5 页）。这么看来，这里还是个很穷的地方。可能还很热，因为人们都睡在挂在院子里的吊床上（第7页），从沙滩上爬来的螃蟹甚至都能爬到那里；人们可以在入夜后听到螃蟹们"沿着柱子向上爬的声音"，这似乎暗示那里的房子是建在高处的。在一年的特定时间里，这里也会受到"暴雨"侵袭（第7页）。小镇里的娱乐场所就是卡塔里诺的店铺，那是一栋"面朝大海的偏僻木头房"，里面有"摆着许多桌椅的大厅"，"底部有一些房间"，还有一台"留声机"：这和《咱们镇上没有小偷》的"村镇"里的那个台球室-酒吧-妓院的特点一样，那里还有个娘娘腔酒保。在这个故事里，我们没发现卡塔里诺有娘娘腔的特征，不过在《百年孤独》里我们倒确实看到他涂粉，耳边插着花，还触摸男人们"不该碰的地方"（《百年孤独》，第51页）。

"神奇的日常"

海边小镇的过去几乎不为人所知。故事里只有两次对此有所提及：堂马克西莫·戈麦斯参加过的三场内战，革命军在那些战争中都失败了，而在"革命败局已定"的时候，马尔伯勒公爵出现在了他们面前（第9页）。这则信息把海边小镇的历史和其他几个场景的历史联系了起来。第二次提及小镇的过去是：多年以前，"一艘日本船把一船烂洋葱都倒在了港口"，这一事件影响了集体记忆，如今它已经成为那个时代的象征了（第7页）。海边小镇的突出特点就是生动有趣：人物、习俗乃至事物都与众不同；在真实现实中显得超凡不俗的东西在这里却是日常之物，是常见的东西。这在加西亚·马尔克斯的虚构现实里并非绝无仅有：《枯枝败叶》中的马孔多也满是奇异之物，在其他的短篇小说和长篇小说里也有非同寻常的事物。但是异常之物在海边小镇里变成了虚构现实的主导因素。此外，它们在之前的故事里是客观现实的组成部分，只不过是个极为特殊的维度罢了，可在这里都和虚构扯上了关系：有时从属于虚构，有时与虚构的边界甚至会消失。因为幻想之物已经占领了那片虚构现实中大约四分之三的土壤；客观现实只盘踞在剩下的四分之一。

海边小镇的墓地就是大海：他们把死者的尸骸从岩石上扔进海里（第10页），家人们只在特定的日子到那儿去，往海水里撒花（第3—4页）。死亡不会让这里的人们感到恐惧：佩特拉希望自己的丈夫把她"活埋"，因为她想要"在死前确保自己能像个体面人那样入土为安"（第4页）[196]。同样是这位佩特拉，能够预见自己的死期，因而能有条不紊地给自己的丈夫缝制鳏服（第6页）。托比亚斯"惊异于人们熟睡后在这个世界上发生的事情"，因此晚上始终不合眼（第7页）；他的任务是"监视海洋"，最开始他"目光坚定"地执行着这一任务，可后来"往大海那边一眼都不看了"：那项任务"变成了他的生活方式"。在有的例子里，异常之物是通过夸张手法呈现的。这种在《格兰德大妈的葬礼》中已得到广泛使用的技巧是我们搞懂马孔多在《百年孤独》里变成虚构之地的关键要素之一。抬升、夸大，使可能之物变得不可能起来，让日常化的东西变得异常：海边小镇里的帕特里西奥能模仿四十八种不同的鸟类叫声（第13页）；瘦弱的妓女不用休整就能连续接待一百位客人（第15页）；赫伯特先生则能"蒙上双眼，猜测对手的走位"来赢棋（第15页）；某种气味浓烈到了让克洛蒂尔德像"扒开蜘蛛网"那样驱散它（第8页）。在气味这个例子里，异常感不仅是"数量增加"造成的，而是将某种常规特征添加到它身上造成的，因为这种常规特征一加到气味上就变得特殊了起来：触感。这是《百年孤独》中使客观现实事物虚构化的又一种方法：破坏事物所具有的常规特征。

那股有名的气味不属于客观现实中的奇异维度：它本身就是奇幻的，是虚构现实的组成部分。这也是海边小镇和那片虚构现实中其他几个场景的本质性区别：在这里，幻想之物已经从客观现实中独立了出来，它们无须再依靠人们的主观思维而存在了，而是可以自主存在。在《恶时辰》里，

393

这一现象是在故事结尾处以一种隐秘的形式实现的：匿名帖的虚构性表现了出来，因而那种奇幻的物体能把自己的"不真实性"传染给整个"村镇"。不过这一变化表现得十分模糊，只有对某些事件进行"深入解读"才能揭示这一点。虚构现实为了能取得统治性地位，在《恶时辰》中要求读者们主观思考，而在《逝去时光的海洋》里，情况则不是这样了。那些客观现实经验告诉我们只可能存在于"主观"世界里的东西，到了海边小镇里却成了"客观"存在物：它们不需要借助读者的主观思维就可以独立存在，也不因为有人把它们创造出来才能够存在。想象、魔幻、奇迹之物像自然现象那样存在着，幻想色彩和人们的怀疑都被抛开了。例如那种气味就是从海底飘来的，而且带来了可怕的后果：它给佩特拉带来了死亡，把各式各样的人带到了小镇，最后似乎还造出了赫伯特先生这个人物。它显然是虚构的使者，就像《恶时辰》中的匿名帖一样；不过它的虚构特性在这里是十分明显的，尤其是我们发现那股气味是从长在海底的玫瑰花园里飘来的之后。那些被释放的幻想之物也赋予了海边小镇最诱人的色彩。故事中的两个人物在食物缺乏的时刻平静地决定深入海底寻找食物，通过他们的旅程，我们看到了藏在那片虚构现实海底的奇妙景色。海底世界共分四层：（1）普通灾难之海，那里坐落着"一个尽是白色房屋的小镇，露台上种着无数鲜花"（第21页）；（2）亡者之海，所有"早年间"的死人，或者说早已被人遗忘的死人都"脸朝上，一动不动地漂浮在那里"；（3）新近亡者之海，那里的死人都重新变得年轻，身上还装饰着鲜花，佩特拉就漂浮在这里；（4）海底深处，那里只有无数海龟。在托比亚斯和赫伯特先生游历海底的过程中，我们了解了那个虚构现实中的其他虚构特征：亡者不会腐烂，反倒会遨游于全世界每片海域的海水中（第19页），我们吃惊地在叙事中发现佩特拉死后"在正午刺眼的阳光下遨游在孟加拉湾中"（第10页）。陆地上的日常生活中也有奇迹发生：那个飘浮离地十二厘米的神父说了些和他的教堂有关的话,我们应该按照字面意思去理解:"那里有口大钟,钟声能令溺死者浮上水面。"(第17页)在这样一个海龟的心脏被取出后还能"到处跳来跳去"、三个人费力追寻捕杀才最终制服那颗心脏的地方,我们有什么理由认为神父所言是不可能发生的呢?(第20页)

故事中的人物们面对幻想之物的反应不尽相同。有的人自然而然地接受了它们,而且用这种态度向我们揭露幻想之物的特征;有的角色是部分地接受(托比亚斯);有的完全接受(赫伯特先生);另一些角色则完全不接受它们,尽管它们的存在是显而易见的。克洛蒂尔德就否认它们不容置疑的存在状况:尽管她不得不用手指驱散玫瑰花香,可她依然怀疑那种味道是否存在,不久之后她就坚称它是不存在的,是托比亚斯"跟所有人开了个玩笑"(第20页)。我们就这样再次确认了那片虚构现实中存在的某种规律:女人们总是更靠近客观现实,男人们则更趋近幻想之物。堂马克西莫·戈麦斯的例子很有趣:他需要理智地解释幻想之物存在的原因。那又是他经历的一场失败的战斗,因为他的解释听上去和被他解释的东西一样奇幻:和他认为马尔伯勒公爵是起义军焦虑情绪的产物一样,在堂马克西莫看来,入侵海边小镇的玫瑰花香也来自人们的意愿:"在过了这么多年靠土地过活的日子后,自然有很多女人想要一片小院子种花,所以有人认为自己闻到了那种气味,甚至对此确信无疑,也就不足为奇了。"(第9页)

幽默与幻想之物

在这里以及在其他几个例子中,幻想之物是能让人发笑的。海边小镇本身就是个有趣的地方,气氛闲适,发生的种种奇迹更是为之增添了一种轻盈的讽刺感。不仅当地居民总是能说出有意思的话,全知的叙事者也在描写和突出人物特点时开了许多玩笑。他说玫瑰花香"如此纯正,连吸掉它都让人觉得遗憾"(第8页),还说"那股淡淡的香气中没有夹杂任何属于过去的味道"[197]，而老雅各布的记忆"过于陈旧了，甚至没有足够陈旧的唱片旋律能替代那些记忆"（第9页）。潘乔·阿帕雷西多"什么事都干，因为他什么事都没得干"（第8页），赫伯特先生晃了晃他"温热无力的手，它们总是像刚刮过毛那样光滑"（第12页）。幽默总是伴随着《逝去时光的海洋》中的场景和幻想之物出现；一位日益轻盈的神父某日飘浮了起来，一只海龟的心脏在院子里跳来蹦去，一位死者抬头看远洋巨轮，两个朋友沉入海底，因为"那里有肉质鲜美的海龟"（第18页），凡此种种。在那片虚构现实之中，幽默不是什么新鲜事物了：它在《没有人给他写信的上校》里就出现过，也曾在一些短篇小说和《恶时辰》里闪烁着（微弱的）光芒。但是这里的幽默是不一样的，在之前，幽默是"表达"的基础，叙事者通过使用富有幽默感的俗语和谚语来缓和紧张的局势（饥饿、贫穷），因为如果缺少幽默因素的陪伴，那些局势就会给读者留下生硬创作产物的感觉。多亏幽默因素的运用，《没有人给他写信的上校》中的那种尖锐的对立状态才得到了中和，使客观现实更自然、更人性化了。这个故事里的情况则正好相反，幽默以不完美的方式成为《百年孤独》中那些笑声的先导。尽管在某些场景中依然会有角色说些俏皮话，但幽默已经不再是表达技巧了，它成了那片虚构现实中的一种存在要素，不仅存在于人物的话语中，也存在于场景和物体之内。幽默已经不只是用来缓和过于强烈的情节的工具了，它已经成了虚构现实中作为主宰的幻想之物的添加成分。和这个故事一样，《百年孤独》里的幻想、魔幻、神奇的东西也总是带着幽默的色彩。在其后的虚构作品中，诙谐因素也从"非真实"中长出，再同时随之发展。它成了一个全新的常规要素：从《逝去时光的海洋》起，幻想之物就在那片虚构现实中垄断了幽默，而客观现实的事物因此只能显得"严肃"。这种变化是根本性的：幽默如今不仅融入事件之中，它还抓紧了幻想之物；在此之前，它只会借助叙事方式呈现出来，而且总是系统性地依靠着那些客观真实的事物。

为什么当幻想之物统治了虚构现实之后，幽默就随之依附其上了呢？——是为了阻止"非真实性"的蔓延，为了遏制人间烟火气消散的进程，为了捍卫虚构故事赖以生存的那最根本、最重要的因素：故事的说服力。如果抛开那些持续不断的笑声，幻想之物由于数量庞大和无拘无束的特点，很难说服读者相信它们是"真实的"：它们看上去天生就"不真实"。在虚构作品中不能有任何东西显得"不真实"，它们必须看上去全都是"真实的"，无论是不是可能存在的东西，也无论是日常的事物还是奇幻的事物、是客观的物体还是幻想的产物，都要遵循这一法则。如果出现了"不真实"的东西，那么很简单，问题就出在缺乏说服力上（糟糕的文学都是这样），这与故事涉及的主题是现实的还是幻想的无关，只与装载故事的形式有关。在《逝去时光的海洋》中，笑声把"现实"压在了占据那片虚构现实的"非现实"之上。它牵制着幻想之物，让那些奇思异想式的疯狂冒险多了些烟火气，给那些不可能存在的东西添加了日常感。幻想的产物通过嘲讽自我获得了人性，奇迹在以讽刺玩笑和嬉闹游戏的形式出现时也就不再像奇迹了。当某个情节借由放纵虚构的形式来到"非真实"的大门前时，幽默就出现了。它是读者的同谋，它会化成一种声音在读者耳边低语道："这件魔幻的事情实际上也并没有那么魔幻，这只是个玩笑，只是场游戏，不必太当真。"如同悖论一般，这样的形式倒可以起到与字面意思相反的效果：借助嘲讽式的笑容，读者会觉得自己在游乐，他会接受并相信文本讲述的内容，把那些以不那么靠谱、确切、让人觉得真实的形式呈现出来的内容"当真"。我们来看看这个故事里幻想之物第一次客观实体化的那个瞬间。老雅各布叫他的妻子，而她已经不能听到他的呼唤了："在那个时刻，她大概正在正午刺眼的阳光下邀游在孟加拉湾中。也许她抬起了头，如同置身于玻璃柜中一般，想要透过海水眺望一艘巨大的远洋巨轮。"（第

10页）第一句话就把虚构之事如客观存在一般引入了虚构现实中，那些虚幻的事件仿佛"客观"发生的。读者们的面前是一幅让人惊诧的画面：佩特拉已经死了，几天前就被扔进大海了，此时依然没有腐烂，反倒在孟加拉湾中遨游。读者们在真实现实和虚构现实中获得的经验（那些事情在真实世界里是不会发生的，在文字世界中到目前为止也从未出现过）使他们生出了不确定感，这种幻想之物一出现，故事的说服力就骤然降低了。就在这时，那让人会心一笑的、同谋般的"挤眉弄眼"就在第二句话里出现了，起到了镇静剂一般的效果：那个死者依然和所有女人一样拥有强烈的好奇心，她抬起头来想要看一看路过的巨轮，在她那里，好奇心压倒了死亡。由于叙事者对自己讲述的事物采取了嘲讽的态度，那幅画面也就不再显得那么不真实了，叙事者似乎是在微笑着暗示我们不必把那个场景完全当真。不过这样一来，读者反倒接受了那个场景，那幅借由谎言描述的画面又变成了真实。在幽默和幻想之间斟酌剂量是一种非凡的叙事技巧；这种炼金术在这里依然不够老练，至少不像在《百年孤独》中那样老练，在那部长篇小说中，笑声成了使幻想之物"现实化"的有力武器。在这个故事里，有时候为了借助幽默给幻想之物染上些许客观现实的气息，叙事者发力过猛，增加了过多的诙谐色彩，使得文字过于幽默了，这就造成幽默如疾病般伤害了文本："（玫瑰香味）渗进了搭建房屋的木头里、饭菜里、饮水里，现在它已经无处不在了。很多人在自己拉的屎里都闻到了那种味道，这着实把他们吓了一跳。"（第10页）这段引文就是个很好的例子，引文里总共包含两句话，第一句话让读者面对着一种虚构的局面，而第二句话则希望以幽默的方式缓和那种局面的虚构性，让它更具有"烟火气"。可是这里的幽默过了头，不仅没有平衡幻想之物的虚幻性，反倒将其替代了：人类的粪便中飘出玫瑰花香，不仅没能成为主要画面的补充，而且效果刚好相反，似乎那种虚幻的气味单纯变成了那令人心生厌恶的玩笑的背景。

平衡被打破了，因而出现了和预想相反或相悖的效果。不过给故事收尾的那场与全文风格不甚相符的玩笑倒是恰到好处，当时托比亚斯正要描述他和赫伯特先生一同进行的那场奇妙的海底之旅，他的妻子以纯粹的平静口吻勒令他闭嘴："够了，托比亚斯，看在上帝的分上，你可别再说那些玩意了。"（第21页）《百年孤独》中的那种幽默已经在这里显露出了苗头，在那部长篇小说里，幽默将把奇迹化为日常：费尔南达·德尔·卡尔皮奥担心的是那些把俏姑娘雷梅黛丝载上天的床单的下落，比起尼卡诺尔·雷纳神父飘浮的事，她更在意的是那杯热气腾腾的浓巧克力……

又一个关于"疫病"的故事

　　《逝去时光的海洋》讲述的是那片虚构现实里反复出现的故事：一场"疫病"降临在某个区域中，改变了人们的生活；在疫病消失之后，那个地方又恢复成原来的样子。引发暴乱的任务在之前的虚构作品中由暴雨、死鸟、匿名帖来完成，在这里则变成了从海上飘来的玫瑰花香。和《恶时辰》一样，海边小镇在故事发生时也处在特殊时期，总会碰到意想不到的事件。在那之前，那个地方没有出现什么神奇的事情，可能连异常的事情也没发生过，就像匿名帖出现之前的"村镇"完全被客观现实掌控。但是在那一年里，也就是"赫伯特先生到来的那一年"，奇怪的事情接连发生：大海第一次没像以前那样在二月份倒灌垃圾，反倒在三月份从海上飘来了"玫瑰花香"。那种气味的异常之处就在于那是一座干旱的小镇，镇子里根本没有种花。先察觉到那股气味的是托比亚斯；他的妻子克洛蒂尔德却毫无感觉；佩特拉（十分正确地）认为那气味预示了她的死亡。第二天早晨，整个小镇的人都在谈论玫瑰花香，但是所有人都在怀疑自己是不是真的闻到了它。只有托比亚斯确信那股气味侵入了小镇，于是他从那时开始就肩负起了"监视大海"的任务，等待着那股气味再次到来。佩特拉是八月份死去的，不久之后的一天夜里，那股气味回来了，而且更浓了，几乎变成了固体：人们纷纷跑到沙滩上去嗅闻它。神秘香气引发的效应变得重要了：三个男人和一个女人来到了卡塔里诺的店里，卡塔里诺修好了留声机，于是小镇里的人在那么多年里第一次听到了音乐声。人们点着蜡烛过夜，自娱自乐，海边小镇就在那一刻出现了变化，客观现实在之前位于主宰地位，从那一刻起就让位给了虚构现实。老雅各布听着音乐呼唤他的妻子佩特拉，叙事者此时指出她不可能听到他的呼唤，因为在那一刻她"正在正午刺眼的阳光下遨游在孟加拉湾中"，她在那里抬起头来，远望一艘远洋巨轮。这是第二种变化，一种急促突然的变化，读者几乎察觉不到，因为叙事在继续，未做丝毫停留，似乎在刻意隐藏这些文字的重要性。整个故事都被一个巨大的第一种变化笼罩着，在其中又有许多短暂极速的变化，幻想之物偷偷摸摸地闪身而过，慢慢为故事的结局营造一种有利氛围，让它能成为"纯粹虚构的"情节。在人们娱乐时，玫瑰花香侵入了一切事物之中，甚至连排泄物里都有那股味道，带来了更进一步的效果：在"小镇死气沉沉时"离开的女人们回来了，外出寻找发财门道的男人们也回来了，突然又来了一群人——马戏团、占卜师、一个奇思异想的神父，所有人都受到那种无人能够理解的气味的感召。那群人中也包括赫伯特先生。他自称是"世界上最富有的人"，带来了两个装满钞票的大箱子，说是要解决人们的问题。他不会无偿赠钱；他分发金钱的方式是询问人们会做什么，然后再决定付多少钱。帕特里西奥模仿了四十八种鸟类的叫声，于是他付了四十八比索；瘦弱的妓女得接待一百位客人才能拿到她想要的五百比索。但是老雅各布下棋赢不了赫伯特先生，所以不但没能拿到钱，反倒损失惨重。赫伯特先生获得了财富，他拥有了"其他一些同样没能完成诺言的人的房屋和家产，不过他安排了一个星期的音乐、焰火和走钢丝表演"，而且由他本人主持那场疯狂的庆典，全镇居民都参与了庆典活动。不过就在那时，赫伯特先生陷入沉睡，而且睡了一天又一天；在他睡着时，繁华和喜悦都化为了泡影：来到小镇的人又都离开了，留下来的人纷纷开始忍饥挨饿。小镇慢慢回到了之前的模样；在那时（又有两个急速闪过的变化）虚幻的事件出现了：物体开始失去重量，纷纷飘浮了起来，连那个奇思异想的神父也飘浮了起来。赫伯特先生醒来时，也感觉饿得要死。由于小镇里没有东西可吃，他邀请托比亚斯一同到海底寻觅海龟。（通向虚构的主要变化出现了。）两人一起完成了深海遨游之旅，在那里看到了各种各样的神奇事物——种满鲜花的露台遍布的镇子、沉船、竞技场、早年间的死人、新近的死人、满是海龟的世界。他们带着一只海龟（心脏到处跳跃的那只）浮上了海面，后来和克洛蒂尔德一起吃掉了它。赫伯特先生走了。入夜后，小镇回到了"疫病"降临前的状态，此时托比亚斯试图给克洛蒂尔德讲述海底的种种奇迹，她却命令他闭嘴，好像他是个爱幻想的小孩子似的：海边小镇恢复了常态。

在这个故事里，"疫病"不仅是异常的，更是奇幻的，它是《百年孤独》中那些大型虚构疫病的前奏：失眠症、失忆症。不过这个故事的结构和《恶时辰》相似：某样事物在出现后引发了小镇的重大变化，却又在变化发生后消失了。在匿名帖出现后，仇恨和暴力在"村镇"里涌动了起来；玫瑰花香让海边小镇的居民生活在了虚幻的谎言之中，《恶时辰》中的"村镇"在匿名帖出现之前也在经历着谎言般的生活。在这里，突然出现的事物没有重建秩序，反倒把海边小镇从常规化的单调生活中连根拔起了，让它经历了海市蜃楼般的幸福，后来，在那种事物消失不见之后，小镇又回到了往日的穷苦状态中。在这个真实与虚构交织的故事中，要区分客观现实和隐匿其中的"魔鬼"并非难事。我们姑且在这里停留一小段时间，因为这个故事恰好可以说明虚构作品中所谓的"虚构"和"幻想"的概念究竟是怎么回事。一则短篇小说、一部长篇小说讲述的故事可能是——就像这个故事一样——完全不可能发生的，给读者的感觉是那个故事完全是经由想象力加工而成的，不会发生在任何具体的现实之中：可是只要做一番细致的研究，我们就能发现那些所谓的胡言乱语、异想天开的故事实际上和那些被认为最趋近现实的故事一样，都与真实现实中最客观层面的事物有着密不可分的联系。换句话说，"纯虚构"的东西是不存在的，在所有的例子里（尽管不是所有事例都能被解释清楚），故事都是对客观现实世界做出的比喻。

显而易见，《逝去时光的海洋》是以加西亚·马尔克斯的一个历史魔鬼为基础，借由虚构想象而创作的故事，它是作者在自己的故乡经历过的事情的"虚构化"表现：香蕉公司在大西洋沿岸的来来往往和整个地区的香蕉热时期。和阿拉卡塔卡一样，海边小镇也经历了虚假的繁荣期，赫伯特先生（来自美国，和联合果品公司一样）带着两个装满钞票的箱子来到小镇，也带来了海市蜃楼般的繁华。庆典、挥霍和喜悦吞噬了小镇居民，没人注意到那种繁华只是假象，大量的外来人（"枯枝败叶"）被虚幻的幸福感吸引来这里。突然，幻象碎裂了：最开始把财富带来这里的赫伯特先生最终却击败了小镇居民，占有了他们的财富。后来，发生了更糟糕的事情：赫伯特先生睡着了，小镇回到了贫穷的状态，人们又弃之而去，于是小镇居民只能靠回忆存活，这和香蕉热结束、香蕉公司撤离、外乡人随之离开时的阿拉卡塔卡一模一样。就连赫伯特先生和托比亚斯一起进行的那趟通向虚构世界的奇幻之旅也象征着阿拉卡塔卡的景象，在现实变得残酷之后，阿拉卡塔卡的居民也习惯了靠幻想和梦境过活。这个故事帮助加西亚·马尔克斯找回了那个旧日的野心：用一个文学故事展现马孔多所有的"历史"。和之前的短篇及长篇小说一样，这个故事也是《百年孤独》的胚胎之一。故事中蕴含的野心远比故事本身更加宏大，反而是故事把那种欲望压缩了，没能将其完整地展现。如果某个故事是用象征的手法写成的，那么其中的象征物就应该可以被解读；如果用虚构真实之物来反映客观真实之物，那么二者的联系也应该具有可辨识性。可这篇故事不是这样的，只有把它放置在更宏大的背景下（而之前的那些虚构作品都与作者本人的人生经历有关）我们才能看出它对于那个虚构现实的历史的意义。它似乎是自给自足的，是想象力的产物，各要素间的内在联系很弱，它的结构也处处透着人工雕琢的痕迹，许多地方显得不够连贯。不过，《百年孤独》中赫伯特先生和布朗先生的情节实现了这个故事试图获得的效果：向虚构现实轶事中移植进一个非常具体的客观现实事件。之所以说这个故事是相对失败的作品，另一个原因就在风格方面。那片虚构现实发生了根本性的变化，然而用以描绘它的语言并没有随之变化。这个故事的语言风格和《没有人给他写信的上校》《恶时辰》以及其他那些故事的语言风格是一致的：如机械般精确，同时努力使读者察觉不到这种风格的存在。我们分析过了，这种语言风格对于描写客观现实的某些特定层次来说是很理想的，或者像《恶时辰》那样，在利用客观现实的外表掩盖虚构现实的本质时也能起到作用。然而这篇故事中的幻想之物已经不再是"卡夫卡式"的了，它已经卸下了日常化的面具：在这里，奇幻的事物就是以本来面目展现在读者面前的。不过，这则故事里也出现了一些赋予《百年孤独》非凡叙事效果的特点：例如对幽默因素的运用，这一点我们已经提到了，再比如隐藏自然化的事物以凸显超自然的事物，又比如将某些客观现实事物化为幻想之物的技巧，譬如夸张和客观事物之间的特征互换。尽管并不完美，《逝去时光的海洋》依然成功地传递了这样一条信息：虚构因素至此在那片虚构现实中已占据主导地位了。

第七章　全景现实，全景小说
(《百年孤独》)

在《百年孤独》中，构建那片虚构现实的过程达到了顶峰：这部小说的内容要比之前的虚构作品更加丰富，构建了一个奇异多彩的世界，穷尽了那片虚构现实的所有可能。在《百年孤独》如此利用之前的那些短篇和长篇小说之后，作者很难再基于那个虚构世界创作了：《百年孤独》将它们缩小成了一个个情节，让它们成为整体的组成部分。《百年孤独》作为整体吞噬了那片虚构现实在之前建立的万事万物，又给它增添了许多新的主题，在时间和空间上都赋予了那片天地以开端和结局：这部小说补全了那个世界，最后又将之摧毁，在此之后，那个世界又怎能再接受修改和重复呢？《百年孤独》是一部"全景"小说，和之前的那些小说一样，它也通过野心勃勃的创造与真实现实相对抗，只不过它呈现的画面更有生命力、更广阔也更复杂，足以与真实的世界相媲美。这种全景性主要是通过小说中的多元化特性表现出来的，同时构成那些特性的还是些自相矛盾的事物：传统与前卫、本地化和世界化、幻想与现实。那种"全景性"的另一表征是其无限制的可接近性，它似乎是触手可及的，每个人都能从它那里获得回报。尽管方式不同，却回报丰厚，无论是有经验的读者还是普通读者，每个人都能欣赏那精致的行文和结构，解密故事中隐藏的象征物，哪怕最没有耐心的读者也可能单纯地享受故事情节带来的愉悦。我们这个时代的文学巨著总是有小众、难读、表现得深不可测等特点。《百年孤独》却是当代文学名著中的奇怪特例，所有人都能读懂，而且所有人都能够享受阅读它的过程。

不过我们之所以说《百年孤独》是部全景小说，最根本的原因在于它将所有上帝替代者的乌托邦式理想付诸实践了：描写全景现实，在面对真实现实时呈现的画面既是对真实现实的表述，又同时是对它的否定。这一"全景"的概念与小说家的志向不可分割，它如此复杂、难以捉摸，不仅定义了《百年孤独》的伟大，同时也提供了解读这部巨著的关键线索。它是因为主题而成为全景小说的。它描绘的是一个完全封闭的世界，从那个世界的起源到它的终结，乃至组成它的大小因素——个体与集体、传说与历史、日常与神话——都被写入其中。它能成为全景小说，凭借的还有形式，由于主题是借由形式表现出来的，因此写作风格和叙事结构赋予了那部小说独一无二、不可重复、自给自足的特性。

一、全景主题

《百年孤独》中描绘的虚构现实是其之前几个时期的形态的"总和"。这部小说把之前的虚构现实进行了恢复、联系和重组，让它们彼此产生关联，进而讲述一个世界从诞生到终结的完整历史。所谓"补全"，指的是它囊括了那个世界中的人类生活的所有层次。之前的那些虚构作品中出现的主题在这部小说里有时得到了发展和扩充，有时则只是一笔带过，或者只在回忆往事的过程中出现。这实际上就是"食人"的过程，而且我们要按照字面意思去理解它：那些主题完全被新的现实消化掉了，它们融成了一个单一的、与众不同的存在。加西亚·马尔克斯不仅不希望继续让之前那些自给自足的作品继续零散地存在，更是着手将它们联系起来。马孔多、"村镇"和海边小镇曾是那片虚构现实中各不相同的场景，如今都被融入新马孔多中了，那里只存在一种虚构化的现实，因而可以打碎时间和地点，重组那些之前已经确立的历史和地理的概念，给它们新的模样。之前互不相识的角色产生了联系，独立的事件互为因果，所有之前讲过的故事都变成了全景故事的组成部分，它们仿佛只是些零散拼图，只有到了这里才能拼成完整的画面，只有此时才是它们解体又重组的决定性时刻。在大多数例子里，"食人"行为都是简单而直接的：人物、故事、象征物从之前的虚构作品中或从那些预备现实中移植到了新的现实里，不加掩饰，也未加修改。但是在其他例子里，它也可能是间接的：有时候被移植过来的不是人物，而是人物的名字；有时某些神秘的事件在重现时已经揭开了神秘的面纱；有时某些具体的信息在这一虚构现实各部分重组的过程中被修改了，而改动最频繁的就是数字：在《百年孤独》中的一切事物都膨胀了、翻倍了。最终版本的虚构现实的这一特点——巨大化——是"补充因素"主要的添加成分，也是塑造那种虚构真实特性的技巧之一。

将之前的故事变为片段或征兆的新故事

最久远的故事之一，《石鸻鸟之夜》，作为一闪而过的主题在马孔多的最后一个时期回归了。在那个短篇小说里的窄小厅室变成了"一座宽敞的露天大厅，不下两百只石鸻鸟在其中飞翔穿梭，它们的报时声震耳欲聋"（第332页）。那是庇拉尔·特尔内拉开的动物园式妓院，阿方索在那里"编造有关上星期石鸻鸟啄瞎四个在这里闹事的客人的可怕故事"（第333页）。《伊莎贝尔在马孔多观雨时的独白》的核心情节是一场下了四天半、具有象征意义的暴雨，它预示着那个世界的崩坏；在马孔多的全景历史中，小镇的兴盛和衰落之间隔着一场下了四年十一个月零两天的大雨，这场灾难开启了马孔多在肉体、历史和道德层面衰败的历程。除了是一场自然灾害，这场大雨也和那个短篇小说中的暴雨一样，象征着布恩迪亚血统的消失，也象征着由他们建立的小镇、甚至那里的生活和整个虚构现实的消失。

《枯枝败叶》里的一些人物又在《百年孤独》中出现了；我们看到那

位法国医生来到了马孔多（第232页），他也同样像骡子一样吃草（第270页），最后也自杀吊死在了房梁上（第294页）。此外，它还完善了那部小说里的故事，揭晓了结尾处的隐藏材料的谜底，确认了那个医生"被奥雷里亚诺·布恩迪亚上校的一位老战友在违背全镇居民意志的情况下把他安葬了"（第294页）。《枯枝败叶》在上校行将埋葬死者时结束了，给读者留下了一个疑问：他履行承诺了吗？愤怒的镇民会允许他那样做吗？现在我们得知他履行了承诺，上校的意志远比马孔多人的意志更加坚定。其他一些回归的人物是："小狗"，我们知道他参加过战争，不过直到这里我们才确认了他参加的具体是哪场战争（"第一场联邦战争"）（第130页），而且我们也确切知晓了他在马孔多任神父的具体时期（他替代了尼卡诺尔·雷纳神父，他的继任者则是安东尼奥·伊萨贝尔神父）；蕾蓓卡寡妇，在《枯枝败叶》里只是个模糊的面孔，在这里却成了拥有丰富多彩一生的角色；而《百年孤独》中唯一有名字的印第安人也和《枯枝败叶》里唯一有名字的印第安人重名，都叫卡陶雷（第44页）；还有一个我们从作者的第一部长篇小说起就很熟悉的名字也出现了，梅梅，成了布恩迪亚家族一位女性的昵称，《百年孤独》中也有一个和《枯枝败叶》里的梅梅一样的养女，她就是蕾蓓卡寡妇。神秘的马尔伯勒公爵也在书里出现了（第145—146页），那些谜一样的战争也被澄清了，而在《枯枝败叶》里的这一切都只是朦胧的历史背景：我们知道了是谁在打仗，又是为了什么而打仗，也知道了战争是怎么发生的，又是如何结束的，以及它们对马孔多的命运产生了怎样的影响。同样地，香蕉公司的故事在之前也是朦胧模糊的，在这里则变得清澈透明，并且和其他关乎马孔多生活的章节产生了关联。《枯枝败叶》里关于政治的消息也是空泛的，我们只知道选举意味着欺骗和暴力，而现在我们看到了欺诈是如何进行的（堂阿波利纳尔·莫斯科特和他的手下在投票箱上做手脚，把代表自由党的红色选票用代表保守党的蓝色选票替换掉了），也看到了选举腐败成了内战的导火索之一。《枯枝败叶》里的社会阶级分化状态在《百年孤独》里依旧存在：在这部小说里，小镇建立者家族同样瞧不上香蕉公司带来的外乡人（"马孔多的老居民们被那些外来人逼到了边缘……"）（第272页），和第一部小说中的上校家族一样，费尔南达·德尔·卡尔皮奥也认为"和香蕉公司没有牵连的就是好人"（第217页）。《枯枝败叶》的另一主题——自我封闭——也在《百年孤独》里回归了。它不仅体现在法国医生身上，也体现在费尔南达·德尔·卡尔皮奥身上。大雨过后，她关上了家里所有的窗户，遵从"娘家人的教导，过起了活死人的生活"（第294页）。当然，这个主题还是在蕾蓓卡寡妇身上体现得最为明显，自从她的丈夫神秘死亡之后，她就过上了幽闭的生活，此后只离开房子两次（第191、292页）。《枯枝败叶》里马孔多的村镇景色也与《百年孤独》中马孔多百年历史的某个时刻相吻合：例如，我们知道了布满灰尘的巴旦杏树是何时栽种的（下令种树的是何塞·阿卡迪奥·布恩迪亚，也就是小镇的建立者）（第40页），我们还听到了"石鸻鸟难以平息的报时声"（第101页）。甚至连某些将故事推向虚构现实的迷信活动也从一个故事过渡到了另一个故事（布恩迪亚家门口也挂着"一束芦荟"，直到费尔南达·德尔·卡尔皮奥下令用耶稣圣心神龛将之替代）（第184页）。《枯枝败叶》里的上校把自杀死者的所有物塞进了他的棺材里；《没有人给他写信的上校》里提到说当地的印第安人习惯把死者拥有的东西和死者一起埋葬；而在《百年孤独》里，和阿玛兰塔葬在一起的是一抽屉纸张信件，都是马孔多人写给另一个世界的亲友的（第241页）。甚至连《枯枝败叶》中的一种写作特点也时常在《百年孤独》中出现——我指的是福克纳式的精确数字（它们主要是用来让读者分心的，比起澄清某些信息来，它们更大的作用是让文本变得混乱）。小说中某个章节的开始部分就是一例："奥雷里亚诺·布恩迪亚上校发动了三十二场起义……和十七个女人——生了十七个孩子……逃过了十四次暗杀和七十三次伏击……"（第94页）《没有人给他写信的上校》中的核心事件——内战中的幸存老兵苦候不可能到来的信件的悲剧，不仅被《百年孤独》再次提及，而且在这里得到了真正全面的解释。在之前的那部小说里，老上校的故事讲得十分清楚，可是相关的遥远历史背景始终是模糊的，笼罩在谜团之中。《百年孤独》描绘了老上校参加的内战的起源和发展过程，也把隐藏在等待信件故事背后的人物经历、事件、轶事都事无巨细地记录了下来（马尔伯勒公爵、奥雷里亚诺·布恩迪亚上校、《尼兰迪亚协定》，等等）。我们在这里看到了之前故事中的那位英雄，他此时还是个年轻人，在马孔多驻军中负责保管资金，把革命军的资金（"七十二块金砖"）运送到了尼兰迪亚，获得了奥雷里亚诺·布恩迪亚上校的亲笔收据（第155页）。我们看到了他的悲剧之源，看到了共和国总统"拒绝签署给内战老兵发放抚恤金的文件，无论是自由党还是保守党老兵，要想让他签字，只有等到所有手续都接受特别委员会审查，相关法令得到议会通过才行"（第157页），而奥雷里亚诺·布恩迪亚上校也做出了精准的预言："他们会一直等信等到老死。"我们也确实看到了老兵慢慢死去的样子；多年之后，"一群两党老兵"请求布恩迪亚上校支持他们"要求通过关于抚恤金的决议，决议是早就被许诺的，可永远都处于开始阶段"（第174页）。之前小说中那位英雄的缓慢磨人的悲剧在作者描述老年赫利内尔多·马尔克斯上校的那页纸上得到了体现，后者也在打着"一场可悲又屈辱的日常战争，其中充斥着恳求声和请愿书：明天再来吧，就快办妥了，我们正在认真研究您提出的问题呢；他们曾抛头颅洒热血，理应得到抚恤金，可那早就许诺要发的抚恤金就从没有被签发下来，他们连这场战争也打输了"（第210页）。

不过被《百年孤独》继承的不仅是《没有人给他写信的上校》的核心主题，还有一些次要主题，甚至是无足轻重的主题。在之前的故事中，"枯枯枝败叶"的到来让主人公感到不快，最终他离开了马孔多。《百年孤独》讲述了完整的"香蕉热"的故事，我们还在这部小说中看到了"枯枝败叶"来到马孔多的场景，"不仅座位和走廊上都是人，连车厢顶上也挤满了人"（第 196—197 页）。之前故事的主人公记得，在战争期间，不断有人"带着姑娘来找"布恩迪亚上校"配种"，这句话也在《百年孤独》中得到了证实和扩展，书里说"有的母亲狂热到了把女儿们送进最声名卓著的战士的卧室去的地步，她们本人曾表示这么做的目的是为了优化血统"（第 112 页），而"把姑娘们送进战士们的卧室的习惯就和把母鸡扔到最强壮的公鸡旁边的做法相差无几"（第 133 页），其结果就是布恩迪亚上校在经历一场又一场战役的过程中有了十七个私生子。在《没有人给他写信的上校》中，宵禁已经持续了太长时间了，人们已经习以为常了，甚至用宵禁来校对时间；而在这里，我们经历了马孔多第一次施行宵禁的历史时刻：那是内战时期发生的事（第 92 页）。奥克塔维奥·希拉尔多医生的"一头泛着亮光的鬈发"在小说里被移植到了皮埃特罗·克雷斯皮身上，"他长着一头泛着亮光的鬈发，让女人们不由得呼吸急促了起来"（第 70 页）。玛瑙雷在之前的作品中只是一笔带过，它的地理位置和重要性都在这里被揭晓了（第 41、50、93、112 页），就和马孔多吞噬其他场景的方式一样，它也有了之前故事中"村镇""十月份常下不祥之雨"的特点（第 98 页）。马戏团的到来让"村镇"显得异彩纷呈；在马孔多，吉卜赛人的来来去去给那个地方带去了色彩、奇迹和异国情调，而在奥雷里亚诺·布恩迪亚上校去世当天，那里还真的来了一个马戏团（第 226 页）。和"村镇"一样，马孔多人也听拉斐尔·埃斯卡洛纳的歌（第 348 页）。之前的故事中的材料在这部小说里被放大了，嵌入了无尽广阔的背景中。上校常说这样一句话："这事开始变得像阉鸡的故事了。"而在《百年孤独》里，阉鸡的故事终于被讲述：

> ……阉鸡的故事是一种无休止的游戏，主持人问大家是不是想听他讲阉鸡的故事，如果大家回答说想，他就会说他没让大家回答想，而只是问大家想不想听他讲阉鸡的故事……（第46页）

哪怕是再微末的细节，只要和之前的故事联系起来，就都在帮助这部作品变成一部"全景"小说。

从《百年孤独》的视角看去，《格兰德大妈的葬礼》中的零散性特点消失了：那些短篇故事不再是某种意义上的片段了，《百年孤独》为它们提供了缺失的背景，把它们补完了。我们可以看到《百年孤独》是如何在"吞噬"《礼拜二午睡时刻》的同时对它重塑的。那则故事的基础事件——蕾蓓卡寡妇认为卡洛斯·森特诺要偷她家的东西便一枪射杀了他——被嵌到了马孔多全景历史之中，不过多了一条新的信息："最后有人看到活着的她，还是她一枪射杀那个想要撬开她家房门的贼的时候。"（第119页）在那个短篇小说里，卡洛斯·森特诺是否要行窃是存疑的，在这里却明白无误了，因为他"试图撬开"房门：之前的省略式隐藏材料在这里变成了倒置式隐藏材料。小说还告诉我们，这个事件是与另一个事件相关联的：人们最后一次在马孔多看到还活着的蕾蓓卡就是在她射杀窃贼的那一天。小说里的蕾蓓卡寡妇是什么样的人呢？一个模糊又奇怪的角色，在其他的故事里也是如此。只有到了《百年孤独》，我们才明白她为什么独居，为什么半疯癫地活着，是从何时起成为寡妇的，她的丈夫是谁，"战战兢兢地度过二十八年"的原因又是什么……因此我们就能更好地理解她的行为了。就连马孔多居民的死法也重复了之前那些故事中的死亡方式。我们听到过卡洛斯·森特诺死时喊了一句："啊呀，我的妈呀。"类似的喊声揭开了《百年孤独》中在火车站屠杀香蕉工人事件的序幕："突然从火车站另一端传来了一声死亡的呐喊，它撕裂了人们的着魔状态：'啊呀呀，我的妈呀。'"

（第 259 页）短篇小说中的"啊呀，我的妈呀"预告了一个人的死亡，到了《百年孤独》里这个数字却变成了三千：这又是《百年孤独》中将叙事材料"扩大化"的例子。在那则短篇小说里，森特诺的母亲和妹妹在火车上看到了香蕉种植园、香蕉公司的办公室和住宅，在抵达马孔多后更是表示那里的房屋都是"仿照那些款式"修建的；《百年孤独》向我们确认了马孔多在一段时期内成了一个"到处都是锌皮顶木头房的军营"（第 40、196 页），关于军营的描述也和那则故事十分相似，不过当然也有数量上的变化："……房子的窗户上都装有金属纱窗，阳台上摆着白色小桌，天花板上挂着吊扇，孔雀和鹌鹑漫步在倒映着蓝色的草地上。整片区域都被铁丝网围了起来，就像被电网围住的巨大鸡舍……"（第 197 页）

《平常的一天》中被省略的政治背景在《百年孤独》中也被补全了，我们得知在那片虚构现实中对立的两股政治势力是"自由党"和"保守党"，后者的代表是"政府"，前者的代表则是"反对派"。政府腐败的主题也出现在了《百年孤独》里。《咱们镇上没有小偷》中达马索和安娜的关系在《百年孤独》里成了一种继承性的恶：乱伦的诱惑。从年龄和行为举止来看，安娜配得上达马索的"保护人母亲"的角色；在《百年孤独》中，无论是失败的还是成功的乱伦关系都具有这些特点：例如奥雷里亚诺·何塞和阿玛兰塔、研究梵文的奥雷里亚诺和阿玛兰塔·乌尔苏拉。在这些乱伦的激情关系中，女性总是扮演着"母亲"的角色，而男性扮演的则是"儿子"的角色[198]。此外，我们还在《百年孤独》里发现，耳边插着花、总是伸手去摸男人们不该被碰的部位（第 51 页）的卡塔里诺实际上是《咱们镇上没有小偷》里酒保的进化版[199]。《蒙铁尔的寡妇》的核心主题是财富的罪恶来源，这个主题也在《百年孤独》中重现了（第 102、103 页），尽管在这个例子中与此主题最相关的之前的作品应该是《恶时辰》，除此之外，在小说里（有位卡尔梅利塔·蒙铁尔坚持要和奥雷里亚诺·何塞睡觉）（第 136 页），费尔南达和他的孩子何塞·阿卡迪奥以及阿玛兰塔·乌尔苏拉（在欧洲接受教育，她还写信过去建议他们不要返回野蛮的马孔多）的关系也很像蒙铁尔寡妇和她的孩子们的关系，寡妇的孩子们身在德国和巴黎，她也曾表示让他们"永远待在那边"。不过利用得最充分的短篇小说还得算《周六后的一天》，它讲述的故事不仅重现了，还被润色完善了。《百年孤独》给了那个短篇小说里发生的神秘事件一套虚构现实色彩浓厚的解释——死鸟如雨水般坠落，袭击马孔多的房屋，是"流浪的犹太人"路过马孔多造成的结果（"……'流浪的犹太人'路过这里的那段时期引发了难熬的酷热，连鸟儿们都纷纷撞破纱窗想要死在房子里"）（第119页）。我们又一次听到了安东尼奥·伊萨贝尔神父的布道词（又一处隐藏材料得到了澄清，《百年孤独》概括了布道词的全文，而那篇短篇小说里只用了一段来描写这些内容），最重要的是，我们知晓了故事的结局：安东尼奥·伊萨贝尔神父的视角不仅是可靠的（这一点在短篇小说里尚存疑问），马孔多的居民们甚至在几个礼拜后设下陷阱捕捉了"流浪的犹太人"并杀死了他，把他的尸体吊在了广场上的一棵巴旦杏树上（第291—292页）。由此我们得知，《周六后的一天》是一个虚构现实故事：超自然的人物以客观实体的形式出现在虚构现实中，他不只是安东尼奥·伊萨贝尔神父主观想象的产物。此外，《百年孤独》还补全了那些主要人物的人生轨迹。我们知道了安东尼奥·伊萨贝尔神父是何时抵达马孔多的（第162页），后来他被送进了养老院，安赫尔神父替代了他（第293页）。蕾蓓卡寡妇在死鸟事件发生前后的生活情况也清楚了：她在《周六后的一天》中的露面是她自我封闭后仅有的两次露面之一（两个文本都在这里写了她穿着"旧银色的鞋子"，戴着"装饰有人造小花的帽子"）（第189页），我们还发现她是从玛瑙雷来马孔多的（第41页），就和故事中的那个外乡人一样。至于阿赫妮达这个人物，这个名字在那篇短篇小说里并没有出现过，小说告诉我们说她是个"没有慈悲心的女佣，她会杀掉闯进屋子里的狗、猫以及随便什么动物,然后把它们的尸体扔到街道中央,让那股腐烂的恶臭飘满整座小镇"(第189页)。还有个独一无二的例子是《百年孤独》缩减了一条原故事中的次要信息:安东尼奥·伊萨贝尔神父记忆中在马孔多鼎盛时期驶抵小镇的带有"一百四十节装满香蕉的车厢"的火车,在小说里变成了"一百二十节车厢的火车"(第256页)。

《纸做的玫瑰花》里,那位瞎老太太的超凡感知力在《百年孤独》中通过乌尔苏拉·布恩迪亚得到了完美的解释,当她预感自己就要因为年老而变瞎时,她开始"默记物件间的距离、人们的声音,想要在白内障带来的阴影的遮蔽下继续利用记忆看到那些东西"(第212页)。她真的成功了,和瞎老太太一样,利用记忆和嗅觉"清楚地掌握了每样东西所处的位置,有时连她自己都忘记自己是个瞎子了"(第212页)。《格兰德大妈的葬礼》也被嵌入了马孔多的全景历史中,在描写小镇建立者何塞·阿卡迪奥·布恩迪亚奢华的葬礼时,书中提到说"只有一个世纪后格兰德大妈那狂欢节式的葬礼才能将之超越"(第69页)。格兰德大妈的宅子在短篇小说中是整座小镇的象征,它与布恩迪亚家族的宅子很相似,后者的变迁史也就是马孔多的发展史(第54页)。

关于故事的场景,如果我们认为是《百年孤独》更好地利用了那些发生在马孔多——而不是在"村镇"——的故事,那么《恶时辰》可以帮助我们纠正这种印象:这本小说的基本主题和许多次要内容都被完美地嵌入了那个"全景现实"之中。《恶时辰》的核心故事——一场"祸事"——是《百年孤独》的循环主题,小镇居民不止一次患上了集体性"祸事":失眠症、失忆症(第44—49页)、大雨(第267页),再加上一些无害的异事,例如佩特拉·科特斯引发的"牲畜大量繁殖现象"(第166页)。和匿名帖一样,侵害马孔多的"祸事"也与重要的历史及社会变革相关联。在《恶时辰》里,匿名帖把暴力带回了"村镇"。失眠症和失忆症是马孔多第一次社会-经济转型的结果，当时大量移民沿着乌尔苏拉开辟的道路来到了这里，比西塔西翁和卡陶雷就是此时出现的，那些移民正是带来灾祸的人（第39—44页）。这一切都发生在那座"单调小镇"刚刚变成"一座有活力的镇子，开了不少店铺和作坊……还开辟了一条永久性商路"的时候（第39页）。因此那些"祸事"成了马孔多历史发展的标志，那场大雨则标志着马孔多由盛转衰的开始：大雨过后的马孔多如同匿名帖出现后的"村镇"，再也不是之前的样子了。"祸事"和"历史变革"（"补充因素"）的奇特关系不仅凸显了《恶时辰》中原有的因素，同样的效果还体现在政治主题方面，马孔多吞噬"村镇"主要就是在这一层次上。在马孔多的全景历史中，我们看到了某些有缺陷的、让人生厌的东西：政治腐败和政治压迫。和《恶时辰》一样，财富在这里同样源于罪恶。何塞·阿卡迪奥·布恩迪亚，小镇建立者的儿子，通过滥用权力的方式积累了大量的财富："人们说他最开始是在自家院子里犁地的，后来又赶牛推倒栅栏、掀翻棚屋，转而犁邻近的土地了，最后靠蛮力霸占了周围最好的土地。"（第103页）和堂萨瓦斯、佩佩·蒙铁尔一样，他也是利用暴力来敛财的："对于那些没有被他霸占土地的农民……他也会每周六带着猎狗和双管猎枪去收租。"（第103页）在马孔多，敛财者与收受贿赂的当局官员的合作也很常见。和《恶时辰》中的镇长一样，阿卡迪奥在当官时也利用权力来发家致富，甚至到了这样的地步："在他掌权的十一个月里……不仅收取租金，还向镇民索要在属于何塞·阿卡迪奥的土地上埋葬死者的费用。"（第103页）他还效仿了另一位镇长的敛财妙招："设立财产登记办公室，好让何塞·阿卡迪奥合法占有那些土地。"（第103页）"村镇"里的政治镇压氛围在某些时期移植到了马孔多，连成分都没变 宵禁（第82页）、选举舞弊（第89页），而且与前一本小说一样，引发了阴谋、地下行动和游击战。镇长在"村镇"不满情绪最高涨时说过的话，在马孔多是由即将镇压工人的官员说出来的："这是个幸

415

福的小镇。"(第263页)甚至连这部小说的书名——我们讨论过它的含义了——也在《百年孤独》里有所回响，当时乌尔苏拉提醒奥雷里亚诺："要是你赶上恶时辰的话……"（第154页）两部小说共有或相似的人物也有不少：安赫尔神父来马孔多取代安东尼奥·伊萨贝尔神父（第293页），和之前那部小说里的桥段一样，他也"在午睡时刻难以忍受的炎热中被午饭时吃下的肉丸搞得昏昏欲睡"，并最终妥协（第293页）。初抵马孔多时，他精力充沛，可到了来年就被当地人漫不经心的态度击垮了。我们不知道他结局如何，只知道接替他的是一位年老的神父，没人费劲去了解他的名字，也许他也和小镇一起消失了。和《恶时辰》中的安赫尔神父一样，安东尼奥·伊萨贝尔神父也审核马孔多的电影，但没用敲钟的方法，而是在布道词里评判：费尔南达只让梅梅去看那些"安东尼奥·伊萨贝尔神父在布道台上许可通过的影片"（第231页）。《百年孤独》还确认了《恶时辰》中的一个情节：被派来调查"流浪的犹太人"事件的神职人员代表们发现安东尼奥·伊萨贝尔神父"正在和小孩子们玩捉迷藏"（第293页）。在《恶时辰》中还出现过一个马戏团，布恩迪亚上校曾看着他们穿越马孔多（第226页），卡桑德拉和庇拉尔·特尔内拉十分相似，可以认定后者是前者人物形象丰富化的结果：她们都是占卜师，都用纸牌预测未来，她们的巫术都和性交关系密切，她们帮客人占卜未来，也和他们轮流睡觉。我们已经提过，皮埃特罗·克雷斯皮长着希拉尔多医生般的"泛着亮光的鬈发"，不过两部小说之间最有趣的联系可能不是体现在个体上，而是在家庭方面：阿西斯家族正如布恩迪亚家族的胚芽，阿西斯寡妇和乌尔苏拉很相似（都是各自家庭的顶梁柱、引路人），马特奥·阿西斯与何塞·阿卡迪奥·布恩迪亚也很相似，再来看看蕾蓓卡的丈夫：十分强壮、粗鲁无礼、野性十足，不管是前去狩猎还是狩猎归来，身上总带着猎枪，身边也总跟着猎狗。布恩迪亚上校曾在"村镇"里老旧小旅店的阳台上过夜，那个旅店就像马孔多的

"雅各布旅店"的翻版（雅各布也是《恶时辰》中一个人物的名字）。

我们也曾提到，《逝去时光的海洋》和《百年孤独》也共用了许多材料：就像那座海边小镇的神父，雷纳神父也想建造"世界上最大的教堂"，"里面的圣像与真人等高，墙上装上彩色玻璃"，还有一口"可以把溺死者震出水面的大钟"（第77页）。两位神父一个致力于募集资金，另一个想着减轻自己的重量，两人最后都飘浮了起来。前一则故事中的对话和描写经过轻微改动后被移植到了后一本小说中。我们已经分析了那个瘦弱妓女的例子，在神父的例子里，有这样一句话："他不明白两个恪守棋赛规则的人却在棋盘上陷入争斗的意义何在。"后来布恩迪亚上校复述了这句话（第78页）。在《逝去时光的海洋》里，托比亚斯和他的妻子的交合场面描写如下："他们做起那事来，先是像蠕虫，后来像兔子，最后又成了乌龟。"《百年孤独》中的奥雷里亚诺和尼格罗曼塔则"先是像蠕虫，后来像蜗牛，最后又成了螃蟹"（第326页）。

这种先前材料的再利用不只是简单的重复；这些材料是被嵌入故事的，换句话说，《百年孤独》一方面从之前的虚构故事中汲取营养，另一方面又对它们加以改造、补充或替代，以达到创造"全景"现实的目的。我们已经看到，在之前所有的虚构作品中，故事发展所依赖的历史背景总是模糊化的或片段化的。虚构现实中的所有历史-社会背景如今都出现在了《百年孤独》中，之前留下的空白被填补完整了，或者说，在许多具体例子中，之前的作品得到了修正。最后，之前作品中朦胧难辨的、引发故事的基础性事件都在这里得到了事无巨细的解释，例如：马孔多的建立（小镇建立者们的故事、他们和属于其他社会阶层的人们的关系）、内战（起源、两个敌对阵营、意识形态、战争环境）、香蕉公司及其引发的后果（"枯枝败叶"、经济繁荣、政治暴力、屠杀工人事件），以及香蕉公司撤离后给当地留下的满目疮痍的景象。这幅完整的马孔多社会、历史、经济图画摧毁了许多之前作品留下的信息，但同时也给那片虚构现实的各个历史时期带来了新的意义，它们都源自作者为实现作品全景化做出的努力[200]。

与自我相关联的全景现实

《百年孤独》不只是已呈现的所有虚构现实之集合：比起之前的作品，这部小说的内涵更丰富，无论数量还是质量。新旧材料完美嵌入，众多事件和人物悉数回归，这都源自作者构建那片文字世界的久已有之的雄心：描绘一个"全景"现实。《百年孤独》是自给自足的，它穷尽了那个世界的所有可能性。它所描绘的世界有开端有结尾。在完整地讲述故事时，它涉及了所有的广度、维度和层次。换句话说，《百年孤独》从两个维度刻画了那个世界：纵向（故事的时间）和横向（那片现实的层次）。严格从数字角度来看，这种"全景"追求是一种乌托邦：作者的天才之处就在于找到了核心主题，或者说故事的中轴线，用叙事结构把不同的维度压缩到一起，让它们像镜子一样照射出个体与集体、具体人物和社会整体、抽象化的事物。这一中轴线或核心主题就是家庭，家庭正是介于个体与集体之间的媒介。正如身体的生机体现在心脏上，马孔多全景历史最具活力的器官就是布恩迪亚家族的血统：布恩迪亚家族与马孔多共生、共荣、共亡，在小镇历史的各个阶段，二者的命运都是紧密联系在一起的。这种把集体命运与家族命运糅合在一起的写法在《枯枝败叶》和《格兰德大妈的葬礼》中就出现过，但只有在《百年孤独》中才实现了效率最大化：只有在这里，小镇的命运和布恩迪亚家族的命运才成了绝对化的共同体。这个家族的成员遭受、引发、参与了所有发生在那个社会里的大事件，从小镇的诞生直至其消亡：它的建立、与外部世界的接触（第一个发现通向外部世界的路线、把第一波外来人引到马孔多的是乌尔苏拉）、它的社会变化、向城市转变、战争、罢工、屠杀、衰落。布恩迪亚家族的世代更替也在带动马孔多的发展。我们借由那个家族看到马孔多从一个几乎堪称史前村落的地方变成了一座农业、商业繁荣的小城镇："她（乌尔苏拉）准备在院子里的栗树荫下分建男女浴室，在院子深处建一座大马厩、一间铁丝网鸡舍、一个奶牛棚和一处四面开放供迷途鸟儿自由栖息的鸟舍。乌尔苏拉仿佛染上了丈夫的狂热，在十几个木匠和泥瓦匠的拥簇下发号施令，决定采光与通风事宜，不受限制地随意分配空间。村庄初建时的简陋房舍里堆满了工具和建筑材料，挤满了挥汗如雨的工人。工人们不时请求大家不要妨碍干活，殊不知碍事的是他们自己……在这种恼人的环境中……慢慢冒了出来……镇上有史以来最大的宅子。"（第54页）① 慢慢冒出来的不只是布恩迪亚家族的宅子：整个小镇都在变形、丰富，做空间概念上的扩张。不过与此同时，我们也可以看到，在那幢特殊的宅子里，尽管人来人往不断，却有一个细致有活力的角色始终在主导着建筑工程：乌尔苏拉。这正是那部小说最令人钦佩的写作技巧的体现：布恩迪亚家族就像魔法水晶球一样，同步反映着庞大又抽象的集体生活，可与此同时又不缺乏最细致化的描写，这种描写则是通过有血有肉的孤独个体展现出来的。读者们正是通过这两种同步进行又互为补充的人物活动来逐渐理解小说中那个全景现实的：从客观现实到虚构现实（反之亦然），从特殊到普遍（反之亦然）。"全景化"的概念正是从这两种交织的人物活动中生出的，那种全景现实就和它用以参照的模板一样，既有客观真实的面孔（历史的、社会的现实），又有主观的面孔（虚构现实），尽管这两种关乎现实的概念在那片虚构天地里似乎被颠倒了位置。在客观现实的那副面孔里，真实现实的三种历史层次全部在场：个体、家庭和集体，至于主观现实的那副面孔，则有虚构世界的不同层次寄居其中：神话-传说之物、奇迹之物、想象之物和魔幻之物。

---

① 《百年孤独》中文版，第48页，译文有改动。

(一) 客观现实

历史-社会轶事

　　就像布恩迪亚家族能概括与反映马孔多一样，马孔多也能概括与反映（同时否定）真实现实：马孔多的历史就是浓缩版的人类历史，往大了说，这座小镇里发生的事情在任何一个社会里都发生过；说得稍具体一点，这座小镇里发生的事情在任何一个发展中国家的社会里都发生过，再具体一点就是拉丁美洲国家。这一过程被"全景化"了；我们跟随小镇发展的脚步，从这个社会的诞生直到其灭亡：小镇一百年的历史代表了完整的文明史（诞生、发展、高潮、衰落、消亡），更准确地说，小镇发展的各个阶段，大部分第三世界国家、新殖民地化国家都经历过（或者正在经历）。小镇由何塞·阿卡迪奥·布恩迪亚联手二十一个同伴建立，他们是从"外地"来的（就像英国、西班牙、法国或葡萄牙殖民者一样），马孔多最早呈现在我们眼前时，只是个小型的古老族长式社会，那是马孔多的第一幅历史-社会图景，一个微型的、原始的、独断的社区，所有居民在社会和经济地位上都是平等的，每个个体都致力于开发土地，由此凝聚成了一股团结的力量。那是一个由"用泥土和芦苇搭成的房子"组成的小镇，那片世界"宛如新生，很多事物还没有名字"（第9页），乌尔苏拉和她的孩子们在他们的园子里种下了"香蕉、海芋、木薯、山药、南瓜和茄子"（第11页）。其他家庭也得做同样的事情，不过布恩迪亚家族就如族长一般，他们是其他家族学习的楷模：何塞·阿卡迪奥·布恩迪亚"指挥播种"，小镇里所有的房屋都"参照或仿照"布恩迪亚家的房子来修建（第15页）。在那个让人隐约想起《圣经》的世界里，斗鸡活动是被禁止的。数年后，马孔多进一步发展，"由三百名居民组成的马孔多是当时已知的村镇中最有序、最勤勉的一个"（第16页），那里依然是个闲适恬静的世界，一个史前世界，"没人年纪超过三十岁,也还没死过人"(第16页),马孔多和外部世界没有接触,沉浸在幻想和魔法之中。

马孔多第一次重要的社会转型(进入"历史阶段")发生在乌尔苏拉发现帮助马孔多走出孤立状态、与外部联系起来的路线之后(第38页):第一波外来移民潮沿着那条路来了,他们把半农业-半族长式的马孔多变成了满是作坊和商店的小镇:"昔日僻静的小村很快就变成了繁华的小镇,有了手工作坊和店铺,还开通了一条永久商道,第一批阿拉伯人就是沿着那条商道来到马孔多的。"(第39页)马孔多人变成了手工艺人和商人,这些变化也体现在了布恩迪亚家族中:年轻的奥雷里亚诺学习打造银器(第41页),乌尔苏拉则做起了"小动物糖果生意"(第53页)。不久之后,新的制度降临这座依然保持部落式社会结构的小镇:"里正"堂阿波利纳尔·莫斯科特来了(第54页),尼卡诺尔·雷纳神父代表的教会势力来了(第76页),小镇上出现了警察局(第81页)。又过了不长时间,内战开始了,持续了将近二十年(第94页),战争迫使马孔多的历史在一段时期里陷入停滞。不过与此相对的是,电报在内战期间被带到了马孔多(第116页)。战争结束后,马孔多出现了市政府,何塞·拉盖尔·蒙卡达将军成了首任市长(第130页)。重归和平之后,马孔多开启了一段繁荣时期,城镇的面貌也焕然一新("小镇建立者们用泥土和芦苇搭建起来的房屋被砖房取代了,那些房子还配有木制百叶窗和水泥地面")(第168—169页),一些新鲜事物被引进:火车(第192—193页),电灯和电影院(第194页),唱机和电话(第195页)。这个充斥着手工艺人和商人的小镇甚至有了工业生产的雏形,奥雷里亚诺·特里斯特建起了一座制造冰块的工厂,后来奥雷里亚诺·森特诺把它改造成了冰激凌制造厂(第192页)。

到目前为止,这个社会的第二次重大历史转型都是在严格的限制下慢慢进行的，不过它依然遵循"独立发展"的模式，当北美香蕉公司在经济上殖民了这座小镇并把这里变成专为外国输出单一原材料的产地之后，转型才算真正发生了（第194—197页），马孔多变成了"依附型"社会。如今，马孔多的主要工作岗位和财富源泉都与香蕉有关了。小城变成了"到处都是锌皮顶木头房的军营"（第196页），而且小镇旁边还出现了"美国人"的驻地，那是"另一座小镇……街道两边都是棕榈树，房子的窗户上都装有金属纱窗，阳台上摆着白色小桌，天花板上挂着吊扇，孔雀和鹌鹑漫步在倒映着蓝色的草地上"（第197页）。旧时的商人、手工艺人和店铺老板变成了雇工，不过在他们之外，香蕉公司创造的工作岗位还吸引了大量外乡人来到马孔多：这第二波移民浪潮（"枯枝败叶"）完全改变了马孔多的面貌以及马孔多人的生活。一座娱乐村镇出现了，还开来了"一列载满让人瞠目的妓女的火车"，专门为了满足那些"没有爱的外乡人"的需求（第197页）。人们挥霍无度，一片繁荣景象（短暂但真实），这里发生了彻头彻尾的变化，而"马孔多的原住民每天都要早起，来认识他们自己的小镇"（第198页）。杰克·布朗先生给马孔多带来了第一辆汽车（第206页）。香蕉公司的影响力还体现在政治方面："当地官员都被外来人士替代了"，"之前的警察都被拿着砍刀的莽夫换掉了"（第206页）。社会冲突由此被引发：香蕉公司的工人开始了大罢工（第252—256页），最终被军方残酷镇压（第259—260页）。

马孔多历史的最后一个时期始于一场自然灾害——大暴雨，同时小镇的财富之源也断了。香蕉公司"撤走了所有设施"，随之而去的还有成千上万被香蕉热带来这里的外乡人。这个由香蕉种植业带来繁华景象的小镇变成了"满是腐烂根茎的沼泽"（第280页），由偏僻的地理位置和贫穷带来的单调衰败局面开启了马孔多新的历史时期，最后它变成了"一座被尘土和炎热蹂躏的死城"（第319页）。当另一场灾害（书末的飓风）把马孔多和仍居住在那里的零星居民彻底抹去时，那个社会已经完成了它的生命周期，到达了衰败的终极。

一个家族的历史

那个社会的历史是和一个家族的历史混合在一起的，二者的命运也是如此：我指的是马孔多的历史和布恩迪亚家族的历史。原始性是那个虚构社会欠发达时期的特点，体现在布恩迪亚家族在马孔多的绝对统治地位上，也体现在那个家族自身的结构特点上，新的世代不断出现的同时，非婚生的子女也不断加入那个大家族，使其始终维持着金字塔的结构，成员之间坚定的团结关系不仅来自情感或爱，也来自根深蒂固的传统群居本能，这也是原始的族群、部落和游牧民族的典型特征。和虚构社会的例子一样，加西亚·马尔克斯同样不得不借助某些叙事策略来实现"家族历史"层面的全景化。和马孔多历史不同的是，布恩迪亚家族血统的起源没有确切的日期，我们也不知道家族始祖的姓名。这些信息都消失在模糊的氛围中，我们与这些信息相隔太远，只能看到一团朦胧的东西。真实现实中所有家族的起源皆是如此。编写任何一个家谱的努力最终都会将历史带向传说和神话。布恩迪亚家族身上发生的就是这种事情。在马孔多存在之前，他们是些什么样的人呢？从女方来看，我们了解到的辈分最高的人是乌尔苏拉·伊瓜朗的曾祖母，她在16世纪时曾经居住在里奥阿查，嫁给了一位阿拉贡商人，从男方来看，一个同样名叫何塞·阿卡迪奥·布恩迪亚的先祖生活在同一个时期，他是个靠种植烟草为生的土生白人（第24页）。两个家庭产生联系是因为那位阿拉贡商人搬去了布恩迪亚种烟草的山区，他们成了合作伙伴。后来，布恩迪亚家族的史前家谱来了个时间上的大跳跃："几个世纪后，那位土生白人的玄孙取了那个阿拉贡人的玄孙女。"（第24页）从那时起，两个家族就一同生活在里奥阿查山区的村落里了，那个村子后来成了"那个省份里最好的村镇之一"(第25页)。当然了,在那些年里,两个家族成员通婚的状况屡见不鲜。因此家族中有人确信乌尔苏拉的一位姑妈嫁给了何塞·阿卡迪奥·布恩迪亚的一位叔父,后来生下了一个怪物(第25页)。家族里弥漫着恐惧的氛围,大家认为"这两个世代交好的家族注定要遭受生出鬣蜥的屈辱",所以当乌尔苏拉·伊瓜朗与何塞·阿卡迪奥·布恩迪亚打算结婚时出现了反对的声音,因为他们是表兄妹。尽管如此,他们还是完婚了。他们的结合是布恩迪亚家族的史前史和有记载历史的分界线;这种变化恰好颇具象征意味地与迁徙和建村联系在了一起:他们从里奥阿查山区搬了出来,移居马孔多,从此我们可以详细地研究这一血统的发展史,直至其完全消亡。

包括小镇建立者夫妇何塞·阿卡迪奥·布恩迪亚和乌尔苏拉·伊瓜朗在内,布恩迪亚家族整整七代人将要见证马孔多小镇的历史发展过程。赋予这个家族明晰的发展维度、把它从混乱的繁殖状态中拯救出来的叙事策略是:家族的血脉只依靠何塞·阿卡迪奥这一男性分支来延续。奥雷里亚诺们的香火总会被打断:奥雷里亚诺·布恩迪亚上校与庇拉尔·特尔内拉的儿子(奥雷里亚诺·何塞)死时还没有子嗣,上校在内战时生下的十七个私生子也是一样的情况。看上去这条铁律在第四代人身上被打破了,因为繁衍了布恩迪亚家族第五代人(神学院学生何塞·阿卡迪奥、雷娜塔·雷梅黛丝和阿玛兰塔·乌尔苏拉)的是奥雷里亚诺第二,而非他的兄弟,然而我们要考虑到那对双胞胎兄弟的名字和特征是调换过的,实际上奥雷里亚诺第二应该是何塞·阿卡迪奥第二:葬礼上出现的错误让这对双胞胎的真实名字及身份得到了重建。这个家族的七代人应该是:

第一代:乌尔苏拉·伊瓜朗;何塞·阿卡迪奥·布恩迪亚。

第二代：野性十足的莽汉何塞·阿卡迪奥、奥雷里亚诺·布恩迪亚上校；阿玛兰塔。

第三代：阿卡迪奥（何塞·阿卡迪奥和庇拉尔·特尔内拉的儿子）；奥雷里亚诺·何塞（布恩迪亚上校和庇拉尔·特尔内拉的儿子）；上校在内战期间留下的十七个私生子。

第四代：俏姑娘雷梅黛丝；何塞·阿卡迪奥第二；奥雷里亚诺第二。

第五代：神学院学生何塞·阿卡迪奥；雷娜塔·雷梅黛丝；阿玛兰塔·乌尔苏拉（全都是奥雷里亚诺第二和费尔南达·德尔·卡尔皮奥的孩子）。

第六代：奥雷里亚诺·布恩迪亚，解读羊皮卷的人。

第七代：奥雷里亚诺，"怪物"婴儿（研究梵文的奥雷里亚诺和他的姨妈阿玛兰塔·乌尔苏拉的儿子）。布恩迪亚家族的最后这位成员只活了几个小时或几分钟，最终被蚂蚁吃掉了。

这个家族的历史除了按照年代顺序纵向讲述，还有横向讲述：父辈和子辈之间既有继承的特点，也有变化后的特点，每一代同辈人之间也有互动；马孔多人都清楚这个家族的公共生活状况，而他们的私密生活则不出家门，外人只能通过谣言和臆想加以揣测。和那个虚构社会一样，这个家族也很像一个原始、欠发达的团体，我们在其中依然能辨认一些前工业化世界的影子。这个家族的主要特点是女性地位低下，这种严格的家庭分工延续了百年之久；男性总是活跃的、高产的，他们干活、致富、参战、投身不理智的冒险事业，而女性负责维持家庭的正常运转，埋头于家务之中，例如扫地、下厨、清洗、缝补，甚至在艰难的时刻，她们会在家里做些小生意，例如乌尔苏拉卖的小动物糖果（第53页）。男性是主人，是世界的主宰，女性是主妇，是封建宫廷式家族里的女官。那个家族中的女性有责任维持家庭的正常运转,她们决定了家庭情况会发生改善还是会出现变革,乌尔苏拉的所作所为就是例子(第54、168页),还有雷娜塔·雷梅黛丝(第318页),后者甚至干起了"木匠、锁匠、泥瓦匠"的活儿。尽管这些女性在丈夫或父亲面前没有主导权,可她们在孩子们面前有着无上权力。哪怕孩子们一天天长大,这种权力也不会削弱,她们甚至能当众鞭打已成年的孙子。乌尔苏拉就是这样对待阿卡迪奥的,因为后者当时想要枪决堂阿波利纳尔·莫斯科特(第95—96页),她们还能在子孙仍在襁褓中时就替他们决定未来的职业(乌尔苏拉和费尔南达·德尔·卡尔皮奥负责教育后者的儿子何塞·阿卡迪奥,想让他进神学院学习,然后成为教皇),她们还能决定孩子辈女性的最终命运,费尔南达·德尔·卡尔皮奥就因为自己的女儿梅梅与毛里西奥·巴比洛尼亚相爱而将她幽闭于修道院内(第250—252页)。

性爱

这个家族的男性和女性,无论家庭地位还是在处世生活都截然不同:男性能做任何职业,实践任何活动;女性只能死守家中,做些家庭生意或是学习音乐(例如梅梅就会弹古钢琴)。男人们在另一方面也享有女人们没有的自由:性爱。男人们除了合法的妻子,还可以在外面有情人或姘妇,而且没人对这种现象感到惊讶,布恩迪亚家的女人们心平气和地接受了抚养丈夫或儿子的私生子的任务:乌尔苏拉负责照料何塞·阿卡迪奥和庇拉尔·特尔内拉的儿子以及奥雷里亚诺和同一个女人生的儿子(第39、81页)。高傲的费尔南达·德尔·卡尔皮奥也自然而然地接受了她的丈夫有公开情人的事实,她对他提出的唯一要求就是"别让人诧异地发现他死在了那个姘妇的床上"(第182页)。相反,费尔南达却无法接受自己的女儿梅梅生下非婚生孩子的事实。她先是想闷死那个孩子,但是又没有勇气那样去做，只能"终其余生违背意愿地抚养他"（第249页）。哪怕是善解人意又讨人喜欢的乌尔苏拉在蕾蓓卡和何塞·阿卡迪奥成婚后也决定不再见他们，因为她不原谅蕾蓓卡的那种"不可饶恕的缺乏尊重的行为"（第86页）。通过布恩迪亚家族经历的种种事件，我们可以看到那个家族里的"太太们"面临着许多普通女人、妍妇或妓女所没有的限制：庇拉尔·特尔内拉和佩特拉·科尔特斯是如此自由奔放，就和布恩迪亚家的男人们在劳动（那两个女人都靠自己养活自己，佩特拉·科尔特斯甚至还养了情人一家）和性爱方面享有的自由一样。我们可以从这个细节看出那个虚构社会的封建男权特点：那些女人能享有如此多的自由，只因为她们是"下等人"，因为她们只是别人的情妇，或者干脆只是妓女。合法婚姻支配下的女人只能和自己的丈夫有亲密关系，至少在公开层面上是这样，因为她们偶尔也会有秘密情人。这种关系可能是隐秘的，也可能是公开且乱伦的，例如阿玛兰塔和奥雷里亚诺·何塞的关系（第131页）以及阿玛兰塔·乌尔苏拉和奥雷里亚诺的关系（第335页）。除了蕾蓓卡是个例外（颇具象征意味的是，她是个"养女"），布恩迪亚家所有的女性在成婚时都还是处女（例如乌尔苏拉、雷梅黛丝·莫斯科特、费尔南达·德尔·卡尔皮奥和阿玛兰塔·乌尔苏拉），或者如果终身未婚，那就到死时都还保持着处女之身（例如阿玛兰塔和俏姑娘雷梅黛丝），再或者哪怕有过婚前性行为又或者在发生性关系后没有结婚，她们一辈子也只与一个男人有性爱方面的关系（例如蕾蓓卡、桑塔索菲亚·德拉·彼达和雷娜塔·雷梅黛丝）。只有一个姓布恩迪亚的女人有婚外性行为（而且也是在家族内部秘密发生的）：阿玛兰塔·乌尔苏拉和奥雷里亚诺·布恩迪亚，因为阿玛兰塔和奥雷里亚诺·何塞并没有发生过性关系的迹象。家里的男人们则不同，他们的性经验要比家中的女人们丰富得多。除了那个"怪物"婴儿，没有任何一个布恩迪亚家的男人死时没发生过性行为，也没有任何一个在结婚时在性方面还是一张白纸，而且除了蛮人何塞·阿卡迪奥，所有人都有婚外性行为和公开情人，有的还经常有婚外性行为。除了家族时代遗传的乱伦的诱惑，布恩迪亚家族的人还几乎全都是异性恋，而且他们在性爱方面全都缺乏想象力，喜欢直截了当，这又是那个虚构世界"原始性"的体现。布恩迪亚家族里唯一在性爱方面很讲究的男性是何塞·阿卡迪奥，也就是那位前神学院学生，但他不是在马孔多成长的，而是在罗马：他是个骄奢淫逸的堕落分子，喜欢和小男孩们搞在一起，很可能是个鸡奸犯（第313—317页）。

欠发达社会里最典型的性爱神话和性爱偏见在马孔多都是真实存在的客观现实：女性的性爱快感取决于男性阳物的大小，最典型的性爱是由男性掌控的，他们奴役女性、蹂躏女性。在那种关系中，女性是被掌控、被奴役、被蹂躏的，也就是说，奴役性的、依附性的性爱关系正是那个社会中男女地位的体现。布恩迪亚家族中的性爱狂人是何塞·阿卡迪奥，他在女性面前获得的光鲜荣耀来自他长度异于常人的性器官：庇拉尔·特尔内拉看到他"发育如此完好"，不禁神魂颠倒，反复抚摸他，尽管他当时还只是个小男孩（第29页）。后来，哪怕冒着惊醒他那些睡在同一间屋子里的家人的风险，她还是带他上了床（第31页）。在看到何塞·阿卡迪奥"不成比例"的阳具后，庇拉尔·特尔内拉预言道："他会幸福的。"（第29页），那个马戏团里的女人在看到这头"安静的巨兽"后，用"一种忧伤的热情"观察他，然后喊道："小伙子啊……愿上帝助你将它保管好。"（第36页）在长成男人之后，何塞·阿卡迪奥只需"把他那让人瞠目的阳具摆在柜台上"，就能让卡塔里诺店里的女人们失去理智：

> 他问那些围在他身边的贪婪女人，谁付的钱最多。出价最高的女人拿出了二十比索。于是他提出所有人都可以花十比索抽一次签。这个价格有些夸张，因为哪怕最红的姑娘一晚也只能赚八比索，不过大

家还是全都接受了他的提议。(第84页)

这些女人从粗野的行为中获得快乐,而男人恰恰通过那些粗野行为来贬低女性。女性被认为是被动动物,在床上只有在遇见那些能让她们意乱神迷、接近死亡的阳具时才能感到最大程度的快乐。在这方面,马孔多的女人都很相似,不管她们属于哪个阶级。不如让我们来看看那个吉卜赛女人是怎样在莽汉何塞·阿卡迪奥身上"找罪受"的:

> 刚触碰她,女郎的骨头就像散了架,仿佛一盒多米诺骨牌哗啦啦一阵混响,她的肌肤在苍白的汗水中融化,她的眼睛盈满泪水,她的整个身体发出悲惨的哀叹,散发淡淡的淤泥气味。但她以坚强的性格和可敬的勇气承受住了冲击。(第36页)[①]

"坚强的性格和可敬的勇气":对于女性在行欢时的要求就只是受罪而不抱怨,要抵挡住男性的"冲击"。不过理想的状态是女性在那种被动受罪、无力抵抗的过程中获得快感,例如蕾蓓卡在和莽汉做爱时的反应:"她得努力支撑着才不至于死在当场。她感谢上帝让自己拥有生命,随即失去神志,沉浸在由无法承受的痛苦生出的不可思议的快感中,扑腾挣扎于吊床这热气腾腾的泥沼间,喷出的血液被泥沼像吸墨纸一样吸收了。"(第85—86页)[②]家族中另一位在性能力方面十分突出的是研究梵文的奥雷里亚诺,他也能引发女性类似的快感,依靠的也同样是巨大的性器官。妓女尼格罗曼塔本打算"像对付受到惊吓的孩子那样打发掉他",却发现自己面对的这个男人"勇猛异常,他用猛烈的撞击搞得她五脏六腑翻江倒海"(第326页)。

[①] 《百年孤独》中文版,第30页,译文有改动。
[②] 同上,第82页。

"勇猛异常"的奥雷里亚诺在进入他的姨妈阿玛兰塔·乌尔苏拉身体的时候也让后者感受到了无与伦比的"灵魂"满足:"一种异乎寻常的震撼将她定在原处动弹不得,她的反抗意志被不可抵御的热切欲望压倒,她想要知道那些在死亡彼岸等待她的橙色呼啸和隐形球体究竟是什么。她只来得及伸出手臂摸索到毛巾用牙齿咬住,以免传出那撕心裂肺的牝猫尖叫。"(第335页)[1] 布恩迪亚家族的私密生活向我们揭示,在那样一个原始的、大男子主义盛行的社会里,分属于不同社会群体、社会阶级的女性在性爱方面是没有差别的:无论家庭主妇还是爱冒险的女人、贵族妇女还是妓女,她们全都是被动的,只能从粗野的对待中获得受虐式的快感,而发动粗野行为、赐予她们受虐快感的永远是男性。如果在性爱方面有哪些女人和其他女人有区别,那只是因为她们在性方面表现得非常冷淡罢了,例如费尔南达·德尔·卡尔皮奥和俏姑娘雷梅黛丝。

社会阶级:相对的等级

我们可以通过布恩迪亚家族的历史了解马孔多的社会结构,或者说,了解这种社会结构在其百年历史中的演变过程。在第一波移民浪潮到来之前,马孔多是一个《圣经》式的平等的族长制村落,何塞·阿卡迪奥在里面起到精神引路人的作用,小镇居民之间的关系无比和谐,无论从经济还是从社会层面上看都是如此:所有人都是"建立者",都开始建造属于自己的房屋,再以同样的热情耕种自己的土地。从种族的角度来看,马孔多人似乎和何塞·阿卡迪奥与乌尔苏拉的先祖们一样,都是"土生白人"。虽然也有吉卜赛人来来往往,但只是如飞鸟般匆匆而过,不应该把他们视为那个社会的成员。在第一波外来移民浪潮到来后,马孔多社会才发生了第一

---

[1]《百年孤独》中文版,第342—343页。

次显著变化：看上去和"建立者"阶层平起平坐（实际则居于其下）的是在小镇中出现的"穿着尖头靴、戴着耳环的阿拉伯"商人群体（第 39 页），他们将一直在这里待到马孔多灭亡，而且一直保持着自己族群最初的特点。他们自始至终都是个封闭的群体，专注于做生意，与来自社会其他阶层的人们保持经济往来。他们也可能交了朋友，但是从不混居：在最后时日里，我们看到随着大暴雨出现了"第三代阿拉伯人"，"他们和自己的祖父、父亲一样坐在同一个地方，沉默寡言，无动于衷，丝毫未受时间流逝的影响……"（第 281 页）有些阿拉伯人发了财，例如马孔多旅店的店主雅各布。和我们在"村镇"里看到的不同，这部小说没有描写其他族群对阿拉伯人的蔑视态度，因此他们离群索居的生活可能不是其他人造成的，而是他们的自主选择。可以确定的是，在那个社会结构中，商人阶层是位于建立者阶层之下的，更晚些时候，他们还会居于土生白人阶层之下：没有任何一个政治、社会、军事强人和大富豪是阿拉伯人。

"印第安人"和"瓜希拉人"的例子又有不同：我们分析过，他们是位于社会金字塔底层的群体，他们的作用就是提供家庭服务或是干重苦力活。比西塔西翁和她的兄弟卡陶雷是随着第一波移民浪潮来到马孔多的，两人都"温顺勤劳"，乌尔苏拉"雇用了他们，让他们帮她干家务活"（第 39 页）。他们是"不一样"的人，其他人认为他们是野蛮人、下等人：他们讲的是"瓜希拉语"，吃"壁虎汤"和"蜘蛛蛋"（第 39 页）。他们总是以"用人"的身份出场，乌尔苏拉家里的这对兄妹是如此，给那位年幼妓女的祖母"抬摇椅"的"四个印第安人"也是如此（第 50 页）。不过，战争倒是为某些印第安人打开了提高社会地位的大门：例如特奥菲洛·巴尔加斯将军就是个"纯正的印第安人，粗野无礼，大字不识"（第 145 页）。

随着第一波移民浪潮的到来，布恩迪亚家族逐渐表现出了封建式家族的特点:《圣经》式的草屋将变成中世纪的城堡。这个家里增添了许多各种各样的人,把它变成了真正意义上的蜂巢:除了婚生子嗣,还出现了仆人(卡陶雷和比西塔西翁)、养女(蕾蓓卡)、私生子(阿卡迪奥、奥雷里亚诺·何塞)和半私生子(俏姑娘雷梅黛丝、双胞胎兄弟何塞·阿卡迪奥第二和奥雷里亚诺第二)、合法妻子(雷梅黛丝和费尔南达·德尔·卡尔皮奥)、非合法妻子(桑塔索菲亚·德拉·彼达)。除此之外,布恩迪亚家还出现了其他一些人,他们生命中的大段时光都是在那幢宅子里度过的(梅尔基亚德斯、皮埃特罗·克雷斯皮、赫利内尔多·马尔克斯),还有的是死者的鬼魂(梅尔基亚德斯、普鲁登肖·阿基拉尔)。这个家族最大的毛病就是疯狂好客:家中大门时不时就会为外乡人打开,不管对方是什么身份。布恩迪亚上校的十七个私生子来到马孔多时,布恩迪亚家族同样收容并款待了他们,"伴着香槟和手风琴大肆庆祝",没人在意他们造成了多少损坏:"他们打碎了家里一半的餐具,为了追赶一头公牛并将它兜在毯子里抛耍而将花园里的玫瑰践踏殆尽;他们开枪射杀母鸡,强迫阿玛兰达跳起皮埃特罗·克雷斯皮教的悲伤华尔兹,怂恿俏姑娘雷梅黛丝穿上男人的裤子参加爬竿游戏;他们在饭厅里放出一头涂满油脂的猪,结果将费尔南达撞翻在地,但没有人抱怨这些意外,欢快的气氛席卷全家"(第 187—188 页)[①]。这种不守礼节的好客和放纵"原始"的慷慨也表现在梅梅邀请"四位修女和六十八位同学""来家里住上一星期"的时候,布恩迪亚家的人不仅给她们提供住处,还购买了"七十二个便壶"来应对这一局面(第 223—224 页)。在《尼兰迪亚协定》签署之后的繁荣时期,老宅达到了最大的容量,因为当时第二波移民浪潮涌来,布恩迪亚家族又一次打开了家门:"家里突然间挤满了来宾、世界各地的酒肉豪客,不得不在院中加盖卧室,扩建饭厅,

---

[①] 《百年孤独》中文版,第 191 页,译文有改动。

换上一张可供十六人就餐的新餐桌……"①家里特意在那些日子里雇了"四位女厨",在桑塔索菲亚·德拉·彼达的指挥下工作;已经十分年迈的乌尔苏拉每天早晨都要发威:"要准备好肉和鱼……要把一切都准备好……因为没人知道那些外乡人到底想吃什么。"(第198页)

随着第二波移民浪潮的到来,马孔多将要经历第二次社会转型。除了已有的群体,当地又出现了其他的群体:"美国人"和为香蕉公司工作的雇工("枯枝败叶")。半封建结构并没有完全消失,不过它开始与新的社会阶级共存了——技师、工人等,他们是"工业"社会的典型阶层;从此时起,马孔多的社会结构由于外国资本的注入发生了变化,成了新殖民地式的地区。美国人群体几乎不与小镇居民混居,他们在经济和政治层面上发挥影响力,而这种权力在此之前是由"土生白人"(自由党人或保守党人)掌控的:布恩迪亚家族和莫斯科特家族变成了博物馆里的藏品,他们只能如没落贵族般在心里追忆失去的权力,再或者像费尔南达那样坚定地说:"和香蕉公司没有牵连的就是好人",或是说"只要他还长着那些外乡人才有的疖子,就别想回家"(第217页)。这些话看上去是面对美国人时的优越性的体现,实际上却只是些无用的主观抵抗:美国人任命了当地官员和警察(第206页),政客都对他们唯命是从(第196页),军方也是一样(第257页)。那个虚构社会中的权力更替的最佳例证是,甚至连布恩迪亚家族中的成员——何塞·阿卡迪奥第二——都以领班的身份为香蕉公司工作了(第211页)。美国人和马孔多人的关系是典型的新殖民地式的关系:他们生活在自己的"电网鸡舍"中,住的是现代化的房屋,拥有各种便利的生活用具,几乎不和印第安人接触("……周六的舞会是美国人唯一和当地人接触的场合")(第234页)。在马孔多,只有贵族阶层中屈指可数的几个人与美国人

---

① 《百年孤独》中文版,第202页。

有往来，例如梅梅·布恩迪亚，她和帕特丽西娅·布朗交上了朋友，布朗一家曾邀请她共进午餐、到游泳池游泳、为他们弹奏古钢琴（第235页）。他们也像匆匆飞过的鸟儿一样，只不过操着不同的语言，生活习惯也不尽相同，只是因为工作和利益才暂驻马孔多，一直以外国人自居。香蕉公司撤离之后，所有美国人都跟着它一起消失不见了。

还有另一个同样被香蕉公司吸引来马孔多的群体。在之前的虚构作品中，人们对这群人的称呼——"枯枝败叶"——并没有出现在这部小说中，但是马孔多原住民对这些"粗俗的"冒险者的排斥态度是与之前出场的那些上校们相似的："马孔多的老居民被那些外来人逼到了边缘，只能勉励操持着往日的活计"，他们认为小镇"由于那些外乡人肆意挥霍轻易得来的财富而变得乌烟瘴气"（第217页）。这些种植工人也不会久居此地，在香蕉公司离开之后，他们同样消失不见了（我是指幸存者们，因为可能有三千人在那场屠杀中丧命）。我们总是远远地观察他们，我们发现老马孔多人一直排斥和他们混在一起；我们认识的唯一一个工人是不修边幅的毛里西奥·巴比洛尼亚，他是机械方面的学徒，"手似乎总是洗不干净"，"因为干的是粗活，指甲边缘都卷了起来"（第243页），不仅高傲的费尔南达瞧不上他，连一向民主的奥雷里亚诺第二也认为他配不上梅梅（第248页）。何塞·阿卡迪奥第二不是工人，他是个领班，后来成了工会领袖。布恩迪亚家族的衰落是香蕉热引发的：他们失去了权力，在经济方面日薄西山，家族逐渐解体，分散到了世界各地。家族的第五代人已经是在马孔多之外接受教育的了，何塞·阿卡迪奥和阿玛兰塔在欧洲上学，梅梅则跟随修女们学习。梅梅由于和毛里西奥·巴比洛尼亚的秘密恋情而被禁闭在修道院中，而她的非婚生儿子奥雷里亚诺由于让家族蒙羞，从小就一直在原始野蛮的状态下成长，就像一个"野人"（第139页）。家族血统渐渐枯竭了，第六代布恩迪亚是私生子，到了第七代则变成了真正意义上的动物：一个被蚂蚁吃掉的长着猪尾巴的小男孩。在最终的那场飓风把马孔多卷走的同时，布恩迪亚家族也消亡了。

习俗与习惯

布恩迪亚家族也是一面反映那个虚构社会习俗与习惯的镜子。通过这面镜子，我们了解了马孔多人的信仰情况、道德标准、度过日日夜夜的方式、爱什么、恨什么。这些习俗和习惯因人而异，在布恩迪亚家族也有所体现。家族中的习惯有的与小镇居民的习惯相同，有的则相悖。比如费尔南达就代表了那个社会中最贵族化、最形式主义的人群，乌尔苏拉的思想则最大众化，为人也最公道。

通过布恩迪亚家族，我们研究出了宗教在那个虚构社会中的确切作用。当然了，我指的是天主教，当然还要排除香蕉公司时期，因为那时出现了新教；不过新教显然没有走出过那个"电网鸡舍"（乌尔苏拉觉得梅梅和美国女孩们交朋友是件好事，只要"她不改信新教"就行）（第234页），而且后来新教也随着美国人一起消失了。天主教在马孔多的历史上出现得比较晚，是随着尼卡诺尔·雷纳神父一同到来的，当时布恩迪亚家族的第二代已经成年了。在那之前，马孔多人一直生活在"自然法则支配的世界里，孩子们没有受洗，人们也不过宗教节日"（第76页），他们直接"向上帝的灵魂做忏悔"（第77页）。他们本来瞧不上雷纳神父，可是后者用神迹征服了他们。他建造教堂，把马孔多变成了天主教社会。必须从社会层面来理解发生的这一切：从那时开始，宗教就与马孔多日常生活中所有的重要仪式产生了联系：诞生、洗礼（第81页）；婚礼（第75页）；祭祀、演说、忏悔（第188页）；教育（第211、299页），死亡（第240页）；葬礼（第230页）。宗教的这种社会性和实用性在之前几部作品中已经有所体现，在这部作品中更是得到了强化：宗教帮助费尔南达摆脱了给她带来耻辱的女儿，她把女儿幽禁于修道院（第250页），宗教甚至预言到了灾难（阿玛兰塔·乌尔苏拉奔赴欧洲时"带着笔记本……安赫尔神父在上面写了六句箴言，以助她免受飓风的侵害"）（第299页）。布恩迪亚家族大多数成员都是天主教徒：他们受洗，在教堂里完婚，把孩子们送去宗教学校，有时他们还会做忏悔，死前做临终仪式。比如乌尔苏拉是这样对待小何塞·阿卡迪奥的：

> 用炭灰擦拭他的牙齿，让他显露出一位教皇应有的灿烂笑容；为他修剪指甲，让从世界各地赶到罗马的朝圣者在接受祝福时惊叹于教皇的美手；又为他梳起教皇的发型，将花露水洒遍他的身体和衣裳，让它散发出教皇的馨香之气。（第313页）[①]

不过没有哪个马孔多人把天主教当作坚定不移的信仰、世界观、道德和行为准则。在所有的例子里，宗教都只是一种社会实践：他们只在表面上接受了那些繁文缛节，却并没有发自内心地信仰宗教。不过在那片虚构现实中，不同的地方对宗教的"社会接受度"也不同：显而易见，比起费尔南达·德尔·卡尔皮奥的故乡，那座"悲伤的城市"，宗教在马孔多的地位肯定更低，那座城市里有"三十二座钟楼"，家家户户都有"祷告声"传出（第179页），在那里，到了婚龄的姑娘都有"灵魂导师"，他们会教给她们与"禁欲期"有关的事情（第181页），费尔南达的父亲甚至以"圣墓骑士团骑士"的身份在世间活动（第276页）。所有这一切在马孔多都是不存在的，宗教在那里更浅显，宗教氛围也更轻松愉快，马孔多人在信奉天主教的同时也在不断从事迷信活动：费尔南达·德尔·卡尔皮奥在嫁入布恩迪

[①]《百年孤独》中文版，第319页。

亚家后，立刻用"耶稣圣心神龛"将"从小镇建立之时起就挂在家门口的面包和一束芦荟"替换掉了（第184页），她还在家里增添了"一座神龛，里面摆着真人大小的圣像"（第185页）。

在马孔多，天主教变得浅显起来，换句话说，它在马孔多人面前失去了内核与本质。与此同时，在马孔多倒也没有出现激进的反宗教情绪。这一点在内战时期表现得最为明显。一位自由派士兵天真地认为革命者"发动针对神父的战争只是为了能和自己的母亲结婚"（第132页）。事实上，反神职人员的苗头转瞬即逝，甚至还带着诙谐的色彩；各方都并不想彻底铲除宗教，而是想部分地把它收归己用：马孔多的革命军司令阿卡迪奥"把尼卡诺尔神父禁闭在乡村的房子里，以枪决相威胁，禁止他主持弥撒，也不允许他敲钟，除非是为了庆祝自由派的胜利"（第95页）。一个保守党士兵"拿枪托击打了雷纳神父的头部"（第92页）；开炮轰掉教堂塔楼的是保守党人，反而是革命军修复了它。雷纳神父评论道："真是把人搞糊涂了：捍卫基督信仰的人们破坏了塔楼，修复它的倒成了那些共济会人士。"（第119页）此外，随着战争的推进，自由党领导人已经忘记了他们反神职人员的初衷，决定"停止针对神职人员的斗争，以争取信教人士的支持"（第147页）。在那个虚构社会发生的战争中，宗教并不是造成分裂的主要因素，经济问题也不是主因。宗教在冲突中毫发未损，依然和之前一样具有感染力，我们也看到了宗教在《尼兰迪亚协定》的签署过程中发挥的作用，一群"身穿白衣的见习女修士"为双方士兵提供援助服务（第154页）。不过宗教也和马孔多社会及布恩迪亚家族一样在小镇衰败的过程中遭受了损害。终结的时刻始于香蕉公司的撤离以及下个不停的大暴雨、安赫尔神父替代了年迈的安东尼奥·伊萨贝尔神父：安赫尔神父刚到来时是"一个干劲十足的当代卫道士，为人苛刻又大胆莽撞"，但是"不出一年，他便被空气里弥漫的惰性所感染，被能令一切衰朽、停滞的炙热尘埃所降服……"

(第293页)① 这种不可逆的衰败过程随着安赫尔神父继任者的到来而愈加严重了，那位老神父"没人愿意费心打听他的名姓"，而他"为关节炎及疑虑引发的失眠所苦，懒懒地躺在吊床上等待上帝的慈悲，任凭蜥蜴和老鼠在隔壁的教堂里争夺领地"（第340页）②。宗教从未深入马孔多人的内心世界，但仍是他们社会活动、公共活动的重要组成部分，曾经规范了马孔多人的外在行为，此时却正在消失，就像那座被动物占领的教堂一样。布恩迪亚家族最后两代人对宗教丝毫不感兴趣，甚至连宗教装饰物也不用了：奥雷里亚诺·布恩迪亚和那个怪物男孩都没受洗。当书末的飓风把马孔多卷走时，宗教早已只是一具尸体了。

马孔多的习俗与习惯充满了乡土气息和对西班牙式生活的模糊记忆。布恩迪亚家族中确立恋爱关系或夫妻关系的仪式就是一例。当奥雷里亚诺爱上雷梅黛丝·莫斯科特的时候，为了确立恋爱关系，他要经过一系列必须严格遵守的程序。他的父亲必须去女方家，向女方父母求亲：何塞·阿卡迪奥·布恩迪亚的着装很优雅（"他穿上了黑呢正装上衣和赛璐珞衣领，脚蹬羚羊皮制成的靴子"），而莫斯科特一家也正装相迎（"他们换上了正装，变换了家具的位置，在花瓶里放上鲜花，和几个年纪较大的女儿们一起等待着他"）（第66—67页）。女方的意愿也需要征询，不过决定婚礼日期的还是双方父母。在恋爱阶段，那对情人只能在女方家见面，男方可以去探望女方，此外——在蕾蓓卡和皮埃特罗·克雷斯皮的恋情中，乌尔苏拉则是藏在柜子后监视着"男方的探望活动"（第79页）——发生这种行为通常有第三方在场：在奥雷里亚诺·布恩迪亚的例子里是女方的姐姐们（第75页），在皮埃特罗·克雷斯皮那边则是女方的母亲或某个女仆（第79页）。恋爱时间的长度则很不一致：何塞·阿卡迪奥和蕾蓓卡的恋

---

① 《百年孤独》中文版，第299页。
② 同上，第348页。

爱状态持续了三天（第86页），不过他们的婚姻有些仓促。正常情况下的恋爱状态大概会持续几个月，例如奥雷里亚诺和雷梅黛丝的恋情或奥雷里亚诺第二和费尔南达的恋情，不过拖上几年的情况也时有发生，例如皮埃特罗·克雷斯皮和蕾蓓卡，或是皮埃特罗·克雷斯皮与阿玛兰塔，再或者是阿玛兰塔和赫利内尔多·马尔克斯上校的半黄昏恋。婚礼一般在教堂举行：何塞·阿卡迪奥和蕾蓓卡是在"五点钟的弥撒"（第86页）上结为夫妇的，这"不太正常"，不过这种秘密进行的仪式在书中并不常见。最常见的婚礼都在中午举办，在宗教仪式之后还会举行宴会。奥雷里亚诺和雷梅黛丝成婚时，堂阿波利纳尔·莫斯科特"挽着女儿的手臂，在鞭炮声和多家乐队演奏的音乐声中走过布满鲜花和花环的街道"，而未婚夫奥雷里亚诺则身穿"黑呢上衣"，"在家门口迎接他的新娘，然后带她一路走向祭坛"（第75页）。奥雷里亚诺第二和费尔南达的婚礼庆典的"欢腾热闹的气氛维持了二十天"（第176页）。新婚夫妻可以择地另起房屋（蕾蓓卡和阿卡迪奥就是这么做的），或者也可以跟随任意一方的家人生活，成为那个家族谱系树中的又一新枝（奥雷里亚诺和雷梅黛丝、奥雷里亚诺第二和费尔南达都在婚后生活在布恩迪亚家里）。

如果不离开小镇，马孔多的孩子们很难接受良好的教育：镇上唯一的教育机构是一所小学。而且是在马孔多百年历史发展了一段时间后才在堂阿波利纳尔·莫斯科特的操持下建立起来的（当时布恩迪亚家族的第三代人已经成年了），第一位教师自然出自布恩迪亚家族：阿卡迪奥（第81页）。小孩子们在那里接触不到什么真才实学，而且内战很快就迫使学校停课了，阿卡迪奥"让他旧日的学生们换上了统一的服装"，用武器替代了书本（第94—95页）。校园也变成了"单身汉乐园"，阿卡迪奥和桑塔索菲亚·德拉·彼达先是在那里，后来又在兵营里行欢作乐（第102页）。再晚些时候，学校被摧毁又得到重建，此时负责教学的变成了"堂梅尔乔·埃斯卡洛纳，一位从大泽区派来的老教师，他勒令不认真学习的学生们在院子里的石灰地面上跪行，还让爱说话的学生吃味猛的辣椒……"（第130页）马孔多的教育始终没有超越类似的初级阶段。与孩子们在学校接受的教育同等重要的是家庭教育：在与赫利内尔多·马尔克斯上校保持若即若离关系的时期，阿玛兰塔负责在家里教孩子们读书（第122页）。为了接受更高一等的教育，必须离开马孔多，例如去教授雷娜塔·雷梅黛丝弹古钢琴的山区城市中的修女学校（第211页），或是去欧洲，例如阿玛兰塔·乌尔苏拉和何塞·阿卡迪奥。只有很少的马孔多人有办法把自己的孩子送出镇外。其他人只能靠自学，或者试图最大限度地利用路过此地之人的学识来丰富自己的知识，例如何塞·阿卡迪奥·布恩迪亚和梅尔基亚德斯之间的关系，后者促使前者钻研那些久已失传的隐秘学问。布恩迪亚家族里，有些人废寝忘食、几近癫狂地钻研学问；但是马孔多极度偏僻的地理位置往往使他们的研究不合时代潮流，也经常使他们招致冷嘲热讽，例如他们在极度投入的研究之后，发现"地球是圆的，就像个橙子"（第12页）或"发明冰激凌的基本步骤"（第192页）。在这样的条件下，真正繁荣的并不是科学，而是它的史前状态、另类形态，即炼金术或神话，正是那些神秘莫测的学说促成了羊皮卷的出现，布恩迪亚家族中人始终坚持不懈地试图解读其中隐含的秘密。同样，在那个满是自学者和文盲的社会里，职业也必然是"原始的"：猎人、大地主、庄园主，例如何塞·阿卡迪奥和阿卡迪奥；发明家，例如何塞·阿卡迪奥·布恩迪亚和奥雷里亚诺·特里斯坦；手工艺人（譬如银匠），例如奥雷里亚诺·布恩迪亚、赫利内尔多·马尔克斯和马格尼菲科·比斯巴尔；工人，例如毛里西奥·巴比洛尼亚；商贩，例如卡塔里诺和流浪汉。女性能做的事情就更普通了：家庭主妇（乌尔苏拉、费尔南达），女仆（比西塔西翁），占卜师（庇拉尔·特尔内拉），摸彩活动组织者（佩特拉·科尔特斯）。那些赚钱给自己花的女性算不上"家庭主妇"，而是情人，可能是露水情人也可能是固定情人，或妓女（卡塔里诺店里的那些女人）。马孔多所有的专业人士都是从镇外来的：神父、"法国"医生、香蕉公司的技师、昆虫学家和飞机驾驶员加斯通、赠送珍贵书籍的博学书商加泰罗尼亚智者等。

这里的娱乐活动也是原始且落后的，尽管比起马孔多的其他方面来，娱乐活动的发展进步是最大的。最开始，和所有中世纪村落一样，马孔多人唯一的娱乐方式就是等待吉卜赛人到来，看他们"敲锣打鼓，喊声震天"地走街串巷，展示魔法、把戏和碰运气的游戏（第11—23页）。这些原始集会后来让位于由小丑、大象、狗熊和单峰驼组成的马戏团（第229页）。布鲁诺和皮埃特罗·克雷斯皮兄弟在小镇的娱乐活动发展方面起了决定性作用。皮埃特罗带来了自动钢琴，据说甚至还引入了许多节日：他很守规矩地教姑娘们跳舞，"用节拍器打着节拍"（第59页），引进了"现代舞蹈"（第60页），后来还在马孔多开了家"乐器和发条玩具店"（第69页）。各家各户都摆满了"神奇的玩具"，例如发条舞娘、音乐盒、杂技猴子、奔跑小马、打鼓小丑（第70页）。皮埃特罗死后，他的兄弟布鲁诺接手了店铺，在马孔多繁荣时期建立了第一家剧院，"许多西班牙剧团来此巡演"；"那是一座宏伟的露天剧场，配有木制靠背椅和带有古希腊面具的天鹅绒幕布，三个售票窗口都被设计成了雄狮头颅的样子，买票卖票的动作都是在狮子嘴部完成的"（第130页）。布鲁诺本人还在马孔多放映电影，马孔多人的第一反应是充满敌意的："他们决定不再看电影了，他们已经受够了为那些虚构人物的虚假故事痛苦流泪了。"（第194页）不过这种态度发生了变化，电影后来成了大众化的娱乐活动之一：费尔南达·德尔·卡尔皮奥允许她的孩子们去看电影，只要是安东尼奥·伊萨贝尔神父许可放映的影片就行（第231页），相爱的人也喜欢在电影院里幽会接吻，例如毛里西奥·巴比洛尼亚和梅梅（第242页）。除了这些"高雅"的娱乐活动，还有一些更粗俗也更大众化的娱乐活动。在来到马孔多之前，布恩迪亚家的人就开始参加斗鸡活动了（在里奥阿查，何塞·阿卡迪奥"放养他的斗鸡"，还在斗鸡场里和普鲁登肖·阿基拉尔发生了争执）（第25页），但是在最开始的日子里，斗鸡在马孔多是"被禁止饲养的动物"（第15页）。禁令在某个时刻解除了，在战争期间，斗鸡甚至出现在了"神父家的院子里"（第162页），后来我们看到它成了小镇里很普遍的娱乐活动：布恩迪亚家最沉迷于斗鸡活动的是何塞·阿卡迪奥第二，他"十分擅长斗鸡技巧"（第163页）。马孔多的大众节日也包括狂欢节，每届狂欢节都要选出一位狂欢节女王来引领节日活动：俏姑娘雷梅黛丝就曾被选为狂欢节女王（第172页）。其他村镇的人也会来参加节日庆典活动，而且会带来各自村镇的狂欢节女王（费尔南达·德尔·卡尔皮奥就是这样第一次来到马孔多的），舞会持续数日，还伴有"烟火秀"，甚至在气氛达到顶峰时演变成冲突和屠杀（第174—176页）。除了这些正常的娱乐活动，男人们自然还热衷于逛妓院，在小镇建立之初，娘娘腔卡塔里诺就开了家妓院，后来逐渐发展，随着那些"可爱的法国女郎"的到来进一步壮大，在香蕉公司为当地带来繁荣局面后，"一列载满让人瞠目的妓女的火车"的到来使得妓院所在的街道发展成了"比另一侧还要广阔的村落"（第197页）。一切都在衰败，只有妓院未受影响：在最后那段时期，在精力充沛的庇拉尔·特尔内拉的努力下，马孔多竟然有了一家无与伦比的"动物园式的妓院"，它名叫"金童"，里面的"漂亮的黑白混血姑娘"身旁围绕着"缤纷五色的草鹭、猪一般肥硕的鳄鱼、十二节尾环的响尾蛇"，还有"一条温顺的白色大狗，常与同性来往"（第332—333页）[1]。在其他万事万物都已衰竭的情况下，被飓风连同马孔多一起卷走的唯——项马孔多人依然热情十足的活动就是性爱，无论是皮肉生意，还

---

[1]《百年孤独》中文版，第340页。

是自发的欲望（奥雷里亚诺和阿玛兰塔）。

不过布恩迪亚家族不只是浓缩反映马孔多生活的一面镜子。它本身就是一个特别的家族，有自己的历史，这种历史截然不同于家族成员经历的公共生活的历史。布恩迪亚家族内部的私密生活是一幅有悲有喜的全景画面，这幅画面是群居式的生活方式给予那些成员的。我们已经提到了那种把布恩迪亚家族成员联系起来的团结性：他们同根同源，家族里有很多人离开，但最终都会回到这个大家庭里来，就好像有一股非理智的巨大力量在牵引他们。莽汉何塞·阿卡迪奥的例子就是如此，他曾经跟随吉卜赛人一起离开；神学院学生何塞·阿卡迪奥也是这样；阿玛兰塔·乌尔苏拉甚至拉着她的丈夫加斯通一起从欧洲回到了马孔多。就和大象一样，布恩迪亚家族的人也同样习惯回到他们降生的地方死去[201]。那种团结性促使布恩迪亚家族的所有成员在战争中都站在同一阵营，或者因为"家庭缘故"选边站：何塞·阿卡迪奥尽管对战争冲突没什么兴趣，仍然毅然救下了即将被罗克·卡尼塞罗枪决的奥雷里亚诺·布恩迪亚上校（第115页）。不过那种看似坚不可摧的团结性只是外部表征。从内部来看，那个家族也在崩坏腐败（和马孔多社会一样），家中也同样充满紧张对立、敌对关系甚至是欲除之而后快的恨意。不过他们还是维持着表面的那种让人嫉妒的团结。皮埃特罗·克雷斯皮的到来让阿玛兰塔和她的姐妹（养女）蕾蓓卡成了永远的敌人，因为两人都爱上了他：没有任何一个马孔多人能清楚地知晓阿玛兰塔对蕾蓓卡的恨能达到怎样顽固、冰冷、持久的程度。同样，除了何塞·阿卡迪奥和蕾蓓卡这对被大家熟知的夫妻，很可能小镇里永远都不会有人知道在那个家族里出现了多少带有乱伦倾向的情爱关系：例如奥雷里亚诺·何塞和他的姨妈阿玛兰塔之间的关系，再如奥雷里亚诺和他的姨妈阿玛兰塔·乌尔苏拉之间的关系。那个家族里还发生了许多类似的事件：哪怕全马孔多的人都毫无疑问地知晓那个家族里的男性留下了多少私生子，他们还是不会知道奥雷里亚诺是梅梅的非婚生子，而他的父亲则是毛里西奥·巴比洛尼亚，小镇居民全都（错误地）认为他是个偷鸡贼。

个人史

这本小说不仅描写了社会现实和家庭现实，同时还刻画了个人现实：它着重讲述了某些具体个体的故事，我们从他们的故事中能够以更加直观的方式观察关于伟大与卑微、幸福与不幸、理智与疯狂的无限可能性，正是这些可能性组成了"人"这一构成虚构生活的基本元素。和马孔多的历史就是布恩迪亚家族的历史一样，那个家族的历史也是与家中多个成员的个人史交织在一起的。主要是两个人物：一位男性，奥雷里亚诺·布恩迪亚上校；一位女性，乌尔苏拉·伊瓜朗。占据马孔多百年历史五分之一时长的二十年内战也是那位不知疲倦、无处不在的上校的个人史，他总是没有完全输掉战争，也总是在策划着下一场战争。同时，他也是整本书里最重要的角色。他经历了巨大的转变，从一个温和、冷漠的人变成了一个史诗般的人物，当然了，在年老后，他又回到了最初的那种孤僻又仁慈的状态，而这种转变也是整个家族发展壮大、获得荣耀的主要因素。但这个家里的真正支柱还是细致、活跃、精力充沛、无人可及的乌尔苏拉·伊瓜朗，她握紧拳头带领着这个疯人之家克服了一个又一个困难，只是在大暴雨停歇之后才撒手人寰，而那时最终的灾难已不可避免了。在《百年孤独》里，这两个人物是超越其他人的存在，拥有超然的个性，不过这并不是说除他们以外的人物都属于茫茫众生，没有任何鲜明特点。许多个体都能脱颖而出，每个人都具有区别于他人的特点，他们也总是代表着那片虚拟现实中的人们需要应对的某种可能性或某种（肉体、心理、道德层面的）变化。

那种想要囊括"一切"、展现"一切"的"全景式"野心，在个体层面体现在书中出现的各式各样的人物身上，也体现在刻画某些具体人物时的细腻程度上，它想要展现出生活能够在一个个体身上造成的数量庞大的变化。那片虚构现实中的"所有"人类的特点都通过诸多个体展现了出来：布恩迪亚家族里有世界上最漂亮的人（俏姑娘雷梅黛丝和费尔南达·德尔·卡尔皮奥）、最可怕的人（还有什么比长着猪尾巴的小孩更可怕的生物呢?）、身体比例夸张的真正意义上的巨人（何塞·阿卡迪奥）或瘦小又机敏的人（乌尔苏拉）、胖子（奥雷里亚诺第二最风光的时候）或瘦子（布恩迪亚上校）。不止外形方面，布恩迪亚家族的人在心理和道德层面也展现了多种多样的可能性。有一种最初级的区分方法："所有叫奥雷里亚诺的全都很孤僻，不过头脑灵活，所有叫何塞·阿卡迪奥的全都冲动上进，不过又都带着挥之不去的悲惨命运。"（第159页）这一点也决定了那两个男性分支中各成员大致的性格特点（这一法则表面看上去在那对双胞胎兄弟身上失效了，可原因其实是他们的名字早就被搞混了），不过事实上每个个体之间的差异性表现得要更加复杂；除了这些所谓的"血统"基因特性，每个人物还都有其他的特性。最常出现的特征之一就是恋母情结，许多人到很晚才能摆脱它，也有的人到死都没有摆脱：诱使奥雷里亚诺·何塞和奥雷里亚诺爱上自己姨妈（她们扮演的都是母亲般的角色）的那种乱伦的宿命就生自其中。诱使布恩迪亚家的男人爱上比他们年长得多的女人的原因，正是寻找母亲的替代者的潜意识心理。何塞·阿卡迪奥和奥雷里亚诺都和庇拉尔·特尔内拉睡过，阿卡迪奥差点也这么做了；神学院学生何塞·阿卡迪奥梦到并神化了他的曾祖母阿玛兰塔，他们在梦中的关系只能用"性"这个词来形容。这种心态也在女性身上起作用：阿玛兰塔和阿玛兰塔·乌尔苏拉都下意识地在迷恋她们的外甥身上看到了自己孩子的身影，而她们两位恰好都没有子嗣。哪怕是性爱方面，在这个家族里也存在各种极端的状况：放纵的情欲（何塞·阿卡迪奥）、天真与纯洁（俏姑娘雷梅黛丝）以及二者的中间状态，大多数人都属于最后这种类型（建立者何塞·阿卡迪奥、布恩迪亚上校、何塞·阿卡迪奥第二）。这些个体有的拥有外向、善交际、喜热闹的性格特点（奥雷里亚诺第二），有的则极度内向沉默，甚至像隐形人一样（桑塔索菲亚·德拉·彼达）；有的极度热爱生活（乌尔苏拉·伊瓜朗和阿玛兰塔·乌尔苏拉），有的整日活在阴影中，等待着死亡到来（阿玛兰塔最后成了"对各种丧葬仪式了如指掌的人"）（第237页）；有的对饮食没有特别需求（布恩迪亚上校），有的则暴饮暴食（奥雷里亚诺第二）；有的诚实无比（乌尔苏拉一直保守着隐藏宝藏的秘密，等待真正的主人来取它们，这个秘密她保守了半个世纪），有的则是天生的骗子（何塞·阿卡迪奥侵占别人的土地，阿卡迪奥则利用职权发了财）；有的是慷慨的理想主义者，有清晰的历史意识和社会敏感度（何塞·阿卡迪奥第二），有的则残忍无比，信奉恐怖的清教主义（某个时期的布恩迪亚上校）；有的单纯无偏见，愿意以简单直接的方式和各个阶层的人交朋友（乌尔苏拉、奥雷里亚诺第二），或是阶级意识强，总是做贵族梦，热衷于种种仪式和形式（费尔南达·德尔·卡尔皮奥）。从心理层面来看，这个家族中既有像俏姑娘雷梅黛丝这样如动物般单纯的人，也有像神学院学生何塞·阿卡迪奥一样扭曲的人，后者在年幼时有浓重的恋母情结（做关于曾祖母的淫梦），后来又补偿式地生出了唯美的、异教式的恋童癖，他在其中寻找到了"姨妈-母亲"的替代品，被男孩们围绕着的何塞·阿卡迪奥实际上依然是个男孩，或者说他在心理上从未丢掉自己小男孩的身份[202]。

如果我们从这个家族中走出来，就会发现其他角色身上所具有的那些新颖的心理和道德特征。人性真假难辨、反复无常，总能从试图控制它的教条和束缚中挣扎出来，再回身摧毁它们。正是这样的人性定义了那种虚构现实内的生活。举个例子，在政治和思想领域占据了某个"合适"的位子并不意味着那个个体就不会是个流氓，反之亦然，犯了"政治错误"的人不见得在道德层面上就不是个高尚的人：革命者阿卡迪奥曾犯下不光彩的罪行，反动分子何塞·拉盖尔·蒙卡达却总是能在条件允许的情况下保持正派的作风。在人生长河中，个体是会发生改变的：布恩迪亚上校曾打算枪决他的挚友赫利内尔多·马尔克斯上校，他不再是革命开始时的那个理想主义者了，因为他做了很多违背正义的行为。这个家族最大的热情几乎都与发明和性爱有关：在其他人醉心情爱之时，有的人怀着同样的激情投身于不理智的事业。布恩迪亚家族里没有哪个人具有"痴迷个人暗杀的"阿利里奥·诺盖拉医生那样强烈的破坏欲望（第91页），也没有谁像梅尔基亚德斯那样喜欢把秘密隐藏起来。没人比皮埃特罗·克雷斯皮更敏感忧郁，也没人比堂费尔南多·德尔·卡尔皮奥更严格、神秘、有贵族气质。我们已经看到，布恩迪亚家族中的许多人在面对爱情时都十分纠结犹豫：没人像佩特拉·科特斯那样自然洒脱，也没有哪个布恩迪亚家的成员像卡米拉·萨加斯图梅那样聪颖，她靠激将法赢得了大胃王比赛。有些出人意料的是，友谊似乎全都建立在男性之间：例如布恩迪亚上校和赫利内尔多·马尔克斯上校、何塞·阿卡迪奥·布恩迪亚和梅尔基亚德斯或是奥雷里亚诺·布恩迪亚和阿尔瓦罗、阿方索、赫尔曼及加泰罗尼亚智者的友情，没有任何一位女性拥有类似的亲密友谊。女人们对友谊的关注度更低，她们更喜欢独自生活。在马孔多，男性要比女性更喜欢群居生活。就连这种个人历史都透着"原始"社会的特点：无论是美德还是缺陷都是属于小型社会、初级文明的，在那里，人的本能会不加掩饰地流露，而在工业文明里，本能总是会借助某种中间媒介表现出来。布恩迪亚家族里的人是典型的"乡下人"。那个所有人都互相认识的社会是一个充斥着各种情感的复杂综合体，生活在里面的有善人也有恶人，这就是马孔多人的整体特点。

(二) *虚构现实*

　　客观现实只是《百年孤独》的一副面孔，而另一副面孔是虚构现实。它也具有同样的全景式和压倒性的特点，而且由于其具有引人注目、令人神怡的特点，很多人认为这才是《百年孤独》中占霸权地位的因素。不过在开始分析之前必须指出，把叙事材料分为客观现实和虚构现实只是为了便于评析，这样做要求十分谨慎小心：在实际的写作过程中，这样的区分方式是不存在的，这一点在我谈到小说的形式时已经提及了。叙事主题是唯一的，上述两种维度是共存其中的，我们现在人为将之区分开来，只是为了展示那个自给自足的虚构世界的"全景"特征。

　　马丁内斯·莫雷诺曾罗列出了一份《百年孤独》中的"神奇事件表"[203]。把小说中的虚构现实材料一一列出的做法的确证明了这种材料数量庞大，而且起到了十分重要的作用，可是与人们的感觉相反，它们毫无疑问是不能压倒我们刚刚分析的客观现实材料的。《百年孤独》中的虚构现实材料的全景性特征不仅体现在数量和体量上，更重要的是，虚构现实材料出现在了包括历史和社会等各种不同的层面和层次中；同样地，虚构成分也同时体现在纵向（数量庞大、重要性高）和横向（不同的层次）上。虚构事件和虚构人物构成了（或让人感觉它们构成了）一种全景现实，因为它们涵盖了幻想之物的全部四个层次：魔幻之物、奇迹之物、神话-传说之物、想象之物。我们姑且简要地解释一下在我看来这四种幻想之物的表现形式的区别在哪里，我认为用具体例子来配合讲解会让它们的定义更加清楚。所谓"魔幻"之物是指某物借由某人（"巫师"）的神秘知识或异能而具备了超凡特征；"奇迹"之物是指某物与某种宗教信仰或神灵的决定或授权联系在一起，它往往会促使人们相信另一个世界的存在；"神话-传说"之物指的是借由文学得到升华或变质腐败的来自"历史"现实的虚构事物；而"想象"之物指那些"纯"虚构的事物，它们完全是创造力的产物，与艺术、神灵或文学传统无涉，这种虚构现实的事物最独特也最受人诟病的特点就是它会毫无预兆地突然出现。

魔幻之物

在马孔多的早期历史（或者说史前史阶段）中，发生的都是由具有神秘知识和异能的个体所引发的特殊事件。这些人主要是流浪的吉卜赛人，他们在马孔多人面前展示了各种奇迹。那个展示奇迹的伟大"巫师"就是梅尔基亚德斯，他的磁铁能把"铁锅、铁盆、铁钳和小铁炉"从各家各户吸出来，甚至连"铁钉和螺丝"也能吸动（第9页）。他自称"掌握了诺查丹玛斯之匙"（第13页），还是各种边缘知识及秘术专家；他把炼金术带到了马孔多，还试图让乌尔苏拉相信"朱砂与魔鬼之间存在联系"（第13页），却没有成功。梅尔基亚德斯"身上没有发生过"幻想事件，是他用魔幻技艺和让他因"难以忍受孤独"而起死回生（第49页）的异能诱发了幻想事件。可怜的何塞·阿卡迪奥·布恩迪亚绝望地努力，想要掌握那些魔幻技艺和异能，却没能成功。他从来没能超越"科学"（客观现实）的界限，例如他发现地球是圆的（第12页）或是把乌尔苏拉的殖民地金币变成了"干瘪的黄渣"（第32页）。可是那个"郁郁寡欢的亚美尼亚人"却能凭借糖浆隐去身形（第22页），那群商贩中还有人发明了"飞毯"（第33页）。当然了，拥有超自然力量的不只有吉卜赛人。庇拉尔·特尔内拉也有，尽管她的能力并不强大：她可以靠一副纸牌"看到"未来，不过总是看得模糊不清，而且她几乎从来没有解读正确过（第31页）。佩特拉·科特斯则不同，她是虚构现实的杰出代表人物，因为她的爱"有催化自然的能力"，能引起"动物的非自然繁殖"（第166页）。必须加以区分：梅尔基亚德斯、郁郁寡欢的亚美尼亚人和发明飞毯的吉卜赛人都对幻想之物有清醒且自觉的认识，他们的魔幻"能力"很大程度上是从他们自己身上衍生出来的，是他们学到的知识和技艺造成的结果。他们的智慧是营造和计算出来的。庇拉尔·特尔内拉也是如此，她算是虚构现实的最微型的代表。但佩特拉·科特斯则是幻想之物"非主观、无意识"的代表：她的性高潮会造成动物的大规模繁殖，这并非她的本意，她也不知道这一切是怎样发生的。她并非掌握魔法的"巫师"：她本人就是魔法，就是魔幻之物，是虚构的被动代表。《百年孤独》中有许多人物都属于这种情况，他们有魔幻的"能力"，却没有魔幻的"知识"，他们不能控制自身拥有的超自然能力，只是默默承受着它。奥雷里亚诺·布恩迪亚上校的预知能力就是个例子，他没办法系统地掌握它（"预感总是倏然来临，灵光一现，好像一种确凿无疑的信念在瞬间萌生，却无从捕捉。有些时候来得如此自然，直到应验之后才有所察觉。也有些时候非常明确却没有应验。还有许多时候不过是普通的迷信而已"）（第112—113页）[①]；毛里西奥·巴比洛尼亚终生都在身旁伴随着无数黄蝴蝶（第244页），而何塞·阿卡迪奥·布恩迪亚只是在死后的某个瞬间引发了"一阵小黄花雨"（第125页）[204]。还有阿玛兰塔的例子，她能"看到"死神——这个例子又有不同，我们会在后面加以分析。相反，香蕉公司的美国人所拥有的知识比起科学来更趋近我们所说的魔法："他们掌握了往昔唯有造物主才拥有的力量，能调节降水量，加速收获周期，令河流从亘古不变的路线改道……"（第197页）[②]

奇迹之物

书中有一系列虚构人物和虚构事件是区别于"魔幻"之物的，其差异体现在奇迹之物与宗教信仰联系在一起，暗示另一个世界的存在，也明确表示上帝是存在的（魔法的例子与此完全不属于同类）。大多数"奇

[①]《百年孤独》中文版，第112页。
[②] 同上，第201页。

迹"人物和事件是和基督教仪式、象征和习俗相关联的：好汉弗朗西斯科之所以得此诨名是"因为他在即兴赛歌会上击败了魔鬼"（第50页）；尼卡诺尔·雷纳神父说服冷漠的马孔多人掏钱建造教堂靠的是"展示上帝无穷的神力"，在喝下一杯热巧克力后腾空飘浮了十二厘米（第77页）；费尔南达·德尔·卡尔皮奥小时候曾见到"在折断一枝晚香玉时染了风寒"而死的曾祖母的幽灵在月光下穿过花园"飘进祈祷室"（第179页）；奥雷里亚诺的十七个私生子额上的十字架灰烬标记正是上帝或魔鬼神秘意志的体现（第188页）；俏姑娘雷梅黛丝灵肉升天也被马孔多人视作"奇迹"，他们"甚至点起蜡烛做起了九日祭"（第205页）。雷梅黛丝就像基督教信仰中的圣母和许多女圣徒一样升天了，费尔南达喊着"让上帝把床单还回来"（雷梅黛丝是坐在床单上升天的）的做法也就合情合理了（第205页）。下了四年十一个月零两天的暴雨（第267页）也很像《旧约》里描写的洪水。

除了这些事件和人物——他们表现出的"奇迹"都与正统基督教有着或多或少的联系，还有一些与基督教信仰的变种（迷信）或其他宗教信仰（肉体重生的信仰、唯灵论、秘密信仰）产生联系的人物与事件。所有与死亡相关的虚构事件都属于这一范畴：去"发现"从死后才进入的另一个世界、另一种"生活"中发生的事情，这也是一种信仰。所有死者的经历都是一种"奇迹"。马孔多满是死后重现之人，只不过重现的时间距离其死时有长有短而已：普鲁登肖·阿基拉尔、梅尔基亚德斯、何塞·阿卡迪奥·布恩迪亚、费尔南达·德尔·卡尔皮奥的曾祖母。还有一个生死不明的人物——何塞·阿卡迪奥第二，在香蕉工人屠杀事件发生后，他先是以幸存者的身份出现，后来却又表现得像个幽灵（第266页）。"死亡"有许多形态：死神曾经是一个"长发蓝衣女人，长得有点老气"，而且"如此真实，和人没什么两样"，她来求人帮她穿针引线（第238页）。另一方面，死亡还是另一种现实维度，它和人间极度相似，在那个维度里也有"空间"的概念，人们甚至可以把写下来的信件和讯息传递过去，比如马孔多人就是通过死去的阿玛兰塔·布恩迪亚传递这些信息到亡者的世界的（第239页）；还可以捎口信过去，例如乌尔苏拉在看到赫利内尔多·马尔克斯的尸体经过时的做法（"再见了，赫利内尔多，我的孩子，"她喊道，"替我向大家问好，告诉他们雨一停我就去和他们团聚"）（第271页）。而且另一个世界在地理概念上也和人间很相似，鬼魂也要在那里行走：普鲁登肖·阿基拉尔在来到马孔多前就经历了一番长途跋涉，"因为连死人们也不知道马孔多在哪儿，直到梅尔基亚德斯去了那边，他在亡者世界五颜六色的地图上用一个小黑点把马孔多标了出来"（第73页）。那个维度里也存在时间的概念：何塞·阿卡迪奥·布恩迪亚在再次看到普鲁登肖·阿基拉尔时"惊讶于死人们也会变老"（第73页），多年之后，普鲁登肖·阿基拉尔本人"由于死亡带来的衰老而几乎化作飞灰"（第124页）。人死之后不仅会衰老，也会再次死亡：普鲁登肖·阿基拉尔由于"死亡之后的再次死亡的临近"而感到害怕（第73页）；在马孔多最后的时日里，我们看到梅尔基亚德斯"平静地走向最终死亡的大草原"（第301页）。亡者世界有空间也有时间，它和人间一样，是一种存在肉体苦难的维度（乌尔苏拉惊讶地发现普鲁登肖·阿基拉尔"正用芦苇草团擦洗从脖子上冒出的血"，他的致命伤就在那里）（第26页）。不过更重的苦难还是体现在情感和道德方面：梅尔基亚德斯是因为"难以忍受孤独"才从亡者世界归来的（第49页）；何塞·阿卡迪奥被发现溺死在水池里的时候"心里依然在想着阿玛兰塔"（第317页）；普鲁登肖·阿基拉尔曾表露出"对生者深深的眷恋"（第27页）。那是一个让人很容易感到无趣的维度（何塞·阿卡迪奥·布恩迪亚和普鲁登肖·阿基拉尔计划搞一个斗鸡养殖场，"好在让人厌烦的亡者世界的周日里有点分心的事可干"）（第124页）。睡眠的习惯也在那里延续着（何塞·阿卡迪奥·布恩迪亚的鬼魂在栗树下睡觉时被自己的儿子奥雷里亚诺的一泡尿浇醒了）（第226页）。

神话-传说之物

安东尼奥·伊萨贝尔神父在马孔多街头看到了虚构现实的人物"流浪的犹太人"（第291页），后来这个人像有害动物一样被捕获了（第292页），他不是"奇迹"，而是神话-传说般的异事：比起宗教信仰来，"流浪的犹太人"与文学传统的联系更密切，它标志着一个属于其他现实的要素被这种虚构现实占为己有了，在这个例子里的"其他现实"指出现在许多不同的文化里、也滋养了诸多文学作品的神话-传说现实。这种把传说人物（"流浪的犹太人"）"据为己有"的做法，伴随着对这个虚构人物的拆解和再创作。在传说里，这个神话人物因在通往十字架的路上击打了耶稣而被罚活到天荒地老，他是个有血有肉的人物（名叫"Ashaverus"），从外表上看与其他人没有什么明显不同的特征，他的特殊之处只是遭到了诅咒，要永生永世存活在世上，无休无止地流浪。这个传说曾出现在数不胜数的戏剧、诗歌和小说中，在《百年孤独》里被简化成了一个名字："流浪的犹太人"。全书没有任何一处提及那个传说。此外，这个人物还被赋予了两个特征："流浪的犹太人"是个让人难以忍受的怪物（"他饱受小虱子叮咬之苦，身上覆满粗硬的毛发，毛发之下是一层鲫鱼般的硬壳"，而且他的血液是"绿色滑腻的"）（第292页），而且他会死（他被陷阱中的硬刺穿身而过，惨遭横死，后来又被挂在一棵巴旦杏树上，最后被火化了）。和"流浪的犹太人"一样，何塞·阿卡迪奥在加勒比海上看到的"维克多·于格的海盗幽灵船"也是现实-虚构的物体，它不是由魔法或信仰创造出来的，而是来自法国历史（维克多·于格确有其人，他也的确到过加勒比海）和文学著作（阿莱霍·卡彭铁尔在《光明世纪》中将这个历史人物以神话-传说的方式进行了加工）。洛伦索·加维兰上校的例子又不一样：这个人物本身是个彻头彻尾的客观现实人物。然而他在马孔多的出现却是虚构现实性质的，因为——和"流浪的犹太人"以及维克多·于格一样——加维兰上校在这个虚构现实中出场之前，已经是个神话-传说式的人物了：他是卡洛斯·富恩特斯的小说《阿尔特米奥·克罗斯之死》中的角色。洛伦索·加维兰从神话-传说现实到马孔多的迁移过程（第254、259页）就是一次虚构事件。同样的情况还发生在书中提及加夫列尔在巴黎的住所时，说他住的"房间里总是有股煮花椰菜的味道，而且罗卡玛杜就死在那里"（第342页）。罗卡玛杜的房间也是一个文学场景，是另一个虚构现实的组成部分（胡里奥·科塔萨尔的《跳房子》），它从那里被挪移到《百年孤独》的虚构现实之中了，这样的做法本身就带有虚构的色彩。

这片虚构现实除了使用神话和传说（历史、宗教和文学性的神话与传说）作为材料，还展示了它们出现、保存和消亡的过程。历史事件可以转化为神话-传说事件，奥雷里亚诺·布恩迪亚上校在内战时的表现、关于他"无处不在的传说"就是一例："同时出现了许多内容矛盾的报告，有的说他在比亚努埃瓦打了胜仗，有的说他在瓜卡马亚尔溃不成军，还有的说他被莫蒂隆印第安人生吞活剥了，也有的说他死在了大泽区的一个小镇里，又有的说他在乌鲁米达再次起事了。"（第116页）历史现实由于疑窦重重而在这里消解成了神话和传说。五十年后，同样的历史现实又由于过分真实而淡化成了神话和传说，那是在马孔多的最后时日里，许多马孔多人，例如手下尽是为填饱肚子而卖身的姑娘们的那位"好心妈妈"，认为"奥雷里亚诺·布恩迪亚上校……只是政府为杀害自由党人士而炮制出来的虚构人物"（第329页），还有人认为那只是一条街道的名字，马孔多最后的那位神父就是这么想的（第344页）。历史消解成神话-传说的过程可以通过对压迫、恐惧、洗脑等因素的运用而骤然加速。香蕉工人屠杀事件就是个例子，那次事件甫一结束就变成了神话或传说，因为马孔多人根本不相信发生过那种事情（第261—262页）。

想象之物

在分析了《百年孤独》中出现的魔幻、奇迹和神话-传说的主要人物及事件之后，依然还存在许多难以归类的虚构材料：它们不是被异能引发的，也与信仰无关，也并非来自神话-传说现实。我习惯用"想象"这个词来称呼这样的情况（它们纯粹是想象力的产物，是绝对的创造），它们中的一部分是从客观现实中溢出的，看上去带有略微夸张的色彩，只会被认为有些奇特（也就是说，它们依然在客观现实的范畴内），而它们中的另外一部分由于与物理法则产生了全面决裂，毫无疑问就被归为想象之物了。换句话说，就连"纯粹的"想象之物也可以（也许会陷入费力不讨好的图解罗列的怪圈之中）再做细分：这又是《百年孤独》中虚构现实的"全景"表征之一。想象事件在这部作品中占据了很大比重，由于它们所具有的弹性、自由度和欢畅特性，它们成了最能打动读者的东西[205]。以下是书中主要的想象事件：出生时就长着猪尾巴的小孩（第25、347页）；不用火加热就能沸腾的水；家中自己移动的物体（第37、305页）；失眠症和失忆症（第39—49页）；会像母鸡一样咯咯作响的人骨（第42页）；他人的梦境在自己的梦境中出现（第45页）；一条血线流遍马孔多，直到流血之人的母亲跟前为止（第214页）；悬在半空的羊皮卷（第314页）；光芒穿透水泥地的财宝（第314页）；一家动物园式妓院，其中看管动物的是一条喜欢同性的狗（第333页）；将一座城镇完全抹掉的飓风（第350页）。由于受到描述它们的形容性话语的影响，有些事件大概也可以被归类为"奇迹"之物，例如那些被"一股神力……抬到空中"的羊皮卷，还有书末的那场飓风，被形容为"《圣经》中记载的那种龙卷风"（第350页）。不过实际上，这些形容性话语并非严格的本意，更多的是一种修辞手法。总而言之，这种对想象之物所属层次的分类，最让我感兴趣的不是精确地区分《百年孤独》中的虚构材料，而是通过这种对材料的掌控力来展示小说的全景化特征，它试图囊括那个维度中的所有层次，这也正是客观现实材料的例子所证实的东西。

二、全景形式

如果加西亚·马尔克斯没有找到足以实现全景化野心的形式、写作技巧或者说足以反映那种虚构现实自给自足性（完满的特性）的恰当行文策略，那么《百年孤独》的主题将无法发挥多少作用。《百年孤独》是现代小说中少有的那种通过结构即可有效展现叙事材料的"全景性"的小说。

（一）空间视角：叙事者的变化

所谓空间视角，是指叙事者空间和被叙述的事物空间的关系，或者说是指存在于两者之间的空间。叙事者可能位于叙事世界之内、之外或是某种可疑的中间位置。空间视角是由语法人称揭露的：第一人称（我，我们），说明叙事者位于叙事世界之内；第三人称（他，他们），说明他位于所讲述事物的外部，而第二人称（你，你们），则说明那种位置具有模糊性：叙事者可能位于内部，只是自言自语的思维活动（你去了，你杀了人，你起床了），也可能位于外部，是一种通过命令来推动叙事发展的形式（你去吧，你去杀人吧，你起床吧）。

全书第一句话中，叙事者和被叙述事物的空间关系是怎样的呢？"多年之后，面对枪决行刑队，奥雷里亚诺·布恩迪亚上校一定会回想起父亲带他去见识冰块的那个遥远的下午。"叙事者的情况很清楚：第三人称叙事，位于叙事世界之外，从外部讲述发生的事情。这种视角位于叙事世界的各个角落，它无所不知，可以看到万事万物，观察那个虚构的世界，进而将其描绘出来。不过我们从未看到过这个视角讲述与自己相关的事情：这是位于外部、不可见的经典的全知视角，它讲述某个自己并不从属其中的现实中发生的故事。这个位于外部的上帝-叙事者会用多种多样的视角逐渐把那片天地拼凑起来。叙事者之所以"全知"，恰恰因为他位于叙事世界的"外部"，这给了他全面观察那个世界的视角，而人物-叙事者的视角则只局限在那个世界内部、他所经历的事物的范围内：他的视野更窄，只有在讲述与自己相关的事情时才是"全面的"。书中第一句话的叙事者知道"多年之后"奥雷里亚诺·布恩迪亚上校一定会回想起见识冰块的那个下午，但从这里就能看出他的目光可以贯穿那个虚构现实的所有维度，无论是外部事物（事件、环境）还是内部事物（思想、梦境、情感），囊括了所有的叙事角度，可以把发生在不同地点的事件串联起来。

那么好了，这位全知全能、无处不在、位于叙事世界外部且不可见的上帝-叙事者也是小说最终那段话的叙事者吗："但没能看到最后一行便已明白自己不会再走出这个房间，因为可以预料这座镜子之城——或蜃景之城——将在奥雷里亚诺·巴比洛尼亚全部译出羊皮卷之时被飓风抹去，从世人记忆中根除，羊皮卷上所载一切自永远至永远不会再重复，因为注定经受百年孤独的家族不会有第二次机会在大地上出现。"[1]叙事者已经发生了变化，那位我们认为位于外部的叙事者经历了变化或质的飞跃，成为那片虚构现实的组成部分，变成了人物-叙事者。这并非一种直观感受，而是一种间接感受，不过却是毫无疑问的：《百年孤独》的结局发生在了类似

---

[1] 《百年孤独》中文版，第360页，译文有改动。

于《堂吉诃德》第二部分里那些人物的角色身上,而他们曾经阅读《堂吉诃德》的第一部分。在研究梵文的奥雷里亚诺之前,布恩迪亚家族中的其他一些成员也曾试图解读那份羊皮卷,却纷纷无功而返,最后我们发现那里面记录的正是马孔多和那个家族的历史,"它们在百年之前就由梅尔基亚德斯事无巨细地记录了下来"(第349页)。最终时刻日益临近,那提前百年的预言的预知性也在逐渐减弱,被叙述的事物和正在发生的事物逐渐接近,直到实现完全融合("[奥雷里亚诺]开始破译他正度过的这一刻,译出的内容恰是他当下的经历,预言他正在破解羊皮卷的最后一页,宛如他正在会预言的镜中照影")(第350页)[1]:二者的融合是随着正在发生的事情和被叙述的事情同时灰飞烟灭而完成的。奥雷里亚诺·巴比洛尼亚在他人生最后时刻阅读的内容,正是读者们在那一刻阅读的内容,《百年孤独》故事中的人物梅尔基亚德斯写下的东西正是《百年孤独》。叙事者不再是远离那片虚构现实的上帝-叙事者了,而变成了人物-叙事者(当然了,他依然具有魔法般的能力,是一个虚构现实人物),他在通过小说之内被写成的羊皮卷来间接讲述这个故事,读者们只是到了小说结尾才发现羊皮卷就是小说本身:梅尔基亚德斯才是《百年孤独》的叙事者。就这样,我们到结尾时才获悉叙事者是那个虚构现实中的人物,或者说是某个要与马孔多一起消失的角色(物体:羊皮卷),他/它也将和其他被叙述的事物一道被摧毁。梅尔基亚德斯和他的羊皮卷的预言不是自虚构现实的外部做出的,而是从内部做出的。当叙事者和被叙述的事物发生交汇的那一刻,二者也就同时消失不见了。

从故事开头全知全能、无所不在、保持距离的叙事者(上帝-叙事者),到故事最后全知全能、无所不在但参与其中的叙事者(人物-叙事者),这

---

[1] 《百年孤独》中文版,第359页。

种空间视角层面的变化或质的飞跃是非常灵活的（也充满疑点，我们马上会提到这一点），因为它并不是通过语法人称的变化（从"他"到"我"）体现出来的：作为诡计的羊皮卷使得人物-叙事者和上帝-叙事者同为一人成了可能。也就是说，这种空间变化没有表现在书写层面上：除了一个极短暂的时刻以外，整部小说都是以第三人称单数进行叙述的，是通过传统的上帝-叙事者来讲述的。这个叙事者无处不在，唯独不在被叙述的内容中。这种叙事者的存在，意味着存在一个"外部世界"，一个不同于那片虚构现实的另一片天地，也就是说，还存在着另一种现实：而这正是试图完成全景化叙事的《百年孤独》要竭力避免出现的情况。为了剔除这种可能性，全书最后出现了空间视角的变化，于是被叙述的故事和叙事者最终融为一体了。通过这种变化，再加上解密羊皮卷的诡计，虚构现实将那位叙事者实体化了，拉着他一起走向毁灭，这样做的目的恰恰是证明在那个虚构现实之外没有任何其他事物存在：上帝-叙事者会破坏这种意图，暗示读者还有另一种现实存在（上帝-叙事者就位于那里，从那里讲述故事），这样一来，被叙述的事物的"全景化"理想就被削弱乃至完全破灭了。这种吞噬叙事者、和叙事者同生共亡的空间意图再次证明了全书主题方面的自给自足性，空间的统治也必须是绝对化的。虚构现实意味着万事万物：里面要包括它的起源，既要有创造物，也要有创造者，既要有被叙述的事物，也要有叙事者，虚构生活就要是*所有的生活*，它的消亡自然也就得意味着*万事万物*的消亡。小说犯下的罪行也正是小说家在实现自己理想和野心的过程中所犯下的罪行：弑神。但是在这两个例子里，这种意图都还流于表面，是一种蜃景。

除了上帝-叙事者向人物-叙事者的变化，在上帝-叙事者视角下，有一个时刻还出现了一次可见的空间视角变化（一次语法人称的变化）：费尔南达·德尔·卡尔皮奥在奥雷里亚诺第二面前抱怨自己生活的愤怒独白（第

459

274—276页)。在那个情节中的某个时刻,讲故事的人已经不再是上帝-叙事者了,而变成了人物-叙事者,在读者面前讲话的是费尔南达本人:那也是整部小说中唯一一次"打破常规"的空间视角变化。不过那次细微的空间变化并不重要,与全书结尾处出现的上帝-叙事者向人物-叙事者的转变过程无关。

同时,这种空间视角变化还包含着两处中国式套盒法的运用。所谓"中国式套盒法"是指在故事中套故事的写法,各个故事彼此联系:有主干,有分支,有主要层次的现实,也有次要层次的现实。在开始时,《百年孤独》所代表的现实是另一个更广阔现实的组成部分(被包含于其中):上帝-叙事者就位于那个更加广阔的现实里,他从那里观察并创造这边的虚构现实。在这个例子里,主要层次的现实是上帝-叙事者所处的现实,而这片虚构现实是次要层次的现实,是被包含、被衍生的现实。这种关系在全书的最后发生了反转。"文本"的"背景"——即上帝-叙事者身处的那种首要层次的、外部的现实——一下子消失了,有一种力量试图让我们相信它根本就没有存在过。如今,虚构现实变成了首要层次的现实,叙事者移动到了原本被包含在他者之内的次要层次的现实中。就这样,那片虚构现实变成了一个自给自足的世界,它能够完全掌控自己的命运,不再从属于其他任何现实。因此,叙事结构恰恰是宏大主题的反映:描写一个现实,直到将之穷尽,使之有始有终。这种野心也决定了对空间视角的选择、倒置叙事者和被叙述事物所处空间的"游戏"以及上帝-叙事者向人物-叙事者的转变。

《百年孤独》中的这一转变和《包法利夫人》的情况刚好相反。福楼拜的小说开篇时出现的是故事内的叙事者,即人物-叙事者,他以第一人称复数"我们"来讲述故事。那个"我们"可能是所有看到年轻的包法利走进教室的学生(集体人物-叙事者),也可能是那群学生中的具体某人,只是有意无意地用了"我们"。这个叙事者到了后面才清晰起来，就像加缪的《鼠疫》的人物-叙事者到了中间部分才愈发明晰。因此，在《包法利夫人》开篇时出场的叙事者是他所描述的世界中的成员，他的观察视野和对那个世界的了解是有限的。后来又发生了什么呢？发生了一次空间变化：讲述故事的人称从"我们"变成了"他"，叙事者似乎来自一个遥远的、不可见的世界，他变成了全知全能、无处不在、从外部世界讲述故事的叙事者，也就是说由人物-叙事者变成了上帝-叙事者。和《百年孤独》的情况相反，《包法利夫人》的叙事者从虚构现实的内部转移到了外部，使那片虚构现实从属于另一个更广阔的现实。不过显而易见的是，所有这一切都是表面现象，都是假象，是一种游戏：事实上，叙事者并没有随马孔多一起消失，因为甚至连马孔多也并未消失。我们正应该从这一角度出发去理解奥雷里亚诺的发现，他说"文学是人类发明出来嘲笑同类的最佳玩具"（第327页）。在《百年孤独》最后几页中出现的空间视角变化或上帝-叙事者向人物-叙事者的变化，只不过是那个人物-叙事者在整部小说中玩的把戏，他有时用"我/我们"来直接叙事，有时则间接叙述（书的结尾就是一例），由此产生了中国式套盒的效果，一种叙事者的分裂。真正的叙事者始终是完全隐蔽的，彻底隐去了身形。他所处的更为广阔的、包含了那片虚构现实的外部现实也是如此：只出现了作为那种现实的代表的叙事者，而且始终遮遮掩掩，以伪装面目示人，将自己的视野和知识水平缩减到人物-叙事者的范围内，仿佛他也存在于客观现实之中。如果他是虚构现实人物-叙事者，则他又具有了上帝-叙事者的同等属性，但其实他从来就不是真正的叙事者，因为真正的叙事者永远位于故事外部，永远都不会参与故事情节发展，也永远都不会成为那片虚构现实的囚徒[206]。总而言之，对我来说最重要的是在这里指明，空间视角是如何帮助《百年孤独》实现"全景"野心的。

（二）时间视角：环形时间，衔尾情节

所谓时间视角是指叙事者所经历的时间与所讲述故事的时间的关系；这种关系可以创造出多样的可能性：叙事者可以位于当下讲述过去发生的事情（胡安从家里出了门，一辆汽车把他撞死了），或位于未来讲述过去发生的事情（那时胡安从家里出了门，一辆汽车把他撞死了），或是叙事者所处的时间与被讲述的故事的时间是重合的（胡安走出家门，上了街，一辆汽车撞到了他，他死了），或是叙事者位于过去讲述未来发生的事情（胡安将离开家上街，一辆汽车会把他撞死）。当然了，这种关系有时也接受多种可能性互相结合。时间视角，也就是叙事者所经历的时间与所讲述故事的时间之间的关系，决定了虚构现实中时间因素的组织形式。在所有的例子里，它都是"补充因素"最主要的添加剂，因为虚构现实中的时间结构永远都与真实现实中的时间结构不同。

相对于故事中的时间，《百年孤独》中的叙事者所经历的时间是怎样的呢？读者们的最初印象是：叙事者位于未来，讲述过去发生的事情："多年之后，面对枪决行刑队，奥雷里亚诺·布恩迪亚上校一定会回想起父亲带他去见识冰块的那个遥远的下午。"从叙事者所处的时间来看，这句话中提到的所有事件都在很久之前就发生了。叙事者的视角不仅涵盖了过去，也涵盖了相对于那个过去的未来（"多年之后……"）。这种时间上的布局使得叙事者能够掌握虚构现实全部时间线上的一切事件，他会将正在讲述的事件与在遥远的过去发生的事件联系起来（"突然……受到自其降生之时便在他体内沉睡的那股冲动的驱使，奥雷里亚诺把手放到了她的手上"[第330页]；"每次看到她……他总能感觉到自己的骨头里满是无力的泡沫，就和她的高祖父当年以玩纸牌为名把庇拉尔·特尔内拉带进谷仓时的感觉一模一样"[第325页]），或者将它们与发生在未来的时间相联系（"多年之后，奥雷里亚诺·布恩迪亚上校将会再次穿越那片区域……"[第18页]；"多年之后,在弥留之际,奥雷里亚诺第二必定会回想起那个六月里下着雨的午后……"[第 159 页];梅梅"没再说话,终其一生也再未开口言语"[第 250 页])。叙事者所处的时间包含了所有人物的活动轨迹,他从那个制高点上了解了他们直到死时所经历的一切事情,甚至也知晓在他们死后发生的事情:他知道阿玛兰塔手上的黑色薄纱带会被她"一直戴到死时"(第 100 页);毛里西奥·巴比洛尼亚中的子弹会让他"整个后半生"一直躺在床上(第 248 页),而"不久之后,在弥留之际,奥雷里亚诺第二必定会回想起……"(第 299 页)也就是说,叙事者是以一种相对"真实"的顺序来慢慢讲述发生的事情的,总体上遵守着事件发生的时间顺序,不过同时他还具有"全景式"的视野和知识,明白那些事件都发生在时间线的哪个具体位置上,进而经常将那些事件与已经发生的或将要发生的事件联系起来。被叙述的故事的时间是一种自我封闭的时间,一种有始有终的时间,其中所有的时间概念(过去、现在、将来)对叙事者来说都是等距的,叙事者在任何一个时刻都可以召唤出任何一个时间点:马孔多的时间是环形时间,是"全景式"时间,是一种自给自足的结构。叙事者能够在叙事时间线上自由移动,这种能力本身就说明那不是一条开放式的、流动的时间线,因为它已不再向前发展,在它的前方不存在其他的可能性。相反,这是一条自我封闭的时间线,一种设有边界的时间线。这种时间是有尽头的,环形的,与那片虚构现实同生共死,既不先于其存在,也不在其后继续延续,而是会和它一道消亡。那种"完整时间"的概念从书名就可见一斑。要表现完结、完整、"全景式"的事物,还有什么比这样的环形时间更有效的手段呢?[207]

不过,在《百年孤独》的最后,我们发现叙事者和被讲述的事物并非属于不同的现实,此时发生了一次时间视角上的变化:叙事者从他那个可以掌控整个环形时间的中心位置跳到了环形时间内部,叙事者经历的时间和被讲述事物的时间合二为一了（只是为了让二者一同消失）。这种融合发生的具体时间点是奥雷里亚诺开始"破译他正度过的这一刻，译出的内容恰是他当下的经历，预言他正在破解羊皮卷的最后一页，宛如他正在会预言的镜中照影"（第350页）。从理论上来讲（实际情况并非如此），两种时间层次（叙事者所处的未来以及被讲述的故事所属的过去）在那一刻合并为同一种层次，被叙述的事物在被描述的同一时刻依然在发展。时间融合就和空间融合一样，意味着废止，也意味着两种时间视角的消亡。消失的不仅是马孔多的时间：叙事者的时间也消失了，所有时间都消失了。被叙述的对象所处的时间即为所有的时间。

从小说的开头开始，两种时间层次——叙事者的时间以及被叙述的事物的时间——就是截然不同的，直到小说最后才融合。在这一过程中出现的时间线尽管偶有弯曲，但我们仍可以认为是线性时间：故事从万事万物的开端开始（马孔多的建立），结束于万事万物终结之时（马孔多的消失）。从总体来看，讲述故事的过程又是与故事发展的过程平行并进的——至少读者的印象是这样。不过，叙事整体其实是由几个不同的单元组成的（每个章节都没有标注序号，有的事件横跨两个章节，有的事件则只在某个章节中占据一小部分篇幅），每个叙事单元都有自己的时间系统，同时又都和整体的环形时间十分相似。这些叙事单元（绝不能把它们和章节混淆起来）所包含的大量信息也是以封闭的环形结构分布的，就像个转动的圆环，允许叙事者能够在任何时刻提及任何一个时间节点上发生的事件。叙事者掌握着组成各部分的全部情节片段，正如他还掌握着组成整体故事的各个叙事单元一样。迷惘与自由似乎主宰着《百年孤独》全书。这是一种彻头彻尾的"魔法"：在这种自然随意的文风背后隐藏的实际上是严格的秩序。这种秩序也体现在将全书划分为二十个章节的素材的对称性上，这些章节不仅有几乎相同的页数，甚至连字数也十分相近。不过这种材料秩序并不等同于情节秩序，章节与叙事单元是不一样的。这些叙事单元的时间秩序反映了小说的整体时间秩序。它们的结构通常是——

（1）在每个情节开始时，通常会先提及那个叙事单元中的主要事件，而那个事件往往在时间线上是最后发生的。也就是说，情节开始时有一个跳跃到未来的动作。小说的第一章（第一章确实是一个完整的叙事单元）开始时就提及了最主要的事件，也是最后发生的事件："多年之后，面对枪决行刑队，奥雷里亚诺·布恩迪亚上校一定会回想起父亲带他去见识冰块的那个遥远的下午。"到吉卜赛人的帐篷里见识冰块正是第一个叙事单元中最重要的信息。

（2）叙事内容先是跳跃到了离那一事件最遥远的过去，然后以那里为起点，以线性时间为线索，逐渐讲述发生的各种事情，再到达那个在情节开头处提及的发生在未来的事件。通过这种形式，环形结构封闭了，叙事单元就在其开始之处结束了，或者说它始于自身的终结之处。叙事内容在提到奥雷里亚诺·布恩迪亚见识冰块——那是发生在未来并开启该环形结构的核心事件——之后跳跃到了遥远的过去，重新梳理时间线：吉卜赛人在马孔多来来往往的过程；何塞·阿卡迪奥·布恩迪亚种种失败的"发明"计划；新建立的马孔多的闲适恬静的特点；梅尔基亚德斯因为屡患重病而日渐衰老；某些炼金术实验；何塞·阿卡迪奥组织的失败远征队在丛林中发现搁浅的大船；何塞·阿卡迪奥和奥雷里亚诺兄弟二人的童年生活；新的吉卜赛人的到来，他们宣称梅尔基亚德斯已经死了。最后，到了情节结尾处，也是那条时间线的最后，开启章节的那一事件才再次出现：见识冰块。大量信息在环形结构的两个极点交汇重合时封闭了起来。几乎所有的叙事单元（具有自身独特意义的情节）都具有类似的环形时间结构：先跳向未来，再跳向遥远的过去，然后以此为起点，遵循线性时间发展，最终到达开篇时位于未来的事件。这是一种衔着自己尾巴的情节，它的起点和终点是重合的。这种环形结构本身就代表完结的事物、自足的事物、全景化的事物。不过有些环形结构并非单纯以这种形态出现的，有时在各个环形结构之间会有交叉和分离，因此或许可以说，整部小说的时间结构是一个由众多小圆组成的巨大的圆，而且这些圆是你中有我、我中有你的，它们发生、占先、跨越，它们的直径各不相同——

1. 布恩迪亚家族的庆祝舞会

(a) 这一情节的开端提及的核心事件同样跳跃到了未来："雪白如鸽的新房落成时，举办了一场庆祝舞会。"(第58页)(环形结构开始。)

(b) 紧接着，叙事进程跳跃到情节的源头处（乌尔苏拉是在……生出那个想法的……），然后从那里开始遵循"真实"顺序进行讲述（开始绘制时间曲线）。所有事件都指向那场舞会：钢琴技师的到来；皮埃特罗·克雷斯皮给蕾蓓卡和阿玛兰塔上舞蹈课；精心挑选的宾客名单；何塞·阿卡迪奥为测试他的"魔法"搞坏钢琴引发的意外事件；修复钢琴的种种努力。最后，情节开始时的信息出现了：举办舞会（第60页）。（环形结构封闭。）这个情节的时间结构和第一个情节如出一辙，区别只在于每个圆的直径大小：第一个有十四页的篇幅（第9—23页），这个却只有三页（第58—60页）。不过类似的叙事单元还可以更小，例如——

2. 梅尔基亚德斯之死

(a) 以主要事件作为开端："恢复宁静后的状态随着梅尔基亚德斯的死而被打破。"(第67页)(环形结构开始。)

(b) 跳向该事件发生之前的遥远的过去：梅尔基亚德斯返回马孔多，他衰老的状况，心不在焉的状态，把自己关在乌尔苏拉为他特意建造的小房间里，忘我地撰写羊皮卷，孩童阿卡迪奥竭力试图与梅尔基亚德斯进行对话，阿卡迪奥带他到河里洗澡，最后他死在了同一条河里（第69页）（环形结构在到达开启该结构的事件时封闭了）。类似的结构还出现在——

3. 雷梅黛丝·莫斯科特之死

（a）环形结构开始时跳跃到了发生在未来的核心事件上："……小雷梅黛丝在半夜醒来，打出的嗝撕裂了她的内脏，喷涌而出的火热汁液渗透全身，三天后她就被自己的血毒死了，死时肚子里已经怀上了一对双胞胎。"（第80页）

（b）跳到遥远的过去，然后遵从线性时间讲述与开篇事件相关的其他事件：雷梅黛丝来到布恩迪亚家后的愉悦氛围；她如何用小玩偶装点卧室；她的儿童玩具；她决定把丈夫与庇拉尔·特尔内拉生的儿子当作"长子"看待；奥雷里亚诺数次拜访莫斯科特一家；堂阿波利纳尔如何修建学校，如何让卡塔里诺的店搬离市中心，如何带来六名武装警察；奥雷里亚诺·布恩迪亚专注于金银手工活，直到某日"雷梅黛丝宣布她要生孩子了"，于是从怀孕的消息跳回她死亡的事件（第82页）。（环形结构关闭。）既然有微型、细小的环形结构，也就有巨大的环形结构，它们甚至会横跨多个章节，其中最引人注意的是——

4. 奥雷里亚诺·布恩迪亚的公共生活

（a）第六章开始时出现的是对整个章节以及接下来几章的主要事件的总体概括。此处的概括开启了多个环形结构或多个情节，它们会在不同的时刻封闭起来，例如战争情节、十七个私生子情节、暗杀情节等等。

奥雷里亚诺·布恩迪亚上校发动过三十二场武装起义，无一成功。

他与十七个女人生下十七个儿子，一夜之间都被逐个除掉，其中最年长的不到三十五岁。他逃过十四次暗杀、七十三次伏击和一次枪决。他有一次被人在咖啡里投毒，投入的马钱子碱足够毒死一匹马，但他仍大难不死。他拒绝了共和国总统颁发的勋章。他官至革命军总司令，从南到北、自西至东都在他的统辖之下，他也成为最令政府恐惧的人物，但从不允许别人为他拍照。他放弃了战后的退休金，到晚年一直靠在马孔多的作坊中制作小金鱼维持生计。他一向身先士卒，却只受过一次伤，那是他在签署《尼兰迪亚协定》为长达近二十年的内战画上句号后自戕的结果。他用手枪朝胸部开了一枪，子弹从背部穿出却没有损及任何要害部位。经过这一切，留下来的只有一条以他的名字命名的马孔多街道。（第94页）①

(b) 跳跃到那些不同事件的遥远的过去，它们各自的核心事件都被放置在各自的开端：奥雷里亚诺·布恩迪亚和二十一名同伴投奔维多利奥·梅迪纳将军麾下。从那里开始，叙事进程沿着相对的线性时间顺序向前发展，每一个情节都是如此。每个环形结构都有大量不同的信息，并且在完全不同的时刻封闭起来。我们会看到其中一些环形结构的封闭时刻，也会看到它们在某个时刻与在这里提前展示的信息交汇的时刻。内战情节封闭于这里提到的《尼兰迪亚协定》签署之时，按"真实"时间顺序发展，该事件在第154页和第155页才出现，而且被安排在了对那三十二场武装起义的模糊描写之后。十七位奥雷里亚诺的信息，从在军营中的孕育到死亡，被分散在接下来的几个章节中进行描写。我们只知道其中个别几人的名字：奥雷里亚诺·特里斯特、奥雷里亚诺·森特诺、奥雷里亚诺·塞拉

---

① 《百年孤独》中文版，第92页。

多尔、奥雷里亚诺·阿尔卡亚和奥雷里亚诺·阿马多。这个环形结构是随他们中的十六个人之死开始封闭，他们"就像猎兔一样被隐秘的罪行杀害了"（第207页），不过仍然留下了一个小空白：奥雷里亚诺·阿马多。直到很久之后，他才被杀害，死法和他的十六位兄弟一样（第317页）。在这个例子里，开启环形结构的信息和将之关闭的信息是有轻微矛盾的：阿马多没有和他的其他兄弟死在同一个晚上。以晚年布恩迪亚上校在作坊里制作小金鱼作为开端的情节封闭于上校死亡之时，因为直到那一天他还在制作小金鱼（第299页），不过，从宏观的角度来看，上校的故事只有在马孔多的最后时日才告结束，彼时的他成了传说，或归于遗忘，甚至有人相信他只是政府虚构的人物，那位好心妈妈就是这么想的，还有人认为那只是一条街道的名字，例如那位患关节炎的神父就持这种观点（第239—344页）。

5. 香蕉公司与何塞·阿卡迪奥之墓

（a）书中第一次提到香蕉公司时是叙述内容向未来的一次跳跃，那是在何塞·阿卡迪奥·布恩迪亚的葬礼上："……直到许多年后他的墓地里还有火药味飘出，后来香蕉公司的工程师们给上面又加盖了一层混凝土外壳……"（第119页）开放的环形结构直到许多页之后才开始，那时的内容涉及内战、与布恩迪亚家族相关的不同情节、《尼兰迪亚协定》以及马孔多的后续发展。

（b）只是在叙事发展了七十五页之后，通过一次与开端事件相关的、向遥远过去的跳跃，那个环形结构才被重拾起来，其中的关键事件是赫伯特先生的到来，他在那里发现了香蕉。布朗先生和他的技术团队紧随其后也来了。他们把马孔多变成了一座"军营"，香蕉公司的设施和美国人在邻近铁路的地方驻扎，变成了另一个村子，后来他们实现了许多技术奇迹。那个环形结构封闭于对开端事件的重复中，这里遵循的又是"真实"时间顺序："也正是在那时，他们往何塞·阿卡迪奥斑驳的墓地上面加盖了一层混凝土外壳，想要阻止从尸体上散发出来的火药味污染水源。"(第 197 页)

6. 警卫队长自杀

(a) 在一个神化布恩迪亚上校的章节末尾处，叙事进程用下面这个直截了当的信息开启了一个新的情节："新年那天，年轻的警卫队长因为忍受不了俏姑娘雷梅黛丝的冷漠，天亮时被人发现在她窗下殉情了。"(第 158 页)接下来的那个章节以奥雷里亚诺第二和费尔南达·德尔·卡尔皮奥的爱情故事作为开端，只是到了第 170 页才以下面的方式再次回归上述事件：

(b) 发生了时间变化，跳向了遥远的过去：俏姑娘雷梅黛丝被选为狂欢节女王；人们纷纷被她的美貌震惊；那个手持黄玫瑰的外乡人的故事；雷梅黛丝在所有示爱行为面前表现出的冷漠态度；年轻的警卫队长向她示爱，她拒绝了他，她甚至不理解"我爱你爱得死去活来"这句话的真正意思。然后这个环形结构就封闭了："当那年轻人真的被人发现死在她的窗下时……"(第 172 页)

7. 何塞·阿卡迪奥降生以及奥雷里亚诺第二与费尔南达·德尔·卡尔皮奥的爱情

这个情节占据了一章半的篇幅，其中包含了多个时间结构近似的次要情节——

(A) 开启大环形结构的是该情节的核心事件（向未来的变化），它也是那个情节结尾处的事件：

多年之后，在弥留之际，奥雷里亚诺第二必定会回想起那个六月里下着雨的午后，那时他走进卧室去看自己的头生子。尽管那个孩子瘦弱又爱哭，没有半点布恩迪亚族人的特征，他却想都没想就给他起了名字。

"就叫他何塞·阿卡迪奥。"他说道。（第159页）

故事立刻跳向了相对于该事件的遥远的过去，开始讲述：

（B）奥雷里亚诺第二和他的兄弟何塞·阿卡迪奥第二的童年生活。但在此之前首先开启了一个次要情节——

（a'）奥雷里亚诺第二和费尔南达的婚姻："前一年与他完婚的漂亮妻子费尔南达·德尔·卡尔皮奥表示同意"他们的孩子叫何塞·阿卡迪奥（第160页）。然后继续讲述那两个事件的过去发生的事情：那对孪生兄弟青少年时发生的事情，奥雷里亚诺第二对梅尔基亚德斯的手稿产生兴趣，何塞·阿卡迪奥第二如何成功旁观了一场枪决，他对宗教的肤浅见解最终演化成了同母驴的兽交行为。再后来描写了两兄弟和佩特拉·科特斯的爱恋关系，而她最终选择了奥雷里亚诺第二，进而描写了二人间的欢爱场景。故事在这里出现了一次短暂的跳向未来的情况，提到了奥雷里亚诺第二和费尔南达的儿子，也就是说回忆起了开启大环形结构的信息（"不过，就在奥雷里亚诺第二有了头生子的时候……"）（第165页）。再后来——跳向过去——又重拾情节的"真实"时间线：奥雷里亚诺第二和佩特拉·科特斯的情爱生活诱发了牲畜的大规模繁殖，何塞·阿卡迪奥第二惊诧于他的兄弟对佩特拉的激情。这里又出现了一次短暂的跳向未来的情况，再次提及开启次要情节（a'）的那条信息："奥雷里亚诺第二当时心里只想着要找份营生来养活费尔南达。"（第166页）在这"真实"顺序之中，奥雷里亚诺第二还没有认识费尔南达：他还完全沉浸在挥霍与疯狂之中，马孔多当时正处于"奇迹般的繁荣"之中，他也发了财。何塞·阿卡迪奥第二投身冒险事业，在他的努力下，法国女郎们来到了马孔多。在第170页出现了（跳

471

跃向未来）开启新的次要环形结构"血腥狂欢节"的信息：

（a"）法国女郎们"是那场血腥狂欢节的驱动力，马孔多陷入了长达三天的疯狂状态中，其中唯一持久的结果就是给了奥雷里亚诺第二认识费尔南达·德尔·卡尔皮奥的机会"（第170页）。这句话的最后一部分解密了次要情节（a'）中的隐藏材料，即奥雷里亚诺第二和费尔南达的婚姻由来：如今我们得知他们是在狂欢节上结识的。故事继续发展，讲述俏姑娘雷梅黛丝引发的种种灾难以及（开始解密次要情节 [a"] 中的隐藏材料）揭示了狂欢节是怎样筹备的，奥雷里亚诺第二又是怎样说服乌尔苏拉同意让雷梅黛丝担当狂欢节女王的。

（b"）次要情节（a"）随着对"血腥狂欢节"期间在马孔多发生的事情的冗长描述而结束，也即伴随着开启那个次要情节的事件而结束的（第174—175页）。

这个章节结束时，次要情节（a'）的一些新的未知之事得到了解密（奥雷里亚诺第二和费尔南达的婚姻）：这里讲述了费尔南达来到马孔多的过程，马孔多人看到她时感到目眩神怡，尤其是奥雷里亚诺第二。这个章节结束于面向未来的跳跃，在这里又补充了一个次要环形结构（a'）的相关信息："奥雷里亚诺第二远赴她和父亲一同居住的城市找她，后来他们在马孔多完婚，盛大的庆祝活动持续了二十天。"（第176页）在"真实"的时间线里，奥雷里亚诺第二还没有和费尔南达成婚：他刚刚认识她、爱上了她，而她已经回到遥远的故乡了。接下来的章节在开始时开启了第三个次要情节——

（a'''）奥雷里亚诺第二为了赔礼道歉，"让佩特拉·科特斯穿上了马达加斯加女王的盛装"（第179页）。提及这个事件实际上等于做了一次向未来的大幅度跳跃，因为它发生在奥雷里亚诺第二和费尔南达成婚很久之后，而按照正常的叙述顺序，那场婚礼还没有发生。当描写再次回到成婚事件时,也就意味着重拾正常时间线:爱上费尔南达后,奥雷里亚诺第二寻找借口和佩特拉分手,不过她猜到了其中的前因后果,至此,次要环形结构(a')逐渐封闭了——

(b')(奥雷里亚诺第二和费尔南达成婚):讲述了费尔南达在她的那座阴郁城市中度过的童年,家庭的衰败,在修道院接受的细致教育,如何身着女王装启程前往马孔多,从"血腥狂欢节"上受辱归来。后来,故事提及奥雷里亚诺第二出远门找费尔南达,来到那座阴郁的城市,最后(用开启次要环形结构[a']的同一条信息将其封闭)举办婚礼(第181页)。这里描写了费尔南达面对夫妻房事时的矫揉造作,乌尔苏拉发现那对新婚夫妻分房睡时的讶异,奥雷里亚诺第二天晚上进入卧室后看到费尔南达穿着一件腹部开着圆洞的宽大睡衣时的惊诧之情。次要情节(a''')就在这里封闭了。

(b''')被妻子的假正经激怒的奥雷里亚诺第二结了婚一个月,还没能让她脱下那件宽大睡衣,就去找他的情人和解了:"他让佩特拉·科特斯穿上女王装,由他负责拍照。"(第182页)

但是那个大环形结构依然没有封闭:奥雷里亚诺第二和费尔南达的那个叫何塞·阿卡迪奥的头生子还没有出生。封闭起来的是三个次要情节:结婚、狂欢节和佩特拉换衣。头生子降生的事件再次被提及已经到了第182页("在头生子降生"不久之前,费尔南达发现她的丈夫又和佩特拉鬼混到了一起),这里还描述了奥雷里亚诺第二的生活、他骑马穿梭于自己家和佩特拉家之间、阿玛兰塔和费尔南达的敌对关系、那个外乡女人强加给布恩迪亚家族的一本正经的习惯。最后——

(B)大环形结构封闭于其开启时的事件,这里又回归到了"真实"顺序上:"当丈夫决定用曾祖父的名字来命名他们的头生子时,她没敢提出异议,因为她来到这个家才一年时间。"(第184页)

8. 寿衣与阿玛兰塔之死

阿玛兰塔织寿衣并在织成时死去的故事与之前那些情节的时间结构近似，只有一处变化：组成主要事件的两个要素（寿衣-死亡）没有在环形结构开端处被同时提及，而是一个接一个被讲述的。和之前的例子一样，在这个例子里，环形时间结构把该事件变成了倒置式隐藏材料：神秘的开端事件会逐渐揭开谜底（动机、背景、一连串的事件），只有在最后这个环形结构封闭起来的时候，一切谜底才会被揭晓。

（a）开启这个环形结构的是一句跳向未来的话："阿玛兰塔就是在那个时期开始给自己织寿衣的。"（第217页）然后，故事转而远离阿玛兰塔，继续讲述香蕉公司和外乡人来到马孔多后带来的变化。四页之后提及了与寿衣相关的另一个因素："只是在阿玛兰塔死后，全家再次关起门窗时……"（第231页）在这个例子里，环形结构的开启分成了两个部分。发生在未来的主要事件也被额外重复了两次：第235页，阿玛兰塔依然在织着她那件"永远也织不完的寿衣"，第236页则又一次影射了她的死亡。从那个时刻开始，环形结构的发展进程回归了常态——

（b）跳跃到遥远的过去，继续推动环形结构的发展：阿玛兰塔开始给蕾蓓卡织寿衣了，她还打算在蕾蓓卡死后给她"修复"尸身容貌（第237页）。就在那时死神到访，命令她给自己织寿衣，后来她就全身心扑到这件事上去了。死亡与织寿衣的关系被全马孔多的人知道了，于是人们纷纷带来捎给死去的家人和朋友的信件和信息，直到环形结构最终封闭：阿玛兰塔织完了寿衣，死了（第241页）。

9. 费尔南达与隐形医生

（a）开启核心事件的又是向未来的跳跃："不过，费尔南达在那个时期把时间都用在了两件事上，一个是照顾多病又任性的小阿玛兰塔·乌尔苏拉，另一件则是和隐形医生们进行激动人心的通信。"（第233页）这个事件在三页之后再次被提及，同时补充了一个因素：隐形医生们"诊断出她的大肠里长了个良性肿瘤，他们正在准备用心灵感应介入法来给她治疗"（第236页）。六页之后，这个发生在未来的事件再次出现了：费尔南达"因为和隐形医生们的秘密关系而被搞得晕晕乎乎的"（第242页）。十页之后，事件再次被提及，又补充了一个细节：费尔南达和隐形医生们通过信件讨论进行"心灵感应介入法"治疗肿瘤的日期，却没能达成一致（第253页）。只是在开启这一环形结构的事件被提及四次之后，发展模式才回到了老路上，跳跃到了遥远的过去——

（b）解释了通信的起因：费尔南达害怕丈夫会尝试回到她的卧室里来。那样的话，她就只能向他坦陈自己在阿玛兰塔·乌尔苏拉降生后已经"失去了与他和解所需的能力"："那就是她和隐形医生们紧张通信过程的开始。"（第269页）从那时起，叙事进程以不连续的方式回归"真实"时间顺序，描写了暴雨期间维持通信所遇到的困难（第270页），暴雨如何加速停止，以及神学院学生何塞·阿卡迪奥宣称自己要回到马孔多（第285页）。这一事件封闭于手术进行之时：隐形医生们只发现她有子宫下垂的毛病（第295页）。隐藏材料在这里被解释清楚了。在这个例子里，环形结构封闭于另一个与开端事件拉开了时间距离的事件：手术的结果。

10. 梅梅和毛里西奥·巴比洛尼亚的故事

（a）通过跳向未来提及核心事件："梅梅的那些秘密行动、急切约会、压抑焦虑都再明显不过了，直到很久之后的一个夜晚，费尔南达撞见她和一个男人在电影院里接吻，才在回到家后掀起了轩然大波"（第242页）。愤怒的费尔南达把女儿拉出电影院，锁在了她的卧室里。此时，立刻出现了——

(b) 一次向遥远过去的跳跃：说明了毛里西奥·巴比洛尼亚是谁，他和梅梅是怎样认识的，两人最初的几次几面，梅梅慢慢坠入爱河，毛里西奥拜访布恩迪亚家的借口，最初的秘密约会，梅梅的激情，庇拉尔·特尔内拉如何保护那种爱情，她给梅梅一些避孕的建议。这些都发生在"真实"的时间顺序中。毛里西奥和梅梅每周都在庇拉尔·特尔内拉家做爱两次，直到发生开启该环形结构的事件为止，此时那一结构也即告封闭了："那天晚上费尔南达惊讶地在电影院里发现了他们……"（第247页）

11. 梅梅的儿子来到马孔多

(a) 开端和结尾处的事件：有人把"梅梅·布恩迪亚的儿子"送到了布恩迪亚家（第249页）。在此之前我们甚至不知道梅梅已经怀孕了：在"真实"时间顺序中那个孩子还没有出生。羞愧的费尔南达最开始决定杀掉那个孩子，可她下不了手，于是把他藏了起来。就在那时出现了——

(b) 向遥远过去的跳跃。叙事进程回到了梅梅和毛里西奥·巴比洛尼亚在浴室遭逢变故的场景：费尔南达把梅梅带到火车站，上了火车，转乘汽车，穿越村镇，坐上轮船，骑着母骡长途跋涉，来到一个阴郁的城市。直到此时叙事进程依然遵循自那个遥远过去事件开始的"真实"时间顺序，但是在此处出现了一个短暂的向未来的跳跃，提及了开启该环形结构的事件："那时连她自己也不知道用芥末泥制造的蒸汽没能真正起到避孕效果，费尔南达更是直到一年之后那个孩子被送到家里时才得知此事。"（第251页）然后再次跳向过去，叙事进程重新回到"真实"时间顺序上：费尔南达和她的女儿在一座已被废弃的殖民地老宅里过夜，第二天她们来到了修道院，梅梅被禁闭在了那里；费尔南达返回马孔多。这里提到了另一种时间顺序中的一些事件，直到有一天，一个修女挎着"一个用花边台布盖着的篮子"来到布恩迪亚家，把梅梅的孩子交到了费尔南达手上（第254页）：这个环形结构完成闭合。

12. 大雨

（a）第十六章开始处的一句话概括了整个章节将要讲述的故事内容："雨下了四年十一个月零两天。"（第267页）这实际上是一次向未来的跳跃：这句话指明大雨不仅开始下了，而且已经下完了。

（b）跳向过去，遵循着较弱但依然是线性的时间线（就和内战的例子一样）讲述着马孔多在那下着大雨的四年十一个月零两天里发生的事件。这一情节在回归到开端话语时结束了，三页之后，雨停了："……可以看出雨就要停了。雨确实停了。"（第280页）

13. 最终飓风

（a）跳向未来，提及核心即最终事件："那些木屋和清凉露台……似乎是多年之后一场飓风将马孔多从地球上抹去的预演。"（第280页）

（b）跳向过去：继续讲述大雨之后发生的事情，依然大致遵循线性时间顺序，直到整部小说的最后一句话，回到开启这一环形结构的那个事件中，彼时整座城镇真的"被飓风抹去"了。

14. 乌尔苏拉之死

在这片现实中，"环形"时间存在于几乎所有瞬间，过去、现在和将来在其中共存，某些人物能够"预知"未来、知晓自己的死期，这并不奇怪（他们并不是在预测未来：他们看到了它，这种未来是存在的，它不仅仅是一种可能性）。例如乌尔苏拉："我就等着雨停了，雨一停我就会死。"（第271页）她的死也是以环形结构讲述的——

（a）提及最终事件："乌尔苏拉必须做出极大努力才能兑现她雨停即死的承诺。"（第283页）这个句子含蓄地指出乌尔苏拉是在"兑现"承诺，因此她才会死（跳向未来）。

（b）跳向过去：描述乌尔苏拉最后的时日，她的生命力似乎失而复得了，她借此投入了对抗蚂蚁人军和家族哀落崩坏的战斗。这里写到她经历的那些日子似乎已经脱离了时间的掌控，过去和现时"混到了一起"，直到最后："她死在了一个圣周四的早晨。"（第291页）

《百年孤独》以环形时间描写最主要的叙事情节的做法，实际上指明了倒置式隐藏材料法是这本小说在组织主题方面最常用的技巧。所有上述引用的叙事单元都以某个谜一样的未来事件作为开端，让读者对该事件发生的原因、环境、进程产生好奇。隐藏材料会在事件逐步发展的过程中慢慢得到揭秘。与之相对的是，在倒置式隐藏材料法被大量运用的情况下，省略式隐藏材料法却鲜有露面。它只在一个重要的情节中出现：何塞·阿卡迪奥·布恩迪亚在自家卧室里中枪身亡。他是自杀的，有人杀了他，还是说那只是一场意外？我们永远都无法得知答案："那大概是马孔多永未得到澄清的唯一谜团。"（第118页）核心事件所具有的环形时间结构与上文提及的空间视角结构有相同的作用，即反映"全景化"的现实，那种现实有始有终，是一个蕴含了开端和结局的世界。虚构事件的环形特征意在清除其他的时间概念，也就是说，在这个虚构世界之前和之后都没有其他时间存在。没有什么比环形结构更能完美诠释"全景"的概念了，那是个自给自足的存在，自主掌握自己的命运：组成环形结构的众多因素既不能多一个也不能少一个。和空间一样，那片虚构现实中的时间也有明确的界限。这里的时间视角追求的是让人们忘记在"虚构时间"之外还存在着另外一种时间，就像被讲述的事物在故事最后将叙事者实体化的设定是想让人们忘记在那片虚构现实之外还存在着另一个空间一样。

(三）现实视角的层次：客观现实与虚构现实的对位

所谓现实视角的层次指的是叙事者所处的现实层次与被讲述的事物所处的现实层次之间的关系。这种关系中蕴含着无穷无尽的可能性，就和现实生活拥有无尽的可能一样。最常见的关系包括：叙事者位于客观现实层次，讲述客观现实的事件或虚构现实的事件；叙事者位于虚构现实层次，讲述客观现实的事件或虚构现实的事件。叙事者可以位于内部层次，描述发生在内部或外部的事件，也可以位于外部层次，描述发生在内部或外部的事件，等等。确定现实层次视角（它是三种视角中最模棱两可、难以捉摸的一个，也是对整个虚构故事的结构来说最重要的视角）的唯一方式就是分析叙事文字：无论清晰与否，它总能揭示叙事者所处的现实层次与被讲述的事物所处的现实层次的关系，有时相交，有时分离，不过总是不祥地共存于整部虚构作品之中。叙事者所处的现实层次以及被讲述的事物所处的现实层次。

《百年孤独》的情况是怎样的呢？叙事者所处的现实层次和被讲述的事物所处的现实层次是相交还是分离的呢？我们以第一章为例来分析。第一章是一个完整的叙事单元，有一个核心事件，即开启和封闭那个叙事单元的事件：奥雷里亚诺和何塞·阿卡迪奥·布恩迪亚在父亲的指引下发现冰块。我们来看看这个事件是怎样被叙述的：

> 巨人刚打开箱子，立刻冒出一股寒气。箱中只有一块巨大的透明物体，里面含有无数针芒，薄暮的光线在其间破碎，化作彩色的星辰。何塞·阿卡迪奥·布恩迪亚茫然无措，但他知道孩子们在期待他马上给出解释，只好鼓起勇气咕哝了一句：
> "这是世上最大的钻石。"
> "不是，"吉卜赛人纠正道，"是冰块。"

何塞·阿卡迪奥·布恩迪亚没能领会，伸出手去触摸，却被巨人拦在一旁。"再付五个里亚尔才能摸。"巨人说。何塞·阿卡迪奥·布恩迪亚付了钱，把手放在冰块上，就这样停了好几分钟，心中充满了体验神秘的恐惧和喜悦。他无法用语言表达，又另付了十个里亚尔，让儿子们也体验一下这神奇的感觉。小何塞·阿卡迪奥不肯摸，奥雷里亚诺却上前一步，把手放上去又立刻缩了回来。"它在烧。"他吓得叫了起来。但何塞·阿卡迪奥·布恩迪亚没有理睬，他正为这无可置疑的奇迹而迷醉，那一刻忘却了自己荒唐事业的挫败，忘却了梅尔基亚德斯的尸体已经成为乌贼的美餐。他又付了五个里亚尔，把手放在冰块上，仿佛凭圣书作证般庄严宣告：

"这是我们这个时代最伟大的发明。"(第22—23页)[①]

很明显，被讲述的事物在这里是处于客观现实中的：一个男人和两个小男孩第一次见到某个客观现实物体，观察它、触摸它，然后感到惊讶。冰块并不是什么奇迹，也不是魔法，不是想象，也不是神话-传说。可是，该怎样向读者表现它呢？为了描绘它，叙事者站在了虚构现实层次上，这与被讲述的事物所处的现实层次不同，正是这两种现实层次的对位使得这个情节在客观现实的基础上有了超出寻常的氛围、奇异奥妙的光芒。冰块被描述成了某种非同一般、几近不可能的存在物，就像奇迹之物一样，仿佛从另一种现实层次引入的物体：它让阿卡迪奥"茫然无措"、恐惧害怕，只好"鼓起勇气"说那是"世上最大的钻石"。在把手放到冰块上后，他"心中充满了体验神秘的恐惧和喜悦"，于是他让孩子们"也体验一下这神奇的感觉"。何塞·阿卡迪奥"为这无可置疑的奇迹而迷醉"，忘记了其他

[①]《百年孤独》中文版，第15—16页，译文有改动。

所有的事情，怀着宗教般的虔诚心态，就像"凭圣书作证般庄严宣告"冰块"是我们这个时代最伟大的发明"。叙事者位于虚构现实之中，讲述客观现实中发生的事件：在客观现实中完全普通的事物一旦到了另一种现实中，就与"神秘""奇迹""迷醉""茫然无措"联系到了一起。

相反，在同一个叙事单元里，在见识冰块事件之前的某个时刻还出现了完全相反的设置：叙事者在讲述虚构现实事物（魔幻之物）时，跳跃到了客观现实层面。何塞·阿卡迪奥在集市上四处寻找梅尔基亚德斯：

> 他问了好几个吉卜赛人，但他们都听不懂他的语言。最后他来到梅尔基亚德斯惯常扎帐篷的地方，遇见一个神情忧郁的亚美尼亚人在用卡斯蒂利亚语介绍一种用来隐形的糖浆。那人喝下一整杯琥珀色的液体，正好此时何塞·阿卡迪奥·布恩迪亚挤进入神观看的人群向他询问。吉卜赛人惊讶地回望了他一眼，随即变成一摊热气腾腾散发恶臭的柏油，而他的回答犹自在空中回荡："梅尔基亚德斯死了。"听到这个消息，何塞·阿卡迪奥·布恩迪亚惊呆了，他竭力抑制悲恸，而人群渐渐被别处的机巧吸引过去，那一摊亚美尼亚人的遗存物也彻底消失。后来，别的吉卜赛人向他证实梅尔基亚德斯的确在新加坡的沙洲上死于热病……（第22页）[①]

在这一段文字中，发生了一件明显的虚构事件：一个人在喝下某种液体后隐形了。这是一桩奇迹，在这里，呈现在我们眼前的是彻头彻尾的谜团，我们有足够的理由感到茫然无措、震惊迷醉、心旷神怡。然而这一魔幻事件在整个情节中几乎被消解了，叙事内容把它一笔带过，仿佛更重要

[①]《百年孤独》中文版，第15页，译文有改动。

的是何塞·阿卡迪奥得知梅尔基亚德斯死讯后的不安情绪。这里的叙事材料无疑是属于虚构现实的，但是叙事者只限于提及亚美尼亚人消失不见，仿佛这是再稀松平常不过的事情，似乎在客观现实中随处可见一般。也就是说，如果说叙事者在见识冰块的情节中是从虚构视角出发来描述客观现实事物，那么这里就是从客观现实层次出发来描述幻想之物。亚美尼亚人的消失连一个表达崇敬或震惊的形容词都配不上，而冰块却配得上暴风疾雨般一连串的形容词。在这里，何塞·阿卡迪奥几乎没有注意到那件魔幻的事，他依然在想着梅尔基亚德斯，而其他那些奇迹见证者们也只是"渐渐被别处的机巧吸引过去"。一个大活人消失不见只是一种简单的"机巧"，冰块反而是"神秘"的"奇迹"。

补充因素

上述两个例子所代表的情况在整部小说中持续不断地出现着。《百年孤独》的现实层次视角总是处于叙事者所处的层次和被讲述事物所处的层次的对位关系中：叙事者跳向虚构现实层次讲述客观现实事物，或跳到客观现实层次讲述虚构现实事物。这种现实层次视角和时间视角一起决定了虚构现实的"补充因素"：在虚构现实中，事物的概念是相同的，但它们与人们的关系和客观现实相反。在虚构现实中，一块冰块（或磁铁、望远镜、指南针，我们姑且以这些出现在第一章中的事物为例）是"魔幻"之物，而一个人隐身不见却是稀松平常的事情。客观现实中的客观现实物体到了虚构现实中就成了虚构现实物体，而虚构现实物体在客观现实中却成了客观现实物体。

我们不妨用以下图示来展示叙事者和被叙述事物所处现实层次的关系：

叙事者所处的现实层次　　被叙述事物所处的现实层次
　　　客观现实　✕　客观现实
　　　虚构现实　　　虚构现实

我在另一本书中展示过，在中世纪末的伟大加泰罗尼亚小说《骑士蒂朗》中，虚构现实中的"补充因素"在真实现实的形式与内容之间制造了一种逆向关系[208]。在《百年孤独》里，除了细腻的环形时间，"补充因素"还把分属客观现实以及虚构现实的材料在真实现实中的状态进行了倒置。当然了，也存在另外一些更小的添加剂。许多因素共同作用，赋予了虚构现实不同于其真实模板的各种特质，而"补充因素"就是所有这些因素的总和。

叙事者所处层次和被讲述的事物所处层次的对位关系并没有从小说开头一直维持到结尾，否则虚构现实会给人带来完全人造的、非人性化的感觉。在那种情况下，很难做出系统的、大规模的变化行为，而这样的行为正是关键所在，它会把真实现实中的所有客观物体变成虚构现实中的虚构物体，或者相反，把真实现实中的虚构因素变成虚构现实中的客观因素。因而现实视角层次是多变的，在某些时刻，虚构现实中的概念与真实现实中的概念近似。例如内战、罢工以及对香蕉工人的屠杀，这些情节从整体上来看是客观现实的，而且叙事者也是以（差不多算是）客观现实视角对之描述的。不过这种对位关系几乎存在于每个重要事件、所有引人注意的情节（正因如此它们才"引人注意"）中，它们在那片虚构现实中留下了不可磨灭的印记：正是这种视角赋予了它虚构性。这种对位关系本身就具有虚构现实色彩，因为客观现实之物和虚构现实之物都是自发出现的。一般情况下，虚构现实是包含在客观现实之中的，是它的一部分，只是借由梦境、幻想、疯狂或猜疑（这些都是客观现实的能力或状态）出现。为了完成现实视角层次上的变化或飞跃（在客观现实层次上讲述虚构现实之事，在客观现实层次上讲述客观现实之事），叙事者必须独立于这两种现实视角层次之外，必须把客观性（自主存在、独立于人类思想之外的特征）强加于幻想之物。这会自动将虚构现实虚构化，因为这样一来，客观现实之物和虚构现实之物在真实现实中的那种从属关系就不存在了。下面我们来看看《百年孤独》中的幻想之物是通过怎样的技巧"客观化"的。

在《百年孤独》中也发生了在《恶时辰》中出现过的状况：虚构在小说结尾处完全战胜了客观现实。不过，《百年孤独》却不像另一部小说那样表现得那么明显，我们要小心分析才能发现。为什么呢？恰恰因为《百年孤独》在讲述那个虚构材料时，叙事者严格地让自己身处客观现实层次之中，被讲述事物的所有带幻想色彩的因素都被客观现实的外衣所掩盖；而匿名帖的客观现实色彩一直保持到《恶时辰》的最后，随之而来的是同样浓烈的虚构色彩。在《恶时辰》中，叙事者所处层次和被讲述事物所处层次虽然存在着倒置关系，却不存在《百年孤独》中的叙事者从虚构现实层次讲述客观现实事物的情况。现实视角层次是《百年孤独》将幻想之物"客观化"的主要方法之一：它能扭转客观事物的特性。我们再去小说中的不同时刻，寻找更多例子来论证叙事者所处层次和被讲述事物所处层次的关系。"地球是圆的，就像个橙子"，这一发现让何塞·阿卡迪奥"着了迷"，"好像着了魔，低声重复着一连串连他自己都不相信的奇思妙想"。当他"庄严又焦虑"地向自己的孩子们宣布那一奇迹时，在那之前一直忍气吞声支持自己丈夫搞各种不靠谱实验的乌尔苏拉"失去了耐心"："你要是想发疯，那就自己疯去，"她喊道，"别用你那些吉卜赛人的想法教坏孩子们。"（第12页）和冰块的例子一样，一个客观现实的状况——地球是圆的——被当作幻想事物呈现出来，引发了周围人的震惊、遐想和猜疑：叙事者跳到了虚构现实层次上来描述客观现实事物。再来看一个反例，梅尔基亚德斯在马孔多出现：

马孔多欢庆重获记忆的同时，何塞·阿卡迪奥·布恩迪亚和梅尔基亚德斯正在重温往昔的友情。老吉卜赛人准备就此留在镇上。他的确一度死去，但难以忍受孤独又重返人世。他因执着于生命而受到惩罚，被剥夺了一切超自然能力，又被逐出部落，便决定到这个死神尚未光顾的偏远角落栖身，专心创立一家银版照相术工作室。何塞·阿卡迪奥·布恩迪亚还从未听说过这一发明，他看到自己和全家人的形象在一块闪光的金属板上凝固成永恒，顿时惊诧得说不出话来。（第49页）[1]

死者复生之事没有引发人们丝毫的惊讶之情，该事件被一种完全中性的语气所叙述，就好像死而复生是再平常不过的事情了。相反，客观现实事物——"银版照相术工作室"——却让何塞·阿卡迪奥"惊诧得说不出话来"。只是这一个段落里就包含两种活动轨迹：叙事者在客观现实层次上讲述"死而复生"事件，又在虚构现实层次上讲述"银版照相术工作室"事件。

这种对位关系总是出现在寻常之物和超自然之物、家常事物与奇幻事物之间。在一番废寝忘食的努力之后，何塞·阿卡迪奥·布恩迪亚实现了一项炼金术奇迹：把早已变成"锅底残渣"（第14页）的乌尔苏拉的黄金拯救了回来。把黄金恢复成最初的样子是和梅尔基亚德斯死而复生同样的奇迹；故事里提到，在该事件之后，布恩迪亚家举办了一场小型宴会，"为了庆祝那些奇迹，宴会准备了许多带小饼干的番石榴甜品"（第32页）。通过和日常、家常、普通的事物进行联系——家常宴会、家常甜品——那个虚构事件降了级，染上了日常性。神秘感被消解了，同时客观现实事物（宴会）也染上了一些虚构的气息：非理智、疑惑、谜团、疯癫。这正是连通器法的经典用法：在一个叙事单元中，把不同特性的因素混杂在一起，让它们感染彼此的特性，这样构建的现实不同于二者简单相加的结果。这部

---

[1]《百年孤独》中文版，第43页，译文有改动。

小说经常使用这种混杂叙述的手法：尼卡诺尔·雷纳神父飘浮事件（被讲述亚美尼亚人消失以及梅尔基亚德斯复活的同样的"客观"口吻所描述）发生在喝下"一杯热气腾腾的浓巧克力"之后："他从袖子里掏出手帕擦嘴，闭上眼睛大张双臂。随即，尼卡诺尔神父从地面凭空升起足足十二厘米。这一举动很有说服力。一连几天他走街串巷，凭借巧克力的助力一再重现升空的明证，施舍源源不断地被祭童收到口袋里。不到一个月，教堂便得以开工建造。"（第77页）[1] 这里的奇迹也没有引起人们的震惊或迷乱，叙事者贴近最"客观"的现实，描述了尼卡诺尔神父的手部、胳膊和眼部动作，写他走街串巷，却没在真正"神奇"的事件（神父"从地面凭空升起足足十二厘米"）上多停留哪怕一秒钟的时间，接着立刻用和前一个例子一样中性的语气、数学般的精确度来描写该事件引发的客观现实后果：人们愿意施舍钱财了，祭童用一个口袋收钱，教堂立刻得以开工建造了。叙事者从未离开客观现实层次，然而他在这里描述的其实是整部小说中虚构性最强的事件之一。

相反，叙事者转移到了虚构现实层次上描写自动钢琴和一些玩具。皮埃特罗·克雷斯皮带来了"一样必将震惊全镇、引发年轻人欢呼的神奇发明：自动钢琴"（第58页）[2]。自动钢琴启动后，叙事语气在这一"奇迹"面前变得充满惊讶："一天上午，他没有开门，也没有招呼任何人来见证奇迹，就在自动钢琴上装好第一卷纸带，于是烦人的捶打声和板条持续的轰鸣戛然而止，只有明净谐和的乐声开始荡漾。所有人都赶到了客厅。何塞·阿卡迪奥·布恩迪亚大吃一惊，倒不是因为优美的旋律，而是因为自动钢琴琴键的自行弹奏。他立刻把梅尔基亚德斯的照相机架设在客厅里，期望能够拍到那看不见的演奏者。"（第58—59页）[3] 不久之后，皮埃特

---

[1] 《百年孤独》中文版，第74页，译文有改动。
[2] 同上，第52页。
[3] 同上，第53页，译文有改动。

罗·克雷斯皮决定开一家乐器和玩具商店，他经常会送些玩具给蕾蓓卡："这样的来访很快使家里摆满了神奇的玩具。上了弦就能翩翩起舞的跳舞女郎、八音盒、奔跑的马儿、耍杂技的猴子、敲鼓的小丑、各种令人惊异的机械动物……"（第70页）[①]（真实现实中）再普通不过的事物变得神奇了，而（对于真实现实而言）奇迹般的事物却被赋予了绝对的"客观性"。我们以何塞·阿卡迪奥·布恩迪亚灵性的血迹流遍马孔多寻找乌尔苏拉为例："一条血线从门下溜出房间，穿过大厅，上了街，沿着起伏不平的人行道挺进，下台阶，上栏杆，绕过土耳其人大街，右转两次……"（第118页）这种体系在全书最吸引人的情节中被打破了：雷梅黛丝升天。叙事者是在虚构现实层次上讲述这一事件的；叙事者和被叙述事物同时位于同一现实层次之中：他提到了"一阵明亮的微风""一阵神秘的震颤""不可阻挡的微风"，等等（第205页）。在同一个情节里，我们在费尔南达·德尔·卡尔皮奥的态度中看到了日常与超自然的融合："尽管嫉妒得要死，可是费尔南达最后还是承认了这一奇迹，她在很长一段时间里都在祈求上帝能把那些床单还回来。"（第205页）几页之后，她依然在坚持那种想法："俏姑娘雷梅黛丝才灵肉升天没多久，凉薄的费尔南达就开始在各个角落里踱来踱去了，因为她还在心疼那些被一同带走的床单。"（第216页）和尼卡诺尔神父喝了杯巧克力就腾空而起的例子一样，奇迹与日常事物的交融使得后者染上了神奇的色彩，而前者的日常气息更浓了。我们还看到另一样客观现实物体在马孔多（在这个例子里，做出反应的不仅仅是叙事者了）引发了怎样的轩然大波，那就是费尔南达·德尔·卡尔皮奥的子宫托："他认为那些红色小橡胶圈必定是巫术用具，就揣了一个在兜里拿给庇拉尔·特尔内拉看。她判断不出它具体是什么，但感觉十分可疑，便让他把半打全部拿来，

[①] 《百年孤独》中文版，第65页。

在院中付之一炬……"（第297页）①子宫托变成了非常可疑的物体，他们认为那是巫术用具。反而是死神具有让人平静的外貌特征："在她面前的是一位穿蓝衫的长发女人，外表有些老气，与昔日帮忙下厨的庇拉尔·特尔内拉有几分相似……""她是那样真实，那样有血有肉，好几回还请阿玛兰塔帮忙穿针。"（第238页）②幻想人物在接近客观现实中的人和事时丢掉了神秘玄幻的色彩，而那些客观现实事物也被染上了不安分的幻想色彩。同样的情况还发生在费尔南达和隐形医生们的通信中（通信是平常事，但隐形医生是虚构的人物），以及阿玛兰塔帮马孔多人给亡者捎信中，等等。

真实现实的概念被倒置了：在虚构现实里，冰块、自动钢琴、玩具、子宫托、球状的地球、摄影等事物都与"奇迹""神迹""幻想"产生了联系，而腾空飘浮、灵肉升天、变身隐形、血液寻路、捎书死者、通信亡灵等事件则变得普通且常见。这种现实视角层次在揭示小说的基本创作意图的同时，也展现了全景小说的特点：通过倒置叙事者所处的现实层次和被叙述事物所处的现实层次，小说在每个情节或叙事单元中都成功地同时展现了这两种现实层次，而且客观现实和虚构现实、同一素材的客观现实版本和虚构现实版本都能同时出现。换句话说，这种视角允许叙事者哪怕在整部叙述作品最小的叙事单元中也能展现最宏大的野心。客观现实无法清除虚构现实，反之亦然，两种现实交织在每一个叙事单元中，靠的正是叙事者在不同的现实层次间的跳跃，其目的是不让叙事者所处的现实层次与正在讲述的事物所处的现实层次出现一致的情况。每一个叙事单元都能体现那片虚构现实"全景化"的特点。神父在喝过一杯热巧克力后腾空飘浮的画面从某种意义上来说就是整个虚构现实特征的再现，也就是说，那两种基础的维度交织在了一起：客观生活和虚构生活。

---

① 《百年孤独》中文版，第302—303页。
② 同上，第243页。

三、叙事策略

在《百年孤独》中，幻想之物的掌控力已经得到了进一步加强：它成了基础性现实，而客观现实之物则在某种意义上成了衍生品。是哪种叙事策略使得这个虚构世界拥有巨大的说服力呢？无可争议的是，整部小说都展现出炙热的活力，生命力如泉水般汩汩流出。加西亚·马尔克斯成功地在虚构现实的内部添加了和真实现实一样的连接力：尽管虚构现实中的事物和其在客观现实中的情状并不完全相同，却始终存在某种形式把二者联系到一起。尽管存在差异，但那些材料被形式上与真实生活相近的法则和过程组织了起来，这种"形式上"的协调性赋予那片虚构现实以和谐、可信、真实与生机。在形式的掌控力方面，那个文字世界忠实地反映了它的真实世界模板的样子。

奇异事物与虚构事物

不过，叙事内容中存在着大量的奇异因素，正是它们使那片虚构现实有了虚构的天性。为了构建这一最终版本的虚构现实，作者在使用大量真实现实材料的同时，也使用了极多虚构材料，后者在《百年孤独》中的数量超越了作者之前的所有虚构作品：奇特的物体、古怪有趣的生物、吉卜赛人、冒险家、发明家、流浪汉、从事不合时代潮流的古怪行当的人。"奇异"事物具有不容混淆的虚构特性，它们在文本中的存在正是那片虚构现实倾向奇迹之物、魔幻之物、想象之物或神话–传说之物的体现。"奇异"事物要揭开客观现实的面纱，给它注入虚构的色彩。所谓的遥远事物、费解事物、他者事物或来自"其他"地方的事物让人很难用自己的经验加以解读，它们本身就带有神秘性、不可预料性，由于人们无法直接辨识它们，人们就会进行自由想象，赋予它们我们熟知的事物身上不具有的种种可能性。在真实现实之中，自带谜团和色彩的"奇异"事物本身就更趋近于虚构事物。《百年孤独》的内容里充斥着"奇异"的人和物，这种五光十色的氛围更有利于它变成一片虚构的世界。这部小说是以吉卜赛人来到马孔多作为开篇的。单是在第一章里，吉卜赛人就来了三次。书里是这样描述他们的："……并非传播进步的使者，而是贩卖娱乐的商人。包括他们带来的冰块，也不是为了推广应用到生活中，而是纯粹当作马戏团的奇物。"（第33页）[1] 吉卜赛人属于非现实的"奇异"事物的最好代表：他们的起源是个谜，满世界流浪，展示奇迹和魔法，人们都说他们有隐秘的异能，他们的世界本身就充满想象和创造。如果要把《百年孤独》中的人物、物体和地点做成一份名录，我们也许会发现他们中的大多数都具有奇异特征，这也使他们进一步趋近于幻想之物。许多"奇异"的人物我们都提到了，或者会在接下来的一些例子中提到。至于奇异物体，在第一章中也出现了不少："那间简陋的实验室，除了大量的小锅、漏斗、蒸馏瓶、滤器和滤网，还备有一座简陋的炼金炉，一个仿照'哲学之卵'制成的长颈烧瓶，以及一套由吉卜赛人按照犹太人玛利亚对三臂蒸馏器的现代描述制作的蒸馏过滤设备。"（第13—14页）[2] 地理方面的例子也十分有趣：书中提及的哥伦比亚地名非常少，拉丁美洲地名也不多，反倒是美国、欧洲、亚洲和非洲的地名经常被提到：爪哇、孟菲斯、新加坡、亚美尼亚、萨洛尼卡港、爱琴海、克拉科夫、巴黎、罗马、加泰罗尼亚等。

不过要营造出《百年孤独》中的这种虚构氛围，更重要的是对叙事材料的操控手法：它们是如何被命名及排序的。那片虚构现实的生命力就存在于那种秩序和写法之中。这部小说运用得最多也最巧妙的叙事策略和技巧是夸张、罗列、重复和翻转物体特性。这些方法和技巧同时也是主宰那片虚构现实的"法则"。

---

[1]《百年孤独》中文版，第27页。
[2] 同上，第6页。

（一）夸张

　　夸大人物、物体和场景的特征既是一种写作技巧，也是一种结构技巧。我们依然以第一章为例。吉卜赛人把新"发明"带到了马孔多；第一个发明就是"磁铁"。我们能够辨识出它是客观真实物体，依然具有我们了解的特征和界限。在那片虚构现实中，这些特征都被扩大化了，而界限也被粗暴地扩展了。这块从磁铁与真实现实中的磁铁相比，无疑被极端化了："铁锅、铁盆、铁钳、小铁炉纷纷跌落，木板因钉子绝望挣扎、螺丝奋力挣脱而吱嘎作响……"（第9页）[1]另一样"发明"是假牙，也是和磁铁一样客观真实的物体，不过被描述成"纳西安索人最神奇的发明"。为了描述它，叙事者跳跃到了虚构现实层次中去：假牙把"牙龈毁于败血症""脸颊松弛""嘴唇干瘪"的梅尔基亚德斯变得"青春焕发"了。围观者们"都对眼前的超自然能力的明证感到震惊"，何塞·阿卡迪奥也认为"梅尔基亚德斯的知识已经渊博到了让人无法容忍的程度"（第14—15页）。瞧瞧假牙变成了怎样的物件吧！它变成了奇迹，靠的正是对其特征的夸大：一副假牙的确能让人脸重现青春，但绝对不是以如此绝对的方式，而且永远都不会引发人们如此巨大的震惊。物体经过夸张处理后，甚至会失去一些客观现实特质，增添了一些虚构特征，磁铁和冰块也是同理。特征的夸大使它们从一个现实层次跨进了另一个现实层次。

　　这种技巧被频繁地运用在整部作品中，使它变成了那片虚构现实的特征之一：真实现实中的物体、人物和场景在书中出现时所呈现出的都是夸大版本，它们全都经历了量变或质变，乃至变成了幻想之物。这种技巧不断重复出现，获得了"隐身"的特性。对于读者而言，夸张意味着特殊化、边缘化："夸张"就是把某物从其普通状态中连根拔起，把它置于非正常的环境中。夸张之物之所以夸张正是因为它打破了现实的界限。可是如果在

---

[1]《百年孤独》中文版，第1页。

它所处的世界里的一切都是夸张的，那么夸张这个概念本身就从那个世界里消失了：在那里，过分变成了克制，异常也成了正常。"如果我们所有人都是怪物，那么就没人是怪物了"，西蒙娜·德·波伏娃曾经这样写道[209]。因而在马孔多，没有任何人或物是过度的，因为过度已经成了那里的事物的本质特征。

有了这种技巧，就无须在读者面前设置纯虚构的生物，例如独角兽或半人马，也可以创造一个"幻想"世界：只需要用那些人们熟悉的事物，让它们散发出可疑的气息，通过夸大它们的特点使它们显得像奇物、奇迹。不过由于这种情况并非只出现了一两次，而是持续不断地出现，那种"夸张些"就不被人发觉了：有太多"夸张的"事件、物体和人物了，它们组成的整体让人们觉得那都是很正常的情况了。当然了，虚构现实的这种对"过度化"的趋向也是"补充因素"的又一个组成部分。第一位何塞·阿卡迪奥·布恩迪亚的力量是很惊人的，他在上了年纪之后仍然能"揪着耳朵放倒一匹马"（第12页），但依然无法和他的儿子相提并论。还是个小孩子的时候，何塞·阿卡迪奥的阳具大小让乌尔苏拉觉得"和表兄的猪尾巴一样不正常"（第29页）。在他和自己的兄弟喝下泻药之后，两人"在一天之内同时坐上便盆"达"十一次"之多（第33页）。不过他与众不同的地方要在回归马孔多后才真正展现出来：他"脖子粗得像野牛"，用"一条两倍于马鞍肚带宽的腰带"，走动时"让人觉得如地震一般"。睡醒之后他吞了"十六枚生鸡蛋"，他那"非凡的身材"在卡塔里诺的店里"在女人中间引发了好奇和恐慌"，他还夸口说自己"能同时和五个大汉掰手腕"。在节日般热烈的氛围中，他展示了"他那不可思议的阳具，通体都是红蓝交错、各种语言的刺青"。他让女人们摸彩，最后我们得知他已经"绕地球转了六十五圈了"（第83—84页）。夸张技巧以系统加速动力学般的形式在这个人物身上运转：先夸大某个物体的某个特点，然后叙事者跳到该物体的另一个特点上,再夸大一点,再跳到新的特点上,再夸大一点;这种渐进式的夸大可以让物体从客观现实向虚构现实的变化或质的飞跃变得不那么引人注意。通过这种渐进的方式,叙事进程改变了现实层次:一个阳具大小异于常人的孩童依然是客观现实范畴内的存在,可一个阳具上有各种语言刺青的成年男人就是"幻想"人物了。在蕾蓓卡和何塞·阿卡迪奥成婚当晚,借助夸张技巧,我们再次回到了虚构的天地中:"他们度过一个惊世骇俗的蜜月。邻居们因惊醒整个街区的叫声而恐慌——每夜八次,连午睡时也有三次——祈祷那种肆无忌惮的激情不要侵扰死人的安眠。"(第86页)[1]虚构现实被"抬升"到了胡言乱语的程度:新婚夫妇晚上做爱八次,午睡时三次,他们的叫声能够惊扰整个小镇,甚至能侵扰死人。在这里,被过度描写的总体来看是爱情,具体来看则是性爱。奥雷里亚诺·布恩迪亚和那位黑白混血姑娘的情爱描写也是如此:

> 在奥雷里亚诺之前,这天晚上已有六十三个男人光顾过这里。经过这么多人进进出出,房间里的空气中混合了汗水和喘息的气味,变得污浊不堪。姑娘掀起湿透的床单,请奥雷里亚诺抓着另一侧。床单沉得像粗麻布一样。他们俩抓住它的两头拧水,直到恢复正常重量。他们又翻过席子,汗水从另一面往下淌。(第51页)

一切都被夸大了,不过其造成的结果就是那个房间里似乎没有任何不协调的事物:那位姑娘已经和六十三位客人交欢,精子像雨水一样打湿了床单,汗水浸透了席子。整体的协调感源自所有因素都被夸张化了。这里出现的尽管基本全都是客观现实物体,却由于夸张的缘故而趋向于幻想之

---

[1] 《百年孤独》中文版,第83—84页。

物。不过这一点读者几乎觉察不到：一切都被夸大了，结果就是没有东西显得夸大。情感层面的夸张也是如此。被阿玛兰塔爱答不理的态度搞得疯疯癫癫之后，皮埃特罗·克雷斯皮在某个晚上唱起了歌："马孔多在睡梦中惊醒，心神俱醉，那琴声不似这个世界所有，那饱含爱意的歌声也不会再现人间。一时间皮埃特罗·克雷斯皮看见镇上所有的灯火都亮了，唯独阿玛兰塔的窗前依旧黑暗。"（第99页）①那首小夜曲似乎像大型管弦乐表演一样。更具有戏剧化效果的是对雷梅黛丝"传奇般的美貌"引发的效应的描写：据说她在整个大泽区引发了"惊人的热情"，男人们全都跑到教堂去，"只是为了"看到她的面庞。达到目的的人们再也无法"睡个安稳觉"（第170页）。和何塞·阿卡迪奥一样，雷梅黛丝也是个几乎完全以夸张手法塑造成的人物。她完全无视那些由她引发的"日常灾难"：她出现在饭厅里，激发了"外乡人的惊恐及骚动"，她的身体"散发出摄人心神的幽香，那是暴风雨来临前的微风，直到她离开几个小时后依然余香不绝"。"情场老手们"断言，他们"从未感受过俏姑娘雷梅黛丝的体香诱发的那种渴望"（第200页）。另一个女人身上的味道则有些可怕：庇拉尔·特尔内拉身上的"烟味"径直钻入小何塞·阿卡迪奥的皮肤里。家族中的最后一位奥雷里亚诺也有类似幻想之物的阳具：他能"在那无可比拟的阳具上面放上一瓶啤酒"，走遍整个宅子依然可以保持平衡（第328页），而阿玛兰塔·乌尔苏拉更是把那"超凡的阳物"当作玩偶把玩（第341—342页）。

在那片虚构现实中，和性爱一样，美貌也是经常被夸张化的事物：费尔南达·德尔·卡尔皮奥是"人类能想象到的最魅力非凡的女人"（第174页），多年之后依然是"一位美貌超群的老妇人"（第307页）。寿命也可以被夸大：有人能活二百年，例如好汉弗朗西斯科（第50页），或者像乌尔苏

---

① 《百年孤独》中文版，第98页，译文有改动。

拉那样活一百五十岁；有人能花两年时间翻山越岭，例如何塞·阿卡迪奥和他的朋友们（第 27 页）；钟表也能极度精确，"每隔半小时镇上便响起同一乐曲的欢快和弦，一到中午更是蔚为壮观，所有时钟分秒不差地同时奏响整曲华尔兹"（第 40 页）[①]。为了搞清楚她的名字，奥雷里亚诺给蕾蓓卡读了整部圣徒祭日表，想看看那个女孩对哪个名字有反应（第 42 页）。要是有哪个小孩喜欢吃土，可能还不算很不正常的事情，可如果有人只喜欢吃土，就太非同寻常了，蕾蓓卡就是如此，她"只喜欢吃院子里的湿土和她用指甲从墙上抠下来的石灰块"（第 43 页）。要是有人失眠又失忆，大概不能算是怪事，可如果整个小镇的人都得了那种病，情况就不一样了：疫病特性使得失眠和失忆变成了幻想之物。使何塞·阿卡迪奥制造记忆机器的计划变成幻想事件的是卡片数量：一万四千张（第 48 页）。这个男人拥有和他儿子一样大的力气：尽管上了年纪，依然需要"十个男人才能把他放倒，十四个男人才拖得动他，二十个男人才能把他捆在栗树上"（第 74 页）。桑塔索菲亚·德拉·彼达卑微到了魔幻的地步："她有个奇怪的美德，可以完全消失不见，只在恰当的时候才显露身形。"（第 102 页）同样的事情也发生在布恩迪亚上校的命令上："他的命令总是在发布之前，甚至早在他动念之前，就已被执行，而且总会执行得超出他事先所敢想望的范围。"（第 146 页）[②] 还有佩特拉·科特斯用来摸彩的兔子：它们繁殖、成长，速度如此之快，几乎让她没时间"去卖摸彩的数字"（第 167 页）。奥雷里亚诺第二挥霍无度到了极端的程度：他用一比索面额的钞票贴满了家的"里里外外"（第 167—168 页）。夸张技巧在奥雷里亚诺第二和"母象"的对决场面中被运用到了极致。在"数量"提升方面，那场对决终结于虚构的层面：在头二十四小时里，奥雷里亚诺第二"就着木薯、山药和烤香蕉吃掉一头牛，喝下一桶半香槟"，

[①] 《百年孤独》中文版，第 34 页。
[②] 同上，第 147—148 页。

第二天"每人喝下五十个橙子榨出的果汁、八升咖啡，吃了三十个生鸡蛋"，第三天"又吃下两头猪、一把香蕉和四箱香槟"（第220页）[1]。

一个小姑娘邀请朋友到家里做客并没有什么特殊之处，可是梅梅却邀请了"四位修女和六十八位同学"（第223页）。在把局面引向"不可能"的边界后，叙事者立刻用精确的笔触罗列了那种过度化局面引发的客观现实困难："到达的当天晚上，女学生们为了在睡前如厕而乱成一团，直到凌晨一点还有人没轮到。于是费尔南达买来七十二个便盆，但结果只是把夜里的难题推迟到早上，因为一大早女学生们就在厕所门前排起长队，每人手持自己的便盆等着刷洗。"（第223—224页）[2] 这个例子几乎重复了之前通过夸张手法写成的事件：客观现实事物的特性得到夸大，直至虚构的边界，叙事者再退回严苛的客观现实层次上描写它所引发的后果，描写那种"夸大化"的局面。梅梅带七十二个客人回家让局面变得"不真实"起来；夸张所造成的"不真实"效果促使那场入侵引发了诸多困难：我们又一次看到了连通器系统运转的效果。这种经常重复出现的模式是：（a）将物体的特点过度夸大；（b）再以最朴素的客观现实主义的手法描写后续场面，让那种夸大引发的效应合理化。在那两种对立的层次之间存在着某种辩证的叙事活动。这种对位关系让情节有了生命力，同时由于那种夸大效果，它还是得虚构现实的整体氛围逐渐闪烁起了虚构的光芒。

（二）罗列

这种组织叙事材料的方法在《百年孤独》中的使用方法与《格兰德大妈的葬礼》类似：虚构现实的材料以着魔般的节奏组成小的单元，再伴随着某种乐感组成封闭的整体，因此读者由于那种着魔般的、令人头晕目眩

---

[1] 《百年孤独》中文版，第225—226页。
[2] 同上，第229页，译文有改动。

的特点（它使得材料更具有生命力了）接受了那种虚构现实中客观现实与虚构现实之物混杂的特征，这正是该结构及乐感带来的结果。《百年孤独》的情况和那则短篇小说类似，在这里，罗列总是"奇异的"，总是以带节奏感的形式来堆积奇特的、外来的物体或人物，进而营造一种虚构化的氛围。

在第一章中，作者描绘了梅尔基亚德斯不在马孔多的日子里经历的事情："他在波斯得过蜀黍红斑病，在马来群岛患上坏血病，在亚历山大生过麻风病，在日本染上脚气病，在马达加斯加患过腺鼠疫，在西西里碰上地震，在麦哲伦海峡遭遇重大海难。"（第12—13页）[①] 我们看到作者使用了一系列"异彩纷呈"的材料：不常见的疾病、遥远的地点。它们都被集中到了同一次"罗列"之中，它们在来到读者面前时并不是概念的单纯罗列，而是成了一种旋律重复的音乐。那种音乐感具有欺骗性，它追求（成功了）的是让读者分心；正因为有了这种音乐感，那些客观事物间的边界被弱化了，它们互相混杂、组成了一个声音和节奏的整体。它们经历了一次变化，变成了某种与分散状态不同的东西：整体现实要求一个接一个的舞动的画面形成一种高速、同质的氛围，也即一种"虚构"氛围。通过罗列，概念本身被稀释了，含义被削弱了，与之对应的是符号、视觉效果和听觉效果的加强：这是一种"非现实化"的技巧，能够把客观现实事物转变成虚构现实事物。另一次罗列则把生动-有声的奇异物体归还了虚构现实之中："……染成各种颜色的鹦鹉吟唱着意大利浪漫曲，母鸡伴着手鼓的节奏下出一百个金蛋，训练有素的猴子能猜出人的所思所想，多功能机器既能缝扣子又能退烧，还有用来忘却不快回忆的仪器、用来浪费时间的药膏以及其他上千种异想天开、闻所未闻的发明……"（第21页）[②] 我们看到了和

[①]《百年孤独》中文版，第5页。
[②] 同上，第14页。

《格兰德大妈的葬礼》类似的罗列法：展示在读者面前的首先是常见的客观现实物体（鹦鹉、母鸡、猴子），这使它们变得可信，消除了读者的疑惑。紧接着，属于幻想之物的物体逐渐出现（既能缝扣子又能退烧的机器、让人忘却不快回忆的仪器、用来浪费时间的药膏），然后，仿佛被节奏和速度捕获一般，读者也认为它们与前述物体没什么差异。最先出现的客观现实物体把"真实性"传染给了后面出现的物体，同时，后者也将其"非真实性"传染给了前者（连通器、变化）。在这个例子里，不同特性的材料之间出现了对称分布的现象：两个类别各有三个组成部分（猴子、鹦鹉、母鸡；机器、仪器、药膏）。我们后面会看到《百年孤独》中持续出现的写作方式之一就是把虚构现实物体以三个一组分成小单元。

通过罗列，虚构现实中多了某种特殊的时刻。罗列为其材料赋予了与众不同的、令人头晕目眩的活力。运动是生命的基础特征，但是虚构现实中罗列技巧的这种高速重复节奏下的"环形"运动又有自己的特点。与其在真实现实中的状态不同，它成了"补充因素"的又一个添加剂。让我们看看罗列法给材料带来的速度感："……广场上有死有伤，倒下了九个小丑、四个科隆比纳、十七个纸牌大王、一个魔鬼、三个音乐家、两个法国贵族和三个日本皇后。"（第175页）[①] 通过让人着魔的节奏感，形式变成了内容：句末出场的三位化过妆的姑娘已经不再是她们自己了，她们就是三个日本皇后。有时，这种让人着魔的节奏感会让读者放松警惕，去接受那些因为过度夸大而本该丧失可信度的事物。费尔南达·德尔·卡尔皮奥因为宗教禁忌，每年只有四十二天能与丈夫同房，就是一个例子。这条（夸张至极的）信息是在一堆降低了读者的"逻辑思维能力"的诙谐列举之后出现的："除去圣周、主日、守节日、每月第一个星期五、静修日、弥撒日

[①]《百年孤独》中文版，第178页。

以及月事周期,她一年中可行房的日子只剩四十二天……"(第181页)① 在某些时刻,罗列是一组接一组出现的,虚构现实变成了以疯狂节奏出现又消失的画面风暴。在第197页就出现了四组罗列。美国人建造了一座城镇,"街道上棕榈树荫掩映,家家户户装有金属纱窗,阳台上摆着白色小桌,天花板上挂着吊扇,宽广的绿草地上有孔雀和鹌鹑漫步";同样一批美国人"能调节降水量,加速收获周期,令河流从亘古不变的路线改道";此外,他们还带来了一火车"不可思议"的妓女大军,她们能够使"无能者受振奋,腼腆者获激励,贪婪者得餍足,节制者生欲望,纵欲者遭惩戒,孤僻者变性情";土耳其人大街每周六都会人声鼎沸,"众多冒险者在赌桌上、打靶摊前、专营算命解梦的小巷里、摆着油炸食品和饮料的餐桌间互相推搡拥挤。到星期天清早一片狼藉,四下横躺的常有快乐的酒鬼,但总少不了斗殴时被子弹、拳头、刀子、酒瓶殃及的围观者"②。上述四组罗列描述了马孔多在香蕉公司及其事业的影响下发生的完整转变,借由这种叙事形式,这一切都闪烁着魔幻的光芒:这样一个狭小的空间被塞进了过多的物体和事件,那些材料的内容几乎变成了空白,经过罗列之后所剩的就是一道极速闪过的光芒和某种音乐感。这种音乐感把它们"非真实化"了。同样的情况也发生在叙事进程在火车抵达时做出的灾难预言中:"这列无辜的黄色火车注定要为马孔多带来无数疑窦与明证,无数甜蜜与不幸,无数变化、灾难与怀念。"(第193页)③ 夸大的、音乐性的形式减轻了事件的分量,给它们增添了一种诙谐的氛围,把它们推向幻想之物。

各种技巧之间并不是排斥关系,而是完全相反:经常会出现两种或三种技巧共同使用以展现某些信息的情况。举个例子,对布恩迪亚上校生命

---

① 《百年孤独》中文版,第185页。
② 同上,第201—202页。
③ 同上,第197页。

中的最后一个情节的描写就混合了列举、重复和翻转物体特性的方法。我们现在只是来看看在下述列举中，某个特质与众不同的物体是如何"混进"其他事物中的："他看见一个女人穿得金光闪闪骑在大象的脖子上。他看见哀伤的单峰驼。他看见打扮成荷兰姑娘的熊用炒勺和菜锅敲出音乐节奏。他看见小丑在游行队尾表演杂耍。最后当队伍全部走过，街上只剩下空荡荡一片，空中满是飞蚁，几个好奇的人还在茫然观望时，他又一次看见了属于可悲的孤独的那张脸……"（第229页）[1] 由于所处的策略性位置，"可悲的孤独"有了脸和身体，它似乎受到了之前罗列的生物的传染，也变成了人或动物。无须化身虚构现实之物，"可悲的孤独"借由罗列实体化了，它所携带的幻想色彩是通过在客观现实的两种层次中的变化获得的：从隐身到可见，从抽象到具体。同时，那个位于队尾的幽灵也使他之前的小丑、姑娘、单峰驼和大象披上了一层奇幻的面纱。这又是一次对连通器法的运用：孤独"有了形体"，小丑们却似乎因受到传染而"隐身不见"了。

列举法可以在更短的时间、更小的空间里把更大数量的事物引入虚构现实中。我们已经从宏观的角度看到了发生在马孔多转型期的情况；我们再来从微观的角度来看看对梅梅房间的描写，那里仿佛变成了巴洛克风格的组画："她的房间里摆满了磨甲的浮石垫、烫发的发夹、洁齿的牙膏、令眼神迷离的眼液以及其他五光十色的新奇化妆品和美容用具……"（第233页）[2] 这段内容丰富的物质描写出现在费尔南达·德尔·卡尔皮奥"与隐形医生们进行激动人心的通信"之前。在罗列了一系列"实体特征"不容置疑的物体——发夹、浮石垫、眼液——之后，"隐形医生们"就出现了，由于双方距离如此接近，使后者也被传染了实体性特征。通过和上述物体的接触，隐形医生不再那么不可见了，同时那些固体或液体似乎也吸收了一

---

[1] 《百年孤独》中文版，第234页，译文有改动。
[2] 同上，第238页。

点医生们的隐形的特点：具有不同特性的物体通过接触彼此交换了特性，虚构现实中的种种因素因而获得了与它们在真实现实中不同的特点（也因此更加具有"虚构"的特征了）。

（修辞对称）

《百年孤独》的写作形式是与其叙事材料的排列体系相匹配的。罗列——这部小说中常见的修辞技巧——是遵循严格的使用标准的：最常见的是三事物一组或六事物一组的情况：

……信使**翻越山脉**，

迷失于无边的沼泽，

蹚过湍急的河水，

险些丧命于

猛兽的袭击、

绝望情绪和

瘟疫，

最后终于找到了邮政骡队途经的驿道。（第11页）①

他摸索着穿上衣服，听见黑暗里

弟弟安稳的呼吸声，

父亲在隔壁房间里的干咳声，

院子里母鸡的咕咕声，

蚊子的嗡嗡声，

---

① 《百年孤独》中文版，第3页，译文有改动。

自己心脏的怦怦跳动，

以及天地间他此前从未察觉的喧嚣，

走向沉睡的街巷。（第 30 页）①

跳舞女郎，

八音盒，

奔跑的马儿，

耍杂技的猴子，

敲鼓的小丑，

各种令人惊异的机械动物，

皮埃特罗·克雷斯皮带来的这些玩具驱散了……（第 70 页）②

对六个"奇异"事物进行罗列，并在最后发生变化的例子：

八年之后，她学会了

用拉丁语作诗，

弹奏古钢琴，

与绅士谈鹰猎术，

和主教论护教学，

向外邦君主阐述人间政务，

为教皇诠释天国事宜，

却还是回到父母家中又编起花圈来。（第 180 页）③

---

① 《百年孤独》中文版，第 23—24 页。
② 同上，第 65 页。
③ 同上，第 183 页。

罗列常常从可能跳到不太可能或完全不可能，换句话说，从客观现实跳到虚构现实。这种变化对于已经被节奏感和材料的"多样性"搞得着了魔的读者来说几乎是不可察觉的。

奥雷里亚诺的十七个私生子造成的破坏：

  他们打碎了家里一半的餐具，

  为了追赶一头公牛并将它兜在毯子里抛耍而将花园里的玫瑰践踏殆尽，

  他们开枪射杀母鸡，

  强迫阿玛兰塔跳起皮埃特罗·克雷斯皮所教的悲伤华尔兹，

  怂恿俏姑娘雷梅黛丝穿上男人的裤子参加爬竿游戏，

  他们在饭厅里放出一头涂满油脂的猪……（第 188 页）[①]

又一处"奇异"事物的罗列，用到的都是与神秘学相关的材料：

  他记住了

   那些散页书中的传奇怪谈，

   瘫子赫尔曼的研究大要，

   鬼魔学的笔记，

   点金术的关钥，

   诺查丹玛斯的《诸世纪》

   及其瘟病研究，

[①] 《百年孤独》中文版，第 191 页，译文有改动。

故此当他步入青年时期虽然仍对所处时代一无所知……（第301页）①

和马孔多受到香蕉公司影响而发生转变一样，阿玛兰塔·乌尔苏拉回归马孔多以及她带来的革新风潮也通过文体学的手法溶解在了一系列的罗列之中：

除了上学时带去的费尔南达的古老衣箱，她还运回了
两个立式衣柜，
四件大行李箱，
一整袋阳伞，
八盒礼帽，
一只关有五十只金丝雀的巨大鸟笼，
还有丈夫的自行车，

拆卸开来装在一个特制的盒子里，可以像大提琴一样拎着。尽管刚结束长途跋涉，她却一天也没有休息。她从丈夫骑摩托的行头里拣出一件粗布工装穿上，开始着手重整家宅。**她把长期占据长廊的红蚂蚁赶走**，

使玫瑰复活，
将杂草拔除，
在扶栏上挂的花盆里重新载下欧洲蕨、
牛至和
秋海棠。

---

① 《百年孤独》中文版，第307页，译文有改动。

她率领一队木匠、

锁匠和

泥瓦匠

补上地面裂缝,

修好门窗合页,

又将家具翻新,

把里外墙壁刷得雪白。

在她回来三个月后,屋里又充满了自动钢琴时代那种青春欢快的气息。(第318页)[1]

在这个长段里,借助罗列法,作者在最小的文字空间里描绘了时间跨度尽可能大的范围,呈现了数量更多的事件,而且用更少的词汇描写了更多的物体。叙事进程无须为了细致地刻画和具体地区分事物而暂停:罗列法解放了叙事进程。因为在披上这件有声的盔甲之后,所有的事物和动作都非个体化了,同质化了,它们的概念内容不再重要,具有乐感和弹性的特征获得了霸权。想让它们(颜色、形状、乐感)易被接受,只需简单提及就足够了。因此,这种技巧的持续使用赋予了那片虚构现实以某些特性:轻盈有弹性,从严格意义上来看,具有了短暂性的特点。小说中的万事万物都给人以短暂表演的感觉,诸多画面甫一出现即消失不见,只是为了让其他的画面也获得现身和消失的机会,就像旋转木马或快进的电影画面一般:这种节奏及特点把虚构现实和真实现实"区分开来"了。

最常见的罗列法形式就是它最小的形态,即三个事物一组的形式。它不仅短小精悍,而且在连续使用的过程中会显得更不起眼,但这绝不意味

---

[1] 《百年孤独》中文版,第325—326页。

着它的效果弱。完全相反：只要恰到好处地运用这些技巧，它们就总会有效，会让读者意识不到它们的存在，只关注它们引发的结果。在下面的例子里，罗列法因短小且快速而几乎难以察觉：

> 家门洞开，空气中树脂和灰浆的气味还未散去，建村元老的儿孙们依次参观了
> 摆放有欧洲蕨和秋海棠的长廊，
> 各个安静的房间，
> 弥漫着玫瑰芬芳的花园，
> 最后来到客厅，簇拥在覆盖着雪白床单的新奇发明周围。（第60页）①

> 他到她姐姐们的缝纫店寻找她，
> 在她家窗前寻找她，
> 去她父亲的办公室寻找她，
> 但她的身影只出现在他心中，填满了他可怕的孤独。（第63页）②

和"可悲的孤独"的例子一样，这里罗列的三种因素——缝纫店、窗、办公室——的物质性传染给了"他可怕的孤独"，而后者又把它的主观性和抽象性传染给了前面的那些材料：两者都部分地改变了自己的特质。

最小列举的例子几乎出现在小说的每一页：

> 从那天起，她就展示了
> 责任感、

---

① 《百年孤独》中文版，第54页。
② 同上，第57页。

大方的仪态,

以及面对逆境仍波澜不惊的控制力。(第76页)

……

尼卡诺尔神父决定再待一个星期来

教化犹太人和外邦人,

使同居合法化,

让濒死的领圣礼。(第77页)[1]

皮埃特罗·克雷斯皮给乌尔苏拉带去的奇异礼物包括:

葡萄牙沙丁鱼,

土耳其玫瑰果酱,

还有一次送的是

马尼拉大披巾。(第87页)

……

在有些例子里,列举法极具修辞效果:

凭着何塞·阿卡迪奥·布恩迪亚翻越山脉创立马孔多那样的**蛮勇**,

凭着奥雷里亚诺·布恩迪亚上校一次次徒劳发动战争那样的**盲目骄傲,**

---

[1] 《百年孤独》中文版,第72—73页。

> 凭着乌尔苏拉一心延续家族血脉那样的**疯狂执拗**，
>
> 奥雷里亚诺第二寻找费尔南达时不曾有片刻气馁。（第180—181页）①

在这个例子里，罗列法把读者的注意力集中到乐感和数字上，同时那种使人着魔的力量中和了语言本身所带有的强烈气息（蛮勇、盲目骄傲、疯狂执拗），而这种气息本可能降低情节的说服力："陈词滥调"不再是"陈词滥调"了，这些套路式文字借助罗列法变成了单纯的杂音和动作。

> ……
>
> 一种翻天覆地的力量，
>
> 一种火山爆发的气流，
>
> 一阵大难临头的咆哮，
>
> 在人群中以无比凶猛的势头猝然爆发。（第259页）②

我们在这里看到，列举法和夸张法融合到了一起：材料的过度化状态被表达它的形式弱化了。

当奥雷里亚诺第二失去耐心、毁掉半座老宅时，出现了两次这种罗列方法：

> ……开始有条有理地发泄怒火，抓起一盆盆
>
> **秋海棠**、
>
> **欧洲蕨**、

---

① 《百年孤独》中文版，第184页，译文有改动。
② 同上书，第265页。

牛至

砸在地上摔碎。

……波希米亚水晶器具、

手绘花瓶、

玫瑰花舟少女图、

金框镜子，

总之从客厅到谷仓一切可以打碎的东西，都掷在墙上打碎……（第277页）①

……

乌尔苏拉和孩子们在菜园里照料

香蕉和海芋，

木薯和山药，

南瓜和茄子。（第11页）

……

另一处多出一个组成部分的列举的例子：

在等待中，

她的大腿不再有力，

乳房不再坚挺，

性情不再温和，

---

① 《百年孤独》中文版，第283页。

但是

心灵的狂野依然如故。(第31页)①

……

四个事物一组的列举也时常出现。这里就有一个"奇异"的列举的例子，两种列举形式相伴出现，这倒并不常见：

钢琴分部件装箱运来，一同到货的还有

维也纳的家具，

波希米亚的玻璃器皿，

西印度公司的餐具，

荷兰的桌布以及各式各样的

灯具与烛台、

花瓶、

帷幔和壁毯。(第59页)②

……

何塞·阿卡迪奥·布恩迪亚到来时也伴随着罗列法的运用：

……突然有人推开大门……房柱震颤不已，

长廊里刺绣的阿玛兰塔及其女友，

卧室里吮吸手指的蕾蓓卡，

厨房里的乌尔苏拉，

---

① 《百年孤独》中文版，第25页。
② 同上，第52页。

510

作坊里的奥雷里亚诺，

甚至果树下孤零零的何塞·阿卡迪奥·布恩迪亚，都感到房子在大地的震动中摇摇欲坠。（第82—83页）[1]

罗列可能出现在句首、句末或句子中间，可以单独出现，也可以组合出现，可以很短，也可以很长。不过有些特征是持续存在的：它总是会将"五光十色"的材料以三个或更多为一组的形式汇拢到一起，通过给材料披上有声的盔甲，让它们获得不同现实层次（客观现实或虚构现实）的特征或同一现实的不同层次（具体与抽象、可见与隐形）的特征。其效果是赋予那片虚构现实以动感、弹性、声音，让由两种维度的画面组成的整体画面"肤浅化"，以此区别于真实现实。

（三）重复

表面上看，《百年孤独》中出现并闪过了许多事物；那片虚构现实的特点似乎就是大量人物、物体，尤其是事件的堆叠：每时每刻都有事情在发生。不过只需要冷静地阅读，就可以发现书中出现的事物比我们以为的要少了许多，因为很多同样的事物出现了许多次。整本书就是一个大型的物体检阅场景（我们见过的一些小规模的检阅场景就是这种情况的反映），而且这个场景是环形的：组成那片虚构现实的人物、物体和事件不断重复，给人一种无穷无尽的感觉，它们的数量似乎也因此成倍增长了，就如同两面对向放置的镜子中映出的画面一样。那片虚构现实中的另一项法则就是重复。这种技巧出现在内容和形式上的频率、结构和写法上的频率相当，对它的持续使用让那个文字世界有了现在这副样子。

---

[1]《百年孤独》中文版，第79页，译文有改动。

（1）内容上的重复。叙事内容上经常会出现重复：马孔多被称为"镜子之城"（或"蜃景之城"）（第351页），在另一个时刻又说布恩迪亚家族的历史"不过是一系列无可改变的重复，若不是车轴在进程中不可避免地磨损，这旋转的车轮将永远滚动下去"（第334页）①。这种"无可改变的重复"既得到了明白的展示，也获得了隐秘的暗示，有时高调，有时低调，或者完全被隐藏起来，直到很久之后才揭秘。重复出现的内容汇聚起来，给了那片虚构现实另一种"特质"：一个由各种不祥的环形法则统治的世界，这些环形出现在从集体历史到个人心理、从爱情到知识再到梦境的各个层次中。这是一个从根本上就缺乏自由和自发性的世界，一切都早已注定，由某些不可避免的驱动力推动前进，也就是说，这是个"魔幻"世界、"反历史"世界。我们来看几个在布恩迪亚家族中出现的重复的例子。最明显的就是家中成员的名字：男人们都叫何塞·阿卡迪奥或奥雷里亚诺，女人们则都叫乌尔苏拉、阿玛兰塔、雷梅黛丝。随着那些名字不断重复出现的还有其他更深层次的东西：心理、命运。"所有叫奥雷里亚诺的都很孤僻，不过头脑灵活；所有叫何塞·阿卡迪奥的都冲动上进，又都带着挥之不去的悲惨命运。"（第159页）这些总体特点在所有人身上重复出现，除了两个例外：何塞·阿卡迪奥第二和奥雷里亚诺第二，但这是因为他们的身份发生了"互换"，所以这条法则依然在起作用。还有其他一些在叙事进程中不断重复出现的情况，例如男人们都更喜欢沉浸在幻想世界中，不够讲求实际，而女人们在这方面比他们更强。孤独是所有人的世袭遗产，他们把孤独刻到了面孔上，到达了一种极端的境地，乌尔苏拉甚至凭借这一点认出了奥雷里亚诺上校在战争时期生下的私生子们："他们身上的孤独气息毫无疑问出自这个家族。"（第135页）此外，家族中的每代人都害怕生下长着猪尾巴

---

① 《百年孤独》中文版，第341页。

的孩子，与这种恐惧相匹配的是家里无论男人还是女人都对乱伦有莫名的渴望。布恩迪亚家族的一代又一代人都有"造了毁、毁了造"的恶习（第267页）。"布恩迪亚家族里的人总是无病而亡"，这个奇怪的特点是乌尔苏拉发现的（第239页）。乌尔苏拉意识到了家族里的那些不祥的重复事件，有一次她叫嚷道："这事我记得……就好像时间在转圈圈，咱们又都回到了原点。"（第169页）年老半盲的乌尔苏拉在更精确的细节上验证了重复法则在家族中的存在："一段时间过后，她发现家里的每个人每天都在重走同样的路线，做同样的动作，几乎在同样的时刻讲同样的话，只不过大家都没意识到罢了。"（第212页）另一个更细致的例子：布恩迪亚家族的每个人都有一个执念，那个念头会一直陪伴他们到死，折磨他们，而他们却始终不肯放弃自己的执念。那种执念有时是一种经历，例如在奥雷里亚诺身上是见识冰块的经历，在何塞·阿卡迪奥第二那里是旁观枪决场面的经历；有时是一个人，神学院学生何塞·阿卡迪奥无论生前死后想的都是他的姨妈；有时是一种状态，例如阿玛兰塔和死亡的关系。

要想解释清楚这种组织起那片虚构现实的重复法则，没有比何塞·阿卡迪奥·布恩迪亚用来缓解孤独的梦境更好的例子了：

> 他梦见自己从床上起来，打开房门，走进另一间一模一样的房间，里面有同样铸铁床头的床、同样的藤椅和后墙上同样的救难圣母像。从这一间又进入另一间一模一样的，如此循环，无穷无尽。他喜欢从一间走到另一间，仿佛漫步在镜廊中，直到普鲁登肖·阿基拉尔轻拍他的肩头。于是，他一间间回溯，渐渐苏醒，他原路折返，在现实的房间里与普鲁登肖·阿基拉尔相会。（第124页）[1]

---

[1] 《百年孤独》中文版，第124页，译文有改动。

何塞·阿卡迪奥在梦中经历的事情也发生在了《百年孤独》的读者身上：这个世界是由无数不断重复的单元组成的，它们就和那些平行的房间一样，是对称出现的。有时这条法则出现在带有幽默氛围的情节中，例如双胞胎兄弟何塞·阿卡迪奥第二和奥雷里亚诺第二身上那些让人心烦的相似之处；另一些则出现在转瞬即逝的细节之中，而且是以一种连叙事者也没有预料到的形式出现的，似乎是偶然或那片虚构现实的"魔幻"机制的产物：马孔多是由二十一个人建立的，和奥雷里亚诺·布恩迪亚一起发动内战的也是二十一个人。使布恩迪亚上校的老年生活被神化的也是一件病态的重复性工作："用小金鱼换来金币，随即把金币变成小金鱼，如此反复，卖得越多活计越辛苦，却只是为了维持一种不断加剧的恶性循环。"（第173页）[1] 奥雷里亚诺·特里斯坦，在多年之后且毫不知情的情况下，在小镇郊外建造了"何塞·阿卡迪奥·布恩迪亚沉迷发明的日子里梦寐以求的制冰厂"（第189页）；死亡那天，布恩迪亚上校在他的作坊里发现了十七条小金鱼（第227页）[210]，这个数字与他被暗杀的私生子的数量一致；同一天他和他的父亲一样，做了一个常做的梦：

> 他梦见自己走进一幢空空的房子，墙壁雪白，还因为自己是第一个走进这房子的人而深感不安。在梦中，他记起前一夜以及近年来无数个夜晚自己都做过同样的梦，知道醒来时就会遗忘，因为这个不断重复的梦只能在梦中想起。（第227—228页）[2]

奥雷里亚诺第二给他的女儿梅梅布置新房，"却没留意到布置得和佩特

---

[1] 《百年孤独》中文版，第176页。
[2] 同上，第233页。

拉·科特斯的房间一模一样"(第233页)。阿玛兰塔在给自己织寿衣之前，一直在给蕾蓓卡织寿衣，一天晚上，她感受到了梅梅身上的怨恨，觉得"自己的经历正在另一个看上去纯真无邪的少女身上重演"(第238页)。在香蕉工人罢工时，政府派来了三个团的士兵：

> 队伍走了一个多小时，但给人的印象似乎只是几个小队来回转圈，因为所有人都很相似，仿佛一个母亲生出的儿子，而且都同样呆滞地承受着背囊和水壶的重负。（第257页）[1]

在屠杀场面中，互相碰撞的人们似乎也都长着同一副面孔，他们组成了一幅环形画面："……在恐慌中仿佛被巨龙摆尾一击而退，密集的人潮撞上反向而来的另一波密集人潮，后者已被对面街上的龙尾击溃。"（第259—260页）[2] 大雨结束时，在已长满苔藓的商铺之间，"第三代阿拉伯人和自己的祖父、父亲一样坐在同一个地方，沉默寡言，无动于衷……"（第281页）

不同的人物在不同的时期说出同样的话来：何塞·阿卡迪奥第二对乌尔苏拉说了她曾经听自己的儿子奥雷里亚诺说过的话（"时间过得很快……"），而乌尔苏拉的回复也和其他人对她的回复一样（"话虽如此……可也没那么快"）：

> 话一出口，她便意识到正在重复奥雷里亚诺·布恩迪亚上校在死囚房里对自己说的话，再次在战战兢兢中证实了时间并没有像她刚承认的那样过去，而是在原地转圈。（第284—285页）[3]

---

[1] 《百年孤独》中文版，第263页。
[2] 同上，第266页。
[3] 同上，第291页，译文有改动。

除了名字、对话、特点，连习惯也在重复：神学院学生何塞·阿卡迪奥洗澡的方式和俏姑娘雷梅黛丝一样，穿的则是和皮埃特罗·克雷斯皮同样款式的裤子（第311页）。最后一位奥雷里亚诺的阳具与带刺青的何塞·阿卡迪奥的阳具大小相似；对破译梅尔基亚德斯手稿感兴趣的先是何塞·阿卡迪奥第二，后来是奥雷里亚诺（第284、296页）。于是在性爱高潮时刻也出现重复法则就显得不那么令人惊讶了。所有的角色在欢爱时刻的情感或动作都像地质活动一般强烈。何塞·阿卡迪奥·布恩迪亚和庇拉尔·特尔内拉：

……不知道自己的脚在哪里头在哪里，甚至不知道是谁的脚谁的头；他觉得再也无法忍受腰间冰冷的声响和腹内的气流，无法忍受恐惧和迷乱的渴望……（第30—31页）①

何塞·阿卡迪奥·布恩迪亚和吉卜赛女郎：

……刚一触碰，女郎的骨头像散了架，仿佛一盒多米诺骨牌哗啦啦一阵混响，她的肌肤在苍白的汗水中融化，她的眼睛盈满泪水，她的整个身体发出悲惨的哀叹，散发淡淡的淤泥气味……何塞·阿卡迪奥感觉身体悬空……（第36页）②

奥雷里亚诺·布恩迪亚和庇拉尔·特尔内拉：

他平稳老练，毫无滞碍地越过痛苦的峭壁，发现雷梅黛丝变成了

---

① 《百年孤独》中文版，第24—25页。
② 同上，第30页，译文有改动。

无边的沼泽，闻起来好像幼兽和新熨好的衣服。渡过难关之后，他哭了起来。（第64—65页）①

何塞·阿卡迪奥·布恩迪亚和蕾蓓卡：

  一股强似龙卷风却又惊人精准的力量将她拦腰举起，三两下扯去内衣，像撕裂一只小鸟一般，她得努力支撑着才不至于死在当场。她感谢上帝让自己拥有生命，随即失去意志，沉浸在由无法承受的痛苦生出的不可思议的快感中，扑腾挣扎于吊床这热气腾腾的泥沼间，喷出的血液被泥沼像吸墨纸一般吸收了。（第85—86页）②

奥雷里亚诺和尼格罗曼塔：

  尼格罗曼塔把他引向诱人的烛火映照下的卧室，引向那张因反复接客而脏污不堪的折叠床，引向她冷酷无情、精壮如母狗般的身体，她本打算像安慰受惊的孩子似的将他打发，不料遇上的却是一个勇猛异常的男人，搅得她五脏六腑都在巨震中错位。（第326页）③

奥雷里亚诺和阿玛兰塔·乌尔苏拉：

  一种异乎寻常的震撼将她定在原处动弹不得，她的反抗意志被不可抵御的热切欲望压倒，她想要知道那些在死亡彼岸等待她的橙色呼

---

① 《百年孤独》中文版，第59页，译文有改动。
② 同上，第82页。
③ 同上，第333页，译文有改动。

啸和隐形球体究竟是什么。(第335页)①

人物、物体和事件似曾相识的趋势、生活的这种系统性的重复法则，揭露了那片虚构现实的本质特点。这个世界就像《枯枝败叶》的叙事者们告诉我们的那样：一切都被写成了，生活只是单纯将其展示出来罢了。这种悲观绝望的态度在《枯枝败叶》中只是一个观点，是针对客观现实的主观看法；在《百年孤独》里却成了那片现实的客观法则，"历史"在那里是不存在的，没有任何事物，也没有任何人能够逃脱那些无法改变的、不停地操纵生死的法则的控制。这些法则不遵循任何"逻辑"，它的内在特质是无法从理性出发去理解的。它们不是人类的行动或意志的产物，而是一些"超然"的力量。人们只能通过猜测、巧合或奇迹接触到它们：那是些魔幻-宗教式的法则。

(2) 形式上的重复。这部小说的结构和写作方式也体现了连续不断的重复法则，这在环形概念中得到了完美的展示。在结构和材料组织方面，已无须强调那个极为明显的情况了：重复技巧被运用在了整部小说之中，不仅在纵向层面，在横向层面也是如此：整体反映在局部之中，每个情节中都蕴含着整体故事的环形特点，这种特点表现在事物、物体和人物的检阅式出场上，在各个叙事单元中，要么展现的是这种检阅式出场，要么就是罗列法的运用，又或是二者兼有，诸如此类。

作者在写作时不断使用各种技巧：夸张、罗列和重复是其风格最突出的表现形式。重复是种可以使人"着魔"的技巧：通过某种方法来重复某些辞藻或句子一直以来都是连通"隐藏信息"的方法，也是在写作中施魔或除魔、召唤或祛除正义或邪恶力量的最传统方式。重复总是和宗教仪式、

---

① 《百年孤独》中文版，第342—343页。

秘密团体接收仪式、魔幻祭祀相关。重复法一旦与魔法、宗教和神秘学有了模糊的联系，也就给那片虚构现实增添了虚幻的特性。重复也是一种罗列形式，其表现方式是某些声音有节奏地重返回来。我们在何塞·阿卡迪奥返回马孔多的情节中就看到了一些句式的重复：

……脖子上**挂着**救难圣母像……皮肤经风吹日晒带着层棕褐色……**戴着**一条两倍于马鞍肚带宽的腰带……'嗨'，他用疲惫的声音跟众人打招呼……'嗨'，受惊的蕾蓓卡回了声……'嗨'，奥雷里亚诺对他说道……（第83页）

阿卡迪奥在被执行枪决前的所思所想是一组四次重复的罗列句式：

他**想到了**乌尔苏拉……**想到了**他八个月大的女儿……**想到了**桑塔索菲亚·德拉·彼达……**想到了**他的亲人们，却并不觉得伤感……（第106—107页）

布恩迪亚上校听取他的政党派到马孔多的六名政治顾问的建议：

他们首先**请求放弃**审核地产……其次**请求放弃**对抗教会……最后**请求放弃**争取私生子与婚生子同权……（第147页）

一个被派去大泽区售卖上校制作的小金鱼的士兵带回了消息：

说是政府……**说是**已经达成了宗教协定……**说是**西班牙一个剧团的女主唱……（第173页）

519

费尔南达·德尔·卡尔皮奥的父亲一直都是个严酷的人：

> 他**从未**和谁成为密友。**从未**听人说起过让这个国家血流成河的那些战争。**从未**中止在下午三点听女儿练习弹奏钢琴。（第 180 页）

有时，重复会以更简单的形式出现，例如在一个长句里重复出现某些词语（"想起""当""和"）：

> **当**天亮时心中的寒意将她从孤枕上唤醒，她会**想起**她；**当**她用肥皂擦洗自己凋零的乳房和枯萎的腹部，**当**她穿上老年人雪白的细棉布裙和胸衣，**当**她更换手上缠裹赎罪伤痕的黑纱，都会**想起**她。"（第 190 页）[1]

对雷梅黛丝升天情节的描写用的也是伴有重复的罗列句式：

> 俏姑娘雷梅黛丝独自留**在**孤独的荒漠**中**，一无牵绊。她**在**没有恶魔的梦境**中**，**在**费时良久的沐浴**中**，**在**毫无规律的进餐**中**，**在**没有回忆的漫长而深沉的寂静**中**……（第 204 页）[2]

升天场景本身用的也是同类型的罗列句式：

> ……看着俏姑娘雷梅黛丝挥手告别，身边鼓荡放光的床单和她一起冉冉上升，**和**她一起离开金龟子和大丽花的空间，**和**她一起穿过下

---

[1] 《百年孤独》中文版，第 194 页。
[2] 同上，第 208—209 页，译文有改动。

午四点结束时的空间，**和她一起**永远消失在连飞得最高的回忆之鸟也无法企及的高邈空间……（第205页）①

这样的形式不仅出现在属于虚构现实的时刻，也存在于客观现实情节中：

……**尽管**阳光仍照耀在秋海棠上，**尽管**午后两点依然炎热难耐，**尽管**欢闹声还不时从街上传来，这个家却越来越像她父母那座殖民时代的深宅。"（第221页）②

布恩迪亚上校观察马戏团行进的场景：

他看见一个女人……**他看见**一只单峰驼……**他看见**一头熊……**他看见**几个小丑……**他又一次看见**……（第229页）

梅梅前往那座阴郁城市的旅途似乎是前一个例子的对立面：

她没看见那些遮天蔽日的种植园……**她没看见**美国人建造的那些白色房屋……**她没看见**牛车……**她没看见**如鲱鱼般跳入河中的少女……（第250页）

（四）翻转物体特性

读者从真实现实的角度出发，认为某种事物并不具有某种特性，可是作者偏偏将那种特性强加到该事物身上。和之前几种技巧相比，这种技巧

---

① 《百年孤独》中文版，第209页，译文有改动。
② 同上，第227页，译文有改动。

并不具有那样高的原创性。它是所有虚构文学作品中最常用的技巧，因为虚构文学作品中的事物总是具有某些它们在真实现实中不曾有过的特性：死人复活、大活人变成隐形人、会说话的花、会走路的家具。不过在《百年孤独》里，这种技巧有了新意。它让那片虚构现实多了什么与众不同的特点呢？——某些人物和物体有了在真实现实中不可能具有的"可能性"：它们经历了质变，发生了特性的变化。吉卜赛人带去马孔多的毯子是奇幻的，因为它是"飞毯"，可以腾空到小镇房屋的屋顶上方（第34页）。在那片虚构现实中，这种特性是"客观存在"的，可是在真实现实中飞毯的概念只存在于"主观世界"（人们的幻想或怀疑）中。

在《百年孤独》中，翻转物体特性的操作总体而言要比夸大物体特性更为低调。夸张法是显眼夺目的，而赋予事物虚构特性的行为往往是快速的，作者将其一笔带过，使之成为转瞬即逝的信息。而且这种飞速提及的写法往往会被幽默因素中和，创造出一种模糊的氛围。诙谐或嘲讽的腔调使读者心中生疑：这些文字是严肃的吗，还是说只是种文字游戏呢？幽默因素强化了这种写法的效果，同时弱化了它的存在感，让读者能够更好地接受它，如果同样的内容以严肃的文字讲述，读者很可能因为那些文字"不够真实"而拒绝接受它们。对幽默因素的运用也很讲究，因为如果剂量过大，它不仅不会让幻想之物显得诙谐有趣，反倒会让它的人造痕迹加重，于是"不真实感"就更强了。我们必须强调这种严格的比例调配问题：幽默和"非现实"只有在保持完美平衡的情况下才能让变化为幻想之物的事物被读者像他们熟悉的事物一样接受。这两个添加剂的平衡体现得最明显的地方就是那些和死亡相关的情节。一个人从因为感到过于孤独而从一个地方返回另一个地方是个客观现实事件，孤独感是一种客观现实存在的情感，但这里的虚构之处是此人要返回亡者的世界，这就是梅尔基亚德斯的例子（第49页）。一个人不知疲倦地四处寻找另一个人是个客观现实事件，但是做出这一举动的是一个死人，他在死者的世界里寻觅一个还活着的人，于是这个事件就变成了虚构事件了，这就是在普鲁登肖·阿基拉尔身上发生的事情（第73页）。一个女人请求另一个女人帮她"穿针引线"没有任何不寻常的地方，除非请求帮忙的那人是死神本人（第238页）；一个马上要出远门的女人帮人从出发地往目的地捎信是非常平常的事情，可如果她要去的地方是阴间，情况就变了，这就是阿玛兰塔的例子（第239页）。一个泡在池子中的男人心里依然在想着一个女人也是常有的事，可如果那个男人已经溺死在池子里，事情的性质就变了，这就是在何塞·阿卡迪奥身上发生的事（第317页）。在所有这些例子里，我们都能看到日常化的场景以及平常无奇的事件，它们的虚构特征主要源于由叙事者操纵的"交换"，是他把那些对普通人来说平平常常的事件和场景安到了死人或死神身上。"幽灵"在虚构现实中扎下根来，所有相关的叙事技巧都是为了消除它身上的虚构性，使它趋近客观现实之物，让它存活于生者的日常生活之中。就这样，虚构事物成功地完成了上述转变，因为它的那些特征在虚构现实中已经变成了客观现实特征，不再具有虚构性了。一个被按"幽灵"的特点（很不可靠，只能借助梦境、幻想、恐惧而存在）描述而成的"幽灵"不可能做到这些，要想把虚构特征变成客观现实特征，它就得像普通人一样衰老、吃喝、做梦、睡觉、死去。《百年孤独》的奇思妙想就在于许多死人像活人一样行动，而不少活人却表现得像个死人。

　　这种技巧在《百年孤独》中的另一种表现形式是，在两种客观现实物体彼此接近的过程中使幻想之物渐渐露出苗头。两种毫无关联的平常物体在互相接近时会结出奇妙的果实。洛特雷阿蒙曾描绘"一台缝纫机和一把雨伞在解剖台上相遇"的有名画面。这三种毫无疑问十分普通的物体只是发生了接触，就制造了一个"可疑的"现实场景。加西亚·马尔克斯在这部小说中经常让普通事物之间产生联系，以此制造不普通的事物，或者说，让两种客观现实物体互相接近，以此促使幻想之物显露苗头。一个男人放屁是客观现实事件，花儿枯萎也是客观现实事件，可是把这两个"客观"事物联系到一起，色调就发生了变化。人们都说何塞·阿卡迪奥·布恩迪亚"放屁可以使花儿枯萎"（第85页）。这两种客观事物一旦有了因果关系，就显得奇异了起来。同样的情况还发生在何塞·阿卡迪奥·布恩迪亚之死和那天下起的黄花雨上：花瓣落地和人的死亡都是常见事件，可如果由其中一个事件引发另一个事件，情况就发生了变化（第125页）。阿玛兰塔的"忧郁""能在每天黄昏时引发开锅般的响声"（第174页）。"忧郁"和"开锅般的响声"都是客观现实事物，可一旦有了衍生关系，那种客观现实性也就随之消失不见了。"回声"和"思想"、"焦虑"和"蜃景"都是客观存在的事物，可是一旦它们之间产生了因果联系，那种客观性也就失去了，例如奥雷里亚诺第二出发寻找费尔南达的时候："他穿过了一片黄色的原野，在那里，回声重复着他的思想，而焦虑引发了预兆式的蜃景。"（第181页）和阿玛兰塔的忧郁一样，奥雷里亚诺第二的思想也在现实层次上出现了改变，此时拥有了只有声音才具备的特质：经由回声产生重复。在另一个例子里，人的思想物质化的程度甚至更高："他的思想变得如此清晰，甚至能够被左右前后地检视。"（第121页）与何塞·阿卡迪奥之死和花的关系一样，黄蝴蝶和毛里西奥·巴比洛尼亚——这两个人或物同样是客观现实存在的——由于存在某种神秘关联而使得与之相关的场面披上了虚构的色彩："……黄蝴蝶的出现预示毛里西奥·巴比洛尼亚就要来了。"（第245页）

在人类的经验中，梦境是一个特殊的场域，它与幻想之物紧密联系，而且在梦境中会更频繁地出现物体特性的互换现象。有时失眠和入梦的藩篱会被打破，实际经历的事物和梦中经历的事物会混在一起：乌尔苏拉·伊瓜朗曾祖母的丈夫，那个阿拉贡商人，就曾经"为妻子盖了一间没有窗户的房间，以此阻拦她噩梦中的那些海盗闯进来"（第24页）。在某些例子里，幻想之物并未发生，而只是一种可能性，是针对某个事件的计划，例如何塞·阿卡迪奥·布恩迪亚对房子四壁都是镜子的梦境的解读："他认为在不远的将来，大规模制冰产业将会出现，冰块会成为像水一样常见的材料，人们将会用它在小镇上建造新式房屋。"（第28页）地理背景让计划带上了虚构的色彩：如果马孔多并不位于热带地区，而是位于极地，那么用冰块盖房子就变成客观现实的计划了。不过为了阻挡噩梦的侵袭而建造没有窗户的房屋依然是很奇幻的情节，因为梦境似乎成了可以分享的真实存在物，例如在失眠症蔓延期间："在那种清醒的梦幻状态下，他们不仅能看到自己梦中的景象，也能看到别人梦中的画面。"（第45页）与思想和梦境一样，"记忆"在马孔多也经历了现实层次方面的变化，从非物质之物变成了物质之物：在布恩迪亚家里，"记忆借由无情回忆的力量化为实体，像大活人一样在幽闭的房间中晃荡"（第139页）。这种对现实秩序的侵犯是物体特性在《百年孤独》中进行交换时频繁使用的形式：孤独可以在数个小时里不断被"抓挠"（第149页），例如阿玛兰塔采取了蛮横的方式——把自己的手缠在黑纱里——来应对悔恨情绪（第100页）。庇拉尔·特尔内拉在缓和同样的情绪时用的方法是"配制药水，从而在不幸事件发生时摆脱'悔恨情绪'"（第247页）。忧郁可以发热，思想可以发声，光也可以吱嘎作响："太阳威力巨大，光线如帆船般吱嘎作响。"（第228页）这种形式的反面是使具体物体丧失"物质性"，例如神学院学生何塞·阿卡迪奥的胡须："胡须剃去后在他石蜡般的面孔上留下的阴影就像良心的重负。"（第309页）俏姑娘雷梅黛丝身上的香气不仅"在她离去数小时后仍清晰可辨"（第200页），而且"连死后之人也依然受其折磨，甚至他们的骨灰也难逃此命运"（第202页）。把可触摸的物体去物质化的手法在马孔多晚期最后一位奥雷里亚诺前往的妓院里表现得淋漓尽致，"那栋建筑似乎只存在于想象之中，因为甚至里面那些触手可及的事物也很不真实"（第328页）。有时还会给肉体实体赋予精神层面的东西，例如何塞·阿卡迪奥·布恩迪亚就想利用他的银版照相术工作室来"获得上帝存在的力证"（第52页）。在某些例子里，人物在面对可能的虚构事件时的简单反应也会具有奇幻效果，例如何塞·阿卡迪奥·布恩迪亚带着"十九岁年纪的天真劲儿"说道："我不在乎生个小猪崽儿出来，只要会说话就成。"（第25页）一见钟情在马孔多也会出现有机的后果："里正最小的女儿雷梅黛丝的身影……让他身体的某个部位疼痛不已。那种肉体感觉烦扰得他难以行走，就像鞋里进了颗小石子一样。"（第57页）"善解人意""温柔"等特点也能变成如迷宫般的实体物质："阿玛兰塔的善解人意，以及不失分寸又包容一切的温柔，织起一幅无形的网罗把男友围在其中，他不得不用自己未戴戒指的苍白手指生生拨开……"（第97页）①

这种方法的一个变体是针对某些信息做出完全独断的解析，而这些解析又往往会被现实证实：乌尔苏拉揭开锅盖，发现锅里都是虫子，她由此"推断"奥雷里亚诺中了枪，结果确实如此（第156页）；老年乌尔苏拉"发现"了一些孩子在出生前就发出哭声的原因："然而晚年的洞察力使她明白——这一点她也多次向人提起——胎儿在母腹中的哭泣不是腹语或语言能力的先兆，而是缺乏爱的能力的明显信号。"（第214页）② 在观察奥雷里亚诺的阅读方式一段时间之后，加斯通得出结论，"他买书并不是为了获取新知识，而是为了验证他已有知识的准确程度"（第323页）。另一种变体是因果倒置：庇拉尔·特尔内拉的男人们没能找到她是因为纸牌给他们指错了路："她已经厌倦了等待……无数男人因纸牌的模糊指引而走错了路。"（第64页）纸牌占卜的不确定性应当是男人们迷路的结果，而非其诱因。在另外的例子里，环境成了赋予事件虚构性的因素，例如在何塞·阿卡迪

---

① 《百年孤独》中文版，第96页。
② 同上，第219页。

奥与吉卜赛女郎相爱的情节中出现的"即时翻译":"……情欲钻进女郎的耳朵,又从她的口中钻出,此时它已被翻译成了她的语言。"(第36页)

在这四种技巧之中,唯一自带"奇异"属性的就是最后一种,因为它代表着真实现实中的人物、物体和事件发生了质变,它们的本质趋向虚构了。夸张、重复和列举并非虚构现实性的技巧,不过它们同样可以被有效地用来改造客观真实的现实。在使用上述三种技巧的例子中,一切都取决于叙事者为技巧设置的界限,以及他管理和调节的方式。在翻转事物特性的例子中,情况则相反,重要之处并不在于运用技巧的程度如何;叙事材料在它的作用下变得有序,哪怕只是最低程度地使用这种技巧,也可以使整个虚构现实都带上幻想色彩:只需要一个奇迹的出现,整个现实就会变得具有奇迹性,一个幽灵的出场就能把整个现实变成幽幻的世界。

这四种技巧都不具有排他性;很多时候两种或三种技巧会结合使用,使得某个情节变得充满幻想性。最常见的组合就是列举法和重复法一起使用:"雷梅黛丝在下午两点令人昏昏欲睡的空气中,雷梅黛丝在玫瑰无声的呼吸中,雷梅黛丝在蠹虫如沙漏般的暗地蛀蚀中,雷梅黛丝在清晨面包的热气中,雷梅黛丝无处不在,雷梅黛丝无时或缺。"(第63页)[1] 还有一个对基本特质已发生改变的"物体"进行罗列的例子:"在雾气弥漫的隧道间,在注定被遗忘的时光中,在幻灭的迷宫里。"(第181页)[2]。在下面的例子里,列举法、重复法和翻转物体特性法被同时使用了:"大人小孩都津津有味地吮咂着可口的绿色失眠小公鸡、美味的粉红失眠小鱼和柔软的黄色失眠小马,于是到了星期一凌晨整个镇子都醒着。"(第45页)[3]

在结束本章之前,我认为还必须强调一下通过我已完成的分析得出的

---

[1] 《百年孤独》中文版,第58页。
[2] 同上,第184页。
[3] 同上,第40页。

推论（至少也许可以这样推论）：在上文中，没有任何一处已分析的方面可以单独证明这部作品的伟大，它的伟大来自它们的集合，或者说比单纯的相加集合还要更进一步，来自不同因素的参与比重，或者再进一步，来自无穷无尽的融合中渗透出的色调和变化，又或者再更进一步，来自结构与情节的完美契合，来自词语、句式、节奏恰到好处的选择，写作方式、布局结构和材料主题三者融合到了极致，形成了一个不可简化的整体，它们的背后还隐藏着一个永不可及的底部，那是个永恒的谜团，任何理智的探索都将归于徒劳，生活不正是如此吗？这是"全景"野心的又一体现：这部自我耗尽的小说同时也和其他所有伟大的创作一样，是一个"永不完结"的物体。它拥有生命，而且这种生命永远处于变形之中，它通过这种永恒的变化来反映或抗拒那种真实的现实："包法利夫人"对我们说的话必然跟她与同时代的读者言语的内容不同，今时今日的堂吉诃德也早就不是被塞万提斯写成时的样子了。那种不断变化、不断革新的人物是永远不能被"全景式"地写出来的。无论在评论家的评论中，还是在创作者的创作里，比起已达成的目标，"全景"永远都更趋近于追求。

第八章　虚构的霸权
（四个短篇小说与一部电影脚本）

1968年1月至7月间，加西亚·马尔克斯创作了四篇短篇小说，其顺序如下：《巨翅老人》《世上最美的溺水者》《出售奇迹的好人布拉卡曼》《幽灵船的最后一次航行》[211]。他曾有创作一本儿童故事集的计划（上述四篇中的前两篇标注了"儿童故事"的字样），不过最后搁置了，转而创作了一部电影脚本，《纯真的埃伦蒂拉和她残忍的祖母令人难以置信的悲惨故事》[212]。在完成这项任务后，他开始创作又一部长篇小说《族长的秋天》，该书目前仍在创作中。

这几篇短篇小说和之前那些短篇小说之间的延续关系是显而易见的：在《百年孤独》之后，加西亚·马尔克斯依然在拓展、深化、修正和发展同一个叙事世界。无论是在这几篇短篇小说中，还是在那部电影脚本里，虚构现实依然保持着在《百年孤独》里呈现的特点：虚构占据着霸权地位，有时甚至强大到要驱散客观现实的程度，似乎要把作为基础的真实现实完全铲除，要消灭一切非神话-传说、奇迹、魔幻或幻想的事物。埃伦蒂拉的故事就是如此，不过，它们同样有力地保持着客观现实之物在《百年孤独》中的重要意义：奇迹和异事总是与真实现实中明晰可辨的环境和人物交替出现，最自由驰骋的幻想也要化作"五光十色"的实体，与政治讽刺和历史影射交织在一起。可以预料的是：这些故事势必会受到《百年孤独》的影响，显露出它留下的蛛丝马迹，有时对某些技巧的机械化运用会让我们觉得它们在这些故事里不如在那部小说中有效。不过也不应该忘记这些故事就像辅菜一样，是恢复性的练笔，毕竟为了创作《百年孤独》，作者已做出了超人的努力。尽管具有一定程度的附属性，在《幽灵船的最后一次航行》中依然出现了不同的文体学特点：一种枝蔓发达的新的长句式，内含许多分枝式的短句，促成了空间、时间和现实层次的变化。这是一种新的语言实验。

海边小镇，荒漠

马孔多和"村镇"都没有出现在这四篇故事中，不过其中三篇的故事发生地都在一个小海港里，我们可以认出那应该是之前出现过的海边小镇。它们的共同之处不仅在于都没有名字或是面积狭小，更重要的是某些更加具体的细节：在《巨翅老人》中，佩拉约和他的妻子埃莉森达一出场就在捕杀侵入家中的螃蟹，然后把死螃蟹扔进海里，就像《逝去时光的海洋》中的托比亚斯一样，后者每晚的大部分时间"都在床上驱赶螃蟹"。《世上最美的溺水者》里的小镇缺乏墓地，人们只能把死者"从悬崖上扔进海里"，这一点也和那座海边小镇一样，那里的居民习惯把死人从一块岩石上扔到大海里去。故事中的溺死者似乎在被冲上小镇沙滩前漂过了"遥远的海洋"和"深深的海水"。在《逝去时光的海洋》中，被抛入海中的死者们，例如老雅各布的妻子，同样会在不同深度的海水和"世界各地的海洋"中遨游。还存在更多近似关系的表征：故事发生地都没有花园或鲜花，就像之前从海上飘来的"玫瑰花香"只有托比亚斯能够闻到一样。在《世上最美的溺水者》中也提到一种假想的未来场景，说是经过小镇的轮船乘客"会被海上飘来的花香憋闷得醒过来"。《幽灵船的最后一次航行》中的港口和海边小镇一样面积狭小、干燥荒芜，故事里提到了"溺水者漂荡的头颅"，让我们想起那些"遨游的溺水者"。不过最后这则故事的背景除了那座港口，还有一座"针对海湾另一侧的海盗特意强化了防御工事的殖民地城市，它的那个旧港口曾用来贩卖黑奴，此外还耸立着一座旋转灯塔……"这似乎是那片虚构现实中的第四个核心地点，《族长的秋天》中的故事就将发生在这里。我们又一次看到了那种集回顾、预期和内省于一身的体系。在这个体系中，那片虚构现实从一个故事到另一个故事不断自主调整结构、自主更新，从未和之前的虚构作品完全切断联系。它永远在成长、在前进，从未后退，也从未转头向内行进。尽管许多叙事因素会在新的时期被抛弃掉，可它们仍一直保持着与其他因素的联系（有时方式会很灵活）。《逝去时光的海洋》中的海边小镇只是通向《百年孤独》中多姿多彩的马孔多的一个被人遗忘的中转站，不过它在这里复活了，通过这三则故事变得丰富了起来。它的形象被补全了，在那片虚构现实中的地位也更稳固了。《出售奇迹的好人布拉卡曼》的故事发生地不再是海边小镇了，因为达连的圣玛利亚港"到处都是人"，而且还留有殖民时期的印迹，尽管那里同样是港口，却被丛林环绕。植被葱郁、气候炎热是它的两个主要特点，也是它与海边小镇不同的地方。此外，达连的圣玛利亚港只是故事的背景地之一，故事中的两个骗子在"加勒比海沿岸的各个村镇"中走动，这又是它与其他三篇故事不一样的地方，后者都有一个固定的故事发生地。至于《纯真的埃伦蒂拉和她残忍的祖母令人难以置信的悲惨故事》则是一个非固定模式的故事，为那片虚构现实增添了一个目前还比较模糊、在之前往往被一笔带过的地理概念：荒漠。肥胖的祖母、乖巧的孙女以及她们那些马戏团般的用具在整个故事里一直在那片多乱石杂草的土地上移动。那里有时会突降暴雨，炎热因而在短时间内得到缓解。那片土地上时不时就会冒出一座修道院或小村庄。那里人烟稀少，她们沿途碰到的也大多都是些过着流浪生活的穷人：印第安人、走私犯、吉卜赛人。把这种景象嵌入那片虚构现实之中是很自然而然的事情：它不仅能完美地与之融合，甚至可以填补某些空白，像拼图游戏一样使其更加完整。相较于那片虚构现实之中我们已经熟悉的那些村镇——马孔多、"村镇"、里奥阿查、海边小镇——而言，那片无尽的炎热荒漠是一个遥远又陌生的地方。之前的那个世界开始于香蕉或甘蔗种植园的边界处，再远处就是游击队活动的山脉以及远征队发现种种奇景的丛林，服务于有钱人家的印第安人来自那些遥远的地方，来来往往、无穷无尽的吉卜赛人也是一样。我们已经了解到弑神者想把那个世界变成全景现实的野心，这种野心也体现在了文字塑造的疆域和景观中。把这片土地也添加进去的话，那个虚构现实就又向着"全景化"的目标迈进了一步。那个文字世界里之前就出现了海洋、河流、村镇、山脉、丛林，如今又有了这片广袤的荒漠，于是那个世界呈现的画面就更加接近真实世界了。

循环

在这些故事中也出现了我们见过的、促使那片虚构现实逐渐成长的两种运动：一种是通过创造新事物和新人物来把虚构现实推向陌生化的动作，另一种则是肯定和追忆已经存在的事物的动作。这是种忽而前进忽而后退的动作：创造新的因素，再把它们嵌入旧的因素。这种构造虚构现实的过程既不排外也不带选择性，而是救世主般宽容且一视同仁的。《百年孤独》里出现了数量众多的从之前的虚构作品中提取的材料。同样的情况也出现在了这几个故事中。除了故事发生的场景，之前作品中的许多因素也循环出现在了这些故事里。从材料上来看，它们和之前作品间最坚实的纽带就是群众演出、马戏团、小贩的街头表演、占卜师、魔术师以及其他形形色色的人物。它们几乎出现在了加西亚·马尔克斯的所有小说中，也在这四篇故事中的三篇以及埃伦蒂拉的脚本里占据重要地位（相对例外的是《幽灵船的最后一次航行》）。在《巨翅老人》中，跌落在佩拉约和埃莉森达院子里的老天使引起了一场类似于《百年孤独》开篇处的演出活动：巨翅老人被关在鸡舍里展览，就像"马戏团里的一只动物"，入场费是五个生太伏，后来真的有一个"流动演出队"来到了小镇（第3页）。人类飞起或飘浮的主题在《百年孤独》中经常出现，在这个故事里又出现了两次：坠落的老天使最后又成功飞了起来，此外还有个"杂技演员，发出嗡嗡的响声在人群头顶来回晃了好几圈"（第3页），就像马孔多的飞毯一样。在故事的最后一幅画面中，埃莉森达看着老天使飞起的场景也让人想起俏姑娘雷梅黛丝升天的一幕："她继续盯着他看，直到切完洋葱，直到再也看不见为止……"（第6页）这种"人类-飞翔"的主题再次出现，象征着虚构现实在这几个故事里所具有的一种基础特质：愈发沉溺于幻想之中。文字世界的客观现实性日益消解于魔幻、幻想和奇迹的云团之中。在被俘天使所在的小镇进行的众多表演中，有一个"因不听父母的话而变成蜘蛛的女人的节目"（第4页）。在马孔多出现的最初那些表演中，何塞·阿卡迪奥·布恩迪亚看过"不听父母的话的男人变成蟒蛇的悲惨节目"（《百年孤独》，第35页）。那部小说中的画面在这里出现了一些变化："男人"变成了"女人"，一幅画面变成了一个短小的故事（一个小姑娘从父母家跑出去参加舞会，回家途中经过一片树林，一道蓝色闪电将她劈成了绵羊大小的狼蛛，自此之后，她唯一的食物就是肉丸）（第4页）。这个故事里还出现了那片虚构现实中典型的爱胡言乱语的神父：贡萨加神父，这个人物的独特之处就在于他是唯一质疑坠落天使的神性的人。他的论据简单粗暴："如果不能依据翅膀来区分雀鹰和飞机的话，那就同样无法依据它来判断此人是不是天使。"（第3页）之前几部虚构作品中的神父们由于与其所处的环境格格不入而显得有些疯癫；贡萨加神父则由于其格格不入而显得明智：宗教在那片虚构现实中总是带着某种程度的"非真实性"。其他一些纽带是：故事最后的奇迹——天使重飞上天——出现之前，先是起了一阵"海上吹来的风"，和卷走马孔多的飓风一样神秘。魔幻事物在这个故事里也和寻常事物混到了一起：天使拒绝食用前来悔罪的人们献上的"只有教皇才能享用的午餐"，而"只吃茄子泥"（第3页）。

"世上最美的溺水者"漂到渔民小镇的时候也引发了一场游艺会般的活

动。在那个巨大绝美的溺水者来过之后，小镇被彻底改变了："他们不需要观察彼此就能知道大家全都不再完整了，也永远不可能再完整。不过他们也清楚一切从那时起都变得不一样了，他们的房子将会装上更宽大的门，房顶也会建得更高……"溺死者震撼并改革了整个小镇，就和上一个故事里的坠落天使一样。在此处，那个"奇异的外乡人"没有被用来展览换钱，而是被人们接纳了。在男人们试图调查清楚他的来历时，女人们给他擦洗身子、缝制衣物，眉飞色舞地欣赏他，她们迷失在了"幻想的乱局"中，想象他活着时的样子。一个"奇异"的人物或物体在来到某个小镇后改造了那个地方，这个主题也反复出现在作者的各个虚构故事中。在《逝去时光的海洋》中，赫伯特先生来到海边小镇后诱发了诸多奇迹。在《百年孤独》中，马孔多的绝大部分奇迹或灾难都是由类似这两篇故事中的天使和溺死者的奇异之人到来所引发的：吉卜赛人、比西塔西翁和卡陶雷、布朗先生和赫伯特先生。《世上最美的溺水者》拓展了之前的另一个主题：死者从岩石上被扔进海里，这个短暂的画面构成了故事最后一部分的主要内容，它被描述为"一个迷途的溺水者所能获得的最盛大的葬礼"。死者被无数鲜花簇拥，伴着女人们响亮的哭声，被男人们扛在肩头，走上悬崖峭壁，"未拴铁锚"就被扔进了海水中，这是为了让他在想回来时还能够再回来。整篇故事都围绕着一个死者和一场葬礼发展，这也是曾在《枯枝败叶》和《格兰德大妈的葬礼》中出现的经典线索。这则故事还提到了沃尔特·雷利爵士，说他"肩膀上栖息着他的那只金刚鹦鹉，带着射杀野人的火枪"，这位横行奥里诺科河流域的英国探险家、海盗也在《百年孤独》中出现过（第51页）。

在《出售奇迹的好人布拉卡曼》中，游艺表演不仅是核心主题，也是唯一主题，它是两个魔法师借以生存的媒介。来自虚构现实的类似循环数不胜数，主题也是一样，在从一部虚构作品向另一部虚构作品转移的过程中，它们会逐渐扩充成短小的故事。脖子上缠蛇的江湖郎中的形象出现在加西亚·马尔克斯几乎所有的作品中：这篇故事就以布拉卡曼在表演中被响尾蛇咬作为开端，他想借此展现自己的解毒药的效力。从某种层面上来看，整个故事都脱胎于这一情节，因为布拉卡曼逃亡命运就从这里开始：一位司令官相信"灵药"的效力，想要重复解毒的实验。我们又一次目睹了那片虚构现实扩充发展的过程：《出售奇迹的好人布拉卡曼》的整个故事都来自"脖子缠蛇的江湖郎中"这一经常出现在那个虚构世界中的画面，关于埃伦蒂拉的脚本同样脱胎于《逝去时光的海洋》中的一幅转瞬即逝的画面，那幅画面曾在《百年孤独》中得到过略微拓展。除了江湖郎中的身份，布拉卡曼还是个发明家，完全可以被归入布恩迪亚家族的"科学"分支。他计划"寻找实用的方法来用疼痛发电"，还想"发明一台靠吸附在疼痛部位的吸盘带动工作的缝纫机"，这都是何塞·阿卡迪奥可能有的想法。这里也出现了马孔多的那种循环重复，无论是名字（有两个布拉卡曼）还是心理或志趣（两人都是江湖郎中、占卜师）。复活的主题在《百年孤独》中主要是通过"巫师"梅尔基亚德斯展现出来的，在这里再次出现了：布拉卡曼会在另一个布拉卡曼每次死后把他复活，"只要我还活着，他就得继续在坟墓里活下去，换句话说，永远如此"（第8页）。这个故事以住着一个活死人的坟墓作为结束画面，这是从作者的第一部长篇小说到最近一部长篇小说中持续出现的另一主题的变种（《百年孤独》的结尾处展现的是马孔多的"末日死亡"之景，那是种集体性死亡），其间还经历了《格兰德大妈的葬礼》的润色，它与《出售奇迹的好人布拉卡曼》也有诸多联系。两篇故事都在混乱喧闹、多彩杂乱的节日氛围中发展（在前一个故事里是一场节日-葬礼）。布拉卡曼故事的叙事语言也和格兰德大妈故事的叙事语言很相似，尽管一个故事的叙事者是跳脱于故事之外的全知叙事者，而另一个故事的叙事者是人物-叙事者。不过这位人物-叙事者的口吻也像是站在台子上给观众讲故事一样:"……看谁敢说我不是个慈善家,女士们,先生们,就是现在,第二十舰的指挥官先生,请命令您手下的小伙子们把路障撤掉吧,让那些受病痛折磨的人过来,患麻风病的站左边,得癫痫的站右边……"(第6页)这个句子透着浓浓的修辞意味,用的是巴洛克句式,再加上略显厚重的幽默感,正体现了两篇故事共用的语言风格。此外,两篇故事还都喜欢对奇异事物进行罗列和重复。《格兰德大妈的葬礼》曾是加西亚·马尔克斯作品中最另类的故事,此时却借助《出售奇迹的好人布拉卡曼》更新了在那片虚构现实中的身份信息,两者的相似之处着实太多,而后者又与《百年孤独》有着诸多联系,因而它帮助《格兰德大妈的葬礼》和那个文字现实中的其他事件及形式取得了联系。

《幽灵船的最后一次航行》中没有出现演出类的集会,它所描写的故事实际上是加西亚·马尔克斯作品中两个古老主题的变种。第一个主题依然是外来事物到达某个地点,在该地引发重要变化。另一个主题则是《百年孤独》中最意味深长的画面之一:何塞·阿卡迪奥和他的同伴们在丛林中发现的那艘大帆船。这个故事中的"奇异事物"是一艘远洋巨轮,它撞上了小镇,最后在教堂前搁浅了。《百年孤独》开端处的一幅画面借助经典叙事技巧——质变和量变——变成了一个故事。搁浅在丛林中的大帆船孤独又神秘;这艘远洋巨轮客观上是幻想之物:一旦被灯塔的灯光照到就会消失,一碰到礁石就会瓦解,直到来年又会重现。大帆船的体积和正常船只的体积近似;而远洋巨轮"无论在这个世界还是其他什么世界里都是最大的","比尖塔高二十倍,比小镇长九十七倍"。在《百年孤独》里,弗朗西斯·德雷克发起的袭击与布恩迪亚家族的历史相关;在这篇故事里,"一把制作于弗朗西斯·德雷克时期的安乐椅"出现在了故事里。尽管没有出现表演集会,可是群众化的氛围依然出现在了这个篇幅不长的故事里,此外,和上一篇一样,这篇故事里也有许多对奇异事物的列举。

曾在《逝去时光的海洋》和《百年孤独》中出现的一个主题成了《纯真的埃伦蒂拉和她残忍的祖母令人难以置信的悲惨故事》的叙事基础，并且它在这部电影脚本中得到了更大规模的发展，尽管脚本基本保留了轶事的原始形态：一个年轻女孩通过卖淫来换取一定数额的钱财。这个脚本丰富了这一主题：女孩曾因为过失烧毁了祖母的房子，她赚钱就是为了还债；肥胖至极的祖母因而开始陪着自己的孙女踏上了"艰辛的朝圣之路"，她坐在摇椅上，由几个印第安人抬着，还有孙女为她撑伞遮阳。这部脚本细致入微地描写了这两个女人的故事，从房子失火写到祖母被孙女的情人尤利西斯杀死，那时的埃伦蒂拉已经卖身数年了。故事还写到过去，写了祖母和她的丈夫及儿子的故事，他们姓阿玛迪斯，是荒漠地区的走私犯，在某一天神秘地被杀了。除了这个核心事件，这部电影脚本中还循环出现了一些已经出现在别的作品中的故事，例如一场《圣经》式的大雨：一天早晨，祖母的房子里到处都是鱼和贝壳，还有条蝠鲼游在半空。和那个虚构现实中其他的镇长一样，这里的镇长同时也是警察们的上司，还有个官员因为牙痛而脸颊浮肿、没刮胡子。故事还提了一次弗朗西斯·德雷克，不是因为他发动的袭击或是在他活跃的时期制造的安乐椅，而是他用过的手枪落到了尤利西斯手里。坏人布拉卡曼再次出场了，他参与的故事情节与之前的故事十分相似：他站在一个堆满细颈小瓶的桌子边，叫嚷着要一条致命的响尾蛇来试试他的解毒灵药（在另一个场景中，我们看到布拉卡曼被响尾蛇毒死了）。那个"因为不听父母的话而变成蜘蛛的女人"也出现了，依然在表演，而一个衣衫褴褛的妓女似乎认识俏姑娘雷梅黛丝。在胡思乱想时，祖母回想起了一个拥有令人难以招架的性能力的男人，那人曾绕地球转了六十五圈，这样描写的目的无疑是想让此人和何塞·阿卡迪奥·布恩迪亚产生全方位的相似性。不过和之前三篇故事一样，埃伦蒂拉和她残忍祖母的故事让我们感觉熟悉的还是那种表演集会般的氛围，那些街头巷尾的"演出"贯穿故事始终。作者在这方面也进行了拓展。在最初几部作品中出现的是马戏团，团里的占卜师以及新奇的表演给那个虚构世界带来冲击；在《百年孤独》里变成了吉卜赛人、狂欢节、法国女郎们的你来我往；到了《纯真的埃伦蒂拉和她残忍的祖母令人难以置信的悲惨故事》(这个夸张的长标题本身就像在影射集会上的叫卖声)，"演出"成了虚构现实的最主要组成部分：虚构现实本身变成了表演、华丽的装饰、恐怖、伪装、简朴的幻想、永恒的迁移和人类的行动。埃伦蒂拉的故事就是在荒漠地区各个村镇的一次巡游"演出"。祖母和孙女两人在那片悲伤的土地上穿行时的器具和程式可以被视作一个微型的、神奇的马戏团：祖母坐在几个印第安人抬着的摇椅上，住在于村外搭建的布帐篷里，那里也被用作妓院。她还像对待圣骨遗骸那样拖带着从火灾中抢救出来的家什。随着故事发展，埃伦蒂拉的客人数量——第一种变化或质的飞跃——在每个村镇里都不断上升，直到排起了一公里长队。在埃伦蒂拉出卖自己干瘦身躯的帐篷附近，总会出现五花八门的农村集市：一个流动摄影师给客人拍照，"幕布背景上是一个蓝色的湖泊，岸边长着些日本松，一对闲适的巨大天鹅漂浮在湖面"，几个滑稽的乐手弹着《悲伤华尔兹》，杂乱的人群在集市上转悠，愤怒的传教士们和妓女还会因为理念冲突产生争执。集市总会出现在埃伦蒂拉和祖母的身边。这儿也是其他角色登场的地方，例如走私犯们用奶箱把威士忌带去，他们一看打扮就是走私犯（"帽檐翘起，穿着高筒靴，两条子弹带交叉系在胸前，除了一杆步枪，还带着两把手枪"）；还有把珍珠项链藏在米袋里的人；迷信的吉卜赛人从埃伦蒂拉的手掌上解读出了某些可怕的东西，因而拒绝购买从那栋被烧毁房屋中抢救出来的东西；传教士们强迫姘居的男女结婚，靠的是两种手段：利诱（送礼）和威逼（兵士），他们高举十字架穿过荒漠地带，以此来抵制邪恶。不过，比之前的例子更甚、把周围变成大型闹剧的是那个参加选举的参议员，他把竞选活动搞得像马戏团表演，周围的树木上都是装饰物，用纸板和石头搭起了门面，还配着雨水般密集的小纸鸟。他在每次选举集会上都许诺，若能重新当选，他将给人们带来田园般的恬静生活。虚构现实变成了充满幻想、游戏和人造痕迹的世界：如果我们把这幅画面和作者早期故事中的画面——例如《伊莎贝尔在马孔多观雨时的独白》和《枯枝败叶》中阴暗的现实世界——相比较，会感到这是两种完全不同的现实。只有把那个虚构现实中的所有画面汇聚成整体，从第一个文本一直到最后一个文本，我们才能看到那些相悖画面之间的深刻联系，才能在伊莎贝尔那朴素又悲观的马孔多中发现埃伦蒂拉故事开始时那个浮华虚妄的天地，在肥胖祖母和瘦弱孙女身处的狂欢节般喧嚣的环境中发现作者最初几部作品中的污秽苦涩的心理描写。既然真实现实包含了万事万物，那么虚构现实不可抵挡地同样应当包含万事万物：一部叙事作品所描绘的故事，从呱呱坠地到临终喘息，就是一条追逐不可能实现的"全景性"的曲折道路。

　　这几篇故事最明显的共有特点是幻想之物在面对客观现实之物时的压倒性地位。两种现实维度在前一部小说中保持着脆弱的平衡（尽管虚构同样略占上风）让位于在重要性及作用上表现出的巨大的不平衡性：幻想之物实现了完全的掌控，它把客观现实压缩成了某种极不重要的东西，甚至在某些例子中将之完全剔除了。幻想之物在每一篇故事里都展现了特殊的形式：神话-传说、奇迹、魔幻、幻想。在这五个故事里，"奇异"事物的重要性也获得了提升，这正是前面提到的不同形式引发出的结果：对"奇妙的本土事物"进行细致的重复，会将那种材料变成纯粹的美学造物，换句话说就是心理层面的东西，再换句话说就是"非真实"的东西，就像一幅地方主义-风俗派的画作。在前一部作品中，这种技巧只是使幻想之物成为那片虚构现实的主宰的众多技巧之一，而且还不是主要技巧；在这些故事里，它变成了主要技巧，甚至是有的故事里的唯一技巧。幽默技巧也一样，它在这里已经不是用于中和"非真实"的过度夸张的手法了，而是"分解现实"的基础手段、幻想之物的基本工具：它的使命如今变成了突出某个人物、物体或情节的"非真实"的一面。因此，这是一种略微得到强化的幽默，人造感和游戏性成了它的主要添加剂。唯美主义在那片虚构现实之中拥有了自己的位置，使其影射的那些社会和政治问题显得"非客观化"了：《出售奇迹的好人布拉卡曼》中出现的"打着消除黄热病的旗号"（第4页）入侵该国的美国海军陆战队员和舰队司令，在埃伦蒂拉的故事里出现的为了选举谎话连篇的参议员都是批判性因素，可是都不如"奇妙"因素更重要。"奇妙"因素占据优势：那些批判性因素起到的作用更多是让读者眼花缭乱、惊讶诧异，而非促使那个世界由虚构转向现实。在《百年孤独》的一些情节中，例如香蕉工人屠杀事件，二者保持着平衡，可那种平衡已在这里被打破，"美学"因素占据了上风。

在《巨翅老人》中，幻想之物的表现形式是奇迹：奇迹孕育自"一尊宗教圣像"。故事发生在一片被"超自然"之物渗透的现实中：一个非常年迈、长着一对"巨大翅膀"的老人坠落到佩拉约和埃莉森达家，一位女邻居毫不费力地断言，那是一个"老年天使，是雨把他打下来的"（第2页）。贡萨加神父对巨翅老人的神性的否定并没有减弱人物身上的奇迹色彩：神父否认他是上帝身边的天使，但没有否认他是"魔鬼"身边的人，因为魔鬼有时候会"想尽办法迷惑意志不坚定的人"（第3页）。那个天使展现过"奇迹"，但是"次数不多"，更糟糕的是他还经常出错：让盲人长出新牙、使麻风病人的伤口长出向日葵。这种粗鲁的幽默使得叙事者和被讲述的事物保持着明显的距离，也使嘲讽语气贯穿这个"虔诚的"故事始终。可这也没有消除那个幻想之物的"奇迹"特质：天使在虚构现实中也不是作为"信仰"的表征而存在的，对他们的评判标准是纯美学层面的。俏姑娘雷梅黛丝升天不能"证明"上帝的存在，同样，坠落天使和他展现的混乱奇迹也无法证实教会层面的天使的存在：那些画面是强行从天主教传统中剥离的，已被去除了"宗教"本质，经过了幻想和幽默的（蹩脚）加工，变成了幻想之物的工具。应当严格地从纯文学的角度出发去理解加西亚·马尔克斯作品中的"奇迹"之物。幻想之物的某一种表现形式并不排斥其他的表现形式：飞翔的杂技演员是"想象之物"，因为如果说是神灵或恶魔对那个不听父母之言的女人降下了惩罚，使她变成狼蛛，那么这个例子就属于"奇迹之物"，而如果只是人为的把戏或是巫术的结果，那它就是"魔幻之物"，如果是其他可能的话，那它又会变成"想象之物"。

《世上最美的溺水者》描写的是无凭据的世俗奇想之物，或者说就是"想象"之物。和上一篇一样，这个故事也是以一个奇特的外乡人来到小镇为开端的：一个漂上岸的溺水者。街坊邻里立刻发现了这个人物的特性。把溺水者塑造成幻想人物的技巧是夸张法："他比所有已知的死者都重，几乎有一匹马那么重"，而且还"比所有男人的体型都要大"。在女人们给他擦洗干净身子之后，他呈现出半透明的样子："他是她们见过的最高、最壮、最有男性气概、体型最完美的男人，哪怕此时他就在她们面前，她们也无法想象世上竟有这样的男子。"为了匹配这种夸张的描写，她们为他举办了"最盛大的"葬礼。他在人群中引起的反应和这个人物本身一样非同寻常。整个小镇的居民都停下了手头的活计，全身心地忙活着与他相关的事情：男人们分散到邻近村镇去调查他的身份，女人们则都经历了一场思想变革。那个溺水者让她们纷纷胡思乱想：

> 她们想着，要是那个完美的男人曾经在她们的小镇生活，他家的房门肯定是最宽的，屋顶是最高的，地面是最结实的……她们想着他必然具有足够的权威，只要他喊叫鱼的种类名字，鱼儿就会从海里跃出……

在这里的列举之前，故事一直是在幻想之物的"客观"层次上演变的；在这一系列的列举后，故事就纯粹在女人们的幻想中发展了，或者说是在"主观"层次上发展了：如果他曾经在这个小镇生活，他干起活来肯定特别卖力，"能让石块中也涌出清泉来"；他的名字应该叫埃斯特万，如此巨大的身形肯定给他的生活造成了诸多不便，免不了磕磕碰碰，搞出麻烦事时还得费尽心思找托词，等等。小镇居民的这些奇思异想使故事的材料变得相对化：要是这位溺水者身上的夸张特点都是爱幻想的当地居民由错误印象创造出来的呢？我们已经说了，夸张并不一定意味着趋近虚构现实：它会引入一种模糊感，被这种方法加工过的材料的真面目到底如何，只会在最后时刻由读者来决定。找到线索之后，"客观"地诠释这个故事就变得可能了：一个偏僻的小镇，居民都是些生性多疑、爱胡思乱想的人，有着怪异的习俗，那里的单调生活被一个溺水者在几个小时里彻底改变了，居民们体验了美妙的幻想。不过，奇思异想无理由地在小镇中所有女人的头脑中蔓延，这个非理智事件已经带有了想象色彩。故事中还存在着神话-传说因素：例如故事曾提及沃尔特·雷利爵士，有些女人猜测溺水者叫劳塔罗（也许确实如此？），也就是传说中的阿劳卡战士。

在《出售奇迹的好人布拉卡曼》中，幻想之物是以魔幻的形式表现的：发生的奇迹是人为造成的，或者是两位魔法师用隐秘的异术造成的。在开始时，读者感觉布拉卡曼（坏人）只是个骗子，他展现的奇迹不过是精心设计的骗局（这倒也是事实）。不过后来我们发现，这位解毒剂发明者、占卜师、数任总督尸体的防腐师和收取两生太伏的释梦者真的有魔法般的能力：他可以发明出利用"疼痛带动运转"的缝纫机，可以"根据疼痛的位置和程度缝出各种花鸟来"，这毫无疑问是幻想之物。至于另一个布拉卡曼，在被同名的同伴折磨的同时，他通过复活一只兔子展现了自己的异能。

从那时起，他就四处制造奇迹："治愈疟疾病人……使瞎子复明……给人消除水肿……让残疾人健全……"他的强大异能在故事结尾得到了证实。每当坏人布拉卡曼死去，他就将其在坟墓内复活，以此实施永久的报复。魔幻之物有时会和想象之物交替出现（"叹息一声即可穿墙而过的女人"，"他想事情时也能显现无尽的威力，我至今仍未搞清楚在残垣断壁之间呼啸的是风还是他的想法"），也出现了对神话-传说之物的影射："以西结的萤火虫""魔法师西蒙的地狱"。

神话-传说之物在营造《幽灵船的最后一次航行》的氛围方面起到了非常重要的作用。故事多次提及增强防御工事的殖民城市、海盗、贩卖黑奴的港口、弗朗西斯·德雷克、"从圭亚那来的走私犯正把一群嗉囊里塞满钻石的无辜鹦鹉装上船"。但这个故事最主要的幻想事件是一个想象事件：一艘远洋巨轮每年都会在海湾前出现一次，总会在准备驶入海湾时静静地触礁，然后消失在海水中。远洋巨轮静默无声的状态以及准时重现的特征决定了它具有幻想特点；包括它的存在也是间歇性的："灯塔的光一照到它，它就消失不见了，可是灯光一过去，它就会再次出现。"不管怎么说，把这艘船和世界上的"幽灵船"传说联系起来并不是什么难事。

在《纯真的埃伦蒂拉和她残忍的祖母令人难以置信的悲惨故事》中，幻想之物的主要表现形式是想象。故事从客观变为幻想，依赖的是夸张法：故事中的非同寻常之处并非埃伦蒂拉出卖肉体的行为，而是"不可思议"的接客数量。帐篷-妓院前排起的夸张长队使得故事在某个时刻从客观现实转入幻想现实。故事充满了夸张的戏剧氛围，很有费里尼的电影风格，却又带着些布努埃尔式的黑色幽默性细节，使那片虚构现实又多了些幻想特性。故事中的人物行为出人意料又逗人发笑，或者说这是故事在他们身上重点表现的特点，也是"奇异"因素在他们身上具有重要影响的体现。这些人物展现了一股难以阻挡的趋近想象之物的趋势：镇长朝着云彩开枪，希望以此求雨；传教士和兵士们通过荒唐的方法逼迫姘居之人成婚；埃伦蒂拉可以边做家务边睁着眼睛睡觉。这些无疑都是幻想事件，不同的人物和故事在其中穿插出现：尤利西斯会使他触到的玻璃物品改变颜色；巨量马钱子碱也无法伤害祖母分毫；"混杂着海水的"雨水抛下鱼和贝壳；患嗜睡症的小镇（和患失眠症的马孔多刚好相反）；因为不听父母的话而变成狼蛛的女人；成千上万的钞票如蝴蝶般在参议员家的房间里飞舞，而他则使小纸鸟和纸板房屋有了政治用途；祖母"绿色的"血液。故事的结尾，埃伦蒂拉沿着沙滩狂奔，那最后一幅画面也变得"不真实"起来。这个故事里也出现了神话-传说因素：尤利西斯和阿玛迪斯的名字就是一例。

这些故事和脚本里有四篇用到了《百年孤独》中出现过的风格和技巧；具有新意的行文方法出现在了《幽灵船的最后一次航行》中。夸张法在《巨翅老人》中几乎没有被用到，在组织《世上最美的溺水者》材料时却成了基本技巧，后者的主人公由于客观特征被人为放大而具有了幻想色彩："他比所有已知的死者都重""比所有男人的体型都要大""最高、最壮、最有男性气概、体型最完美的男人"。在《出售奇迹的好人布拉卡曼》中，夸张的是氛围，这种技巧使次要的辅助性材料也具有了幻想色彩："他身体肿胀，连绑腿的带子和衣服的接缝处都被崩开了""人们求要他的签名，于是他一直签到手抽筋为止""他当过数任总督尸体的防腐师，据说经他手处理过之后，总督们威严依旧，在之后许多年里执政的效果比他们活着时还好"。在《幽灵船的最后一次航行》中，物体特性的夸大现象只出现了一次，不过具有决定性意义，因为远洋巨轮的体积恰恰揭示了它的幻想色彩："它那不可思议的体积""比世界上其他任何巨大的事物都要大"。在埃伦蒂拉的故事中，以此手法加工的主要材料是：祖母"极度肥胖""像白鲸那么美"；荒漠上的风"顽固得不像来自这个世界"；埃伦蒂拉的客人们排的队长达一公里，还有个人物曾经"绕地球转了六十五圈"。这种里程碑式的性质成为将这部脚本中的虚构现实"去客观化"的最有力武器。

同样的,"列举奇异事物"的手法也在这几个短篇小说中持续出现(而显然,由于电影脚本里很少有描写,所以它没有用到这种技巧),由于节奏过快,有时很难区分这种手法的组成部分,因为它们已经借由这种手法变成了以音乐性和弹性为主要特点的零件,此时无论客观之物还是幻想之物都同样具有欺骗性。让我们来看几个"列举奇异事物"的例子:

……一个可怜的女人从小时起就一直在数自己的心跳,现在已经记不清自己心跳了多少次了,还有个被星星的声音吵得睡不着觉的葡萄牙人①,一个梦游症患者每晚都会起身把自己醒着时做的东西拆散……(《巨翅老人》);

小镇里找不到足够大的床来停放他的尸身,也找不到一张足够结实的桌子用以守灵。村里最高的男人们过节穿的长裤也不合他的身,最胖的男人们周日穿的宽松上衣他套着也显小,最大号的鞋子他也穿不上……(《世上最美的溺水者》);

……海军陆战队员们……一路上遇见陶器贩子就杀,不管对方是长期从事这一行当还是偶尔为之,他们不仅出于戒心杀当地人,也杀中国人取乐,还习惯性地屠杀黑人,并且因为不满对方喜欢玩蛇而杀印度人……(《出售奇迹的好人布拉卡曼》);

……他没有像往常一样停步在印度人的商店门前看雕刻在象牙上

---

① 原文疑有误,加西亚·马尔克斯原作中此处应为"牙买加人"。

的人像，没有嘲笑那些骑着组装脚踏车的荷兰黑人，也没有像往常一样被那些远渡重洋至此的皮肤如眼镜蛇般光滑的马来人吓一大跳……
（《幽灵船的最后一次航行》）

重复法的作用不像在长篇小说中那样重要，因为要想让这种技巧行之有效，需要比短篇小说中的天地更大的世界来作为支撑。不过在某些故事里，我们还是可以看到重复法的痕迹，有时它出现在一些非常细节化的情节中，而且趋向于重复那些"魔幻"的事物。在"巨翅老人"之后，小镇里紧接着就出现了一个"飞翔的杂技演员"；女人们一致认可溺水的年轻人应该叫埃斯特万，就好像这个陌生人填补了一个空白，补上了他们熟悉的另外某个人留下的位置；有两个布拉卡曼，都是魔法师，也都是占卜师，故事的开头和结尾处都出现了布拉卡曼在达连的圣玛利亚港的一张桌子上大喊大叫的场景，面对的也都是一群逛集市的人；幽灵船的想象特质多次被提及，因为它每年都会出现一次，而且都在三月，每次出现后航行的线路也都一样，每次都会因触礁而消失，而且碰撞的是同一块礁石。在埃伦蒂拉的故事里，有些人物用了类似的名字（两个阿玛迪斯），还有一个场景反复出现：埃伦蒂拉在各个村镇外出卖肉体，每次帐篷外排起的队伍都会越来越长。重复法在《出售奇迹的好人布拉卡曼》里的另一处例子："……我的真丝衬衫，我的东方护肤品，我镶着黄玉的牙齿，我的鞑靼式帽子，我的双色长靴……"

不过这几篇故事在创造幻想之物时用到的最主要技巧还得算是"翻转物体特性"的方法：这种最具"幻想性"的技巧在那片虚构现实最具幻想性的时期被运用得最为频繁。老天使的翅膀"与那具人类肉身如此匹配，没人明白为什么其他人都没有长出翅膀来"；溺水者"心脏中隐藏的力量崩坏了衬衫的纽扣"；在布拉卡曼的故事中，一个女人"柔嫩到了可以喘口气就穿墙而过"；在幽灵船的故事里出现了一把安乐椅，它"在几百年里被无数人使用了太多次，早就失去了'安乐'的效能"。这种技巧也是埃伦蒂拉故事中大多数奇迹事件的根源所在，例如尤利西斯的双手可以改变玻璃的颜色、嗜睡症在"四面八方刮起恶风"的那一天开始在小镇蔓延。

从技巧层面来看，这几篇故事里创新性最强的是《幽灵船的最后一次航行》，故事是一个"持续"了四页的长句，描写了在数年之中多次发生的同一桩事件，可是里面又包含了数不清的人物及轶事，出现了诸多描写及对话。这个巴洛克式的句子也同样沿着两个方向发展，时间方向和空间方向，二者逐渐交织讲述故事，其间没有一次中断，还发生过在不同层次中的变化。从空间视角来看：全知叙事者有时会被人物–叙事者替代（有时是那个看到幽灵船的小伙子，有时是他的母亲，举个例子："……于是他确信自己是清醒的，赶忙跑去把看到的一切告诉了母亲，这使得她在接下来的三个星期里一直因为失望而哀叹连连，你怕是脑子坏了，都怪你的作息太不正常了，白天睡觉，晚上胡搞……"）。时间变化：一年向另一年的转变，跳跃到新的一年中幽灵船出现的时间，而且永远不合宜地向未来跳跃。在下面这则引用文字的开端和结尾之间过去了三百六十五天："……他谨慎小心，不把自己的决定告诉任何人，他在整整一年里心里都揣着那个坚定的想法，现在他们就要明白我是什么人了，他等待着幽灵船再次出现的夜晚，到时候他就会做他想做的那件事情，就是现在，他偷了条小船，穿越海湾……"现实视角层次的变化：那个承载整篇故事的长句在从客观层次向幻想层次跳跃时，或者在反向跳跃时，不会出现任何过渡（"……尽管他那时年纪还小，声线还未变粗，不过已经得到了母亲的允许，可以在沙滩上待到很晚，聆听如竖琴般的海风声，他至今仍然记得……灯塔的光一照到船的侧面，那艘远洋巨轮就消失了……"），在同一种现实的不同层次之间跳跃时也是如此（例如从行动跳跃到思想，从思想跳跃到行动）。这种形式可以清理掉那些无意义的时间，用更短的篇幅讲好一篇故事，使故事的发展节奏变得很快。而使用它的风险是可能造成读者的困惑，也可能显得故事有些单调。

这些故事中的好几篇都使用了一种空间变化的技巧，而这种技巧如果用于《百年孤独》中就会显得奇怪：全知叙事者被人物-叙事者替代（从语法人称的第三人称变为第一人称），然后人物-叙事者再次让位给全知叙事者（从语法人称的第一人称变为第三人称）。在《世上最美的溺水者》中的这段文字里可以很清晰地看到这两种空间变化："把脸上的布一揭开，大家就看到了他羞愧的神情，长得这么高大、沉重、英俊，这并不是我的错，我要是知道后面会发生这些事的话，还不如挑个更隐蔽的地方淹死，我是说真的，我会先给自己的脖子上拴个大帆船上用的铁锚，然后再跳下去，那些不想在死后被别人从悬崖上扔到海里的人都是这么做的，那样倒好，也就不会像现在这样被诸位说成是星期三的死尸，也就不会碍事招人烦了，我又有什么罪过呢。他的态度是那样真诚……"当然了，这里除了有空间变化，还有现实层次的变化：全知叙事者讲述的事情是客观现实事件，而人物-叙事者讲述的事情则带着幻想的色彩：一个溺死者要么只能进行主观心理想象，要么就只能在"想象"现实层次上发声。在《出售奇迹的好人布拉卡曼》里，这种空间变化出现了五次，每次都遵循下述模式：全知叙事者正在描绘魔法师所在的集市场面，突然，魔法师的声音取代了全知叙事者的声音，让读者直接面对那些在他眼前的围观者；然后他的声音同样在转瞬间被全知叙事者的声音替代：

……只不过这一回他不打算卖什么东西给那些印第安人，只是请他们帮他找条真正的蛇来，他要亲自试验自己调配的解毒药的效力，独门秘方，女士们，先生们，不管是蛇咬、蜘蛛叮，还是蜈蚣蜇，随便什么毒它都能解。有个人似乎受到了他的决心的感染，不知道从什么地方搞来了……

在《百年孤独》中也出现过类似的空间变化技巧，它出现在费尔南达·德尔·卡尔皮奥对奥雷里亚诺第二所做的独白中（第 274—276 页），不过在短篇小说中这种变化发生的速度更快。人物-叙事者现身，说上一两句话，然后立刻被全知叙事者替代，一切都发生得如此之快，读者们甚至可能留意不到这种双重变化。《幽灵船的最后一次航行》中出现的那个大长句无疑是这些空间变化散发出的无形诱惑导致的结果，因为这种空间变化会诱使作者把句子拉长并将其变得更加复杂，只有这样才能使叙事者的互相替代成为可能。从这种想法中生出了另一种更具野心的想法：只用一个句子、在同一个叙事单元内不中断地覆盖所有变化视角。这也是对这几篇故事的分析中应当提到的最后一个要点：它们展示了作者尝试形式试验的决心。

致　谢

如果没有以下朋友倾情帮助的话，我必然无力写成此书，他们是：梅塞德斯和加夫列尔·加西亚·马尔克斯、卡门·巴塞尔斯、阿尔瓦罗·塞佩达·萨穆迪奥、普利尼奥·阿普莱约·门多萨、赫尔曼·巴尔加斯、吉列尔莫·安古洛、阿尔瓦罗·穆蒂斯、何塞·史蒂文森、佩德罗·拉斯特拉、何塞·埃米利奥·帕切科、路易斯·阿方索·迪耶斯、利桑德罗·查韦斯·阿尔法罗、哈维尔·费尔南德斯·德卡斯特罗、何塞·卡洛斯·贝塞拉和海梅·梅西亚·杜克。我还要感谢波多黎各大学以及此书的诞生地伦敦大学国王学院参与相关课程的同学们。感谢上述所有朋友，此外我还要向阿方索·萨莫拉·维森特致以最真挚和特别的谢意。

作者原注

第一部·第一章

1 François Buy, *La Colombie moderne, terre d'esperance,* París, Centre d'études contemporaines, 1968, p. 46

2 Ernesto Schoo, *«Los viajes de Simbad García Márquez», Primera Plana,* Buenos Aires, año V, N. 234, 1967.6.20—26.

3 Gabriel García Márquez y Mario Vargas Llosa, *La novela en América Latina: diálogo,* Lima, Carlos Milla Batres, Ediciones-UNI, 1968, p. 23.

4 根据卡洛斯·H. 巴雷哈的研究,"有超过 800 人被杀","幸存者则在军事法庭上受审,最后均被判处长期监禁"。参见 *El Padre Camilo, el cura guerrillero.* México, Editorial Nuestra América, 1968, p. 116。

5 *La casa grande,* Buenos Aires, Editorial Jorge Álvarez, 1967, 第二版,包含一篇加西亚·马尔克斯撰写的介绍文章。

6 Gabriel García Márquez y Mario Vargas Llosa, op. cit., pp. 23-24.

7 蓝色小药丸和简易茅房也被作家写进了《百年孤独》,第 255 页(此处首版《百年孤独》指 1967 年由南美出版社[Editorial Sudamericana]出版的版本)。这既有可能是一种反向记忆:加夫列尔·加西亚·马尔克斯在上文中提到它们是因为它们出现在了他的小说里,而并非是因为它们在实际生活中发生了,再被他写进小说。

8 Gabriel García Márquez y Mario Vargas Llosa, op. cit., p. 24.

9 关于如今的阿拉卡塔卡,参加玛丽亚埃·帕文于 1969 年 4 月 20 日发表在《时代报》(*El Tiempo*)第四页周末阅读版上的《一百年孤独的马孔多》("Macondo a 100 años de soledad"),作者在文章中描述了该地区荒凉孤寂的现状,还记录了阿拉卡塔卡当地人对加夫列尔·加西亚·马尔克斯一家人的记忆——尼古拉斯·马尔克斯上校的那座大宅子里有的地方已经被白蚁和蚂蚁咬得破败不堪了——文中也对那段繁荣时期残留下的蛛丝马迹有所记述。一位九十多岁的老太太是 1928 年屠杀事件的证人,她向玛丽亚埃·帕文保证说"罢工结束后,人们一时都缓不过神来",她还说罢工"是闲人和共产党搞出来的"。至于马孔多这个名字的由来,当地人则给那位记者提供了多种不同版本:有些人说"马孔多是一种没啥鸟用的树",还有些人说"马孔多是种神奇的植物,可以分泌出黏稠的乳汁状液体,可以用来治疗外伤"。那座被加夫列尔·加西亚·马尔克斯借用名字的马孔多香蕉园至今还在。作家的盛名传到了镇子上,玛利亚埃·帕文在阿拉卡塔卡的一家小酒吧里听到有人这样唱道:

> 小加夫列尔就出生在
> 马孔多的土地上。
> 这里所有人都把他称作
> 加比托……

与本主题相关的材料还包括:赫尔曼·阿尔辛聂加斯发表在《形象》(*Imagen*)杂志(加拉加斯,1970年2月15日/28日)第24页上的《马孔多时代》("La era de Macondo")一文以及海梅·梅西亚·杜克的《加夫列尔·加西亚·马尔克斯作品中的神话与现实》一书(黑羊出版社,波哥大,1970年,49—52页)。

10 Gabriel García Márquez y Mario Vargas Llosa, op. cit., p. 21.
11 Luis Harss, Gabriel García Márquez o la cuerda floja, *Los nuestros*, Buenos Aires, Editorial Sudamericana, 1966, p. 392.
12 García Márquez y Vargas Llosa, op. cit., pp. 14–15.
13 同一情节也出现在了《百年孤独》第198页中。
14 García Márquez y Vargas Llosa, op. cit., pp. 15–16.
15 关于加夫列尔·加西亚·马尔克斯的外祖父母,认识两位老人的奥斯瓦尔多·罗布莱斯·卡塔尼奥留有相当有趣的材料(1968年圣玛尔塔的《报告人日报》上曾刊登过他撰写的关于《百年孤独》的文章;我手中的剪报上没有显示月份和日子)。他提供的信息证实了加西亚·马尔克斯在各种访谈中讲述的关于两位老人的所有事情。根据罗布莱斯·卡塔尼奥所言,"小说家的外祖父出生在里奥阿查,参加了内战中在帕迪利亚省爆发的所有战役。他和其他几位老乡一样,后来都在'卡塔卡'定居了下来……因为那时正是绿色金子的时代……他在阿拉卡塔卡留下了瓜希拉省人慷慨的美名,后来又在那里有了儿女、孙子孙女、重孙子重孙女……堂尼古拉斯十分受人尊敬。时至今日,我们仿佛依然能看到他坐在自家大宅门口岗哨一般的杏树下的样子。虽说他的肚子已经逐渐腆了起来,头发也白了,可是依然健壮结实,面色红润,嘴角始终挂着慈祥的微笑……院子里种有各色鲜花,两只注定要成为圣诞节盘中餐的美丽绵羊在里面吃着青草。走廊很宽敞,人们在厨房里忙得热火朝天……"关于外祖母,他写道:"堂娜特兰基莉娜当时还没得白内障，头发又长又白，身材挺拔，慈眉善目，容貌姣好，她总喜欢张开手遮住眉毛来保护自己。"罗布莱斯·卡塔尼奥记得在堂尼古拉斯去世几年之后，他又回到了阿拉卡塔卡，发现那里已经是一派凄凉景象了："堂娜特兰基莉娜独自一人住在那间老旧的大屋中，白内障害得她的眼睛失去了光芒。门口那几棵杏树已经被蚂蚁啃得不成样子了。花园里的植物都枯死了，没有花，也没了青草，瓜希拉绵羊更是不见踪影。那栋木屋里曾经来往过形形色色的人，发生过五花八门的事，可如今已经完全被孤独侵占了。"如果说大屋能在一个陌生人心中造成如此的忧伤和思愁，也就不难想象加夫列尔·加西亚·马尔克斯在多年之后回到那里时的心情了（参见《关键画面》[La imagen clave] 第二章）。罗布莱斯·卡塔尼奥最后一次见到堂娜特兰基莉娜时，她已经瞎了，当时"她坐在高靠背藤编摇椅上"。"我一自我介绍，她就记起我来了。她思绪万千，跟我谈起了这座荒凉宅院的情况。我向她问起了宅院中拐角处那间屋子里的鬼魂的事情，有位牧师租下了那里，然后就把住在里面的鬼魂赶跑了。她淡然地微笑了一下，对我说她永远都不会忘记那些噩梦。她就那样边微笑着，边指了指身边的一块土地，当然她的眼睛已经看不清那里的东西了，她狡黠地对我说道：'他们一直在那里嘶叫。我一直都能感觉到他们。'"

16　Luis Harss, op. cit., p. 392.

17　García Márquez y Vargas Llosa, op. cit., p. 13.

18　Ibíd., p. 14.

19　Luis Harss, op. cit., p. 393.

20　Daniel Samper, *El novelista García Márquez no volverá a escribir* (访谈)，刊登于《时代报》(*El Tiempo*)，周末阅读版，Bogotá, 1968 年 12 月 22 日，p. 5.

21　参见《格兰德大妈的葬礼》第 142—145 页（我引用的均为首版），里面说"首都遥远又阴暗"，还说"那里总是细雨绵绵，搞得行人脸色发青、心事重重"，而在《百年孤独》中，作家则描写说费尔南多·德尔卡庇奥的童年是在"一座忧郁的城市中"度过的，还说"在那些恐怖的夜晚，历任总督大人华贵的马车曾在其中布满石子的小路上颠簸驶过"（见第 178—179 页），而奥雷里亚诺第二则来到了"一座陌生的城市，里面的所有钟都正在为亡者鸣响"（第 181 页）。

22　Daniel Samper, op. cit.

23　Ernesto Volkening, *Gabriel García Márquez o el trópico desembrujado*，摘自 Gabriel García Márquez, *Isabel viendo llover en Macondo*, Buenos Aires, Editorial Estuario, 1967, p. 30.

24　Daniel Samper, op. cit.

25 载于"Papeles"一文，出自杂志 *Revista del Ateneo de Caracas*，第 1 年第 5 期，1967 年 11—12 月至 1968 年 1 月刊。

26 *La violencia en Colombia*. Estudio de un Proceso Social. Bogotá, Ediciones Tercer Mundo，第 1 卷（我的引用均出自第二版），1963 年，及第 2 卷（我的引用均出自第一版），1964 年。

27 参见加西亚·马尔克斯的文章 *Dos o tres cosas sobre la novela de la violencia*，刊登于 *Tabla Redonda* 杂志，加拉加斯，5—6 号刊，1960 年 4 至 5 月，第 19—20 页。

28 Plinio Apuleyo Mendoza, *Biografía doméstica de una novela*, 刊登于 *El Tiempo*, Lecturas Dominicales, Bogotá, 1963 年 6 月。

29 关于加西亚·马尔克斯在卡塔赫纳《宇宙报》工作的情况，同时也是他作为记者最早工作的情况，参见劳尔·罗德里格斯·马尔克斯在《观察家报》周末刊上的文章《二十年后》(*Veinte años después*)，波哥大，1967 年 10 月 1 日。罗德里格斯·马尔克斯回忆说，加西亚·马尔克斯写过"社论"，还开了一个专栏，名叫《句号，另起一段》；同一时期，他还如饥似渴地阅读福克纳和弗吉尼亚·伍尔夫。

30 Germán Vargas, *Autor de una obra que hará ruido*, 载于 *Encuentro liberal*, N. 1, 波哥大，1967 年 4 月 29 日，第 21—22 页。

31 L. A. (Leopoldo Azancot), *Gabriel García Márquez habla de política y de literatura*, 载于 *Índice*, N. 237, XXIV, 马德里，1968 年 11 月，第 31 页。

32 Germán Vargas, op. cit., p. 22.

33 引自 *En este pueblo no hay ladrones*（《咱们镇上没有小偷》）前的自传式文章，该故事收录在 *Los diez mandamientos*（《十诫》）中，Editorial Jorge Álvarez, 布宜诺斯艾利斯，1966 年。

34 Daniel Samper, op. cit.

35 Carlos Baker, *Ernest Hemingway. A life story*, London, Collins, 1964, p. 57.

36 后来这些报道被编辑成书出版，书名叫《关于一个不吃不喝在木筏上漂流十日、被奉为国家英雄、得到众多选美小姐冠军之吻、靠广告发了财、后来被政府抛弃、永远被人遗忘的海难幸存者的故事》(Barcelona, Tusquets Editor, Cuadernos Marginales, 8, 1970 年，第 88 页)。该版附有加西亚·马尔克斯本人撰写的前言，解释了他那一系列报道的创作背景及其引发的后果。

37 Ibíd., p. 9.

38 *Mito*, 文化类双月刊，首发年，N. 4, 1955 年 10—11 月，pp. 221–225。

39　Daniel Samper, op. cit. *La hojarasca*. Bogotá-Colombia, Ediciones-S. L. B., 1955, p. 137.

40　参见 Germán Guzmán, Orlando *Fals Borda y Eduardo Umaña Luna*, op. cit., I, pp. 38–115。

41　参见其文章："Mensaje a la Oligarquía"，由 Carlos H. Pareja 整理, op. cit., p. 247。

42　Plinio Apuleyo Mendoza, op. cit.

43　《*La Mala Hora*, Buenos Aires, Editorial Sudamericana, 第三版, 1969, p. 33（我的引用均出自此版本。）

44　参见 Armando Durán 的文章：*Conversaciones con Gabriel García Márquez*, 载于 *Revista Nacional de Cultura* 杂志, Instituto Nacional de Cultura y Bellas Artes, Caracas-Venezuela, año XXIX, N. 185, 1968 年 7 月 /8 月 /9 月刊，第 32 页。

45　Jean Michel Fossey, *Entrevista con Gabriel García Márquez*, Imagen, N. 40, Caracas, 1969, p. 8.

46　以下就是发表在波哥大《万花筒》杂志（1959 年 7 月到 10 月：1）上的文章目录：1)《红白相间的木棒》(第 2198 期，1959 年 7 月 27 日）；2)《柏林是一场胡作非为》(第 2199 期，1959 年 8 月 3 日）；3)《遭征用者们相聚诉苦……》(第 2200 期，1959 年 8 月 10 日）；4)《捷克女人视尼龙长袜为珍宝》(第 2201 期，1959 年 8 月 17 日）；5)《在布拉格，人们的反应如同在任意一个资本主义国家一样》(第 2202 期，1959 年 8 月 24 日）；6)《睁大眼睛看看群情激昂的波兰》(第 2203 期，1959 年 8 月 31 日）；7)《苏联：2240 万平方公里的土地上见不到一条可口可乐广告》(第 2204 期，1959 年 10 月 7 日）；8)《莫斯科，世界上最大的村镇》(第 2205 期，1959 年 10 月 14 日）；9)《红场陵墓内的安眠》(第 2206 期，1959 年 10 月 21 日）；10)《苏联人开始对斗争感到厌烦了》(第 2207 期，1959 年 10 月 28 日）。

47　Armando Durán, op. cit., p. 24.

48　*Mito*, 文化类双月刊，波哥大，第 4 年第 19 期，1958 年 5—6 月，第 1—38 页。

49　*La Hojarasca,* 首届哥伦比亚书展, Talleres Gráficos Torres Aguirre, Lima, Perú, 1959（印量 30000 册）。

50　Plinio Apuleyo Mendoza, op. cit.

51　Ernesto González Bermejo, *García Márquez: ahora doscientos años de soledad,* Triunfo 杂志，第 XXV 年, N. 441, Madrid, 1970 年 11 月 14 日, p. 12。

52　Daniel Samper, op. cit.; *El coronel no tiene quien le escriba*, Medellín, Aguirre Editor, 1961, 90 pp.（在阿根廷布宜诺斯艾利斯由 Américalee 印刷）

53 Ernesto Schoo, op. cit.

54 Gabriel García Márquez, Un hombre ha muerto de muerte natural，载于《新闻报》（*Novedades*）墨西哥文化版，墨西哥，1961 年 7 月 9 日。

55 这则短篇小说发表于《墨西哥文学杂志》（*Revista Mexicana de Literatura*），（新时代），墨西哥，第 5—6 期，1962 年 5 至 6 月，第 3—21 页。

56 《艺术杂志》（*Revista de Bellas Artes*），第 9 期，墨西哥，1966 年 5 至 6 月，第 21—59 页。剧情和对白都出自加西亚·马尔克斯之手，不过卡洛斯·富恩特斯后来润色了文字，并做了些小改动，以使得剧本中的对话更有"墨西哥味儿"，因此剧本在发表时上面有如下文字："改编及对白：加夫列尔·加西亚·马尔克斯、卡洛斯·富恩特斯"。影片信息如下：导演：阿图罗·里普斯坦；制片：小阿尔弗雷多·里普斯坦；出品方：阿拉梅达影视公司、塞萨尔·桑托斯·加林多。墨西哥，1965。

57 Augusto M. Torres, *Gabriel García Márquez y el cine*, 载于 *Hablemos de cine*, N. 47, Lima, 1969 年 5—6 月, p. 57。

58 Ibíd., p. 57.

59 *Cien años de un pueblo*（访谈），载于国际刊物 *Visión*, 1967 年 7 月 21 日, p. 28。

60 Armando Durán, op. cit., p. 25.

61 *Los funerales de la Mamá Grande*, Xalapa, México, Universidad Veracruzana, 1962, 151 pp. 其中收录的故事有：《礼拜二午睡时刻》《平常的一天》《咱们镇上没有小偷》《巴尔塔萨午后奇遇》《蒙铁尔的寡妇》《周六后的一天》《纸做的玫瑰花》《格兰德大妈的葬礼》。

62 Daniel Samper, op. cit.

63 *La mala hora*, 1961 埃索文学奖, Madrid, Talleres de Gráficas "Luis Pérez", 1962, 224 pp. *La mala hora*, México, Ediciones Era, S. A., 1966, 198 pp。

64 Emir Rodríguez Monegal, *Novedad y anacronismo de Cien años de soledad.* 载于 *Revista Nacional de Cultura,* Instituto Nacional de Cultura y Bellas Artes, Caracas-Venezuela, 第 XXIX 年, N. 185, 7-8-9 月刊, p. 10。

65 Ernesto Schoo, op. cit.

66 Carlos Fuentes, *García Márquez*: Cien años de soledad, 载于《永久》（*Siempre!*）周刊《墨西哥文化专栏》（*La Cultura en México*），N. 679, México, 1966 年 6 月 29 日。

67 包括：美国、法国、意大利、芬兰、巴西、瑞典、德国、俄国、挪威、荷兰、波兰、罗马尼亚、捷克斯洛伐克、南斯拉夫（包括两种语言的译本：塞尔维亚-克罗地亚语和斯洛文尼亚语）、英国、丹麦、日本和匈牙利。

68 参见：Emir Rodríguez Monegal, *Diario de Caracas*, 载于 *Mundo Nuevo*, N. 17, 1967 年 11 月, pp. 4-24。

69 他的发言经过录音和后期整理，发表在了《形象》杂志上，N. 6, Caracas, 1967 年 8 月 1/15 日。

70 Gabriel García Márquez y Mario Vargas Llosa, op. cit.

71 Daniel Samper, op. cit.

第二章

72 Harss, op. cit., p. 393.

73 García Márquez y Vargas Llosa, op. cit., pp. 9-10.

74 Ibíd., pp. 26-27.

75 *García Márquez: calendario de 100 años*, 载于 Ercilla, Santiago, 24/4/1968, p. 50。

76 García Márquez y Vargas Llosa, op. cit., pp. 27-28.

77 在《百年孤独》中，奥雷里亚诺·布恩迪亚上校在他参加的一次战争的中途回到马孔多，在他外出期间，时间摧毁了他的村子和他的家，就像加西亚·马尔克斯陪妈妈回到阿拉卡塔卡时的情况一样。提到上校时，小说中是这样写的："他对时光在家中侵蚀出的种种令人心碎的细微创痕毫无察觉，而任何一个还保有鲜活记忆的人，像他这样长久离家后归来都本该有触目惊心之感。墙上石灰墙皮剥落，角落里肮脏蛛网絮结，秋海棠落灰蒙尘，房梁上白蚁蛀痕纵横，门后青苔累累，然而乡愁的精巧陷阱突然虚设，这一切都没能勾起他的依旧伤怀。"（中译引自《百年孤独》中文版，范晔译，南海出版公司，2011 年第 1 版。——译注）上校身上没发生的事情，在加西亚·马尔克斯身上发生了：他察觉到了那些衰败迹象，他觉得那是一场灾难，他落入了那个陷阱。

78 Juan Carlos Onetti, *Para una tumba sin nombre*, Montevideo, Editorial Arca, 1967, p. 85.

79 "事实上，作家一直都是在写同一本书。难的是搞清楚自己正在写的那本书到底是什么。就我的例子而言，大家都说属于我的那本书就是写马孔多的书。不过如果你仔细想想就会发现，我一直在写的书并不是关于马孔多的，而是关于孤独。"参见，Ernesto González Bermejo, op. cit., p. 13。

80 Armando Durán, op. cit., p. 32.

81 Harss, op. cit., p. 403.

82 *Los funerales de la Mamá Grande»*, edición citada, p. 50（该书引文均出自此版本）。

（引文摘自刘习良、笋季英译《礼拜二午睡时刻》，南海出版公司，2015年版，第50—51页。译文有改动。——译注）

83 *El coronel no tiene quien le escriba*, Buenos Aires, editorial Sudamericana, 1968, pp. 84-85（该书引文均出自此版本）。

84 *Los funerales...*, pp. 96, 100, 102.

85 在《百年孤独》中，类似场面还包括在上校婚礼那天，阿波利纳尔·莫斯科特和他的女儿雷梅黛丝在辱骂和鲜花中经过马孔多的场景（第75页）；布恩迪亚上校在爆炸声中秘密进入（第117页）及秘密离开马孔多的场景（第128页）。

86 Armando Durán, op. cit., p. 32.

87 关于马孔多名字的由来以及作家使用它的原因，我在此引用加西亚·马尔克斯本人的阐述。海梅·梅西亚·杜克，《加夫列尔·加西亚·马尔克斯作品中的神话与现实》，波哥大，黑羊出版社，1970年，第49—52页。作家在此坚称马孔多只是一座农场的名字，以前那个名字对于那片地区的农民来说有某种神话般的含义："赫尔曼·阿西聂加斯把那个在地理层面上被称作马孔多的地方模糊地划归到了玻利瓦尔省，可实际上它位于内瓦达·德圣玛尔塔山的西麓，在阿拉卡塔卡和谢纳加之间，处在香蕉区内。那个地区的人觉得那个名字就象征着危险，会让人联想到迷路、被野兽吞食或被散发着恶臭的沼泽地吞没。那里的农民觉得'马孔多'这个名字就代表着遥远又不祥的地方，去了就回不来了，就像儿童故事里面的有去无回国一样。还曾有人说马孔多具有各个地方的特点，却又不属于任何一个地方。不管怎么说，人们一提到那个地方就会表现得很神秘，很多人都知道那里，但是你在任何一张地图上都找不到它"。我不否认马孔多这个名字如今对于那个地区的农民来说有了某种神话般的色彩，但我不确定在加西亚·马尔克斯使用这个名字之前是否如此，可是他本人从未在这种说法上动摇过。

88 相关例子可参见：Armando Durán, op. cit, p. 22，以及 García Márquez y Vargas Llosa, op. cit., pp. 14-16。

89 Jean Michel Fossey, op. cit., pp. 30-31.

90 Ernesto Volkening, op. cit., pp. 30-31.

91 García Márquez y Vargas Llosa, op. cit., pp. 18-19.

92 Ibíd., p. 18.

93 我没能在我查阅的关于"千日战争"的书中找到相应信息。

94 另一方面，阿拉卡塔卡和其他大西洋沿岸的村镇一样，受到了"千日战争"的巨大伤害。乌里韦·乌里韦在从库拉萨奥返回后写的一封信里提到了瓜希拉附近村镇的受损情况："玛格达莱纳省完蛋了"，他这样说道。参加爱德华多·圣塔

（Eduardo Santa），《拉斐尔·乌里韦·乌里韦：一个人与一个时代》(*Rafael Uribe Uribe. Un hombre y una época*)，Medellín, Editorial Bedout, 1968, p. 291。

95 Eduardo Santa, op. cit., pp. 66-68.

96 Ibíd., pp. 28-34.

97 *La mala hora*, Buenos Aires, Editorial Sudamericana, 1969, p. 56（我的引用均出自此版本）。

98 Álvaro Cepeda Samudio, op. cit., 书背封语。

99 参见 Joaquín Tamayo, *La revolución de 1899*, Bogotá, Editorial Cromos, 1938, pp. 219 y 224。

100 Eduardo Santa, op. cit., p. 298.

101 Ibíd., pp. 298 y 299.

102 Joaquín Tamayo, op. cit., pp. 166-167.

103 Ibíd., p. 162.

104 Eduardo Santa, op. cit., p. 290.

105 Ibíd., p. 13.

106 Op. cit., 第一卷, pp. 97 y 98。

107 Alfonso López Michelsen, *Cuestiones Colombianas*, México, Impresiones Modernas, S. A., 1955, p. 349.

108 Germán Arciniegas, *Los comuneros*, 第二版, Santiago de Chile, Editorial Zig Zag, 1960, p. 98。

109 Ibíd., pp. 29 y 139.

110 发表于 *Tabla redonda* 杂志，Caracas, 第5—6期, 1960年4—5月。

111 参见 Ernesto Schoo, op. cit., 以及 Luis Harss, op. cit., pp. 396 y 397。

112 此外还应当指出，两位作家都有长辈家人参加过内战：与尼古拉斯·马尔克斯上校起到近似作用的是威廉·福克纳的曾祖父威廉·克拉克·福克纳上校，他参加过美墨战争和美国内战，还曾出任密西西比第二军团的指挥官。

113 Armando Durán, op. cit., p. 26.

114 Germán Vargas, op. cit., 及 Plinio Apuleyo Mendoza, op. cit。

115 *La hojarasca*, Buenos Aires, Editorial Sudamericana, colección índice, 1969, pp. 9 y 10（我的引用均出自此版本。）(引文摘自刘习良、笋季英译《枯枝败叶》，南海出版公司，2013年版，第2页。——译注）

116 Ernesto Volkening, op. cit., p. 23.

117 Ibíd., pp. 24-25.

118 Emir Rodríguez Monegal, op. cit., p. 5.

119 Luis Harss, op. cit., p. 398.

120 该文章的引用信息参见前文。

121 «*Un hombre ha muerto de muerte natural*»（《一个正常死亡的男人死了》），载于 *México en la cultura*, *Novedades* 副刊，México, 1961 年 7 月 9 日。

122 Pedro Lastra, *La tragedia como fundamento estructural de "La hojarasca"*, 发表于 *Anales de la Universidad de Chile*, 年份 CXXIV, N. 140, 10—12 月刊。1966（单行本）。

123 例如可参见 Armando Durán, op. cit., p. 26，索福克勒斯在加西亚·马尔克斯喜爱阅读的作家榜单上排名第一。

124 Ernesto Schoo, op. cit.

125 古斯塔沃·艾斯特瓦（Gustavo Esteva）否认《达洛维夫人》对加西亚·马尔克斯的作品产生过影响，相反，他却在《百年孤独》中发现了托马斯·曼的《被挑选者》留下的痕迹。他的文章 "Un galeón en 1967" 和 "El gallo ilustrado"，参见 *El día* 杂志周末副刊，México D. F., 1967 年 7 月 30 日。

126 Emir Rodríguez Monegal, op. cit., pp. 14 y 15. 也可参见 Alone 的论文："Orlando y Cien años de soledad"，载于 *El Mercurio* 杂志 *Crónica literaria* 栏目，Santiago, 1970 年 7 月 21 日。

127 加西亚·马尔克斯阅读的是博尔赫斯翻译的《奥兰多》西班牙语版本，Buenos Aires, Editorial Sudamericana, 1951, pp. 34-35。（中文译文引自林燕译《奥兰多》，人民文学出版社 2015 年版。——译注）

128 Jorge Zalamea, «*El gran Burundún Burundá ha muerto*»（《伟大的蒲隆图·蒲隆达死了》），Buenos Aires, Imprenta López, 1952. 于 1959 年再版，收于首届哥伦比亚书展八卷本丛书，普及版，后附有 «*El rapto de las sabinas*»（《偷盗圆柏》），Talleres Gráficos Torres Aguirre, Lima, Perú, 1959.

129 参见先于《伟大的蒲隆图·蒲隆达死了》和《元首变形记》出版的《评论文集》（*Ensayo crítico*），Bogotá, 1966, pp. 24-28。

130 Ernesto Schoo, op. cit., p. 52.

131 García Márquez y Vargas Llosa, op. cit., p. 53.

132 Armando Durán, op. cit., p. 27.

133 不过在《百年孤独》之后的作品中却出现了一个"异乎寻常"的角色，我们或许可以认为那是个拉伯雷式的人物：埃伦蒂拉的祖母，那个魁梧的胖女人，这个人物出现在《纯真的埃伦蒂拉和她残忍的祖母令人难以置信的悲惨故事》

中。《百年孤独》中便隐约有这样的人物存在，不过到了那部作品中才真正显露了出来。

134 Jean Yves Pouilloux, *Introduction* à *«La vie tres horrificque du grand Gargantua»*, Paris, Garnier-Flammarion, 1968, p. 22.

135 Ibíd., p. 22.

136 *Pantagruel, roy de dipsodes, restitué a son naturel, avec ses faictz et prouesses espoventables*, París, Garnier-Flammarion, 1969, p. 34.（中文版引自蔡春露译《巨人传》，长江文艺出版社 2011 年版。——译注）

137 *Cien años de soledad: el Amadís en América*, 载于 *Amaru*, Lima, N. 3, 1967 年 7—9 月刊, pp. 71-74。

138 Algazel, *Diálogo con García Márquez*, 载于 *El Tiempo*, Bogotá, 1968 年 5 月 26 日。

139 García Márquez y Vargas Llosa, op. cit., p. 17.

140 Armando Durán, op. cit.

141 在加西亚·马尔克斯最近的作品中又有对骑士小说的影射，例如《纯真的埃伦蒂拉和她残忍的祖母令人难以置信的悲惨故事》里就有兄弟俩都叫阿玛迪斯。

142 «Fragmento de una carta», 由 Germán Vargas 整理并收入 *Encuentro Liberal*, N. 1, Bogotá, 1967 年 4 月 29 日, p. 22。

143 Ernesto Schoo, op. cit.

144 García Márquez y Vargas Llosa, op. cit., pp. 19-20.

145 Reinaldo Arenas, *En la ciudad de los espejismos*, 收录于 *Recopilación de textos sobre Gabriel García Márquez*, La Habana, Casa de las Américas, Serie Valoración Múltiple, 1969, pp. 152.（两段中译分别引自《百年孤独》中文版第 184、233 页。——译注）

146 García Márquez y Vargas Llosa, op. cit., p. 36.

147 Ibíd., p. 53.

148 *Isabel viendo llover en Macondo*, Buenos Aires, Editorial Estuario, 1967, p. 17（我的引用均出自此版本。）

149 *A Journal of the Plague Year*, Chicago, The New American Library, 1960, p. 115.

150 Roberto Urdaneta Arbeláez, *El materialismo contra la dignidad del hombre*, Bogotá, Editorial Lucros, 1960, p. 282.

151 *La violencia en Colombia*, Estudio de un proceso social, Tomo II, Bogotá, Ediciones Tercer Mundo, 1964, p. 388.

152 *La violencia en Colombia*, Estudio de un proceso social, Tomo II, Bogotá, Ediciones Tercer Mundo, 1964, p. 388.

153 Luis Harss, op. cit., p. 411.

154 我不清楚加西亚·马尔克斯提到的"热那亚的患者"到底出自哪个材料；可能是他对笛福书中描写的类似事件的演绎。

155 *Dos o tres cosas sobre la novela de la violencia*, 载于 *Tabla Redonda*. Caracas, 第5—6期, 1960年4—5月, pp. 19-20。

156 塞尔希奥·本维努托认为《百年孤独》融合了"世界上所有的神话"，还进行了细致分析："最明显的神话是：何塞·阿卡迪奥-普罗米修斯，只不过前者是被缚在栗树上；梅尔基亚德斯-诺查丹玛斯；洛斯蕾梅迪奥圣母-俏姑娘；洪水-巴比伦的毁灭……"参见 *Estética como historia*, 载于 *El Caimán Barbudo*, La Habana, 1968年9月。

157 有位委内瑞拉记者在一篇文章中"证实"了《百年孤独》抄袭了巴尔扎克的《绝对之探索》：巴尔塔萨就是何塞·阿卡迪奥·布恩迪亚；乌尔苏拉就是巴尔塔萨的妻子，梅尔基亚德斯则是莱穆基耶。那篇文章引发了有趣的论战。参见：路易斯·科瓦·加西亚的《巧合还是抄袭》一文，载于《观察家报》周末刊，波哥大，1969年5月11日，第12页，以及阿尔弗雷多·伊利亚特的回应文章《寻觅抄袭的人》，载于同一份日报，1969年5月18日，第13页。两年后，米格尔·安赫尔·阿斯图里亚斯又旧话重提，再次指责加西亚·马尔克斯抄袭巴尔扎克（参见弗拉迪米尔·帕切科的《百年……"抄袭"？阿斯图里亚斯发起控诉》，载于《倾听》周刊，利马，秘鲁，第433期，第IX年，1971年7月23日，第30—32页，另有对阿斯图里亚斯观点的准确批判文章一篇：豪尔赫·路费内利：《〈百年孤独〉：抄袭？》，载于《前进》，蒙得维的亚，1971年7月2日，第XXXIII年，第1550期，第3页）。在重读《绝对之探索》后，我至今还未能摆脱震惊的感觉：那些"指控"唯一的依据实际上是说两部小说里都有个沉迷炼金的人。要是按这个标准来评判，文学的"原创性"就被玷污了。莎士比亚很多时候都不想创造主题和人物，而是将与他同时代的历史和文学化为己用，那么阿斯图里亚斯又要怎样评价莎士比亚呢？

158 亨利·图比对英译本《百年孤独》的介绍，载于《旁观者》杂志，伦敦，1970年6月27日，第850—851页。

159 John Livingston Lowes, *The Road to Xanadu: A Study in the Ways of the Imagination*, Boston, Houghtin Mifflin Company Boston, Sentry Edition, 1964, pp. 130-131.

160 Cyril Connolly, *Bleak Utopia*, The Sunday Times, London, 8 February 1970.

161 参见文章 Dos o tres cosas sobre la novela de la violencia，我们在上文中已有引用。

162 在提到加西亚·马尔克斯的"文化魔鬼"时，我仅限于分析他的"文学"源头，当然了，哪怕对于小说家来说，文学也只是文化的一个组成部分。"文化魔鬼"自然也应该包括绘画、音乐、哲学、宗教或科学，它们和文学有着同样的重要性。

163 García Márquez y Vargas Llosa, op. cit., p. 8.

164 Ibíd., p. 28.

165 Ibíd., p. 29.

166 Ibíd., p. 31.

167 *García Márquez: calendario de 100 años*，载于 Ercilla, Santiago, 24/4/1968, pp. 50–51。

第二部·第一章

168 见 *Papeles*, Revista del Ateneo de Caracas, N. 5，第 1 年，1967 年 11—12 月刊，1968 年 1 月。

169 参见 «La ruptura con la realidad», Capítulo II。

170 这些故事出现的顺序是：《第三次忍受》，《观察家报》周末版，第 80 期，1947 年（故事落款处写的是"波哥大，1947"）；《埃娃在猫身体里面》，《观察家报》周末版，第 86 期，1947 年或 1948 年；《突巴耳加音炼星记》，《观察家报》周末版，第 97 期，1947 年或 1948 年；《死神的另一根肋骨》，《观察家报》周末刊，1948 年 7 月 20 日；《镜子的对话》，《观察家报》周末刊，1949 年 1 月 23 日（同时在《纪事报》刊登，1950 年 9 月 2 日，献给阿方索·富恩马约尔）；《三个梦游者的苦痛》，《观察家报》周末刊，1949 年 11 月 13 日；《蓝狗的眼睛》，《观察家报》周末刊，1950 年 6 月 18 日；《纳沃》，《观察家报》周末刊，1951 年 3 月 18 日；《有人弄乱了这些玫瑰》，《观察家报》周末刊，1952 年 6 月 1 日；《石鸻鸟之夜》，《批评》杂志，波哥大，1952 年。

第二章

171 Luis Harss, op. cit., p. 393.

172 参见本书第一部分第二章"海明威"部分。

173 有一种类型小说——侦探小说——就很擅长用这种方式来安排故事材料。

第三章

174 Georg Lukacs, *Teoría de la novela*, Barcelona, Editorial Edhasa, 1971. 主要参见第二部分, *Ensayo de tipología de la forma novelesca*, 尤其是第一章: *El idealismo abstracto*。

175 吕西安·戈德曼以卢卡奇的作品为基础,进一步分析了这三部作品及其他案例,参见 *Sociología de la novela*, Madrid, Editorial Ciencia Nueva, Cap. 1, *Introducción a los problemas de una sociología de la novela* (pp. 15-36)。

176 Ángel Rama, *Un novelista de la violencia americana*, 收录于 *9 asedios a García Márquez*, Santiago, Editorial Universitaria, 1969, pp. 118, 119。

177 Johan Huizinga, *Homo ludens*, A Study of the Play Element in Culture, London, Paladín, 1970. 着重参见第三章, *Play and Contest as Civilizing Function* (pp. 66-96), 和第十一章, *Western Civilization Sub Specie Ludi* (pp. 198-220)。

178 Julio Cortázar, *Ultimo round*, México, Siglo Veintiuno, editores, 1969, pp. 35-46.

179 说出这两句几乎一样的话的人是医生,我们所说的"文体学配方"经常是被作者用来描写上校妻子和这位医生的。有的人本身就代表着一种"标签",而有的人则是不断把"标签"说出来。

第四章

180 三篇故事发生在马孔多(《礼拜二午睡时刻》《周六后的一天》《格兰德大妈的葬礼》),四篇故事发生在"村镇"(《平常的一天》《咱们镇上没有小偷》《巴尔塔萨午后奇遇》《纸做的玫瑰花》)。

181 有的读者大概会联想到《基督山伯爵》中的一个情节:爱德蒙·唐泰斯逃出牢狱后,第一次前往他的敌人家,引人注意的是他既不吃东西也不喝水,有人记起东方有条谚语也有类似的意思,在敌人的家里必须不吃不喝。可能有的读者忘了那个情节,但是还记得起那条谚语。

182 参见埃米尔·罗德里格斯·莫内加尔对两段情节做的对比(*Novedad y anacronismo de Cien años de soledad*, 载于 *Revista Nacional de Cultura*, 6/8/9 月刊, N. 185, Caracas, 1968, pp. 6-8)。根据他的研究,在这篇短篇小说中起主要作用的是"心理敌对"因素,而在那本长篇小说里则是"政治环境占主导地位"。

183 另一位是卡塔里诺,也和妓院有关,他出现在《逝去时光的海洋》和《百年孤独》中。

184 而且两人都把钱藏在自己家的一个结实的保险箱里。

185 在结婚前，蒙铁尔太太不能"在十米之内"见她的未婚夫（p.80），就和《枯枝败叶》里的伊莎贝尔一样。

186 对"夸张"技巧考察最深入的是巴赫金（Mikkaïl Bakhtine）研究拉伯雷的著作。根据巴赫金的研究，夸张是一种具有"大众诙谐文化"特征的技巧，属于"怪诞现实主义"："最高级占主导地位，一切都用最高级来修饰。但是绝不能说这是一种修辞意义上的最高级，有夸大和义愤的成分，也不缺乏讽刺与背弃；那是属于怪诞现实主义的最高级。"见 Mikka'il Bakhtine, *L'œuvre de François Rabelais et la culture populaire au Moyen Age et sous la Renaissance*（《拉伯雷的创作与中世纪和文艺复兴时期的民间文化》），París, éditions Gallimard, 1970, p. 163. 还可参见关于"怪诞现实主义"中饮食与肉体的"最高级"视野的描述，pp.187, 276, 303。

第五章

187 当然要排除那些没有结集成书出版的"史前"故事。

188 所有女佣都是黑人，这也帮助我们修正了对《没有人给他写信的上校》里"村镇"的印象：这里没有对黑人的不公现象，但应该存在某些经济方面的歧视，因为所有仆人都是有色人种。

189 巴斯托尔和醉心编织绝美鸟笼的巴尔塔萨很像：他们从事的都是"艺术类"行业（对于从事这类行业的人来说，它们就意味着终点），而这些行业则让他们更加接近幻想之物。

190 参见第 47、115、135、136、162、168 和 196 页。

191 四十一个场景分布在十个章节中，其中七个章节包含四个场景，一个章节包含三个场景，还有两个章节包含五个场景。

192 与《枯枝败叶》和《礼拜二午睡时刻》相似，这部小说也是在疑问、静谧或具有象征意义的空白中结束的。

193 加西亚·马尔克斯在加拉加斯圆桌会谈时勾画出的《恶时辰》的"故事情节"（*Imagen* 杂志，加拉加斯，1967 年 8 月 1—15 日刊，整理了他的发言）和匿名帖的发展脉络十分相近，在那个故事里，小镇居民害怕"发生某事"的情绪日渐增长，那种恐惧具有系统性，仿佛预示着什么不祥的事情就要发生，它也引发了个体和家人的某些变故（量的改变），直到恐惧征服了整个小镇，所有的居民都弃之而去，离开前还将它付之一炬（质的变化）。

第六章

194 1961年9月写于墨西哥，次年发表在"墨西哥的文学杂志"上（《新时代》（*Nueva Época*），第5—6期，墨西哥，1962年5—6月，pp.3-21），我对此故事的引用都出自此杂志。本故事未被收入作者的单行本作品中。
（此故事后被收入短篇小说集《纯真的埃伦蒂拉和她残忍的祖母令人难以置信的悲惨故事》[1972]中，中译本名为《世上最美的溺水者》，陶玉平译，包含《巨翅老人》《逝去时光的海洋》《世上最美的溺水者》《超越爱情的永恒之死》《幽灵船的最后一次航行》《出售奇迹的好人布拉卡曼》《纯真的埃伦蒂拉和她残忍的祖母令人难以置信的悲惨故事》七篇，南海出版公司，2015年11月。——译注）

195 脚本原稿有132页，分两部分拍摄；部分片段以"文字"的形式发表在了《加拉加斯协会杂志》第11期，加拉加斯，1970年6月，pp.7-25；《墨西哥文化》，《永久周刊》副刊，墨西哥，第456期，1970年第4期，11月刊，pp.I-VII。

196 这里说的"入土为安"显然不够准确，应该说"入水为安"才对。

197 这句话在《百年孤独》里则代表失忆症降临马孔多。

第七章

198 何塞·阿卡迪奥和他的兄弟，也就是未来的布恩迪亚上校，和庇拉尔·特尔内拉的关系也是如此，布恩迪亚双胞胎兄弟和佩特拉·科尔特斯的关系也一样。

199 除了这两个有些女性化的男性角色，在那片虚构现实中还存在着一个可能有过鸡奸行为的角色：何塞·阿卡迪奥，那个神学院学生。

200 关于加西亚·马尔克斯不同虚构作品之间的结构关系，海梅·梅西亚·杜克的分析十分准确："……如果我们只阅读过一遍这五本小说，我们会把其中的人物和场景混到一起。我们互换了不同故事中的许多因素，然而并不自知。我们的想象力驰骋在那五部小说共同构建的世界中，我们感觉这是再正常不过的事情了。如果我们重新阅读那些小说，我们的记忆就会把每个事物放到属于它们的正确位置上去，不过那些分别属于五本不同小说的情节和内容依然围绕在某个不变的主题周围，那个主题甚至连动都不曾动过。总之，《百年孤独》是一本已经经过'修剪'的小说。"载于 *Mito y realidad en Gabriel García Márquez*, Bogotá, Editorial La Oveja Negra, 1970, pp. 58-59。

201 梅梅是个例外，她死在了克拉科维亚，桑塔索菲亚·德拉·彼达也是例外，我们不清楚她的结局是怎样的，除了她们以外的布恩迪亚家族中人全都死在了马孔多。

202 莱奥波尔多·穆勒（Leopoldo Müller）对《百年孤独》做过一番（过于简单的框架式的）心理分析。参见 *De Viena a Macondo,* Leopoldo Müller, Carlos Martínez Moreno, 载于 P*sicoanálisis y literatura en Cien años de soledad*, Montevideo, Fundación de Cultura Universitaria, 1969, pp. 1-57。

203 *Paritorio de un exceso vital*, en Leopoldo Müller, Carlos Martínez Moreno, op. cit., pp. 59-76。

204 叙事者并没有指明在那些花和那场死亡之间是否存在因果关系：这是一处省略式隐藏材料。

205 幽默性也是"全景"特征的表现之一。它能够在所有维度上展现作品的全景性，从最浅显易懂的部分，到文字游戏，例如"鬼知道是什么鬼东西"（第 193 页），再到黑色幽默的表达，例如阿玛兰塔·乌尔苏拉和小奥雷里亚诺拿上百岁的乌尔苏拉取乐的场景，"他们把她当成一个陈旧的大玩具，拖着她走过家中的各个角落，给她披上五颜六色的布条，还用烟油和胭脂给她涂脸，有一次他们差点儿把她的眼珠子抠出来，他们就是那样用修枝剪对待蟾蜍的"（第 277 页）。

206 当然了，如果要把这位分裂成人物-叙事者的隐秘而又重要的上帝-叙事者与作家本人混为一谈，可就犯了最荒诞的错误。

207 Cesare Segrí 针对《百年孤独》中的时间问题有过精彩的论述：*Il tempo curvo di García Márquez*, 载于 *I segni e la critica*, Torino, Giulio Einaudi Editori, 1969, pp. 251-295。他是这样定义那种曲线型时间的："时间齿轮的这种巨幅转动的最主要功能就是在生命周期循环开始之时便指明它的结局，这样一来，读者就能在过去的视野中觉察到现时的存在，而那种过去的视野同时又是望向未来的。"（第 253 页）这是对"全景时间"的最佳定义。

208 《为骑士蒂朗下战书》(*Carta de batalla por Tirant lo Blanc*)，《骑士蒂朗》(*Tirant lo Blanc*) 前言，Madrid, Alianza Editorial, 1969, vol. I, pp. 941。

209 为 Violette Leduc 的 *La Batarde* 一书所作的前言，París, Editions Gallimard, 1965。

210 后来书中又说是"十八条"，这是一个矛盾之处。

第八章

211 《巨翅老人》发表于：*Cuadernos Hispanoamericanos*, Madrid, N. 245, 1970 年 5

月，pp. 1-6;《世上最美的溺水者》仍未正式发表;《出售奇迹的好人布拉卡曼》发表于：*Revista de la Universidad de México*, México, vol. XXIII, Nos. 2 y 3, 1968 年 10—11 月，pp. 16-20,《幽灵船的最后一次航行》仍未发表。

212 全文仍未正式发表。目前仅有片段见于下列杂志：*Papeles*, Revista del Ateneo de Caracas, N. 11, Caracas, 1970 年 6 月，pp. 7-25，*La cultura en México, Siempre!* 副刊，México, N. 456, 1970 年 11 月 4 日，pp. I-VIII。

参考书目

OBRAS DE GARCÍA MÁRQUEZ

«La tercera resignación» (cuento), en *El Espectador*, sección Fin de semana, núm. 80, Bogotá, ¿1947? (El texto está fechado en Bogotá, 1947).

«Eva está dentro de su gato» (cuento), en *El Espectador*, sección Fin de semana, Bogotá, ¿1947/1948?

«Tubal-Caín forja una estrella» (cuento), en *El Espectador*, sección Fin de semana, núm. 97, Bogotá, ¿1947/1948?

«La otra costilla de la muerte» (cuento), en *El Espectador*, Dominical, Bogotá, 29 de julio de 1948.

«Diálogo del espejo» (cuento), en *El Espectador*, Dominical, Bogotá, 23 de enero de 1949. Publicado también en el diario *Crónica*, dedicado a Alfonso Fuenmayor, el 2 de septiembre de 1950.

«Amargura para tres sonámbulos» (cuento), en *El Espectador*, Dominical, Bogotá, 13 de noviembre de 1949.

«Ojos de perro azul» (cuento), en *El Espectador*, Dominical, Bogotá, 18 de junio de 1950.

«Nabo» (cuento), en *El Espectador*, Dominical, Bogotá, 18 de marzo de 1951.

«Alguien desordena estas rosas» (cuento), en *El Espectador*, Dominical, Bogotá, 1 de junio de 1952.

«La noche de los alcaravanes» (cuento), en *Crítica*, Bogotá, 1952.

La hojarasca (novela), Bogotá, Ediciones S. L. B., 1955, 137 pp.

«Monólogo de Isabel viendo llover en Macondo» (cuento), en *Mito*, revista bimestral de cultura, Bogotá, año I, núm. 4, octubre-noviembre de, 1955, pp. 221–225.

Relato de un náufrago que estuvo diez días a la deriva en una balsa sin comer ni beber, que fue proclamado héroe de la patria, besado por las reinas de la belleza y hecho rico por la publicidad, y luego aborrecido por el gobierno y olvidado para siempre (reportaje escrito en 1955), Barcelona, Tusquets Editores, 1970, 88 pp.

«90 días en la "Cortina de Hierro"», reportaje en diez artículos, publicado en la revista *Cromos*, de Bogotá, entre julio y octubre de 1959:

1) «La "Cortina de Hierro" es un palo pintado de rojo y blanco», núm. 2198, 27 de julio de 1959.
2) «Berlín es un disparate», núm. 2199, 3 de agosto de 1959.
3) «Los expropiados se reúnen para contarse sus penas...», núm. 2200, 10 de agosto de 1959.
4) «Para una checa las medias de nailon son una joya», núm. 2201, 17 de agosto de 1959.
5) «La gente reacciona en Praga como en cualquier país capitalista», núm. 2202, 24 de agosto de 1959.
6) «Con los ojos abiertos sobre Polonia en ebullición», núm. 2203, 31 de agosto de 1959.
7) «U.R.S.S.: 22.400.000 kilómetros cuadrados sin un solo aviso de Coca-Cola», núm. 2204, 7 de octubre de 1959.
8) «Moscú, la aldea más grande del mundo», núm. 2205, 14 de octubre de 1959.
9) «En el mausoleo de la Plaza Roja Stalin duerme sin remordimientos», núm. 2206, 21 de octubre de 1959.
10) «El hombre soviético empieza a cansarse de los contrastes», núm. 2207, 28 de octubre de 1959.

El coronel no tiene quien le escriba (novela), en *Mito*, Bogotá, año IV, núm. 19, mayo-junio de 1958, pp. 1–38. Editado en libro en Medellín, Aguirre Editor, 1961, 90 pp.
«Dos o tres cosas sobre la novela de la violencia» (artículo), en *Tabla Redonda*, Caracas, núms. 5–6, abril-mayo de 1960, pp. 19–20.
«Un hombre ha muerto de muerte natural» (artículo sobre Hemingway), en *México en la Cultura,* suplemento de *Novedades*, México, 9 de julio de 1961.
Los funerales de la Mamá Grande (cuentos), Xalapa, México, Universidad Veracruzana, 1962, 151 pp. Contiene: «La siesta del martes», «Un día de éstos», «En este pueblo no hay ladrones», «La prodigiosa tarde de Baltazar», «La viuda de Montiel», «Un día después del sábado», «Rosas artificiales» y «Los funerales de la Mamá Grande».
«El mar del tiempo perdido» (relato), en *Revista Mexicana de Literatura*, Mexico, nueva época, núms. 5–6, mayo-junio de 1962, pp. 3–21.
La mala hora (novela), Premio Literario ESSO 1961. Madrid, Talleres de Gráficas Luis

Pérez, 1962, 224 pp. (Esta edición, estropeada por un corrector de estilo, ha sido desautorizada por el autor).

La mala hora, México, Ediciones Era, S. A., 1966, 198 pp.

Tiempo de morir (guión cinematográfico). Adaptación y diálogos: Gabriel García Márquez y Carlos Fuentes. En *Revista de Bellas Artes*, Instituto Nacional de Bellas Artes y Literatura, núm. 9, mayo-junio de 1966, pp. 21-58.

Cien años de soledad (novela), Buenos Aires, Editorial Sudamericana, 1967, 351 pp.

Gabriel García Márquez-Mario Vargas Llosa, *La novela en América Latina: diálogo*, Lima, Carlos Milla Batres/ediciones Universidad Nacional de Ingeniería, 1968, 58 pp.

«Un señor muy viejo con unas alas enormes» (cuento), en *Cuadernos Hispanoamericanos*, Madrid, núm. 245, mayo de 1970, pp. 1-6 (separata).

«Blacamán el Bueno, vendedor de milagros», en *Revista de la Universidad de México*, México, vol. XXIII, núms. 2 y 3, octubre-noviembre de 1968, pp. 16-20.

La increíble y triste historia de la cándida Eréndira y de su abuela desalmada (guión cinematográfico). Se han publicado fragmentos en *Papeles*, Revista del Ateneo de Caracas, núm. 11, Caracas, junio de 1970, pp. 7-25, y en *La Cultura en México*, suplemento de *Siempre!*, México, núm. 456, noviembre de 1970, pp. I-VIII.

ENTREVISTAS, REPORTAJES, DECLARACIONES

«García Márquez tiene quien le escriba», en *Primera Plana*, año V, núm. 243, Buenos Aires, 22 al 28 de agosto de 1967, pp. 52-53.

«Esto lo contó García Márquez», en *Imagen*, núm. 6, Caracas, 1/15 de agosto de 1967.

«Cien años de un pueblo», en *Visión*, Revista Internacional, 21 de julio de 1967, pp. 27-29.

«García Márquez: calendario de 100 años», en *Ercilla*, Santiago de Chile, 24 de abril de 1968, pp. 50-51.

«Historia mágica del continente», en *Análisis*, Buenos Aires, 18 de septiembre de 1967.

«Quiero comprometer a mis lectores en vez de ser escritor comprometido», en *Últimas Noticias*, Caracas, 4 de agosto de 1967, p. 20.

Alat, «García Márquez "Forjamos la gran novela de América"», en *Expreso*, Lima, 8 de septiembre de 1967, p. 11.

Algazel, «Diálogo con García Márquez. "Ahora que los críticos nos han descubierto"», en *El Tiempo*, Bogotá, 26 de mayo de 1968, p. 5.

Azancot, Leopoldo, «Gabriel García Márquez habla de política y de literatura», en *Índice*, núm. 237, año XXIV, Madrid, noviembre de 1968, pp. 30-31.

Blásquez, Adélaide, «G. G. Márquez et "Cent ans de solitude"», en *La Quinzaine Littéraire*, París, 16/30 noviembre de 1968, pp. 8-9.

Castro, Rosa, «Con Gabriel García Márquez», en *La Cultura en México*, suplemento de *Siempre!*, México, núm. 288, 23 de agosto de 1967, pp. VI-VII.

Díaz Sosa, Carlos, «Gabriel García Márquez: al trabajar en la escritura misma surgió la narrativa latinoamericana», en *Papel Literario*, suplemento de *El Nacional*, Caracas, 3 de septiembre de 1967.

Domingo, José, «Entrevistas. Gabriel García Márquez», en *Ínsula*, Madrid, año XXIII, núm. 259, junio de 1968, pp. 6 y 11.

Durán, Armando, «Conversaciones con Gabriel García Márquez», en *Revista Nacional de Cultura*, Instituto Nacional de Cultura y Bellas Artes, Caracas, año XXIX, núm. 185, julio-agosto-septiembre de 1968, pp. 23-34.

Fernández-Braso, Miguel, «Gabriel García Márquez: hombre adentro», en *La Estafeta Literaria*, Madrid, núm. 408, 15 de noviembre de 1968, pp. 16-18.

—«3 horas de compañía infinita con Gabriel García Márquez», en *Pueblo*, Madrid, 30 de octubre de 1968, pp. 35-38.

—, *Gabriel García Márquez. Una conversación infinita*, Madrid, Editorial Azur, 1969, 125 pp.

—, «García Márquez ante su próxima novela», en *Pueblo*, Madrid, 18 de marzo de 1970.

Fossey, Jean-Michel, «Entrevista con Gabriel García Márquez», en *Imagen*, núm. 40, Caracas, 1969, pp. 8 y 17.

González, Olga, «García Márquez: "Mis libros los escribe mi mujer pero los firmo yo"», en *La República*, Letras y Arte, Caracas, 4 de agosto de 1967, p. 9.

González Bermejo, Ernesto, «García Márquez: ahora doscientos años de soledad», en *Triunfo*, Madrid, año XXV, núm. 441, 14 de noviembre de 1970, pp. 12-18.

J. D. Z., «Gabriel García Márquez y sus "100 años de soledad"», en *Gente*, Buenos Aires, año 3, núm. 110, 31 de agosto de 1967, pp. 46-47.

Lara, Odete, «Gabriel García Márquez: "Só se aprende a escrever escrevendo"», en *Journal do Brasil*, Río de Janeiro, 24 de noviembre de 1969.

Landeros, Carlos, «En Barcelona, con Gabriel García Márquez», en *Siempre!*, México, 2 de marzo de 1970.

Le Clech, Guy, «Gabriel García Márquez, l'avénturier du baroquisme», en *Le Figaro Littéraire*, París, 25/31 de agosto de 1969, p. 21.

Ochoa, Guillermo, «El microcosmos de García Márquez», en *Excélsior*, México, 12 de abril de 1971; «Los seres que impresionaron a Gabito», en *Excélsior*, México, 13 de abril de 1971; «García Márquez aprendió a esperar», en *Excélsior*, México, 14 de abril de 1971; «Primero, soy un hombre político», en *Excélsior*, México, 15 de abril de 1971.

Orbegoso, Manuel Jesús, «Para llegar a la fama, necesito "Cien años de soledad"», en *El Comercio Gráfico*, Lima, 9 de septiembre de 1967.

Orrillo, Winston, «Dice Gabriel García Márquez: Toda obra literaria tiene función subversiva», en *Oiga*, Lima, núm. 238, 8 de septiembre de 1967, pp. 24–26.

Pinto, Ismael, «Gabriel García Márquez. Conversación informal», en *Expreso,* Lima, 13 de septiembre de 1967.

Puente, Armando, «Gabriel García Márquez (Gabo), señor de Macondo», en *Índice*, Madrid, año XXIV, núm. 237, noviembre de 1968, pp. 25–27.

Preciado, Nativel, «Gabriel García Márquez, en carne viva», en *Madrid*, Madrid, *27* de enero de 1969.

Puccini, Darío, «García Márquez parla del suo nuovo romanzo», en *Paese Sera*, Roma, 17 de abril de 1970.

Samper, Daniel, «El novelista García Márquez no volverá a escribir», en *El Tiempo*, Lecturas Dominicales, Bogotá, 22 de diciembre de 1968, p. 5.

Schoo, Ernesto, «Los viajes de Simbad García Márquez», en *Primera Plana*, Buenos Aires, año V, núm. 234, 20/26 de junio de 1967, pp. 52–54.

Serini, Marialivia, «Cronaca d'un successo in dieci canti», en *L'Espresso*, Roma, 6 de septiembre de 1970, pp. 14–15.

Soria i Badia, Josep M., «García Márquez, el mejor autor extranjero en Francia», en *Tele/Exprés*, Barcelona, 8 de enero de 1970.

Torres, Augusto M., «Gabriel García Márquez y el cine», en *Hablemos de Cine*, Lima, núm. 47, mayo-junio de 1969, pp. 56–58.

Torres, Luiso, «Macondeando», en *Índice*, Madrid, año LXIV, núm. 237, noviembre de 1968, pp. 28–29.

Vargas, Raúl, «Gabriel García Márquez boicotea sus libros», en *Informaciones*, Madrid, suplemento núm. 4, 18 de julio de 1968.

Obras sobre García Márquez

9 asedios a García Márquez, Santiago de Chile, Editorial Universitaria, 1969, 190 pp. Contiene: Mario Benedetti, «Gabriel García Márquez o la vigilia dentro del sueño»; Emmanuel Carballo, «Gabriel García Márquez, un gran novelista latino-americano»; Pedro Lastra, «La tragedia coma fundamento estructural de "La hojarasca"»; Juan Loveluck, «Gabriel García Márquez, narrador colombiano»; Julio Ortega, «Gabriel García Márquez: "Cien años de soledad"»; José Miguel Oviedo, «Macondo: un territorio mágico y americano»; Ángel Rama, «Un novelista de la violencia americana»; Mario Vargas Llosa, «García Márquez: de Aracataca a Macondo»; Ernesto Volkening, «Gabriel García Márquez o el trópico desembrujado» y «A propósito de "La mala hora"» y una «Contribución a la bibliografía de Gabriel García Márquez» de Pedro Castra.

«A la découverte de Gabriel García Márquez», en *Le Monde*, París, 7 de diciembre de 1968, pp. 4–5. Contiene: Claude Couffon, «Un colombien hanté par son enfance», «Cent ans de solitude» (Entretien par C. C), y una traducción de Carmen y Claude Durand de «Blacaman, le bon marchand de miracles».

«Los cien años de soledad de Gabriel García Márquez», en *Coral*, revista de turismo-arte-cultura, Valparaíso, Chile, núm. 9, junio de 1969, 39 pp. Contiene: Julio Flores, «Semblanza del autor de los Cien años»; Ignacio Valente, «García Márquez: "Cien años de soledad"»; Alberto Lleras, «Cien años de soledad»; Sergio Benvenuto, «Cien años de soledad»; Mario Rodríguez Fernández, «Los cien años de soledad de Gabriel García Márquez»; Mario Vargas Llosa, «Cien años de soledad: Amadís de América»; Yerko Moretie, «Cien años de soledad»; Eduardo Tijeras, «Tantos años de soledad merecen un par de objeciones solitarias»; Roberto García Peña, «Cien años de soledad, gran novela de América»; Francisco de Oraá, «Mucho más de cien años»; Alone, «Cien años de soledad»; Reinaldo Arenas, «Cien años de soledad en la ciudad de los espejismos».

«Gabriel García Márquez en "Índice"», en *Índice*, Madrid, año XXIV, núm. 237, noviembre de 1968, pp. 24–37. Contiene: GGM, «Autosemblanza»; Armando Puente, «Gabriel García Márquez (Gabo), señor de Macondo»; Leopoldo Azancot, «GGM habla de política y de literatura»; Luiso Torres, «Macondeando»; Leopoldo Azancot, «Fundación de la novela latinoamericana»; «Vargas Llosa, Lezama y García Márquez»; «Esto lo contó García Márquez»; Claude Fell, «Ante la crítica francesa», y Jean Franco,

«El mundo grotesco de García Márquez».

«Recopilación de textos sobre Gabriel García Márquez», Serie Valoración Múltiple, Centro de Investigaciones Literarias, Casa de las Américas, La Habana, 1969, 259 pp. Contiene: Luis Harss, «La cuerda floja»; Rosa Castro, «Con Gabriel García Márquez»; Armando Durán, «Conversaciones con Gabriel García Márquez»; Claude Couffon, «Gabriel García Márquez habla de "Cien años de soledad"»; José Miguel Oviedo, «Macondo: un territorio mágico y americano»; Ángel Rama, «Un novelista de la violencia americana»; Emmanuel Carballo, «Un gran novelista latinoamericano»; Pedro Lastra, «La tragedia como fundamento estructural de "La hojarasca"»; Julieta Campos, «La muerte y la lluvia»; Jaime Tello, «Los funerales de la Mamá Grande»; Hernando Téllez, «"La mala hora": una novela del trópico»; Antonia Palacios, «Testimonio de vida y muerte»; Mario Benedetti, «La vigilia dentro del sueño»; Mario Vargas Llosa, «El Amadís en América»; Carlos Fuentes, «Macondo, sede del tiempo»; Federico Álvarez, «Al filo de la soledad»; Omar González, «Entre lo nimio y lo glorioso»; Raúl Silva-Cáceres, «La intensificación narrativa en "Cien años de soledad"»; revista *El Escarabajo de Oro*, «Un mito que deviene novela»; Jean Franco, «Un extraño en el paraíso»; Germán Vargas, «Un personaje: Aracataca»; Luis Adolfo Domínguez, «La conciencia de lo increíble»; Reinaldo Arenas, «En la ciudad de los espejismos»; Rubén Cotelo, «García Márquez y el tema de la prohibición del incesto»; Alberto Hoyos, «Un viaje al reino de la realidad mítica»; Sergio Benvenuto, «Estética como historia»; Eduardo E. López Morales, «La dura cáscara de la soledad»; Ernesto Volkening, «Anotado al margen de "Cien años de soledad"», y opiniones de Javier Arango Ferrer, Jean Franco, Alberto Dallal, Juan Flo, Federico Álvarez, Ernesto Volkening, Mauricio de la Selva, José Miguel Oviedo, Óscar Collazos, Manuel Pedro González, Francisco de Oraá, Ángela Bianchini, Paolo Milano, Jean-Baptiste Lassègue, Jaime Giordano, Guillermo Blanco, Roberto Montero, Miguel Donoso Pareja, Rosario Castellanos, Claude Couffon y Emir Rodríguez Monegal, y una bibliografía.

«Supplement on Gabriel García Márquez's One Hundred Years of Solitude», en *70 Review*, Nueva York, Center for Inter-American Relations, editado por Ronald Christ, 1971, pp. 99–191. Contiene: Ensayos traducidos del español: Reinaldo Arenas, «In the Town of Mirages»; Armando Durán, «Conversations with Gabriel García Márquez»; Carlos Fuentes, «Macondo, Seat of Time»; Emir Rodríguez Monegal, «A Writer's Feat»; Mario Vargas Llosa, «García Márquez: From Aracataca to Macondo»; Raúl Silva-Cáceres,

«The Narrative Intensification "One Hundred Years of Solitude"». Reseñas de los Estados Unidos: Ronald Christ, John Leonard, Jack Richardson, Paul West; Michael Wood. Traducidos del francés: Christian Audejean, Serge Gilles, Severo Sarduy, Raphael Sorin. Traducidos del portugués: Sergio Sant'Anna. Traducidos del alemán: Hans Heinz Hahnl, Gunter W. Lorenz, Hans-Jürgen Schmitt. Traducidos del italiano: Dario Puccini.

«Adiós a Macondo» (reseña de *El coronel no tiene quien le escriba* y de *La mala hora*), en *Primera Plana*, Buenos Aires, núm. 287, 25 de junio de 1968, p. 79.

«Orchids and bloodlines. One Hundred Years of Solitude by Gabriel García Márquez», en *Time*, Nueva York, 16 de marzo de 1970, p. 74.

«Para tomar impulso. Gabriel García Márquez: Los funerales de la Mamá Grande», en *Primera Plana*, Buenos Aires, año V, núm. 251, 17/23 de octubre de 1967, p. 59.

«Stranger in Paradise» (reseña de *Cien años de soledad*), en *The Times Literary Suplement*, Londres, 9 de noviembre de 1967.

«Un testimonio y un juego para la inteligencia» (reseña de *Cien años de soledad*) en *Clarín*, Buenos Aires, 3 de agosto de 1967.

A. V., «García Márquez» (reseña de *Cien años de soledad*), en *El Escarabajo de Oro*, Buenos Aires, año IX, núms. 36–37, mayo-junio de 1968, p. 23.

Aguilera Malta, Demetrio, «Cien años de soledad», en *El Día*, México, 12 de noviembre de 1967, p. 2.

Alat, «Cien años de soledad», en *Expreso*, Lima, 6 de agosto de 1967.

Alone, «Crónica literaria. "Cien años de soledad", por Gabriel García Márquez», en *El Mercurio*, Santiago de Chile, 28 de abril de 1968.

—, «Crónica literaria. "Orlando" y "Cien años de soledad"», en *El Mercurio*, Santiago de Chile, 21 de junio de 1970, p. 3.

Alonso, Alicia M., «La mala hora», en *Sur*, revista bimestral, Buenos Aires, núm. 314, septiembre-octubre de 1968, pp. 90–92.

Álvarez, Federico, «Los libros abiertos. Gabriel García Márquez, "Los funerales de la Mamá Grande"», en *Revista de la Universidad de México*, México, vol. XVII, núm. 3, noviembre de 1962, p. 31.

—, «Gabriel García Márquez: "La mala hora"», en *Siempre!*, México, núm. 536, octubre de 1963.

—, «Gabriel García Márquez: "El coronel no tiene quien le escriba"», en *Siempre!*, México, núm. 538, octubre de 1963.

—, «Al filo de la soledad» (reseña de *Cien años de soledad*), en *El Mundo*, La Habana, 2 de junio de 1968.

Amorós, Andrés, «Cien años de soledad», en *Revista de Occidente*, Madrid, tomo XXIV (segunda época), núm. 70, enero de 1969, pp. 58-62.

Arango Ferrer, Javier, «Medio siglo de literatura colombiana», en *Panorama das literaturas das Américas*, Angola, Ediçâo do Município de Nova Lisboa, 1958, vol. I, pp. 375-376.

Araujo, Helena, «Las macondanas», en *Eco*, Revista de la cultura de Occidente, Bogotá, tomo XXI/5, septiembre de 1970, núm. 125, pp. 503-513.

Arbonés, Alberto, «Fantasía y realidad de un testimonio admirable», en *La Prensa*, Buenos Aires, s/f, 1967.

Arciniega, Rosa, «Novela al tope del mástil» (reseña de *Cien años de soledad*), en *El Sol de León*, León de los Aldama, 27 de mayo de 1968.

Arciniegas, Germán, «La era de Macondo», en *Imagen*, Caracas, núm. 67, 15/28 de febrero de 1970, p. 24.

—, «Macondo, primera ciudad de Colombia», en *Panorama*, Maracaibo, 28 de enero de 1968.

Arenas, Reinaldo, «Cien años de soledad en la ciudad de los espejismos», en *Casa de las Américas*, La Habana, año VIII, núm. 48, mayo-junio de 1968, pp. 134-138.

Ariza González, Julio, «Tres grandes enfermedades de Macondo: obsesión, fatalidad y superstición» (reseña de *La hojarasca*), en *Revista Nacional de Cultura*, Instituto Nacional de Cultura y Bellas Artes, Caracas, año XXX, núm. 193, mayo-junio de 1970, pp. 82-95.

Arnau, Carmen, *El mundo mítico de Gabriel García Márquez*, Barcelona, Ediciones Península, Nueva. Colección Ibérica, 36, 1971, 134 pp.

Arnau Faidella, Carmen, «Una pirueta de Gabriel García Márquez», separata de *Studi di Letteratura Spagnola*, Roma, 1968/1970, pp. 1-5.

Azancot, Leopoldo, «Fundación de la novela latinoamericana», en *Índice*, Madrid, año XXIV, núm. 237, noviembre de 1968, pp. 33-35.

Barrios Guzmán, Pedro, «Macondo», en *El Nacional*, Caracas, 19 de mayo de 1968.

Barros Valera, María Cristina, «El amor en "Cien años de soledad"», México, Universidad Nacional Autónoma de México, Facultad de Filosofía y Letras, 1970, 27 pp.

Batis, Humberto, «El coronel no tiene quien le escriba», en *Siempre!*, México, núm. 662, marzo de 1966, p. 16.

—, «"Cien años de soledad", la gran novela de América, ya inesperada, todavía oportuna», en *Siempre!*, México, núm. 739, 23 de agosto de 1967, p. 12.

Bazán, Juan F., «Hacia "Cien años de soledad"», en *ABC*, suplemento cultural, Asunción, números de 5 de enero de 1969, p. 3, y de 2 de marzo de 1969, p. 7.

Benedetti, Mario, «Dinamismo interior de una tormenta», en *La Mañana*, Montevideo, 5 de noviembre de 1965.

—, «García Márquez o la vigilia dentro del sueño», en *Letras del continente mestizo*, Montevideo, Editorial Arca, 1967, pp. 145-154.

Benet, Juan, «De Canudos a Macondo», en *Revista de Occidente*, tomo XXIV (segunda época), núm. 70, enero de 1969, pp. 49-57.

Benvenuto, Sergio, «Estética como historia. Gabriel García Márquez, "Cien años de soledad"», en *El Caimán Barbudo*, suplemento cultural de *Juventud Rebelde*, La Habana, época II, núm. 23, septiembre de 1968, pp. 5-8.

Bianchini, Ángela, «I fantastici Buendía» (reseña de *Cien años de soledad*), en *La Fiera Letteraria*, Milán, año XLIII, núm. 27, 4 de julio de 1968, p. 24.

Bonet, Juan, «La pobladísima soledad de Gabriel García Márquez», en *Baleares*, Palma de Mallorca, 9 de agosto de 1968, p. 3.

Bozal, V., «Gabriel García Márquez», en *Madrid*, Madrid, 14 de febrero de 1968.

Cacciò, Luciano, «La "solitudine" di Márquez» (reseña de *Cien años de soledad*), en *L'Unità*, Milán, 29 de junio de 1968.

Calderón, Alfonso, «Cien años para Macondo», en *Ercilla*, Santiago de Chile, núm. 1685, 20 de septiembre de 1967, p. 29.

Campos, Jorge, «García Márquez: fábula y realidad» (reseña de *Cien años de soledad*), en *Ínsula*, Madrid, núm. 258, Madrid s/f, 1968, p. 11.

Campos, Julieta, «La muerte y la vida» (reseña de «Isabel viendo llover en Macondo»), en *Siempre!*, México, núm. 801, octubre de 1968, p. 12.

Cappi, Alberto, «La tecnica del meraviglioso in Gabriel García Márquez», en *Gazetta di Mantova*, 6 de julio de 1968.

Carabba, Claudio, «Cent'anni di solitudine», en *Nazioni*, Florencia, 17 de septiembre de 1968.

—, «La mala ora di Macondo», en *Nazioni*, Florencia, 28 de julio de 1970.

Carballo, Emmanuel, «Gabriel García Márquez: un gran novelista latinoamericano», en

Revista de la Universidad de México, México, núm. 3, noviembre de 1967, pp. 10-16.

Castellanos, Rosario, «"Cien años de soledad" o la tradición vivificada», en *IPN* (Instituto Politécnico Nacional), México, núm. 6, junio de 1968.

Castro, Juan Antonio, «La línea recta y el laberinto de García Márquez», en *Ya*, Madrid, 21 de mayo de 1969.

Castroviejo, Concha, «Cien años de soledad», en *La Hoja del Lunes*, Madrid, 26 de agosto de 1968.

Colmenares, Germán, «Deliberadamente poética» (reseña de *Cien años de soledad*), en *El Espectador*, magazine dominical, Bogotá, 3 de septiembre de 1967, p. 15.

Cordelli, Franco, «Epopea colombiana» (reseña de *Cien años de soledad*), en *Avanti*, Milán, 8 de julio de 1968.

Corti, Vittoria, «Un romanzo fiume di Gabriel Márquez» (reseña de *Cien años de soledad*), en *Nazione Sera*, Florencia, 5 de agosto de 1968.

Cotelo, Rubén, «García Márquez y el tema de la prohibición del incesto» (reseña de *Cien años de soledad*), en *Temas*, Montevideo, julio-agosto-septiembre de 1967, pp. 19-22.

Cova García, Luis, «¿Coincidencia o plagio?» (Sobre *Cien años de soledad y Balzac*), en *El Espectador*, magazine dominical, Bogotá, 11 de mayo de 1969, p. 12.

Dal Fabro, Beniamino, «Apocalisse con variazioni» (reseña de *Cien años de soledad*), en *Il Resto del Carlino*, 10 de julio de 1968, p. 11.

Dallal, Alberto, «García Márquez y la realidad colombiana» (reseña de *Los funerales de la Mamá Grande*), en *Revista Mexicana de Literatura*, México, nueva época, núms. 3-4, marzo-abril de 1963, pp. 63-64.

—, «El coronel no tiene quien le escriba», en *Revista de la Universidad de México*, México, núm. 3, noviembre de 1963, p. 31.

Domínguez, Luis Adolfo, «Cien años de soledad», en *La Palabra y el Hombre*, Xalapa, México, núm. 44, octubre-diciembre de 1967, pp. 840-844.

Donoso Pareja, Miguel «Cien años de soledad», en *El Cuento*, México, núms. 27-30, diciembre de 1967, pp. 126-128.

Dorfman, Ariel, «La vorágine de los fantasmas» (sobre *La hojarasca y El coronel no tiene quien le escriba*), en *Ercilla*, Santiago de Chile, núm. 1617, 1 de junio de 1966, p. 34.

—, «La muerte como acto imaginativo en "Cien años de soledad"», en *Imaginación y violencia en América*, Santiago de Chile, Editorial Universitaria, S. A., 1970, pp. 138-

180.

Dross, Tulia A. de, «El mito y el incesto en "Cien años de soledad"», en *Eco*, Revista de la cultura de Occidente, Bogotá, tomo XIX/2, núm. 110, junio de 1969, pp. 179-187.

E. M. B. C., «Poema épico de la soledad» (reseña de *Cien años de soledad*), en *El Día*, La Plata, 25 de junio de 1967.

Esteva, Gustavo, «Un galeón en 1967» (reseña de *Cien años de soledad*), en *El Gallo Ilustrado*, suplemento dominical de *El Día*, México, D. F., 30 de julio de 1967.

Evtushenko, Eugenio, «Cien años de soledad», comentario crítico, en *Cuadernos del Guayas*, Órgano Sección Literatura, Casa de la Cultura Ecuatoriana, Núcleo de Guayas, Guayaquil, núms. 36 y 37, 1971, pp. 11 y 37.

Fell, Claude, «Cent années de solitude», en *Le Monde*, París, 23 de marzo de 1968.

Flo, Juan, «Sobre la ficción» (Al margen de Gabriel García Márquez), en *Revista Iberoamericana de Literatura*, Departamento de Literatura Hispanoamericana, Universidad de la República, Montevideo, segunda época, año I, núm. 1, 1966, pp. 103-108.

Frakes, Jean R., «No one writes to the Colonel and other stories», en *The New York Times Book Review*, Nueva York, 29 de septiembre de 1968.

Franco, Jean, «El mundo grotesco de García Márquez», en *Índice*, Madrid, año XXIV, núm. 237, noviembre de 1968, p. 37.

Fuentes, Carlos, «García Márquez. "Cien años de soledad"», en *La Cultura en México*, suplemento de *Siempre!*, México, núm. 679, 29 de junio de 1966, p. VII.

—, «Gabriel García Márquez: la segunda lectura», en *La nueva novela hispanoamericana*, México, Cuadernos de Joaquín Mortiz, 1969, pp. 55-67.

Gagliano, Ernesto, «Una famiglia in Colombia» (reseña de *Cien años de soledad*), en *Stampa Sera*, Turín, 29 de junio de 1968.

Galardi, Anubis, «Los cien años de soledad», en *Granma*, La Habana, 9 de julio de 1968.

Galindo, Carmen, «García Márquez, escritor feliz» (reseña de *Relato de un náufrago...*), en *La Cultura en México*, suplemento de *Siempre!*, México, núm. 442, 29 de julio de 1970, p. XIV.

Galvá U., Isidro, «Gabriel García Márquez. "Cien años de soledad"», en *Comunidad*, México, núm. 19, junio de 1969, pp. 422-423.

Gallagher, David, «Cycles and Cyclones» (reseña de *Cien años de soledad*), en *The Observer*, The Observer Review, Londres, 28 de junio de 1970.

Garavito, Julián, «Gabriel García Márquez y la crítica francesa», en *Razón y Fábula*, revista bimestral de la Universidad de los Andes, Bogotá, núm. 11, enero-febrero de 1969, pp. 120-122.

Garavito, Julián, «Más sobre García Márquez en la prensa francófona», en *Razón y Fábula*, revista bimestral de la Universidad de los Andes, Bogotá, núm. 14, julio-agosto de 1969, pp. 144-146.

García Ascot, Jomí, «"Cien años de soledad", una novela de Gabriel García Márquez sólo comparable a "Moby Dick"», en *La Cultura en México*, suplemento de *Siempre!*, México, núm. 732, julio de 1967, p. 6.

Giardini, Cesare, «I cent'anni di Macondo», en *Il Piccolo*, Trieste, 6 de julio de 1968.

Gertel, Zunilda, «La novela del espacio totalizador» (sobre *Cien años de soledad*), en *La novela hispanoamericana contemporánea*, Buenos Aires, Editorial Columba, 1970, pp. 150-158.

Ghiano, Juan Carlos, «Preguntas y asedios a García Márquez», en *La Nación*, Buenos Aires, 21 de junio de 1970.

Ginzburg, Natalia, «Un bel romanzo» (reseña de *Cien años de soledad*), en *La Stampa*, Milán, 6 de abril de 1969.

Giordano, Jaime, «Gabriel García Márquez, "Cien años de soledad"», en *Revista Iberoamericana*, órgano del Instituto Internacional de Literatura Iberoamericana patrocinado por la Universidad de Pittsburgh, EE. UU., vol. XXXIV, núm. 65, enero-abril de 1968, pp. 184-186.

González, Manuel Pedro, «Apostillas a una novela insólita» (sobre *Cien años de soledad*), en *Papel Literario*, suplemento de *El Nacional*, Caracas, 2 de enero de 1968.

González Lanuza, Eduardo, «"Cien años de soledad", de Gabriel García Márquez», en *Sur*, Buenos Aires, núm. 307, julio-agosto de 1967, pp. 50-52.

Grande, Félix, «Con García Márquez en un miércoles de ceniza», en *Cuadernos Hispanoamericanos*, revista mensual de Cultura Hispánica, Madrid, tomo LXXIV, núm. 222, junio de 1968, pp. 632-641.

Gullón, Ricardo, *García Márquez o el olvidado arte de contar*, Madrid, Taurus Ediciones, S. A., 1970, 73 pp.

Hack, Richard, «Colombian Novelist's Masterwork of Myth» (reseña de *Cien años de soledad*) en *Chicago Sun Times*, Book week, Chicago, 22 de febrero de 1970.

Harss, Luis, «Gabriel García Márquez, o la cuerda floja», en *Los nuestros*, Buenos Aires,

Editorial Sudamericana, 1966, pp. 381-419.

Hernández, Manuel, «Los muertos. Un abordaje a "Cien años de soledad"», en *Eco*, Bogotá, tomo XIX/1, núm. 109, mayo de 1969, pp. 54-58.

Holguín, Andrés, «Cien años de soledad», en *Razón y Fábula*, revista bimestral de la Universidad de los Andes, Bogotá, septiembre-octubre de 1967, pp. 137-138.

Hoyos, Alberto, «"Cien años de soledad". Un viaje al reino de la realidad mítica», en *Encuentro Liberal*, Bogotá, núm. 16, 12 de agosto de 1967.

Iriarte, Alfredo, «Los buscadores de plagios», en *El Espectador*, magazine dominical, Bogotá, 18 de mayo de 1969, p. 13.

Joset, Jacques, «Le paradis perdu de Gabriel García Márquez», en *Revue des Langues Vivantes*, Bélgica, XXXVII, núm. 1, 1971, pp. 81-90 (separata).

Kisner, Robert, «Four Colombian Novels of "Violencia"» (sobre *La mala hora*), en *Hispania*, EE. UU., vol. XLIX, núm. 1, marzo de 1966, pp. 70-74.

Kulin, Katalin, «Planos temporales y estructura en "Cien años de soledad" de Gabriel García Márquez», en *Acta Litteraria Academiae Scientiarum Hungaricae*, Budapest, tomus XI, fasciculi 3-4, 1969, pp. 291-314.

Kiely, Robert, «One Hundred Years of Solitude», en *The New York Times Book Rievietv*, Nueva York, 8 de marzo de 1970, pp. 5-24.

Larraín Acuña, S. J., Hernán, «Cien años de soledad», en *Mensaje*, Santiago de Chile, vol. XVIII, núm. 177, marzo-abril de 1969, pp. 92-101.

Lastra, Pedro, «La tragedia como fundamento estructural de "La hojarasca"», en *Anales de la Universidad de Chile*, Santiago de Chile, año CXXIV, núm. 140, octubre-diciembre de 1966, pp. 168-186 (separata).

Latcham, Ricardo, «Denuncia y violencia en la novela» (sobre *El coronel no tiene quien le escriba*), en *Marcha*, Montevideo, núm. 1090, 29 de diciembre de 1961.

—, «Crónica Literaria. Gabriel García Márquez, "La mala hora" (Madrid, 1962)», en *La Nación*, Santiago de Chile, 31 de mayo de 1964, p. 5.

Leonard, John, «Myth Is Alive in Latin America» (reseña de *Cien años de soledad*), en *The New York Times*, Nueva York, 3 de marzo de 1970.

Lerner, Isaías, «A propósito de "Cien años de soledad"», en *Cuadernos Americanos*, México, vol. CLXII, año XXVIII, núm. 1, enero-febrero de 1969, pp. 186-200.

Levine, Suzanne Jill, «Un paralelo: "Pedro Páramo"/Juan Rulfo/"Cien años de soledad"/ Gabriel García Márquez», en *Imagen*, Caracas, núm. 50, 1/15 de junio de 1969, pp. 6-8.

Levine, Suzanne Jill, «"Cien años de soledad" y la tradición de la biografía imaginaria», en *Revista Iberoamericana*, órgano del Instituto Internacional de Literatura Iberoamericana patrocinada por la Universidad de Pittsburgh, EE. UU., vol. XXXVI, núm. 72, julio-septiembre de 1970, pp. 453–463.

López Morales, Eduardo E., «La dura cáscara de la soledad», en *Pensamiento crítico*, La Habana, núm. 12, enero de 1968, pp. 185–199.

Loveluck, Juan, «Gabriel García Márquez, narrador colombiano», en *Duquesne Hispanic Review*, EE. UU., núm. 3, 1967, pp. 135–154.

Lucanor, Maese, «La obra de Gabriel García Márquez (I) Macondo: entre una sierra y un río», en *El Espectador*, magazine dominical, Bogotá, 17 de noviembre de 1968, pp. 8–9.

Luchting, Wolfgang A., «Gabriel García Márquez: the Boom and the Whimper», en *Books Abroad*, Norman, Oklahoma, vol. 44, núm. 1, invierno de 1970, pp. 26–300.

Lundkvist, Arthur, «García Márquez en Suecia. Superado el provincialismo» (traducción de un artículo aparecido en *Dagaens Njheter*» de Estocolmo), en *El Espectador*, magazine dominical, Bogotá, 20 de octubre de 1968, pp. 1 y 12.

Luzi, Mario, «Cent'anni di solitudine. García Márquez: fedeltà alla vita», en *Corriere della Sera*, Roma, octubre de 1968.

—, «García Márquez: "La mala ora"», en *Corriere della Sera*, Roma, 18 de octubre de 1970.

Llorca, Carmen, «Las novelas de García Márquez», en *Diario SP*, Madrid, núm. 165, 20 de marzo de 1968, p. 14.

Maisterra, Pascual, «"Cien años de soledad". Un regalo fabuloso de Gabriel García Márquez», en *Tele/Exprés*, Barcelona, 28 de noviembre de 1968.

Manacorda, Giuliano, «Cent'anni di solitudine», en *Rinascita*, Roma, 26 de julio de 1968, p. 37.

Márquez, Manuel, «Los padres terribles» (reseña de *La hojarasca*), en *Época*, Montevideo, 16 de febrero de 1966, p. 10.

Martínez, Tomás Eloy, «América: la gran novela. Gabriel García Márquez: "Cien años de soledad"», en *Primera Plana*, Buenos Aires, año V, núm. 234, 20/26 de junio de 1967, pp. 54–55.

Mead Jr., Robert G., «No One Writes to the Colonel and Other Stories», en *Saturday Review*, EE. UU., 21 de diciembre de 1968.

—, «One Hundred Years of Solitude», en *Saturday Review*, EE. UU., 7 de marzo de 1970.

Mejía Duque, Jaime, *Mito y realidad en Gabriel García Márquez*, Bogotá, Editorial La Oveja Negra, 1970, 65 pp.

Mendoza, María Luisa, «100 años de compañía», en *El Día*, México, 21 de julio de 1968.

Mendoza, Plinio Apuleyo, «Biografía doméstica de una novela» (*La mala hora*), en *El Tiempo*, Lecturas Dominicales, Bogotá, junio de 1963.

Milano, Paolo, «Più che un secolo di solitudine», en *L'Espresso*, Roma, 29 de septiembre de 1968.

Montero Castro, Roberto, «A propósito de "Cien años de soledad"», en *Papeles*, Revista del Ateneo de Caracas, Caracas, noviembre-diciembre de 1967/enero de 1968.

Müller, Leopoldo y Martínez Moreno, Carlos, «Psicoanálisis y literatura en "Cien años de soledad"», Montevideo, Fundación de Cultura Universitaria, 1969 (Cuadernos de Literatura, 14), 76 pp. Contiene: Leopoldo Müller, «De Viena a Macondo», y Carlos Martínez Moreno, «Paritorio de un exceso vital».

Myers, Oliver T., «No One Writes to the Colonel and Other Stories», en *The Nation*, Nueva York, 2 de diciembre de 1968.

Natera, Francia, «Los Buendía llevaban la señal de la soledad y Colombia la de la violencia», en *El Nacional*, Caracas, 16 de septiembre de 1967.

Nencini, Franco, «La potente epopea di un villaggio colombiano», en *Carlino Sera*, Bolonia, 9 de julio de 1968.

Osorio, Nelson, «Nueve asedios a García Márquez», en *Nueva narrativa hispanoamericana*, Latin American Studies Program, Adelphi University, Nueva York, vol. I, núm. 1, enero de 1971, pp. 140–142.

Ortega, Julio, «Cien años de soledad», en *La contemplación y la fiesta*, Lima, Editorial Universitaria, 1968, pp. 45–58.

Oviedo, José Miguel, «García Márquez, la infinita violencia colombiana», en *Amaru*, revista de artes y ciencias, Universidad Nacional de Ingeniería, Lima, núm. 1, enero de 1967, pp. 87–89.

Oviedo, José Miguel; Achugar, Hugo; Arbeleche, Jorge, *Aproximación a Gabriel García Márquez*, Montevideo, Fundación de Cultura Universitaria, 1969 (Cuadernos de Literatura, 12) 61 pp. Contiene: José Miguel Oviedo, «Macondo: un territorio mágico y americano»; Hugo Achugar, «Construcción (de *Cien años de soledad*): A) Modos narrativos. I) Modos generales: 1) Las encíclicas contadas; II) Técnicas: 1) El deslizamiento insensible y otras técnicas; B) Otras construcciones, I) Temática:

Algunos temas en *Cien años de soledad*; II) Personajes: La construcción de personajes en *Cien años de soledad*; Lenguaje: I) Aspectos lingüísticos»; Jorge Arbeleche, «Construcción (de *Cien años de soledad*): A) Modos narrativos. I) Modos generales: 2) Las espirales narrativas; II) Técnicas: 2) Utilización e integración de otras técnicas; B) Otras construcciones. I) Temática: Sobre la construcción temática; II) Personajes: Algunos modos en la construcción de personajes; III) Lo fantástico: El aire de Macondo; Lenguaje: II) Tonos».

Pabón, Mariahé, «Macondo a 100 años de soledad», en *El Tiempo*, Lecturas Dominicales, Bogotá, 20 de abril de 1969, p. 4.

Pacheco, Vladimir, «"Cien años..." ¿Un plagio? Asturias ratifica su acusación», en *Oiga*, Semanario de Actualidades, Lima, núm. 433, año IX, 23 de julio de 1971, pp. 30-32.

Palacios, Antonia, «García Márquez, "Cien años de soledad"», en *Imagen*, Caracas, núm. 3, 1968, p. 5.

—, «La mala hora», en *Revista Nacional de Cultura*, Instituto Nacional de Cultura y Bellas Artes, Caracas, año XXIX, abril-mayo-junio de 1967, pp. 82-84.

Paz, Miguel, «Lo erótico en "Cien años de soledad"», en *El Nacional*, Caracas, 19 de mayo de 1968.

Peña, Margarita, «Cien años de soledad», en *Diálogos*, México, núm. 6, noviembre-diciembre de 1967, pp. 32-33.

Pérez Minik, Domingo, «La provocación en la novela hispanoamericana» (sobre *Cien años de soledad*), en *El Día*, Santa Cruz de Tenerife, 25 de agosto de 1968, p. 3.

—, «Los nuevos libros de caballería en Hispanoamérica», en *El Día*, Santa Cruz de Tenerife, 6 de octubre de 1968, p. 3.

Pineda, Rafael, «Cien años de soledad», en *Revista Nacional de Cultura*, Instituto Nacional de Cultura y Bellas Artes, Caracas, año XXIX, núm. 182, octubre-noviembre-diciembre de 1967, pp. 63-67.

Pólvora, Helio, «Una saga continental» (reseña de *Cien años de soledad*), en *Jornal do Brasil*, Río de Janeiro, 29 de octubre de 1969.

Puccini, Dario, «García Márquez e Vargas Llosa. Due narratori tra realtà e fantasia», en *Paese Sera*, Roma, 25 de septiembre de 1970.

—, «La storia colombiana in un grande romano» (reseña de *Cien años de soledad*), en *Paese Sera*, Roma, 22 de junio de 1968.

—, «Tra la satira e l'allegoria» (reseña de *El coronel no tiene quien le escriba*), en *Paese*

Sera, Roma, 11 de julio de 1969.

Rago, Michele, «Tempi da guerriglia» (reseña de *La mala hora*), en *L'Unità*, Roma, 6 de agosto de 1970.

Rama, Ángel, «García Márquez, gran americano», en *Marcha*, Montevideo, núm. 1193, 1964, p. 28.

—, «Introducción a "Cien años de soledad"», en *Marcha*, Montevideo, núm. 1368, 2 de septiembre de 1967, p. 31.

Rebetez, René, «Cien años de soledad», en *El Corno Emplumado*, México, núm. 24, octubre de 1967, p. 140.

Richardson, Jack, «Master Builder. "One Hundred Years of Solitude" by Gabriel García Márquez», en *New York Review of Books*, Nueva York, 26 de marzo de 1970.

Rivas, Marta, «Úrsula Iguarán de Macondo», en *Mapocho*, Biblioteca Nacional de Chile, Santiago de Chile, núm. 21, otoño de 1970, pp. 49–60.

Robles Cataño, Osvaldo, «Cien años de soledad», en *El Informador*, Columna con nombre propio, Santa Marta, Colombia, s/f, 1968, pp. 4 y 7.

Rodríguez Fernández, Mario, «"Cien años de soledad" de Gabriel García Márquez», en *La Nación*, Santiago de Chile, 2 de agosto de 1967, suplemento dominical, p. 5.

Rodríguez Márquez, Raúl, «Veinte años después» (sobre los comienzos periodísticos de GGM), en *El Espectador*, magazine dominical, Bogotá, 1 de octubre de 1967.

Rodríguez Monegal, Emir, «Diario de Caracas», en *Mundo Nuevo*, París, núm. 17, noviembre de 1967, pp. 4–24.

—, «Novedad y anacronismo en "Cien años de soledad"», en *Revista Nacional de Cultura*, Instituto Nacional de Cultura y Bellas Artes, Caracas, año XXIX, núm. 185, julio-agosto-septiembre de 1968, pp. 3–21.

Rodríguez-Puértolas, Carmen C. de, «Aproximaciones a la obra de Gabriel García Márquez», en *Universidad*, Universidad Nacional del Litoral, Santa Fe, República Argentina, núm. 76, julio-diciembre de 1968, pp. 9–45.

Ruffinelli, Jorge, «La hora de la exégesis», en *Marcha*, Montevideo, 23 de enero de 1970, p. 25.

—, «Diez días en el mar» (reseña de *Relato de un náufrago*), en *Marcha*, Montevideo, viernes 28 de agosto de 1970, p. 29.

Ruffinelli, Jorge, «Cien años de soledad: ¿un plagio?», en *Marcha*, Montevideo, año XXXIII, núm. 1550, segunda sección, viernes 2 de julio de 1971, p. 3.

Santos, Dámaso, «"Cien años de soledad" merecería el anonimato y la exégesis del "Lazarillo"», en *La Estafeta Literaria*, Madrid, núm. 408, 15 de noviembre de 1968, pp. 18-19.

Saporta, Marc, «Une énorme galéjade. "Cent ans de solitue", par Gabriel García Márquez», en *L'Express*, París, 6-12 de enero de 1969.

Segre, Cesare, «Il tempo curvo di García Márquez», en *I segni e la critica*, Turín, Einaudi, 1969, pp. 251-295.

Selva, Mauricio de la, «Gabriel García Márquez. "Los funerales de la Mamá Grande"», en *Cuadernos Americanos*, México, año XXVII, vol. CLVIII, núm. 3, mayo-junio de 1968, pp. 286-288.

Silva-Cáceres, Raúl, «La intensificación narrativa en "Cien años de soledad"», en *Revista de Bellas Artes*, México, núm. 22, julio-agosto de 1963, pp. 55-58.

Stevenson, José, «García Márquez, un novelista en conflicto», en *Letras Nacionales*, Colombia, núm. 2, mayo-junio de 1965, pp. 58-62.

Téllez, Hernando, «Gabriel García Márquez: "La mala hora"», en *Cuadernos*, revista publicada bajo el patrocinio del Congreso por la Libertad de la Cultura, París, núm. 81, febrero de 1964, pp. 87-88.

Tello, Jaime, «Gabriel García Márquez. "Los funerales de la Mamá Grande"», en *Revista Nacional de Cultura*, Instituto Nacional de Cultura y Bellas Artes, Caracas, núm. 183, enero-febrero-marzo de 1968, p. 117.

Tofano, Tecla, «La pesadilla de Macondo», en *Papel Literario*, suplemento de *El Nacional*, Caracas, 7 de enero de 1968.

Trifiletti, Aldo, «La solitudine della mala ora» (reseña de *La mala hora*), en *La Voce Repubblicana*, Roma, 17 de julio de 1970.

Tube, Henry, «A New Map of the Indies» (reseña de *Cien años de soledad*), en *Spectator*, Londres, núm. 7409, 27 de junio de 1970, pp. 850-851.

Uriarte, Fernando, «"Cien años de soledad", de Gabriel García Márquez», en *Atenea*, Concepción, Chile, vol. XLIV, tomo CLXVI, julio-septiembre de 1967, pp. 292-298.

Valente, Ignacio, «García Márquez: "Cien años de soledad"», en *El Mercurio*, Santiago de Chile, 31 de marzo de 1968, p. 3.

Valverde, Umberto, «Las valoraciones de García Márquez», en *El Caimán Barbudo*, La Habana, núm. 43, 1971, pp. 10-12.

Vargas, Germán, «Autor de una obra que hará ruido» (sobre *Cien años de soledad*), en

Encuentro Liberal, Bogotá, núm. 1, 29 de abril de 1967, pp. 21-22.

Vargas Llosa, Mario, «"Cien años de soledad": el Amadís en América», en *Amaru*, Lima, núm. 3, julio-septiembre de 1967, pp. 71-74.

Volkening, Ernesto, «Anotado al margen de "Cien años de soledad" de Gabriel García Márquez», en *Eco*, Revista de la Cultura de Occidente, Bogotá, tomo XV/3, núm. 87, julio de 1967, pp. 259-303.

—, «Gabriel García Márquez o el trópico desembrujado», en *Eco*, Revista de la cultura de Occidente, Bogotá, tomo VII, núm. 40, 1963, pp. 275-293.

West, Paul, «A Green Thought in a Green Shade» (reseña de *Cien años de soledad*), en *Book World*, EE. UU., 22 de febrero de 1970.

Wolff Geoffrey, «Fable Made Flesh» (reseña de *Cien años de soledad*), en *Newsweek*, Nueva York, 2 de marzo de 1970, p. 54.

Zavala, Iris M., «"Cien años de soledad". Crónica de Indias», en *Ínsula*, Madrid, año XXV, núm. 286, septiembre de 1970, pp. 3 y 11.

作者简介

马里奥·巴尔加斯·略萨，拥有秘鲁与西班牙双重国籍的小说家、散文家、评论家，2010 年诺贝尔文学奖得主。巴尔加斯·略萨创作过小说、剧本、散文、随笔、诗歌、文学评论、政论杂文，也曾导演过舞台剧、电影和主持广播电视节目，还从事过政治工作，参与竞选秘鲁总统。巴尔加斯·略萨的作品有着诡谲瑰奇的技法与丰富多样而深刻的内容，为他带来"结构写实主义大师"的称号，与科塔萨尔、富恩特斯、加西亚·马尔克斯并称为"文学爆炸四主将"，是拉丁美洲在世作家中当之无愧的泰斗级人物。

译者简介

侯健，1987 年生，山东青岛人，文学博士，西安外国语大学欧洲学院西班牙语系副教授，硕士生导师，拉丁美洲研究中心负责人，中国拉丁美洲学会理事，中国翻译协会专家会员，2022 年、2023 年豆瓣年度译者，2023 雅努斯未来译者计划入围译者，第九届单向街书店文学奖年度译者提名。著有《不止魔幻：拉美文学第一课》等作品 2 部；译有《从马尔克斯到略萨：回溯"文学爆炸"》《普林斯顿文学课》《五个街角》《略萨谈博尔赫斯》《艰辛时刻》《我们八月见》等作品近 20 部。